.

孙昌武文集

10

禅思与诗情（增订本）

中华书局

图书在版编目(CIP)数据

禅思与诗情/孙昌武著.—增订本. —北京:中华书局,2020.6
(2024.11重印)
(孙昌武文集)
ISBN 978-7-101-14543-4

Ⅰ.禅… Ⅱ.孙… Ⅲ.禅宗-关系-古典诗歌-诗歌研究-唐宋时期 Ⅳ.I207.22

中国版本图书馆 CIP 数据核字(2020)第 068465 号

书　　名	禅思与诗情(增订本)	
著　　者	孙昌武	
丛 书 名	孙昌武文集	
责任编辑	王传龙	
责任印制	管　斌	
出版发行	中华书局	
	(北京市丰台区太平桥西里 38 号　100073)	
	http://www.zhbc.com.cn	
	E-mail:zhbc@zhbc.com.cn	
印　　刷	北京建宏印刷有限公司	
版　　次	2020 年 6 月第 1 版	
	2024 年 11 月第 2 次印刷	
规　　格	开本/920×1250 毫米　1/32	
	印张 20　插页 3　字数 540 千字	
国际书号	ISBN 978-7-101-14543-4	
定　　价	98.00 元	

孙昌武文集

出版说明

孙昌武先生，一九三七年生，辽宁省营口市人。南开大学教授，曾在亚欧和中国港台地区多所大学担任教职和从事研究工作。

孙先生治学集中在两个领域：中国古典文学和中国宗教文化。孙先生学术视野广阔，熟谙传统典籍和佛、道二藏，勤于著述，多有建树，形成鲜明的学术特色。所著《柳宗元传论》(人民文学出版社，1982)、《佛教与中国文学》(上海人民出版社，1988)、《道教与唐代文学》(人民文学出版社，2001)、《中国佛教文化史》(中华书局，2010)、《禅宗十五讲》(中华书局，2017)等推进了相关学术领域研究，在国内外广有影响；作为近几十年来中国传统文化研究成果，世所公认，垂范学林。

孙先生已年逾八秩。为总结并集中呈现孙先生学术成就，兹编辑出版《孙昌武文集》。文集收录孙先生已出版专著、论文集；另增加未曾出版的专著《文苑杂谈》、《解说观音》、《僧诗与诗僧》三种；孙先生在国内外学术刊物发表的论文未曾辑入论文集的，另编为若干集收入。孙先生整理的古籍、翻译的外国学者著作，不包括在本文集内。中华书局编辑部对文字重新进行了审核、校订，庶作为孙先生著作定本呈献给读者。

北京横山书院热心襄助文化公益事业，文集出版得其资助，谨致谢忱。

中华书局编辑部

二〇一九年五月

目　录

增订说明

——关于佛教、禅宗与中国文学关系的研究

在拙著《禅思与诗情》面世十年之后，谨遵书局之嘱，加以增订，准备再版，感到十分欣幸。十年来，相关课题引起更多人的关注，取得了诸多学术成果，笔者作为热心这一学术领域的成员，更是庆幸异常。现在愿借助拙著修订的机会，首先从更广阔的角度，对佛教、禅宗及其与中国文学、特别是诗歌发展的关系，概括地阐述自己的一得之见。有些看法笔者在不同场合曾一再说明过。在这里再次写出来，可以看作是对于本书所述内容背景的简要说明，也是对前一版所忽略的一些问题的补充，谨请指正。

一

行走在中华大地，无论是通都大邑，还是山边水涯，会看到许多佛寺。"天下名山僧占多"，构成祖国锦绣山川的一道独特风景。实际上，历史上曾经存在过的大多数佛寺如今已经废毁，现存的仅是一小部分。即如曾作为佛教中心、兴盛过数百上千年的大同云冈、洛阳龙门、敦煌莫高窟等地的大规模石窟寺群，当初都曾是有大量僧众聚集、大批信徒活动的极端兴盛的佛教圣地，如今已只是作为世界文化遗产、人们的游览胜地而闻名于世了。但它们恢宏的规模和气势，仍能清楚显现当年庞大寺院群落的隆盛局面。这些也正可以看作是历史上佛教兴旺发达的象征。

佛教输入中土，乃是中国历史上第一次大规模的中外文化交流。这种交流的兴盛时期延续达千余年之久。在这漫长的时期里，伴随着使臣、商队、留学人员和各类移民的西来佛教信徒，沿着丝绸之路，或越过南海洪涛，历尽千难万险，迤逦东行，一路传播着新的宗教；中土信徒则不畏艰辛，不顾身命，过大漠，爬雪山，跨鲸波，越溟海，前赴后继地西行求法。古代的中国长时期作为东方政治、经济中心，本来是信仰佛教的西方各族民众向往群趋之地；而中国人则能够以海纳百川的博大胸襟和融会众长的雄伟气魄积极地接受外来佛教。佛教又是丰富多彩的外来文化的载体。中国人通过或借助佛教所接受的不只是佛教兴盛之地的中亚、南亚文化，还有远自西亚（大食）、欧洲（大秦）的文化。佛教自身则在中土这具有悠久、优秀文化传统的土壤上扎根、发展，逐步与本土文化相交融，在不断适应环境、改变自身（即所谓"中国化"）的同时，迅速发展壮大，形成与儒家、道家和道教鼎足而立的中国文化的支柱之一。佛教所带动的中外文化交流，就其时间的绵长、范围之广阔、成就之丰硕、影响之巨大与深刻等方面说，在人类历史上都是鲜见其例的。

大体是在两汉之际传入中国的佛教，经过三百多年向中土浸润、渗透，自东晋伊始进入高度发达兴盛期，在直到隋唐宗派佛教繁荣的五六百年间，推动着思想文化领域持续地激荡与迅猛地发展。历史上人所公认的现象是："鸠摩罗什后，佛教渐趋于独立的发展，到禅宗六祖慧能又是三百年，佛学已立于中国思想史的主坛，其间儒、道二家没出现一个重要思想家。"[①]对于晋宋到隋唐这一段历史，无论是思想史、哲学史研究，还是一般学术史、文化史研

① 韦政通《中国人的思想——兼谈思想更新之道》，《中国思想传统的创造转化——韦政通自选集》第 81 页，云南人民出版社，2002 年。

究,佛教的地位和贡献是众所公认的;许多相关论著都把这一时期
称为"佛学时代"。钱穆曾指出:

> 我们若论社会秩序与政治制度,魏晋南北朝一段,诚然可
> 说是中国史上一个中衰期。若论学术思想方面之勇猛精进,
> 与创辟新天地的精神,这一时期,非但较之西汉不见逊色,而
> 且犹有过之。那时一般高僧们的人格与精力,眼光与胸襟,较
> 之两汉儒生,实在超出远甚。我们纯从文化史的立场来看魏
> 晋南北朝时代,中国文化演进依然有活力,依然在向前,并没
> 有中衰。①

这里谈的是魏晋南北朝,实际上就佛教所激荡起的思想与文化的
活力说,一直延伸、波及到唐末五代;即使是在佛教逐步走向衰微
的宋代以后,知识阶层仍有相当一部分人习佛成风,佛典一般则仍
是文人必读书,思想界也仍弥漫着儒、释交流与融合的风气。佛教
输入中国并得以扎根、发展,体现了两种同样高度发达的文明和悠
久丰厚的文化的交流与交融,创造出的成就必然十分巨大、丰硕,
影响也必然是广大、深远的。

中国文学的发展正处在这种总的思想、文化潮流之中。在两
晋以后的相当长的一段时期里,佛教成为推动文学发展的主要力
量之一。特别是在唐代,文学(还有艺术)和佛教(还有道教)同时
进入其发展的极盛阶段,并不是偶然的。就文学领域的情形说,佛
教乃是直接或间接促成其兴旺发达的重要因素。而大盛于唐代、
声势很快凌驾于诸宗之上的禅宗,更是与文学、与诗歌相互影响,
相互推动,有力地促进各自的繁荣,则成为这一文化大潮中的一个
重要现象。

但是无论是在历史上,还是如今,有关佛教的学术研究一直十

---

① 《中国文化史导论(修订本)》第 148 页,商务印书馆,1994 年。

分欠缺。造成这种状况,与中国史学在传统上即轻忽宗教与宗教学术有关系。在清末"西学"东渐以前,中国从来没有学术意义上的"宗教"观念。佛学在主流文化中大体只被看成是诸子百家之一,佛教则被当作是"礼教"、"方术"、"民俗"的一类。而就史料讲,历代正史基本不为佛教立专志(《魏书》是例外),也不为僧人立类传(《元史》是例外),今传多数材料见于笔记杂书,记载多是零散的、难以考信的事实或传说;教内的文献撰著则基本是以弘法兴教为目的,立意主要不在记录信史。而这种情况在宋代理学兴盛以后更是变本加厉。陈寅恪先生曾指出:

> 中国史学莫盛于宋,而宋代史家之著述,于宗教往往疏略,此不独由于意执之偏蔽,亦其知见之狭陋有以致之。元明及清,治史者之学识更不逮宋……①

"意执之偏蔽"指对于宗教现象和宗教研究存有偏见,这在人本主义和理性精神居思想领域主导地位的中国历史上可说是由来已久的观念上的偏颇;"知见之狭陋"则指对于宗教现象缺乏基本的认识和客观的了解。直到今天,有关宗教的知识在学术界和群众中更相当普遍地缺失,尽管近年来这种情况有所改变。宗教现象本是人类历史的重要构成部分,宗教学乃是学术研究的重要领域。传统的偏颇和鄙陋遗留至今,这更使人们痛感宗教研究乃是今天学术研究必须重视、亟待加强的部门。

在二十世纪前期,随着现代社会科学研究方法在我国逐渐得到普及与运用,学术界曾一度相当重视中国历史上宗教现象的研究,陈寅恪批评的那种状况也曾有所改变。梁启超、胡适、鲁迅、陈寅恪、冯友兰、熊十力、陈垣、汤用彤、钱钟书等学术宗师型的人物都曾倾注心力于佛学或相关学术领域的研究,取得的成绩斐然可

---

①《陈垣明季滇黔佛教考序》,《金明馆丛稿二编》第 240 页,上海古籍出版社,1980 年。

观,其中不少内容是涉及文学史的成果。当时的许多著作直到今天仍然保持着典范价值。但是,由于诸多原因,1949 年以来大陆的宗教学研究却"疏略"愈甚。在一种总的形势的控制之下,文学史研究中对佛教的忽略、贬抑也是势所必然。改革开放以来,形势有所转变,宗教研究呈现日渐兴旺之势。但是一个学科的建设非短期之功所能奏效,从根本上改变根深蒂固的"意执之偏蔽"、"知见之狭陋"更非易事。而这种情况如不从根本上加以改变,相关学术领域的研究就难以取得更大进步。近年来,从事文史研究的许多有识之士开始关注有关佛教和佛学的研究,陆续出现一批具有相当水准的论著。相信从根本上改变文史研究中"疏略"宗教包括佛教的状况是可以期待的。

笔者写作本书的立意,除了想就文学史上诗、禅相互影响这一现象略述研习心得之外,也意在提倡和推动文史研究中关注佛教与佛学研究方面略尽一己的绵薄之力,起到抛砖引玉的作用。

二

禅宗是中国佛教的一个宗派。讨论它与文学、与古代诗歌的关联,追根溯源,先从佛教谈起。

佛教如今已是世界性的所谓"历史宗教"、"教团宗教"、"传播性宗教"的一种。它起源于印度[①],输入中国后,在中国传播、发展,形成"汉传佛教"的独特形态和内容。它作为异质文明的产物,在这异质、陌生的土地上生根、成长,造成巨大影响,主要体现在以下四个层面。

第一,佛教向中国输入一种新的社会组织——僧团,连带着输

[①] 这是指南亚印度半岛,是约定俗成的说法。众所周知,佛陀诞生地在尼泊尔境内,他弘法地区广及于北印和中印;后来佛教进一步扩大势力到中亚(今阿富汗和克什米尔一带),中亚乃是佛教传入中国的重要桥梁。

入一系列相关的思想观念。

佛教大体在两汉之际传入中土，僧团的形成有个过程。起初佛教信徒基本是从西域来的外族人，见于记载的有僧人（比丘），也有居士（优婆塞）。经过二三百年逐步发展的过程，到西晋时期，才有更多的中土人士，特别是社会上层人物接受佛教。至东晋十六国，出家僧尼人数急剧增加，大量佛寺在各地兴建起来，僧团发展和佛寺建设从而进入了急速繁荣期。再以后到北魏，据《洛阳伽蓝记》记载，首都洛阳在其兴盛年代有佛寺达千余所；而所谓"南朝四百八十寺"，则是对梁、陈时期建康一地寺院林立风景的并非夸张的描写。当然，中国历史上不同时期佛教发展形势不同，南北朝算是最为兴盛的时期之一。但总体说来，在佛教步入兴盛期的东晋以后，出家僧众构成的僧团成为社会上特异的、举足轻重、影响巨大的社会组织而持续存在，数量众多、规模不一的寺院则作为信徒修道的场所、佛教活动的中心，成为佛教活动、也是其存在与发展所依托的"实体"。

历代佛教发展情形并不均衡，僧尼人数也没有准确的统计，但在总人口中占有相当重大的比例则是历朝普遍现象。文献里有些记载，比如说北魏末年各地僧尼多达二百余万人，北周毁佛，还俗僧尼三百余万人，数字应当是大为夸张了的。北魏、北周人口在史料上没有留下确切统计数字，《魏书》记载东魏武定年间（543—550）各州郡人口，合计全国是 759 万余人[①]。在战乱割据年代，这类统计肯定是不完全的。但是通过这些并不确切的数字，却可以推断当时僧尼数量之众多，在总人口中所占比例之大。又据笔者统计，佛教发展极盛期的唐代，都城长安城内外有一定规模的佛寺在二百所以上，另外还有无数山寺、"野寺"、佛堂、僧舍、蓝若等佛教活动场所，它们遍布在坊市和山水之间，僧众人数则在三至五万

---

①参阅梁方仲编著《中国历代户口、田地、田赋统计》，上海人民出版社，1980 年。

人左右。又边疆地区的沙州（敦煌），现存资料有《新唐书·地理志》记载的开元年间户口数，是四千六百余户，一万四千余口，而据敦煌当地寺院文书，九世纪中期的吐蕃统治时期有寺院十七所，僧尼千余人。历史上佛教势力膨胀情形还可以从寺院规模看出来。上面已经提到云冈、龙门、敦煌石窟宏伟的群落，从今天遗存的规模可以推断当年声势的庞大，香火之兴盛。又例如在唐代，直到今天仍兴盛不衰的慈恩寺，当初建寺时有十余院，房舍总一千八百九十七间，占地居晋昌坊之半，大约是四分之一平方公里①。规模不差上下的寺院，在唐代长安不只一处。自东晋步入兴盛期的中国佛教，到两宋之际逐渐衰微，迁延至清中叶，僧团窳败严重，寺院大量废毁，其后变故非一，振兴更是不易，如今已经难以想象当年曾有过的兴旺景象了。但佛教在中国历史上绵延不绝地发展两千余年，曾经有过极度兴盛的时期，有过那样巨大的规模，那样兴旺的局面，可以设想，对于历朝政治、经济、文化等领域造成的影响、起过的作用必定是相当重大的。

二十世纪初英国著名印度学专家查尔斯·埃利奥特说过：

> 佛陀的伟大实际成就，就是建立了一个宗教团体。这个团体叫做僧团，一直存在到今日，其成员称为比丘。他的宗教之所以能够持久，主要是因为有这个组织。②

当代荷兰学者许理和也曾指出：

> 佛教不是并且也从未自称为一种"理论"，一种对世界的阐释：它是一种救世之道，一朵生命之花。它传入中国不仅意味着某种宗教观念的传播，而且是一种新的社会组织形式——修行团体即僧伽（saṅgha）的传入。对于中国人来说，佛

---

① 《唐长安佛寺考》，《唐研究》第 2 卷第 1—49 页，北京大学出版社，1996 年。
② 《印度教与佛教史纲》（Charles Eliot: *Hunduism and Buddhism*）第 1 卷第 342 页，李荣熙译，商务印书馆，1982 年。

教一直是僧人的佛法。因佛寺在中国的存在所引起的作用力与反作用力、知识分子(intelligentsia)和官方的态度、僧职人员的社会背景和地位,以及修行团体与中古中国社会逐步整合(integration),这些十分重要的社会现象在早期中国佛教的形成过程中都起到了决定性的作用。[①]

由僧人组成僧团这样一种特殊的社会组织传入中国,不仅对于早期中国佛教的形成和发展起了决定性的作用,它作为一直绵延存在、发展两千余年的中国佛教的"实体",其影响之广远和巨大是不可估量的。

　　僧团的梵名 saṅgha(僧伽),意译为"和合众"、"法众"等,是出家人以个体修道者身份、通过自由集合的方式而形成的特殊的社会群体。佛教信徒有所谓"四众",即男女出家人比丘、比丘尼和男女在家人优婆塞(男性居士)、优婆夷(女性居士)。一般说来,出家人组成的僧伽乃是佛教信仰组织的核心。比较另外一些世界性宗教,僧团这种社会组织,无论是其构成方式还是其运作模式,情形都大不相同。其他宗教的信徒,一般除了少数专职职业者之外,都度过如常的世俗生活。而比丘、比丘尼却要离弃家室,抛弃财产,"遁世以求其志,变俗以达其道"[②],度过所谓"清净梵行"即弃绝所有世俗欲望和利益的生活。而在教团内部,他们只是个体修道者,既不对团体负任何责任,也不担负任何义务(比如传教)。早期印度佛教的出家人群居在"外护"施舍的精舍(主要是部派佛教僧人)或构建的塔寺(主要是大乘佛教僧人)里,他们坚持游行乞食的生活方式即"头陀行"。无论是僧团这种组织形式,还是僧人这种生

①《佛教征服中国》(Erich Zürcher: *The Buddhist Conquest of China*: *The Spread gnd Adaptation of Buddhism in Early Medieval China*)第 2 页,江苏人民出版社,1998 年。
②慧远《沙门不敬王者论》,《弘明集》卷五,《大正藏》第 52 卷第 30 页中。

活方式,都是和中国传统上以血缘关系为纽带的宗法制度和等级专制的社会体制大不相同的;这种社会组织及其运作方式所体现的观念也是与中土传统"三不朽"(立德、立功、立言)、尊祖报本、"学优则仕"的立场与追求截然不同的。从而佛教向中国输入了全新的社会组织及其所体现的观念。

随着佛教在中土流传,这种由出家人组成僧团的社会组织形式逐步在中国普及开来。当然依据具体环境、风俗、气候等条件,中土僧人主要寄居在寺院里,并由逐渐形成的有规模的寺院经济来支持。而且这种陌生的社会组织形式在中国形成并维持其独立运作,经历了几百年的艰难的"创业"阶段。但是终于移植成功了。这实在是中国历史上的一件大事:从此中国城乡在士农工商"四民"之外,增添了一批出家僧人(还有道教的道士,但道教的出家制度是受佛教影响形成的),通都大邑、山边水涯建设起寄居众多僧人的大小寺院群落;从而在中国传统的宗法制度和专制体制之外,出现了另外一种超脱世俗关系和伦理的"方外"群体。当然,中国历史上不同朝代佛教僧团和寺院在社会上的势力和影响差别很大,朝廷对他们的管束力度也大不相同,但它们终归是统一的专制体制之下的特异的存在,因此造成的影响也是相当巨大的。

橘生于江北则为枳。僧团这种外来的社会组织形式在中国的发展中必然形成自身的特点。这也是所谓佛教"中国化"的具体体现。本来参与僧团的是出于自愿的信仰者,但在中国,僧团往往成为无以为生的民众、失意的文人官僚、改朝换代时期的遗民等等的逋逃薮。这也是历史上有些时期僧众人数过分庞大的原因。这样,僧团的构成成分就十分复杂,内部的观念与活动因而也十分庞杂。又僧人作为"方外"、"化外"之人,本应当"不事王侯,高尚其事",独立于世俗统治之外,不受世俗礼法的约束。但在中国专制政治制度下,历代王朝都采取各种措施把佛教纳入到国家统制之下,僧团和寺院在组织和运作上基本也都不能摆脱世俗政权的种

种管制和限制,政府和社会对于僧团超越或逸脱世俗制度和礼法
的努力更是坚定、持续地加以限制和压抑,激烈的办法,甚至有过
"三武一宗"那样毁佛的酷烈行动。而佛教方面则清楚意识到"不
依国主,则法事难立",主动地向世俗统治靠拢,为世俗统治服务。
又根据戒律,僧人不事生产,也不得积蓄财产,要靠俗人供养。而
在中国历史上却形成了庞大的寺院经济。而且从总体来说,历朝
在政治上对佛教的管束多能够奏效,但经济上则往往治理乏术,寺
院经济的膨胀常常成为影响国计民生的大问题。如此等等,都体
现出中国佛教僧团及其活动的复杂性,特别是缺乏作为宗教的必
要的独立性质和纯正性质。这归根到底与中国人传统上宗教观念
淡漠有关系。但是这些特点的意义和作用对于中国文化的发展却
不完全是负面的。中国僧团成分的复杂、活动的庞杂,正使之有可
能发挥出多层面的、更大的社会影响。

特别是僧团所体现的"方外"观念、人生形态,显然与中土知识
阶层固有的传统意识相对立,对思想、人生发挥的作用和影响更是
难以估量。佛经上记载佛陀十大弟子之一、"持律第一"的阿那律
告诉诸比丘,述说出家利益:

> 诸贤,我本未出家学道时,厌生老病死,啼哭懊恼,悲泣忧
> 戚,欲断此大苦聚。诸贤,我厌已而作是观:居家至狭,尘劳之
> 处;出家学道,发露旷大。我今在家为锁所锁,不得尽形寿修
> 诸梵行。我宁可舍少财物及多财物,舍少亲族及多亲族,剃除
> 须发,着袈裟衣,至信舍家,无家学道。诸贤,我于后时舍少财
> 物及多财物,舍少亲族及多亲族,剃除须发,着袈裟衣,至信舍
> 家,无家学道。诸贤,我出家学道,舍族姓已,受比丘学,修行
> 禁戒,守护从解脱,又复善摄威仪礼节,见纤介罪常怀畏怖,受
> 持学戒……①

---

① 《中阿含经》卷一九《长寿王品迦𫄧那经第九》,《大正藏》第 1 卷第 552 页中。

这样的观念对于信守儒家修、齐、治、平理想的中土士大夫,可以说是离经叛道的邪说。而僧人正实践这样一种"异端"的人生方式:他们割断情缘,出家修道,更进而试图,实际上也在为普通人树立一种特殊的人生模式;而扩展开来看,僧团作为社会的构成部分,其组织和运作形式又成为某种理想社会的模式。正如另一位当代英国佛学家渥德尔所说:

> 佛陀等沙门师希望以社会之外的有利地位对社会之内施加影响……他们除了个人心的和平的目的之外,或者更可能还有与此基本相关的全人类社会幸福的目的,和一切生灵的幸福的更高目标。认为一切有情都像自己一样的众生平等的道德标准,既可施之于在家人,也一样可以用于僧人……很清楚,佛陀的意向是向社会普遍宣传那种理想,作为对时代罪恶的解决方案,而不限制在僧团之内。[1]

佛教在中土传播的情况正是如此:尽管僧人作为修道者以个人成佛为终极目标,僧团也没有强制他人皈依的权威和能力,但是弃世出家这种人生形态,僧团这种"方外"社会组织,却对于人们起到某种示范作用。而且这不仅关系个人的生存状态,归根结底更体现为一种改造社会的理想和方案。佛教所建立的僧团从而被评价为令人惊异的"世界上的伟大力量之一"[2]。在中国古代传统上统治者以儒术治国、士大夫以儒家伦理立身的社会里,存在着这样一种以"遁世"、"变俗","抗礼万乘"、"不爵王侯"相标榜,相号召,并且更具有相当实力的社会组织,它不但赢得社会上下相当多一批人的信仰,更有遍布名山胜水的寺院群落及其附属的经济实体作为

---

[1] A. K. Warder: *Indian Buddhism* , Motilal Banarsidass, Second Revised Edition, Delhi, 1980, p. 157;《印度佛教史》第 145 页, 王世安译, 商务印书馆, 2000 年。

[2]《印度教与佛教史纲》第 1 卷第 344 页。

依托,其对于整个社会的政治、经济、文化诸领域的影响必然是十分巨大的,其在中国历史上发挥的作用更是难以估量的。而文学则是它影响巨大而深远的主要领域之一。

第二,佛教对中国的影响更特别体现在信仰层面。而信仰正是关系到宗教本质的核心内容。佛教在中国人面前展现出信仰的新天地与新境界。这也是它征服中土民心的主要"利器"之一。

在佛教传入、道教形成之前,中国没有定型的"历史宗教"或"教团宗教"。中华民族如世界上其他民族一样,自远古初民时期已经逐渐形成天命信仰、祖灵信仰、鬼神信仰、自然存在与现象如山川大地、风雨雷电信仰,等等,这是相当丰富的原始宗教信仰。但在周秦以来强大的人本主义和理性精神传统的限制和压抑下,这些纷杂的信仰没能构成体系,也没有进一步被统合而形成定型的宗教。外来的已经相当成熟的佛教在中土传播,带来了更系统、更完整、更具诱惑力的信仰。这种信仰又具有经过充分论证的系统的教理加以支持,使得它更有说服力。

佛教作为宗教,树立人们的信仰心乃是它存在的目的,也是它的本质的体现。特别是发展到大乘佛教阶段,随着新的佛陀观、佛土观的形成,发展出更加具有影响力的菩萨思想,从而也更加强了它的信仰层面。而这种信仰的重大特点之一是强调对于人的现实救济的直截和简易。例如后来在中国传播极广的对于阿弥陀佛及其西方净土的信仰,在《阿弥陀经》里,佛说:

> 舍利弗,不可以少善根福德因缘得生彼国。舍利弗,若有善男子、善女人,闻说阿弥陀佛,执持名号,若一日,若二日,若三日,若四日,若五日,若六日,若七日,一心不乱,其人临命终时,阿弥陀佛与诸圣众现在其前,是人终时心不颠倒,即得往生阿弥陀佛极乐国土。[1]

①《佛说阿弥陀经》,《大正藏》第 12 卷第 347 页中。

这里是向人们指出，只要怀抱信心，无需任何其它努力，更无关任何功德，临终时就可以往生无限光明、安乐的净土。这里表现的当然是突显信仰效应的极端形态，却正清楚体现出大乘佛教中信仰的意义。

佛教信仰的另一个重要特点是突出"自力"效应，即极大地突出个人求得救济的主观能动性，从而把成就佛果的根据主要归结到人的自身，而佛陀救世济人的愿力只是一种助力和保障。佛教也不要求它的信徒为宗教作什么，或为家族、为国家作什么，以至为上天、为神明等等作什么，修行的最终的、根本的目的是你自身成佛，所有的努力都是为了争取解脱轮回之苦，往生佛国土。佛教告诉人们命运不是上天决定的（这是天命论），也不是自然命定的（这是自然观），人的命运如何完全依靠你自己，看你是否皈依三宝（佛、法、僧），发菩提心（无上正等正觉，阿耨多罗三藐三菩提），认真地"诸恶莫做，诸善奉行"，等等。而修行与得果又都是不问品级高下、贫富贵贱的。佛经（《阿阇世王授决经》、《贤愚经·贫女难陀品》等）里有个贫女一灯故事，说阿阇世王请佛，燃灯供养，具百斛麻油膏大量燃灯，自佛陀所在的祇洹精舍一直陈列到宫门口，而有一贫女乞得二钱，点燃一灯，其炽盛却超过国王的千百灯。像这样的故事，必然会给贫苦无告的百姓以无限鼓舞，启发和坚定了无数人的归依心和信仰心。

佛教信仰的内容又十分丰富，具有适应不同人群要求的内涵，这是它的第三个重要特点。印度佛教发展不同阶段的信仰内容是不同的。在中国弘传的长期过程中，适应本土环境和需求，融入诸多本土内容而更加丰富、充实了。这种信仰大体说来又可以区分为更具理性色彩的层面和更为浅俗的层面。当然这两个层面不可能截然分开，往往是相互交融的。如相信"四谛"、"十二缘生"、佛性本具、阐提成佛等，这些更具理性色彩，属于前一方面；而相信有佛、菩萨（在中土的发展中更特别相信他们的救济功能，观世音信

仰就是典型例子），相信有佛国土并且通过修证可以往生（在中土
民众中净土信仰特别受到欢迎，并把它落实为无限美好安乐的有
形有相的"佛土"），相信六道轮回、因果报应是不变的"规律"（中土
民众特别相信来世果报，佛教实行教化则惧之以地狱之苦，诱之以
天堂之乐）等，则更富感性内容，属于后一方面。这充分显示了佛
教信仰极其丰富、复杂的特征。而其不同内容正适应社会上不同
层面的心理需求。

　　佛教信仰在发展中更能够不断地吸收外来的新鲜内容，具有
开放的、柔韧的性格。这也是它的另一个重要特征。例如有的学
者指出，在中国民众中影响极其巨大、深远的净土信仰、观世音信
仰就来源于西亚宗教。佛教在中国发展过程中，更大量吸收了中
国本土民间信仰和道教信仰的内容。特别重要的是，佛教对于世
俗的思想、学说也往往能够采取宽容、调和的姿态，尽管在根本观
念上是与后者不同甚至相对立的。例如中国佛教里作为信徒"四
众"组成部分的居士阶层（优婆塞，优婆夷）乃是相对开放的人群：
一个普通人只要"三皈依"（皈依佛，皈依法，皈依僧）就算是信徒，
并不要求他承担否认、排斥其它信仰的义务。中国的佛教居士可
以赞同、宣扬儒家的无神论，也可以相信神仙方术。如此在信仰上
形成一种相当模糊的状态，当然免不了内容上的驳杂和游移，但却
也促成了信仰的开放，从而能够适应更广大人群的精神需求。例
如历史上有许多文人"外为君子儒，内修菩萨行"，统合儒、释，三教
并用，却有力地扩展了佛教的势力和影响。这一点对于佛教在中国
的传播和发展，对于发挥其在文化诸领域的影响是起了积极作用的。

　　宗教信仰是先验的，绝对的。佛教信仰有其非理性的、蒙昧的
特征。这正是和中国传统的理性精神相抵触的。这也正是佛教在
中土传播受到限制的重要原因。但佛教信仰也给中国人灌输了敬
畏心（比如畏惧轮回报应之苦）、忏悔心（佛教把忏悔当作解脱罪责
的重要手段）、感恩心（比如感激佛陀的慈悲加护）、慈悲心（拔众生

苦、与众生乐是菩萨的根本精神)等。这都从一定意义上极大地提升了人们的精神品质,丰富了人们的精神境界。

宗教信仰归根结底固然是虚幻不实的,但其中包含的理想、向往、祈愿、祝祷却是真实的。人们把幻想比拟作不结果实的花朵,而人们热衷于欣赏花朵往往并不在意它们是否能够结出果实。而且,在佛教宣扬的对于个人救济的信仰的背后,不仅体现了民众解脱苦难的渴望,更反映了他们对于自身能力和前途的信心。文学创作作为心灵的产物,作为人的精神世界的反映,佛教造成的信仰心态必然在其中强烈地体现出来。

第三,佛教教理包含着十分丰富的有价值的理论内容,输入中国,促进了中国思想、学术的发展。

佛陀创建的佛教的又一个突出特征,是具有十分丰富和深刻的理论内涵。本来信仰作为宗教的核心内容,是不需要论证的。但佛教注重觉悟,佛陀教导弟子,十分注重启发他们觉悟宇宙和人生的"真实"。这样佛教创建伊始就十分重视教理建设。从原始佛教,经过部派佛教(小乘佛教)到大乘佛教,佛陀开创的这种传统得到积极的发挥,发展出众多的部派、学派。各部派都结集出独自的"三藏"(经、律、论),各学派也都发展出自己的教理体系。宗教思想丰富多彩从而成为佛教的一大特点和优长。而佛教教理更包含有丰富的具有客观真理价值的内容。正因此,近人有所谓佛教乃"智信而非迷信"之说。对于中国这样的理性精神根深蒂固的文化土壤,佛教的这一特点不仅是它生存的条件,也是它能够形成为中国文化支柱之一的重要原因。

大乘佛教又提出所谓"四依"原则,即对于佛法的理解,要依法不依人,依了义经不依不了义经,依义不依语,依智不依识。其总的精神是不墨守现成的经典教条,而要求理解和把握佛陀创教以救世的本意。这样,就显示出佛教教理的另一个特点,即具有开放、创新的性格,从根本上给创造性地阐释佛教义理开拓出广阔天地,其中也包括容纳和汲取外来的思想理论。埃利奥特指出:"佛教从未试图根除敌教。它和许多通俗迷信共存,只是温和地加以斥责,并且和强大的世俗僧侣制度共存,这些僧侣既有理智而又柔和,坚持自己的观念,然而也随时可容许几乎是任何其它观念,作为统治的代价。"[1]佛教思想的这种包容性格是它能够被文化传统和宗教信仰各不相同的民族和地区所接受的又一个重要原因。在中国,佛教的这一特点得到了进一步的发挥。

胡适讲中国禅和印度禅的区别,说"印度禅重在'定';中国禅重在'慧'"[2]。佛教在中国这样具有丰富文化积淀的土壤上传播和发展,重"义解"乃是势所必然,这从而也成为中国佛教的特点和优点。众所周知,佛教初传中土本是依附于神仙方术、道家和玄学的。后来经典翻译渐备,中土人士对佛教义理探究加深,中国佛学遂逐渐独立发展起来。而且这种发展一直是在与中土思想学术的相互影响、交流之下进行的,从而"统合儒、释"、"三教交融"就成为持续不断的潮流。南北朝时期,形成一批研习专经专论的中国佛教义学"师说"即学派,如涅槃师、毗昙师、地论师、摄论师等;到隋唐时期,更形成一批具有独立教理体系的宗派。南北朝兴盛发达的佛教中出现一批成就卓著的义学大师如僧肇、慧远、竺道生等人。他们通过疏解经义来发挥自己的观点,运用不同于儒家章句之学的方法,创造出更宏阔开放的学风,发展出内容和风格都独具特色的佛教义疏之学。正是在此基础上,才形成学理水平高超、思想极具价值的隋唐宗派佛学。南北朝佛教义学和隋唐宗派佛学是中国思想史上的重大成果,在涉及宇宙观、人生观、心性论、认识论、方法论等许多重要思想理论领域都作出了新的开拓和巨大贡献。

纵观自汉末到隋唐时期思想历史的发展,困于汉儒烦琐章句

---

[1]《印度教与佛教史纲》第 2 卷第 164 页,李荣熙译,佛光出版社,1991 年。
[2]《中国禅学的发展》,姜义华主编《胡适学术文集·中国佛学史》第 69 页,中华书局,1997 年。

的儒学,先是乱之于谶纬神学,继而乱之于魏晋玄学,由于有了西来的佛教,遂有可能开拓出思想与学术的新生面。因此不少学者把思想史、学术史上的这一阶段称为"佛学时代"是毫无夸大或歪曲之嫌的。汤用彤概括说:

> 溯自两晋佛教隆盛以后,士大夫与佛教之关系约有三事:一为玄理之契合,一为文字之因缘,一为死生之恐惧。①

所谓"玄理之契合"、"文字之因缘"都是知识阶层的事,是思想理论范畴的事。考察这一时期的文人士大夫,几乎很少有不与佛教发生胶葛的。具有强固理性传统的中土知识阶层对佛教的教理方面更加关注是理所当然的。而有他们热衷于佛教教理则更进一步推动了中国佛教理论层面的发展。正是经过南北朝时期教内、外普遍、深入地研习、消化、发展佛教教理的过程,不仅为唐代宗派佛教的形成作了理论准备,也为宋儒建设"新儒学"开拓出道路。

这种思想理论方面的影响,对于文人和文学创作产生巨大作用也是必然的。

第四,就文化层面而言,佛教本来具有丰富的文化内涵,这也是它能够在中国这样具有悠久而丰厚的文化传统、民众宗教观念又相对淡漠的国度得以传播、成长的又一个重要前提和条件。

佛教不只作为宗教输入中国,它也是外来文化的载体。它又承担了输入南亚、中亚佛教产生和发展地区诸民族文化的任务,由于早期向中国传播佛教是通过贵霜王朝、犍陀罗地区进行的,而这一地区乃是印度文化与西亚和欧洲文化相交汇的地区,因此如印度学者查娅·帕特卡娅所指出:

> 中亚的重要性在于这样的事实:"从古典时期到马可波罗时代,它一直是贯通东西方贸易、宗教和文化的桥梁。"……从

---

① 《隋唐佛教史稿》第 193 页,中华书局,1982 年。

文化上划分起来,中亚西部艺术吸收了一定的萨珊王朝及古希腊艺术的形式、肖像画法和图案的因素,并略带有印度观念的气息;而东边这部分则荟萃了多种艺术风格,诸如古希腊、萨珊、犍陀罗、吐蕃、回鹘及中国的艺术风格。从公元二世纪到十世纪,这里的艺术潮流均奠基于曾对中亚起过积极作用的佛教。[①]

法国著名的汉学家里奈·格鲁塞特更进一步指出:

> 在古代的犍陀罗及其西部位于白沙瓦与喀布尔(Kabul)之间的哈德(Hadda)所进行的发掘中,发现了数以百计的这种具有古典姿态以及希腊服饰的希腊式佛陀塑像。正是这种希腊式的佛陀造型,一个世纪又一个世纪地逐渐通过整个中亚细亚而传到了中国与日本,由此产生了远东无数的佛像。不用说,在这个跨越时空的伟大行程中,原先那种希腊式的佛陀造型已被修正过了。它最终变成了中国式的佛陀,然而即便如此,在其挺拔的造型及其服饰的布局当中,仍然留存着遥远的希腊式起源的痕迹。[②]

这里讲的是雕塑艺术,实际佛教带给中国的是领域无限广泛的文化内容。由于当时的中国乃是东亚政治、经济、文化中心,在世界上占据着重要地位,为远近各国家、民族所向往,人员的交流基本是单向东方的,从而也使得中国能够更广泛也更多地得到西来文化的滋养。

　　佛教带动起来的文化交流与融合,创造出十分绚丽多彩的中

---

①马里奥·布萨格里等著,许建英、何汉民编译《中亚佛教艺术》第 93 页,新疆美术摄影出版社,1992 年。

②《中华帝国的崛起与繁荣》(René Grousset: *The Rose and Splendour of the Chinese Empire*),何兆武、柳卸林主编《中国印象——世界名人论中国文化》上册第 96 页,广西师范大学出版社,2001 年。

国佛教文化,并给世俗文化以巨大、深刻的影响。日本学者塚本善
隆曾指出,中国南朝乃是佛教文化的全盛期。正是在佛教文化的
笼罩之下,南朝贵族文化形成极尽繁荣华丽的局面。他甚至认为
当时的贵族佛教从根本上说并不是追求觉悟、精进求道的宗教,也
不是具有深刻宗教体验、有意献身的宗教,许多人耽溺于佛教,不
过是为了享受佛教文化①。这个见解是相当精辟、透彻的。而且不
仅限于南朝贵族,就古代中国知识界接受佛教的一般情况而言,这
个判断也是适当的。当然历代文人中不乏诚挚的信仰者,但在中
国传统的追求"三不朽"的环境中,在儒家经学传统下培养起来的
中国文人士大夫,对于佛教必然更多地欣赏和热衷其文化层面。
比如某些佛经,像《维摩经》、《法华经》、《金刚经》等几乎是文人教
养的必读书,但人们多是赞赏其义理,欣赏其机辩,采撷其辞藻、典
故,并不一定身体力行其中的教义;同样,人们与僧徒相交往,也往
往不是把他们当作信仰的导师,而只是探讨人生、观赏山水、赋诗
论文的友人。

　　对待佛教如此超越真诚信仰的层次,对其教义的认识往往是
自由的,即使修行也谈不到认真,却使得中国佛教能够对思想、文
化造成更为广泛和深入的影响。这在文学、艺术领域表现得更为
明显。对于学术诸领域如哲学、美学、史地之学、语言学、目录学等
的影响也十分显著;对于伦理、教育等的贡献则更为直接和突出。
因此印度学者戴维森说:"佛教是印度对中国的贡献。并且,这种
贡献对接受国的宗教、哲学和艺术有着如此令人震惊并能导致大
发展的成果,以至渗透到中国文化的整个结构。"②

　　以上简要地介绍佛教流传中国、作出贡献的四个主要方面。

---

①参阅《中國净土教史研究》,《塚本善隆著作集》第 4 卷第 113 页,大东出版
　社,1976 年。
②《印度对中国的影响》,A. L. 巴沙姆主编《印度文化史》(A. L. Basham: A
　Cultural History of India)第 669 页,闵光沛等译,商务印书馆,1999 年。

从这极其粗略的说明中可以看出，佛教在中国的传播和发展确实在相当多的领域、在相当大的程度上改造了中国人的生活和精神面貌，改变了中国历史发展的面貌。而所有这些方面都关系到文人和文学。

三

再来讨论禅宗。禅宗是中国佛教的一个宗派，而且是对隋唐以来思想、学术发展影响巨大，特别是与文学艺术发展关联十分密切的一个宗派。

禅（dhyāna）本是印度古婆罗门教奉行的修行法门瑜伽行的一种，被佛教所吸收并发展出系统的禅观即禅思想和一套修习禅定的实践方法；传到中国，经过消化、发挥，融入本土的理论和方术，逐渐形成中国佛教的禅观和禅法。南北朝时期义学"师说"中的涅槃师（代表人物是竺道生）对于发展中国佛教的禅作出了重大贡献；到唐代，终于形成中国佛教众多宗派之一的禅宗。

关于佛教在中国是否经过"中国化"的过程，是否最终"中国化"了，学术界有人持否定看法。例如牟宗三认为："佛教只有一个，所谓在中国的发展，都是佛经中所原涵有的义理进一步发挥，并没有变质而成为不同于印度的'中国'佛教。"[1]但是佛教固然只有一个，无论是在印度还是在中国，也无论是它的哪个部派、学派、宗派，其基本信仰、基本组织形式确实是一致的，从这个意义上，可以说没有特殊的所谓"中国佛教"；不过如果分析一下中国佛教发展的具体状况和内容就会清楚地看到，它与印度佛教相比较确实发生了重大变化，而且这种变化有许多是关系佛教的根本教义、根本性质的。

---

[1]《中国哲学十九讲》第237页，上海古籍出版社，1997年。

佛教自输入中土的初期,已经在不断地融入中国固有的思想观念、风俗习惯和修行方法,无论是内容还是形式也都在逐渐改变,从而形成不同于外来佛教的许多显著特征。特别是发展到宗派佛教时期,几个重要的、影响巨大的宗派,如天台、华严,更特出的是禅宗,无论是观念还是形态都已经与印度佛教根本不同。二者间主要已不是宗教教派的差别,而是教理体系即根本思想理论的不同。从这个意义上,应当承认佛教在不断"中国化"的历史事实,而形成几个"中国佛教"宗派则是其结果。其中禅宗应该说是"中国化"最为彻底的"中国佛教"宗派。正因此,胡适才可以说:"禅有印度禅,有中国禅。"①

以下再依据上一节讨论的四个层面,看一看禅宗与所谓"教下"(这是禅宗对一般佛教的贬义称呼)的巨大差异,这是禅宗对于佛教独创性发展的成果,也决定了它对于文化诸领域,特别是文学艺术必然造成巨大影响。

第一,还是先来看作为社会组织的僧团。禅宗宗义以"明心见性"为纲领,因而不重修持,不重戒律。当然禅宗在不同时期、其不同派别、不同人对于修持和戒律的态度、做法不同,但总体倾向如此。因为肯定成佛作祖的关键在返照心源,依靠自性自度,所以就与刻苦修持(比如坐禅)和是否严守戒律关系不大。《维摩经》上讲到维摩诘讥呵大迦叶默守枯禅,是因为禅不在坐。中国的禅师们经常引用这个典故,则立意多有不同,他们往往是从根本上否定传统佛教"四禅八定"的禅修的。又戒律本来是僧人修持和僧团运作的轨范。对于僧侣个人来说,虽然出家是自愿的,但出家之后遵守戒律、维护僧团规范却带有强制性。持戒是僧人的外在标志,限定着出家人的身份。但是发展到禅宗,许多禅师却标榜不读经,不持

---

①《论禅宗史的纲领·胡适答汤用彤教授书》,姜义华主编《胡适学术文集·中国佛学史》第 35 页。

戒,以至在其最兴盛的中晚唐时期,更形成毁经灭教、戒律荡然的局面。也是在这一时期,形成了不同于一般寺院的丛林制度。禅师们建立起独立的禅寺、禅院、禅堂,禅门风气更加开放、世俗化了。禅师不再是修持清净梵行、受众人供养的僧宝,而成了追求明心见性、自我觉悟的普通人。他们广泛地游化于社会,出现了诗僧、艺僧、孝僧等各类畸形人物。禅宗僧团组织和性质上的巨大变化,禅僧宗风和行为的自由开放,大为密切和强化了与世俗社会的联系。就与文人的关系说,翻开《全唐诗》、《全唐文》、《全宋诗》、《全宋文》,有关禅僧与禅的作品连篇累牍,占了很大比例。这样,禅宗使得僧团的组织及其运行状况发生了带有根本性的变化,内部对其自身,外部对于社会,影响都是巨大的。不过宋代以后,禅、教合一,禅、净合一又逐渐成为潮流,禅宗丛林也与一般寺院相合一,唐代开创的禅僧僧团的生动形式和活泼风气从而夭折了。

第二,信仰层面。如拙著中所介绍的,禅宗主张自性本来清净,不假外铄,把艰难的修持转变为心性修养和自我觉悟功夫;到中唐时期出现洪州禅一派,更提出"平常心是道","非心非佛",把超越的"佛心"、"清净心"与平凡的"人心"、"平常心"等同起来。这样,禅宗就从根本上否定了对于一切外在神圣和它力救济的信仰。南宗禅的主要经典《坛经》已经对于净土的存在和往生净土的追求坚决地加以否定。后来禅宗在进一步发展中更把这种尖锐的批判精神大加发扬,以至中晚唐禅门出现呵佛骂祖的"慢教"一派。他们代表着一时的思想潮流,形成强大的声势。虽然后来这种狂放宗风得到抑制和纠正,但其余波长久激荡,影响是十分深远的。

禅宗绝对地肯定平凡人的主观心性,否定对于偶像、经典的崇拜和对于它力救济的信仰,客观上体现了对于人的个性自主和人性解放的要求。当然在一个相对封闭的宗教教派里,既没有强大的物质力量和群众基础作后盾,又不能系统提出正面的理论纲领,这种追求不能不以失落而告终。但是其价值和意义却是不可否定的。在中国古代专制政治体制下,在人们普遍地迷信专制统治和经学权威的环境中,这种大胆地否定一切权威、冲决一切思想网罗的行动和精神,给人们以长久的鼓舞和激励。对于处在权力边缘的文人阶层更是如此。

第三是思想层面。还是归结到"中国化"问题:为什么应当承认禅宗是彻底"中国化"的中国佛教宗派? 仅就传承说,它虚拟了一个外来的"佛陀拈花,迦叶微笑"的故事(这是没有任何根据的臆说),构造出西天二十八祖的传法统绪(这虽然有些佛教史的根据,但总体上却是拼凑起来的),而制造出这个传法统绪则是为了确立起禅宗自己的祖统。由此一来,实际就是用中国人的祖师代替了印度的佛、菩萨的地位。又禅门里有一个经常谈论的话头:"如何是祖师西来意?"即达摩为什么万里跋涉来到中土? 他传播了什么教义? 有什么意义? 禅门中师资对答斗机锋,对这个问题的回答千奇百怪,但实际只得出一个答案,就是"西来无意"。因为自性清净,万古不变,不假外求,无关于达摩来或不来,也无关于他是否传来西方的禅法。与之相应,则在否定外来翻译经典的权威之后,又确立起本国祖师制作的经典的权威。本来佛经被当作"如是我闻"的佛陀所说(实际当然是后来历代教徒逐步结集起来的),但是六祖说法的记录却被尊称为《坛经》。在中国佛教里从而出现了中国祖师说法的"经",这是具有象征意义的。后来在禅门里,师资间的对答商量代替了讲经说法,而这些对答商量的记录形成的"语本"、"行录"等"册子"则取代外来翻译经论,成为修习、参悟的主要材料。以上这些还只是从传承上、从形式上说,禅宗显然已经从外来佛教的传统中独立出来。而从宗义内容上看,禅宗的禅则已经是胡适说的"中国禅",即印度佛教经过"中国化"的中国禅。

佛教的禅本来和儒家的"至诚返本"、道家的"心斋"、"坐忘"等心性观念和修养方式有相通之处。而上面提到的对于发展中国禅作出决定性贡献的竺道生则早已把儒、释两家的心性理论相融合,发展出"顿悟成佛"新说,从而"宣告圣人之可至,而为伊川谓'学'乃以至圣人学说之先河"①。从竺道生的禅到宋儒的中间环节就是禅宗。关于被禅宗奉为祖师的达摩及其弟子慧可,胡适指出:

> 慧可颇通中国典籍,所以他能欣赏达摩的简单教义。达摩的四行,很可以解做一种道家式的自然主义的人生观:报怨行近于安命,随缘行近于乐天,无所求行近于无为自然,称法行近于无身无我……《续僧传》说,有向居士……我们看这两位通文墨的佛教徒的酬答,可见达摩的简单教义在那第一代已得他们的了解与接受。我疑心这种了解和魏晋以来的老庄思想不无关系。向居士的"迷悟一途,愚智非别";慧可的"无明智慧等无异","观身与佛不差别",固然即是达摩的"无自无他,凡圣等一",可是中国文士所以能容易接受这样一种显然不合常识的教义,也许是因为他们久已听惯了中国道家"齐是非"、"齐万物"的思想,不觉得他的可怪了。②

这种趋势被禅宗祖师所继承并进一步加以发挥。许多熟悉中土典籍的禅师们,本来就是士大夫阶层出身的知识分子,经过他们的消化理解形成的禅宗,乃是外来的佛教与中国传统的儒家、道家和道教相交融的产物。

还有一点也很重要,就是禅宗在表述形式上已充分体现了中土思维重简约、重概括的性格。印度佛学以论理细密、逻辑严整、分析烦琐著称。这对于中国人的思维方式和学术研究当然造成一定影响,也起了相当的积极作用。但印度佛学的这种风格和方式终归难于被中土人士普遍、全面地接受。这只要看看南北朝时期诸家义学烦琐缜密的"师说"大多终于湮没不存就可以知道。本来

---

① 汤用彤《谢灵运〈辨宗论〉书后》,《汤用彤学术论文集》第 294 页,中华书局,1983 年。
② 《楞伽宗考》,姜义华编《胡适学术文集·中国佛学史》第 101 页。

印度佛教对心性理论的探讨成果十分丰富,乃是对于中土思想学术造成重大影响的部分之一。但看《涅槃经》、《如来藏经》、《宝性论》等解说佛性的经论,还有中国人所写的有关经疏如宝亮所集《大般涅槃经集解》,其烦琐辨析也很难让中国人理清头绪,得到确解。而禅宗的理论则简炼精悍,往往一语中的。祖师谈禅活泼生动,妙语如珠,又简洁明快,高屋建瓴,完全体现了中国人的思维习惯。这也是它受到欢迎的原因之一。

第四,文化层面。在中国佛教发展中,居士阶层一直起着重大作用。这是因为中国传统上的基本社会结构由家族血缘关系来维系,社会上层人士又基本以仕宦为人生企向,所以相对而言,知识阶层中人出家的不多,僧人多是贫苦无告的普通百姓。更多的怀抱信仰的官僚士大夫是在家居士。特别是到唐宋时期,有知识的居士阶层的参与和活跃,成为中国佛教文化得以发展并取得成就的重要机缘和条件。而禅宗一方面极大地推进了上述佛教"中国化"、"世俗化"的程度,另一方面由于其自由开阔的宗风,更吸引众多的知识分子热衷习禅。而两方面相互作用,就推动了居士佛教的发展。唐宋已降,佛教逐渐走向衰落,居士阶层乃成为支撑其存在和发展的主力。而这一阶层又正是活跃于各文化领域的基本力量。这样,强化和密切了禅宗与广大知识阶层的联系,对于佛教文化的发展,对于佛教发挥在文化领域的影响,都创造了更好的条件。

另外更重要的是,禅宗作为"明心见性"的宗教,无论是它的宗义还是宣扬、实践宗义的具体活动,又都具有丰富的文化内涵,体现出浓重的艺术色彩。禅师们优游山水、放旷自如、不受羁束的人生本身就是艺术的;他们要"绕路说禅",充满机锋隽语的对答商量,如歌如诗的偈颂谣谚,往往是优秀的禅文学作品;他们返照心源的思维方式,对于清净心性的追求和体认,与绘画、书法等艺术创作相通,可以贯彻到如茶道、花道等艺术形式之中。如此等等,禅宗本身体现出的文化性格和文化素质,对文化,特别是对于文学艺术的影响也是巨大而深刻的。

从以上这四个方面看,禅宗已经相当彻底地改变了传统佛教的面貌。归结到一点,就是它更充分地体现了鲜明的中国特色。而形成这些根本特色的基本原因,就在于它已经不是印度佛教的禅,而是彻底"中国化"的禅。当然从一定意义上它仍然是牟宗三说的"一个"佛教的一部分,这也是胡适所承认的,他曾说:"佛教的革新,虽然改变了印度禅,可以仍然是佛教。"①不过这终究已经是经过中国人、在中国固有传统基础上加以改造并充分实现了"中国化"的佛教。

四

以上从社会组织、信仰、思想、一般文化四个方面简略说明了佛教和中国的禅宗对于中国文化的贡献。这也是它们影响文学的根据。文学接受其影响也主要体现在这几个方面。与本书论题直接相关联的,重要的则是上面讲的中国禅宗如何发展了佛教、改变了佛教面貌的几个侧面。

从历史发展看,禅宗在初唐创立,到唐代武则天统治时期迅速兴盛,以其强大的声势,不久就凌驾到其它宗派之上,成为一代佛教的主流,直至五代,其兴盛形势稍戢。而如果就其对于文化,特别是对于文学、艺术发展的作用说,影响则一直绵延到后来。诗歌则是受到重大影响的主要领域之一。这部拙著讨论的就是这个课题。

关于禅宗与文学艺术的关系,钱穆有一段十分生动的说明:

---

①《禅宗史的一个新看法》,姜义华主编《胡适学术文集·中国佛学史》第152页。

　　唐代禅宗之盛行，其开始在武则天时代，那时唐代，一切文学艺术正是含葩待放，而禅宗却如早春寒梅，一支绝娇艳的花朵，先在冰天雪地中开出。禅宗的精神，完全要在现实人生之日常生活中认取，他们一片天机，自由自在，正是从宗教束缚中解放而重新回到现实人生来的第一声。运水担柴，莫非神通。嬉笑怒骂，全成妙道。中国此后文学艺术一切活泼自然空灵脱洒的境界，论其意趣理致，几乎完全与禅宗的精神发生内在而很深微的关系。所以唐代的禅宗，是中国史上的一段"宗教革命"与"文艺复兴"。①

这丰富多彩的"宗教革命"和"文艺复兴"的内容，是"说不尽的"。拙著仅只对于禅宗影响中国古典诗歌发展这一个侧面试作简略的历史描述。叙述沿着两条并行的线索进行：一条是禅宗的发展，从兴起到中衰；一条是禅宗影响下诗歌的发展。而诗歌发展的情形又分为两部分：一部分是禅宗自身的创作，即所谓"禅偈"，这是"禅文学"的部分；另一部分是一般诗人及其创作。叙述范围主要是从初唐到北宋中期，时间跨度在四百年左右。这正是中国禅宗兴盛时期，也是中国诗歌的黄金时代。这二者的重合不是偶然的：在同样的社会发展形势之下，有同样的思想文化背景，对应着同样的社会要求，二者发展形势大体一致，在相互滋养、相互影响中促进着各自的繁荣。本书论题所涉及的内容极其复杂、丰富，用几十万字的一本书进行细致、全面描述是不可能的，也是笔者能力之所难及，所以只能使用概括的方法，采取历史的叙述与典型事例分析相交错的方法，梳理出一个大致脉络。细致的研究、描述和论说还有待更多有能力的学者去做。例如关于诗人创作，书中只是举出杜甫、王维、白居易、苏轼、黄庭坚等几位作为代表人物来讨论。写作中笔者更深切地体会到，即使是对于历史上如诗、禅关系这样一个

————————

①《中国文化史导论（修订本）》第 166—167 页。

具体现象，把它弄得比较清楚，再粗略地叙述出来，加以阐释，也是十分困难的。

笔者写作所采用的基本是历史描述方法。这是基于笔者的治学观念一贯坚持的做法：就是研究、解释、评价历史现象，第一位的工作是把它的面貌弄清楚，尽可能真实地描述出来，把清晰的历史图像展现在人们面前。当然完全真实地展现历史原貌是不可能的，但总要尽一切可能，做到距离这一目标更为接近一步。这对于研究基础薄弱的课题尤其重要。而如实地说，就整个中国历史科学的发展而言，用科学的方法研究、清理遗产的工作还刚刚开始。如果从清末民初"新学"输入、开始使用现代科学方法开展研究工作算起，也就是不到百年的时间。在这百年间，战争、动乱使得工作时进时辍，而所伴随的思想上的混乱和纷争，更常常扰乱研究工作的进程。几经中辍，几经"拨乱反正"，研究往往不得不从起点重新开始，后来的诸多工作往往是前一阶段的重复，这是不得不承认的可悲的事实。谈到这种情况，并不是贬低已经取得的成就，而是因为对许多领域的研究而言，实在不能作过分乐观的估计。如本文开头所说，涉及关系宗教学领域的研究，具体到禅宗与诗歌关系这类更具体的课题的研究，情形更是如此。所以笔者立意从基础做起，尽可能认真地作历史概况的描述，写成了这一部书。

描述历史上禅宗与诗歌发展的关系，首要的是弄清相互间有没有关联，相互间是否有影响，如果承认有影响，这影响是否重大、值得注意。实际这仍然是个有争议的问题。只要看看近年出版的几部有影响的文学史，仍然对这个方面不置一词，就可以觉察到意见分歧之严重。比如本书里介绍的禅师们的乐道歌谣、示法偈颂等诗偈作品，多数固然谈不到有多么高的艺术性，水平当然不能和当时的诗坛大家相比，但它们作为诗歌的一体，确曾广泛流行，并给同时和后代诗坛提供许多启发和借鉴，影响过众多诗人的创作，则是不能不承认的。宋诗大家如苏轼、王安石、黄庭坚等大都写过禅偈风格的作品,禅的语言、意象更广泛融入他们的作品之中。但是在对于这些诗人的研究中,这一方面往往忽略。弄清这些问题,就需要让史实说话。笔者的工作就是用史实来证明诗与禅二者间确实有联系,有影响,而且这种联系十分密切,影响相当巨大。在相互影响的错综复杂关系中,笔者的侧重点则是单方面地探讨禅宗对于诗人、诗歌创作的影响。而仅就这一个课题而言,虽然目前论著不少,但资料远未梳理清楚,论说中的问题仍然多多。

但是,正因为拙著的重点在弄清诗与禅"有没有"关系,那么二者关系究竟"如何",即禅影响到诗歌创作思想、艺术诸方面的具体表现,就无暇多所顾及。实际这后一方面是更为复杂、艰难的课题,在学术上也更有意义。如果说笔者所作的历史描述并不全面、深入,那么对于禅宗给予诗歌创作影响的分析则更为疏略。这方面的任务是需要有兴趣的学界同行,特别是新进学人加以承担的。

书局告知初版已经售罄,提议本书再版,又说书的内容还没有过时。这种赞誉的意思,当然是让笔者听了高兴的。但笔者在不同的场合一再说,也确实深刻自觉到,自己不是佛学科班出身,相关研究根底浅薄,本书的学术价值到底如何、能否承受历史考验,实在没有把握。本书再版之际,除了更正初版的一些错误和排版误植以外,更增写以上《说明》和后面的《余论》两章,中间章节也做了多少不等的更正和补充。仍是以真挚的心情,请求读者给以批评指正,更诚恳地希望有更多关于这一课题的优秀论著问世,让这本拙著"过时"的一天早日到来。

代 序

——禅的文学性质

中国禅宗具有浓厚的文学性质,中国禅宗文献包含相当多的文学成分,禅宗的发展与文学有密切的关系,相互间产生过重大影响。因此,有必要从文学的角度对禅宗和禅文献加以研究。可以研究作为佛教宗派的禅宗的文学,这是中国佛教文化的重要组成部分;也可以研究文学中的禅,这在中国文学的内容与形式上都有独特的、重要的表现。这种研究,对于全面认识宗教史上的禅宗是不可或缺的,对于探讨中国文化史、文学史也有很大的意义。

在世界各主要宗教之中,佛教具有丰富而独特的文学传统。佛教在中国的流传与发展中,更形成了辉煌璀璨的佛教文化。禅宗是中国人在接受、消化了外来佛教的基础上,在中国思想文化土壤上创立起来的完全中国化的佛教。中国禅宗文化鲜明地反映了中国传统思想文化的特色。它的浓厚的文学性质就是这种特色之一。

禅宗的基本思想使得这一革新宗派必然与文学结下密切的因缘。

禅宗理论的核心是"见性"说,即众生自性本净,圆满具足;见自本性,直了成佛;只需"自身自性自度",不需向外驰求。这是自部派佛教"心性本净"说和大乘佛教"悉有佛性"论及"如来藏"思想的进一步发展,也是佛家心性学说与中国传统的人性论(主要是儒家思孟学派的"性善论"和道家"逍遥"、"自在"、"齐物"的精神境界）相融合的产物。佛家讲佛性，实际上讲的是人性问题，即人的本质是否能与超越的佛性相统一以及怎样去统一，也就是人成佛的可能性与现实性问题。禅宗的看法比起历来佛家、儒家、道家的心性理论的一个大的飞跃，就是绝对地肯定每个平凡人本性的圆满。不是让平凡的众生改造自己，去向一个绝对的神圣境界或精神本体看齐，他们只需自己去发现自己；众生不是由于有清净自性为依据可能成佛，而是这清净自性决定他们本来就是佛。有的学人请教禅宿什么是佛、什么是佛法大意、什么是祖师西来意（即达摩祖师为什么自西域来中土传法）之类的问题，禅宿往往拳打棒喝，试图让问者截断常识情解；有时则直呼发问者的名字，让他们回头猛省，省悟当下即是，佛法"一切见成"，"真佛内里坐"，佛即是学人自己。这样，作为宗教修持与信仰的佛教之禅法，就演变为精神体验和认识方法了。禅不再是心注一境、正审思维的静修功夫，习禅也不是为了导以正观或获得神通，而是对"自我"的发现与肯定。这就是日本哲学家西谷启治所说的"了解自我本来面目"的"禅的立场"[1]。到这里，宗教的禅就走上了它的反面，禅而至于非禅，而与人对于自身以及人生践履的认识相沟通了。这样，禅的内容，禅的认识方法，就与文学创作有了更多的相通之处。因为文学就是客观现实在人的心灵主体上反映的产物。黑格尔说，"最接近艺术而比艺术高一级的领域就是宗教"，"艺术只是宗教意识的一个方面"[2]。如果不去评论黑格尔整个哲学体系而只论现象，禅宗与文学的关系正是符合这一论断的。

当然就其本质属性说，禅与文学分属不同的意识形态领域，并不能合而为一。

---

[1] 西谷启治《宗教論集Ⅱ·禪の立場》第 7 页，创文社，东京，1982 年。
[2] 黑格尔《美学》第一卷第 128 页，朱光潜译，人民文学出版社，1962 年。

禅宗的基本理论又决定了它附带的两个重要特征。这两者进一步强化了它的文学性质,密切了它与文学的联系。

一点是,禅是实践的。这里所谓"实践",不是指特定含义的社会实践,是指人生的实际践履。禅要在人生实际中领悟,又要贯彻到人生实际中去。禅宗标榜"不立文字"。这个提法在不同场合有不同的含义。有时是意在打破佛教烦琐的经论义解,破除文字障,从而创立新教义;有时是强调禅解须靠神秘的自证,语言文字对这种证悟只能是限制;而还有一个重要含义,就是强调禅即在实际生活之中,靠每个人自己从实际中去体验。禅师们常说"如人饮水,冷暖自知"[①],就是说,对禅的领悟从根本上看是一种"默契",是任何其他人所无法代替的。《坛经》中记载的慧能自五祖弘忍处得法的故事是有象征意义的。弘忍弟子神秀已经是"上座"、"教授师",道宣《续高僧传》上说他"少览经史,博综多闻",而慧能不过是岭南僻远地区的"獦獠",以打柴为生,不识字,在弘忍门下是个"踏碓行者"。但通过各自题偈呈解,慧能在"见性"上远远超过了神秀。这表明禅的"知见"并不靠学问。发展到中唐马祖道一的时代,又特别强调自性的随缘应用,提出"平常心是道",进一步把禅落实到人生日用之中。禅宗僧团建立起独立的禅院,确定了禅僧参加劳动的制度,从而实现了禅宗史上观念的一大转变:僧侣由受众人供养的僧宝变成了自力谋生的普通人。百丈怀海的《禅门规式》中规定了"上下均力"的"普请法"[②]。看一下灯史、灯录上的记载,丛林中师弟子一起除草、打柴、摘菜、种田,正是这平凡的生活提供了悟道的机缘。百丈怀海法嗣大慈寰中上堂示法说:"说取一丈,不如行取一尺;说取一尺,不如行取一寸。"[③]这显然是强调"行"的重要性。雪峰义存门下保福从展说:

---

① 希运《筠州黄檗山断际禅师传法心要》。
② 道原《景德传灯录》卷六。
③ 《祖堂集》卷一七《大慈和尚章》。

"举得一百个话，不如拣得一个话；拣得一百个话，不如道取一个话；道得一百个话，不如行取一个话。"[1]"话"即"话头"，禅宗丛林中把古德的言句行迹作为参悟的对象，称为"话头"。从展说不论多么熟悉这些话头，也不如自己能身体力行之。禅宗中人对读经看教、墨守教条大肆抨击，有"承言者丧，滞句者迷"，"一句合头意，千载系驴橛"之类说法。禅宗重视人生日用往往流为任运随缘，以至无所作为，导向个人狭隘神秘的内心体验，这是重大的失误。但它比起佛教其它学派、宗派以及传统的大、小乘各种禅法有一个原则上的不同点，即禅宗以外的佛教派别从本质上是超越的、出世的，人要成佛就要达到彼岸世界；而禅却是肯定现实人生的，有入世精神的。这就把中国大乘佛教"立处即真"、"触事而真"[2]的思想大大地加以发挥了。禅从而也更接近了生活实际，接近了艺术与文学。

　　另一点，禅是独创的。自佛法传入中土，在中国的思想文化土壤上扎根、发展，就通过各种方式不断地实现着"中国化"。这包括在翻译佛典时使用"格义"[3]的办法，制造伪经的办法[4]，对佛教经典进行科判义疏的办法，以至通过"教判"[5]重新组织教义体系以创组宗派的办法。但不论用什么办法，禅宗以前的中国佛教还都是以印度所传翻译经典为依据。到了禅宗，却用中国人创造的"论"、

---

①《祖堂集》卷一一《保福和尚章》。

②僧肇《不真空论》。

③"格义"是中国佛教早期发展的一种方法（或形态），指"以经中事数，拟配外书，为生解之例"（《高僧传》卷四《竺法雅传》），即用儒家、道家等中国传统的概念、思想去翻译、比附、理解佛教的概念、义理。

④在敦煌文献中发现了《提谓波利经》、《佛说法句经》、《佛说法王经》、《佛说观世音三昧经》等一批伪经；根据晚近研究，倾向于认为唐以后在中国广为流行并得到禅宗重视的《金刚三昧经》、《圆觉经》、《楞严经》等也是伪经。参阅牧田谛亮《疑經研究》，京都大学人文科学研究所，京都，1976年。

⑤"教判"即"教相判释"，或称"判教"，是对佛陀一代教法重新加以组织、解释，形成一定的教义体系。中国佛教各宗派都有自己的"教判"方法以作为立宗依据。

"语录"和"偈颂"等代替了佛所说经和外国菩萨所造的论,从而从根本上解脱了外来偶像的权威和教条的羁绊。早期的禅宗还借用四卷《楞伽》的提法讲"如来禅",这已把自己的禅法直截承接到释迦心法上;到马祖道一以后更讲"祖师禅",则进一步放弃了对外来宗主的依附而自立中土"祖师"的宗主地位。这种独立创新的精神使得禅门在创立后的很长时期内思想开阔自由,鼓励学人超越师说,勇创新解。雪峰法嗣岩头全豁引用古德的话说:"智慧过师,方传师教;智慧若与师齐,他后恐减师德。"①这是要求弟子一定要超越老师。有一次洞山良价设斋,有僧问:"和尚设先师斋,还肯先师也无?"答曰:"半肯半不肯。"僧曰:"为什么不全肯?"曰:"若全肯则辜负先师。"②这就明确指出,对于老师所传禅法不能全盘照搬,而要有所发展。这样,祖师的任何高超的见解都不是绝对的。从实际情况看,自唐初道信弘传所谓"达摩宗"直到北宋黄龙派、杨歧派兴起这四五百年间,禅宗发展变化,新态百出,从观念到方法不断花样翻新。一代代禅匠中的卓越人物,对禅各有独特的解会,各有特殊的悟道机缘,千姿百态,富于个性,多是富于创见的思想家。这种独创性是禅宗自身发展的一个强大动力,又成为创造出丰富多彩的"禅文学"的决定因素之一。

禅宗的重实际践履与重独创的特点,恰恰也是文学创作的基本要求。来自人生实际的、创造性的对于"心性"的体验与理解,用文字表现出来,就具有文学创作的意味了。禅与文学、特别与诗相通以至相融合,根本原因就在这里。

具体分析禅宗文献和禅与文学的关系,二者的相通表现为多

①《祖堂集》卷七;《景德传灯录》卷一六作:"智过于师,方堪传授;智与师齐,减师半德。""古德"指百丈怀海。《五灯会元》卷三引百丈怀海语:"见与师齐,减师半德;见过于师,方堪传授。"
②《祖堂集》卷六《洞山良价章》。

种形态。

就整个禅文献来看，它们的制作具有浓厚的艺术创作意味，因此可以把它们看作是广义的"禅文学"。

自二十世纪初，大量禅宗新资料陆续被发现。这不只改变了禅宗史研究的面貌，而且使人们对禅宗这个历史文化现象不断地改变认识，包括对它的文学价值的认识。

在二十世纪以前，中国人熟悉的禅宗资料主要是元宗宝本《六祖大师法宝坛经》和宋道原于景德元年（1004）编成的《景德传灯录》，以及南宋普济编的《五灯会元》等。中国人有重视历史的传统，长久以来这些材料主要被当作历史记录（当然不一定尽信为史实）来对待。但由于新资料的发现，证明这些材料只是宋初以后南宗马祖一系所整理的传说。在敦煌文献中发现的重要禅籍中，关系禅宗历史的主要有早期的《坛经》[①]、慧能弟子神会的语录，北宗灯史净觉《楞伽师资记》、杜朏《传法宝记》以及保唐宗的《历代法宝记》等。在敦煌禅籍被发现、整理、进行研究并形成国际间显学的同时，一九三三年、一九三四年分别在日本京都青莲院和我国山西赵城藏中发现了唐智炬所著、成书于贞元十七年（801）的《宝林传》残卷；在日本京都堀川兴圣寺发现了慧昕于宋乾德五年（967）整理的《坛经》；特别是在朝鲜发现了成书于南唐保大十年（952）、泉州招庆寺静、筠二禅师编的《祖堂集》[②]。这不只给禅宗研究提供了全新的材料，而且使人们明确了：禅宗史料具有流动性强的特点，随

---

①据晚近研究，敦煌本《坛经》应形成于唐德宗建中年间（780—783）前后。它也并非"原本"，而是从更古老的本子发展而来。参阅柳田圣山《初期禅宗史书の研究》，法藏馆，1967年。

②日本建筑学家关野贞在1904年发表《韩国建筑调查报告》，首次披露了在韩国庆尚南道伽耶山海印寺藏经阁保存有高丽《八万大藏经》经板。《祖堂集》即收在其中的藏外补板中。后来日本学者穴山孝道在1933年于《東洋學苑》第二辑著文《高麗版〈祖堂集〉と禪宗古典籍》，向学界具体介绍了《祖堂集》。

着时代的发展改编、创造出了不同形态的禅史。用另一句话说,即禅宗所写的人物、故事、传法机缘、语句等,不同程度地是出于艺术创造。大体上说,越是有关前期的材料,这种创作的成分也越多。例如后来所传达摩故事,就是逐渐被创作、增饰而形成的,真实的成分已经很有限;事实上,并不是达摩创立了禅宗,而是禅宗创造了达摩;而且不同时代所塑造的达摩形象也并不一致。达摩实际是奉他为宗主的后代子孙所创造的宗教教主。从这个意义上说,他也是"禅文学"所创造的人物形象。

　　达摩形象的创造可以看作是禅籍记述的祖师以虚构成分为主的典型例子。对于后代禅匠的记述,史实的成分大体更多些。但在传说中被提炼、加工、增饰以至虚构的情况仍是普遍的。正是通过这样的创造过程,才写出了丛林中富于个性的人物和有关他们的动人的故事。例如聪慧机敏、活泼大胆的马祖道一,机智深沉、绵密亲切的石头希迁,佯狂傲世、不受羁束的丹霞天然,蔑视传统、呵佛骂祖的德山宣鉴,机锋峻峭、拳打棒喝的临济义玄等。他们每个人都有独特而又鲜明的个性,具有特殊的艺术魅力。宋以后的理学家们写《道学传》、写《学案》,显然受到禅宗写灯录的影响。但如果把他们写的儒家人物与禅宗创造的祖师形象相比较,就会发现后者从构思、立意到情节、语言都极富艺术表现色彩。就是说,流传或记述禅宗历史与禅宗人物的人,是具有强烈的艺术创作的自觉的。禅宗资料给中国文学提供了一大批有特色的人物形象。因此,有理由把它们视为广义的文学创作——禅文学。

　　另一方面,从狭义的文学角度看,禅宗文献中又有许多文学作品和接近文学创作的作品。

　　佛教本来就有利用文学形式宣传教义的传统。例如在翻译佛典中,包含着大量譬喻、寓言的成分,又广用偈颂体的诗的体裁;在中国又发展出唱导与变文等文艺形式。这个传统也被禅宗所发扬。敦煌卷子中就有用《行路难》、《五更转》、《十二时》等民间俗曲来宣扬禅宗观念的；神会的《五更转》就是集中表现南宗观念的哲理诗。中唐时期，禅门还流传大量署名为傅大士、宝志和王梵志、寒山等人的通俗诗。

中国佛教徒又有善诗文的传统。这与东晋以来文士名僧相互交流的风气有关。而禅宗本身的发展更与士大夫阶层的支持和参与有密切关系①。禅门中有大批能诗文的人。特别是中唐以后活跃在社会上的"诗僧"，是两栖于丛林与诗坛上的特殊人物。其中如皎然、贯休、齐己等人都名噪一时，取得了相当的艺术成就；又有些人如宋代的契嵩、慧洪等人都有诗文别集传世。其中有些人的创作活动已与一般文人没有什么不同。

除了以上这两种佛教文学的传统形式之外，禅宗还创造了独特的表现形式——偈颂和语录。这些本是记录祖师言句的、独立于传统"三藏"的禅宗的新的经典，但它们又具有浓厚的文学性质，有些可看作是具有相当水平的文学作品。

后来人说"诗禅一致，等无差别"②。诗情、诗思与禅趣、禅机本来就易于交融。加上唐代社会诗歌繁荣的风气的影响，禅僧们在开悟、示法以至一般商量问答时常用诗偈，在一些特殊的场合如顺世（死去）时还留有遗偈。这些当然不一定都是本人创作的，很可能是后人附会或经过增饰的。到宋代，随着"五家七宗"的形成，又创造出表述自宗要旨的"宗纲偈"；由于广泛地以祖师行迹语句为参悟对象，又出现了歌颂古德的"颂古"等；后来对颂古又加以"评唱"，形成了一些拈古提唱的专书。五代时的法眼文益已曾指出当时广用偈颂的情形说：

　　　宗门歌颂，格式多般，或短或长，或今或古，假声色而显

---

①范文澜称禅宗是"适合中国士大夫口味的佛教"，见《中国通史简编》第三编
　第二册第七章《唐五代的文化概况》第二节，人民出版社，1965年。
②王士禛《带经堂诗话》卷三，张宗柟纂集，夏闳校点，人民文学出版社，1963年。

用。或托事以伸机,或顺理以谈真,或逆事而矫俗。虽则趣向
有异,其奈发兴有(不)殊,总扬一大事之因缘,共赞诸佛之三
昧,激昂后学,讽刺先贤……①

这可以看出当时偈颂的多种形式与内容。而从总的发展趋向看,
越到后来,偈颂的表现方式与一般诗歌越是接近。宋代的许多偈
颂与文人创作的诗歌已没有什么不同。如雪窦重显的示法诗:"春
山叠乱青,春水漾虚碧。寥寥天地间,独立望何极。"②这宛然是对
景抒情的五绝。而昭觉克勤的开悟诗是:"金鸭香销锦绣帷,笙歌
丛里醉扶归。少年一段风流事,只许佳人独自知。"③这用的则是一
首"小艳诗"。

　　在禅文献中与偈颂占并列地位的语录,是文体史上的新体裁。
它不同于先秦记录一家言语的语录体,而是师资间请益、商量、勘
辩的对话。老师与学人之间是平等的关系。禅宗讲"不涉理路"、
"不立文字",因而说禅也是"说而不说,不说而说",多用暗示、联
想、比喻、悖论等方法,表达特别含蓄,包蕴特别深远,从而形成了
舒卷无方,杀活自如,大胆泼辣,趋奇走险的独特文风。它的表现
方法广泛影响了后来的文学创作。其中不少段落,完全可以看作
是精彩的散文。

　　再扩展开来考察一下禅宗形成以后的文学发展的面貌,还会
发现,盛唐以后的重要作家几乎没有不受禅宗一定影响的。明胡
应麟曾指出过:

　　　　世知诗律盛于开元,而不知禅教之盛,实自南岳、青原兆
　　基。考之二大士,正与李、杜二公并世。嗣是列为五宗,千支
　　万委,莫不由之。韩、柳二公,亦当与大寂、石头同时。大颠即

---

① 《宗门十规论》。
② 普济《五灯会元》卷一五。
③ 《五灯会元》卷一九。

石头高足也。世但知文章盛于元和，而不知尔时江西、湖南二教，周遍寰宇……独唐儒者不竞，乃释门炽盛至是，焉能两大哉！①

这段话实际上是指出了唐代禅宗的兴盛与文学的繁荣之间有着内在的联系。当然，要说明这种联系，还需要作深入细致的研究工作。不过以李、杜、韩、柳为代表的唐代文人，大都在不同程度上、从不同角度接受了禅宗的影响，则是不可否认的事实。

这种影响，除了表现在宇宙观、人生态度、审美理想以及文学观念、艺术方法等方面之外，其中不少人还写了些宣扬禅的观念的、以至完全是模仿禅偈的作品。这已可以纳入禅文学的范围之内。例如白居易、苏轼这样的大诗人都习禅有得，谙熟禅语，写了许多在内容和风格上都酷似禅偈的作品。以至刘将孙说：

诗固有不得不如禅者也。今夫山川草木，风烟云月，皆有耳目所共知识。其入于吾语也，使人爽然而得其味于意外焉，悠然而悟其境于言外焉，矫然而其趣其感他有所发者焉。夫岂独如禅而已？禅之捷解，殆不能及也。然禅者借混沌以使人不可测；诗者则眼前景，望中兴，古今之情性，使觉者咏歌之，嗟叹之，至于手舞足蹈而不能已。登高望远，兴怀触目，百世之上，千载之下，不啻如自其口出。诗之禅至此极矣……抑诗但患不能禅耳。傥其彻悟，真所谓投之所向，无不如意……②

如此讲"诗禅一致"，正反映了文坛上的事实；唐宋以后，有意无意间通于禅以至明禅的诗已是诗坛创作的重要部分。

总之，从不同层次来审视禅文献的文学价值，既可以清楚看到

①胡应麟《少室山房笔丛》卷四八癸部《双树幻钞》下。
②《如禅集序》，《养吾斋集》卷一〇。

它们普遍具有的文学性质,又可从其中发现大量真正的文学作品。研究中国宗教文学,应当把禅文学作为重要的对象;研究中国文学史,也应注意到禅宗与禅宗文学和一般文学的密切关系与相互影响。

本书将集中探讨中国禅宗与文学发展相互影响的一个侧面:禅与诗歌相互影响的关系。这是中国文化史上宗教与文学相互交涉的一个明显的、十分重要的课题,对研究文学史与佛教史意义都很重大。

近年来,对禅的研究正呈现出日渐兴盛的形势。不仅在传统的禅宗流传区域的"汉字文化圈"(中国、日本、朝鲜等国家)里禅学已形成为一门独立的社会科学,而且欧美学术界也对禅与禅宗表现出浓厚兴趣,有不少学者从事这方面的研究。如从宏观上加以区分,目前从事的研究大体有两种基本的方法:一种是把禅当作超然的精神现象来对待,认为它是人类心灵普遍的神秘体验,归根结底是心理现象;另一种则把它当作在一定历史条件下形成的意识形态来对待,它是人类历史活动的产物,因而是社会历史现象①。在对一种宗教现象进行分析时,虽然前一种方法不无有效甚至有某些合理之处,但从严格的社会科学的立场看来,笔者以为必须坚持后一种方法,即首先肯定禅宗是在一定历史条件下发生、发展于佛教内部,其影响又远及于社会思想文化诸方面的思想运动,唯此才能在广阔的历史背景上,从诸多外部因素与内在条件的辩证关系中认识它的意义与社会历史价值。

考察诗、禅的相互影响,也必须坚持这样的立场。因此作为研

---

① 具有典型意义的是五十年代胡适与铃木大拙的论争,参阅傅伟勋《胡适、铃木大拙与禅宗真髓》,《从西方哲学到禅佛教》,三联书店,1989 年;又胡适 *Ch'an(Zen) Buddhism in China*, *its History and Method*. The Philosophy East and West Vol Ⅲ No.1,April 1953,University of Hawaii Press.

究前提，就要对禅宗发展的历史背景以及禅宗自身的演变有个大致的了解。因此本书对于自唐初至两宋之交禅宗发展的大致脉络，特别是几个阶段的基本特征作了描述——这是本书内容的第一个重点。

　　从历史上看，宗门内外文献中留存大量禅宗资料，但至今仍未得到认真的清理。这与宋代以来理学占据了思想文化的统治地位有关。北宋中期以后，理学兴起，禅宗骤衰。实际上理学的发展是吸收了禅宗的一部分内容与方法的，因此某些学者认为它是禅化的儒学。但理学家一般是以反佛面目出现的。因此，尽管唐宋时代禅宗思想取得了重大成就，占有重要的历史地位，后来对禅宗的研究却基本上未出宗门之外。自二十世纪初敦煌禅籍发现以来，国内外禅学研究都有了长足的进展。但近几十年来，由于种种原因，国内的研究工作成绩有限，特别是在基础材料的发掘、整理、诠释方面，较国外特别是日本的研究有很大差距。近年来禅宗研究引起了更多人的重视，有关论著渐多，这方面的矛盾就显得更为突出。如果我们对《坛经》、《神会录》这样的基本著作都没有接近真实的认识，谈南宗禅就难以切中肯綮。其它的材料也是一样。本书就笔者研习所知，在论述中提出了禅宗历史的一些基本材料，以作为讨论的基础——这是本书内容的第二个重点。

　　从思想历史发展的广阔背景看，禅宗与文学处在同一个多样化统一的思想潮流之中。如果说不了解一个时代的社会历史背景，就不可能了解一个时代的文学的话，那么在唐宋时期，禅宗的存在就是这种社会背景的组成部分，而且是相当重要的一部分。禅宗是一个革新的教派，在当时又曾是推动整个社会思想发展的重要力量。在文学史的研究中，注意禅宗与文学发展的相互关系是十分必要的。至于诗史的研究更是如此。多年来，文学史研究中涉及宗教问题多取忽略或简单化的态度，这不能不说是一个缺欠。本书讨论诗与禅的关系，就是想在解决这个问题上作一尝试。

笔者在注意到概括性的宏观分析的同时，也举出一些具有典型意义的代表作家进行具体分析。由于论题所限，论述中强调的是禅与文学的联系方面，并不是写全面的作家论或文学史。因此指出某一诗人受到禅的影响，并不意味着他没有接受其它的思想影响。这是首先提请读者注意的。以上是本书内容的第三个重点。

此外，本书在相关之处，也对于国外的研究成果，主要是笔者较熟悉的日本学者的工作顺便作了介绍，给读者提供一些学术信息，以为进一步研究的参考。这也算作一个内容。

笔者在拙著《佛教与中国文学》的《序言》中表明该书只是"对佛教影响中国文学的情况的一个'描述'"。当时笔者是特别意识到对历史基本情况的"描述"工作的重要的。笔者现在仍然坚持这样的看法。没有对历史情况的基本了解，研究工作就会流于架空的主观臆断。由于众多的禅宗史料未及清理，剖析不足，在有关禅宗的研究工作中这种工作就更为迫切。因此笔者在本书中，仍把主要力量放在"描述"上。也许描述出来的图像是有缺欠的、不圆满的，但总希望在使人们更接近真实上有所助益。恢复绝对的历史真实面貌是科学长远努力、但却永远达不到的目标。作为个人，只能为接近这个目标而略尽绵薄。笔者希望，在有众多人努力于建设学术上的基础工作的条件下，禅学研究作为一门社会科学会取得更大的进步。这种工作是要等待有高度的理论素养、广博的科学知识、敏锐的思考和刻苦认真的态度的人去作的。

孙昌武

第一章　达摩禅法与东山法门

一

　　唐太宗贞观十九年（645）正月二十五日，去西域游学十八年的玄奘法师（602—664）回到首都长安，阖城百姓闻声奔集，"始自朱雀街内，终届弘福寺门，数十里间，都人士子、内外官僚迤逦道两傍，瞻仰而立，人物阗阒"①。二月一日，谒帝于洛阳宫，太宗迎慰殷勤。然后，即返长安，入居弘福寺，开始了他长达十九载的枯淡而又壮伟的译经生涯。也就在这二十多年前，有一位当时并没有多大名气的江南和尚道信（580—651），被蕲州（今湖北蕲春县）道俗迎请，在长江北黄梅（今湖北黄梅县）双峰山传法，接引四方学众。到他逝世的三十余年间，影响渐大，前此隐没无闻的双峰山逐渐形成为一个新的佛教中心②。

　　玄奘后来在译经上做出了伟大成绩，又是中国佛教法相宗（慈恩宗、唯识宗）的开创者；道信则被尊为禅宗四祖，实际从一定意义上说是中国禅宗的真正开创者。两个人在中国佛教史上都做出了

---

①慧立、彦悰《大慈恩寺三藏法师传》卷六。以下所叙玄奘事迹并准此。并参阅杨廷福《玄奘年谱》，中华书局，1988年。
②道信卒于永徽二年（651），据《续高僧传》卷二六谓"入山来三十余载"推算，他到黄梅应在唐初。

巨大贡献并造成了深远影响。但他们生前、死后境遇的对比却是颇富戏剧性的。玄奘率其弟子居止于长安各大寺,在朝廷支持之下译经传法,后半生备极尊荣。他编译了大乘般若类经典为一部六百卷大丛书《大般若波罗蜜多经》,又系统传译了无著、世亲等大乘佛学高峰时期瑜伽行学派的唯识论书,从而在中国译经史上做出了总结性的成绩。由于他著述宏富,门下高足众多,如窥基、神昉、普光等都阐扬师说,多有论作,至窥基有"百本疏主"之称,法相宗曾兴盛一时。但玄奘死后,他所开创的这个曾显赫一时的宗派仅二传即绝(当然这只是就"法统"传承而言,其思想影响一直及于以后各朝,直到晚近仍有所谓"唯识中兴"的出现)。而道信当年传法却仅僻居今湖北一隅,虽然《续高僧传》中说他"入山来三十余年,诸州学者,无远不至",实际其弟子可考见者除弘忍外只有荆州法显、荆州玄爽、衡岳善伏等数人①;其作品留存的只有被录入敦煌本《楞伽师资记》的一个短篇《入道安心要方便法门》。但他死后仅几十年,这个新兴的佛教宗派的势力却迅速扩展到中原,到武则天久视元年(700),道信的再传弟子神秀被迎请入都,一时轰动京辇,以至武则天说"若论修道,更不过东山法门"②,标志这个宗派已被朝廷所承认。此后,在众多佛教宗派的竞争中,这个法系不明、著

①《续高僧传》卷二一《唐荆州四层寺释法显传》:"梦见一僧威容出类,曰:'可往蕲州见信禅师。'依言即往双峰,更清定水矣。"同上《唐荆州神山寺释玄爽传》:"又往蕲州信禅师所,伏请开道,亟发幽微。"同上《唐衡岳沙门释善伏传》:"又上荆、襄、蕲部,见信禅师,示以入道方便。"

②"东山法门"是道信在黄梅创建的教团的称呼,也即是禅宗的早期名称之一。其具体所指有歧义。刘禹锡《牛头山第一祖融大师新塔记》说:"又三传至双峰信公。双峰广其道而歧之,一为东山宗。"(《刘宾客文集》卷四)《宋高僧传》卷八《唐荆州当阳山度门寺神秀传》说:"(弘)忍与信,俱住东山,故谓其法为'东山法门'。"这都意谓着"东山法门"由道信创始。《楞伽师资记》则说:"弘忍承信禅师后,忍传法,妙法人尊,时号'东山净门'。又缘京洛道俗称叹,蕲州东山多有得果人,故曰东山法门也。"这是说"东山法门"是指弘忍。

述单薄、身份低微的小宗派却迅速发展起来,很快其声势就凌驾到所有其它宗派之上,形成为唐代佛教思想,以至一时成为整个思想界的主流。

产生这个对比鲜明的佛教史上的现象,根源是很深刻的。在黄梅这个小教团形成的时候,正是中国宗派佛教发展的全盛期。前面提到的玄奘译介的印度佛教瑜伽行学派的著作,乃是大乘佛教理论思想的最高也是最新的成果,已把佛教哲学的思辨与说明推向了极致。法相宗是印度佛教瑜伽行学派的中国翻版。即在法相宗形成前后,在六朝以来高度发达的佛教义学的基础上,在中国思想文化土壤上形成的中国佛教宗派相继创立并发达起来。首先有陈、隋之际的智者大师智顗(538—597)创立了天台宗;接着隋、唐之际的嘉祥大师吉藏(549—623)创立三论宗①,唐高祖时被迎入长安,高祖劳问殷勤,齐王元吉请为师范②;唐初法藏(643—712)创立华严宗,武则天曾命他在朝堂说法,封之为贤首菩萨戒师③;南山律宗和被取缔的三阶教也兴盛于这一时期。另一方面,道绰(562—645)、善导(613—681)等大力提倡六朝以来慧远、昙鸾等宣扬的净土法门,民间净土信仰、观音信仰以及礼佛敬僧、写经造像等活动隆盛于一时。道世《法苑珠林》、唐临《冥报记》中记录的许多材料都反映了这种情况;敦煌文书中还留存着许多写经遗物④;著名的西安慈恩寺大雁塔、洛阳龙门卢舍那佛像等都是在这一时期建造的⑤。

①三论宗是否形成为宗派,学术界有争议,不少学者认为它只是一个学派。

②《续高僧传》卷一一《唐京师延兴寺释吉藏传》。

③《宋高僧传》卷五《周洛京佛授记寺法藏传》。

④如 S. 1515、S. 2861、S. 217 是明确记载上元、文明、天册万岁年号的。参阅藤枝晃《敦煌出土の長安宮廷寫經》,《塚本博士頌壽紀念佛教史學論集》,塚本博士頌寿紀念会,1961 年;砺波護《唐中期の佛教と國家》,福永光司编《中國中世の宗教と文化》,京都大学人文科学研究所,1982 年。

⑤《大慈恩寺三藏法师传》卷七;《金石萃编》卷七三《奉先寺像龛记》。

佛教内部发生的巨大的、戏剧性的演变是有明显踪迹可寻的。武则天为了篡权的需要曾大力利用佛教，把《大云经》女主降世的预言作为依据，"以释教开革命之阶"①，华严宗正是在她的支持与保护下发展起来的。但到她的晚年，即"东山法门"影响渐大的时候，情形有了变化：天册万岁元年（695）杀掉了曾一度被宠信的妖僧薛怀义，流窜其侍者僧徒；久视元年（700）为在洛阳北邙山白马阪造大像引起朝臣的激烈批评②；即在这同一年，神秀被迎请入都。此后，经中宗复辟到玄宗即位的开元初年，朝廷一方面发布了一系列限制佛教的诏书③；另一方面神秀师弟子所宣扬的"东山法门"却迅速普及，倾动朝野。这样，在七八世纪之交，中国佛教史发生了划时代的根本变革：以外来经论为依据的佛教从根本上说已完成了它的历史使命，完全适应中国土壤的、革新的中国佛教已经诞生了。稍后时期的李华说："天台止观是一切经义，东山法门是一切佛乘。"④中唐禅、教皆精的佛教学者宗密说："经是佛语，禅是佛意。"⑤这都暗示新兴的"东山法门"是与传统经教相对峙的存在，是适应时代变化的全新的佛教。如果说宗教变革的依据在于社会的变革，那么"东山法门"作为这种变革的产物正反映了社会的新的思想潮流。

二

中国佛教宗派，一般都依据独自的"判教"体系而决定立宗的典据，有传法的统绪，有反映本宗派主张的理论著作，这些著作大

---

① 《资治通鉴》卷二〇四。
② 《资治通鉴》卷二〇七；《唐会要》卷四九《像》。
③ 《册府元龟》卷六三《帝王部·发号令》。
④ 《扬州龙兴寺经律院和尚碑》，《全唐文》卷三二〇，中华书局，1983年。
⑤ 《禅源诸诠集都序》卷一。

部分以阐释佛教经论的形式出现。但对道信黄梅教团来说，教法上虽表示以《楞伽经》和《文殊说般若经》①为依据，但实际思想距该二经已有很大距离，道信的师承关系也并不明确。道宣《续高僧传》里有《道信传》，道宣比道信年轻十六岁，其所述道信事迹足可凭信。但该传中只写他从七岁到十二岁从一戒行不纯之师，以后在舒州皖公山又十年从学不知名的两位僧人，并没有提到后来所传三祖僧璨（后来的记载或作"粲"、"燦"，本书中视情形通用）的名字，更没有言及达摩——慧可——僧璨——道信的传法体系。这个体系应是在楞伽宗形成以后才创造出来的，在道信当时还没有影子。道信有前面提到的《入道安心要方便法门》那样的著作，却是采取专立一家之言的单篇结撰形式，而不依傍于外来经论。这样，道信传法已表现出后来禅宗的一个重要特点：在理论上和形式上都是独立于传统佛教和当时的其它佛教宗派的。

　　后来的敦煌本《楞伽师资记》是北宗灯史，记录自《楞伽经》译者求那跋陀罗至神秀弟子普寂等八代传承。道信的篇幅几占全文一半，主要是著录《入道安心要方便法门》。这正暗示出道信和他的这篇著作在禅宗史上的重要地位。道信建立了早期禅宗即所谓"楞伽宗"的基本理论构架。

　　这篇文章提出了即心即佛的新的解脱观念，也提出了实践它的善巧方便即具体方法，对于坐禅也规定了不同于历来大、小乘各种禅法的新方式。在《楞伽师资记》被发现以前，这篇著作已长久湮没无闻了，因而也就不能估价道信在建立禅宗上的伟大贡献。今天我们研究、分析这篇作品，发现禅宗长期发展所解决的重大理论课题道信都提出了，并且也已指出了解决问题的基本方向。

　　道信提出新禅观的理论基础是对心性的认识，他说：

---

① 即梁曼陀罗仙译《文殊师利说般若波罗蜜经》、梁僧伽婆罗译《文殊师利所说般若波罗蜜经》，勘同《大般若波罗蜜多经》第七会。

> ……夫身心方寸，举足下足，常在道场，施为举动，皆是菩
> 提……离心无别有佛，离佛无别有心。念佛即是念心，求心即
> 是求佛。所以者何？识无形，佛无相貌。若也知此道理，即是
> 安心。常忆念佛，攀缘不起，则泯然无相，平等不二。入此位
> 中，忆佛心谢，更不须征。即看此等心，即是如来真实法性之
> 身，亦名正法，亦名佛性，亦名诸法实性、实际，亦名净土，亦名
> 菩提、金刚三昧、本觉等，亦名涅槃界、般若等。名虽无量，皆
> 同一体，亦无能观、所观之意。如是等心，要令清净，常现在
> 前，一切诸缘，不能干乱。何以故？一切诸事，皆是如来一法
> 身故，住是心中，诸结烦恼，自然除灭。①

这样，道信简洁明确地把佛、佛性、正法、诸法实性、净土、菩提、涅
槃、般若等等佛教所宣扬的神圣、绝对、超越的一切，统统归于一
心。佛教徒那千经万论的烦琐论证、六度十地的烦难修持，也就这
样被否定掉了。本来，自部派佛教以前就产生的心性本净观念，在
六朝佛教义学中曾被发挥，形成了中国佛教的独特的心性理论，为
后来禅宗的出现提供了理论依据。但是，以前的各种佛教学派、宗
派，不论它们如何彻底地肯定众生具有佛性以至本来就具有佛性，
但总是要求现实的人的心性向佛性靠拢，而且主张在人身上实现
佛性要经过修持的过程。这也就决定了以前的佛教是追求超越、
解脱的宗教，是让有限、相对的人生去实践绝对的佛性。道信却简
单地把心、佛统一起来，从而建立了追求自性圆满的全新的解脱
观。这是佛教思想的一个根本的变革。

由于"念佛心是佛，妄念是凡夫"，为实现这佛性，由凡夫而成
为佛，道信又提出了五种善巧方便，这是全新的宗教实践方式：

> ……当知佛即是心，心外更无别佛也。略而言之，凡有五

---

① 柳田圣山校注《楞伽师资记》，《禅の语录2·初期の禅史1》，筑摩书房，1985
年。下引道信文同。

种：一者知心体，体性清净，体与佛同；二者知心用，心生法宝，
起作恒寂，万惑皆如；三者常觉不停，觉心在前，觉法无相；四
者常观身空寂，内外通同，入身于法界之中，未曾有碍；五者守
一不移，动静常住，能令学者明见佛性，早入定门。

这里第一、二点，明确主张心的体、用合一，即心不是超越知觉言动
的绝对本体，清净心即体现在"起作恒寂，万惑皆如"的现实心性之
中。第三、四、五点提出"觉"、"观"、"守"，即通过人的精神体验来
实现心、佛的统一。而集中起来，又可概括为文章题目的"入道安
心"四个字；达到这个目的则要"修心"、"住心"、"看心"、"敛心"。
文中对这一过程一再具体描述：

坐时当觉，识心初动，运运流注，随其来去，皆令知之。以
金刚惠征责，犹如草木无所别知。知所无知，乃名一切智，此
是菩萨一相法门。

亦不念佛，亦不捉心，亦不看心，亦不计心，亦不思维，亦
不观行，亦不散乱，直任运；亦不令去，亦不令住，独一清净究
竟处，自心明净。或可谛看，心即得明净，心如明镜；或可一
年，心更明净；或可三五年，心更明净；或可因人为说，即得悟
解；或可永不须说得解。

初学坐禅看心，独坐一处，先端身正坐，宽衣解带，放身纵
体，自按摩七八翻，令腹中嗌气出尽，即滔然得性，清虚恬静。
身心调适，能安心神，则窈窈冥冥，气息清冷。徐徐敛心，神道
清利，心地明净。观察分明，内外空净，即心性寂灭。如其寂
灭，则圣心显矣。

由这里提出的"看心"方法可知，他还没有否定"坐禅"，但已把它简
化为调适身心的方法；并通过调适身心，逐渐体验到"内外空净"、
"心地明净"的境界。这样，传统佛教的繁难修持就转化为心性修
养功夫了。

　　道信弟子弘忍（601—674）接受了双峰禅法，道信死后，在双峰山东十里凭墓山建立寺院，接引学众。后人称颂他"既受付嘱，令望所归，裾屦凑门，日增其倍。十余年间，道俗受学者，天下十八九。自东夏禅匠传化，乃莫之过"①。这种描述显然不无夸张，但"东山法门"的影响确是由弘忍加以扩大的。特别是由于弘忍门下学徒众多，出现了神秀、慧能、智诜等一批优秀人才，他们因应形势，把新禅法传布四方。而这些门徒对师说又多有发挥，以后形成禅门中的不同派系，表明弘忍的学风是相当开放自由的。弘忍是推广新教派并使之得到发展的关键人物。

　　弘忍的作品今存有《最上乘论》，收入《大正藏》与《卍续藏经》。有敦煌本题为《导凡趣圣悟解脱宗修心要论》，又有一本（P. 3559）题为《蕲州忍和尚》，证明确为弘忍的作品。然而将其内容与《楞伽师资记》对勘，却多同于后者所录慧可"略说修道，明心法要"部分。有可能弘忍的这篇著作是发挥慧可见解的；更有可能是弘忍门人后来有意将他的言论移到慧可名下，一方面表明弘忍见解渊源有自，借以提高他的地位，另一方面也借以确立起道信、弘忍接续慧可的法统。从全文内容看，完全是道信"入道安心"理论的发挥，表明这是"东山法门"的又一纲领性著作。

　　本文的最后一段说："问曰：此论从首至末，皆显自心是道，未知果、行二门，是何门摄？答曰：此论显一乘为宗……"②可知全篇的中心是讲"自心是道"，所以文章一开头就说：

　　　　夫修道之本体，须识当身心，本来清净，不生不灭，无有分别，自性圆满。清净之心，此是本师，乃胜念十方诸佛。

这与道信把佛心归于自心的观点是完全一致的。接着，回答"何知自心本来清净"时说：

────────
① 杜朏著，柳田圣山校注《传法宝记》，筑摩书房，1985年。
② 《最上乘论》，《卍续藏经》第110卷。下引弘忍文同。

　　《十地经》云："众生身中有金刚佛性"，犹如日轮，体明圆
满，广大无边，只为五阴黑云之所覆；如瓶内灯光，不能照辉。
譬如世间云雾，八方俱起，天下阴暗，日岂烂也？何故无光？
光元不坏，只为云雾所覆。一切众生清净之心，亦复如是，只
为攀缘妄念、烦恼诸见黑云所覆。但能凝然守心，妄念不生，
涅槃法自然显现。故知自心本来清净。

这里指出了清净自心与妄想攀缘心的统一，舍妄转净在于"守心"。
文中一再说到"了知守心，为第一道"，"千经万论，莫过守真心"，
"守本净心"，"守我本心"，并说"努力会是守本真心，妄念不生，我、
所心灭，自然与佛平等不二"，认为"此守心者，乃是涅槃之根本，入
道之要门，十二部经之宗，三世诸佛之祖"。这也正是道信"安心"
观念的发挥。

　　弘忍教人坐禅方法亦与道信相似：

　　　　若有初心学坐禅者，依《观无量寿经》，端坐正念，闭目合
口，心前平视，随意近远，作一日想。守真心，念念莫住，即善
调气息，莫使乍粗乍细，则令人成病……但知摄心莫著，并皆
是空，妄想而见也。

这也是道信"调适身心"的方法，与传统禅法是不相同的。从这段
看法还可清楚看到，所谓敛心、守心的方便与传统禅观"日想观"①
有联系。

　　这样，"东山法门"提倡一种以坐禅观心为核心内容的新佛教。
道信与弘忍在说法中还常常引用经论为典据，即下面将要说到的
达摩所谓"藉教悟宗"，实际上为宣扬自宗观点而自佛经断章取义。
后来禅宗又自称得"佛意"，实际上又是以己意取代佛意的。"东山

---

①畺良耶舍译《佛说观无量寿经》中的十六观法之一，经云："佛告韦提希：'汝
及众生，应当专心系念一处，想于西方……当起想念，正坐西向，谛观于日。
令心坚住，专想不移，见日欲没，状如悬鼓……'"

法门"就这样把佛教境、行、果三门繁难的修持，简化为"守心"、"安心"的实践；三藏十二部经的复杂的义理论证，则被"一心"所概括。面对着六朝以来发达的佛教义学，它一举而截断众流，树立起全新的学风与宗风，推动起彻底变革佛教的新潮流。

三

　　道信、弘忍的"东山法门"的出现并不是孤立的现象。在初唐时期，力图摆脱传统佛教格局而独创新说的还大有人在。这是因为六朝佛教义学已不适应时代变革的要求，产生彻底中国化佛教的时机已经成熟。表明这一点的一个重要现象是当时有众多的达摩禅法的弘传者，又有众多的《楞伽经》的宣扬者，他们与"东山法门"处在变革佛教这统一的潮流之中。据传达摩是传承四卷《楞伽》的，并有《释楞伽要义》一卷传世。道信也以《楞伽经》为说法依据。后来，当"东山法门"在这个潮流中脱颖而出、形成为宗派时，可能是弘忍弟子们把达摩以下的法统接续起来，奉达摩为祖师，以《楞伽经》为典据，创立了所谓"达摩宗"或"楞伽宗"。这个传法统绪当然不可靠，我们今天所知道的达摩与达摩禅和后来禅宗宣扬、描绘的达摩也大不相同，《楞伽经》的思想与禅宗更不一致。但"东山法门"的成立、禅宗的发展确实与达摩禅、《楞伽经》的传布有内在联系。研究禅宗早期历史，这个方面是应注意的。

　　现在已经清楚了：不是达摩创造了禅宗，而是禅宗创造出形象不同的达摩。禅宗所传达摩与历史资料所表现的达摩是很不相同的。《洛阳伽蓝记》是现存记载达摩最早的资料，写他自西域来，赞叹永宁寺建筑"神功"，与禅宗毁弃经教的达摩不同[①]；《续高僧传》

————————

[①]《洛阳伽蓝记》卷一："时有西域沙门菩提达摩者，波斯国胡人也。起自荒裔，来游中土，见金盘炫日，光照云表；宝铎含风，响出天外。歌咏赞叹，实是神功……"范祥雍校注本，上海古籍出版社，1982年。

说他"随其所止,诲以禅教","游化为务",并没有"面壁九年"的记
载;《楞伽师资记》中又说他著《达摩论》,而并不如后来南宗禅所说
是"不立文字,以心传心"的。目前所存有关达摩的可信史料主要
是道宣《续高僧传》中的《达摩传》。据《续高僧传自序》说,该书脱
稿于贞观十九年(645)即玄奘回国那一年。但书中所录材料有明
确下限的是麟德二年(665),距道宣去世的乾封二年(667)只有两
年。这说明道宣是不断以新史实来补充他的著作的。道信的传记
就是后续的。道宣去世时,弘忍六十七岁,神秀六十二岁,正是"东
山法门"蓬勃发展时期。他对这一新的思想潮流给予足够的注意,
正表明了他作为一个卓越学者的历史敏感,也提高了他的著作的
可信程度。他对达摩的记述也是他的学识与历史感的表现之一。

　　道宣所记达摩的传记很简单,只说他是"南天竺婆罗门种,神
慧疏朗,闻皆晓悟,志存大乘,冥心虚寂,通微彻数,定学高之。悲
此边隅,以法相导。初达宋境南越,末又北度至魏。随其所止,诲
以禅教……自言年一百五十余岁,游化为务,不测于终"①。这个记
载与《洛阳伽蓝记》的记载有所不同。如后者说他是波斯国人,自
西域来的。总之,在道宣时代,达摩的事迹已很曚昽,只能肯定他
是一个以游化为务的宣扬新禅法的头陀行者。在南北朝时期高僧
群集、广被帝王供养礼重的情况下,像他这样的活动在社会下层的
游行僧的行迹自然不会受到社会的重视,流传下来的材料也就有
限了。但道宣记录了他所作《二入四行论》,又记述了其弟子传承
情形,却表明达摩禅在当时已造成相当大的社会影响。

　　研究达摩,考证其人的本来面貌是一个课题(如要在现有材料
基础上进行这种工作,取得满意结果几乎是不可能的),但考察不
同时期被创造的达摩的面貌从而探究其意义,在对这个禅宗祖师
的研究上却是更重要的。道宣记载的达摩是不是历史上真实的达

①《续高僧传》卷一六《齐邺下南天竺僧菩提达磨传》。

摩或有可议之处,但他记载了他那个时代达摩及其禅法的面貌及
其影响,对我们研究禅宗产生时期的历史却有很大意义。

道宣《传》说:"磨以此法开化魏土,识真之士从奉归悟,录其言
诰,卷流于世。"表明达摩的"言诰"在相当长时期是广为流行的。
《楞伽师资记》也说到弟子昙林记录言行为一卷《达摩论》,达摩又
为坐禅众作《释楞伽要义》一卷亦名《达摩论》,此外"更有人伪造
《达摩论》三卷,文繁理散,不堪行用"。《传法宝记》又说"今人间或
有文字称《达摩论》者,盖是当时学人,随自得语以为真论,书而宝
之,亦多谬也"。这都表明各种《达摩论》曾盛行一时。而对它们的
作者当时人是持否定态度的。这在《楞伽师资记》和《传法宝记》里
已说得很清楚。但《达摩论》的广泛传诵,一方面表明达摩的崇高
声望与深远影响,另一方面也显示了佛教史上的新动向:人们在用
一些托名制作的论来代替翻译经论和中国僧人阐释外来思想的论
疏,从而进一步完全按中国的面貌改造佛教。

目前遗存的《达摩论》多种,据考哪一种也不会出自达摩本人
亲传①。只有被道宣和净觉分别录入其各自著作的《二入四行论》
是可信的。这"可信"含义有二:一是起码在道宣当时,人们肯定这
一篇是区别于托名《达摩论》的达摩本人的著作;二是由于菩提达
摩活动时期距写作《续高僧传》的唐初仅百年,道宣著述对史实的
甄选又很注意,这个著作的可信程度也就提高了。无论如何,《二

----

① 最为著名的有收入日本镰仓末期覆刻宋版《少室六门》中的《破相论》、《悟性
论》、《血脉论》,合称《达摩三论》(收入《大正藏》第48卷、《卍续藏经》第六
十三册)。据考证《破相论》即神秀《观心论》;《悟性论》为北宗系作品;《血脉
论》或出牛头宗。又在敦煌禅籍中发现题为达摩著的《澄心论》、《无心论》、
《达摩禅师论》等,从内容看也是后代禅宗人托名之作。在日本所传写经目
录和来华学僧"将来目录"中亦有一些题为达摩的著作。参阅阅口真大《禅
宗思想史》,山喜房佛书林,1964年;柳田圣山《語録の歷史——禅文献の成
立史の研究》,《東方學報·京都》第57册,京都大学人文科学研究所,1985
年3月。

入四行论》代表了唐初"达摩宗"的思想。现据《续高僧传》过录如下：

> 然则入道多途，要唯二种，谓理、行也。藉教悟宗，深信含生同一真性，客尘障故，令舍伪归真，凝住壁观，无自无他，凡圣等一，坚住不移，不随他教，与道冥符，寂然无为，名理入也。
>
> 行入四行，万行同摄。初报怨行者，修道苦至，常念往劫舍本逐末，多起爱憎，今虽无犯，是我宿作，甘心受之，都无怨对，《经》云："逢苦不忧"，识达故也。此心生时，与道无违，体怨进道故也。二随缘行者，众生无我，苦乐随缘，纵得荣誉等事，宿因所构，今方得之，缘尽还无，何喜之有，得失随缘，心无增减，违顺风静，冥顺于法也。三名无所求行，世人长迷，处处贪著，名之为求。道士悟真，理与俗反，安心无为，形随运转，三界无苦，谁而得安？《经》曰："有求皆苦，无求乃乐也。"四名称法行，即性净之理也。

这"二入四行"的核心是"理入"，即所谓"深信含生同一真性"，这与道信、弘忍主张的"离心无别有佛，离佛无别有心"，"当身本来清净"的观点是相一致的。"四行"的实践，也可看作是"安心"、"守心"的具体化。《传》上说达摩教诲弟子道育、慧可"如是安心，谓壁观也；如是发行，谓四法也；如是顺物，教护机嫌；如是方便，教令不著"，实际上与道信的"安心方便"相通。作为一种新禅观，当时所传达摩禅在理论与实践上都是与"东山法门"相一致的。就是说，后来弘忍门下奉达摩为初祖是有逻辑上的根据的，尽管史实上或许并不是如此。

达摩禅是对传统禅观和坐禅方式的一大变革，由此也可以认识"东山法门"在佛教史上的创新意义。《续高僧传·习禅篇》总论中说：

> 有菩提达摩者，神化居宗，阐导江洛，大乘壁观，功业最

高，在世学流，归仰如市。然而诵语难穷，厉精盖少，审其慕
则，遣荡之志存焉；观其立言，则罪福之宗两舍……稠怀念处，
清范可崇；摩法虚宗，玄旨幽赜。可崇则情事易显，幽赜则理
性难通。①

这里，指出了达摩禅的特点："大乘壁观"、"遣荡之志"、"罪福之宗
两舍"等等；同时又拿它与同时的僧稠禅法相对比，认为这是与僧
稠禅法截然不同的新产物。

　　道宣提出僧稠，是把他当作传统禅法的代表。大略考察一下
六朝禅学发展的一般情况，就会更清楚达摩禅区分于传统禅法的
意义。

　　从中国佛教史看，安世高已传译禅籍，后续有译介。但早期所
传主要是部派佛教说一切有部典籍②，在中土被当作神仙方术对
待，东晋以前未得到大的发展。因此道安说"于斯晋土，禅观弛废，
学徒虽兴，蔑有尽漏"③。慧远也慨叹"大教东流，禅数尤寡，三业无
统，斯道殆废"④。在鸠摩罗什的传译与道安、慧远等人的提倡之

①《续高僧传》卷二一。
②早期禅籍的传译大体情况如下：安世高译有《安般守意经》(此为《出三藏记
　集》卷二《新集经论录》所录名称，《大正藏》所收名《大安般守意经》，以下二
　者所收名称有差异者表示方法同)、《阴持入经》、《大道地经》(《道地经》)、
　《禅行法想经》、《大十二门经》(佚)、《小十二门经》(佚)、《大安般经》(佚)、
　《思惟经》(佚)；支娄迦谶译有《般舟三昧经》；支曜译有《成具光明经》(《成具
　光明定经》)；竺法护译有《修行经》(《修行道地经》)、《独证自誓三昧经》
　(《如来独证自誓三昧经》)、《如幻三昧经》、《等集众德三昧经》、《般舟三昧
　经》(佚)。鸠摩罗什来入中土，其译经中也包括禅籍，此后大、小乘禅法得到
　了较广泛的介绍。罗什译有《禅经》(《坐禅三昧经》)、《禅法要解》(《禅秘要
　法经》)、《首楞严经》(《首楞严三昧经》)；佛陀跋陀罗(觉贤)译有《禅经修行
　方便》(《达摩多罗禅经》)、《观佛三昧经》(《观佛三昧海经》)；昙摩蜜多译有
　《五门禅经要用法》、《禅秘要》等。
③《阴持入经序》，《出三藏记集》卷六。
④《庐山出修行方便禅经统序》，《出三藏记集》卷九。

下,禅学在中国才取得了长足的进展①。但总观以后南北朝时期禅学的发展,仍有很大的局限。一是大乘禅虽有介绍,实际流行的仍以小乘禅为主,在观念上重在神异与禁欲,在践履上注重头陀行、阿兰若法和聚众禅②;再是相对于发达的义学研究,对禅学的重视仍然不够,特别是在南朝,众多的义学学派中,并没有出现以探讨禅学为中心的学派。直到陈、隋宗派佛学产生,反映了中国人对印度佛学的新理解,禅学才受到重视,如摄山三论宗、慧文、慧思以下天台宗、道绰的念佛禅等。也就是在这种潮流中,出现了以习禅为中心的达摩宗。

再回到达摩禅与传统禅法对比的问题上来。在达摩禅出现前,流行的禅法主要有两个系统。一是佛陀跋陀罗系统的,一是跋陀(佛陀)系统的。佛陀跋陀罗是印度学僧,以禅、律驰名。自中土去西域的智严和沮渠京声曾在罽宾从之学禅,后应智严招请来华。他先至北方,受罗什之徒谗害,率弟子慧观等四十余人南下。在庐山,应慧远之请,译出《达摩多罗禅经》,后到金陵瓦棺寺译经并教习禅道。弟子道场寺慧观,宣扬达摩多罗禅法,认为"禅智为出世

①慧远《庐山出修行方便禅经统序》说"顷鸠摩耆婆宣马鸣所述,乃有此业(指禅数)"。僧睿《关中出禅经序》(《出三藏记集》卷九)说:"禅法者,向道之初门,泥洹之津径也。此土先出《修行》、大、小《十二门》、大、小《安般》,虽是其事,既不根悉,又无受法,学者之戒,盖阙如也。鸠摩罗法师以辛丑之年十二月二十日,自姑臧至长安,予即以其月二十六日从受禅法。既蒙启授,乃知学有成准,法有成修。"这是鸠摩罗什传授禅法的例子。道安注解安世高所译诸经,包括禅籍,标志着中土研习禅学的新阶段。慧远在庐山提倡禅学,其僧团中习禅风气甚盛。他集录念佛禅诗,并为之作《念佛三昧诗集序》(《广弘明集》卷三○上),是早期注意"以诗明禅"的人,在研究诗与禅的关系上值得重视。

②"头陀"是梵文 Dhūta 的音译,又作"杜多"、"杜茶",意为去掉尘垢烦恼;"头陀行"是按修行规定的苦行。"阿兰若"是梵文 Āraṇyaka 的音译,又作"兰若"、"阿兰若迦"、"阿练若",意为闲静处,指远离人世尘嚣之处;"阿兰若法"指山居苦修等。

之妙术,实际之义标"①,主张定慧相合以测真如。但他宣扬的主要是小乘五门禅法,并将五门统一到不净观②。佛陀跋陀罗又一著名弟子玄高、玄高弟子玄绍则在北方发扬禅道。玄高曾"隐居麦积山,山学百余人,崇其义训,禀其禅道";后来到河北林杨堂山,"徒众三百,往居山舍,神情自若,禅慧弥新,忠诚冥感,多有灵异",可知他的禅法是以聚众和神异为特点的。玄绍是他的弟子中灵异特著者十一人之一,据说他手指出水,香倍异常,"后入堂术山,禅蜕而逝"③。另一系的跋陀禅师④受到北魏孝文帝礼重,少林寺即是为他敕建的。他聚众数百,也以神异称。其禅法具体内容史无明文,其弟子著名者有慧光,另一位就是僧稠。慧光是北朝著名禅师,地论北道派领袖;僧稠也受魏、齐皇室优礼供养,其禅法是"节食鞭心","常修死想"⑤,仍是以"四念处"与"十六特胜法"为主的小乘禅法⑥。

这样看来,与达摩大体同时期的玄高、玄绍、僧稠的禅法都相当地保守。其受到统治者礼重,又表明它们是严重贵族化的。特别是这种重视苦修、神异的小乘禅已不适应在中国佛教以大乘佛学为发展主流的形势。加之这种禅法在思想理论上又十分淡薄,

---

① 《修行地不净观经序》,《出三藏记集》卷九。

② "五门禅"又称"五停心观",即不净观、慈悲观、因缘观、界差别观、数息观。这是通过坐禅现行来审正思维的方法。

③ 《高僧传》卷一一《宋伪魏平城释玄高传》。

④ 佛陀(跋陀)与佛陀扇多(觉定)在《续高僧传》卷一九和卷一里分别立传,但近人如境野黄洋认为二者为同一人,参阅《中國佛教史講話》上卷第592页。又参阅水野弘元《禪宗成立以前のシナの的禪定思想史序説》,《駒澤大學研究紀要》,第十五号,1957年。

⑤ 《续高僧传》卷一六《齐邺西龙山云门寺释僧稠传》。

⑥ "四念处"是部派佛教时形成的修行方法之一,"念处"亦作"念住",意为以智观境。说一切有部特别重视这种观法。具体内容为观身不净、受是苦、心是无常、法是无我。"十六特胜法"即从"知息出"、"知息入"到"观灭"、"观弃舍"的十六个修行次第。

也不符合发达的六朝义学的一般潮流。这样,新兴起的各佛教学派从各自角度研究禅学就是必然趋势。这期间,达摩禅异军突起,以简洁、明快的理论和简单易行的修持方法,为佛教发展开启了新方向。

据说达摩禅初传,"于时合国盛弘讲授,乍闻定法,多生讥谤";其弟子慧可"天平之初,北就新邺,盛开秘苑,滞文之徒,是非纷举"①,即在守旧僧众中新禅法曾受到排斥。但在下层僧众特别是在南方,它却迅速流传开来。各种《达摩论》的制作与流行正表明它已被相当一部分人所认可。

如仅据道宣所传资料,是看不出"东山法门"师承达摩的。但从禅宗发展历史来分析,道信受到达摩禅的影响则是可以肯定的。因此,弘忍门下组织"东山法门"的法统,奉达摩为初祖,在逻辑上是合理的。

四

把达摩与道信联系起来的还有一部四卷《楞伽》,即他们都可看作是传习这部经的"楞伽师"一流人。由于达摩禅与"东山法门"都和《楞伽》思想有关系,使得道信的新宗派的门徒顺理成章地把四卷《楞伽》树为立宗典据,这个宗派因而也被称为"楞伽宗"。这是早期禅宗的又一个称呼②。

道宣《慧可传》里记载:

> 初,达摩禅师以四卷《楞伽》授可曰:"我观汉地惟有此经,仁者依行,自得度世。"可专附玄理,如前所陈。

而道信《入道安心要方便法门》一开头就说:

①《续高僧传》卷一六《齐邺下南天竺僧菩提达磨传》。
②参阅胡适《楞伽宗考》,《胡适文存》第四集第二卷。

为有缘根熟者,说我此法,要依《楞伽经》诸佛心第一……

又《达摩传》中记载慧可门人那禅师、那禅师弟子慧满。慧满贞观十六年到过洛州南会善寺,与道宣是同时人,道宣《慧可传》说"那、满等师常赍四卷《楞伽》以为心要,随说随行,不爽遗委"。道宣以当时人记当时事,应是可靠的。从达摩到慧满四世传承,这实际是达摩禅的一个真实统绪。

值得注意的是道宣《续高僧传》中的《法冲传》。传中说法冲"至今麟德,年七十九矣",麟德为高宗年号,计两年(664—665),其时道宣已是暮年。他这篇为当时人续写的《传》当是相当认真的。《传》中对《楞伽经》的传承有详细说明:

> 其经本是宋代求那跋陀罗三藏翻,慧观法师笔受。故其文理克谐,行质相贯,专唯念惠,不在话言。于后达摩禅师传之南北,忘言忘念,无得正观为宗。后行中原,慧可禅师创得纲纽,魏境文学多不齿之,领宗得意者时能启悟。今以人代转远,纰缪后学。可公别传,略已详之。今叙师承,以为承嗣所学,历然有据:
>
> 达摩禅师后,有慧可、惠育二人。育师受道心行,口未曾说。
>
> 可禅师后:粲禅师、惠禅师、盛禅师、那老师、端禅师、长藏师、真法师、玉法师已上并口说玄理,不出文记。
>
> 可师后:善老师出抄四卷,丰禅师出疏五卷,明禅师出疏五卷,胡明师出疏五卷。
>
> 远承可师后:大聪师出疏五卷,道荫师抄四卷,冲法师疏五卷,岸法师疏五卷,宠法师疏八卷,大明师疏十卷。
>
> 不承可师,自依《摄论》者:迁禅师出疏四卷,尚德律师出《入楞伽疏》十卷。
>
> 那老师后:实禅师,惠禅师,旷法师,弘智师名住京师西明,

身亡法绝。

　　　明禅师后：伽法师，宝瑜师，宝迎师，道莹师并次第传灯，于今扬化。①

由这个相当详细的介绍，可以看出《楞伽经》传习繁荣的情形。远承可师中的某些人，那老师、明禅师后的一些人，都是与道宣同时代的。也就是说，在初唐，这个传习《楞伽经》的宗派是人才众多、著述也很丰富的。值得注意的是，可禅师后有"粲禅师"，这是可以让人联想到后来的禅宗三祖僧璨其人的唯一史料依据；但在这整个传承系统中，却不见道信的影子。

　　到后来神秀弟子玄赜作《楞伽人物志》，玄赜门人净觉又据以撰《楞伽师资记》，确立了《楞伽经》传承的传法体系。张说的《唐玉泉寺大通禅师碑铭》，也说到"自菩提达磨天竺东来，以法传惠可，惠可传僧璨，僧璨传道信，道信传宏忍，继明重迹，相承五光"，并说到神秀承宏忍之后，"奉持《楞伽》，近为心要，过此以往，未之或知"②。这表明在当时人的看法，已确认"东山法门"就是达摩开创的、传承四卷《楞伽》的楞伽宗。

　　但如果把《楞伽经》的内容与达摩、道信的观点略加对比，就会发现其间差距很大。《法冲传》中列出的达摩门下的许多《楞伽》注疏，今已不存，其内容不得其详，恐怕也如《二入四行论》中所说是"藉教悟宗"、自由发挥而已。客观地分析中国佛教思想发展的脉络，"东山法门"或"楞伽宗"倒是继承了六朝以来大乘佛学发展的成果，而不是仅仅承袭《楞伽经》的。不过《楞伽经》是印度大乘佛学成熟期的带有综合性的经典，反映了包括瑜伽行派佛性思想的新成果，对禅学亦有新见解，其中众多的论题确实被宣扬新禅法的人所接受与借鉴。

---

①《续高僧传》卷二七《唐兖州法集寺释法冲传》。
②《全唐文》卷二三一。

　　《楞伽经》在我国有三译,即宋元嘉二十年(443)求那跋陀罗译《楞伽阿跋多罗宝经》四卷,魏延昌二年(513)菩提留支译《入楞伽经》十卷和唐久视元年(700)实叉难陀译《大乘入楞伽经》七卷。宋译本唯有《一切佛语心》一品,向称文字简古,接近现存梵文本。达摩及其后学所传即这个译本。本经以"五法"、"三种自性"、"八识"、"二种无我"①概括全部佛法,而归结到三界唯心。这是瑜伽行派理论的基本内容。这种烦琐的论证本是达摩以及道信等人不取的。《楞伽经》还提出"五乘种性"说,把众生分为声闻乘、辟支佛乘、如来乘、不定乘、无性乘,这也是瑜伽行派的观点,与达摩"深信含生同一真性"是正相反对的。但由于《楞伽经》的综合性质,内容上又多有矛盾之处。其中所宣扬的"如来藏"思想,是大乘佛学成熟期的主要论题。所谓"如来藏""有三种义,是故如来说一切时,一切众生有如来藏。何等为三?一者如来法身遍在一切诸众生身……二者如来真如无差别……三者一切众生皆悉实有真如佛性"②。这是对传统佛教性净观念的发挥。《楞伽经》卷二阐发这一思想说:

　　　　大慧菩萨摩诃萨白佛言:世尊,世尊修多罗说,如来藏自性清净,转三十二相入于一切众生身中,如大价宝,垢衣所缠,如来之藏常住不变,亦复如是,而阴界入垢衣所缠,贪欲恚痴、不实妄想尘劳所污。一切诸佛之所演说,云何世尊同外道说我,言有如来藏耶?……佛告大慧:我说如来藏,不同外道所

──────────

①《楞伽阿跋多罗宝经》卷四。"五法"指名、相、分别、真如、正智,这是对一切物质与精神现象的概括;"三种自性"即妄想自性、缘起自性、成自性,这是对"五法"构成的逻辑分析;八识即眼、耳、鼻、舌、身、意前六识和末那识、阿黎耶识,是把"五法"中的"分别"、"三自性"中的"缘起自性"加以展开的说明,以阐明物质与精神现象的本源;"二无我"即"人无我"、"法无我",即"五法"中的"正智"。
②勒那摩提译《究竟一乘宝性论》卷三《一切众生有如来藏品》。

说之我……大慧，为离外道见故，当依无我如来之藏。

又卷四说：

此如来藏识藏，一切声闻、缘觉心想所见，虽自性净，客尘所覆故，犹见不净，非诸如来。

正是这种"如来藏自性清净"思想，为达摩等发展新的心性理论提供了典据。本经又在禅法上分愚夫凡夫所行禅、观察义禅、观真如禅、诸佛如来禅，又提倡圣智内证的"宗通"，还讲到"顿悟"说，这对达摩等人创立新禅法也有所启发。正如中国的儒家经学以注疏形式来树立新学说一样，达摩禅法与"东山法门"也借用《楞伽经》来创立新宗派，以至净觉的《楞伽师资记》把四卷《楞伽》译者求那跋陀罗立为第一代祖师。

把视野再扩展一步来看，达摩、道信等力图打破传统而建立起的新理论、新派别，又正是沿袭了六朝以来佛教思想发展的潮流、加以重新改造而产生出来的。自大乘佛典传入中土，适应中国文化重人生、重实践的传统，在理论上有许多新发展，为后来的新禅法所发挥。例如中国佛教般若学重知解（这是神秘的"无分别智"），禅、慧双修形成为传统；达摩则强调"理入"，道信"五方便"中也强调"知"、"觉"、"观"，这都是有得于"般若慧"的①。又如涅槃佛性学说主张"一切众生，乃至五逆、犯四重禁及一阐提，悉有佛性"②，把佛性普及到平凡众生的每一个人身上，后经竺道生等人的大力宣扬，这种佛性新说流行于一时，后出的传为真谛所译《大乘起信论》③提出一心二门即心真如门和心生灭门，提出二门总摄一

---

① 这是就禅宗萌芽期的情形而言。以后禅宗在发展中对"知解"等有不同看法，涉及处将论及，此不赘。

② 昙无谶译《涅槃经》卷二八《狮子吼菩萨品》。

③ 虽然本论是否为印度原典多有疑问，但作为历史的存在，其意义是不可置疑的。它的出现与普及，正反映了当时的思想潮流。

切法，一切众生本来常住入于涅槃，因此众生自性清净心乃其成佛正因。达摩等人的性净理论显然合于这一总的思想潮流。因此新的禅宗思想又可看作是大乘思想在中国土壤上的承续与发展。

<h2 style="text-align:center">五</h2>

这样，道信、弘忍的"东山法门"以全新面貌出现，表现形态上与传统完全对立。但实际在理论上是承袭了六朝佛教义学的成就，在禅法上则继承了达摩禅的内容，并没有割断与传统的联系。

"东山法门"经弘忍的传扬大为发展，门徒众多，高才辈出。净觉《楞伽师资记》记载弘忍的话说：

> 我与神秀论《楞伽经》，玄理通快，必多利益；资州智诜、白松山刘主簿，兼有文性；华州惠藏、随州玄约，忆不见之；嵩山老安，深有道行；潞州法如、韶州惠能、扬州高丽僧智德，此并堪为人师，但一方人物；越州义方，仍便讲说①。

这里列举弟子十人，可能是意在仿效佛陀十大弟子故事。但在《历代法宝记》、宗密《圆觉经大疏钞》里所记弟子与此有所不同，反映传说上有差异，禅观上也有不同。然而弘忍门下有建树的杰出弟子不少则是肯定的。

大概是弘忍的弟子为了树立新宗派的法统，参照佛典《付法藏因缘传》所录佛陀传法统绪，创造出自宗的祖统。西天的传承，杜胐《传法宝记》是引据慧远《禅经序》的，说"佛付阿难，阿难付末田

---

① 《历代法宝记》："（弘忍）又云：'吾一生教人无数，除惠能余有十尔：神秀师、智诜师、智德师、玄赜师、老安师、法如师、惠藏师、玄约师、刘主簿。虽不离吾左右，汝各一方师也。'"（柳田圣山校注，《禅の語録》3，《初期の禅史Ⅱ》，筑摩书房，1984年）宗密《圆觉经大疏钞》三之下："升堂入室者即荆州神秀、潞州法如、襄州通、资州智诜、越州义方、华州慧藏、蕲州显、扬州觉、嵩山老安……后有岭南新州卢行者……"（《卍续藏经》本）

地,末田地传舍那婆斯,则知尔后不坠于地",到达摩"发迹天竺,来
到此土"。起初定为西天八祖,经长期演变,到中唐出现二十八祖
说;中土传承则达摩之后传慧可,慧可传僧璨,然后以道信接继僧
璨,到弘忍为五祖相承。在弘忍门下特别突出神秀,则是神秀弟子
有意的创造。

　　实际上,弘忍弟子法如在弘扬师说上曾起过关键性的作用。
据写于永昌元年(689)的《唐中岳沙门释法如禅师行状》说:

> 南天竺三藏法师菩提达摩,绍隆此宗,步武东邻之国,传
> 曰神化幽赜,入魏传可,可传粲,粲传信,信传忍,忍传如……①

这是把法如当作弘忍嫡传的。杜朏《传法宝记》也在记述弘忍、神
秀之间加法如,写到他住嵩山少林寺,垂拱中都城名德就请开法,
才使"东山法门"传至中原;死前又召集门人,遗训"往荆州玉泉寺
秀禅师下咨禀",把这作为神秀被召北上的契机。该书记载神秀,
则说到弘忍死后"十余年间,尚未传法。自如禅师灭后,学徒不远
万里,归我法坛"。另外张说《大通禅师碑》也说神秀辞去弘忍,"退
藏于密,仪凤中,始隶玉泉,名在僧录"。与前面的记载相印证,表
明神秀在法如死前名声并未大显。神秀的地位后来突出起来,是
出于他的弟子们的推重,也由于他在推广"东山法门"中确实起了
巨大作用。

　　神秀继承了道信与弘忍的禅法,张说在《大通禅师碑》中概括
其法要说:

> 慧念以息想,极力以摄心。其入也,品均凡圣;其到也,行
> 无前后。趣定之前,万缘尽闭;发慧之后,一切皆如。持奉《楞
> 伽》,递为心要;过此以往,未之或知。

这里明确表示神秀是奉持《楞伽经》的。其中所说的"其入也,品均

---

① 《金石续编》卷六。

凡圣",就是达摩所谓"理入"的"深信含生同一真性",也即是道信的"求心即是求佛";"息想"、"摄心"也即是"守心"、"安心"。"达摩三论"中的《破相论》即敦煌本《观心论》(S.646,S.2595),据考也是神秀的作品。其中认为"心是众善之源,是万恶之主","但能摄心内照,觉观常明,绝三毒永使消亡,六贼不令侵扰,自然恒沙功德,种种庄严,无数法门,悉皆成就。越凡证圣,目击非遥;悟在须臾,何烦皓首","一切善业,由自心生,但能摄心,离诸邪恶,三界六趣轮回之业自然消灭,能灭诸苦,即名解脱"。文中又主张"唯须观心,不修戒行"。对于传统"六波罗蜜"的修习,则解释为"六根清净,不染世尘,即出烦恼,可至菩提岸"。这都是"东山法门"的思想路数。

　　韦处厚《兴福寺内道场供奉大德大义禅师碑铭》说到神秀"秦者曰秀,以方便显"①,宗密也说神秀一派是"拂尘看净,方便通经"②。在敦煌文献中存有《大乘无生方便门》、《大乘五方便北宗》以及内容与之相合的没有题目的卷子,都应是反映"方便通经"观念的作品③。所谓"五方便"即一、总彰佛体,亦名离念门;二、开智慧门,亦名不动门;三、显不思议门;四、明诸法正性门;五、了无异门。这显然是从道信的五种"安心方便"蜕化而来的。从所传具体禅法看,也与道信、弘忍提倡的做法相似。例如《大乘无生方便门》(S.0735)记载:

　　　　和言:一切相总不得取。(所)以《金刚经》云:"凡所有相,皆是虚妄。"看心若净,名净心地。莫卷缩身心。舒展身心,放旷远看,平等尽虚空看。

――――――――

①《全唐文》卷七一五。
②《圆觉经大疏钞》三之下。
③《楞伽师资记》说神秀"不出文记",则起码在当时人们不承认存有神秀本人的作品。这里所讨论的神秀作品,应是反映他的观点而为他那一派人所记录的。例如文题出现"北宗"字样,则写定在南、北分宗之后。

> 和问言：见何物？子云：一物不见。和：看净，细细看，即
> 用净心眼，无边无涯除（处）远看……

P.2270 是一篇没有题目的卷子，其中说：

> 是没是佛？佛心清净，离有离无，身心不起，常守真心。
> 是没是真如？心不起，心真如；色不起，色真如。心真如故心
> 解脱，色不起故色解脱。心色俱离，即无一物，是大菩提树。

这样，把解脱的实现归结为众生"心不起"、"色不起"；解脱的手段
在"常守真心"；具体的方法则是"看心"、"看净"。这就把道信、弘
忍的观点表述得更简洁、明确了。

神会在禅宗史上的功绩，主要不在理论建树方面，而在他善于
因应形势，对新禅法大力宣传推动，使之被朝廷所接受。这在新宗
派发展上是又一个关键。

如前所述，神秀住荆州玉泉寺，由于法如的推扬而名声传至北
方。久视元年（700）朝廷迎请神秀入居东都洛阳（武则天时在洛
阳）。未到之前，宋之问曾代东都诸僧草表请与都城士庶以法事至
龙门迎接，表文中说："此僧契无生至理，传东山妙法，开室岩居，年
过九十……九江道俗，恋之如父母；三河士女，仰之犹山岳。"[①]可见
他当时名声的盛大。洛下诸僧的态度，也表明在佛教界内部已接
受了所谓"东山妙法"。而张说《大通禅师碑》又描写神秀入都的盛
况说：

> 久视年中，禅师春秋高矣，诏请而来。趺坐觐君，肩舆上
> 殿。屈万乘而稽首，洒九重而宴居。传圣道者不北面，有盛德
> 者无臣礼。遂推为两京法主，三帝国师。

如前所述，武则天晚年，正是唐王朝佛教政策的转变期。在"东山

---

① 《为洛下诸僧请法事迎秀禅师表》，《全唐文》卷二四〇。

法门"兴盛的同时,写经、造像、斋僧、礼佛的佛教活动受到批评。不久后到玄宗即位的开元初年,朝廷就采取了一系列限制佛教的措施。神会在促成这个转变上是起了巨大作用的。

神秀死于神龙二年(706),身后影响很大,《宋高僧传》记述说:

> 士庶皆来送葬,诏赐谥曰大通禅师,又于相王旧邸造报恩寺。岐王范、燕国公张说、征士卢鸿各为碑诔。服师丧者名士达官不可胜纪。门人普寂、义福并为朝廷所重,盖宗先师之道也。①

神秀死后,中宗诏弟子普寂代领其众。普寂屡蒙恩诏,居止西京兴唐寺。曾诲众曰:

> 吾受托先师,传兹密印,远自达摩菩萨导于可,可进于璨,璨钟于信,信传于忍,忍授于大通,大通贻于吾,今七叶矣。②

这即是后来神会所指斥的"今普寂禅师自称第七代,妄竖秀和尚为第六代"③。从普寂的话看,当时自达摩以来的法统已经明确,而弘忍传神秀,神秀传到他本人也已是公认的事实。

普寂同样受到朝野的普遍礼重。李邕的《塔铭》说"自南自北,若天若人,或宿将重臣,或贤王爱主,或地连金屋,或家蓄铜山,皆毂击肩摩,陆聚水咽,花盖拂日,玉帛盈庭"。李邕本人就是他的俗弟子。死后及葬,"河南尹裴宽及其妻、子并缞麻列于门徒之次,倾城哭送,闾里为之空焉"④。王维的母亲崔氏,曾师事大照禅师三十余年⑤,是普寂千百信女之一,正是证明他道行影响深远的一例。

---

① 《宋高僧传》卷八《唐荆州当阳山度门寺神秀传》。
② 李邕《大照禅师塔铭》,《全唐文》卷二六二。
③ 胡适校定《菩提达摩南宗定是非论》,《新校定的敦煌写本神会和尚遗著两种》,《历史语言研究所集刊》第29本。
④ 《宋高僧传》卷九《唐京师兴唐寺普寂传》。
⑤ 王维《请施庄为寺表》,《王右丞集笺注》卷一七。

神秀的另一个弟子义福，曾师事胐法师。后者有可能就是《传法宝记》作者杜胐。他也于开元十年（722）应道俗之请入都，往来两京。严挺之《大智禅师碑铭》说：

> 禅师法轮，始自天竺达摩。大教东派三百余年，独称东山学门也。自可、璨、信、忍至大通，递相印属，大通之传付者，河东普寂与禅师二人。即东山继德，七代于兹矣。①

可见他是与普寂并称的另一"东山法门"后劲。他的生荣死哀与普寂也差不多，死后，"制谥号曰大智禅师，葬于伊阙之北。送葬者数万人。中书侍郎严挺之躬行丧服，若弟子焉，又撰碑文。神秀禅门之杰，虽有禅行，得帝王重之无以加者，而未尝聚徒开法也。泊乎普寂，始于都城传教二十余载，人皆仰之。初，福住东洛，召其徒戒其终期，兵部侍郎张均、太尉房琯、礼部侍郎韦陟常所信重……"②。可知义福的声誉也是十分崇重的。而这里谈到神秀当年并没有聚徒开法，普寂才正式传教，表明了普寂的贡献。"东山法门"在普寂等人努力之下，在社会上的影响又深入了一步。

六

史称武则天有"知人之名"③。在她统治时期，进一步完善科举制，采取殿前试人的方法，又开武举，推行高宗时设置的"南选"。她特别注意选拔寒俊，尝"十道使人天下选残明经、进士及下村教童蒙博士，皆被搜扬，不曾试练，并与美职"④；又设置延恩匦和招谏

---

① 《全唐文》卷二八〇。
② 《宋高僧传》卷九《唐京兆慈恩寺义福传》。
③ 陆贽《请许台省长官举荐属吏状》，《全唐文》卷四七二。
④ 张鷟《朝野佥载》卷一。

甌,鼓励人"上赋颂及许求官爵"和"言时政得失及直言谏诤"①。武则天实行这些措施,意在排挤、打击李唐王朝的权贵,是一种政治策略;但在客观上却推动了自唐初以来地主阶级统治结构的变革:即把地主阶级更广泛的阶层,包含庶族、商人、僧侣、特别是依靠政能文才进身的"寒门"知识分子吸收到统治集团之中,造成更广泛的地主阶级品级联合的统治结构。在武则天时期,这一阶级结构的变化正在急遽进行。而思想文化界反映着这种社会变动,也在发生急遽变革。"东山法门"在朝廷支持下得以大发扬并逐渐压倒所有其它佛教宗派,也正由于存在着社会变革中发展起来的活跃的、积极的社会力量。就是说,这个新的佛教宗派的思想观念,特别适应了那些出身较低的新进的官僚、文人的要求;加上这个宗派的反传统、反体制的性格,那些与现实体制有矛盾的统治阶层人物也就对之表示欢迎,从而它就作为代表新进、变革的意识被接受并推扬起来。

这与六朝时期的佛教包括传统禅法以及其它佛教宗派的情形造成了鲜明对比。南、北佛教都在统治者庇护下发展(当然发生过废佛事件),受到如谢氏、萧氏、王氏这样的豪门巨族的崇信。直到唐初还有萧瑀、杜如晦等旧贵族作为当时崇佛的代表人物。后起的另一些佛教宗派也与朝廷有密切关系,如天台宗之受重于隋帝,法相宗、华严宗之受重于唐朝廷,都成为它们各自发展的有力依靠。而崇信"东山法门"的人的情况却大有不同。支持它的不是历来作为佛教传统的主要社会基础的豪门世族,而是当时社会变动下涌现出的新人物。它特别受到觅举求官的"寒门"文人的欢迎。

首先分析一下为神秀、普寂、义福写碑志的三个人。

张说(667—730)出身寒门,祖、父历代不显。武后策贤良方正,对策第一,是武后朝提拔起来的新进人物的代表,并以善文辞

---

① 《旧唐书》卷五〇《刑法志》。

为天下文宗。神秀入都那一年,他曾预修《三教珠英》,参加者有李
峤、阎朝隐、刘知几、沈佺期、宋之问、富嘉谟等,皆为天下选①,表明
他本来谙熟佛、道二教。同年有《谏避暑三阳宫疏》,以此被重用。
向神秀问道即在此时。他在开元年间两度任相,长期持文柄,是造
成"开元之治"的重要人物。可信他参与过草拟开元初限制佛教的
一系列诏书的工作。

　　李邕(676?—746)亦出身寒门,是唐初著名的《文选》学者李
善之子。则天朝,以词高行直为李峤等举荐。任左拾遗,曾附宋璟
举奏权佞张易之兄弟奸邪;后以与张柬之善被贬。玄宗朝,由于不
拘细行,矜夸躁急,屡遭贬抑。但人文甚高,被视为贾生、信陵之
流。李白早年曾有《上李邕》诗,所谓"大鹏一日同风起,抟摇直上
九万里"②云云,少年豪气应与这位老名士相投。中宗时妖人郑普
思被重用,他有谏表说"若以普思可致佛法,则汉明、梁武久应得
之,永有天下,非陛下今日可得而求"等等,反对迷信的态度很明
显。这与他信仰禅宗并不矛盾。

　　严挺之(673—742)亦寒门进士出身。神龙年间为宋璟所汲
引。直言敢谏,与张九龄相善。开元末年为尚书右丞,不附权臣李
林甫,"薄其为人,三年非公事竟不私造其门"③。他以归心释氏著
名,死后葬大照和尚塔次。

　　再来看看三篇碑文中提到了师事普寂等人的俗弟子。

　　师事普寂的裴宽,"通敏,工骑射、弹棋、投壶,略通书记"④,看
似个浮浪士人。景云中为润州参军,以拔萃出身,在朝与张说相
善。后徙为河南尹,不避权贵,河南大治。其哭送普寂即在此时。
后亦以不附李林甫被陷害。

---

①《唐会要》卷三六《修撰》。
②《李太白全集》卷九。
③《旧唐书》卷九九《严挺之传》。
④《新唐书》卷一三〇《裴漼传附裴宽传》。

　　师事义福的张均是张说之子。其倾心"东山法门"有着家庭背景。他早年有文名,为兵部侍郎在开元二十六年前,后为李林甫所抑。张均后来依附权贵陈希烈,受安禄山伪命,那是后话。

　　房琯为则天朝宰相房融之子。为张说汲引,屡经中外官,不得大用。后来在"安史之乱"时以扈从玄宗奔蜀有功拜相,肃宗时曾受权统兵,以失策兵败陈涛斜,受志大材疏、高谈虚说之讥。他不仅曾师事义福,亦与神会有交往,见《神会和尚语录》。他对于南、北宗都是相当热衷的,后面还将提到。

　　韦陟是武后朝宰相韦安石之子。早年风标峻整,独立不群,"于时才名之士王维、崔颢、卢象等常与陟唱和游处";张九龄为中书令,"引陟为中书舍人,与孙逖、梁涉对掌文诰,时人以为美谈"①。后天宝年间曾遭李林甫、杨国忠陷害;在平定"安史之乱"中屡有功。

　　这里如房琯、韦陟都出身华贵,为宰相子,但他们的政治倾向却与张说等人一致,他们的实际地位与一般文人官僚是接近的;在信仰"东山法门"上,与张说等人更有着相互影响。

　　还应分析一下那些推重"东山法门"的皇族外戚的情况。

　　礼重神秀的岐王李范是睿宗第四子。玄宗朝,鉴于自开国以来宫廷政变的教训,对诸王防范甚严,因此李范等颇受羁束。史书记载说:

　　　　(范)好学工书,雅爱文章之士。士无贵贱,皆尽礼接待。
　　　　与阎朝隐、刘庭琦、张谔、郑繇篇题唱和,又多聚书画古迹,为
　　　　时所称。时上禁约王公,不令与外人交结。驸马都尉裴虚己
　　　　坐与范游谦,兼私挟谶纬之书,配徙岭外;万年尉刘庭琦、太祝
　　　　张谔皆坐与范饮酒赋诗,黜庭琦为雅州司户,谔为山茌丞。②

---

①《旧唐书》卷九二《韦安石传附韦陟传》。
②《旧唐书》卷九五《惠文太子范传》。

这里清楚写出了他被统治阶级当权集团排斥的情形。李范广接文士,如王维初入京即被待之如师友;杜甫亦经常出入其门下,晚年《江南逢李龟年》诗中有"岐王宅里寻常见"句。

　　这里还可提出《楞伽师资记》作者净觉的情况作参考。他是中宗李显韦皇后的弟弟。中宗复位后,韦皇后勾结安乐公主用事,拟效武则天称制故事。李隆基通过宫廷政变杀韦后,贬为庶人,立李旦为帝,是为睿宗。净觉即在韦后当权时出家。王维所作《塔铭》说:

> 　　中宗之时,后宫用事,女谒浸盛,主柄潜移。戚里之亲,固分珪组;属籍之外,亦绾银黄。况乎天伦,将议封拜。促尚方令铸印,命尚书使备策。诘朝而五土开国,信宿而驷马朝天……(净觉)裂裳裹足以宵遁,乞食糊口以兼行。入太行山,削发受具……①

由此可知,净觉是有意摆脱权势羁绊以免除由之所带来的纷争危机的。他后来师事玄赜,依后者的《楞伽人物志》作《楞伽师资记》,在南北分宗后成为北宗护法中坚。

　　以上这些支持、信仰"东山法门"的知名人物,多数是出身庶族而被拔擢的新进人物,还有一些是被统治集团当权派猜忌、排斥的人。这些人与依靠身份特权而占据统治地位的贵族显宦有着深刻矛盾,在统治阶级结构再编组中与后者持续地进行着斗争。他们要从思想文化领域寻求斗争的武器,其中也包括佛教思想。"东山法门"主张"品均凡圣"、"行无前后"②,无视人们身份的不平等而提倡心性的平等;宣扬"道在心不在事,法由己不由人"③,要求发扬一己心性,表现出对个人主观能力的绝对自信;又认为"佛性在烦恼

---

①《大唐大安国寺故大德净觉师碑铭》,《王右丞集笺注》卷二四。
②张说《唐玉泉寺大通禅师碑铭》,《全唐文》卷二三一。
③严挺之《大智禅师碑铭》,《全唐文》卷二八〇。

之中，佛身即众生之体，大法平等，无所不同"①，混合佛与众生的界限，如此等等，都表现明确的反传统、反权威、反品级身份的意识。这种思想必然为那些极力与统治集团特权阶层争取平等权力的人们所拥护。在当时，庶族出身的士人即使作了高官，也是改变不了其身份的低微的。这样，当那些没有或较少等级特权、依恃个人的政能文才的文人官僚不断扩展自己的势力的时候，他们所拥护的新的禅佛教也就以宏大的声势发展起来了。

七

　　再扩大一步审视一下初唐的思想形势就会发现，"东山法门"的产生与发展完全符合当时思想发展的主流，在一定意义上说是时代思想潮流的相当激进的部分。

　　人类生存于宇宙之中，意识上必然面临着两个大的课题：一个是自身与外部世界的关系，即主体与客体的关系，这主要是如何确立人在宇宙间的位置的问题；另一个是自我本身的意义，即主体自身的价值问题。把这些问题诉诸理性与逻辑，就形成了哲学；而宗教则是靠非理性与玄想来解决它们。从往古到如今，人们的思维中理性与非理性、逻辑与玄想往往交织在一起；因此宗教与哲学也就往往交织在一起。在科学思维欠发达的古代，这种两者纠缠在一起的情况就更为严重。这样一来，宗教有时就会接受哲学的成果，利用哲学的方法来解决神学问题，从而宗教思想就有了科学的意义和价值。禅思想就正是如此。因而，如"东山法门"这样的宗教思想成果，就有了思想史上的意义，禅思想的这一发展必然与整个思想发展有关系。

――――――――――――――

① 李华《润州天乡寺大德云禅师碑》，《全唐文》卷三二〇。碑主法云是普寂弟子。

　　自汉武帝"独尊儒术"，在思想界占统治地位的是儒、法、阴阳家等结合而成的儒家经学。经学既不大关心人与宇宙的关系这样形而上的问题，也不太注重人自身的本质特别是关于心性问题的探讨。它所热衷的主要是这两者之间的人际关系即伦理、政治问题。佛教东传到中土，不仅以其玄妙的幻想与奇丽的表现震惊了中国人，而且在解决历来被忽略的一些人生与哲学课题上给人以启发，特别是关于宇宙本体与人的心性的问题。这是佛教之所以在中国得以传播、发展的根本原因之一，也是佛教对中国思想史有所贡献的主要方面之一。

　　佛教本以个人解脱为依归，因此其教义十分重视心性问题的探讨，努力从人的本性上求得契合"真如"即绝对真实的依据。而中国固有的占主导地位的人性论，却是与儒家的社会政治观念相联系的。孔子提出"唯上智与下愚不移"的先验的人性论，发展而为董仲舒划分"圣人之性"、"中民之性"、"斗筲之性"的性三品说①；孟子则主张"性善"，认为"仁义礼智"四端人皆有之②，这讲的都是反映统治阶级观念的道德属性，其归宿在按统治阶级的面貌来改造人。董仲舒说："天生民，性有善质而未能善，于是为之立王以善之，此天意也。民受未能善之性于天，而退受成性之教于王。王承天意，以成民之性为任者也。"③这种人性论的阶级属性是很明确的。这样，儒家的人性论是能动地改造人的、具有一定社会伦理内容的人性论。

　　佛教当然也要塑造理想的人性，但其基本角度与方式却与儒家有原则区别。特别是大乘佛教把佛性普及到众生，每个人经过努力都可以成佛。这样，"自太古以来一味被崇拜的超越者，实际上我们每个平凡人都可以达到。这一思想发展，实在是人类精神

────────────

①董仲舒《春秋繁露》卷一〇《实性》。

②《孟子注疏》卷一一《告子上》。

③《春秋繁露》卷一〇《深察名号》。

史上划时代的重大事件。在这种精神史的前提之下,佛教被中国
所接受了"①。《维摩诘经》提出"直心是道场……众生是道场","不
舍道法而现凡夫事,……不断烦恼而入涅槃"②,把成佛的宗教实践
归之于人的内心体验;《涅槃经》提出"一阐提人皆可成佛";竺道生
则认为"虽复受身万端,而佛性常存","本有佛性,即是慈念众生
也"③。这对中国思想史上心性说的发展,是巨大的、决定性的飞
跃。依这种观念对传统的"致诚返本"的"性善论"给以新解释,就
使儒、释两家的人性论进一步得以融合、发展了。

　　但在涅槃佛性学说中,作为宗教信仰指归的佛性的绝对性并
没有动摇。众生成佛必须实现佛性,即与绝对的佛性相结合。因
此六朝以来佛教各学派、宗派对佛性"本有"(众生无始以来即有佛
性)还是"当有"(或称"始有",指应有佛性,当能成佛),"性起"(众
生称性而起成佛)还是"性具"(性具善恶,断恶修善才能成佛)等问
题进行了长期争论。而总地说来,则都强调通过"六度"、"十地"④
的修持向成佛的目标靠拢。这实际上是佛教的"治心"的办法。
"东山法门"当然也要"治心",但在人性论上又实现一次飞跃:众生
不仅"本有"佛性,而且众生性即是佛性;不要通过"性起"去实现佛
性,而是众生性之外并没有别的什么佛性。这样,整个佛教实践就
归结为"守心"、"看心"的内心修养功夫。这种佛性的人性化,实际
是对人性神圣与平等的肯定。

---

①参阅小南一郎《中國の神話と物語リ——古小説史の展開》第 234 页,岩波
　书店,1984 年。
②鸠摩罗什译《维摩诘所说经》卷上《菩萨品》、《弟子品》。
③宝亮等集《大般涅槃经集解》卷一九、卷一八。
④"六度"是梵文 Saṭ-pāramitā 的意译,或译为"六波罗蜜",是大乘佛教修习的
　六种手段,即布施、持戒、忍辱、精进、禅定、智慧。"十地"是梵文 Daśabhūmi
　的意译,或作"十住",指佛教修行的十个阶位,有"三乘十地"和"大乘菩萨十
　地"之分,一般指后者,即欢喜地、离垢地、发光地、焰胜地、难胜地、现前地、
　远行地、不动地、善慧地、法云地。

　　前面已经提到过：武后统治期的晚年，"东山法门"在两京的大发展，与对写经、造像等佛教迷信活动的批判发生在同一时期。这两者间是相关联的。当时批评写经、造像的人不一定反佛，但他们大都坚持一个主要观点，即佛法在心，而不在形迹之外。武后在洛阳北邙造大像，狄仁杰上《谏造大像疏》，其中说"为政之本，必先人事"，而"如来设教，以慈悲为主，下济群品，应是本心"①，其间并引用梁武、简文崇佛、"江表像法盛兴"的历史教训，对穷民力以营佛事猛烈抨击。同时李峤、张廷珪上疏亦有同样的意见②。针对中宗崇饰寺观又滥食封邑，韦嗣立上谏表说："苟非修心，定慧诸法，皆涉有为。至如土木雕刻等功，唯是殚竭人力，但学相夸壮丽，岂关降伏身心。"③辛替否也一再上疏指出："损命则不慈悲，损人则不济物，荣身则不清净，岂大圣大神之心乎。臣以为非真教，非佛意，违时行，违人欲"；他又为给金仙、玉真二公主造道观上谏时政疏，说"不多造寺观而福德自至，不多度僧尼而殃咎自灭。道合乎天地，德通乎神明"④。而开元八年（720）姚崇去世前所留遗令中更说到：

　　　　佛者，觉也，在乎方寸。假有万像之广，不出五蕴之中。但平等慈悲，行善不行恶，则佛道备矣。何必溺于小说，惑于凡僧，仍将喻品，用为实录，抄经写像，破业倾家，乃至施身，亦无所吝，可谓大惑也……正法在心，勿效儿女子曹终身不悟也。⑤

"正法在心"，这是对佛教教义的一种新概括。它与"东山法门"的

①《旧唐书》卷八九《狄仁杰传》。
②见《旧唐书》卷九四、卷一〇一各本传，并见《全唐文》卷二四七、卷二六九。
③《旧唐书》卷八八《韦思谦附韦嗣立传》。
④《旧唐书》卷一〇一《辛替否传》。
⑤《旧唐书》卷九六《姚崇传》。

教义在大方向上是相合的。从以上这些观点，可以看出"东山法门"重视心性的新教义的广泛影响。

　　值得注意的是，自六朝以来，道教也已开始注意到人的心性问题。在魏晋时期的《神仙传》等书中反映出来的人人可以成仙的新神仙思想，正与大乘佛教的佛性平等思想相呼应。这暗示出中国思想史所面临的普遍性的新课题是被不同的宗教同样重视的。初唐时期，在"东山法门"兴起的同时，道士王玄览（626—697）也提出"守心"的主张："恬淡是虚心，思道是本真，归心志不移变，守一心不动散。"①他不重"形养将形仙"，而要求"坐忘养舍形入真"。特别是他提出"众生与道不相离。当在众生时，道隐众生显；当在得道时，道显众生隐。只是隐显异，非是有无别"。这也是一种普遍的人性观念。他于武则天神功元年（697）奉召入京，正是在神秀入京的前三年。比王玄览年辈较晚的司马承祯（647—735）也曾应武后之召入都。他活动于开元前期，与普寂、义福大体同时。他提出主静去欲的修道论，主张"收心"。他说："学道之初，要须安坐，收心离境，住无所有，不著一物，自入虚无，心乃合道。""法道安心，贵无所著。"②这与道信的"守心"方便、神秀的"观心"方便也很近似。这表明唐代道教在金丹道教兴盛与道教轨仪制度完善的同时，又发展起这样的重视自我心性修养的一派，而这一派在文人间有着相当大的影响。例如吴筠与李白曾一起隐居求道，吴筠也是司马承祯一派，学道重在"守静"、"忘情"、"养心"③。道家中的这一派人物及其思想与"东山法门"有什么事实上的联系，这是应另作考察的课题；但二者观念上有相通处，处在共同的思想潮流之中，则是可以明显看出的。

　　还应当指出的一点是，隋唐之际社会经过一场大动荡，阶级关

①《玄珠录》卷下九、卷下六、卷上四；《道藏·太玄部》。
②《坐忘论·收心》，《全唐文》卷九二四。
③吴筠《神仙可学论》，《全唐文》卷九二六。

系产生了大的变化,整个思想界也打破了传统束缚,呈现出一派自由、活泼、创新的气象。"东山法门"冲破旧传统、树立新教义,也是在这种大的思想环境中实现的。隋末时儒学代表人物刘焯已对"贾、马、王、郑所传章句,多所是非"①,即力图挣脱汉儒章句的束缚。隋唐之际的另一位大儒王通则提出了重生民、尚通变的经学观念,用力于通经致用之学。唐初儒学家徐文达博览五经,尤精《左传》,"所讲释多立新义。先儒异论,皆定其是非,然后诘驳诸家,又出己意"②,也努力用己意立新说。到了则天朝,更有刘知几、吴兢、朱敬则、元行冲等掀起了对传统思想学术的怀疑思潮。刘知几是其中杰出的代表,他"多讥往哲,喜述前非","成其一家独断而已"③。在其所著《史通》中,专立《疑古》、《惑经》等篇,对儒家经典与二帝三王传说大肆指斥以至抨击,后人说他"上下数千载间,掊击略尽"④。元行冲著《释疑》,批判当时守旧学风,说"章句之士,坚持昔言,特嫌知新惑,欲仍旧贯"⑤。这种激荡的创新思潮带动着整个社会,政治、文学、艺术方面都高扬着力图从旧传统下解放出来的革新精神。宗教思想也是社会思想的一个组成部分,禅宗也在这种思想环境中发展起来。

八

　　再来扩展一步,从整个中国佛教史和中国思想史的发展看禅宗,就会更深刻地认识它的地位和意义,也更能够理解它之所以对于文化诸领域造成广泛、深入影响的原因。

---

①《隋书》卷七五《儒林传》。
②《旧唐书》卷一八九上《儒学上》。
③《史通》卷一〇《自叙》、《辨识》。
④陈傅良《题张文墨文卷后》,《止斋题跋》卷一。
⑤《旧唐书》卷一〇二《元行冲传》。

众所周知，佛教在中土初传，起初是被中土人士当作神仙方术的一种来接受的。它和本土宗教道教并兴，主要的原因则是适应了汉魏乱世之际人们迫切需要得到现实救济的精神需求。从这个意义说，佛教之所以能够在中土扎根，也是主要由于它能够填补中土固有思想传统所缺乏的宗教救济意识的空隙。佛陀本人的教法（即所谓"原始佛教"）本是讲"自力"的。佛陀不是造物主，也不是救世主，他只是人们求道和修道的榜样，他作为慈航与导师指示人以"觉悟"的路径和方法。后来在发展中，佛陀逐渐被神化。到大乘佛教阶段，更形成全新的佛土论和佛身论：过、现、未、上下十方有无数佛，每一位佛都有他的佛国土，随之"它力"救济信仰也逐渐强化、突显出来。中国在教理上主要接受的是大乘佛教，其学理深刻、丰富固然是一个重要原因，再一点就是它具有更浓厚的神学品格，更突出地体现了宗教的救济功能。

日本学者塚本善隆在其名著《中国佛教史研究·北魏篇》里，具体分析北魏后期到唐代武则天时期龙门造像题材的变化，得出结论说：这种变化反映了中国人已经由追求外国的释迦太子如何成佛转而追求个人自身成佛。实际这正是佛教被更广泛的群众所接受，也是其实现"中国化"的表现。如上所述，由于中国自古以来已形成丰厚的思想、学术传统，知识阶层即所谓"社会精英"更关注佛教教理即其思想层面，而吸引民众的则主要是信仰内容。当然这二者是不可截然分开的，此不具论。而只就信仰层面说，魏晋南北朝时期民众间更热衷于到佛教里寻求它力救济，并相信佛教具有强大的救济功能。这在当时的观音信仰里典型地表现出来。

中土最初译介的宣扬观世音信仰的经典是竺法护于太康七年（286）所出《正法华经》的《光世音普门品》。在这一品短小经文一开始，即是佛告无尽意菩萨：

此族姓子，若有众生，遭亿百千垓困厄患难苦毒无量，适闻光世音菩萨名者,辄得解脱,无有苦恼,故名光世音。①

后来鸠摩罗什异译《妙法莲华经·普门品》的译文是:

> 善男子,若有百千万亿众生,受诸苦恼,闻是观世音菩萨,
> 一心称名,观世音菩萨即时观其音声,皆得解脱。②

接着宣说观世音拔苦济难的简易与方便,即所谓"济七难"(水、火、罗刹、刀杖、恶鬼、枷锁、怨贼,或加上"风"为"八难")、"离三毒"(贪、嗔、痴)、"满二求"(求男得男,求女得女),而且观音更有无数神通,能够施设方便,以三十三种化身说法示现,拯救众生。《普门品》观音以其慈悲、神通和普遍而快捷的救济功能为特征,后来一般称为"救苦观音"。《正法华》译出后,观音信仰迅速普及开来,《普门品》更作为《观世音经》单品而广泛流传于社会上下。宋宗炳说:

> 呜呼!六极苦毒而生者,所以世无已也。所闻所见,精进而死者,临尽类多神意安定。有危迫者,一心称观世音,略无不蒙济。皆向所谓生蒙灵援,死则清升之符也。③

何尚之则说:

> ……且观世大士,所降近验,并即表身世,众目共睹。祈求之家,其事相继,所以为劝戒,所以为深切,岂当与彼(指"神道助教"的报应之说)同日而谈乎?④

这都可见观音信仰广泛流传的盛况。六朝时期产生相当数量的"释氏辅教之书",记录许多有关观音救济的灵验故事。其中三种

---

①《正法华经》卷一〇《光世音普门品》,《大正藏》第9卷第128页下。
②《妙法莲华经》卷七《观世音普门品》,《大正藏》第9卷第56页下。
③《明佛论》,《弘明集》卷二,《大正藏》第52卷第15页下—16页上。
④《答宋文帝赞扬佛教事》,《弘明集》卷一一,《大正藏》第52卷第70上。

专书在日本保存完好①。这些故事十分生动地反映出当时民众间
观音信仰真挚、热诚的实态。这也是当时佛教信仰具体状况的真
实体现。

　　早期观音信仰以"救苦观音"为主,到南北朝末期"净土观音"
信仰兴盛起来。这一演变十分典型地反映出中国人由寻求"它力
救济"转变到追求自身成佛的大趋势。净土思想本是早期大乘的
一种潮流,早在东汉时期已开始逐渐输入中土。其在中国影响巨
大、流传广远的是西方阿弥陀佛净土信仰。早出的《无量寿经》里
观音已经作为阿弥陀佛的胁侍出现②;后来的《阿弥陀经》、《观无量
寿经》(这即是所谓"净土三部经",是后来净土宗的立宗典据),则
更系统地宣扬"净土三身佛"信仰。但早期流行的民间故事还仅有
个别表现净土信仰的,表明当时这一信仰并没有被群众更普遍地
接受。到了南北朝末期,经过昙鸾、道绰等一批净土大师的提倡,
对阿弥陀净土和净土观音的信仰才在民众间普遍地流行起来。唐
代敦煌壁画里留下来的许多花团锦簇的大幅净土变壁画,正鲜明
地反映了这一信仰的发展趋势。

　　上面说的是民众信仰层面所反映的中国佛教的转化。在思想
理论上体现这一转变形势的,教理方面作为依据的则有公元四世
纪在印度佛教里新近形成的佛性论,在中国佛教义学中则有以竺
道生为代表的涅槃师说。

　　大约在公元三世纪,印度佛教由龙树、提婆等大乘论师创立中
观学派,发展出"假有性空"、"八不中道"、"实相涅槃"等中观教理。
这一派继承部派佛教毗昙学的分析方法,写作一大批论书如《中

①参阅笔者点校《观世音应验记三种》(宋傅亮《光世音应验记》,宋张演《续光
　世音应验记》,齐陆杲《系观世音应验记》),中华书局,1994 年。
②据经录所载,《无量寿经》共有十二译,五存七缺,现今流行的初译本一般著
　录为魏嘉平四年(252)康僧铠所出,但根据其中译语、译风,或以为出自晋宝
　云或竺法护,学界迄无定说。

论》、《百论》、《十二门论》、《大智度论》、《十住毗婆沙论》等。但正如当初部派佛教烦琐细密的教理论证架空了信仰一样，中观学派同样陷入了理论思辨的窠臼。新的佛性思想乃是对这一发展形势的反动和挽救，又是对此前佛性思想的发挥。阐发这种新思想的主要是四世纪结集成的《大般涅槃经》。它不同于原始《阿含经》里的小乘《涅槃经》，那里基本描绘的是佛陀寂灭前后的真实故事。而大乘《涅槃经》则是以玄想的方式构想佛陀寂灭前的最后说法，提出了"佛身常住"、"悉有佛性"、"阐提（断善根的极恶之人）成佛"等新义。大体同时结集的还有《如来藏》等经，《宝性》等论，对这种佛性新说作出发挥。"如来藏"义是站在众生平等的立场上，论证如来藏（即佛性）遍在一切众生，众生悉有如来藏，只是由于它处在隐伏状态而不得显现。这是吸收印度教"梵我如一"观念对"心性本净"说作出的新发展。

　　东晋时期西行求法的法显得到大乘大本《涅槃》前分梵本，回到建康（今江苏南京市）后于义熙十三年（417）与梵僧佛陀跋陀罗译出，成六卷本《大般泥洹经》。四年之后，天竺三藏昙无谶在北凉应沮渠蒙逊之请，于玄始十年（421）在姑臧（今甘肃武威）译出全本三十六卷（后作四十卷）《大般涅槃经》。元嘉七年（430），该本南传到建康。由于它文言质朴，品数疏简，义学名僧慧严、慧观和著名文人谢灵运等加以改治。两种译本分别称"北本"和"南本"。《大般涅槃经》的传译是中国佛教史上的大事，加上《如来藏经》等的传译，给义学中的佛性新说提供了充分理论典据。

　　关于禅宗思想的教理根源，可以追溯到许多方面，例如《维摩经》、《涅槃经》、《楞伽经》以及疑为中土撰述的《大乘起信论》；僧肇、竺道生等义学"师说"；罗什及其以下所翻译的印度禅籍以及北方禅师的活动；特别是传为西天二十八祖、中土初祖的菩提达摩的禅法，等等。但是如果总括以上各方面，捕捉总的脉络，外来的根据主要则应是上述公元四世纪中期大乘的佛性新说，即涅槃佛性说和如来藏教理。被认为是禅宗初祖的菩提达摩的《二入四行》开头说的"深信含生同一真性"①，即是竺道生"悉有佛性"思想的概括表述，二者实际是同样的意思。而中土人士接受和发挥这一思想，形成为后来禅宗滥觞的，则如胡适所说："把印度佛教变成中国佛教，印度禅变成中国禅，非达摩亦非慧能，乃是道生。"②

　　胡适如此突出竺道生在中国佛教史，特别是禅宗形成历史上的作用和地位，是有见地的。竺道生是所谓"涅槃师"代表人物。他根据涅槃佛性思想所发挥的"悉有佛性"说，融入中土儒家的"性善"论和"致诚反本"的修养论，进而提出"顿悟成佛"、"善不受报"、"佛无净土"等新义，一时震动佛门。僧传描述他的理论成就说：

> 生既潜思日久，彻悟言外，乃喟然叹曰："夫象以尽意，得意则象忘；言以诠理，入理则言息。自经典东流，译人重阻，多守滞文，鲜见圆义。若忘筌取鱼，始可与言道矣。"于是校阅真俗，研思因果。乃立善不受报，顿悟成佛。又著《二谛论》、《佛性当有论》、《法身无色论》、《佛无净土论》、《应有缘论》等。笼罩旧说，妙有渊旨。而守文之徒，多生嫌嫉，与夺之声，纷然竞起。又六卷《泥洹》先至京师，生剖析经理，洞入幽微，乃说阿阐提人皆得成佛。于时大本未传，孤明先发，独见忤众。于是旧学以为邪说，讥愤滋甚，遂显大众，摈而遣之。生于大众中正容誓曰："若我所说反于经义者，请于现身即表厉疾；若与实相不相违背者，愿舍寿之时，据师子座。"言竟拂衣而游。③

后来他到苏州虎丘山，旬日之间，聚集学徒数百，曾有他说法令顽石点头的传说。最后他投迹庐山，销影岩岫。至元嘉七年《涅槃》

---

① 《续高僧传》卷一六《齐邺下南天竺僧菩提达磨传》，《大正藏》第 50 卷第 551 页下。

② 《中国禅学的发展》，姜义华主编《胡适学术文集·中国佛学史》第 75 页。

③ 《高僧传》卷七《宋京师龙光寺竺道生传》。

大本传至建康,其中果称阐提悉有佛性,与他以前所说合若符契。道生既获此经,寻即讲说。他以宋元嘉十一年(434)冬在庐山讲席法座上端坐正容隐几而卒。

僧史上关于竺道生发展佛性思想的这类记述,特别突出表现其"潜思既久"、"孤明先发"的带有神秘色彩的感悟力,更把中国佛教思想史上的这一重大转变归结到他个人的努力。实际上竺道生的理论成就乃是大乘佛教心性说在中国长期发展的必然归宿。即使真如传记所说他没有见到大本《涅槃》就开始宣讲"阐提成佛"说,也是因为"众生悉由佛性"论在中土已有长期发展;而反对滞文守义的教条主义研究方法,也是中土佛教义学研究的普遍优点。总之,竺道生的佛性新说无论是内容上还是方法上,都代表了当时佛教发展的大趋势。而关于这一新说的价值和意义,同时代的谢灵运作有《辨宗论》加以阐发和表扬,汤用彤对后者加以评论说:

> 康乐承生公之说作《辨宗论》,提示当时学说二大传统之不同,而指明新论乃二说之调和。其作用不啻在宣告圣人之可至,而为伊川谓"学"乃以至圣人学说之先河。则此论在历史上有甚重要之意义盖可知矣。[①]

就是说,一方面,竺道生的佛性论乃是调和儒、释的产物;另一方面,就其深远影响说,他的理论乃是宋代"新儒学"心性论的滥觞。而从竺道生到宋儒,思想理论上则正有禅宗作为中间环节。张曼涛评论竺道生又指出:

> 就中国文化的本身说,他继承了儒家的思维特质,道家的思维形式,而后溶解佛教。此儒家的思维特质,就是他思想中一贯所持的"理",此理可说是遥承孟子而来,孟子讲穷理尽性,道生在《妙法莲华经疏》中则直承此义,而以之解《法华》的

———————————————

① 《谢灵运〈辨宗论〉书后》,《汤用彤学术论文集》,294 页,中华书局,1983 年。

无量义,语曰:"穷理尽性,则无量义定。"此直是把儒家的心脉移来解佛。他既装进了"穷理尽性"此一儒学的心脉,而处处又用"理"字谈佛性义,谈顿悟义,则其思维本质自是来自此一脉络。[1]

这就更进一步指明了竺道生的思想与儒家、道家的关系。特别是如果追溯到僧肇已经使用"穷理尽性"的方法解说佛义,更说明了竺道生对前人学理的继承关系。僧肇在《注维摩诘所说经》中曾说:"佛者,何也?盖穷理尽性,大觉之称也。"[2]这乃是中土思想重义理的典型体现。而竺道生更继续频繁地讲佛"理",如说"佛为悟理之体"[3],"菩提即是无相理极之慧"[4],"以佛所说,为证真实之理"[5],"无物之空,理无移易"[6],等等。不讲神秘、超然的"悟",而讲"穷理尽性"之"理",同样体现了中土思维重义理的特征。

禅宗对于道家的汲取,则可以上溯到达摩。胡适说:"达摩的四行,很可以解作一种中国道家式的自然主义的人生观:报怨行近于安命,随缘行近于乐天,无所求行近于无为自然,称法行近于无身无我。"[7]这是从人生观、行为方式角度着眼的。实际上道家对禅宗的影响远为广泛、深入。禅宗的自性清净说从根本上又有与道家"自然"观念相通的成分。崔大华分析说:

> 禅宗摆脱了这些传统佛学的纠缠,而用一种简明的、具有中国思想特色的观念——"自然"来诠释"自性"("本性","佛

---

①《中国佛教的思维发展》,《中国佛教的特质与宗派》第66页,大乘文化出版社,1978年。
②《注维摩诘所说经》卷九《阿閦佛品第十二》,《大正藏》第38卷第410页上。
③《注维摩诘所说经》卷三《弟子品》,《大正藏》第38卷第360页上。
④《注维摩诘所说经》卷四《菩萨品》,《大正藏》第38卷第362页上。
⑤《大般涅槃经集解》卷五《纯陀品》,《大正藏》第37卷第395页下。
⑥《大般涅槃经集解》卷五一《德王品》,《大正藏》第37卷第533页上。
⑦《楞伽宗考》,姜义华主编《胡适学术文集·中国佛学史》第101页。

性")。如禅宗门下第一个博学之人、慧能晚年的弟子神会说：
"僧家自然者,众生本性也。""佛性与无明俱自然,何以故？一
切万物皆依佛性力故,所以一切法皆属自然。"(《神会语录》)
《坛经》说："自识本心,自见本性。"也就是说禅宗又用"本心"
来诠释"本性"、"自性"。所以,贯串禅宗始终的一个中心思想
就是"识心见性,自成佛道","若识本心,即是解脱"(法海《坛
经》)。①

　　这就指出了禅宗在根本观念上与道家相通之处。禅悟默契的思维
方式与道家"体道"的境界两相契合,禅家的无为无事、悠悠自在的
人生方式实际是道家人生理想的实践,等等,禅对于道家的受容也
是十分明显的。

　　这样,南北朝义学中以竺道生为代表的"涅槃师"根据大乘新
的佛性思想发展出佛教教理与儒家、道家相结合的佛性新说,反映
了思想史发展的客观要求,代表了思想潮流的先进趋势,也体现了
佛教进一步"中国化"的大方向。这一思想潮流被达摩等新一派禅
师所继承和发挥,又有《楞伽经》、《大乘起信论》等众多新翻(或新
创)经论支持,至唐初终于形成禅宗。所以,在中国思想史上三教
并立、三教交流与融合的传统中,禅宗是从佛教的立场出发,汲取
儒、道二家的成果,也是对传统禅学加以改造、发挥的成果,更是中
国人对于佛教的重大发展与根本创新。因此从胡适开始,许多学
者都称赞禅宗为佛教史上的"革命"。就造成重大发展与转变的意
义和影响说,称禅宗为"革命"是不算夸张的。钱穆指出：

　　　　当时的禅宗兴起……单就宗教立场来看,也已是一番惊
　　天动地的大革命。从此悲观厌世的印度佛教,一变而为中国
　　的一片天机,活泼自在,全部的日常生活一转眼间,均已"天堂

————————————
① 《庄学研究》第 531 页,人民出版社,1992 年。

化","佛国化",其实这不啻是印度佛教之根本取消。但在中国社会上,在中国历史上,如此的大激动,大转变,却很轻松很和平的完成了。只在山门里几度瞬目扬眉,便把这一大事自在完成。我们若把这一番经过,与西方耶教的宗教革命做一个比拟。他们是流血残杀,外面的争持胜过了内面的转变。我们则谈笑出之,内里的翻新胜过了外面的争持。这岂不已是中国文化最高目的之人生艺术化一个已有成绩的当前好例吗?①

关于禅宗对于文学的影响,则应当从中国文化发展的总趋势来认识,钱穆又曾指出:

> 我们要想了解中国文化之终极趋向,要想欣赏中国人对人生之终极要求,不得不先认识中国文学艺术之特性与其内在之精意。要想认识中国人之文学与艺术,唐代是一个发展成熟之最高点。必先了解唐人,然后瞻前瞩后,可以竟体了然。汉代人对于政治、社会的种种计划,唐代人对于文学、艺术的种种趣味,这实在是中国文化史上之两大骨干。后代的中国,全在这两大骨干上支撑。②

这里概括中国文化的两大骨干,一个是"汉代人对于政治、社会的种种计划",指的是儒家经学,延伸而为当时政治家们的政治、社会思想。肯定这个方面,是钱穆作为"新儒学"代表人物著论的题中应有之义。实际上支撑中国文化的还有道家和道教、佛教和佛学,也是汉代出现的。唐代他突出"文学、艺术",作为另一大"骨干",则是中国文化的另一份值得骄傲的精华,也是唐代文化的代表性成就。唐代经学衰败不振,文化中成就最为恢宏灿烂的是文学艺

①《中国文化史导论(修订本)》第 167 页。
②《中国文化史导论(修订本)》第 173 页。

术与宗教。而这二者又有着密切关联。宗教的目标无论是成佛做祖还是飞升成仙，优先要解决的是人们的心性问题；而人的心性正是文学、艺术表现的重要内容。这也就是诗、禅二者发生密切纠葛的主要原因。

再进一步，禅宗更代表了中国思想、学术史上承前启后的重要阶段。如前所说，它不但全面推动了一代文化的发展，更为宋代"新儒学"即理学的形成作了准备。这已超出本书论题之外。不过应当指出的是，后代理学对文学、艺术发挥影响，实际上也与禅宗有着相当密切的关联。

第二章 南宗禅

——自性的肯定与发扬

一

一九二六年,胡适在英国大英博物馆调查敦煌写本,发现了《神会语录》(此为后来胡适命名,原卷名《南阳和尚问答杂征义》)等初期禅宗史料;一九三〇年,胡适编辑、校点的《神会和尚遗集》由上海亚东图书馆出版。在《自序》里,他提出了在禅学研究中影响深远的"伪史"说:

> 民国十三年,我试作《中国禅学史》稿,写到了慧能,我已很怀疑了;写到了神会,我不能不搁笔了。我在《宋高僧传》里发现了神会和北宗奋斗的记载,又在宗密的书里发现了贞元十二年敕立神会为第七祖的记载,便决心要搜求关于神会的史料。但中国和日本所保存的禅宗材料都不够满足我的希望。我当时因此得一个感想:今日所存的禅宗材料,至少有百分之八九十是北宋和尚道原、赞宁、契嵩以后的材料,往往经过了种种妄改和伪造的手续,故不可深信。我们若要作一部禅宗的信史,必须先搜求唐朝的原料,必不可轻信五代以后改造过的材料。①

---

① 《神会和尚遗集自序》,《胡适校敦煌唐写本神会和尚遗集附胡先生晚年的研究》,胡适纪念馆,1982年。

接着,胡适记述了访求《神会语录》的经过,提出根据新资料对神会与禅宗史得出的新看法。胡适当初这一看似简单的感想,后来由无数材料证明确是历史事实;而《神会和尚遗集》的出版,"促使了国际间研究禅宗史之胎动",特别是"日本以此为契机,也同样接连不断地发见,并且出版了新的古禅籍"①。胡适用《神会和尚遗集》一本薄薄的小书,推动禅学史研究从根本上改变了面貌,从而使它成为国际间的显学②。这在近代学术史上确实是值得注目的事件。前一章论述早期禅史,所依据的大部分材料(或可以说是对论述起决定性作用的材料)即来自陆续发现的古禅籍。这一章将探讨南宗的成立、慧能与神会的活动及其思想、慧能的《坛经》的形成等等,将要更多地依靠敦煌写本中留存的资料。因为南宗批判和取代北宗是禅宗史上又一次决定性的大转变,而历史上存留的有关这一段禅宗史材料多出于南宗系和尚之手,胡适所指出的"妄改和伪造"就更为严重。

　　传世的各种"灯录"、"语录"之所以不可作为信史看待,还因为它们是宗门文献,本来就不是被当作信史来写作,而是意在记述祖师言句的。祖师言句在丛林中流传,不同时期的传说者加进自己的领会,因而就有所增删,有意无意的"作伪"从而就产生了。因而宗门文献有很大的创作成分。剥落创作的增饰而披露历史真实,是相当困难的工作。

　　在敦煌写卷发现以前,要了解慧能,主要依据王维、柳宗元、刘禹锡三篇碑志③,《景德传灯录》、《宋高僧传》等灯史、僧传,再就是

①柳田圣山《胡適博士と中國初期禪宗史の研究》(李迺扬译),《胡适禅学案》,京都中文出版社,1981年。

②参阅拙作《作为文学的禅》,《中国文化月刊》1990年7月号、8月号,台湾东海大学出版。

③即王维《能禅师碑》(《王右丞集笺注》卷二五,《全唐文》卷三二七)、柳宗元《曹溪第六祖赐谥大鉴禅师碑》(《河东先生集》卷六,《全唐文》卷五八七)、刘禹锡《曹溪第六祖大鉴禅师第二碑》(《刘宾客文集》卷四,《全唐文》卷六一〇)。

记录慧能言行的《坛经》。而所传《坛经》有两个系统：一是古筠比
丘德异元至元二十七年(1290)校订本系统①；另一个是至元二十八
年(1291)南海风幡光孝寺宗宝改编本系统②。这些材料中以王维
的《能禅师碑》写作时间最早，又是应神会请托而作，其中说到神会
"世人未识，犹多抱玉之悲"，应是指他天宝十二载被潜聚众贬黜到
南方，其时距慧能去世的先天二年(713)只四十多年，应是比较可
靠的。但其中已加入了南宗的传说，如"临终密授"、弘忍传衣之类
的故事③。至如后出的那些材料，传说、伪纂成分更多。敦煌写本
《楞伽师资记》、《传法宝记》、《历代法宝记》的发现，让人们看到了
北宗和保唐宗关于慧能的记述，展示了一个与传统所传不同的慧
能的面貌。特别是敦煌本《坛经》的出现，进一步证实了《坛经》在
历史上曾不断被增饰改造，它也不过是早出的本子之一而已。而
与此相前后，在日本发现了一批有关慧能的新资料，重要的有兴圣
寺本《坛经》④和《曹溪大师别传》⑤。

　　实际上，唐代已有人明确指出《坛经》是经不断增饰、改作的。
慧能法嗣南阳慧忠(? —775)曾说过：

　　　　……吾比游方，多见此色，近尤盛矣。聚却三五百众，目
　　　视云汉，云是南方宗旨，把他《坛经》改换。添糅鄙谈，削除圣

---

①明正统本即所谓"曹溪原本"属这一系统，又高丽延祐三年(1316)以下诸朝
　鲜刻本也是这一系统。
②明藏《六祖坛经》、万历本恒照斋《六祖坛经》即是这一本子，也是流行最广的
　本子。
③王维碑中的传说成分，印宗《中国禅宗史》第五章《曹溪慧能大师》有详考，可
　参阅，正闻出版社，1987年。
④日本京都兴圣寺本于昭和五年(1930)由铃木大拙校定出版。该本序下题
　"依真小师邕州罗秀山惠进禅院沙门惠昕述"，故又称"惠昕"本，编定于宋太
　宗乾德五年(967)。日本大乘寺本，金泽文库本(残)均属这一系统。
⑤关于该文的发现及其价值，参阅胡适《坛经考之——跋曹溪大师别传》，
　《胡适文存》第四集。

　　意，惑乱后徒，岂成言教？苦哉，吾宗丧矣。①

从这段话可以看出，当时《坛经》已广泛流传并已被"改换"了。韦处厚《兴福寺内道场供奉大德大义禅师碑铭》更指出："……洛者曰会，得总持之印，独耀莹珠，习徒迷真，橘枳变体，竟成《坛经》。"②这更直截认定《坛经》出于后学之手。根据近人研究，在敦煌本《坛经》之前还应有"古本"，现有的本子都非慧能说法的真实记录。但人们又都同意，了解慧能，《坛经》是主要材料。但在如何分辨真伪上，学术界做法却不一致。早年宇井伯寿试图从敦煌本里除去捏合部分清理出原本，留下二十九段文字，去掉全文五分之二左右③。今人柳田圣山则认为敦煌本"无相戒"、"般若三昧"等为牛头慧忠所说，鹤林法海所记，该本与牛头宗关系密切，写定于《曹溪大师别传》(781)和《宝林传》(801)形成之间④。《坛经》的形成及其流传，是个尚待深入探讨的课题。但由于今天有了《神会语录》等著作，参照南宗发展起来以后的思想资料，如马祖道一、石头希迁两系的言论，就可以清理出南宗思想发展的大致脉络，从而确定慧能所倡早期南宗禅的基本面貌。因此，即使现在对慧能生平细节还难以弄清楚，我们仍可较准确地了解以他为代表的早期南宗禅的观点。

　　关于神会的著作，自胡适一九二六年发现《神会语录》以后，他本人和日本学者又续有发现。到一九五八年他重新校定《南阳和上顿教解脱禅门直了性坛语》和《菩提达摩南宗定是非论》，在《校写后记》里写了《总计三十多年来陆续出现的神会遗著》⑤一节，总结到那时为止，计出现《语录》二本，均为敦煌所出；《定是非论》三

---

①《景德传灯录》卷二八《诸方广语》。
②《全唐文》卷七一五。
③宇井伯寿《第二禪宗史研究》，岩波书店，1935年。
④柳田圣山《初期禪宗史书の研究》，法藏馆，1967年。
⑤《新校定的敦煌写本神会和尚遗著两种》，《中央研究院历史语言研究所集刊》第二十九本，又收入胡适纪念馆本《神会和尚遗集》。

本，敦煌所出；《坛语》两本，亦敦煌所出；《顿悟无心般若颂》三本，
一本收于《景德传灯录》卷三十，另两本亦出敦煌写本；另有敦煌本
《荷泽寺神会和尚五更转》两首，亦认定是神会所作。胡适去世后，
胡适纪念馆重新编定《神会和尚遗集》，收录了他校定神会著作的
全部成果。

日本人石井光雄于昭和七年（1932）影印了他所购藏的《敦煌
出土神会录》，该本末尾有题记：

> 唐贞元八年岁在未，沙门宝珍共判官赵秀琳于北庭奉张
> 大夫处分令勘讫。其年冬十月廿二日记。

其后又有一行题字：

> 唐癸巳年十月廿三日比丘记。

贞元八年是公元七九二年，该年壬申，较“未”差一年，当是误记；下
一个癸巳是元和八年（813），再下一个是咸通十四年（873）。该本
为唐写本无疑，而底本写成于神会死后仅三十余年，可信为神会言
论较忠实的记录。而这一记录较早已远传至边地北庭。总观这些
作品，可清理出大致发展脉络，即现存《坛语》是神会早年（开元八
年即 720 年）在南阳开坛说法的记录。“坛”亦即《坛经》的“坛”，当
年慧能与神会均设菩萨戒坛传法。这部作品中有攻击当时流行的
禅学的话，但还没有树立起自己的南宗宗派。《菩提达摩南宗定是
非论》为弟子独孤沛所集，是开元十八、十九、二十年在滑台树立南
宗宗旨、讨伐“北宗”的记录。起初论本不定，后来是弟子独孤沛根
据二十年一本写定的。《语录》本来有两个本子，一九五七年京都
大学人文科学研究所又发现了一个新的敦煌写本，题目为《南阳和
尚问答杂征义》，编集人题为刘澄。胡适考订这是《语录》的第三个
写本。这是开元二十年以后神会对答门人与求教者的语录结集。
当时还没有“语录”这个词，因此题为《问答杂征义》。天宝四载
（745）神会曾奉召居东京荷泽寺，所以日僧圆珍入唐（853—857）的

求法经目中题为《南阳荷泽禅师问答杂征一卷》①了。

这样，神会的著作提供了比所传慧能资料更为翔实可靠的早期南宗史料。这是二十世纪以来敦煌文献发掘工作的一大功绩。

二

如果说达摩被楞伽宗塑造成了祖师，那么慧能则是被南宗中人立为祖师的。慧能地位的确立，标志着禅宗史的又一个大的转折。而实现这一转折的，并不是慧能本人，而是他的弟子神会。

当慧能被立为祖师以后，情形就与达摩的情形相似，很快地被偶像化了。宗教祖师的传记必然多有夸饰、神化的成分。今存敦煌本《坛经》中的慧能行迹，许多已难以认定为事实。比较可靠的材料是王维的《能禅师碑》。因为是受神会之托而作，基本材料可能得之神会，又由于写的是碑传体，应是忠于史实的。但正因为材料得自弟子，弟子不能不神化老师，因此文章的可信程度又值得分析了。

《能禅师碑》所述慧能生平大致如下：

> 禅师俗姓卢氏，某郡某县人也。名是虚假，不生族姓之家；法无中边，不居华夏之地……年若干，事黄梅忍大师。愿竭其力，即安于井臼；素刳其心，获悟于稊稗……大师心知独得，谦而不鸣……临终，遂密授以祖师袈裟，而谓之曰："物忌独贤，人恶出己，吾且死矣，汝其行乎！"……混农商于劳侣，如此积十六载。南海有印宗法师，讲《涅槃经》，禅师听于座下，因问大义，质以真乘，既不能酬，翻从请益……亲自削发。于是大兴法雨，普洒客尘……既而道德遍覆，名声普闻……则天皇太后、孝和皇帝并敕书劝谕，征赴京城……竟不奉诏……某月日，迁神于曹溪……

由这里可知慧能俗姓卢，出身于边地卑微之家。后来说他是新州

---

① 《智证大师将来目录》，《大正藏》第55卷。

百姓,父亲本贯范阳,谪官来岭南,是意在把他的身份关联到河北
著姓卢姓上,从而抬高其身份。他在弘忍门下是个劳役行者,当时
还没有出家。弘忍门下曾聚集了一批在家居士,如白松山刘主簿
等。居士阶层扩大,也是后来禅宗的特点。弘忍去世于高宗上元
元年(674)。这之后,他回到岭南,隐迹十六年。后来逢印宗法师
得剃度。到先天二年(713)灭度。早期文献说他活了七十六岁,那
么应生于贞观十三年(639)。不过不同的材料年代差异很大。如
《历代法宝记》说他二十二岁去黄梅,在韶州行化四十余年;刘禹锡
《大鉴禅师第二碑》说他"三十出家,四十七年而没",都与王维《碑》
不合。虽然学术界有人多方考证,试图调和这些矛盾,但尚未取得
一致意见,现在也只能得到一个大致年份而已。

  但如前所说,王维《碑》所述临终秘授的情节显系夸饰。慧能
在弘忍门下只是个服劳役的行者,他不可能受到老师的特别重视。
后来隐遁岭南没有开法,正表明了他是《楞伽师资记》说的"一方人
物"。像《楞伽师资记》那样把他列为大弟子之一是合乎情理的。
又值得注意的是,综合王维《碑》和北宗所传史料,并没有慧能、神
秀相争的材料,也没有南、北分宗的迹象。王维《碑》写到"物忌独
贤,人恶出己",似对当时纷争有所暗示,但也并没有明指神秀。从情
理上看,弘忍门下如法如等都是有身份的大和尚,神秀尚属晚辈,
二人怎么能产生法统之争呢? 可以明确肯定的只是:慧能是个出
于弘忍门下的对这一派禅思想有所发展的岭南和尚。

  在神会以前,并没有后来的"南宗"称呼,那时甚至也还没有
"禅宗"称呼①。原来的"南宗",是"南天竺一乘宗"的简称。如净觉

---

① 《续高僧传》卷一七《隋南岳衡山释慧思传》说:"自江东佛法,弘重义门,至于
  禅法,盖蔑如也。而思慨斯南服,定慧双开……南北禅宗,罕不承绪。"是把
  弘扬禅观者悉称禅宗。神会在《定是非论》中提出"禅门"一语。独孤及《唐
  故扬州庆云寺律师一公塔铭》(《全唐文》卷三九〇)提到"禅宗之达者",也还
  是指习禅的人。直到宗密、希运等人著作中才使用作为宗派的"禅宗"一语。

注《般若波罗蜜多心经》李知非序说："宋太祖之时，求那跋陀罗三藏禅师，以□伽□灯，起自南天竺，名曰南宗。"①从《定是非论》看，普寂是把神秀所传称为"南宗"的。区分南顿北渐，把"南宗"含义与岭南联系起来，立慧能为南宗开创人，这是神会造成的。同样，顿、渐之分，指北宗为渐教，也是神会的蓄意攻击。因为事实上弘忍和神秀虽然强调"安心"、"修心"方便，但并不否定顿悟，反而是常常强调顿悟的。如《传法宝记》所传弘忍教法就主张"顿令其心直入法界"，神秀《观心论》里也明确说"悟在须臾，何烦皓首"。在中国陈、隋以来判教中，圆顿被认为是完满教法的特征。神会指北宗为渐，不过是有意贬低而已。

　　神会是一位很有活动能力的和尚。当年胡适《神会和尚遗集》卷首的《荷泽大师神会传》最后热情洋溢地作出了那个著名的论断：

　　　　南宗的急先锋，北宗的毁灭者，新禅学的建立者，《坛经》的作者，——这是我们的神会。在中国佛教史上，没有第二个人有这样伟大的功勋，永久的影响。

这几句话看似夸张，实为的论——除了"《坛经》的作者"为一家之见，尚应讨论。但神会为了树立自己的法统，伪造事实，肆意攻击，表现出强烈的宗派观念，迹近卑劣，却也是事实。不过这也是宗教斗争中常见的现象。

　　神会的生平较慧能清楚，虽然异说也很多。据《坛经》、宗密《中华传心地禅门师资承袭图》以及各灯史、僧传记载，他是襄阳人，俗姓高，年轻时从玉泉寺神秀修学。秀入京，他则往岭南参慧能。后曾一度回西京受戒，即返曹溪。开元八年，敕配南阳龙兴寺，开始了他广泛地弘扬师说、创立宗旨的时期。宗密说："大师灭后二十年中，曹溪顿旨，沉废于荆吴；嵩岳渐门，炽盛于秦洛。"这正

────────────────

①敦煌写本 S.4556。

是普寂等人活动的时期。神会以南阳为根据地,往来于河南北,最北到过邢州,对当时处于极盛的普寂一系猛烈攻击。从史实看,弘忍——神秀——普寂显然是传承有绪,且被人们所承认的。但神会却另定宗旨,别竖法统。特别是在开元十八、十九、廿年三年河南滑台无遮大会上,他辨正法统是非,进行了正面论战。以后,他又抄袭以往"东山法门"宣扬新禅法的做法,向上层扩展势力。天宝四载,应兵部侍郎宋鼎之请入东都,住荷泽寺,"于是曹溪了义,大播于洛阳;荷泽顿门,派流于天下"[1]。后来到天宝十二载被潜聚众,敕黜弋阳郡,又移武当郡、襄州。十三载,至荆州开元寺。不久发生"安史之乱"。至德二载(757),郭子仪谋复两京,神会曾主持戒坛,以所得香火钱助军。《宋高僧传》说他曾被唐肃宗迎请入宫供养,不能论定确否。但神会这一段的活动对于扩大南宗势力肯定是起了决定作用的。

关于神会的生卒年,学术界一般从胡适的看法:生于咸亨元年(670),卒于宝应元年(762),活了九十三岁。但一九八三年于洛阳龙门西山出土慧空撰《大唐东都荷泽寺殁故第七祖国师大德于龙门宝应寺龙冈腹建身塔铭并序》[2],其中记载神会殁年为乾元元年(758)。而这个记载和迁厝龙门的事实,又完全符合宗密在《圆觉经大疏钞》三之下里的记述:

　　　　乾元元年……五月十三日中夜示灭,年七十五……二年,迁厝于东京龙门置塔。宝应二年,敕于塔所置宝应寺。

置寺的宝应二年为763年,慧空文明记为永泰元年(765)所书。这样,神会的生卒年即应为文明元年(684)和乾元元年(758)。但这样神会在神秀久视元年(700)入都后到南方见慧能就才十几岁,又

————————————

① 《圆觉经大疏钞》三之下。
② 黄玉成《记新出土的荷泽大师神会塔铭》,《世界宗教研究》1984年第2期。
　参阅柳田圣山《神會の肖像》,《禪文化研究所紀要》第十五号,1988年12月。

与王维《能禅师碑》说他"遇师于晚景,闻道于中年"不合。所以神会卒年可以确定,生年尚可讨论。

从今存神会著作看,其思想观点与敦煌本《坛经》基本相合。不管是神会弘扬了师说,还是《坛经》本为神会及其门人所记述,二者代表了禅宗发展的一个阶段则是肯定的。这是自"东山法门"继续向前发展的又一个重要阶段——南宗禅创始的阶段。神会在这一过程中是个关键人物。胡适那样高度称赞他是有一定的道理的。

三

当神会竖立南宗宗旨的时候,他面临的形势与当年的道信颇有相似之处。他的对立面普寂等人是倾动朝野、声势赫奕的大和尚,这和道信面对着玄奘、智俨等人的情形相像。而且,当年玄奘的唯识学、智俨的华严学说都经论齐备,学问色彩浓厚,而道信却只是凭简单的几节文字教育徒众;而到普寂时代,楞伽宗也教条化、学问化了,既有许许多多的《楞伽》注疏,又有各种各样的《达摩论》;神会也仅靠指划口讲,并借用老师慧能传教的片断言论来与新造出的一大批文字抗衡。新鲜思想出现在社会较低阶层,其表现又避烦琐而求简约,学术史往往如此,宗教史也是如此。当然,道信是在其它宗派之外创立新宗派,神会则是在本宗派中树立新派系。不过神会这一行动的意义却是绝不低于另创一个宗派的。

如上所述,神会师承慧能,王维《能禅师碑》对慧能法要有概述;而考虑到材料或许得自神会,因而有可能加入了后者的见解。这与利用《坛经》所遇到的情形一样,《坛经》的早期"改换"也加入了神会的意见。因而探讨早期南宗禅的思想,应该把他们二人放在一起来研究。

王维所述慧能法要如下:

　　……于是大兴法雨,普洒客尘,乃教人以忍。曰:忍者无

生,方得无我,始成于初发心,以为教首。至于定无所入,慧无
所依,大身过于十方,本觉超于三世。根尘不灭,非色灭空;行
愿无成,即凡成圣。举足下足,长在道场;是心是情,同归性
海。商人告倦,自息化诚;穷子无疑,直开宝藏。其有不植德
本,难入顿门,妄系空花之狂,曾非慧日之咎。常叹曰:七宝布
施,等恒河沙,亿劫修行,尽大地墨,不如无为之运,无碍之慈,
宏济四生,大庇三有。①

　　这一段话,相当完整地表述了早期南宗禅的观点。因为它至迟写
于天宝末年,是早出材料,作为史料就更有意义。

　　从这段记述看,慧能对"东山法门"以来的性净思想又进行了
重大意义的发挥。从正面说,就是"根尘不灭,非色灭空;行愿无
成,即凡成圣。举足下足,长在道场;是心是情,同归性海"。即是
说:不必断灭六根六尘,求得我法两空;也不必如《华严经》善财童
子寻访善知识那样去经过刻苦修行完成普贤"行愿",因为凡、圣是
没有区别的。"举足下足,长在道场"是借用《维摩经》维摩居士对
光严童子论"道场"的意思,其中说到"直心是道场"、"三界是道
场"、"一切法是道场"等等②。但接着"是心是情,同归性海",又把
观点大大推前了一步,即当下的现实的"心"与"情"都是与佛性相
一致的。这样,人的自性是本来清净、圆满具足的。不必通过"安
心"、"守心"、"观心"的方便去领悟这种自性,而只需要自己去发现
它,这即是《坛经》、《神会录》中所说的"见性"。"见性"也是王维说
的"顿门",即通过顿悟而得的。从反面说,平凡人与佛之所以还有
距离,就因为还有妄念。不仅贪、嗔、痴是妄念,修禅定、求般若也
是妄念。因而王维提出关键是个"忍"字。这不是忍耐、容忍的忍,
而是不起心动念,"定无所入,慧无所依"。定与慧都不修,才真正

────────

① 《王右丞集笺注》卷二五。
② 鸠摩罗什译《维摩诘所说经》卷上《弟子品》。

清净了。在《坛经》与神会那里,这就是"无念"、"定慧等"。

从积极方面"见性",从消极方面"无念",这构成了早期南宗理论的两大支柱,是对自性清净心的新解释。这即是说,不必转妄而求净,因为心性本净,只是要护持使之不被染污。因而自性不要修持,只在发现。这就不仅承认每个平凡人都具有平等的清净自性,而且肯定这清净自性是当下圆满具足,不假外铄的。这样也就把平凡众生的现实心性与传统"心性本净"说宣扬的理想的、可能的清净自性相等同了。

下面,就看一看慧能和神会是如何具体地讲"见性"和"无念"的。从中可以看到,在他们那里,宗教神学的问题在很大程度上已转变为心理、认识层面的问题了。

四

从佛陀创建佛教伊始,就强调觉悟,即用一种超越的智慧(后来所说的"般若智")去觉悟人生和宇宙的绝对真实。所以有人说佛教是智信而非迷信。而南宗禅对般若智特殊地加以强调。到慧能,把"东山法门"的《楞伽》传承改变为《金刚经》传承。《金刚经》即是般若智思想的概括。在《坛经》里又讲"一行三昧"。"一行三昧"又名"一相三昧"。《文殊般若经》说:"法界一相,系缘法界,是名一行三昧。"这是观想法界、体悟绝对真实的最高精神境界。不过《坛经》中所讲又有特殊意义,即:

> 一行三昧者,于一切时中,行住坐卧,常行直心是。①

这是对传统的"开佛知见"的全新的理解。神会《定是非论》中也说

①《南宗顿教最上乘摩诃般若波罗蜜经六祖慧能大师于韶州大梵寺施法坛经》,石峻等编《中国佛教思想资料选编》第二卷第四册,中华书局,1983年。下引《坛经》同。

"三十余年所学功夫唯在'见'字"①;他解释"般若"说:"般若无知,无事不知;以无不知故,致使得言见。"宗密评论禅宗各派,认为各家"皆未指出灵心",唯神会荷泽一系"克体直指寂知"②,也说明了后者对"知见"的重视。

而就与历来"性净"说的比较看,自部派佛教以来,主张"性净"的都是要众生从自性中发现佛性。北宗禅也没有离开这个框子。而慧能与神会却说自性之外没有别的佛性,自性就是绝对,因而要求人发现自己。

慧能、神会也承认"迷"与"悟"在实际上有差别,承认无明烦恼隐覆清净自性。就这一点说,与部派佛教以来的"杂染"说是相通的③。在《神会语录》里,对答关于"本有(佛性)今无(佛性)"的疑问,就说到"今言无佛性者,为被烦恼盖覆不见,所以言无"。但其所强调不在"如来具足智慧在于身中而不知见",而在虽有妄念却不碍心的本质清净。这是基于中国传统的本体论思想的自性清净说。即心性不是以"烦恼为本",而是如《坛经》说"无相为体,无住为本"。无相则离一切相,无住则念念不住。这种本来没有一切妄想持着的清净本体即众生心。神会在答张万顷"真如似何物"质问时说:"比来诸大德皆言不迁变为真;神会不然,无可迁变为真。""比来诸大德"指僧肇、慧远等,前者著《物不迁论》,后者主张"至极以不变为性,得性以体极为宗"④,都认为存在不迁变的本体,而神会却强调"无迁变"者,即清净自性是常,是绝对,是泯合主客的,因

---

①《胡适校敦煌唐写本神会和尚遗集附胡先生晚年的研究》,胡适纪念馆,1982年。下引神会语同,并据铃木大拙校订本补缺文。

②《圆觉经大疏钞》三之下。

③参阅《异部宗轮论》:"大众部、一说部、说出世部、鸡胤部本宗同义者……心性本净,客尘烦恼之所杂染,说为不净。"又《舍利弗阿毗昙论》卷二七《绪分假心品第七》:"心性本净,为客尘染。凡夫未闻故,不能如实知见,亦无修心;圣人闻故,如实知见,亦有修心。"

④《高僧传》卷六《晋庐山慧远传》引《法性论》佚文。

而无物可迁变它,它本身也不可能被迁变。因为它即是本体。

《坛经》记慧能的话说:"善知识,菩提般若之知,世人本自有之。即缘心迷,不能自悟,须求大善知识示道见性,善知识,遇悟即成智。"据说弘忍教化道俗,即要求"但指《金刚经》一卷,即得见性,直了成佛"。而弘忍评价神秀与慧能二人禅解的高下,即以二人题偈是否"见性"为标准。这当然都是神会时期的传说,却也正反映了当时南宗禅的观点。《坛经》简洁明确地提出了"自身自性自度"的口号;其中假托《经》义,说"自性不归,无归依处"。又说:"不悟即是佛是众生,一念若悟,即众生是佛。故知一切万法,尽在自身中,何不从于自心顿现真如本性!"

神会的看法也是一样的。《坛语》说:"但自知本体寂静,空无所有,亦无住著,等同虚空,无处不遍,即是诸佛真如神。"他在《定是非论》中揭示所倡南宗宗旨:"我六代大师一一皆言,单刀直入,直了见性,不由阶渐。"他一再强调佛性本有,只是"以不见故,谓言本无佛性"。《神会录》中有多节详细论到见性,其中以答志德法师一篇最为完全,其中说:

> 又《经》云:一切众〔生〕,本来涅槃无漏智性,本自具足。欲善分别自心现与理相应者,离心意识,离五法三自性八识二无我,离外见内见,离有无二法,毕竟平等,湛然常寂,广大无边,常恒不变。何以故? 本自性清净体不可得故。如是见者,即得本性。若人见本性,即坐如来地。如〔是〕见者,离一切诸相,即名诸佛。如是见者,恒沙妄念,一时俱寂。〔如〕是见者,恒沙净妙功德,一时等备。如是见者,名无漏智。如是见者,名一字法门。如是见者,六度圆满。如是见者,名法眼净。如是见者,为无所得,即真解脱,即同如来知见,广大深远,无差别故。如是知者,是如来应正遍知。如是见者,放大智慧光,照无余世界。所以者何? 世界者,即心也。心空寂,更无余念,故言照无余世界。

当初道信把涅槃、佛性、实相、般若等佛教追求的绝对真实归结为众生平等的自性；慧能、神会又进一步指出实现这自性的途径为"见性"，即关键在人的主观的"见"。"见性"这一提法不见传统经论，是南宗禅的创造。

"见性"在宗教修持实践上是"定慧等"或戒、定、慧"三学等"——这是慧能、神会的又一个新观念。这在佛教教学上又是一个大胆的创造，是传统观念的根本变革。自从佛陀在尼禅连河畔菩提树下坐禅悟道，禅定就被当作觉悟的手段，即所谓"因定发慧"。坐禅乃是大小乘佛教一致的修习科目。北宗禅也没有放弃坐禅。南宗禅把清净自性作为本体，自性寂净即是定，知此自性即是慧，因而在"见性"中就同时实现了定、慧，所以"定慧等学"。这也是提出新的禅观的依据。

《坛经》说：

> 善知识，我此法门，以定惠为本。第一勿迷言定惠别。定惠体一不二，即定是惠体，即惠是定用；即惠之时定在惠，即定之时惠在定。善知识，此义即是定惠等。学道之人作意，莫言先定发惠，先惠发定，定惠各别。作此见者，法有二相。口说善心不善，定惠不等。心口俱善，内外一种，定惠即等。

这是用体用关系来解释定慧的统一的。神会也一再阐明这一思想，《坛语》中说：

> 经云："不舍道法而现凡夫事，〔是为宴坐〕。"种种运为世间，不于事上生念，是定慧双修，不相去离。定不异慧，慧不异定，如世间灯光不相去离。即灯之时光家体，即光之时灯家用。即光之时不异灯，即灯之时不异光。即光之时不离灯，即灯之时不离光。即光之时即是灯，即灯之时即是光。定慧亦然。即定之时是慧体，即慧之时是定用。即慧之时不异定，即定之时不异慧。即慧之时即是定，即定之时即是慧。即慧之

> 时无有慧,即定之时无有定。此即定慧双修,不相去离。后二
> 句者,是维摩诘默然直入不二法门。

这后面用了维摩诘"人不二法门"典。维摩诘针对文殊师利等以有
相的言句所说的不二法门,示以无言无相的境界,表明自心与绝对
相契合。但神会在这里是说自性就是绝对,与维摩诘的境界是不
同的。禅宗喜引《维摩诘经》,往往有新的理解,这是一例。在这段
论述中,以灯与光的体用合一来比喻定慧不相去离。《坛语》中还
说:"要颂三学(等),始名佛教。何者是三学等? 戒定慧是。妄心
不起名为戒,无妄心名为定,知心无妄名为慧。是名三学等。"这把
"戒"也归入"见性"之中了。《神会录》中答哲法师"云何是'定慧
等'义":

> 念不起,空无所有,名为正定;能见念不起,空无所有,名
> 为正惠。即定之时是惠体,即惠之时是定用,即定之时不异
> 惠,即惠之时不异定。即定之时即是惠,即惠之时即是定。何
> 以故? 性自如故。即是定惠等学。

在答王维关于自己见解与慧澄禅师的不同时,神会又指出:

> 今言不同者,为澄禅师要先修定,得定以后发惠。会则不
> 然。今正共侍御语时,即定惠等。《涅槃经》云:定多惠少,增
> 长无明。惠多定少,增长邪见。定惠等者,名见佛性。故言
> 不同。

慧澄禅师是主张因定发慧的,或许是北宗学人。神会对他进行了
尖锐的批评。这里引用的《涅槃经》强调定慧并重。但并重还不是
等同。中国佛教的特征之一是重视禅、慧双修,天台宗就是个典
型。进一步把定慧视为一体的两个方面,这是慧能、神会的创造。
这也就把宗教修持大大地简化了。

　　这种"定慧等"的"见性"实践就是"顿悟"。南宗禅的新的顿悟

观念，是慧能、神会的第三个重要的新观念。

　　神会在《定是非论》中说"唯传顿教法，出世破邪宗"，把"顿悟"说成是自宗的独创，并攻击神秀北宗为渐，立"南顿北渐"之说。但前面已经指出，这种批评有诬妄不实的成分，因为弘忍、神秀都有明显的"顿悟"观念。而再往前追溯，"顿悟"可以说是中国佛教的传统观念之一，是在中国思想土壤上发展的佛教心性论的重要内容。早在东晋时期支道林就提出所谓"小顿悟"，即修行到七地即可顿悟成佛①。后来道安、慧远、法瑶、僧肇也都有同样的观点②。到了道生，更提出"大顿悟"，慧达《肇论疏》上说：

　　　　竺道生大顿悟云：夫称顿者，明理不可分，悟语照极。以不二之悟，符不分之理，理智兼释，谓之顿悟。

这里是说，佛"理"是不可分的，因此领悟它，靠智与理相契合，也不可能分出阶段来。因此道生主张顿悟成佛，"不容阶级"③。这是南宗以前的顿悟说的主要思路。另一方面，神会也不否定渐修。他一再提到迷人得到觉悟要有一定的因缘即善知识开导，而得悟之后又要"渐修因缘"，如婴儿出生，肢体毕具，但尚须渐渐长成，因为宗教实践不应有终止的时候。

　　慧能、神会的"顿悟"的独特性决定于它是"见性"的过程。见性是自见本性清净即发现自己，这必然是一刹那间的领悟，并不要在长期修习中一步步体得。因此《坛经》中说："一念修行，自身等

────────────

①《世说新语·文学》刘义庆注引《支法师传》："法师研十地，则知顿悟于七住。"

②慧达《肇论疏》："小顿悟者，支道琳师云：七地始见无生。弥天释道安师云：大乘初无漏慧，称摩诃般若，即是七地。远师云：二乘未得无有，始于七地方能得也。埵法师云：三界诸结，七地始得无生，一时顿断，为菩萨见谛也，肇法师亦同小顿悟义。"或以为这里的埵法师为宋新安寺法瑶之误。

③谢灵运《与诸道人辨宗论》，《广弘明集》卷一八。其中说"有新论道士，以为寂鉴微妙，不容阶级"，即指竺道生一派人。

佛。善知识，即烦恼是菩提，前念迷即凡，后念悟即佛。""善知识，我于忍和尚处，一闻言下大悟，顿见真如本性。是故将此教法流行后代，令学道者顿悟菩提，令自本性顿悟。"《神会录》中说：

> 发心有顿渐，迷悟有迟疾。迷即累劫，悟即须臾。此义难知，与汝先以事喻，后明其义，或可因此而得悟解。譬如一缕之丝，其数无量，若合为一绳，置于木上，利剑一斩，一时俱断。丝数虽多，不胜一剑。发菩萨心人，亦复如是。若遇真正善知识，以巧方便直示真如，用金刚慧断诸位地烦恼，豁然晓悟，自见法性本来空寂，慧利明了，通达无碍。证此之时，万缘俱绝。恒沙妄念，一时顿尽。无边功德，应时等备。金刚慧发，何得不成？

又说：

> 理智兼怿，谓之顿悟。不由阶渐而解，自然故，是顿悟义。自心从本已来空寂者是顿悟。即心无所住为顿悟。存法悟心，心无所得是顿悟。知一切法是顿悟。闻说空，不著空，即不取不空，是顿悟。闻说我，不著我，即不取无我，是顿悟。不舍生死而入涅槃，是顿悟。故《经》云：有自然智，无师智。理发者向道疾，外修者向道迟。

这样，"顿悟"就不是悟佛理，而是悟自心，是自性的发现与复归。《坛经》上说："佛是自性作，莫向身外求，自性迷佛即众生，自性悟众生即是佛。"南宗的顿悟说不只讲的是悟的疾迟，还有全新的出发点与着眼点。

当年的竺道生是一位很有独创精神的和尚，他不满于前一辈学人如慧远的提倡净土法门而主张佛无净土，与当时盛行的轮回报应之说对立而提出善不受报。其顿悟成佛说正是他这些反传统观念的理论根据。顿悟成佛说一出，就动摇了传统佛教的基础。他在这方面是禅宗的先驱。南宗禅倡顿悟见性，实际上进一步把佛教的一切偶像迷信、经典教义以及轨仪制度都否定了。成佛作祖的宗教变成了明心见性的宗教,累劫的修行被"回头是岸"、"立地成佛"的一念之悟代替了。

这样,"见性"、"定慧等"、"顿悟"这三个观点,从不同角度阐述了全新的心性思想,把"东山法门"的"深信含生同一真性"的观念从理论与实践上都发展到了新高度。

五

"见性"的另一种实践形式就是"无念"。从积极角度去作,就是定慧等学的顿悟见性;从消极角度去作,就要妄念不起,一切善恶总莫思量,即"无念"。这是慧能、神会的第四个重要观念。

"无念"是佛典中常用的一个概念。其本来含义是无妄念,即相当于佛教基本修习内容的"八正道"中的"正念"①。《维摩》、《楞伽》、《起信论》里都用过这个词语。但慧能、神会"立无念为宗",是具有与"见性"相关联的全新的意义的。

《坛经》讲"一行三昧",解释为"除妄不起心",与"无念"是同一个意思。其中解释"无念为宗"时说:"于一切境上不染,名为无念。""缘迷人于境上有念,念上便起邪见,一切尘劳妄念,从此而生。然此教门立无念为宗。"这也是对"境"的一种新看法,即不是就外境看空看净,而是自悟本心,根本不起心动念。所以《坛经》又说:

　　若识本心,即是解脱;既得解脱,即是般若三昧;悟般若三昧,即是无念。何名无念? 无念法者,见一切法,不著一切法;遍一切处,不著一切处。常净自性,使六识从六门走出,于六

---

① 也有相反地意为"无正念"的,如《出曜经》卷七:"无念及放逸,亦不习所修,睡眠不求悟,是谓入深渊。"

> 尘中,不离不染,来去自由,即是般若三昧,自在解脱,名无念
> 行。若百物不思,常令念绝,即是法缚,即名边见。悟无念法
> 者,万法尽通;悟无念法者,见诸佛境界;悟无念顿法者,至佛
> 位地。

这样,"无念"又不是心识完全断灭的"无记空"。它要求观照万法,
却绝不染著,在清净心体上不起丝毫惑染。

胡适解释神会在《坛语》和《语录》中用来说明"无念"的词语
"不作意",引用杜甫诗说"作意"就是"起心",就是"打主意",就是
"存心要什么","作意"、"起心"是同一个意思①。这是对"无念"的
简明、通俗的解释。这样的"无念"也是简单易行的实践。神会善
于用生动鲜明的表现方法来解说自己提出的大道理。

《坛语》中解释"无念",又是与"定慧等"相一致的:

> 　　但自知本体寂静,空无所有,亦无住著,等同虚空,无处不
> 遍,即是诸佛真如身。真如是无念之体。以是义故,立无念为
> 宗。若见无念者,虽具见闻觉知,而常空寂。即戒定慧学一时
> 齐等,万行俱备,即同如来知见,广大深远。

这样,"无念"即是体悟自性空寂的状态,实际上"无念"即是"定",
也是"慧"。因而他在《语录》中又说:

> 　　见无念者,六根无染。见无念者,得向佛智。见无念者,
> 名为实相。见无念者,中道第一义谛。见无念者,恒沙功德,
> 一时等备。见无念者,能主一切法。见无念者,即摄一切法。

这又把佛教的绝对真实全都归结到"无念";而这"无念"只是不"打
主意",不"存心要什么"而已。

这样,不仅人世间的七情、六欲、物质追求是应当否定的,就是

---

①《新校定的敦煌写本神会和尚遗著两种·校写〈南阳和上顿教解脱禅门直了
　性坛语〉后记》。

修道求佛也是起心动念,也应否定,以至看心看净同样都应在排斥之列。从而就提出了一种全新的修道观。《坛语》说:

> 知识谛听,为说妄心。何者是妄心?仁者等今既来此间,贪爱财色男女等及念园林屋宅,此是粗妄,应无此心。为有细妄,仁者不知。
>
> 何者是细妄?心闻说菩提,起心取菩提。闻说涅槃,起心取涅槃。闻说空,起心取空。闻说净,起心取净。闻说定,起心取定。此皆是妄心,亦是法缚……住涅槃,被涅槃缚。住净,被净缚。住空,被空缚。住定,被定缚。作此用心,皆是障菩提道。

《神会录》里《与拓拔开府书》中又有云:

> 一切众生心本无相。所言"相"者,并是妄心。何者是妄?所作意住心,取空,取净,乃至起心求证菩提涅槃,并属虚妄。但莫作意,心自无物。即无物心,自性空寂。空寂体上,自有本智,谓知以为照用。故《般若经》云:"应无所住而生其心。""应无所住",本寂之体。"而生其心",本智之用。但莫作意,自当悟入。

据后来南宗传说,慧能就是闻人诵《金刚经》至"应无所住而生其心"一句而顿悟的。这里从清净自性的体、用关系对这句话作出了新解释。神会这些话的意思显然是针对他所谓"北宗"的。北宗的看心看净在一心的体、用上显然还是相脱节的。因为只有清净心体与妄心之用存在矛盾,才有求"净心"的必要。体用一如了,也就没有了主、客关系,看心者与被看的心的对立也不存在了。

这样,慧能、神会又提出了全新的坐禅观,这是早期南宗禅的第五个新观念。

神会引用《维摩诘经》中维摩诘对舍利弗"宴坐"的批评,那里说到"不必是坐为宴坐也……不舍道法而现凡夫事,是为宴坐……

不断烦恼而入涅槃，是为宴坐……"①维摩诘反对坐禅。而他反对的根据，在认为修习靠内心体验而不在形迹，肯定佛法不离现实人生。这是大乘居士佛教的坐禅观。而慧能、神会又有所创新，他们认为自性本来空寂就是定，不须坐禅来求得。因此"见性"就是禅。

《坛经》说：

> 善知识，此法门中，坐禅元不著心，亦不著净，亦不言不动。若言看心，心元是妄，妄如幻故，无所看也。若言看净，人性本净，为妄念故，盖覆真如，离妄念本性净。不见自性本净，起心看净，却生净妄。妄无处所，故知看者却是妄也。净无形相，却立净相，言是功夫，作此见者，障自本性，却被净缚。若修不动者，不见一切人过患，是性不动。迷人自身不动，开口即说人是非，与道违背。看心看净，却是障道因缘。

> 今既如是，此法门中，何名坐禅？此法门中，一切无碍，外于一切境界上念不起为坐，见本性不乱为禅。何名为禅定？外离相曰禅，内不乱曰定。外若著相，内心即乱；外若离相，内性不乱。本性自净自定，只缘境触，触即乱。离相不乱曰定，外离相即禅，内不乱即定。外禅内定，故名禅定。《维摩经》云：即时豁然，还得本心。《菩萨戒经》云：本元自性清净。善知识，见自性自净，自修自作，自性法身自行佛行，自作自成佛道。

这里给禅定下了全新的定义，已与传统禅观进一步割断了联系。神会在《坛语》中把神秀禅法概括为"凝心入定，住心看净，起心外照，摄心内证"十六个字。他批评这种办法"非解脱心，亦是法缚心，不中用"。又说：

> 即如"凝心入定"，堕无记空。出定以后，起心分别一切世间有为，唤此为慧，经中名为妄心。此则慧时则无定，定时则

---

① 《维摩诘所说经》卷上《弟子品》。

　　无慧。如是解者，皆不离烦恼。

　　这是从"定慧等"的立场对北宗禅法的批评。他一再说"寂静体即名为定"，"念不起，空无所有，名为定"，"无妄心名为定"。这与上引《坛经》的看法是完全一致的。

　　讲"见性"，是对涅槃佛性说的扬弃，用清净自性取代了作为绝对的佛性；讲"无妄心名为定"，则是对传统的心性本净说的扬弃，是用对自性的护持代替了对净心的追求。这样，禅已不是本来意义的禅定，禅已向非禅的方向转化了。

　　这种新的禅定观念暗示佛教面貌的根本转变。禅宗的"教外别传"的特征从而形成，中国佛教史上最伟大的变革也就实现了。

六

　　以上五点：见性、定慧等、顿悟、无念和新的禅定观念，就是早期南宗禅思想的主要内容。这些内容形成了后来所说的"荷泽宗"即早期南宗禅。而南宗禅取代北宗、得到唐代禅宗以至整个佛教的主导地位，则特别依靠了神会本人的努力。他确实是中国历史上屈指可数的卓越的宗教思想家和宣传家之一。

　　神会除了大力宣扬自己一派的理论主张之外，还采取了一系列斗争策略。他的做法在禅宗史上留下了深刻印迹，造成了深远的影响。

　　神会在《定是非论》中说：

　　　　神会今设无遮大会兼庄严道场，不为功德，为天下学道者
　　　　定宗旨，为天下学道者辨是非。

他明确地"定宗旨"、"辨是非"的活动，是从开元十八年以后连续在河南滑台举行的无遮大会开始的。

　　他树立起一个新的法统，即"自如来付西国与唐国，总经有一

十三代"，而"一代只许一人承后"之说。西国八祖即"菩提达摩西国承僧伽罗叉，僧伽罗叉承须婆蜜，须婆蜜承优婆崛，优婆崛承舍那婆斯，舍那婆斯承末田地，末田地承阿难，阿难承迦叶，迦叶承如来付"；东土五祖是达摩"授与惠可，惠可传僧璨，璨传道信，道信传弘忍"。接着又说"弘忍传惠能，六代相承，连绵不绝"。这里的西国八代是根据《庐山出修行方便禅经序引》引述的大迦叶以下"持法者"，并把菩提达摩当作达摩多罗，是史料的任意捏合。东土六祖如前所说是依据"东山法门"的传承，其中的僧璨并无多少根据。因此这是一个捏合的、没有多少历史真实的法统。

他神化了六祖慧能，宣扬弘忍咐嘱慧能，并制造出自达摩后有一领袈裟相传的"传衣"故事，并编造出一系列北宗人毁害慧能的传说，如所谓景龙三年普寂同学广济去韶州偷袈裟、开元二年普寂派荆州刺客张行昌取和尚头等等。这就把慧能描写成嫡传法统却被迫害的人物，其活动也就成了坚持真理的正义之举了。

在此基础上，他又强调南、北二宗的斗争。如前所述，本来是由于神会立宗旨才有了"南宗"，但他先声夺人，却攻击普寂妄称"南宗"，"师承是傍，法门是渐"①；本来普寂师神秀、神秀承弘忍是师承有序的，他却攻击普寂是排挤了慧能而"自称第七代，妄竖和尚（神秀）为第六代"，"在嵩山竖碑铭，立七祖堂，修《法宝记》"，如此等等，他把事情说成是普寂挑起争端，篡夺了法统。

如果说禅宗历史多有伪造的话，神会这位南宗禅的大功臣就又是伪造历史的大作家。他所杜撰的"历史"故事后来广泛流传，造成很大影响。而在当时，他利用这些传说讨伐北宗，很造成一些煽动力。在宗教辩论的气氛之下，对于普通群众来说，比起南、北二宗思想理论上的争辩，那些生动而又充满神异的故事是更有吸引力的。

当然从根本上说，确立一种新的思想观念还要靠它本身的价

①宗密《中华传心地禅门师资承袭图》。

值,而不单纯靠对它的宣扬与鼓吹。人为的鼓动或可使一种浅薄
以至荒谬的思想学说流行于一时,但它经不起历史的检验,也就不
会流传久远。像南宗禅这样在当时与后来都有巨大影响的思想理
论,终究不是神会等一两人凭主观意愿鼓动起来的。

自六朝以来,对心性问题的探讨已经是思想界面临的新课题。
人们对哲学问题的关心,已从主要集中于"天人之际"转移到人的
自身。这正是社会发展中人的价值被进一步重视的表现。经过隋
唐之际的社会大动乱,六朝贵族的世族特权被冲击,统治阶级内部
关系重新调整,旧的传统思想也被动摇。随着社会的前进,人的个
性发展也就有了更有利的条件、更多的机会。唐初百余年间社会
的兴旺发达正与这种历史发展的形势有关。在人的能动性被相对
得到重视与发挥的条件下,佛教内部也相应地发生了观念上的变
革。南宗禅自性自度、顿悟见性的思想实际是对于个人主观心性
的肯定与发扬;它的以"定慧等"为根本的新禅法也否定了对超然
的、绝对的偶像的崇拜,而宗教偶像不过是世俗偶像的倒影而已。
从而南宗禅开拓了"禅而非禅"的新方向。

早期南宗禅又是继承了中国传统心性学说并加以发挥而形成
的。如神会本身就是学有根柢、对儒学与老庄都有相当了解的人①。
关于慧能,虽然敦煌本《坛经》说他"不识字",但看他说法中引经据
典,相信也是有相当的文化素养的。分析南宗禅的自性清净说,明
显可以看出与中国传统的心性理论,主要是思孟学派的人性论有
继承关系。后者的"性善论"与实现人性本善的"致诚返本"之说,
与"见性"思想有相通之处。不过思孟学派的"性善"有道德色彩,
把儒家宣扬的道德品性说成是普遍的、先验的;而慧能、神会主张
的是离善、恶的"性净",是力图摆脱传统道德约束的绝对的自性。

①《宋高僧传》卷八《唐洛京荷泽寺神会传》:"年方幼学,厥性惇明。从师传授
五经,克通幽赜;次寻《庄》、《老》,灵府廓然。"

但儒家肯定人性与人生的精神，却是被他们发扬了。道家讲"坐忘"、"心斋"，这与慧能、神会所讲的本性寂静的"定慧等"也有联系。道家所谓"虚而待物"、"唯道集虚"①也是要求不染于物，"不作意"。但道家要"堕肢体，黜聪明，离形去知"②，不同于慧能、神会对于般若知见的强调。后者突出表现了中国传统学术重理性的精神。玄学与般若学中"心无"一派的观点与慧能、神会的"无念"也有发展上的关系。吉藏《中观论疏》释温法师"心无"义："心无者，无心于万物，万物未尝无。"此释意云："经中说诸法空者，欲令心体虚妄不执，故言无耳。不空外物，即外物之境不空。"③僧肇《不真空论》中说："心无者，无心于万物，万物未尝无。此得在于神静，失在于物虚。"④这与神会所说"自性空寂心"很相似。但玄学意在立绝对的精神本体，般若学则在论证"缘起性空"，而南宗禅则把这个本体归之于自心。这样，在传统心性学说的基础上，又吸取了六朝佛教义学与禅学的成果，沿着中国学术重视实际、趋向简要的方向，慧能、神会等人改造了"东山法门"，创造了南宗禅这一佛教史与思想史的重大成果，进一步推动起禅宗这一影响广大深远的思想运动。

由于这个佛教新宗派已完全摆脱了印度佛教的外来宗教的形式，又不断脱弃一般宗教偶像崇拜、经典崇拜和轨仪、修持等等的束缚，因此就更易于在整个社会普及；又由于这个思想运动提出并努力解决时代面临的新课题，因而就吸引了广大知识阶层的注意。社会各阶层，特别是知识阶层的重视与欢迎，又成为这个新宗派发展的推动力。这样，"安史之乱"以后，南宗禅蓬勃发展起来，并把影响迅速扩展到社会生活与意识形态的各个方面。

---

①《庄子·人间世》。
②《庄子·大宗师》。
③《大正藏》第 42 卷。
④《肇论·不真空论》。

第三章　王维、杜甫与禅

一

当初司马谈"论六家之要旨",一开头就说:"《易大传》:'天下一致而百虑,同归而殊涂。'(按语出《易·系辞》下,今本《易经》'天下'后两句顺序倒置)夫阴阳、儒、墨、名、法、道德,此务为治者也。"[①]这就指出了传统的诸子学说的一个共同点,即都是"务为治"的。用政治学的语言说,即都是为统治阶级提供"治人"之术的;用哲学的语言说,即都是着眼于调节社会人际关系的伦理、政治理论。孟子的人性论讲"性善",那是启发人努力向尧舜看齐,最终还是要去完成"治国、平天下"的天降的大任。这里显示了中国传统学术的根本特征。而外来的佛教以自我解脱为标的,修行的最终目的是自证涅槃圣境或作济人世苦、与人间乐的菩萨,成佛的前提存在于人的自身,因而它的教义侧重在探究人的心性本身,所以魏晋以后大乘佛教的传布,输入了新的心性理论,也刺激了中国学术对这一领域的探讨。

而到了唐代,禅宗思想又造成一个巨大转变。佛教寻求解脱,全部教义的归结点就是个人如何成佛。无论是宣扬悉达多太子如

①《史记》卷一三〇《太史公自序》。

何成佛还是讲众生自身如何成佛,也无论是涅槃成佛、悟得诸法实相成佛,还是往生净土成佛,总之都要由凡转圣,超离卑俗的人生而进入绝对境界。但禅宗出现了,却不讲成佛,而讲明心见性;不求超凡入圣,而要发现自己;不承认有什么涅槃、净土,只承认绝对的自性。朱熹从批评的角度说:"禅学炽则佛氏之说大坏。缘他本来是大段著工夫收拾这心性,今禅说只恁地容易做去。"①按六朝以来知识分子的观念,一般也是承认佛说可以"治心"的,即可以补儒家心性论的不足;但禅宗这种简洁明快的"见性"理论,按朱熹说法却使"佛氏之说大坏"了。实际是它在心性学说上造成了根本的转变:不再让人去认识、追求、实践外在的佛性,而是去发现本来清净的自性。这样,神学的问题在很大程度上就转变成认识论的问题了。

这不只是宗教观念的改变,更促成了思维方式的变化;随之而来的是,不仅宗教修持方法变化了,整个人生的意念与方式也跟着改变了。从诗歌创作看,传统上说"诗言志"②,"诗缘情而绮靡"③,但不论是言志还是缘情,都用的是心灵的语言。因而心性观念的变化,必然影响到诗坛。唐诗创作自初唐到盛唐逐步繁荣,形成了百花竞盛的局面,正与"东山法门"创立到南宗禅出现这一发展暗相呼应,表明二者在思想背景上有共同之处。从当时禅宗与诗坛的活动中亦可发现相互间的影响。一个明显的事实是,当禅宗新观念不断涌现的时候,诗坛立即敏锐地产生了反响,诗人们是率先习禅、推动禅宗思想运动的人群的一部分。前面讨论"东山法门"兴盛时已涉及到一些人。这里集中谈谈王维、杜甫的情况。当然,盛唐诗人中热心禅宗的不只他们二人,与他们鼎足并称的李白也与禅宗有关。但王维、杜甫作为一个时期的代表作家,无论是从

①黎靖德编《朱子语类》卷一二四《陆氏》。
②《毛诗·大序》。
③陆机《文赋》,《文选》卷一七。

诗人习禅还是从诗禅结合上都有一定典型性,而二者具体表现又有所不同。中唐诗人杨巨源的诗中说:

> 扣寂由来在渊思,搜奇本自通禅智。王维证时符水月,杜甫狂处遗天地。①

唐人是早已看到了禅对于王维、杜甫创作的巨大影响的。

从历史上看,自东晋文人普遍地习染佛说之后,佛教即开始影响于诗歌创作,禅思想和习禅生活早已进入诗的内容。一方面,僧侣中出现了一批善诗文的人,在《隋书·经籍志》中著录留有文集的就有支遁(《晋沙门支遁集》八卷)、支昙谛(《晋沙门支昙谛集》六卷)、慧远(《晋沙门释惠远集》十二卷)、僧肇(《晋姚苌沙门释僧肇集》一卷)、慧琳(《宋沙门释慧琳集》五卷)、惠休(《宋宛朐令汤惠休集》三卷)、释亡名(《后周沙门释亡名集》十卷)、释标(《陈沙门释标集》二卷)、洪偃(《陈沙门释洪偃集》八卷)、释瑗(《陈沙门释瑗集》六卷)等人②,其中除个别人如僧肇外,文集中都留有诗作③。另一方面,文人多与僧侣交游,又喜读佛典。如谢灵运与慧远、慧严、慧观、昙隆上人的交往,颜延之与慧静、慧彦的交往都著称于文坛。而自齐竟陵王开西邸集学士,齐、梁贵族文人皆儒、释通习,沈约、周颙、徐陵等皆广交僧徒,有相当的佛学素养。因此柳宗元说:"昔之桑门上首,好与贤士大夫游。晋宋以来,有道林、道安、远法师、休上人。其所与游,则谢安石、王逸少、习凿齿、谢灵运、鲍照之徒,皆时之选。"④但是,如果具体分析当时佛教对文学创作的影响,就会发现,从创作内容看或许吸收佛教思想分量很多,但实质上这种影响却又是较肤浅的。就是说,关系到佛教的作品主要是敷衍佛

---

①《赠从弟茂卿》,《全唐诗》卷三三三,中华书局,1960年。

②《隋书》卷三五《经籍志》。

③参阅姚宗振《隋书经籍志考证》卷四三、卷四四、卷四九、卷五〇。

④《送文畅上人登五台遂游河朔序》,《柳河东集》卷二五。

理，或表现宗教生活、宗教感情，而新的思维方式、新的心态、新的表达方式还没有形成。从这个意义上说，影响还限于表层。

即以支遁而论，他文翰冠世，玄谈妙美，是著名能文僧人的第一位。他结交一代名流有王洽、刘惔、殷浩、许询、郗超、孙绰、王濛父子、袁弘、王羲之、谢安、谢朗、谢长遐等人。后来皎然诗说："山阴诗友喧四座，佳句纵横不废禅。"[①]他以禅理入诗，在中国诗歌史上有开拓之功。但他的作品主要是演述佛理，杂以玄言，描绘山水超世生活，如《四月八日赞佛诗》、《咏八日诗三首》、《五月长斋诗》、《八关斋诗》三首等。即以《咏怀诗五首》之三为例：

> 晞阳熙春圃，悠缅叹时往。感物思所托，萧条逸韵上。尚想天台峻，髣髴岩阶仰。泠风洒兰林，管濑奏清响。霄崖育灵蔼，神蔬含润长。丹沙映翠濑，芳芝曜五爽。苕苕重岫深，寥寥石室朗。中有寻化士，外身解世网。抱朴镇有心，挥弦拂无想。隗隗形崖颓，冏冏神宇敞。宛转元造化，缥瞥邻大象。愿投若人踪，高步振策杖。[②]

这是描写托身山水的超世生活，后面以玄、佛来加以解说。如"抱朴镇有心，挥弦拂无想"，不过是直说他所理解的空观而已[③]。

与支遁在文学史上同样有名，在诗禅结合上又开新境界的是慧远。近人余嘉锡说："支遁始有赞佛咏怀诸诗，慧远遂撰《念佛三昧》之集。"[④]他卜居庐阜三十余年，结交当时文人，并于元兴元年（402）与刘遗民、周续之、毕颖之、宗炳、雷次宗、张莱民、张季硕等在精舍无量寿佛像前建斋立誓，发愿往生西方。后来杜甫对当时

----

①《支公诗》，《全唐诗》卷八二〇。
②逯钦立辑校《先秦汉魏晋南北朝诗·晋诗》卷二〇，中华书局，1983年。
③支遁在佛教思想上是般若空观"即色论"的代表。《世说新语·文学篇》刘注引他的《观妙章》说"色即为空，色复异空"，即认为现象界的万有是性空的，但此空又异于空的本体。
④余嘉锡《世说新语笺疏》上卷下《文学第四》。

情形曾表示艳羡,有诗句"似得庐山路,真随慧远游"①。《高僧传》
说他"善属文章,辞气清雅……所著论、序、铭、赞、诗、书,集为十卷
五十余篇,见重于世焉"。《隋志》谓其有"文集十卷",见前;《唐志》
作十五卷。但诗今仅存一首,即《庐山东林杂诗》:

> 崇岩吐清气,幽岫栖神迹。希声奏群籁,响出山溜滴。有
> 客独冥游,径然忘所适。挥手抚云门,灵关安足辟。流心叩玄
> 扃,感至理弗隔。孰是腾九霄,不奋冲天翮。妙同趣自均,一
> 悟超三益。②

这首诗与上引支遁作品风格近似。"三益"出后汉冯衍语"自惟无
三益之才"③,指《论语·季氏》的"益者三友……友直、友谅、友多
闻,益矣"。在诗里慧远是说"三益"不如对佛理的领悟更有价值。
他提倡念佛禅,曾集念佛三昧诗,作《念佛三昧诗集序》。他在其中
指出,这些作品可以"通三乘之志,临津济物",不同于一般"文咏";
而更重要的他指出了作这种诗要达到三昧"专思寂想"的精神状
态:"故令人斯定者,昧然忘知,即所缘以成鉴。鉴明则内照交映而
万象生焉,非耳目之所暨而闻见行焉。于是睹夫渊凝虚镜之体,则
悟灵相湛一,清明自然。察夫玄音之扣心听,则尘累每消,滞情融
朗……"④这里描述的进入禅定的特殊心态,与诗创作的思维方式
确有紧密联系。但从现存资料上,在当时的诗坛的实际创作中却
没有什么体现,如今存王齐之《念佛三昧诗四首》⑤,也只在铺陈玄
理而已。

　　又如著名诗人谢灵运好佛,他热爱山水、作山水诗与他的好佛

---

①《题玄武禅师屋壁》,仇兆鳌《杜少陵集详注》卷一一。
②《先秦汉魏晋南北朝诗·晋诗》卷二〇。
③《后汉书》卷五八下《冯衍传》。
④《念佛三昧诗集序》,《广弘明集》卷三〇上。
⑤参阅《先秦汉魏晋南北朝诗·晋诗》卷一四。

有一定关系。但就其创作中的具体表现来说，佛教意识还是附加
到叙写之上的。其他诗人的情况也都是如此。如释亡名写《五苦
诗》，描摹生、老、病、死、爱离诸苦；又有《五盛阴诗》[①]，只是利用诗
的形式讲佛理，形同偈语，谈不到什么艺术上的价值。

　　这样，总观唐以前诗、禅交流的情形，佛禅影响于诗还限于形迹。
以诗歌表现佛教的思想、感情，诗的内容是扩大了；特别是当时许多
佛教徒乐居山林，这种宗教生活促进了诗中对山水的表现。支遁、慧
远即是山水诗的先驱，其作用应充分估价。而且由于新内容的加入，
诗的语言与表现形式也有相应的变化。但是，当时的禅思想还不足
以使诗人形成以主观心性为出发点和归宿的新的立场，也没有形成
主观透视客观的新的眼光。这是与当时佛教的一般发展形势相关联
的。人们当时还处在接受、理解、消化外来的佛教义理的阶段，这种
义理讲的又主要是人如何成佛的问题。对于诗人来说，佛也好，禅也
好，还都是一种外向的追求。他们只能用传统的、习惯了的创作方式
来表现这些新内容，却不可能去创造另外的思维和创作形式。这种
状态，在其它艺术形式中也是一样的。大同石窟和早期龙门石窟的
造像还在集中表现悉达太子如何成佛（本生故事），表现佛陀的伟大
与崇高（造像以释迦、弥勒为主），形式还保留着西域传来的犍陀罗风
格。逐步中国化，由颂扬佛到颂扬成佛的平凡人或平凡人努力成佛，
还须待之后的隋唐时代[②]。这就是说，佛教发展的本身还没有提供
创造出新的艺术思维方式的条件。

---

①参阅《先秦汉魏晋南北朝诗·北周诗》卷六。
②关于云冈、龙门石窟的分析，参见塚本善隆《中國佛教史研究·北魏篇》《塚
　本善隆著作集》第二卷，大东出版社，1974年）。其中《龍門石窟に現われた
　北魏佛教》一文的结语《龍門北魏佛教の歷史的性格》总结说：龙门北魏窟上
　接云冈石窟，下发展为龙门唐代造像，三者相承接，可以概括看出中国佛教
　发展的三个主要阶段，即云冈石窟表现的是"印度悉达太子如何成佛"的以
　佛传为中心的佛教，龙门北魏窟则显示了"印度释迦佛说了些什么"，到唐代
　造像则显现为"我们中国人如何得救"的中国人的佛教。

　　诗、禅结合发展的这种局限又与中国自古以来的诗歌创作思想传统有关。在中国古代诗歌理论中,占主导地位的儒家诗教是重视创作的社会性与现实性的。其认识论的基础是一种朴素的反映论,即所谓"感物而动",饥者歌食,劳者歌事。强调诗人是社会的人,诗要发挥"兴、观、群、怨"、褒贬讽谕、刺上化下的功能。这样,在主、客观关系上,则要求主体感应客体,对客体发挥影响。这种重视现实、重视社会功能、重视诗人社会使命的诗歌理论有着巨大的实践价值与理论意义,造成了中国诗的优良传统,是中国文学发展的生命力的依据之一。但这种把主体与客体相对立,并相对地轻视主体的独立价值的思想观念却限制了中国古典诗歌对个人心性的发掘与表现,从而造成了创作中不可忽视的薄弱方面。六朝诗人即使写佛教内容的诗,仍不能脱离这种传统的创作原则。他们写一种新的义理,要去体会它,宣扬它,肯定它的价值,但却缺乏在体悟佛理后心灵主体的特殊感受,也没有形成基于这个感受的对宇宙与人生的新境界。

　　在这种情势下,禅宗提出了由"守心"到"见性"的一系列突出肯定主观心性的新看法,新的思维方式也随之出现了。王维、杜甫等有才华、敏感的诗人必然注意到它们,并把新的心性观念融入创作之中,从而开创出诗歌创作的新方向。王维、杜甫的成就当然不仅这一方面,成就的取得更不能全归于禅宗的影响。但禅宗确成为滋养他们创作的重要成分之一。

二

　　在中国诗史上,王维以"诗佛"著称。在他生前,友人就评论他"当代诗匠,又精禅理"[①]。"似禅"、"入禅"乃是后人评论他的诗的

[①]苑咸《酬王维》,《全唐诗》卷一二九。

话头。在盛唐繁荣的诗坛上，王维诗以其独特的创作风格和艺术特色而取得了特殊的成就，对当时及后代都造成了巨大影响。由于他本人是虔诚的佛教信徒，其创作与佛教特别是禅宗有着密切关系，佛与禅对他的影响也就是研究他的为人与创作的一个根本问题。事实上他的成就确实表现出佛教、特别是禅宗的深刻影响。

　　王维的少年时代，正是"东山法门"在中原兴盛、广为流行的时期。他生长在与这新兴宗派有密切关系的家庭。其母崔氏，"师事大照禅师三十余岁，褐衣蔬食，持戒安禅，乐住山林，志求寂静"①。大照普寂卒于开元二十七年（739），上溯三十年当中宗景龙三年（709）。神秀是神龙二年（706）去世的，以后普寂代领其众。就是说普寂开法伊始，崔氏即为信徒，当时王维只有几岁。王维开元九年（721）及进士第，受到诸王驸马、豪右贵势的器重，"宁王、薛王待之如师友"②；而岐王李范正是神秀门徒。当时官僚文人圈子正普遍热衷于新流行的"东山法门"禅法。王维的友人中多有和这一派禅师有紧密关系的，如韦陟、房琯均对神秀弟子义福"常所信重"③；而裴迪、崔兴宗更是与他一起习禅的人。王维的胞弟王缙以佞佛著称，他早年"官登封，因学于大照"，与大照普寂弟子广德"素为知友"；广德弟子昙真，死后谥大证禅师，王缙为制碑；大证弟子正顺，"视缙犹父"④，这样普寂以下师弟子四人与他都有密切关系。

　　王维热心于习禅，与他个人的遭际和个性都有关系。他生逢"开元之治"，和当时一般读书人一样，有志于以自己的政能文才效力于当世。这种豪情壮志，在他早年写的那些踔厉风发的作品中

────────────

①王维《请施庄为寺表》，《王右丞集笺注》卷一七。本章以下引王维诗文，均从此本，卷次在引文后注出。

②《旧唐书》卷一九〇下《文苑传》。

③《宋高僧传》卷九《唐京兆慈恩寺义福传》。王维有《奉寄韦太守陟》、《韦侍郎山居》、《赠房卢氏琯》诗。

④王缙《东京大敬爱寺大证禅师碑》，《全唐文》卷三七〇。

有所表现。但他仕途上不很顺利,特别是对他有拔擢知遇之恩的著名贤相张九龄于开元二十四年(736)罢相,给他很大打击。他"中岁颇好道"(《终南别业》,《集》三),四十多岁后更热衷习佛参禅。他表示"一生几许伤心事,不向空门何处销"(《叹白发》,《集》十四),到"空门"去寻求寄托。他性格又较软弱,不那么坚定地执着于原则,后半生选择了亦官亦隐的道路。他取号"摩诘",显然是表示对维摩诘居士的敬仰的。他使用这个称呼不知是从什么时候开始的。像维摩诘那样"不舍道法而现凡夫事",混迹世俗而心证佛理正是他所企望的。维摩诘也为他的亦官亦隐的生活方式提供了依据。而维摩诘的榜样又正是禅宗所经常引为典范的。王维的这种人生态度给后来的文人士大夫以很大影响。王维中年后的政治态度倾向消极,这与他热衷佛教有直接关系;但禅宗思想和山居生活却开拓了他诗歌创作的新境界。

总观王维与佛教的关系,他也礼佛、斋僧,还有施庄为寺等佞佛的行动,更写过不少赞佛(《赞佛文》,《集》二十)、赞观音(《绣如意轮像赞》,《集》二十)、赞净土(《给事中窦绍为亡弟故驸马都尉于孝义寺浮图画西方阿弥陀变赞》,《集》二十)之类的迷信文字。这表明他对檀施供养、轮回报应的佛教也有信仰。这与当时的社会风气有关:民众中供佛祈福的活动广泛流行,文人自然会不同程度地参与并写些有关的文字。然而就王维来说,这一类宗教行为尽管看起来占有相当的比重,但影响他的思想与创作的主要还是新兴起的禅宗。后者的思想观念和思维方式作用到他的意识深处,赋予他的创作以新的思想内容与艺术特色。

《旧唐书》本传说他"在京师,日饭十数名僧,以玄谈为乐。斋中无所有,唯茶铛药臼、经案绳床而已。退朝之后,焚香独坐,以禅诵为事"。他的诗中也说到"山中多法侣,禅诵自为群"(《山中寄诸弟妹》,《集》十三)。他所结交的许多是后来所谓"禅门"中人。从下述他与神会的关系看,他与这些人相交游固然是沿袭了六朝文人交友方外的风习，但他更热衷于对佛教中这一新思潮的探求，从而使他对于禅宗的新的教义不断加深理解。他对当时正在兴起的"南宗"的浓厚兴趣正表明了这一点。

王维写有《为舜阇黎谢御题大通大照和尚塔额表》（《集》十七），是为唐肃宗题写神秀、普寂塔额而作，文中有"御札赐书，足报本师之德"等语，则舜阇黎为普寂弟子。王维的《大唐大安国寺故大德净觉师碑铭》（《集》二十四），碑主净觉，即上章一再引述的《楞伽师资记》作者，神秀弟子玄赜门人。王维在其中写到他"无量义处，如来之禅，皆同目论，谁契心传"，即指他对于宣传《楞伽》传宗的功绩；又指出他"经典深宗，毫厘剖析"，则表明王维自己对他的著作、思想是很熟悉的。王维有《过福禅师兰若》诗，有可能是神秀门人义福或惠福，二人在开元年间都活跃一时，文人官僚对他们群趋影附，王维必定与他们有所接触。

特别值得注意的是王维与神会的长期交往。神会在开元二十年于河南滑台竖宗旨之后，即以南阳为中心进行他的广泛的传宗活动，声誉渐隆。《神会录》中记载了王维在南阳临湍驿向神会问法一段，称王维为侍御史。王维曾为殿中侍御史知南选，是在开元末年；途中经过南阳遇神会，与神会行迹正相符合。他后来受神会所托作《能禅师碑》，如上章所考应在天宝末年。可知二人关系的密切长远。《神会录》中的一段记载充分展示了王维接触到神会的新的禅思想时那种赞许态度和求知渴望：

> 门人刘相倩云，于南阳郡见侍御史王维，在临湍驿中屈和尚及同寺慧澄禅师语经数日。王侍御问：和尚若为修道得解脱？
>
> 和尚答：众生本自心净，更欲起心有修，即是妄心，不可得解脱。
>
> 王侍御惊愕云："大奇。曾闻诸大德言说，诸大德皆未有作此说法者。"乃谓寇太守、张别驾、袁司马等："南阳郡有好大

　　德，有佛法甚不可思议。"

　　　　寇公云：此二大德见解不同。

　　　　王侍御问和尚：何故不同？……

下面，神会讲了定慧等的道理，已见前章。我们从这一段也可以看到当时士大夫热烈探讨新禅法的情形。王维正是在努力探讨中多有心得的人。而他与神会则一见相契，宣称"南阳郡有好大德"，成了神会的热情支持者。从他后来写的《能禅师碑》看，他对早期南宗禅的理解确实是有相当深度的。王维有一篇《送衡岳瑗公南归诗序》(《集》十九)，作于天宝癸巳即十二载(753)，其中说到"滇阳有曹溪学者，为我谢之"。"曹溪学者"当然指南宗弟子。同时有诗《同崔兴宗送瑗公》(《集》八)，结句说"一施传心法，惟将戒定还"。而崔兴宗原诗则说"南归见长老，且为说心胸"①。可知"曹溪学者"实指一"长老"。而此"长老"应即是神会。据宗密《圆觉经大疏钞》三之下，神会于"天宝十二载，被谮聚众，敕黜弋阳郡，又移武当郡……""弋阳"是汉县名，三国魏置郡，唐为定城县，属光州，在蔡州节度使管下；又汉有"慎阳县"，唐为真阳县，属蔡州，亦为蔡州节度使管下②。王《序》中的"滇阳"为"慎阳"之讹，所以瑗公南行顺访的正是在蔡州的神会，则瑗公也是南宗门徒。附带提示一下，王维的绘画中也有以弘忍、慧能为主题的。沈括记载说："王仲至阅吾家画，最爱王维画《黄梅出山图》。盖其所图黄梅、曹溪二人，气韵神检，皆如其为人。读二人事迹，还观所画，可以想见其人。"③北宋距王维时代不太远，这幅画很可能是真迹。王维如已把慧能形象入画，更可知他对南宗的企慕之深。

　　从以上情形看，王维与当时南、北宗人都有密切接触，而与神会

────────────

①《同王右丞送瑗公南归》，《全唐诗》卷一二九。
②参阅吴卓信《汉书地理志补注》卷一三；李吉甫《元和郡县图志》卷九。
③《梦溪笔谈》卷一七。

的交往使他接触到禅思想的最新潮流,对他产生了决定性的影响。

　　与王维结交的还有不少派系不明的人。有金陵钟山元崇,在"安史之乱"后,"于辋川得右丞王公维之别业,松生石上,水流松下。王公焚香静室,与崇相遇,神交中断"①。元崇得法璿禅师,即王维《谒璿上人》诗中的璿上人。王维在该诗序中说"上人外人内天,不定不乱,舍法而渊泊,无心而云动",可知是传习新禅法的。王维《大荐福寺大德道光禅师塔铭》、《荐福寺光师房花药诗序》中的道光,得法于五台山宝鉴禅师,法系不可确考。《过乘如禅师萧居士嵩丘兰若》中的乘如是律僧,《全唐文》中存文一篇②;《嵩山石刻集记》有《会善寺戒坛碑》,系大历二年乘如请允抽东都白马等寺七人赴戒坛洒扫讲律,具表称谢,帝手敕答之,因立碑会善寺③。《青龙寺昙壁上人兄院集诗并序》中的昙壁上人与王维同宗,参与雅集的有王昌龄、王缙、裴迪等人。又有道一、感化寺昙兴、青龙寺操禅师等,均不详所出。

三

　　杜甫的人生道路与王维不同,佛教影响于他的程度和表现也与王维的情形大有差异。但新兴的禅宗却也同样吸引了他,并在他的思想与创作上留下了深刻印迹。

　　与王维之被称为"诗佛"相对照,杜甫则被称为"诗圣"。他历来被看成是体现儒家道德与诗教的代表人物。他比王维只年轻十一岁,但其实际活动却差了一个时代。王维基本上是"盛世"的诗人。虽然他所活动的天宝年间乱兆已萌,他却并没有受到大的影响,基本过着太平官僚的优裕生活。但杜甫的创作最辉煌的时期

①《宋高僧传》卷一七《唐金陵钟山元崇传》。
②见《全唐文》卷九一六《谢修戒坛表》。
③陈鸿墀《全唐文纪事》卷六。

是"安史之乱"开始后的动乱年代,而且他在战乱前的创作的主要
内容也在于表现肇乱期的矛盾。他一生汲汲于世用,以致君尧舜
为职志,以仁民爱物为心怀,但壮志未酬,只短期为官,后半生更混
迹难民的队伍之中,漂泊西南,流落湖湘,赍志以殁。他又是一个
对理想坚定执着的人,对自幼习熟的那一套儒家君臣大义坚定信
守,毫不动摇。表现在诗歌创作中,则强烈的现实精神和丰富的社
会内容乃是贯彻始终的基本特征。宋代以后,人们不仅颂扬他的
创作富于"美刺比兴",堪为"诗史",而且把他看作实践儒家忠义之
道、"每饭不忘君"的楷模。

　　然而,尽管儒家的积极用世思想是杜甫人生观的核心,但他成
长在开元、天宝年间禅宗正在盛行起来的社会环境之下,作为热心
于精神探索的人,对这种新的教义不能不给予重视。不过如下面
将详细分析的,佛教以至禅宗思想并没有改变杜甫信守的人生基
本原则。然而在他的思想深层,特别是在人生的某一时期里,佛禅
的影响还是有所表现的。

　　一个伟大作家不可能不关心时代意识的动向。从一定意义上
说,杜甫注意到佛教,正是他思想敏锐开阔的表现,是造成他的精
神世界博大精深的条件之一。他自早年就与僧侣多有交游。乾元
元年(758)他在《因许八奉寄江宁旻上人》诗中说:

　　　　不见旻公三十年,封书寄与泪潺湲……棋局动随幽涧竹,
　　袈裟忆上泛湖船……①

这是记载他开元十九年(731)游吴越时情事,在近三十年后仍与当
年结交的旻上人保持联系。同时还写有《送许八拾遗归江宁觐省
甫昔时尝客游此县于许生处乞瓦棺寺维摩图样志诸篇末》(《集》
六)。瓦棺寺的维摩诘像是顾恺之的名作。恺之字虎头,维摩传说

————————————

①仇兆鳌《杜少陵集详注》卷六。本章以下引杜甫诗文,均从此本,卷次在引文
　后注出。

为"金粟如来"化身,所以杜甫在诗最后说"虎头金粟影,神妙独难忘"。这表明顾恺之的画艺给他留下了多么深刻的印象,而诗中表明他欣赏维摩诘的人物风采也是不言而喻的。

《巳上人茅斋》诗(《集》一)一般系于开元二十四年后下第游齐赵时期,结句说"空忝许询辈,难酬支遁词"。《世说新语·文学》篇上说,支遁在山阴讲《维摩》,"支为法师,许为都讲。支通一义,四座莫不厌心;许送一难,众人莫不抃舞"①。杜甫把自己比作与支遁讲论的许询,被拟为支遁的就是与他一起谈佛的僧人。

杜甫在长安结交大云寺主赞公。他在至德二载(757)陷身安史叛军占据的长安时作《大云寺赞公房四首》(《集》四),称许赞公"道林才不世,惠远德过人",则赞公也是善诗文的人;又说到"把臂有多日,开怀无愧辞……汤休起我病,微笑索题诗",可知二人相契无间,诗文倡和的情形。乾元二年(759)杜甫弃官流落秦州,就是去投靠流放其地的赞公。赞公为房琯门下客。如下所述杜甫亦与房琯有深交,曾为论谏房琯罢相几致获罪。他与赞公的关系可能有房琯为中介②。

杜甫避乱到成都,起初住在西郊浣花溪寺,写有赠时为彭州刺史的高适的诗《酬高使君相赠》,中有"双树容听法,三车肯载书"(《集》九)之句。后又有《赠蜀僧闾丘师兄》诗,闾丘为武后朝太常博士闾丘均之孙。诗中叙及自己祖父杜审言早年与闾丘均的交谊,最后一段说:"穷秋一挥泪,相遇即诸昆……漂然薄游倦,始与道侣敦……漠漠世界黑,驱驱争夺繁。惟有摩尼珠,可照浊水源。"(《集》九)可知离乱遭遇促使杜甫更倾心于佛教。

在蜀地流落期间,杜甫与僧侣的交往更多。宝应元年(762)冬在梓州有《谒文公上方》诗:

①《世说新语笺疏》上卷下《文学第四》。
②参阅赵汸《杜律五言注解》卷中《朋友·宿赞公房》。

野寺隐乔木,山僧高下居。石门日色异,绛气横扶疏。窈
宛入风磴,长萝纷卷舒。庭前猛虎卧,遂得文公庐。俯视万家
邑,烟尘对阶除。吾师雨花外,不下十年余。长者自布金,禅
龛只宴如。大珠脱珐齃,白月当空虚。甫也南北人,芜蔓少耘
锄。久遭诗酒污,何事忝簪裾。王侯与蝼蚁,同尽随丘墟。愿
闻第一义,回向心地初。金篦刮眼膜,价重百车渠。无生有汲
引,兹理傥吹嘘。(《集》十一)

诗中表示艳羡文公的出世生活,并流露出追求佛教精义、叩求心法
的愿望。张戒说:"'汲引'、'吹嘘',皆传法之意。"①浦起龙说:"诗
有似偈处,为坡公佛门文字之祖。"②广德元年(763),杜甫并屡游梓
州牛头寺、兜率寺、惠义寺。在《望兜率寺》诗中说:

不复知天大,空余见佛尊。时应清盥罢,随喜给孤园。
(《集》十二)

给孤独园是佛传中须达长者献给佛陀的园林,当年佛陀安居、传法
地之一。这里是指佛寺。《上兜率寺》则说:

庾信哀虽久,周颙好不忘。白牛车远近,且欲上慈航。
(《集》十二)

这里自拟为庾信与周颙。庾信初仕梁,出使西魏,值西魏灭梁,被
羁留;周颙"音辞辩丽,长于佛理……于钟山西立隐舍,休沐则归
之"③,是南朝著名居士。

大历二年(767),杜甫作《别李秘书始兴寺所居》诗,说道:

……安为动主理信然,我独觉子神充实。重闻西方止观
经,老身古寺风泠泠……(《集》十九)

---

①《岁寒堂诗话》卷下。
②《读杜心解》卷一六三。
③《南史》卷三四《周朗传附周颙传》。

同年的《谒真谛寺禅师》诗又说：

> ……问法看诗妄，观身向酒慵。未能割妻子，卜宅近前峰。(《集》二十)

真谛寺禅师一定是杜甫常去"问法"的人。又杜甫在夔州有仆人信行，是佛教徒。杜甫《信行远修水筒》诗中说：

> 汝性不茹荤，清静仆夫内。秉心识本源，于事少凝滞。(《集》十五)

大历三年秋，杜甫顺江东下，经公安，有《留别公安太易沙门》诗，中有云：

> 隐居欲就庐山远，丽藻初逢休上人……先踏炉峰置兰若，徐飞锡杖出风尘。(《集》二十二)

这里杜甫直截表示有到庐山出家的愿望。这可能是一时感兴所致，或是面对僧人的应酬之词，但总反映了他一点心迹。

直到临终前一年大历四年到长沙，作《岳麓山道林二寺行》，他又表示：

> 飘然斑白身奚适，傍此烟霞茅可诛……久为谢客寻幽惯，细学何颙免兴孤。(《集》二十二)

"谢客"指谢灵运，他结交上虞徐山县隆道人，同游嶍山、嵊山；"何颙"为"周颙"之误①，上引《上兜率寺》诗里杜甫也曾引以自比。杜甫这里再一次表示要寄身佛寺了结余生。

---

① 参阅叶梦得《避暑录话》卷上："杜子美诗：'久为野客寻幽惯，细学何颙免兴孤。'何颙，后汉人，见《党锢传》，盖义侠者，与诗不类，当意作'周颙'。'周'、'何'字相近而讹。周颙奉佛，有隐操。其诗云：'昔遭衰世皆晦迹，今幸乐国养微躯。依止老宿亦未晚，富贵功名焉足图？'则此意当在颙也。"又吴曾《能改斋漫录》卷七略同。

　　研究杜甫与禅宗的关系,首先值得注意的是,其交友中熟悉这个新宗派的人很多。从他的长一辈人来说,他的《八哀》诗中《赠秘书监江夏李公邕》中讲到自己与李邕的关系:"伊昔临淄亭,酒酣托末契。重叙东都别,朝阴改轩砌"(《集》十六),这是指二人早年遇于东都。天宝四载(745)杜甫游齐时又曾相见,有《陪李北海宴历下亭》(《集》一)诗。杜甫《奉赠韦左丞丈二十二韵》中也自豪地说到"李邕求识面,王翰愿为邻"(《集》一)。而如上所述李邕是普寂弟子,普寂碑《大照禅师塔铭》的作者。杜甫与严武有世交,后来他流寓西蜀就多得时任西川节度使的严武的照顾。严武的父亲严挺之正是北宗信徒,作有义福碑《大智禅师塔铭》。应当指出,这两篇碑铭在宣传北宗一系思想方面都占有重要地位。

　　杜甫友人中与禅宗关系最密切的是房琯。据《旧唐书·杜甫传》,他"布衣时与甫善"。"安史之乱"中以扈从功拜相,至德元载自请统兵收复两京,兵败陈涛斜得罪被推问。杜甫曾上疏营救,以直言失官,出为华州司功。可见二人交谊之笃厚。房琯礼重普寂弟子义福,已见前引《宋高僧传》卷九,应是在开元中他初入朝的时候。《神会录》中又记载他向神会问道。后来他成了南宗的热情赞助与宣扬者。王维《送衡岳瑗公南归诗序》中的瑗公,上节考证为南宗弟子,南归途中将见贬在蔡州的神会,文中也说到房琯与他的关系:"初,给事中房公,谪居宜春,与上人风土相接,因为道友,伏腊往来。房公既海内盛名,上人亦以此增价。"[1]《宋高僧传·慧能传》记载"(神会)序宗脉,从如来下西域诸祖外,震旦凡六祖,尽图绘其影。太尉房琯作《六叶图序》"。则房琯曾亲自声援过神会立宗派的斗争。独孤及在《舒州山谷寺觉寂塔隋故镜智禅师碑铭》中说房琯曾作过僧璨碑[2]。将僧璨列入禅宗法统本是后来的伪托。

_____

[1]《王右丞集笺注》卷一九。
[2]《全唐文》卷三九〇。

如果独孤及的说法有根据，房琯在这件事上也出过力。后来白居易习禅，曾自比为房琯，《自解》诗中说"房传往世为禅客"，注曰："世传房太尉前生为禅僧，与娄世德友善。"①可知房琯习禅后来已成为传说的佳话了。

　　杜甫与王维有亲密交谊。"安史之乱"中，王维以陷贼任伪官被治罪，责授太子中允，杜甫有《奉赠王中允维》(《集》六)诗。王维晚年隐居终南山，裴迪、崔兴宗为道友，杜甫经常与他们交游。集中《九日蓝田崔氏庄》、《崔氏东山草堂》诗即是访崔兴宗之作。后一首诗中写到"爱汝玉山草堂静"，这个草堂就是王维、裴迪、卢象诗中都写到过的"林亭"；又写到"何事西庄王给事，柴门空闭锁松筠"(《集》六)，"王给事"即王维。王维有诗送瑷公，崔兴宗亦有和作，已见前述。

　　杜甫《饮中八仙歌》(《集》二)应是天宝年间所作，具体写作时间不可确考。诗人写的八个人是杜甫所赞赏的。其中写到崔宗之："宗之萧洒美少年，举觞白眼望青天，皎如玉树临风前。"这位崔宗之"与李白、杜甫以文相知"②。其父日用以翌戴玄宗李隆基封齐国公，宗之袭封③。《神会录》中有崔齐公问道，即为宗之。同样，杜甫写到苏晋："苏晋长斋绣佛前，醉中往往爱逃禅。"(《集》二)他也是《神会录》中所载问道者之一。

　　杜甫与张垍善，有《赠翰林张四学士垍》诗，中有"觉忆山阳会，悲歌在一听"(《集》二)的句子。山阳会指嵇康、吕安当年"灌园于山阳"④。可知二人以前曾一起居住过。张垍为张说之子，与弟均父子两代都倾心禅宗。张均为鹤林玄素俗弟子，见李华所作《润州

_____

①《白氏长庆集》卷三五。
②《新唐书》卷一二一。
③《旧唐书》卷九九。
④《晋书》卷四九《向秀传》。

鹤林寺故径山大师碑铭》①。

　　杜甫有《送李校书二十六韵》诗,校书名舟。诗作于乾元元年,
李舟二十岁,任校书郎后归省。据姚宽记载,他曾作《能大师传》,
言及五祖传衣及慧能潜归南方。但具体情节上只讲到回南时追者
不及,而没讲有僧惠明追至大庾岭,慧能掷衣石上,惠明提掇不动
的细节②。实际上这个细节是兴善寺本《坛经》才有的传说,敦煌本
则只讲慧能还衣,惠顺不取。李舟所记应是更早阶段的传说。从这
个情形看,姚宽的记载或是可靠的。那么李舟也是熟悉南宗禅的人。

　　以上这些人的情况,清楚地表明了杜甫生活的社会环境中禅
宗的影响多么巨大;同时也进一步说明了这个新宗派受到当时文
人阶层多么热烈的欢迎。

　　杜甫本人更一再明确表示自己曾长期习禅。在天宝十四载
(755)所作《夜听许十一诵诗爱而有作》诗中说:

　　　　许生五台宾,业白出石壁。余亦师粲、可,心犹缚禅寂。
　　　　何阶子方便,谬引为匹敌。离索晚相逢,包蒙欣有击……
　　　　(《集》三)

这里说自己师法慧可、僧璨的新禅法,被从五台山石壁寺来的许生
引为同道。"白业"是指可感得清白之乐果的行为,释见《大智度
论》卷九四。因为石壁寺自北魏昙鸾以来,经隋道绰、唐善导,为弘
扬净土法门的基地,或以为杜甫此诗表明他已由习禅转向习净
土③。实际上不只修习净土是白业,禅定也是白业④。从"余亦师

――――――――――――

①《全唐文》卷三二○。
②《西溪丛语》卷上。
③参阅吕澂《杜甫的佛教信仰》,《哲学研究》1978 年第 6 期。
④《大智度论》卷九四《释四谛品》:"受善业果报处,所谓诸天以其受乐随意,自
　在明了,故名为白业。"又:"必望作佛,能生四禅、四无量心、四无色定,是菩
　萨住在禅地中,摄心分别、思惟、筹量诸法,通达四谛。"

粲、可"的"亦"字可知许生也是习禅的。许生是杜甫谈禅的同道。

晚年在夔州的《秋日夔府咏怀奉寄郑监李宾客一百韵》一诗中又说：

> 身许双峰寺，门求七祖禅。（《集》十九）

这更直接说出他一门对禅宗的热衷。关于"双峰"、"七祖"何指，历来争论不绝。根据杜甫当时的情况，虽然神会早已打出南宗旗号，并为人们渐所信重，但在一般知识分子心目中，南、北分宗的界限并不那么明显。以王维与神会的交谊，直到"安史之乱"后仍为北宗人写有关神秀、普寂的文字。而且在当时，普寂的"七祖"地位似已稳定，直到后来南宗禅大盛，神秀才被认为"师承是傍，法门是渐"①。所以杜甫在这里当是称普寂为"七祖"。但这只是表示自己对禅宗的信仰，没有轩轾哪一宗派的用意。清人潘耒的看法比较通达："少陵于禅学，原未研究南北、顿渐宗旨，何尝有意轩轾？而钱氏（指钱谦益——笔者）便以此二语，为六祖南宗之证，穿凿支离，子美所不受也。"②杜甫诗下面说到"本自依迦叶，何曾藉偓佺"，

---

① 在"安史之乱"前后，神会树立的南宗法统尚未被普遍承认，因此在李邕（《大照禅师塔铭》，建于天宝元年即 742 年）、李华（《润州天乡寺故大德云禅师碑》，建于乾元初即 758 年以后）、王缙（《东京大敬爱寺大证禅师碑》，写于大历二年即 767 年）等有关文章中都称普寂为七祖，而他们写作那些文章都远在神会强分南、北之后。蔡梦弼《草堂诗笺》认为"六祖之道，至肃宗上元初方盛，故肃宗自曹溪请其衣钵，归内供养"，实际此供养衣钵传说亦无根据。宗密《圆觉经大疏钞》三之下记载"贞元十二年敕皇太子集诸禅师楷定禅门宗旨，遂立神会禅师为第七祖"，这是南宗禅取得统治地位后朝廷采取的措施，至此也才肯定了神会所树法统。在此之前，慧能、神会确已被承认为六祖、七祖，如皎然《唐湖州佛川寺故大师塔铭》（《全唐文》卷九一七）中说到"降及菩提达摩，继传心教，有七祖焉。第六祖曹溪能公……"，文作于建中元年（780），大概这种看法没被朝廷正式认可。至神会被楷定七祖后，文人间才沿用这一说法，如贾餗写于元和十一年（816）的《扬州华林寺大悲禅师碑铭》（《全唐文》卷七三一）。

② 《书杜诗钱笺后》，《遂初堂集》卷一一。

按《上林赋》把"偓佺"作为仙人名，或以为诗意谓"虽然也信仰道教，但并没有入道籍"①。实则这里特别提到"迦叶"，正指单传直指的禅宗。因此这一段应依旧注释为"仙不如佛"为是。因而后面写到"晚闻多妙教，卒践塞前愆……勇猛为心极，清羸任体孱"，进一步倾诉自己倾心佛教、精进努力的情形。

　　还有一个情况值得注意，应与杜甫的习禅生活相关。弘忍弟子智诜曾受武则天礼敬，后住资州德纯寺传法，圆寂于长安二年（702）。智诜传处寂，处寂传无相，人称"金和尚"。时当开元初，章仇兼琼镇蜀，请无相开法，住成都净众寺，教化众生二十余年，这就是禅宗中流行于蜀中的"净众宗"。无相死于宝应元年（762），嗣法者为保唐寺无住，受到当时西川节度使崔旰加护。永泰二年（766）杜鸿渐为讨崔旰入蜀，就白崖山请无住，顶礼问法，"鸿渐未离剑南，每日不离左右"②，这就又出现了"保唐宗"的称呼。杜甫是在乾元二年（759）冬到成都的，至永泰元年（765）春夏间离蜀南下戎、渝，秋冬之际东下云安。这几年正是无相、无住在成都大弘禅法的时候。杜鸿渐是与王缙、元载并称的佞佛大臣，杜甫与他也有往还。在夔州时所作《送殿中杨监赴蜀见相公》（《集》十五）、《送李八秘书赴杜相公幕》（《集》十九），就是送人赴杜鸿渐幕府的。在杜甫的文字中虽未见与净众、保唐一系禅法有关系的材料，但从情理推测，二者间似不能没有某些联系。

四

　　由以上两节的介绍可以看出，王维与杜甫处在新兴的禅宗形

①参阅郭沫若《李白与杜甫》第191页，人民文学出版社，1971年。
②参阅《歷代法寶記》，柳田圣山校注本，《禅の語録3·初期の禅史Ⅱ》。保唐宗（宣什派、净众宗）与牛头宗和南、北二宗一样，都是"东山法门"衍化出的禅宗的主要派别。敦煌本《历代法宝记》即是这一派的灯史。

成为强大社会潮流的时代背景之下,都受到它的强烈的影响。但两个人的际遇不同,教养不同,个性也不同,因而这种影响表现的形式与程度又是很不相同的。然而如就诗歌发展史来分析,禅宗又都同样有力地促成王维与杜甫去探求诗歌创作的新的思维方式和表现方法,对于二人造成影响的性质和方向又有一致之处。王维与杜甫作为代表一个时代的杰出诗人,不断激荡发展着的禅宗思潮滋养了他们的艺术创造,同样成为他们取得艺术成就的原动力之一。

　　笔者在拙作《王维的佛教信仰与诗歌创作》①一文中归纳禅宗的影响表现于王维诗有三个方面:以禅语入诗,以禅趣入诗,以禅法入诗。严格分析起来,从创作原则角度讲,第一个方面并非王维的独创。自六朝以来许多以佛教为题材的诗已多用禅语。这种诗多是用玄言诗的写法,加上一些佛教语汇或出世之想,表现呆滞平板,没有多少艺术性。王维作品中属于这一类的如《与胡居士皆病寄此诗兼示学人二首》。下面是第一首:

　　　　一兴微尘念,横有朝露身。如是睹阴、界,何方置我、人。碍有固为主,趣空宁舍宾。洗心诇悬解,悟道正迷津。因爱果生病,从贪始觉贫。色声非彼妄,浮幻即吾真。四达竟何遣,万殊安可尘。胡生但高枕,寂寞与谁邻。战胜不谋食,理齐甘负薪。子若未始异,诇论疏与亲。(《集》三)

这首诗从内容看有南宗禅的新观念。开头说因为有了妄念,才执着有我;如果这样来看五阴(即五蕴:色、受、想、行、识)、十八界(即内六入、六根:眼、耳、鼻、舌、身、意;外六入、六尘:色、声、香、味、触、法;六识:眼识、耳识、鼻识、舌识、身识、意识,共称十八界),那么就我、法两空了。这当然还是大乘空观的传统看法。但下面接

①《王维的佛教信仰与诗歌创作》,《文学遗产》1981年第2期;又收入《唐代文学与佛教》,陕西人民出版社,1985年。

着说:如执着于"有"就有了人我的主宰;如执着于"空"也是肯定了一个外境的实在,所以"洗心"、"悟道"正是一种迷妄。这就是神会所谓"作意住心,取空、取净……并属虚妄"的观点了。然而,尽管这首诗有这样的新鲜思想,但表达上却只是用禅语讲道理。诗的构思显然是借用了《维摩诘经·文殊师利问疾品》中维摩诘所说"从痴有爱则我病生"一段话,整篇诗的表现也如同偈语。纪昀曾说"诗欲有禅味,不欲着禅语"①,正可用来批评这一类作品。

王维一些意境浑融的诗,由于使用禅语,也往往有损形象的完美,如《过香积寺》:

> 不知香积寺,数里入云峰。古木无人径,深山何处钟。泉声咽危石,日色冷青松。薄暮空潭曲,安禅制毒龙。(《集》七)

这首诗写香积寺,不写寺院风景,专用入寺一路所见所闻来烘托:密林中的钟声,怪石下的流泉,日照青松的光影,形成了肃穆幽寒的境界,有力地表现了过访佛寺那种超脱静谧的心情。但一结却用制毒龙的典故,作"安禅"的说教。这是不必要的议论,在表现上应算作是败笔。这样用禅语,艺术上是起不到积极的作用的。

明末四高僧之一的憨山德清有一段话涉及王维,批评似乎过苛,但如用以评价上面指出的情形则是恰当的;而整段话中的立意更很有道理,给人以启发。他说:

> 昔人论诗,皆以禅比之。殊不知诗乃真禅也。陶靖节云:"采菊东篱下,悠然见南山。山气日夕佳,飞鸟相与还。"末云:"此中有真意,欲辩已忘言。"此等语句,把作诗看,犹乎蒙童读"上大人孔乙己"也。唐人独李太白语自造玄妙,在不知禅而能道耳。若王维多佛语,后人争夸善禅,要之岂非禅耶? 特文

---

①方回《瀛奎律髓》卷四七郑谷《宿澄泉兰若》纪昀批语。

字禅耳。非若陶、李,造乎文字之外。①

这里指王维诗多作佛语,是文字禅,是部分地合乎实际的。但王维还有"词秀调雅、意新理惬"的不作佛语而有浓厚禅理、禅趣的作品,它们不只在诗歌艺术上有特色,更开拓了艺术表现的新天地。下面,仅从诗思即创作中艺术思维的转变的角度,提出两点来略加分析,以认识新的禅思想是如何开拓了王维创作的境界,使他用一种新的思维方式来认识与反映世界的。

一是把禅的"见性"观念有机地融入诗的情境之中,表现物我一如的境界。

南宗禅把"万法"归之"一心"。《坛经》说:"性含万法是大,万法尽是自性。见一切人及非人,恶之与善,恶法善法,尽皆不舍,不可染著,犹如虚空,名之为大,此是摩诃。"南宗禅从绝对肯定清净自性出发,"知一切万法,尽在自身中,何不从于自心顿现真如本性"。这样一来,清净自性就是绝对,也就是万物的本性,因而自心能现万法。神会讲"无念",一方面是"不作意",不起心动念,同时又要求对万物有真实"知见":"见无念者,能生一切法;见无念者,能摄一切法。"这种一心统摄万物的观念,体现在诗歌之中,就是强烈主观性的表现方式:诗中表达的不是外界显现于内心的世界,而是自心主观所认识的世界。释惠洪论诗,说到"妙观逸想之所寓",曾用王维描绘出自想象的"雪中芭蕉"为例,就是指这种情形:

诗者,妙观逸想之所寓也,岂可限以绳墨哉!如王维作画雪中芭蕉诗,法眼观之,知其神情寄寓于物,俗论则讥以为不知寒暑。②

---

①《杂说》,《憨山老人梦游集》卷三九。
②《冷斋夜话》卷四。

这种"神情寄寓于物",正是王维某些诗所特有的思维表现方式。

应当指出,上面所说的强烈主观性的思维方式与诗歌中一般的强烈感情抒发不同。如屈原、李白那样的浪漫主义诗人,常利用强烈的主观抒写方法,多使用幻想、理想的表现手段。但他们所表现的仍是现实的世界,不过经过了主观的折射而已。但王维的主观性并不采取热情、激烈的抒情形式,心理的抒写倒常常是空寂沉静的,然而他写的却是心灵创造的境界。我们从他的诗里感受不到喷薄的热情,但却能感受到他的内心世界的感悟。

例如王维善写风景。这除了由于自然山水便于表现他的避世的追求,在风景中可以寄托情思之外,还因为无生命的自然易于加以主观化。如果我们把王维诗中表现的自然景物与前人所写的加以比较,这一点就看得更清楚了。他写的不再是《诗经》中《北风》、《桃夭》和《楚辞》中香草、萧艾那样的象征的、比喻的景物,也不是谢灵运、谢朓笔下作为"赏心"对象而模山范水的风景。从原则上说,他写的是自己心中的风景。当然,这是就思维形式的主要方向而言,不是说在他之前的风景诗就没有主观色彩,更不是说他的创作完全脱离了现实基础。

这里举出一首诗为例——《终南别业》:

> 中岁颇好道,晚家南山陲。兴来每独往,胜事空自知。行到水穷处,坐看云起时。偶然值林叟,谈笑无还期。(《集》三)

这是历来被认为极富禅意的诗。元代佚名《南溪诗话后集》评论说:"此诗造意之妙,至与造化相表里,岂直诗中有画哉!观其诗,知蝉蜕尘埃之中,浮游万物之表者也。"就是说,诗中不仅描绘了如画的景致,还表现出作者超逸的精神境界。"行到水穷处"二句,后来丛林中经常用以谈禅。这里的白云、流水已不仅仅是客观的景物,更是诗人主观心境的象征。它们生动地衬托出诗人那种物我一如、自由自在的乐道心怀。这正如皎然诗所说:"逸民对云效高

致,禅子逢云增道意。白云遇物无偏颇,自是人心见同异。"①王维
笔下的白云、流水是他心中所映现的景物,其自由舒卷的形态也暗
示着诗人的心态。而且如检出王维诗中所有用到"白云"意象处,
很难说都是实际景物,如:

> 悠然远山暮,独向白云归。(《归辋川作》,《集》七)
> 独向池阳去,白云留故山。(《同崔兴宗送瑗公》,《集》八)
> 空林独与白云期。(《早秋山中作》,《集》十)
> 君问终南山,心知白云外。(《答裴迪》,《集》十三)
> 城郭遥相望,惟应见白云。(《山中寄诸弟妹》,《集》十三)
> 湖上一回首,山青卷白云。(《辋川集·欹湖》,《集》十三)

如此等等,王维诗中的"白云"意象,其内含与汉高祖"大风起兮云
飞扬"②、谢灵运"白云抱幽石"③、吴均"白云光彩丽"④之类诗句中
所写的"云"是不同的。这不只是形象的不同,更反映出思维方式
的不同。汉高祖借飞扬的云抒写情志,谢、吴在着意刻画美的景
物,而王维主要是借白云表现心境。谢岂评论王维画说:"此公盘
礴万物表,胸中炯炯秋空晓。"⑤王维诗的意蕴远超出物象之外,他
是借"白云"来展示内心。清代的徐增是居士,他评王维说:"摩诘
精大雄氏之学,篇章字句,皆合圣教。"又说:"诗到极则,不过是抒
写自己胸襟。若晋之陶元亮、唐之王右丞,其人也。"⑥这里指出了
王维诗"抒写自己胸襟"与他"精大雄氏之学"的关系。不过徐增没
有看到陶、王在抒写"胸襟"上的不同点。

王维这样描写自然风光,还有不少著例:

---

①《白云歌寄陆中丞使君长源》,《全唐诗》卷八二一。
②《大风》,《先秦汉魏晋南北朝诗·汉诗》卷一。
③《过始宁墅诗》,《先秦汉魏晋南北朝诗·宋诗》卷二。
④《迎柳吴兴道中诗》,《先秦汉魏晋南北朝诗·梁诗》卷一一。
⑤《王摩诘四时山水图》,《竹友集》卷二。
⑥《而庵诗话》。

> 松风吹解带,山月照弹琴。(《酬张少府》,《集》七)
>
> 流水如有意,暮禽相与还。(《归嵩山作》,《集》七)
>
> 野花丛发好,谷鸟一声幽。(《过感化寺昙兴上人山院》,
> 《集》七)
>
> 深林人不知,明月来相照。(《辋川集·竹里馆》,《集》
> 十三)

除了这些描写自然风光的佳作之外,如《山居秋暝》写隐逸之兴,
《渭川田家》写田园景致,《汉江临泛》写荆江风景,无不渗入强烈的
主观意识。王维有一首小诗《山中》:"荆溪白石出,天寒红叶稀。
山路原无雨,空翠湿人衣。"(《集》十五)释惠洪评论说"得于天
趣"①。这"天趣"也是一种主观境界的发露。只有体会到那种物我
一如、主客一体的心境,才能写出这种情趣。

王维的这种艺术思维方式同样被盛唐诗人广泛使用。这说明
新的禅思想的影响不只及于王维一个人。它作为一种社会思潮已
被更多的人所接受,并反映到他们的创作中。王士禛举例说:

> 严沧浪以禅喻诗,余深契其说,而五言尤为近之。如王、
> 裴辋川绝句,字字入禅。他如"雨中山果落,灯下草虫鸣","明
> 月松间照,清泉石上流",以及太白"却下水精帘,玲珑望秋
> 月",常建"松际露微月,清光犹为君",浩然"樵子暗相失,草虫
> 寒不闻",刘眘虚"时有落花至,远随流水香",妙谛微言,与世
> 尊拈花,迦叶微笑,等无差别。通其解者,可语上乘。②

王士禛论诗主"神韵",又把"神韵"说得迷离惝恍。他这里举出的
诗,除了各自表现上的特点之外,共同点就是在景物中自然流露出
那种泯合物我的清净心境。所谓"字字入禅",也就是渗透了禅对

---

① 《冷斋夜话》卷四。
② 张宗柟纂集《带经堂诗话》卷三。

于宇宙、人生的理解。从这样的角度看,唐诗取得的独特成就,如意象的浑融、意境的深远等等都是与禅相关的。

第二点是王维诗中往往又进一步把客观景物作为心灵的反照。前一点是把主观溶入客观,因而是强烈主观性的表现;这里说的是用客观来反照主观。

《坛经》中说心如虚空,而虚空是不能被染污的。神会则说作为绝对的只有寂静心体,般若智慧之用就是体认这心体的清净本性。因而一心对于外物要不粘不滞,在观照万物之中不起心,不动念,进而领悟清净自性本身。这就像是一面镜子,它领纳万物而不乱光辉,却反而更表现出自身的明净。用这样观照万物的方式来写诗,诗中的景物就成了内心的映照。陈振孙评《辋川集》,说它“使人有飘然独往之兴”[①],就是指那一幅幅如画的辋川风景,都衬托出诗人那超逸、高妙、不为物扰的内心世界。如其中《鹿柴》一首:

　　　空山不见人,但闻人语响。返景入深林,复照青苔上。
（《集》十三）

这里没有人迹,只有人语声,没有日光,只有返照的光影,从而表现了日暮山林的一片空寂。这首诗写的是空旷、暗淡的景物,却给人“淡而愈浓,近而愈远”[②]的印象,就因为其中表现的心境值得品味。

还可以举著名的《山居秋暝》为例:

　　　空山新雨后,天气晚来秋。明月松间照,清泉石上流。竹
　　喧归浣女,莲动下渔舟。随意春芳歇,王孙自可留。（《集》七）

这首诗表现上的主要特点是以动表静。不但石上流泉声衬托出整个环境的静谧,就是看不见的浣女和渔人也都表现这“空山”是如

_____

①陈振孙《直斋书录解题》卷一六《王右丞集十卷》。
②参阅李东阳《麓堂诗话》。

何地超离尘嚣。所以一幅清新生动的山中晚景,反照出一个"空"字。这是一种蝉蜕尘埃之外的禅悦的境界。王维这首诗中的妙处,还在于把一种"空"观艺术化了,形象化了,不再是像《与胡居士》诗那样进行"空"的说教。这种写法在王维诗中是具有典型性的。总计王维诗写到"空"的有九十余首,有些是佛教用语,如"心空"、"虚空"、"趋空"、"空病空"等;有些用作修饰语,如"空林"、"空谷"、"空宫"或"空知"、"空劳"、"空愧"等等,这些还都是传统用法。王维的创造在于写心灵的"空"。《山居秋暝》中的"空山"显然不是空无所有的山,而是心灵的感受;由这种感受显示出内心的空寂清净。这与《鹿柴》中的"空山"是一样的。

六朝山水诗被评价为"模山范水"。当时许多诗人都在刻意追求自然的美。李白高唱"蜀道之难难于上青天",杜甫悲吟"风急天高猿啸哀,渚清沙白鸟飞回",都是有感于外在景物的变迁。而对于王维来说,景物本身的美固然是他要表现的,更重要的是借用景物来衬托那种独特的心境。再例如《皇甫岳云溪杂题五首·鸟鸣涧》:

　　　　人闲桂花落,夜静春山空。月出惊山鸟,时鸣春涧中。
（《集》十三）

《辋川集·辛夷坞》:

　　　　木末芙蓉花,山中发红萼。涧户寂无人,纷纷开且落。
（《集》十三）

这样的诗,正如胡应麟所评论,是"五言绝之入禅者","读之身世两忘,万念俱寂"①。

王维描写田园生活,写的也不是现实的田园景致。他实际是以自己心中的田园来表现一种理想,更是借景物来传达那种闲适、

---

①《诗薮内编》卷六《近体下·绝句》第 115 页,中华书局,1958 年。

寂静、空灵、自如的心境。例如《归辋川作》：

> 谷口疏钟动，渔樵稍欲稀。悠然远山暮，独向白云归。菱
> 蔓弱难定，杨花轻易飞。东皋春草色，惆怅掩柴扉。（《集》七）

又《辋川闲居赠裴秀才迪》：

> 寒山转苍翠，秋水日潺湲。倚杖柴门外，临风听暮蝉。渡
> 头余落日，墟里上孤烟。复值接舆醉，狂歌五柳前。（《集》七）

如果把这类诗与孟浩然的《过故人庄》或储光羲的《田家杂兴八首》
相比较，就会发现在艺术境界上有很大的不同：孟、储的诗在描写
一个理想的田园，这种田园生活是他们精神之所寄托；王维则主要
是借所写的景物来抒写自心。这正如黄庭坚所说："丹青王右辖，
诗句妙九州。物外常独往，人间无所求。袖手南山雨，辋川桑柘
秋。胸中有佳处，泾渭看同流。"①关键在于他写了"胸中"的佳处。
这是他的诗意境更为浑厚迥永的原因之一。

　　但这胸中佳处，又与一般所说"诗之基"的"胸襟"②含义不同。
传统诗论讲"诗者志之所之"，因而充于中才能形于外，写诗首先要
有充实正大的思想感情。从这方面来要求，王维诗多写退隐之志、
闲适之情，"胸襟"是偏于消极狭隘的。王维诗所体现的胸中佳处，
在于他创作构思中发展了新的审美原则：由于强烈的内心主体意
识，外境不再是与主体相对立的客观对象，而成了"为我之物"。它
们或者渗透了"我"的感受，甚或成了"我"的心态的反照。这正如
后来禅宗和尚皎然论诗时说的："但见情性，不睹文字，盖诣道之极
也。"③司空图则指出："王右丞、韦苏州澄澹精致，格在其中。"④这里

---

① 《摩诘画》，《山谷外集诗注》卷一三。
② 叶燮《原诗·内篇上》。
③ 《诗式·重意诗例》。
④ 《与李生论诗书》，《司空表圣文集》卷二。

说的"格"指气格,也是指内心的表现。这样,王维的许多诗思想上消极偏枯,但却发展了主观对外境的艺术表现方式:主观征服了、包融了客观,客观融入主观之中。这种表现方式是审美上的一大发展。它不只使王维诗具有巨大的艺术魅力,也开创了唐代诗歌艺术成就的一个重要方面。而取得这些成就,与接受禅思想有直接关系。

五

杜甫的思想倾向、立身原则、人生追求都与王维有相当大的差异。形之于诗,感时伤事,沉郁顿挫,济世的热情,忧国忧民的悲愿,都发扬了《诗》、《骚》以来中国诗歌史注重反映现实、褒贬讽谕的精神。"诗史"的称呼正反映了这一点。但如前所述,佛教特别是禅宗对他也有影响。甚至也有人把他称为"诗中佛",如宋人张镃就说:"杜老诗中佛,能言竹有香。欲知殊胜处,说著早清凉。"[1]明胡应麟也说:"曰仙曰禅,皆诗中本色。惟儒生气象,一毫不得著诗;儒者语言,一字不可入诗。而杜往往兼之。不伤格,不累情,故自难及。"[2]这都在不同程度上指出了他诗中也有佛教的印迹。

杜甫忧国伤时,忠爱之志,至死不衰;然而在他坎坷矛盾的处境中,内心不能不时有反省,对他信仰的儒家一套"修、齐、治、平"的信条有所怀疑,因而也就要思索个人的价值与因应环境的对策。他曾满怀感慨地呼号过:"儒术于我何有哉,孔丘盗跖俱尘埃。"(《醉时歌》,《集》三)"纨绔不饿死,儒冠多误身。"(《奉赠韦左丞丈

---

[1]《桂隐记咏·殊胜轩》,《南湖集》卷七。杜甫"竹有香"句指《严郑公宅同咏竹》中"雨洗娟娟净,风吹细细香"(《集》十四)的句子。黄仲元说:"唐贤咏竹最多,唯锦里翁净香一联最为绝唱。竹之净易吟也,竹之香谁嗅哉!"见《筤谷记》,《莆阳黄仲元四如先生文集》卷一。

[2]《诗薮·内编》卷五《近体中·七言》。

二十二韵》)由于他有这种愤慨与怀疑,使得佛教特别是禅思想更易于在他的意识中扩大影响。特别是诗,本来就是宜于表现心境的曲折变化的,佛教和禅宗观念因而也就容易在他的作品中表现出来。

下面举出几个杜甫诗直接表现禅宗观念的例子。他在早年游齐鲁时写《刘九法曹郑瑕丘石门宴集》诗,已有"秋水清无底,萧然净客心"(《集》一)的句子,直接用了"净心"一语。他在至德二载所写《大云寺赞公房四首》中又说到"心在水精域,衣霑春雨时","灯影照无睡,心清闻妙香"(《集》四)等等,都表现内心清净的境界。到成都后有《屏迹三首》(《集》十),其中说"用拙存吾道,幽居近物情……杜藜从白首,心迹喜双清",也是写内心清净。在梓州有《谒文公上方》诗,称赞文公"大珠脱玷翳,白月当虚空"(《集》十一),是以大珠、明月喻心性明洁,这是禅宗习用的比喻。特别是在梓州写的《望牛头寺》:

> 牛头见鹤林,梯径绕幽深。春色浮山外,天河宿殿阴。传灯无白日,布地有黄金。休作狂歌老,回看不住心。(《集》十二)

这里牛头山与鹤林寺都在梓州,按旧注,鹤林寺在梓州南七里,牛头山在州西南二里,正相对望。牛头山下有长乐寺,楼阁烟花,为一方胜概。但在禅宗中有一个支派牛头宗,据传初祖法融住润州牛头山幽栖寺[①],而鹤林玄素住润州鹤林寺。梓州的这个山与寺的名称,必然使人联想到牛头禅的传法胜地。而杜甫诗的结尾所谓"回看不住心",用的是南宗禅作为典据的《金刚经》"应无所住而生其心"的观念。杜甫在夔州作《课小竖锄斫舍北果林枝蔓荒秽净讫移床三首》诗,其一说到"泄云高不去,隐几亦无心"(《集》二十)。

---

① 据考关于牛头法融受四祖道信传法创牛头禅,并无史实依据,系出传说。牛头禅法的可考统绪是出于牛头四祖法持,而法持是弘忍弟子。参阅阅口真大《牛頭禪の歷史と達磨禪》,《禪宗思想史》,山喜房佛书林,1964年。

"无心"也正是牛头禅的重要概念。

由以上的事例看，杜甫所谓"养拙存吾道"，并不总是纯正的儒家之道。正由于他对禅宗相当熟悉，平日有所领悟，因此禅的语言、概念才常出现在他的诗中。

杜甫有些具有深刻禅趣的作品。例如早年的《游龙门奉先寺》：

> 已从招提游，更宿招提境。阴壑生虚籁，月林散清影。天阙象纬逼，云卧衣裳冷。欲觉闻晨钟，令人发深省。（《集》一）

浦起龙分析说："题曰游寺，实则宿寺诗也。'游'字只首句了之，次句便点清'宿'字。以下皆承次句说。中四，写夜宿所得之景，虚白高寒，尘府已为之一洗。结到'闻钟'、'发省'，知一宵清境，为灵明之助者多矣。"[1]这是认为诗的归结，在"灵明"即清净本心的觉醒。韩元吉说："杜子美《游龙门（奉先）寺》诗：'欲觉闻晨钟，令人发深省。'子美平生学道，岂至此而后悟哉！特以示禅宗一观而已。是于吾儒实有之，学者昧而不察也。"[2]这是说省心养性功夫为儒家所本有，不一定归之于佛；但也承认杜诗在"示禅宗一观"。而韩本人正是深受南宗禅影响的人。

杜甫诗的整个风格是雄健高古，感慨深沉，他的那些感情排宕的鸿篇巨制感动人心。但他也写过不少情致悠然、潇洒闲淡的小诗，咀嚼人情物理，体验内心委曲，趣味盎然。这后一类作品往往富于禅意。这类诗多写在两个时期：一是"安史之乱"后在长安居官的短暂期间，再一个时期是居住在成都草堂时。这两个阶段由于生活比较安定，身心都比较超脱，患难困顿之后经过反省，发现自心另有一片自由清净的天地。而从上文可知，杜甫在四川时，正是净众宗、保唐宗兴盛时，他的创作中表现的思想倾向的变化，直接或间接地与这种禅思想的发展有关系。

---

① 《读杜心解》卷一。
② 《深省斋记》，《南涧甲乙稿》卷一六。

罗大经论杜诗说：

> 杜少陵绝句云："迟日江山丽，春风花草香。泥融飞燕子，沙暖睡鸳鸯。"或谓此与儿童之属对何以异。余曰不然。上二句见两间莫非生意，下二句见万物莫不适性。于此而涵泳之，体认之，岂不足以感发吾心之真乐乎？大抵古人好诗，在人如何看，在人把做甚么用。如"水流心不竞，云在意俱迟"，"野色更无山隔断，天光直与水相通"，"乐意相关禽对语，生香不断树交花"等句，直把做景物看亦可，把做道理看，其中亦尽有可玩索处。大抵看诗，要胸次玲珑活络。①

这里意在指示人读杜诗的方法。他举的这些可"作道理看"的例子，正写在寓居蜀中之时。而其中表现的所谓"道理"，实即是体会到物我一如的宁静心境的人情物理，它们是与禅心包含广大宇宙的观念相通的。杜甫并不是有意说禅，但在具体生动的情境中流露出的禅趣却显得更深刻。

可以具体分析一下罗大经引到的《江亭》诗，它常被与王维《归嵩山作》并称：

> 坦腹江亭暖，长吟野望时。水流心不竞，云在意俱迟。寂寂春将晚，欣欣物自私。故林归未得，排闷强裁诗。（《集》十）

这首诗中的"水流"二句后来也传诵丛林，成为禅师们谈禅的话头。诗的最后一联点出战乱中的乡思，与前面所写散缓闲雅的心情形成对比，正反映了诗人内心的矛盾。前三联境界的内含虽然偏于消极，但那种超旷的襟怀、物我一体的体验却表现出一种处乱世而不惧不馁的心态。理学家张子韶说："陶渊明辞云：'云无心而出岫，鸟倦飞而知还。'杜子美云：'水流心不竞，云在意俱迟。'若渊明与子美相易其语，则识者往往以谓子美不及渊明矣。观其云'云无

---

① 《鹤林玉露》乙编卷二。

心'，'鸟倦飞'，则可知其本意。至于水流而'心不竞'，云在而'意
俱迟'，则与物初无间断，气更混沦，难轻议也。"[1]这里把陶、杜作了
对比。杜诗之所以具有"与物初无间断，气更混沦"的特点，正由于
他的思想中已接受了禅的观念，处在与陶不同的思想环境中，对外
境的态度也就不同了。叶梦得也谈到这种心境的意义：

> 杜子美云："水流心不竞，云在意俱迟。"吾尝三复爱之。
> 或曰：子美安能至此？是非知子美者。方至德、大历之间，天
> 下鼎沸，士固有不幸罹其祸者。然乘间蹈利，窃名取宠，亦不
> 少矣。子美闻难间关，尽室远去，及一召用，不得志，卒饥寒转
> 徙巴峡之间而不悔，终不肯一引颈而西笑。非有"不竞"、"迟
> 留"之心安能然？耳目所接，宜其了然自与心会，此固与渊明
> 同一出处之趣也。[2]

这是从消极表现中发掘其中内容的积极因素。实则这积极方面正
得自对于自心主体价值的体认。

在四川所写的诗中，有这种情趣的不少。如《游修觉寺》：

> 野寺江天豁，山扉花竹幽。诗应有神助，我得及春游。径
> 石相萦带，川云自去留。禅枝宿众鸟，漂转暮归愁。（《集》九）

又《后游》：

> 寺忆曾游处，桥怜再渡时。江山如有待，花柳更无私。野
> 润烟光薄，沙暄日色迟。客愁全为减，舍此复何之？（同上）

为什么他能灭尽了客愁？就因为他不忮不求，对外物不粘不滞，因
此才体会到万物生机与自心契合如一。他的七律《卜居》（"浣花溪
水水西头"，《集》九）、《江村》（"江村一曲抱村流"，《集》九）和《绝句

---

①转引蔡梦弼《杜工部草堂诗话》卷二。
②《避暑录话》卷上。

漫兴九首》(《集》九)等篇,都表现同样的意趣。赵孟坚有诗评论杜甫的这类作品说:

> ……少陵动感慨,忠义胆所宣。有时心境夷,亦复轻翩翩。纤纤白云闲,无心游日边。风石激而奇,奔迸生云烟。讵以天然态,而事斧凿镌。陶尔一觞酒,警尔心地偏……①

这也是肯定杜甫诗表达坦夷和平心境的意义,即它们表现了天然自在的心性。它作为应付痛苦矛盾的心态的一面,自有其存在的价值。

特别是在生死盛衰之际,对自心的体认又给诗人以心灵上的支持。如在夔州所作《秋野五首》之三:

> 易识浮生理,难教一物违。水深鱼极乐,林茂鸟知归。衰老甘贫病,荣华有是非。秋风吹几杖,不厌北山薇。(《集》二十)

这里的不与一物相违逆的"浮生理",不正是对"立处皆真"的包含宇宙万有的"自性"的体认吗? 而这种对于主观心性的执着,也给了杜甫应付患难困苦的自恃力。他的坚定的忠爱之志、奋斗精神是内心世界的一面,但寻求安顿身心、坚持对自心的信念则是它的另一面。后一方面也是他的精神世界的有机部分,是不能简单地看作失意后的消极的。包恢说:"杜之'愿闻第一义,回向心地初',虽未免杂于异端,而其亦高于人几等矣。"②从上面的分析看,这个论断是有道理的。

禅思想对杜甫诗的艺术表现也有一定影响。在千汇万状的杜诗风格中,也有平顺自然、适理惬心的一种。范温曾评论说:"老杜《樱桃》诗云:'西蜀樱桃也自红,野人相赠满筠笼。数回细写愁仍

---

①《谈诗》,《彝斋文编》卷一。
②《答曾子华论诗》,《敝帚稿略》卷二。

破,万颗匀圆讶许同。'此诗如禅家所谓信手拈来、头头是道者。直
书目前所见,平易委曲,得人心所同然。但他自艰难不能发耳。"[1]
这就举出了禅观影响于杜诗表现艺术的一例。杜诗中有表达上顺
适自然的一体,无论从思想境界看,还是从抒写方法看,都与禅宗
对自心的体认有关系。

　　从"东山法门"到南宗禅,新的禅思想已发展为影响深远广大
的社会思潮。它作为盛唐那种开放自由、恢弘博大的精神世界的
一部分,其影响已远远超出宗教领域之外。这种影响也突出地反
映到当时的诗坛上。本章讨论的杜甫与王维,同样是代表了一代
诗坛的艺术成就、其创作又从不同方面体现了唐代诗歌风格特征
的诗人,而他们都接受过新的禅思想的熏陶。这种熏陶并成为他
们取得各自独特成就的原因。这也有力地表明,新兴的禅宗自其
兴盛的早期已与诗歌结下了不解之缘,它对于诗歌发展的推动是
相当有力的。

---

[1]《潜溪诗眼》,郭绍虞《宋诗话辑佚》,中华书局,1980 年。

第四章　洪州宗

——平常心是道

一

禅宗在中唐的发展，几乎又重复了一次当年道信、慧能的情形：就在神会已取得朝野信重、被迎请入都的天宝初年，有一位三十多岁的四川和尚道一在南方行脚修学，居止于建阳（今福建建阳）佛迹岭，开始聚徒传法。然后又辗转到抚州（今江西临川）西山，虔州（今江西南康）龚公山，"安史"乱起，中原鼎沸，神会设坛集资助军需，进一步得到朝廷礼重，其所竖南宗法统也渐被认可。大历年间，道一移住洪州（今江西南昌）开元寺，弘扬一种发展了的新的禅思想，门庭兴旺，声势渐大。洪州又成了像当年黄梅、曹溪一样的新的佛教中心。道一门下高足众多。他生前死后，徒众分头弘化，这种新的禅思想很快取得了整个禅宗的主导地位。这样，又是在远离当时政治文化中心的僻远地区，由原本默默无闻的下层僧众实现了禅宗史的一大转变。实际中唐以后的南宗禅派系分化，宗义的基本观念是洪州道一的。

按现存灯录记述，禅宗正统为慧能所传曹溪一系，继承慧能者为南岳怀让和青原行思，子孙繁衍，发展为晚唐至北宋的"五家七宗"，但这是北宋以后的说法。实际在神秀、慧能以后，禅宗的发展派系众多,各派在思想上各有建树。而在《坛经》里,怀让与行思根本还没有踪迹。应是在马祖道一与石头希迁的禅法大盛以后,他们的老师怀让与行思的地位才被突出出来,并俨然被说成是曹溪正统。出自中唐以后的对禅史的这种描述,已有相当的改纂甚至伪造的成分。这也和神会当年竖立南宗法统相似,是通过改造历史来确立新宗派的。

中唐人韦处厚在《兴福寺内道场供奉大德大义禅师碑铭》中写到弘忍、慧能以后禅宗的发展:"自此派散丝纷,或遁秦,或居洛,或之吴,或在楚。"[①]这里"遁秦"者指北宗,"居洛"者为神会荷泽一系,"之吴"者为牛头宗,"在楚"者即为道一的洪州宗。这一方面反映了当时禅宗兴盛、传布四方的形势;另一方面也表明了当时人对禅宗派系的看法。南岳与青原二系是概括不了整个禅宗的。

北宗在神秀弟子普寂与普寂弟子义福、惠福弘扬之下,开元年间大盛于两京。以后法系仍有传承。其中一系曾传至南方;特别是神秀弟子降魔藏曾于八世纪末入西藏,传入中原禅教,对西藏佛教产生了巨大影响[②]。但"安史"乱后,这一系形势渐衰。这当然与受到南宗的攻击、排斥有关;主要还是由于这一系再没有出现有重大建树的思想家,其思想观念已跟不上社会形势演变的要求。

南宗神会以下荷泽一系曾自诩为慧能嫡传,但神会以后却没有突出的表现。一直到中唐出现圭峰宗密,自承是荷泽正统(神

---

① 《全唐文》卷七一五。

② 在敦煌文书中 P. 4646、S. 2672《顿悟大乘正理决》即是降魔藏作为顿门派代表在拉萨与渐门派辩论的"宗论"记录。其中记载顿门派取得了胜利,与藏文文献所述不同。首先研究这一课题的是法国著名东方学家保尔·戴密微的《拉萨宗论》(Paul Demiéville:*Le Concile de Lhasa*)。又参阅饶宗颐《神会门下摩诃衍之入藏兼论禅门南北宗之调和问题》,《选堂集林·史林》卷中,香港中华书局。

会——磁州法如——益州惟忠——遂州道圆——宗密）。但他兼
挑华严澄观，主禅教合一，已不是荷泽本来的思想。

牛头宗在"安史之乱"前后兴盛于东南，出现了牛头慧忠
（683—769）、鹤林玄素（668—752）等著名人物；至下一代的径山法
钦（714—792）、佛窟遗则（754—830）等，正与道一、希迁等同时。
后出的灯录记载了牛头法融嗣法四祖道信的牛头六祖传承（法
融——智俨——慧方——江宁法持——牛头智威——牛头慧
忠），实际是后来的附会。据材料可考者为法持嗣法弘忍，将禅法
传播到东南，形成了独具的特色。主要观点为任心自在，不作方
便，绝观忘守，明见佛性[1]。这更多地表现了江南玄学与道家的
影响。

保唐宗本是在西蜀发展起来的宗派。资州智诜嗣法弘忍，经
处寂、无相四传至保唐无住，此后传承不明。无相说法有三句，即
"无忆、无念、莫忘"，可看作是这一派禅观的纲领[2]。

这后两个派系，与洪州禅有密切关联。

道一（709—788），本姓马，因而被尊称为马祖，汉州什邡（今四
川什邡市）人。初从资州纯德寺处寂处习禅，因而他实际出身于智
诜一系。李商隐作《唐梓州慧义精舍南禅院四证堂碑铭》，该堂即
图画供奉无相、无住、道一和西堂智藏四人，其中写到道一"早从上
首，略动退心……遄违百濮，直出三巴。拂衡岳以徜徉，指曹溪而
怅望"[3]，即指他本为处寂高足，然后出川东下，到衡山参怀让，又习
曹溪禅。他后来的思想，显然可发现和保唐宗的关系。

道一出川后经衡岳直到建阳，经过了漫长的游学路程。在建
阳，他已聚集了一些门徒，甘泉智贤、紫玉道通、千顷明觉等著名弟
子那时已来到他的门下。经抚州到虔州龚公山时代，徒众更多，又

<hr />

[1] 敦煌本《绝观论》应是牛头系作品。
[2] 保唐系材料详见敦煌本《历代法宝记》。
[3] 钱振伦笺、钱振常注《樊南文集补编》卷一〇。

加入了西堂智藏、百丈怀海、伏牛自在等人。当时他在社会上影响已很大,虔州刺史裴谞即是他的俗弟子[①],其时当在大历初年。大历中,又应江西观察使、洪州刺史路嗣恭之请,来到洪州[②]。有了镇帅为护法檀越,又居处江南一个重要的政治文化中心,其门庭声势更为宏大,徒众也更加众多。各地禅师即使不是出于门下的,也多往来参礼。《宋高僧传》说:"自江西主大寂(道一谥号),湖南主石头(希迁),往来憧憧,不见二大士为无知矣。"[③]到了晚年,李兼为洪州刺史、江西都团练观察使,也是禅宗信徒,对他倍加礼重[④]。李兼门下网罗了一批有才华的文人,其中有权德舆,即道一《塔铭》作者;柳镇,即柳宗元的父亲,其时柳宗元亦随他在洪州;杨凭,为李兼门婿,其女杨氏后来是柳宗元的夫人。可以设想道一师徒与周围文人间相互交往、思想交流的关系。

在洪州的道一,门庭十分盛大,弟子除上述诸人外,还有镐英、志贤、智通、怀晖、惟宽、智广、崇泰、惠云等,著名者达百余人众。这样广大的号召力,自然由于其自由活泼的门风,更因为他具有新鲜而富创见的思想。如在洪州有西山亮座主,精于经论,一参马祖而平生功夫冰释,后隐于西山而绝消息。百丈法正本通律学,后经参学而成为道一弟子。这样,道一的影响广及于宗门、教门,把许多有才华的人物都网罗到自己门下。

本来,牛头禅具有更为悠久的发展史,但许多牛头学人也都转

①权德舆《唐故洪州开元寺石门道一禅师塔铭》(《权载之文集》卷二八》中说"(虔州)刺史……裴公,久于裹奉,多所信向"。裴曙《祈雨感应颂并序》(《全唐文》卷四五七)说到"(大历)二年,余从兄左司郎中诏领虔州牧"。而《舆地碑记目》卷二"广泽庙碑"条:"庙中石刻,有唐时州刺史裴谞《祈雨感应碑》。"
②《旧唐书·代宗纪》:"(大历七年正月)庚子,以检校户部尚书路嗣恭为洪州刺史兼御史大夫、江西观察使。"
③《宋高僧传》卷九。
④《旧唐书·德宗纪上》:"(贞元元年四月)癸酉,鄂岳观察使李兼为洪州刺史、江西都团练观察使。"

到了马祖门下。如芙蓉太毓,"年才一纪,志在出家,乃礼牛头山忠禅师而师事焉",后巡礼道场,"遂谒洪井大寂禅师,睹相而了达法身,刹那而顿成大道"①。伏牛自在则初"投径山出家,于新定登戒。及诸方参学,从南康道一禅师法席,悬解真宗"②。东寺如会"大历八年,止国一禅师门下,后归大寂法集"③,"国一禅师"为径山法钦谥号。还有在《景德录》中既未列入牛头法系亦未列为马祖弟子的超岸,也是先投鹤林玄素修习禅法,后得大寂开发的④。然而也有相反的例子,如虔州西堂智藏,"八岁从师,道趣高邈。随大寂移居龚公山。后谒径山国一禅师,与其谈论周旋,人皆改观"⑤。但这种人员的交流,也促进了洪州与牛头的相互影响。

后代的禅史上,石头希迁与马祖并称。石头出青原行思门下。如前所述,在《坛经》所录慧能弟子中并没有行思名字。上引韦处厚《大义禅师碑》也没有提到他这一系的传承。同样,贾悚《扬州华林寺大悲禅师碑铭》中则说"曹溪即没,其嗣法者神会、怀让,又析为二宗"⑥,则只提到了荷泽、洪州二宗。宗密《圆觉经大疏钞》三之下列禅宗七家:北宗、净众、保唐、洪州、牛头、宣什、荷泽,也没有列青原或石头。其《中华传心地禅门师资承袭图》中首述"裴休相国问",对禅门源流"列北宗、南宗;南宗中,荷泽宗,洪州、牛头等宗",宗密答中列出牛头宗、北宗、南宗、荷泽宗、洪州宗,也不见青原或石头名字。只在《禅源诸诠集都序》卷二论"禅之三宗",把石头与荷泽、江西均列入"泯绝无寄宗"内。看起来,由于行思、石头一系的学人多是山居修道的禅者,与道一广张门庭聚徒传法的情况不

---

①《宋高僧传》卷一一《唐常州芙蓉山太毓传》。
②《宋高僧传》卷一一《唐洛京伏牛山自在传》。
③《宋高僧传》卷一一《唐长沙东寺如会传》。
④《宋高僧传》卷一一《唐南岳西园兰若昙藏传》附传。
⑤《宋高僧传》卷一〇《唐洪州开元寺道一传附西堂智藏传》。
⑥《全唐文》卷七三一。

同。这从人们对他们的评论"马祖重言句,石头重偈颂"也可反映出来。山居乐道的生活产生了许多述志说理的偈颂,而师弟子对答勘辩则产生大量言句。这样,石头一系虽有独特的禅风,实际在基本理论上与洪州并无原则不同。灯录中所传石头法要,与道一看法也多是一致的①。而石头弟子亦多到道一处参学,如丹霞天然、天皇道悟是石头高足,都曾到马祖处参谒求教。从这种种迹象可知,青原一系实际上并没有与洪州禅分庭抗礼的地位,青原一派学人中也看不出与洪州对立的意识。也许正因此,直到赞宁《宋高僧传》也没有给行思单独立传,而附见北宗义福传末。

这样,在曹溪禅的进一步发展中,唯有马祖道一一系可与保唐、牛头禅法抗衡,并逐渐取得优势而占据统摄整个禅门的地位。而造成这种局面的根本原因,还在洪州禅发展了曹溪一系的禅思想并适应了时代的要求。

二

慧能、神会的南宗禅主张"顿悟"、"见性"、"无念"、"定慧等学",把佛性归结为清净自性,把实现佛性归结为发现自己,这就泯合了佛与众生、圣与凡的界线,并否定了佛教传统的"六度"、"十地"的修持方式,从而把成佛作圣的宗教变成了明心见性的宗教。但在早期南宗禅看来,在现实的人身上,妄心和净心仍存在着根本的差别。即是说,未见性的众生还是有妄心,转妄成净还要经"见

①《景德传灯录》卷一四记载石头法要:"吾之法门,先佛传授。不论禅定精进,唯达佛之知见。即心即佛,心佛众生,菩提烦恼,名异体一。"正与马祖基本思想一致。又《宗镜录》卷一七引述吉州行思的观点:"此心是佛,是实相法身佛","如随色摩尼珠,触青即青,触黄即黄",与宗密在《中华传心地禅门师资承袭图》卷三对洪州禅所作比喻相同:"复有一类人,指示云:即此黑暗便是明珠,明珠之体,永不可得。即黑便是明珠,乃至即青、黄种种。"

性"的过程。这样,其基本立场仍主张现实的众生心是虚妄的,尚有待于去发现、悟得那不变的、永恒的清净自性。在这方面,也就还没有完全割断与佛教传统的心性说的联系:即仍承认存在着与现实的人心相对待的绝对的心性,要体认、把握它仍要有个过程。

但马祖道一却发展出新的禅思想,使南宗禅的这种心性说实现了根本转变,这即是所谓"平常心是道"的主张。按这种主张,现实的平常心即是本来清净心,众生心的一切表现都是清净自性的体现。人们不需要转妄成净去悟得自身本具的佛性,因为妄净一如,二者本来就没有什么区别。这在肯定人的主观心性上又跨出一大步,可以说是走向极端的一步:现实的自我就是绝对真实,人性即佛性,人生践履即是禅。这是达摩以来"深信含生同一真性"的自性清净思想在逻辑上一步步发展而走到了极端的产物,结果走向了原来命题的反面:"含生"的"平常心"等同于"真性",从而实际上是否定了"真性"。这种思想发展,当然产生于一定社会历史背景之中,反映了中唐时期人们的精神追求,这一点容后述。

权德舆在《唐故洪州开元寺石门道一禅师塔铭》中引述道一所说法要曰:

> 佛不远人,即心而证;法无所著,触境皆如。岂在多歧,以泥学者。故夸父契昒,求之愈疏;而金刚醒醐,正在方寸。[1]

《祖堂集》卷十四引述了道一大意相似的一段话,内容就更为明晰:

> 每谓众曰:汝今各信自心是佛,此心即是佛心。是故达摩大师从南天竺国来,传上乘一心之法,令汝开悟。又数引《楞伽经》文以印众生心地。恐汝颠倒不自信此一心之法,各各有之,故《楞伽经》云:佛语心为宗,无门为法门。又云:夫求法者,应无所求。心外无别佛,佛外无别心,不取善,不舍恶,净、

---

[1]《权载之文集》卷二八。

> 秽两边俱不依怙。达罪性空，念念不可得，无自性故。三界唯
> 心，森罗万象，一法之所印。凡所见色，皆是见心。心不自心，
> 因色故有心……

这样就发挥了独具特色的"即心即佛"思想。论述中仍引达摩与
《楞伽经》为典据，还不像后来他的弟子们那样呵佛骂祖、毁弃经
论；但实际上观点的内含已与达摩或《楞伽》的看法不同。就是他
引述的《楞伽经》所谓"佛语心为宗"等等，也并不见今传三种《楞
伽》译本，只是四卷本由《佛语心》一品组成而已。

　　心、佛一致的观念，在《华严经》中已有明确的表现，如说到
"心、佛及众生，是三无差别"①。这是从众生与佛心相契合的角度
说的。到了"东山法门"则又明确地从心性本净的立场提出即心即
佛。道信《入道安心要方便法门》说："《观无量寿经》云：诸佛法身
入一切众生心想，是心是佛，是心作佛。当知佛即是心，心外更无
别佛也。"②此后，这成了北宗神秀、南宗慧能、神会的共同主张。马
祖承袭了这一观点，而在内容上又有重大发展。

　　首先，他提出"凡所见色，皆是见心"。即是说，没有本来清净
心与众生妄心的区别，"即心即佛"的心就是作用于宇宙万有，表现
在宇宙万有之中的心。用现代语言来说，就是肯定妄心与真心是
同一的。在此基础上肯定心即是佛，这个心就是"平常心"。

　　因此他又认为求佛就要"无所求"，要"不取善，不舍恶"。佛教
语言中的善、恶是依净、染来区分的。没有了净心、染心的区别，平
常心与佛心就完全等同了。因而"安心"、"净心"是不必要的，"顿
悟"、"见性"也失去了对象。

----

①佛陀跋陀罗译《大方广佛华严经》卷九《夜摩天宫菩萨说偈品第十六》。
②《楞伽师资记·道信章》。《祖堂集》里慧可已有"即心即佛"观念，应是后
　来的附会。而宝志《大乘赞》、傅大士《心王铭》等述及这一观念的更是后出
　作品。

　　这样，他又提出"自心是佛"。而且不是说自心本质上是佛，而是说它现实中就是佛。这样，"即心即佛"就有了直接实践的意义，因而就得出"平常心是道"的大胆论断：

　　　　示众云：道不用修，但莫污染。何为污染？但有生死心，造作趣向，皆是污染。若欲直会其道，平常心是道。何谓平常心？无造作，无是非，无取舍，无断常，无凡无圣。《经》云："非凡夫行，非圣贤行，是菩萨行。"只如今行住坐卧，应机接物，尽是道。道即是法界。乃至河沙妙用，不出法界。若不然者，云何言心地法门，云何言无尽灯。①

宗密总结这种观点是"一切是真"，"任心即是修"②。当初神会主张"不作意"，说求菩提、求涅槃等都是作意、妄念，即被系缚；但这"不作意"的"无念"仍是修证的目标。马祖连这个也不要。"行住坐卧，应机接物，尽是道。"道即在日常的营为作用之中。

　　如此绝对地肯定自我心性，使它无限膨胀，主体与客体没有了对待，作为主体的意义也不复存在了。众生与佛没有界线，心性迷妄的众生与心性清净的佛也失去了本来的意义。这样，"即心即佛"就转化而为"非心非佛"。兴善寺本《坛经》中所谓"本来无一物"（敦煌本为"佛性常清净"）正反映了这样的立场。《祖堂集》卷三《慧忠国师章》记载：

　　　　伏牛和尚与马大师送书到师处。师问："马师说何法示人？"对曰："即心即佛。"师曰："是什摩语话！"又问："更有什摩言说？"对曰："非心非佛。亦曰不是心，不是佛，不是物。"师笑曰："犹较些子。"

又卷十五《大梅和尚（法常）章》：

────────────

① 入矢义高编《马祖の语录》，禅文化研究所，1984 年。
②《圆觉经大疏钞》三之下。

……闻江西马大师诲学，师乃直造法筵。因一日问："如何是佛?"马师云："即汝心是。"师进云："如何保任?"师云："汝善护持。"又问："如何是法?"师云："亦汝心是。"又问："如何是祖意?"马师云："即汝心是。"师进云："祖无意耶?"马师云："汝但识取汝心，无法不备。"师于言下顿领玄旨，遂杖锡而望云山，因至大梅山下，便有栖心之意。乃求小许种粮，一入深幽，更不再出。后因盐官和尚出世……盐官云："吾忆在江西时，曾见一僧，问马大师佛法祖意，马大师皆言'即汝心是'。自三十余年，更不知其僧所在，莫是此人不?"遂令数人教依旧路，斫山寻觅，如见云："马师近日道非心非佛。"其数人依盐官教问。师云："任你非心非佛，我只管即心即佛。"盐官闻而叹曰："西山梅子熟也……"

这个"梅子熟"的说法，《景德录》中记为马祖本人的赞语。但《宋高僧传》卷十一《唐明州大梅山法常传》明记法常于公元 796 年居梅子真旧隐，已是在马祖死后很久，显然是把盐官的话加到马祖口中了。由这个故事也可看出，即心即佛与非心非佛，这肯定、否定的两个表达方式含义是相同的，即心即佛是从积极方面肯定自我是佛；非心非佛则是从否定角度说无佛无佛性。马祖弟子南泉普愿解释说：

江西和尚说"即心即佛"，且是一时间语，是止向外驰求病，空拳黄叶止啼之词。所以言"不是心，不是佛，不是物"。如今多有人唤心作佛，认智为道，见闻觉知皆云是佛。若如是者，演若达多将头觅头，设使认得，亦不是汝本来佛。若言即心即佛，如兔、马有角；若言非心非佛，如牛、羊无角。你心若是佛，不用即他；你心若不是佛，亦不用非他。有无相形，如何是道?所以若认心，决定不是佛；若认智，决定不是道。大道无影，真理无对。①

这就清楚地说明了"即心即佛"与"非心非佛"的关系。即"即心即佛"是一时方便语;从根本上说"大道无形,真理无对","心"与"佛"都在遣斥之列。这种否定的、批判的立场,是马祖思想的一个根本特征。

由此再引申一步,就是"作用即性"的观点。即马祖弟子庞蕴所说的"神通与妙用,运水与搬柴"②,肯定清净自性就在人生日用之中。马祖说:

> 一切法皆是心法,一切名皆是心名。万法皆从心生,心为万法之根本……种种成立,皆由一心也。建立亦得,扫荡亦得,尽是妙用,尽是自家。非离真而有立处,立处即真,尽是自家体。若不然者,更是何人?

又说:

> 一切法皆是佛法,诸法即是解脱。解脱者即是真如,诸法不出于真如。行住坐卧,悉是不思议用,不待时节。经云:在在处处,则为有佛。③

这都在指明行住坐卧即是心性的妙用。盐官齐安也有相似的说法:

> 胎卵湿化,无非佛种。行住坐卧,皆是道场。方便随迎,各安性类,妙心法眼,其有限乎!④

《景德录》里对"性在作用"直接有所发挥,见于卷三波罗提为王说

---

① 《祖堂集》卷一六。
② 入矢义高编《禅の語録 7・龐居士語録》,筑摩书房,1985 年。
③ 入矢义高编《馬祖の語録》。
④ 卢简求《杭州盐官县海昌院禅门大师塔碑》,《全唐文》卷七三三。

偈一节,其内容显然是用马祖一系的思想加以附会的:

> 问曰:"何者是佛?"答曰:"见性是佛。"……王曰:"性在何处?"答曰:"性在作用。"王曰:"是何作用?"……波罗提即说偈曰:"在胎为身,处世名人,在眼曰见,在耳曰闻,在鼻辨香,在口谈论,在手执捉,在足运奔,遍观俱该沙界,收摄在一微尘。识者知是佛性,不识唤作精魂。"

这样,所谓"作用",就是人的见闻觉知、动作营为。宗密《圆觉经大疏钞》三之下总结洪州禅的特点是:"起心动念,弹指、磬咳、扬扇,因所作所为,皆是佛性全体之用,更无第二主宰……故云触类是道也……但任心即为修也。"也是同样的意思。

马祖的这一系列观点,就其否定的侧面讲,排斥人改造世界与自身的一切要求,取消了人的主观能动作用。这显然是接受了牛头禅"绝观"、"无心"和保唐宗"无忆"、"无念"观念的影响;而后二者与老、庄哲学有着紧密联系,容后另述。就其肯定的侧面讲,它们倒是真正发挥了大乘佛教肯定现实生活、肯定人生的精神的。《维摩经》所谓"不舍道法而现凡夫事"、"直心是道场",僧肇所主张的"立处皆真"、"触事而真"①,确是被马祖对"平常心"的绝对肯定发挥到极致了。

宗密曾用著名的"明珠"之喻对各派禅宗进行了批判。他用对"黑珠"的看法作比。他说"若认得明珠是能现之体,永无变易",它唯圆明净,都无一切差别色相,也就是体悟到灵心空寂,本无差别,这是神会荷泽宗的观点。"或拟离黑觅珠",即在现实心性之外另求得一个净心,这是北宗的观点。"或言明黑都无者",也就是认为珠中种种色皆是虚妄,彻体全空,因此明珠亦空,即清净心亦空,无有所认,这是牛头宗的观点。而洪州宗则"云黑是珠",即把妄心与

---

① 《不真空论》,《肇论中吴集解》。

真心相等同了；而这样一来，"明珠之体，永不可见，欲得识者，即黑便是明珠，乃至即青黄种种。皆是致令愚者的信此言，专记黑相，或认种种相为明珠。或于异时见黑柿子珠、米吹青珠、碧珠乃至赤珠、琥珀、白石英等珠，皆云是摩尼。或于异时见摩尼珠都不对色时，但有明净之相，却不认之。以不可见有诸色可识认故，疑恐局于一明珠相故"①。宗密是站在荷泽宗的立场立论的，他认为洪州的见解实际上否定清净本性的存在，又混淆了净染的差别，使人迷失了体悟的方向。宗密的批评正表明了洪州禅的彻底的反传统、反权威的意义。洪州禅佛性说的出现，切断了与外来佛教教义的根本联系。

朱熹则从儒家的立场批判洪州禅："'作用是性：在目曰见，在耳曰闻，在鼻嗅香，在口谈论，在手执捉，在足运奔'，即告子'生之谓性'之说也。且如手执捉，若执刀胡乱杀人，亦可为性乎！""释氏只知坐底是，行底是。如坐，交胫坐也得，叠足坐也得，邪坐也得，正坐也得。将见喜所不当喜，怒所不当怒，为所不当为。他只是直冲去，更不理会理。吾儒必要理会坐之理当如尸，立之理当如斋，如头容便要直。所以释氏无理。"他强调"吾儒所养者是仁义礼智，他所养者只是视听言动。儒者则全体中自有许多道理，各自有分别，有是非，降衷秉彝，无不各具此理。他只见得个浑沦底物事，无分别，无是非，横底也是，竖底也是，直底也是，曲底也是，非理而视也是此性，以理而视也是此性。少间用处都差，所以七颠八倒，无有是处"②。这样，他从体用关系的角度出发，指出洪州禅只重用而不及体（理），因而这在"作用"中的性也即失去了准则，从而也迷失

①《中华传心地禅门师资承袭图》卷三。宗密"明珠"之喻实借用于《圆觉经》："善男子，譬如清净摩尼宝珠，映于五色，随方各现，诸愚痴者，见彼摩尼实有五色。善男子，圆觉净性现于身心，随类各应，彼愚痴者说净圆觉，实有如是，身心自相，亦复如是。"此与宗密对洪州禅的批评相同。
②黎靖德编《朱子语类》卷一二六。

了它的社会伦理意义。从这种批评，又反映出洪州禅彻底地与占统治地位的儒家意识形态相对立的意义。洪州禅提出了一种与儒家传统截然不同的世界观和人生态度。

然而，洪州禅的这种批判、反抗意识却受到时代的与阶级的限制。正如前面所一再指出过的，唐代的禅宗主要是代表了士大夫阶层的意识。从"东山法门"发展为南宗禅，从南宗禅又衍化出洪州宗，唐王朝经过了从上升到动乱、衰落的巨大变化。虽然禅宗的一贯精神是肯定个人心性的价值，维护个性的独立，但在早期，它是以心性的平等来要求现实中人的品级上的平等，以心性的圆满具足来要求实现个性的独立与发展。这都反映了唐代前期新进的士大夫阶层争取社会地位的上进意志。但天宝肇乱，特别是"安史之乱"以后，唐王朝内有宦官干政和朝臣党争，外临藩镇割据和边地危机，变乱频仍，矛盾丛生，科举败坏，仕路阻塞，一般知识分子不复有往昔那种光辉顺利的前程。在这种情形下，他们要在理想与现实的矛盾中寻求个人解脱的道路，结果只能以幻想的个性自由去对抗苦难现实的不自由。这样，洪州禅对平常心的绝对肯定，又不过是以消极无为来对应现实的巨变，以虚幻的精神独立作自我安慰而已。所以，尽管洪州禅在思想史上具有很大的价值，从社会意义看却表现出严重的消极倾向。

三

神会《定是非论》还只用"禅门"①一词。直到宗密的著作中才出现"禅宗"这个概念②，与"禅门"并用。宗密创造独特的判教方

①如："远法师问，禅师既口称达摩宗旨，未审此禅门者有相传付嘱，为是得说只没说"、"能禅师是的的相传付嘱人，已下门徒道俗近有数余人，无有一人敢滥开禅门"等。
②如《禅源诸诠集都序》讲到"禅宗"、"禅有三宗"等等。

法,归纳出禅的三宗与教门的三教,把两者一一配合,阐发"禅教一致"论。这个事实正证明当时禅宗发展已取得与整个传统佛教分庭抗礼的地位。这样,如从字面看,应该说是到洪州禅形成以后才有"禅宗";而从实际历史发展看,也应该说是到洪州禅才完成了禅宗独特的思想理论与活动形态。

　　有关洪州禅兴盛的中唐以后的情况,禅宗史料更为丰富翔实了。禅门自身留下了许多谈禅的记录;又由于文坛上习禅风气高涨,文人诗文中也留下不少有关禅宗人物及丛林生活的记载。这些都给后人的研究提供了可靠资料;这类事实本身也反映了禅宗的兴旺发达及其影响深远。但是,留存到今天的唐代禅宗语录又都是北宋以后整理写定的,经过长期流传、加工,不尽反映历史原貌。就是文人著述中的材料也多糅入传说或增饰。特别是有关禅门传承、纂集祖师言句不是要写历史,而是表述一种见解,甚或是后代传说者的见解。这样一来,禅宗资料作为真实历史的考证材料就有所不足。但它们反映了一定时期的思想观念又是可靠的。特别是我们可以用宗门之外的材料对它们加以印证。如马祖道一示众说法的内容,作为洪州宗的基本观点,即可利用权德舆《石门道一塔铭》、白居易《传法堂碑》等文来参证。在下文的叙述中,将尽可能引述较早出的(如《祖堂集》的)或可以得到印证的、思想逻辑相互整合的记载。

　　马祖道一弘法于洪州,在镇帅路嗣恭、李兼等人支持下,"四方学者,云集座下";圆寂后,"入室弟子一百三十九人,各为一方宗主,转化无穷"[①]。这与当年慧能门下除神会外"无有一人敢滥开禅门"的情形大异。洪州宗学人面向社会积极活动,与他们"平常心是道"的基本观念有关。马祖高足鹅湖大义、章敬怀晖、兴善惟宽等相继北上京师,把新禅法传布到中原,上及于朝廷,更扩大了它

[①]《五灯会元》卷三。

的影响。从佛教史发展看，自中晚唐到两宋之交，中国佛教诸宗中最发达的是禅宗，禅宗的基本思想实际是洪州宗思想。

总观中晚唐禅宗的发展，不同地域、各有影响的禅师之间门风确有不同，特别是接引学人的方式如巧说还是直说、重理致还是重感悟、慢教还是尊教等方面存在显著差异。但代表一代禅门思想、富有独创性并造成巨大影响的，却是洪州一系发挥的思想主张。这些观点大体形成于马祖、石头弟子到他们的第三代弟子，按灯录的传统记述方法，即南岳、青原下三世至五世，时间在八世纪末到九世纪末这约百年的时期之内。这一时期，在历史上往往被简单地看作是由中唐至晚唐的日渐衰颓的乱世，实际在思想文化方面却取得了相当丰富的成果。中国学术史上具有重大转折意义的汉学向宋学的演变即是在这一时期肇端；诗、文、小说与其它艺术部门在这一时期也都取得了可观的成绩；禅思想的发展也是这一时期在思想文化领域影响巨大深远的重要成就之一。

马祖道一"平常心是道"的观念向积极方面发展，就是自我主体意识的高度扩张，否定一切外在的权威与限制，表现为毁弃经论，呵佛骂祖，要求思想与行为的绝对自由。这反映出中国古代思想中最为尖锐激烈的叛逆精神。这是在宗教形式之下对于传统思想与统治体制的对抗。但由于缺乏积极的社会实践的目标与行动，这种对抗意识最终不得不落入到虚无主义与主观幻想之中了。

马祖由讲"即心即佛"转而讲"非心非佛"①。他的弟子一辈则就此加以发挥。有行者问大珠慧海："哪个是佛？"答曰："汝疑那个不是？指出看。"②也就是说，每个平常人都是佛；从另一方面说，就是根本不存在作为宗教偶像和修证目标的佛。盘山宝积则说："灵

---

① 入矢义高编《馬祖の語録》。
② 《祖堂集》卷一四。

源独耀，道本无生；大智非明，真空绝迹。真如、凡圣，皆是梦言；佛及涅槃，并为增语。"①有人问百丈怀海："如何是心解脱？"答曰："不求佛，不求知解，垢净情尽，亦不守此无求为是。亦不住尽处，亦不畏地狱缚，不爱天堂乐，一切法不拘，始名为解脱无碍。"②到了下一代，语言就更为愤激、激烈。南泉普愿弟子赵州从谂说"佛之一字，吾不喜闻"③。德山宣鉴到百丈弟子沩山灵祐处参学，沩山说："此子以后向孤峰顶上，盘结草庵，呵佛骂祖去。"④"呵佛骂祖"一时成为丛林风气，德山宣鉴正是这方面的代表人物。根据佛传传说，释迦初生下，一手指天，一手指地，周行七步，目顾四方云："天上天下，唯我独尊。"德山下隔世云门文偃说："我当时若见，一棒打杀，与狗子吃却，贵图天下太平。"⑤就是说，教主佛陀创立佛教只是惑乱了世上后人，这样也把所谓佛陀出世开佛知见的现身说法否定了。在佛、法、僧佛教三宝中，佛是根本（就教法为佛所说的意义上说）；否定了佛，也就从根本上毁坏了整个佛教的基础。

"东山法门"的时代依《楞伽经》讲如来禅，标榜所传为佛陀单传直指的、超越大、小乘的禅法。马祖以后则抛开佛陀而另立祖师禅，即只以达摩教法为归依。但是从绝对地肯定"平常心"的角度讲，达摩的教法与佛陀的教义同样没有意义。马祖门下经常讨论的一个题目是所谓"祖师西来意"，即达摩祖师为什么从印度来中国，马祖从没有正面回答过。一次有僧问："请和尚离四句、绝百非⑥，直指某甲西来意。"马祖答："我今日无心情，汝去问取智

---

① 《祖堂集》卷一五。
② 《祖堂集》卷一四。
③ 《祖堂集》卷一八。
④ 《古尊宿语录》卷一五。
⑤ 《五灯会元》卷一五。
⑥ "四句"指肯定、否定的说明公式，如有、无（非有）、非有非无、非非有非无；"百非"的"百"是举大数，指各种排遣的说明。"离四句、绝百非"是指绝对肯定的说明。

藏。"又有僧问:"如何是西来意?"马祖答:"即今是什么意?"再一次有人问:"如何是西来意?"马祖便打曰:"我若不打汝,诸方笑我也。"因为据洪州见解,自性圆满具足,祖师传法根本没有什么意义,这"西来意"的问题实在不必作答。以后在丛林中,这个话头只是测验学人禅解的手段,根基灵利的人没有作正面回答的。有的用反问来勘验对方,有的答以"板齿生毛"之类的无意味语,有的干脆报以拳打棒喝。如果认真地发问则是愚妄,认真从正面回答也是钝根。庞居士对马祖还有一问:"不与万法为侣者是甚么人?"这所谓"不与万法为侣者"即超越的绝对者,如佛、祖等。马祖同样也不给予正面回答:"待汝一口吸尽西江水即向汝道。"①这就暗示绝对者是并不存在的。德山宣鉴对佛、祖更激烈地否定,他上堂示众说:

> 我先祖见处即不然,这里无祖无佛。达摩是老臊胡,释迦老子是干屎橛,文殊、普贤是担屎汉,等觉、妙觉是破执凡夫,菩提、涅槃是系驴橛,十二分教是鬼神簿、拭疮疣纸,四果三贤、初心十地是守古冢鬼,自救不了。②

同样是石头下四世的夹山善会则说:

> 三乘十二分教是老僧坐具;祖师玄旨是破草鞋,宁可赤脚,不著最好;目睹瞿昙,犹如黄叶。汝若向佛边举法,此人未有眼目在。③

马祖下四世临济义玄素以机锋峻烈著称,他的言辞更为大胆:

> 三乘十二分教皆是拭不净故纸,佛是幻化身,祖是老比丘。你还是娘生已否?你若求佛,即被佛魔摄;你若求祖,即

---

①入矢义高编《馬祖の語録》。
②《五灯会元》卷七。
③《祖堂集》卷七。

被祖魔缚。你若有求皆苦,不如无事。

……你欲得如法见解,但莫受人惑。向里向外,逢着便杀——遭佛杀佛,遭祖杀祖,逢罗汉杀罗汉,逢父母杀父母,逢亲眷杀亲眷,始得解脱。不与物拘,透脱自在。①

这样,推倒了一切外在的神圣权威,从而确保了个人心性的独立与自由。

圆满具足的平常心,不须外铄,因此不必向外驰求。文殊师利与维摩诘讨论"不二法门",维摩以一默显示绝对境界②。因为绝对是无限的,非语言可以穷尽的。但祖师禅讲"不立文字"的含义更进一步,不是因为文字不可穷尽绝对所以不用文字,而是根本无法可说,对于自足的心性任何外在的说法、教化都是多余的。大乘佛教强调"依法不依人",就是说,佛陀涅槃教法永存。而怀让听说道一阐化江西,派人问他说什么法,道一却说:"自从胡乱后三十年,不少盐酱。"③"胡乱"指"安史之乱","不少盐酱"谓一切无所缺少,无所求,意谓无法可得。大珠慧海说:"我不会禅,并无一法可示于人。""若言如来有所说法,则为谤佛。"④南泉普愿告诉赵州从谂"平常心是道",从谂问:"还可趣向也无?"南泉答:"拟向即乖。"从谂说:"不拟争知是道。"南泉说:"道不属知,不属不知。知是妄觉,不知是无记。若真达不疑之道,犹如太虚,廓然荡豁,岂可强是非邪?"⑤这是说"平常心"本自具足,是超出"知"与"不知"之上的。西院大安问百丈怀海:"学人欲求识佛,如何是佛?"百丈云:"大似骑牛觅牛。"大安又问:"识得后如何?"百丈云:"如人骑牛至家。"大慈

---

① 《古尊宿语录》卷四。

② 鸠摩罗什译《维摩诘所说经》卷下《入不二法门品》。

③ 入矢义高编《馬祖の語録》。

④ 平野宗净编《禪の語録6・頓悟要門》卷下《諸方門人參問語録》,筑摩书房,1979 年。

⑤ 《五灯会元》卷四。

再问："未审始终如何保任，则得相应去？"百丈说："譬如牧牛之人，执鞭视之，不令犯人苗稼。"这是告诉大安真性本自具有，不需外求，善自保任即可。大安领旨后顿息万缘，示众说："汝诸人各自身中有无价大宝，从眼门放光，照山河大地；耳门放光，领览一切善恶音响；六门昼夜常放光明，亦名放光三昧。"①德山宣鉴到沩山灵祐处参学，第一次因无礼貌而被斥出，第二次具威仪进见，才跨门即提起坐具叫一声："和尚！"这表示要求在禅堂得一席之地、投师参学。沩山即做个要取拂子的姿势，要用拂子挥打他，暗示他无法可学。宣鉴立即明白了这个意思，大喝一声，拂袖而去②。临济义玄三次到黄檗希运处问佛法大意，三次被打，不明白自己有过无过，后来得到高安大愚的启发，才明白"元来黄檗佛法无多子"③。"无多子"就是"没有多少""没什么"的意思。这都不只否定了教法，也否定了禅解。禅变成了非禅、无法之法。

这样，重要的是"还我本来面目"（南泉普愿），作个"自由人"（黄檗希运）、有"自信"，"不受人惑"的"大丈夫儿"（临济义玄）。有一次王常侍（应是成德镇节度使王景崇）访问临济义玄：

> ……同师于僧堂前看，乃问："这一堂僧还看经么？"师云："不看经。"侍云："还学禅么？"师云："不学禅。"侍云："经又不看，禅又不学，毕竟作个什么？"师云："总教伊成佛作祖去。"④

这是说，每个平常的学人就是佛，就是祖师。这就把个性的价值推扬到了极致。

在这种思想指引下，中唐以后的禅门中不仅学风开阔自由，而

---

①《祖堂集》卷一七。
②《五灯会元》卷七。
③《古尊宿语录》卷五。
④《古尊宿语录》卷四。

且形成一种狂放不拘的风气，出现不少富于叛逆性格的人物。前面说的德山宣鉴是突出的一位。非常著名的还有丹霞天然。他参见石头希迁，希迁为略说法要，他掩耳说："太多也。"希迁说："汝诚作用看。"让他以行动表示一下自己的禅解，他就骑上禅堂里圣僧像的颈项上。圣僧即禅堂供奉的大迦叶或文殊等菩萨。后来他在洛阳龙门惠林寺遇天寒，焚木佛以取火。主人责问他，他答说："吾荼毗觅舍利。"主人说："木头有何也？"他反问："若然者，何责我乎！"[1]这种对答之机敏与思想的大胆，都惊动人心，传为丛林中的佳话。

洪州禅是在中、晚唐社会矛盾激化的条件下所形成的要求个性绝对独立与自主的社会思潮的表现，反迷信、反传统、反权威是它的主要特征。它构成了当时整个社会意识的非常激进的一部分，并直接、间接地影响到社会生活与思想文化的许多方面，其积极意义是应予以充分肯定的。

四

然而，洪州禅作为宗教思想体系，其根本弱点表现得也十分显。在否定与破坏之后，其所肯定的"平常心"却是虚幻的。它没能提出变革现实的积极主张，更没有积极的社会实践。

在扫荡了传统的信仰、教义、宗主等等神圣事物之后，那个独立不倚、"体露金风"的自我就失去了搏斗的目标。由于肯定"作用即性"的"平常心"，自我就消极无所作为了。"不受人惑"的"大丈夫儿"就成了"绝学无为闲道人"[2]，"无事的阿师"[3]。所谓"随缘消

---

①《祖堂集》卷四。
②希运《筠州黄檗山断际禅师传法心要》。
③《古尊宿语录》卷四《镇州临济慧照禅师语录》。

旧业,任运著衣裳"①,所谓"滔滔不持戒,兀兀不坐禅。酽茶三两碗,意在镢头边"②,这个自以为掌握了绝对真实的"自在人"、"自由人"不过是彻头彻尾的闲人、"无事人"。他得到的是虚幻的自性与幻想的自由,事实上仍屈服于现实而一步动弹不得。更可悲的是由于他自以为是绝对自主、自由的,就根本不再想有所作为了。

有人问百丈怀海"如何是大乘入道顿悟法",他答曰:

> 汝先歇诸缘,休息万事,善与不善、世间一切诸法并皆放却,莫记忆,莫缘念,放舍身心,令其自在。心如木石,口无所辩,心无所行。心地若空,慧日自现,犹如云开日出相似。俱歇一切攀缘,贪、嗔、爱、取,垢净情尽,对五欲八风,不被见闻觉知所缚,不被诸境惑,自然具足,神通妙用,是解脱人。对一切境,心无静乱,不摄不散,透一切声色,无有滞碍,名为道人……③

这种精神状态,固然解脱了一切系缚,看似从现实的压迫下取得了"自由",但完全无是非,无取舍,口不言,心不思,这如"木石"一样的心性也就失去了任何主观意念,因而也不再有任何作为了。盘山宝积示众说:

> 心若无事,万法不生;境绝玄机,纤尘何立?道本无体,因道而得名;道本无名,因名而得号。若言即心即佛,今时未入玄微;若言非心非佛,犹是指踪之极则。向上一路,千圣不传;学者劳形,犹猿捉影。大道无中,复谁前后?长空绝际,何用量之!空既如斯,道岂言哉……④

---

①《古尊宿语录》卷四《镇州临济慧照禅师语录》。
②《五灯会元》卷九。
③《祖堂集》卷一四。
④《祖堂集》卷一五。

他认为道是绝踪迹、对待的，因此任何言词都不能说明它，只会限制它，就是所谓"即心即佛"、"非心非佛"的说法也都是"指标"的方便而已。真正的体道只能是"无事"也无言。

那么这"无事的阿师"比平常人有什么区别呢？大珠慧海与一位律师有一段对答：

> 有源律师来问："和尚修道，还用功否？"师曰："用功。"曰："如何用功？"师曰："饥来吃饭，困来即眠。"曰："一切人总如是，同师用功否？"师曰："不同。"曰："何故不同？"师曰："他吃饭时，不肯吃饭，百种须索；睡时不肯睡，千般计较，所以不同也。"律师杜口。①

这里大珠的话似诡辩，但其中显示了所谓"无心"、"无事"的本质：即这一派禅匠关于精神解脱、自由的种种放言高论、激烈言辞，实际上都归结为主观意念。他们是以幻想的独立、自由来对抗现实的羁束、压迫的。

结果，禅就变成了无思无虑、无所事事。黄檗希运说：

> 心上生心，向外求佛，著相修行，皆是恶法，非菩提道。供养十方诸佛，不如供养一个无心道人。②

而临济义玄则更直截了当地说：

> 道流，佛法无用功处。只是平常无事，屙屎送尿，著衣吃饭，困来即卧。愚人笑我，智者知焉。古人云：向外作工夫，总是痴顽汉……③

这完全是懒人的"智慧"，追求的是一种安适闲逸的寄生生活。这就是中唐以后以洪州禅为主流的禅宗反迷信、反传统、反权威的自

①平野宗净编《頓悟要門》卷下《諸方門人參問語録》。
②《筠州黄檗山断际禅师传法心要》。
③《古尊宿语录》卷四。

主的个性表现在实践上的另一面。

　　而且情形还不止于此。任运随缘发展下去就是同流合污；无取舍、无是非发展下去就是无原则、无持操。神会当年否定佛教的传统戒律，把"戒"统一到"定慧"而为"三学等"，这仍是一种戒律。但洪州禅在否定了传统的一切修习方式，也否定了教义、祖训之后，却没有树立新的行为轨范。由于肯定了"平常心"和任运随缘的生活，使得戒律荡然，以至危害到禅宗这个教派自身的生存。到马祖以前，禅宗僧侣还寄住在一般寺院里，观念上与行为上的矛盾是显而易见的。后来独立出禅院，百丈怀海又总结而制定了"清规"，用以规范丛林生活。从以后的实际情况看，禅宗并没有脱离寺院而完全独立出来；一些人宣扬的那种绝对无事无为的生活在实践上也行不通。但禅门中组织松弛、律行不谨却是明显的事实。一些人脱弃僧侣形仪，成了诗僧、艺僧、棋僧等畸形人物；一些人出入官场、投身豪门，成了统治阶级的帮闲；混迹世俗、游行四方的更大有人在。梁肃是天台宗的信徒，天台宗是强调定慧双修的，他批评当时禅门风气说：

　　　　今之人正信者鲜，启禅关者或以无佛无法、何罪何善之化化之。中人以下，驰骋爱欲之徒，出入衣冠之类，以为斯言至矣，且不逆耳，私欲不废。故从其门者，若飞蛾之赴明烛，破块之落空谷。殊不知坐致焦烂，而莫能自出，虽欲益之，而实损之。与夫众魔外道，为害一揆。[①]

柳宗元也习天台，他对佛教各宗派都有相当的认识，并能批判地分析。他写过《大鉴禅师碑》，对禅宗给予相当高的评价。但他对当时禅风也有尖锐的批评：

　　　　……世之上士，将欲由是以入者，非取乎经论则悖矣。而

---

①《天台法门议》，《全唐文》卷五一七。

今之言禅者，有流荡舛误，迭相师用，妄取空语而脱略方便，颠倒真实，以陷乎己，而又陷乎人。又有能言体而不及用者，不知二者之不可斯须离也。[1]

这些批评自有其各自出发点，显示了所宗奉教义的差异，但所指出的禅门风气瘝败的情形则是确实的。柳宗元从体、用关系角度分析，指出禅宗体用脱离，则是有相当的深度的。

禅宗发展至此，禅而至于非禅，实际上是自己否定了自己。如果禅门学人与一般人的行迹完全一样，既不求佛，又不读经，禅宗僧团本身也就解体了。正因此，中唐以后才有人防止走向极端而图挽救之策，如百丈怀海制定《清规》；又有宗密那样的人身兼荷泽与华严两宗传人的身份，提倡禅教一致，其影响相当深远。直到五代与北宋，禅向教靠拢形成为禅宗发展中的一个潮流。这是洪州禅的反动，也是禅宗试图挽救自身的必然发展。

洪州禅的禅宿们慢教、骂教，言辞行动之激烈骇人视听，使在中古宗教权威与迷信压迫下的人们惊心动魄。但他们终究还是宗教徒，他们的意识与思维方式还是宗教的。他们不再信佛、祖，不再信经、论教条，却仍信仰圆满具足的自心。尽管名之为"平常心"，却仍奉之为绝对。他们中的许多人思想活泼大胆，行为狂放不羁，在当时是勇于思想探索、敢于反抗现存体制的站在时代前列的优秀人物，但由于宗教观念的根本限制，他们却失去了实践的能力。他们表现上可能是狂傲大胆的，但又始终沉没在主观幻想之中。加之，中唐以后的禅思想所发展的主要是批判、否定的方面。在反对佛教义学的烦琐思辨的同时，却忽视了它所取得的理论与逻辑成果。结果禅的理论思想变得很浅薄，以至到后来放弃了语言而只用拳打棒喝的怪异行动来表达。缺乏理论的深度，也大大限制了它的思想力量。而禅宗又终究是佛教中的一个派别，在中国这样的儒家思想在

①《送琛上人南游序》，《柳河东集》卷二五。

思想意识领域占统治地位、历史上宗教发展基础相对薄弱的社会环境中,其发展也受到局限。这样,具有个性解放意义的禅宗终究没有推动起一个强有力的思想解放运动。

五

　　前面已经指出,中国佛教中的心性学说,是儒、释交融的成果;发展而为禅宗的"顿悟"、"自性"的禅思想,显然包含着儒家的"性善"论和"致诚返本"说的内容。另一方面又曾指出,禅宗也受到道家思想以及后来的玄学的深刻影响。特别是发展到马祖道一以后至"五家"形成以前的"祖师禅"时代,这种影响就更为浓重。在中国哲学史研究中有一种观点,认为"道家之学,实为诸家之纲领"[1];鲁迅则说"中国根柢全在道教"[2]。对于这些论断学术界有很多不同看法,此不赘述;但道家和道教的影响与地位却是不可低估的。禅宗的情况就是一个例子:由"东山法门"到"祖师禅",正是经历了"道教化"逐步加深的过程。祖师禅进一步融入了儒与道的成分,也表明了它是禅思想在中国土壤上某种"集大成"的结果。

　　禅与道的结合,在中国佛学史上,经历了一个否定之否定的过程。佛教在中国初传,大乘般若学是依附于玄学而发展的,中国人当时是依据老、庄的观念来了解和接受佛教的。例如支遁是早期般若学中"即色"论的代表人物之一。他主张"体道尽神"、"游无蹈

---

①吕思勉《先秦学术概论》第 27 页。最近强调道家"主干地位"的有周玉燕、吴德勤、陈鼓应诸人,参阅周、吴所著《试论道家思想在中国传统文化中的主干地位》,《哲学研究》,1986 年第 9 期;陈著《论道家在中国哲学史上的主干地位》,《哲学研究》1990 年第 1 期。

②《鲁迅全集》第 11 卷第 353 页,人民文学出版社,1981 年。

虚"①,达到"遥然不我得"、"逍然靡不适"的"至人之心"②的境界。这种禅观即与玄学思想相通。后来,随着佛典译介的增多与佛教教学的进步,那种以外典事数拟配佛教概念的"格义"办法被否定了,佛学(主要是般若学)与玄学随之分离。代表这一过程的,有僧肇对他以前的般若学的批判。在这一时期,中国人所不了解的大、小乘禅法也较全面地介绍进来,禅学成为中国佛教教学的重要部分。而发展到禅宗,以禅法统摄整个教义,道家和儒家思想又被批判地接受。但禅宗已是中国佛教禅思想的更高层次的发展,对儒与道的汲取也是更高层次的有机的融合。

胡适已曾指出过:"达摩的四行,很可以解作一种中国道家式的自然主义的人生观:报怨行近于安命,随缘行近于乐天,无所求行近于无为自然,称法行近于无身无我。"③苏联学者尼·阿巴耶夫在其《禅佛教与中国中世纪文化心理传统》中更认为:"在这里,我们观察禅僧们对待人的文化(心理)发展问题的某些具体论述,把禅的立场与道家相比较,应强调指出在两种学说之间确可见到巨大的相似性或者说在一系列观点上的共通处。"④而从历史上看,禅宗学人早已在广泛利用道家的语言。如大珠慧海即曾明确指出三教的一致,他说:"大量者用之即同,小机者执之即异。总从一性上起用,机见差别成三。迷悟由人,不在教之异同。"⑤这里已明确表明禅宗本身对三教合一的自觉。

以老、庄为代表的道家是纯粹的中国思想,与从印度、西域传来的佛教思想虽有相通之处(因此才能有"格义佛教"的出现),但二者间又存在着原则的差别。简而言之,从哲学世界观上说,道家

---

①《大小品对比要钞序》,《出三藏记集》卷八。

②《世说新语笺疏》上卷下《文学》刘义庆注。

③《楞伽宗考》,姜义华主编《胡适学术文集·中国佛学史》第101页。

④ Н. В. Абаев《Чань—Буддизм》,《Наука》,Сибирское отдепение,1989。

⑤平野宗净编《顿悟要门》卷下《諸方門人參問語録》。

的"无"和佛教的"空"都是主超越、与现实的"有"对立的。但道家之"无"是包融主、客的绝对本体,是绝对的"有";而佛家之"空"是超越有、无的空,是绝对的"无"。如朱熹所说"老氏依旧有,如所谓'无欲观其妙,有欲观其徼'是也。若释氏则以天地为幻妄,以四大为假合,则是全无也","空是兼有、无之名。道家说半截有,半截无……若佛家之说都是无"[1]。在认识论上,道家与佛教都追求绝对,都采取反智主义的立场。但老子的"绝学"和庄子的"此亦一是非,彼亦一是非"是对知的否定,是不可知论或相对主义;而佛家否定现实的见闻知觉却是为了得到般若正智,认为转识成智才能证得绝对真实,这是主张一种绝对的智慧。在人生观上,道家与佛教都取消极退避姿态。但道家的自然无为是消极的进取,是以无为达到无不为,以柔弱胜刚强,因此它是入世的,是一种"致于治"的理论;而佛家则以个人解脱为最终目标,否定人生的实际意义,即使是大乘菩萨思想宣扬的济世观点,最终也是要把众生引向彼岸。在这些方面,道家之作为理论学说与佛教思想之作为宗教意识,各自的特征是很清楚的。但发展到禅宗,特别是洪州禅,却吸收了更多道家的概念和理论。这主要是由于禅宗在中国思想土壤上发展了大乘精神,更为接近生活实践了;而道家的思维方式和人生理想又是与禅宗多有一致之处的。

神会和《坛经》讲"无念为宗",这是早期南宗禅的一个重要命题。到马祖以后则发展为"无心"。"无念"是"不作意",不起念,悟自心本性寂静;"无心"则本体寂静的清净心也被排遣,也就无所谓"作意"、"不作意"之分,无念可起,无心可用。马祖道一与一僧问答:

> 僧问马祖:"如何是佛。"曰:"即心是佛。"云:"如何是道?"
> 曰:"无心是道。"

---

[1] 黎靖德编《朱子语类》卷一二六。

他又示众说：

> 《经》云："种种意生身，我说是心量。"即无心之心，无量
> 之量。①

大珠慧海《顿悟要门》中论及"无心"达十几处，是他整个思想的一个中心命题：

> 无有所念，即一切处无心，是无所念。
>
> 法性空者，即一切处无心是。若得一切处无心时，即无有一相可得。
>
> 只是事来不受，一切处无心。得如是者，即入涅槃。

黄檗希运说：

> 但能无心，便是究竟……心自无心，亦无无心者。②

德山宣鉴说：

> 汝但无事于心，无心于事，则虚而灵，空而妙。③

此外，如临济义玄主张除人除境，境智双亡，也是"无心"观念的发挥。而灯录中所记达摩为慧可"安心"故事，也是"无心"观念影响下后出的：

> 光（神光，即慧可）曰："我心未宁，乞师与安。"师曰："将心来，与汝安。"曰："觅心了不可得。"师曰："我与汝安心竟。"④

这个情节，一再以相似的形式出现在禅宿启发学人的对谈中。讲"无念"，仍有"定慧等"的目标，即仍有（清净）心而无妄念；达到"无心"，才是真正的"平常心"。《坛经》中慧能传法偈由敦煌本的"佛

---

①入矢义高编《馬祖の語録》。
②《筠州黄檗山断际禅师传法心要》。
③《五灯会元》卷七。
④《景德传灯录》卷三。

性常清净"改变为兴圣寺本的"本来无一物"，就正显示了由"无念"
发展为"无心"的轨迹。

　　洪州禅的"无心"观念，直接接受了保唐宗与牛头宗的影响。
前已指出过，马祖出身于处寂门下。保唐无住说法中明确讲到"无
心离意识，是沙门法"，"无心法中，起心分别，并皆是邪"①。而牛头
宗的《绝观论》则认为"有念即有心，有心即乖道；无念即无心，无心
即真道"，"无心即无物，无物即天真，天真即大道"，"语而无主，言
而无心；声同钟响，气类风音。心同如此，道佛亦是无"②。而前已
指出，牛头禅与道家本是有密切关系的③。

　　大乘般若学主张"应无所住而生其心"，认为"过去心不可得，
现在心不可得，未来心不可得"④，让人荡相遣执，悟得我、法两空。
这是体认诸法实相的绝对智慧——般若智。《大智度论》讲到"无
心三昧"说："住无心三昧者，入是三昧中，不随心，但随智慧，至诸
法实相中住。"⑤这种"无心"实际上又是一种"智慧"。大乘佛教是
反对灰心灭智的"无心定"和"灭尽定"的。《俱舍论》讲到"十四心
不相应行法"，中有"无心定"，是阿那含或阿罗汉圣者止息暂时所
入⑥，还只是一种低级的禅定，而且阿罗汉果本身也不是大乘的理
想境界。

　　但在中国佛教中却早就有"无心"的提法。如晋时支孝龙说：
"抱一以逍遥，唯寂以致诚。剪发毁容，改服变形，彼谓我辱，我弃
彼荣。故无心于贵而愈贵，无心于足而愈足矣。"⑦支遁说："忘无故

---

①柳田圣山校注《歷代法寳記》。
②常盘义伸等校定《絶觀論》，《禅文化研究所研究報告》，1976年。
③参阅鎌田茂雄《中國佛教思想史研究》第一部《佛道思想の交流》，春秋社，
　　1968年。
④鸠摩罗什译《金刚般若波罗蜜经》。
⑤鸠摩罗什《大智论度》卷四七《摩诃衍品第十八之余》。
⑥真谛译《阿毗达摩俱舍释论》卷五《分别根本品》。
⑦《高僧传》卷四《晋淮阳支孝龙传》。

妙存,妙存故尽无;尽无则忘玄,忘玄故无心。然后二迹无寄,无有
冥尽。"①佛教般若"本无"宗的代表人物道安也每以"冥乎无名"、
"无寄"、"无著"、"无为"来形容般若智和以般若智为本的法身、真
如和真际②。这些说法都显然是受了老、庄与玄学的影响。老子主
张"绝圣弃智"。《庄子》中则讲到"堕肢体,黜聪明,离形去知,同于
大通,此谓坐忘","若一志,无听之以耳,而听之以心;无听之以心,
而听之以气。耳止于听,心止于符。气也者,虚而待物者也。唯道
集虚,虚者,心斋也。"③而玄学家郭象《庄子注》里正使用了"无心"
这一概念:

> 圣人常游外以弘内,无心以顺有。故虽终日挥形而神气
> 无变,俯仰万机而淡然自若。④

王坦之《废庄论》也说到"动人由于兼忘,应物在乎无心"⑤。洪州禅
的"无心"思想正与上述观点有着历史上的渊源关系。

但如上面提出,道家与玄学的基本思路是肯定绝对有的,其
"无心"是指不知不识而与绝对的"道"相冥合;而洪州禅则继承般
若空观的思路,"无心"是绝对无的逻辑上的结果,是一种最高的智
慧。正如村上嘉实所说:"老庄的无心是行为对行为的否定,禅的
无心是智对智的否定。"然而他又指出:"老庄的无心是禅的无心的
前提,即当老庄的绝对它者的自然再度加以内省时,那没有底蕴的
主体即禅的绝对自者的主体就出现了,万有都被它包笼在自身之

---

①《大小品对比要抄序》,《出三藏记集》卷八。

②道安《合放光赞略解序》,《出三藏记集》卷七。参阅廖明活《东晋佛教诸家
"本无"义述评》,《书目季刊》九卷第四期,1989年2月。

③《庄子·大宗师》、《人间世》,陈鼓应注译本,中华书局,1983年。

④《庄子·大宗师》郭象注。

⑤《晋书》卷七五《王坦之传》。

中了。"①就是说,老、庄与玄学的"无心"还只否定现象,并没有否定
"道"的本体;在这个基础上再发展一步,"道"的本体也否定掉,只
剩下一个失去主、客对待的自我时,就是禅的"无心"了。到了洪州
禅的"无心",就如慧海所谓"心如木石,口无所辩,心无所行"了。
黄檗希运说:

> 无心者,无一切心也。如如之体,内如木石,不动不摇,外
> 如虚空,不塞不碍,无能所,无方所,无相貌,无得失。②

这是自我扩张到绝对状态时失去了主、客对待的无思无虑境界。
它不仅在语言上,而且在思路上也是与道家和玄学相通的。

洪州禅的无事、无为的人生观又接近老、庄无为、自然的观点,
特别是在人生追求上二者很相似。庄子发展了老子的"无为"思
想,主张与宇宙同体,与万物齐一。他强烈意识到个人生存的不自
由,认为这不自由来自两个方面。一是物我之间的矛盾,人要受到
外物的桎梏;再是人的生存自身的矛盾,人不可能永生。针对前一
点他提出齐物我,针对后一点他提出等生死。他解决矛盾的方法
只限制在精神领域内。他说:"因其所然而然之,则万物莫不然;因
其所非而非之,则万物莫不非。"③即首先要在精神上获得自由,然
后任性逍遥,不为物拘。魏晋时期玄谈的名士与名僧,正是实践着
这种精神境界与生活方式的。中晚唐的禅师们要去实践"平常
心",也强调无为自然,与老、庄、玄学可谓殊途而同归。

在中国佛教著作中,早期曾以"无为"译"涅槃",这是"格义"的
一个典型例子。在中国佛教教学中,僧肇说过:"大乘之道,无师而

---

① 《老莊の自然と禪》,久松真一、西谷启治编《禪の本質と人間の真理》第 702、
　 724 页,创文社,1969 年。
② 《筠州黄檗山断际禅师传法心要》。
③ 《庄子·秋水》。

成,谓之自然。"①竺道生说:"真理自然,悟亦冥符。"②佛典中把不借功用、自然生成的佛智叫"无师智,自然智"。《无量寿经》卷下也有"天道自然"、"无为自然"等提法。但这些都是从契悟佛理来讲"自然"的。实际上,"自然观"与"因缘观"是根本矛盾的。到了南宗禅,才从心性上讲自然;而发展到洪州禅,则进一步用以说明任运无为的生活。

马祖没有使用过"自然"一语,他用过"自在"。在对答大珠慧海"自家宝藏"的提问时他说:"若于教门中得随时自在,建立法界,尽是法界。""一切具足,更无欠少,使用自在。"③而大珠慧海则多用"自然"这个概念,如:

> 自然逍遥见道,生死定不相干。
>
> 我、所心灭,自然清净。
>
> 得无念时,自然解脱。④

等等。庞居士则讲"自由自在"⑤。这些说法都是要人无事无为,过消极任运的生活,从中寻求自我解脱之道。森三树三郎指出:禅与净土就是要解决如何等万物、齐物我的方法论问题、实践问题,这是唐、宋时期庄子思想的新的发展⑥。就是说,在人生践履上,禅是在解决老、庄留下来的课题,并是取同一方向加以发展的。区别在老、庄无为而无不为,无为自然志在有所得;而洪州禅则只求作"无心道人"、"无事"的"闲人"。观念上还是有不同的。

如前所述,自洪州禅的出现到五代时禅的发展,正处在社会矛

①《维摩诘经·观众生品第七》注。
②宝亮等集《大般涅槃经集解·序经题》。
③入矢义高编《馬祖の語録》。
④平野宗净编《顿悟要門》。
⑤入矢义高编《龐居士語録》。
⑥《老莊思想——中國の世界觀》第七节《莊子の思想と禪および净土》,《老莊と佛教》,法藏馆,1986年。

盾逐步激化与深刻化的环境中。当时的一部分知识分子失去了改造社会、实现个人理想的主、客观条件，心中充满了危机感与没落感。老、庄的消极人生哲学自然会引起他们的共鸣。禅宗的发展也必然会反映这种思想倾向。禅与道家的进一步交融，把那个本来就缺乏社会依据的超然的自性进一步推向绝对，结果对"平常心"的肯定转化为对自我的否定，幻想的绝对自由变成为无所作为的屈从现实的"不自由"。那种"无心"、"自然"的境界正表现了当时士大夫阶层的一种分裂的人格：表面上是自我无限扩张，实质是自我的丧失。这正是中晚唐知识分子的一种具有典型意义的心态。当时人这种心灵矛盾的归结点确实是消极的，但这种心灵探索的历程正反映了社会现实的矛盾；某些人的心灵搏斗又确实具有悲壮的色彩。因此这种探求又不是毫无成果的。这种成果特别反映在抒写人的内心世界的诗歌里。

第五章　文人的好禅与习禅

一

从以上的叙述可以看出：禅宗作为完全中国化的佛教的新宗派，不仅全面彻底地改造了佛教，而且造成了一个广泛的、影响深远的社会运动；禅思想提出了一套全新的宗教哲学理论，其中的许多观点（特别在心性问题上）的意义已远超越宗教教义之外而具有了普遍的思想、理论价值；禅宗教团已不再是索居修道的遗世独立的闭塞的小团体，禅宗学人广泛活动于社会生活的各个领域。由于这种种情况，唐代文人热衷于结交禅僧，接受新的禅思想，度习禅生活，就是很自然的事。而洪州禅的发展，使禅更接近生活，禅僧在社会上更为活跃，也促使文人的习禅风气更为高涨。

如果仔细分析中晚唐文人与禅宗和禅思想相契合的情形，会发现这里有着深刻的社会历史原因。

唐代文人的主体是依靠文才政能觅举求官的庶族（或虽为士族，但已失去其作为士族的实际社会地位的）知识分子。这是自唐初以来在统治体制中十分活跃的阶层。"安史之乱"后，朝纲紊乱，政出多门，藩镇割据，宦官弄权，大为削弱了朝廷的力量和权威，这个阶层的出路和地位都受到了直接影响。但另一方面，形势却也使文人们有可能到朝廷外面（如到各地方镇幕府）去谋取自身出路,从而他们的意识也有了显著的变化。

　　首先值得注意的是,在这一时期文人对自身价值的估计大大提高了。他们往往不再以品级身份或政治功业来评论人生意义,而强调由道德、文章决定人的价值。这就把文人的独立地位提到了前所未见的高度。李翱给从弟李正辞的信中说:"汝勿信人号文章为一艺。夫所谓一艺者,乃时世所好之文,或有盛名于近代者是也。其能到古人者,则仁义之辞也,恶得以一艺而名之哉!……夫性于仁义者,未见其无文也;有文而能到者,吾未见其不力于仁义也。由仁义而后文者,性也;由文而后仁义者,习也,犹诚明之必相依尔。"①这是说仁义与文章相依而一致,即意味着能文即可以致圣。韩愈志柳宗元墓,他对柳宗元参加"永贞革新"一派是不赞成的,因此有"不自贵重顾藉"之类的微词,然而他又评论说:"然子厚斥不久,穷不及,虽有出于人,其文学辞章必不能自力以致必传于后如今,无疑也。虽子厚得所愿,为将相于一时,以彼易此,孰得孰失,必有能辨之者。"②这显然在暗示一时的功业的价值远比不上文学辞章的成就可垂之永久。正是由于韩愈如此重视文的价值,所以在《送孟东野序》中讲不平则鸣,把陈子昂、苏源明、元结、李白、杜甫称为"能鸣"者,而与制作诗书六艺的周、孔等圣人等列③。这都典型地反映了当时文人的观念:他们强烈意识到自身的独立价值。这种观念,是与禅宗的众生平等的心性说,特别是与洪州禅"平常心是道"的禅思想相吻合的。当时的禅思想在理论上给他们提供了支持,在心理上也提高了他们的自信。

　　其次,朝廷政治权威的动摇,使得任何思想权威都不再有约束力。唐王朝本来就执行并用儒、佛、道三教的思想统治政策,社会思想环境比较自由。在唐初,就有刘知几、元行冲等人的批判的、

---

①《寄从弟正辞书》,《李文公集》卷八。
②《柳子厚墓志铭》,《韩昌黎集》卷三二。
③《韩昌黎集》卷一九。

"一家独断"的思潮出现。到中唐以后,思想、理论领域更形活跃。在儒学方面,出现了空言说经、通经致用的新学风。兴盛于大历、贞元年间的新"春秋学",以啖助、陆质为代表,批判"章句之学",主张"反经合道"、"变而不失正"①,托"圣人之意"以明己意,提倡所谓"圣人夷旷之体",把自己学说的着眼点放在"行道以拯生灵"②上。吕温、柳宗元等人都接受了这种学说③。后来韩愈、李翱倡导儒学复古,名义上是发扬先圣"古道",实际上已经把探讨重点转移到心性问题上,开宋儒"性理之学"的先河,其方法与陆质等人是一致的。这种学术趋向的转变,实际上也是受到了当时禅思想的影响的,这里暂不具论。应当看到的是:当时人的意识如此从经学教条下进一步解放,使他们更容易开扩视野,进行多方面的精神探索,其中包括注意到禅宗。由于禅宗的发展提供了不少有关心性问题的新答案,对苦于物质与精神压力的文人们就更有极大的吸引力。

再一点也很重要,就是禅宗本身具有浓厚的文化色彩,禅僧中有许多文化人。这些人与六朝以来研习经论的有文化的义学沙门不同,他们与当时的社会文化各领域保持着多种形式的联系。石头希迁的弟子丹霞天然是"业洞九经"的举子,与庞居士一起入京求举,路遇行脚僧,听说马大师在江西说法,觉得"选官"不如"选佛"④,因而转赴马祖处。当时禅门学人中有不少这种文人出身的,他们到丛林求出路,在应举之外发现了另一个出身的门径。这也就密切了禅门与文人之间的联系。一方面有些士人投入丛林为禅僧;另一方面禅僧又可以返初服而求举觅官。这样一来禅门与士大夫阶层之间的界限也不那么严格了。

---

①陆质《春秋微旨》卷中。
②陆质《春秋集传纂例》卷一《春秋宗旨议第一》。
③参阅吕温《祭陆给事文》,《吕衡州集》卷八;柳宗元《唐故给事中皇太子侍读陆文通先生墓表》,《柳河东集》卷九。
④《祖堂集》卷四《丹霞和尚》。

　　总之,无论从主观条件看,还是从客观环境分析,种种条件都促成广大文人接近或接受禅宗。

　　从禅宗自身发展的角度讲,正由于大量士人进入丛林,禅门与文人有多方面联系,又大大提高了禅宗的文化水平。中晚唐产生的大量偈颂与语录,就是显示这种文化水平的特异成果。而禅宗文化素质的不断提高,又反过来加强了对于文人和整个文化领域的影响。在这个循环往复发生作用的过程中,文人与禅的关系加深了,多种形式的禅文化的成果也就产生了。禅宗本身随之也不断发展变化,这在下面将详细分析。

二

　　正如前面论述已经明确的,就佛教自身发展而言,无论是其教理的内在逻辑,还是其宗教实践层面,新兴的禅宗都体现了积极、进步的发展趋向。南北朝时期佛教形成两个大的传统。一是义学高度发达,佛门高僧辈出,阐扬佛理,讲经著论;贵族士大夫则研习佛说,礼敬师僧,参与法会,弘教护法。发达的义学当然是为信仰服务的,但客观上对于推动佛教的理论建设,特别是在佛教思想的"中国化"方面贡献良多。再一方面是普及社会上下的规模宏大、观念诚挚的信仰潮流。当时人相当普遍地热衷于礼佛斋僧,建造塔寺,相信因果报应,祈求"来生之计",信仰心普遍地、空前地高涨。众多文人参与到这两大潮流之中,并用他们的文字和影响推动着这一潮流。他们的许多佛教内容的诗文从教内看是"护法"作品,从文学看则是佛教影响之下的创作成果。特别是梁、陈时期,朝廷大力崇佛,南北著名文人如徐陵、江总、颜之推等都以好佛著称。他们都继续活跃到南北统一的隋代;隋代有成就的文人卢思道、杨素等均亦好佛。而唐初文坛活跃的又多有陈、隋遗老,佞佛风气相沿不衰,代表人物如虞世南,虽酷慕徐陵,多为侧艳之诗,却

又是佛教的虔诚信徒。太宗朝重臣如房玄龄、褚亮、杜正伦等,都
热心研习佛典,广交僧徒,参味佛说。特别是前朝遗老、外戚萧瑀,
更惑于因果报应之说,信心诚笃,常修梵行。至武则天专政,为了
篡夺皇权,利用《大云经》女主出世谶言,信重妖僧薛存义,以释氏
开"革命"之阶,也是利用了这一信仰潮流。在这样的局面下,使得
在变革文坛风气方面做出成绩的王(勃)、杨(炯)、卢(照邻)、骆(宾
王)"初唐四杰",都在人生的不同阶段、不同程度地倾心佛教。不
过他们无论是信仰,还是写作诗文,对于佛教的理解还是传统的。
从创作实绩看,四个人中王、卢二人更为杰出,他们所受佛教影响
亦较深。王勃自叙说"我辞秦陇,来游巴蜀,胜地归心,名都憩
足"①,是说自己游历巴蜀,"归心"于佛教。在那里他写了一批释教
碑,如《益州绵竹县武都山净慧寺碑》、《益州德阳县善寂寺碑》、《梓
州兜率寺浮图碑》、《梓州慧义寺碑铭》、《梓州元武县福会寺碑》、
《彭州九陇县神怀寺碑》等。这些骈体碑文,典丽工赡,文字堪称上
乘。但其中说到"三千净土,八万名山……禅居不杂,觉路长闲",
"茫茫庶类,巍巍净土,鹅鹭同归,华夷共聚"②,等等,宣扬的是传统
的净土信仰,还不见新的禅思想的痕迹。他又作有《四分律宗记
序》,是晚年去南海省父前为名僧怀素《开四分律记》所作③。其时
怀素已是律学权威,王勃给他的著作作序,可知其佛学的修养和名
声。王勃又有《释迦如来成道记》,这是颂扬外国王子成道的佛传
作品。卢照邻一生同样多遭不幸,在蜀中与王勃相识,当时他也已
经倾心佛教。他作有《石镜寺诗》说:"铢衣千古佛,宝月两重圆。

①《梓州郪县兜率寺浮图碑》,《全唐文》卷一八四。
②《梓州慧义寺碑铭》,《全唐文》卷一八四;《梓州通泉县慧普寺碑》,《全唐文》
　卷一八五。
③据王勃《序》,谓为"西京太原寺索律师"作,此"索律师"姓氏、籍贯与怀素合;
　又据《宋高僧传》,怀素"至上元三年丙子归京,奉诏住西太原寺",则《序》中
　"索"为"素"之讹。

隐隐香台夜,钟声澈九天。"他游彭州,有《游昌化山精舍》诗:"宝地乘峰出,香台接汉高。稍觉真途近,方知人事劳。"①在益州他还作有《益州长史胡树礼为亡女造画赞》、《相乐夫人坛龛赞》等奉佛文字。他自承"晚更笃信佛法"②,而他的佛教信仰也全然是传统的。同样,陈子昂是唐代诗文革新运动的先驱,对后代文学发展产生巨大影响。他在《夏日晖上人房别李参军崇嗣序》里叙说自己的思想发展历程,说到"讨论儒、墨,探览真玄,觉周、孔之犹述,知老、庄之未悟。遂欲高攀宝座,伏奏金仙,开不二之法门,观大千之世界"③,明确表示自己曾研习儒、道,而最终皈依佛法的思路历程。他的《秋园卧病呈晖上人》诗里又说:"宿昔心所尚,平生自兹毕。愿言谁见知,梵筵有同术。"④本来他青年时期热衷于世事,曾一时得到武则天信重,怀抱壮志,直言敢谏,后来转向佛教,应与个人受到压抑的不幸遭遇有关,体现在他内心深处的仍是祈求个人救济的愿望。就是说,虽然唐初新的禅宗已经形成并在逐步发展,开始在朝廷内外扩展势力,但在文坛上还未见明显表现。对新禅法的接受并在文学创作中体现出来,需要一个较长的酝酿、消化过程,到开元年间才初露端倪。

　　前面有专章讨论杜甫和王维。在他们之前,著名文人创作中显露出新禅法的影响的,有孟浩然和李白。现在还不能发现他们两位与新兴禅宗某位知名禅师有联系(实际上当时主流社会中这一派禅师知名的还很有限),但是这个宗派的新观念在他们的作品里却已经有所体现。李白和孟浩然都是左右一代文坛风气的大诗人,他们的这种动向体现了思想和创作领域具有倾向性的变化,自然影响巨大。这一具有关键意义的转变,预示着新的禅宗宗派已

---

①《全唐诗》卷四二。
②《寄裴舍人遗衣药直书》,《全唐文》卷一六六。
③《陈子昂集》卷二第 37 页,中华书局,1960 年。
④《陈子昂集》第 43 页。

开始逐步深入地影响一代文人，推动其文学创作展现出新的境界。

　　孟浩然（689—740），字浩然，主要活动在所谓"开元盛世"。他的经历比较简单：三十六七岁以前一直在家乡度过隐居生活。曾短期到洛阳、长安、蜀中活动，晚年曾作贬为荆州长史的一代贤相张九龄的幕僚。他没有进士及第，也没有作过官，是盛世之下真正的布衣诗人。但他名声很大，一代文坛重要人物如李白、王维、李颀、王昌龄等都争与结交。应当注意的是，曾庇护他、也是他所支持的张九龄正是新禅宗的支持者；他的友人中有王维等熟悉、信仰禅宗的人物。他的创作主要是表现隐逸之趣的山水田园诗，继承和发展了陶、谢一派传统，境界清空淡远，语言简净明丽，开创了盛唐诗坛的重要一派诗风。而这种特征则是与禅的观念相通的。如他的名作《晚泊浔阳望香炉峰》：

　　　　挂席几千里，名山都未逢。泊舟浔阳郭，始见香炉峰。尝读远公传，永怀尘外踪。东林精舍近，日暮空闻钟。①

诗人遥望庐山香炉峰，追想东晋高僧慧远不事王侯的风范，对于高蹈绝尘的生活境界无限向往。这虽然表现的还是佛教观念的传统内容，但如王士禛评论说："诗至此，色相俱空，正如羚羊挂角，无迹可求，画家所谓逸品是也。"②这样的诗作显然已透露出新禅宗的心性观念。而如《题大禹寺义公禅房》：

　　　　义公习禅寂，结宇依空林。户外一峰秀，阶前众壑深。夕阳连雨足，空翠落庭阴。看取莲花净，方知不染心。③

这首诗所颂扬的义公，大概不是禅门中人，但诗人对于"不染心"的赞赏，同样明确体现了新禅宗所追求的自性清净心。孟浩然写佛

①《孟浩然集校注》第66页，人民文学出版社，1989年。
②张宗楠纂集《带经堂诗话》第71页。
③《孟浩然集校注》第158页。

教题材的优秀作品还有不少,如《寻香山湛上人》、《宿终南翠微寺》、《游明禅师西山兰若》、《登总持寺浮屠》、《过融上人兰若》等,大都表露对于佛教徒的清净生活、高蹈品格以及心性修持功夫的仰慕之情。他的诗集编者王士源总结他的生平和创作说:"浩然文不为仕,伫兴而作,故或迟;行不为饰,动以求真,故似诞;游不为利,期以放性,故常贫。"[1]如此平淡真切地抒写真性灵,已经展现出新禅宗影响诗坛的端倪。

李白(701—762)被认为是典型的道教诗人,俗称"诗仙",与"诗圣"杜甫、"诗佛"王维并列,在盛唐诗坛上鼎足而三。一般认为三个人的创作代表着盛唐时代诗歌创作不同的思想、宗教倾向。李白性格豪放不拘,不循常轨。他一生热心求仙访道,又击剑任侠,思想深处更潜藏着坚定的经世之志。而他对于佛教也密切接触并有相当的了解,新禅宗的影响在他的创作中也有踪迹可寻。宋人葛立方曾说:

> 李白跌宕不羁,钟情于花酒风月则有矣,而肯自缚于枯禅,则知淡泊之味贤于哜炙远矣。白始学于白眉空,得"大地了镜彻,回旋寄轮风"之旨;中谒太山君,得"冥机发天光,独照谢世纷"之旨;晚见道崖,则此心豁然,更无疑滞矣,所谓"启开七窗牖,托宿掣电形"是也。后又有谈玄之作云:"茫茫大梦中,惟我独先觉。腾转风火来,假合作容貌。问语前后际,始知金仙妙。"则所得于佛氏者益远矣。[2]

葛立方所引述的《赠僧崖公》诗,应作于"安史之乱"前游历江南时,其中叙述了自己的学佛经历。从中可以知道,李白习佛颇下过一番功夫。他早年出川游历佛教圣地庐山,写了一系列诗,其中如《庐山东林寺夜怀》:

---

①《孟浩然集序》,《孟浩然集校注》卷首。
②《韵语阳秋》卷一二,何文焕辑《历代诗话》下册第 576 页,中华书局,1981 年。

> 我寻清莲宇，独往谢城阙。霜清东林钟，水白虎溪月。天香生虚空，天乐鸣不歇。宴坐寂不动，大千入毫发。湛然冥真心，旷劫断出没。[1]

游历庐山圣境，使他感受良深，诗的结尾归结到对于湛然清净真心的体认，表明青年时期的李白对禅已经有相当深刻的体会。天宝初未入京前在当涂，他作《化城寺大钟铭》，赞颂"天以震雷鼓群动，佛以鸿钟惊大梦"[2]；他的《金银泥画西方净土变相赞》，是为湖州刺史韦景先的未亡人作，韦景先天宝十二载（753）任湖州刺史[3]，这是李白晚年所作的一篇宣扬净土信仰的文字；他结交禅侣，谈禅论道，发而为诗，有《自梁园至敬亭山见会公谈陵阳山水兼期同游因有此赠》、《赠宣州灵源寺仲濬公》、《秋夜宿龙门香山寺奉寄王方城十七丈奉国莹上人从弟幼成令问》、《别东林寺僧》、《将游衡岳过汉阳双松亭留别族弟浮屠谈皓》、《别山僧》、《送通禅师还南陵隐静寺》、《答族弟僧中孚赠玉泉仙人掌茶》、《寻山僧不遇作》等；他还写有《地藏菩萨赞》那样的纯粹的颂佛护法之作。而他自号为"青莲居士"，亦可见佛教在他的意识中占有相当地位。唐人范传正论及他求仙，说"好神仙非慕其轻举，将不可求之事求之，欲耗壮心、遣余年也"[4]，指出他热衷求仙访道别有寄托的内心隐衷。实际他对佛教的态度也大体类似。李白与僧侣赠答的诗，津津乐道东晋支遁与诸名士的交游，对慧远的高蹈作风表示企慕，表明他有意从佛教中寻求摆脱现实羁束、得到精神解脱的慰藉。如不单纯从形迹求，李白那种纯任主观、张扬个性、蔑视权威和传统的大胆狂放的作风与诗风正是与新兴的禅宗相契合的。

---

①《李太白全集》卷二三。
②《李太白全集》卷二九。
③郁贤皓《唐刺史考》第 4 册第 1705 页，江苏古籍出版社，1987 年。
④《唐左拾遗翰林学士新墓碑》，《李太白全集》卷三一《附录》。

以上两位著名诗人的例子,可以再次印证吉川幸次郎的说法:"唐诗形象的丰富与佛教所培养起来的幻想力不无关系。"①这种"幻想力"特别体现在心性的张扬和抒发方面,而这是与禅宗的影响有密切关联的。

三

"安史之乱"后,陆续有禅宗僧侣被召请入朝,显示了这个宗派对统治阶级上层的吸引力。而洪州宗兴盛起来之后,李唐王朝更以多种形式表示礼重与支持。这实际上反映了社会的、特别是士大夫阶层的思想动向。朝廷的行动是受到各级官僚推动的。

继神会之后,慧能法嗣南阳慧忠于上元二年(761)被召入内。开元中他居止均州武当山,刺史王琚曾问法,并上奏玄宗,由是"罢相、节使、王公、大人,罔不膜拜顺风,从而问道"。他入朝以后,曾得房琯引荐而一度为宰相的崔涣曾"从而问津,理契于心,谈之朝野。识真之士,往往造焉"②。他历肃、代两朝,倍受礼重,命为"国师"。大历十年(775)死,谥"大证禅师"。

"安史之乱"时江南地区较安定,以润州为据点的牛头宗得到了良好的发展条件。大历三年(768)代宗召鹤林玄素弟子径山法钦入内,"郑重咨问法要,供施勤至",并赐号"国一",因称"国一大师"。贞元八年(792)逝世,赐谥"大觉禅师"。

贞元十二年(796)唐德宗敕皇太子李诵(即顺宗)集诸禅师楷定禅门宗旨,遂立神会为第七祖,纳龙兴寺,敕置碑记,又御制七祖赞文③。这是朝廷正式干预禅门宗论,承认曹溪禅为正统,从而又一次显示了朝廷对禅宗的关注。

---

①《中国文学论》,《我的留学记》第178页,钱婉约译,光明日报出版社,1999年。
②《宋高僧传》卷九《唐均州武当山慧忠传》。
③宗密《圆觉经大疏钞》三之下。

　　在此以后不久,马祖道一弟子鹅湖大义被宦官、右神策护军中
尉霍仙鸣表为内道场供奉大德。这是现有记载中马祖弟子第一个
应召入内的,标识着洪州禅在朝廷势力的扩展。太子(即后来的顺
宗)李诵曾向大义问道。后顺宗继位,也就是在王叔文一派主政
时,由于"顺宗不康,大师遂归本郡。京师祖道者,自皇都及灞上,
车盖溢路。所至皆嚣傲耻革,刑狱用省,故郡守藩岳,无不请益"①。
值得研究的是,李诵还曾与马祖另一弟子佛光如满、石头希迁弟子
京兆尸利论道。他本是王叔文等人推行"永贞革新"的支持者,是
在这次政争中被篡夺了皇位的关键人物。他与洪州禅有如此密切
的关系,则洪州禅如何影响中唐政治就是一个值得探讨的问题。

　　佛光如满与顺宗论道只见于灯录记载,详情不清楚。宪宗继
位后,元和三年(808)诏章敬怀晖"入于章敬寺毗卢遮那院安
置……为人说禅要,朝寮名士,日来参问,复诏入麟德殿赐斋,推居
上座"②;元和四年,又诏兴善惟宽居安国寺,"五年,问道于麟德
殿"③。一时间洪州一系禅匠活跃于京师。关于兴善惟宽,白居易
的《传法堂碑》提供了旁证。

　　这一时期还兴起为已故禅师请谥立碑的风气。当年神秀、普
寂等北宗一系禅宿,生前名声倾动朝野,死后往往蒙朝廷赐予谥
号,又有门人为树碑铭,如普寂曾在嵩山为神秀树碑。但广泛的请
谥和追谥,则特别兴盛于马祖门下。这种行动大都不出于朝廷的
主动,而是地方官策划奏请的。从中既可看到洪州禅的社会影响,
但也可看到上层官僚对它的态度。仅据《宋高僧传》的记载:

────────────

①韦处厚《兴福寺内道场供奉大德大义禅师碑铭》,《全唐文》卷七一五。《碑
　铭》中说到大义为"右神策护军霍公"表闻入内,据《旧唐书》卷一八四《宦者
　传》:"贞元十二年六月特立护军中尉两员……以帅禁军,乃以……(霍)仙鸣
　为右神策护军中尉……"
②《宋高僧传》卷一〇《唐雍京章敬寺怀晖传》。
③《宋高僧传》卷一〇《唐京兆兴善寺惟宽传》。

宪宗朝追谥六祖慧能为大鉴禅师，这有柳宗元、刘禹锡的两篇碑文为证。

又追谥马祖道一为大寂禅师，包佶为碑记述；包佶碑不存，今存权德舆《塔铭》。

马祖弟子西堂智藏，有李兼、齐映、裴通"皆倾心顺教"；死后"谏议大夫韦绥追问藏言行，编入图经；太守李渤请旌表。至长庆元年，谥大觉禅师云"。李渤表文不存。

章敬怀晖"敕谥大宣教禅师，立碑于寺门，岳阳司仓贾岛为文述德焉"。贾岛曾为普州司仓参军，文不存。

兴善惟宽谥大彻禅师，塔号元和正真。白居易有《传法堂碑》，受弟子请托而作。

百丈怀海追谥大智禅师，塔曰大胜宝轮之塔。今存陈诩《唐洪州百丈山故怀海禅师塔铭》。

汾州无业死后，"州牧杨潜得僧录准公具述其事，遂为碑颂，敕谥大达国师，塔号澄源"。

东寺如会，有刘轲"著碑焉。敕谥传明大师，塔曰永际"。刘轲多作释教碑，但禅宗碑均佚。

丹霞天然，亦由"刘轲撰碑纪德焉。敕谥智通禅师，塔号妙觉"。

芙蓉太毓，"太和二年，相国韦处厚素尚玄风，道心惇笃，以事奏闻。天子爰降德音，褒以殊礼，追谥号塔名。越州刺史陆亘摛翰论谟焉"。陆亘为洪州禅信徒，碑不存。

监官齐安，宣宗"敕谥大师曰悟空，乃以御诗追悼；后右貂卢简求为建塔焉"。

以上只是马祖弟子一辈的部分情况，可知官府与朝廷是如何重视与张扬洪州禅的。

官僚社会礼重与信仰洪州禅也有一些典型例子。特别是江南禅宗发达地区的地方官，多与禅僧有关系。刘禹锡送友人、"禅客学禅兼学文"的鸿举有诗说："钟陵八郡多名守,半是西方社中友。"①钟陵即南昌县,为洪州治所;钟陵八郡即江西观察使下属洪州(豫章郡)、饶州(鄱阳郡)、虔州(南康郡)、吉州(庐陵郡)、江州(浔阳郡)、袁州(宜春郡)、信州(饶州郡)、抚州(临川郡)八州,正是洪州宗兴盛地区;所谓"西方社中友"是引用慧远结社典故。刘禹锡的诗道出了一时的社会风气。以下举几个例子。

崔群为宪宗朝宰相,是白居易的好友,曾与白居易、钱徽等一起习禅。元和末年为湖南观察使。当时洪州法门鼎盛,长沙东寺号为禅窟。崔群慕东寺如会之风,"来谒于门,答对浏亮,辞咸造理,自尔为师友之契"。他向药山惟俨问道也应是在这一时期。晚年为宣歙观察使,对常州义兴芙蓉山太毓"深乐礼谒,致命诚请;毓以感念而现,大悲为心,莫不果欲随缘,游方顺命"②。

裴休是宣宗朝宰相,史称"家世奉佛,休尤深于释典。太原、凤翔近名山,多僧寺,视事之隙,游践山林,与义学僧讲求佛理。中年后不食荤血,常斋戒,屏嗜欲,香炉贝典,不离斋中,咏歌赞呗,以为法乐。与尚书纥干臯皆以法号相字"③。实际他主要是与禅宗关系密切。其为太原尹是在大中十三年(859)。而早在此以前,即得法于百丈怀海弟子、临济宗创始人义玄的本师黄檗希运。希运曾在洪州高安县(唐初一度置筠州)鹫峰山(后改名黄檗山)建寺弘法,裴休会昌二年(842)为江南西道都团练观察使守洪州时,"自山迎至州,憩龙兴寺,旦夕问道";大中二年(848)转宣歙观察使到了宣州,"复去礼迎至所部,安居开元寺,旦夕受法"④。希运的说法记录即《筠州黄檗山断际禅师传法心要》和《黄檗断际禅师宛陵录》。裴休又与圭峰宗密交好。宗密"大和二年(828)庆成节,征入内殿问

---

① 《送鸿举师游江南》,《刘宾客文集》卷二九。
② 《宋高僧传》卷一一《唐长沙东寺如会传》、《唐常州芙蓉山太毓传》。
③ 《旧唐书》卷一七七《裴休传》。
④ 裴休《筠州黄檗山断际禅师传法心要序》。

法要,赐紫方袍为大德",居终南山草堂寺,在朝野均很活跃,与白居易、刘禹锡等均有交谊。裴休自称与他"于法为昆仲,于义为交友,于恩为善知识,于教为内外护"①。裴休曾为宗密《华严原人论》和《禅源诸诠集》作序,亦可见他的佛学和禅学修养。宗密于会昌元年(841)死。宣宗时追谥定慧禅师,塔号青莲,裴休为其写了《圭峰禅师碑铭》。

与裴休同时的还有陆亘。他大和三年(829)任越州刺史、浙东观察使,曾为芙蓉太毓撰碑。大和七年转宣州刺史、宣歙观察使,又曾向池州南泉普愿问法,申以师礼。灯史中把他列为南泉普愿法嗣。

以上举出三个人,都是官僚支持禅宗的代表人物。实际上的情形是更为普遍的。如上述任江西观察使的李兼以及后来德宗朝为相的权德舆,都是禅宗的热烈崇信者。在唐代初年以萧瑀为代表的奉佛贵族还主要是造寺供僧,礼佛读经,以至出家为僧②。就是到了代宗朝时,有王缙、元载、杜鸿渐等三个有名的佞佛宰相,其中"缙尤甚,不食荤血,与鸿渐造寺无穷";元载则向代宗言报应之事,代宗"深信之,常于禁中饭僧百余人",并崇信密宗和尚不空,至使"中外臣民承流相化,皆废人事而奉佛"③。这还都是轮回果报的佛教迷信。当然,以后统治阶级间的这类迷信活动仍然很兴盛,如宪宗朝、懿宗朝之奉迎佛骨即为著例。但从思想潮流的趋向而言,中晚唐官僚士大夫的兴趣显然转向了禅宗,裴休等人就是这种倾向的代表人物。

这里还应补充一个有趣的事实,李吉甫曾写过《杭州径山寺大

①裴休《圭峰禅师碑铭》,《全唐文》卷七四三。
②参见爱宕元《隋末唐初における蘭陵蕭氏の佛教受容》,福永光司编《中國中世の宗教と文化》,京都大学人文科学研究所,1982年。
③《资治通鉴》卷二二四《唐纪四十·代宗大历二年》。

觉禅师碑铭》，即国一国师法钦碑，其中说自己"连蹇当代，归依释流"①，似对佛教有所信仰。其子李德裕，武宗朝为相，是"会昌毁佛"的主持人之一。但他又曾为鹤林玄素请谥号，今存《请宣赐鹤林寺僧谥号奏》，见《全唐文》卷七〇一。李德裕曾三度为浙西观察使住润州②，该文应是其中某一次所作。这个事实透露出一个信息，即毁佛的立场与当时礼重禅宗的风气并不是绝对对立的。甚至可以引申一步，洪州禅的发展从一定意义上是对毁佛给予了思想上的启示。在唐代佛教各宗派中，唯独禅宗经会昌毁佛未受大的影响，由此也可看出一些道理。起码应当承认，洪州禅的自由开阔的思想使得更多的人可以接受它，这对它的发展是起了保证作用的。

四

　　以下，简述中晚唐文人与禅宗的关系。时限上略为提前，从活动在"安史之乱"前后的李华、独孤及等人讲起，以与第三章王维与杜甫相衔接。

　　中唐古文家梁肃讲唐代散文发展，提出"文章三变"之说，在陈子昂、张说之后，说到"天宝已还，则李员外（华）、萧功曹（颖士）、贾常侍（至）、独孤常州（及）比肩而出，故其道益炽"③。今人也把李华等看作中唐"古文"大盛的先驱。其中李华、独孤及与禅宗有密切关系。唐代古文运动的发展与佛教、特别是禅宗的关联，是个值得探讨的课题。

　　李华（715—774）论文，主宗经、教化的儒家观念，但他亦素习

①《杭州径山寺大觉禅师碑铭》，《全唐文》卷五一二。
②据《旧唐书》本纪，时为穆宗长庆元年九月至敬宗大和三年七月，大和八年十一月至九年四月，文宗开成元年十一月至二年五月。
③《补阙李君前集序》，《全唐文》卷五一八。

佛教。特别由于在"安史之乱"中受伪署贬官,避居江左,更"事浮图法,不甚著书"①。他宣扬"五帝三王之道,皆如来六度之余也"②,自己亦多撰写释教碑志。他写过密宗代表人物善无畏、天台宗左溪玄朗以下的杭州龙泉寺道一、衢州龙兴寺体律师、荆州大云寺慧真、扬州龙兴寺怀仁等人碑铭,表明他对教门有深入了解。但他自认"尝闻道于径山",即问法于鹤林玄素。玄素死于天宝十一载(752),李华亲近鹤林应在青年时期。他所写的《润州鹤林寺故径山大师碑铭》③,是现在文献中第一篇正式介绍牛头系的文字。其中介绍玄素教法:"夫盗隐其罪,虎慈其子,仁与不仁,皆同佛性。无生无灭,无去无来。今浊流一澄,清水立现,诸佛度我,我亦度之。""境因心寂,道与人随,杳然元默,湛入无为。性本非垢,云何净除。身心宴寂,大拯沦胥。内光无尽,万境同如。"这正是牛头禅绝观忘守、无得正观的禅思想,与《绝观论》等敦煌资料可以互相印证。在文章中他还记录了自达摩经三世到道信,然后依次传慧融、智俨、慧方、法持、智威、玄素的法系,可知慧融得法道信的传说当时已经形成。

关于禅宗的法系,李华在《故左溪大师碑》中有一段记述。碑作于天宝十三载(754),可见当时的一种看法:

> 佛以心法付大迦叶,此后相承凡二十九世。至梁、魏间,有菩萨僧菩提达摩禅师,传《楞伽》法,八世至东京圣善寺宏正禅师,今北宗是也。又达摩六世至大通禅师,大通又授大智禅师,降及长安山北寺融禅师,盖北宗之一源也。又达摩五世至璨禅师,璨又授能禅师,今南宗是也。又达摩四世至信禅师,信又授融禅师,住牛头山,今径山禅师承其后也。至梁、陈间,

①《新唐书》卷二〇三《文艺传》。
②《台州乾元国清寺碑》,《全唐文》卷三一八。
③《全唐文》卷三二〇。

有慧文禅师学龙树法,授惠思大师,南岳祖师是也。思传智者
大师,天台法门是也……①

从这里我们知道当时北宗除神秀一宗之外,还有宏正禅师一系,并
被视为正统;而文中以慧能直承僧璨,说明传说中的僧璨这一人物
的位置仍未固定,当时身在长安的李华对慧能一系的情况还少有
了解。把天台宗与禅宗等列,视为佛陀所传"心法",从禅史的观点
看还是有一定道理的。

李华还为死于永泰二年(766)的北宗和尚法云写过碑文,其中
也记有禅宗法系:

> 自菩提达摩降及大照禅师,七叶相乘,谓之七祖,心法传
> 示,为最上乘。南方以杀害为事,北方多豪右犯法。故大通在
> 北,能公在南,至慈救愍,曲无不至。

这里并叙南、北二宗,以北宗七祖传承为正统,是北宗的看法。文
中讲到法云到嵩颍求法于大照普寂,然后传教江南,"江表禅教,有
大照之宗焉"②,是有关北宗传播的又一项史料。

独孤及(725—777)文章与李、萧齐名。他曾游于李华之门;又
受房琯器重,以为有非常之才。顺带提及,李华也有祭房琯文;李、
独孤与房琯的交谊,或许与对禅宗的共同兴趣有关。独孤及有《诣
开悟禅师问心法次第寄韩郎中》诗说:

> 障深闻道晚,根钝出尘难。浊劫相从惯,迷途自谓安。得
> 知身垢妄,始喜额珠完。欲识真如体,君尝法味看。③

从这里可知独孤及习禅情形。

独孤及在大历七年(772)于舒州刺史任上,曾作有《舒州山谷

---

①《故左溪大师碑》,《全唐文》卷三二〇。
②《润州天乡寺故大德云禅师碑》,《全唐文》卷三二〇。
③《全唐诗》卷二四七。

寺觉寂塔隋故镜智禅师碑铭》。这是为淮南节度使张延赏上状朝廷、朝廷册谥三祖僧璨号镜智、塔名觉寂而作。主持其事者即为前引李华文中已见到的北宗宏正禅师。文中说："及尝味禅师之道也久"，则独孤及所信向者为北宗。文章开始介绍传说中的僧璨其人及其法要："其教大略以寂照妙用摄群品，流注生灭观四维上下，不见法，不见身，不见心，乃至心离名字，身等空界，法同梦幻，亦无得无证，然后谓之解脱。禅门率是道也。"这是独孤及的理解，已有牛头禅无心绝观的意味在内。这样，他是把整个禅宗统一到北宗上来的。文中讲禅宗法系，是达摩以下，依次传慧可、僧璨、道信，"其后信公以教传宏忍，忍公传惠能、神秀。能公退而老曹溪，其嗣无闻焉。秀公传普寂，寂公之门徒万人，升堂者六十有三。得自在慧者一曰宏正。正公之廊庑，龙象又倍焉。或化嵩洛，或之荆吴。自是心教之被于世也，与六籍侔盛"①。这里是坚持普寂所主张的北宗法统，从中可以看出在南宗灯史上被抹杀的北宗发展情况。其中说到慧能后嗣无闻，也没有提到怀让和希迁，与其它材料印证，可看作是当时的实情。

　　如上一再指出，僧璨本是传说人物。北宗和尚表彰僧璨，意在树立自己的传统，以与神会所立六祖传承相对抗。有趣的是，房琯曾作《六叶图序》，以支持神会的祖统说；而独孤及文中亦提到隋薛道衡与房琯曾作僧璨碑。薛碑史无踪迹，当然是伪撰；房碑可能也是伪托的。在神秀弟子这一次争祖统的斗争中，独孤及参与其间作出了努力。但这已是北宗一系发展的衰微时期了。独孤及又有《登山谷寺上方答皇甫侍御卧疾阙陪车骑之后》诗，其中有句曰"法王身相示空棺"②，注曰"禅门第三祖粲大师遗塔在此坊，天宝中，别驾李常开棺取金身荼毗，收舍利，重起塔供养"，此事《碑铭》中亦曾

①《全唐文》卷三九〇。
②《全唐诗》卷二四七。

提及,不过是禅门所传逸事而已。

五

在唐诗发展史上,杜甫死于大历五年(770)、元结死于大历七年(772),因此大历纪元开始,可看作是诗歌"盛唐时期"结束的标志,此后即进入了以"大历十才子"为代表的"大历时期"。这一时期的成绩,比起以李、杜等伟大人物为代表的前一时期和元、白、韩、孟、刘、柳等人活跃的"中唐"诗坛,在形势上是个低谷;但作为一个过渡期,成就也是不可低估的。"大历十才子"按初出文献姚合的《极玄集》卷上,是李端、卢纶、吉中孚、韩翃、钱起、司空曙、苗发、崔洞(峒)、耿沣、夏侯审等十人,但宋人所列名单则多有出入。这"十才子"中,有的人如钱起、韩翃的活跃期已远超出大历纪年之外①。另外在大历期间活动并取得较大成就的还有刘长卿、韦应物、顾况、李益诸人(这些人活动期间都不限于大历)。所以如总观这一期的诗坛面貌,创作相当丰富,风格上差异很大,是不可简单地加以概括的。

从这一期的禅宗发展看,也表现出过渡的性质。荷泽神会的活动结束后,虽出现了南阳慧忠、径山道钦等被尊礼为"国师"的禅宿,但禅思想却没有大的突破。马祖道一虽已在江南活动,却还没有造成大的影响。但禅宗对于文人的影响却在深入之中。诗坛上更普遍地表现出对禅宗的兴趣。所以这也是诗、禅进一步交流与结合的时期。可举出一些例子说明:

韦应物(737—792?)有《听嘉陵江水声寄深上人》诗,历来被评价为深得禅趣之作。这个深上人本是曹溪弟子。韦又有《诣西

---

①关于"大历十才子",《新唐书》卷二〇三《文艺下·卢纶传》记述与《极玄集》同。宋人多有异说,亦有把郎士元、李益、皇甫曾、李嘉祐、吉顼、冷朝阳等列入"十才子"的。

山深师》说:"曹溪旧弟子,何缘住此山。世有征战事,心将流水闲。"①即为其人。韦天宝末为侍卫玄宗的三卫郎,"安史乱起",曾扈从奔蜀,这两首诗即应作于此后。他对曹溪禅法是早有了解的。

顾况(? —806后)有《归阳萧寺有丁行者能修无生忍担水施僧况归命稽首作诗》,这位他所"归命"的丁行者被比拟为慧能:"曹溪第六祖,踏碓逾三年。"②在敦煌本《坛经》中,慧能说"我在此踏碓八个余月",这里作"三年",显然是另一种传说。

钱起交往中有震上人,他的《归义寺题震上人壁》说"仍闻七祖后,佛子继调御"③。这位震上人或许是普寂弟子。

李端晚年辞官隐于衡山,自号衡岳幽人。衡岳为南方禅门活动中心地之一。他有《赠衡岳隐禅师》诗,中云:"旧住衡州寺,随缘偶北来。夜禅山雪下,朝汲竹门开。"④"隐禅师"即南岳慧隐,嗣法降魔藏,为神秀隔世法嗣。与柳宗元交好的龙安如海即曾学于慧隐⑤,可知他是一位有相当影响的人物。

司空曙亦有《赠衡岳隐禅师》诗,应与李端赠诗者为同一人。司空曙曾为剑南节度使幕僚,其《深上人见访忆李端》⑥诗中的深上人,应即是韦应物结交的曹溪弟子深上人。他的《寄卫明府常见短靴褐裘又务持诵是以有末句之赠》中说"翠竹黄花皆佛性",所谓"青青翠竹,尽是法身;郁郁黄花,无非般若"是禅门套语⑦。李端又

---

①《全唐诗》卷一八七、卷一九二。
②《全唐诗》卷二六四。
③《全唐诗》卷二三六。
④《全唐诗》卷二八五。
⑤柳宗元《龙安海禅师碑》,《柳河东集》卷六。
⑥《全唐诗》卷二九三。
⑦见《神会语录》、慧海《顿悟要门》、《祖堂集》卷一五《归宗和尚章》。南宗禅多
　是批判这一比喻的。

曾称赞司空曙"素有栖禅意"①。

　　李端有《书志赠畅当》诗，序云："吾少尚神仙，且未能去。友人畅当以禅门见导，余心知必是。"②可知他与畅当都是归心禅门的。

　　耿沣有《赠隐公》诗，可能也是南岳慧隐，结句说"今日忘尘虑，看心义如何"。又有《诣顺公问道》诗说："方便如开诱，南宗与北宗。"③可知这位顺公亦属禅宗，耿沣则对南、北二宗都有所了解。

　　卢纶《送静居法师》诗中说："九天论道当宸眷，七祖传心合圣踪。"则这位静居法师曾入内说法，并且是七祖（大体为北宗）门人。他又有《题嘉祥殿南溪印禅师壁画影堂》④，南溪印禅师即为神会法嗣益州南印。

　　这一时期诗人的作品中写与禅师交往或过访僧院、表现禅趣的作品很多，以上列举的只是可确考为与禅门某人有关系的。由于以后的灯史出于洪州一系笔下，这个时期北宗、荷泽、牛头等系的材料大部佚失，考察文人的习禅活动也就有一定困难。但仅据以上片断事实，亦可见出当时文坛对禅宗是如何热衷了。

六

　　贞元、元和年间，唐代文学又迎来了一个繁荣期。以"古文运动"的高潮和"新乐府运动"的形成为中心，这一时期的文坛中诗歌、散文、传奇小说都呈现出名家辈出、百花齐放的局面；新兴的曲子词也有了长足的发展。如果仅就唐代文学的代表样式诗歌讲，

---

①《忆故山赠司空曙》，《全唐诗》卷二八六。
②《全唐诗》卷二八五。
③《全唐诗》卷二六八。
④《全唐诗》卷二七六、卷二七九。

这一时期的成就当然逊于盛唐；但如就创作体裁的丰富与风格的多样说，这一时期的文学却足可与盛唐媲美并具有多方面的特色。而值得注意的是，这时又正是洪州禅大发展并形成为禅宗主流的时期。正如盛唐文学的发展高峰伴随着禅宗的一次大发展一样；这一时期文学的繁荣也正与禅宗发展历史上的巨大转折相呼应。这其间的关系是可以多方面探讨的。

下面，继续考察中唐时期文人与禅宗相交往的情况。这一节讨论柳宗元。"古文运动"的另一位领袖人物韩愈另述。

柳宗元（773—819）是古文家、诗人，又是政治家、思想家。他的多方面的活动受到禅宗的影响。他对待禅宗以至整个佛教的态度，表现出清醒的批判的、分析的立场，与他进步的政治与思想倾向是相一致的。

柳宗元与韩愈并列为"古文运动"的双星，但他思想上与韩愈力主辟佛不同，而是主张"统合儒释"的。他自陈"自幼好佛，求其道，积三十年"（《送巽上人赴中丞叔父召序》,《集》二十五）①。这是他在永州送友人重巽应湖南观察使柳公绰之召赴潭州（今湖南长沙市）时所写的，其时不到四十岁②，则他"好佛"始自十岁左右。根据史料考察，他十一二岁时曾随父亲柳镇赴夏口（今湖北武昌）李兼幕任所，贞元元年（785）十三岁时又转洪州。李兼是他后来妻子的外祖父，又是佛教信徒。当时洪州正是马祖弘法之地。柳镇的朋友权德舆亦为马祖俗弟子。可以推测柳宗元最初接触的佛教就包括洪州宗。

柳宗元作为思想家，对儒、墨、名、法、纵横等各家各派是广取博收的。他不拘守某一家的门户之见，主要以"有益世用"为评价

---

①本节柳文，均据中华书局据世綵堂本断句排印《河东先生集》，1960年。
②《旧唐书·宪宗纪上》：元和六年六月，"甲申，以御史中丞柳公绰为湖南观察使"。《宪宗纪下》：元和八年十月，"庚寅，以湖南观察使柳公绰为岳鄂沔蕲安黄观察使"。

标准。特别是他接受了啖助、陆质新"春秋学"的观点和方法[①]，培养了批判分析的、理性主义的立场。他也是从"有益世用"的角度来看待佛教，对佛教的推重也不局限在哪一宗派。佛教史上往往把他列入天台宗法系之中，这是因为他在永州结识的重巽是天台九祖荆溪湛然的再传弟子[②]。实际上从他的文字看，涉及到天台、律、净土、禅诸多宗派，他习佛的态度是很开阔的。又由于他在文章中对当时的禅风有尖锐的批评，或以为他是反对禅宗的。实际上全面分析他与禅宗的关系和涉及禅宗的见解，再考虑到他的儒释调和的立场和反天命、反迷信的思想倾向，佛教诸宗派中禅宗倒是与他最接近的。

　　贞元十八年（802）他刚中举不久，在蓝田尉任上即作有《南岳弥陀和尚碑》[③]。文中说弥陀和尚承远"始学于成都唐公，次资川诜公，诜公学于东山忍公，皆有道；至荆州，进学玉泉真公"（《集》六）。成都唐公即资州德纯寺处寂，他俗姓唐，绵州人；资川诜公即弘忍弟子智诜，此二人是蜀中保唐宗的开创者[④]。而荆州玉泉寺是神秀传法地，真公亦应是北宗门人。

　　贞元末年柳宗元在长安作《送文畅上人登五台遂游河朔序》（《集》二十五）。文畅是诗僧，与文人多有交游，是马祖门下南泉普

----

①参阅拙作《陆质的〈春秋〉学和柳宗元的"大中之道"》，中国社会科学院哲学研究所编《中国哲学史论文集》二辑，上海人民出版社，1980年。又户崎哲彦《唐代中期の文學と思想——柳宗元とその周辺——》，《滋賀大學經濟學部研究叢書》第十八号，1990年3月。
②志磐《佛祖统纪》卷四一、卷四九。志磐是天台学人。
③欧阳修《集古录跋尾》卷一六著录此碑为"元和五年"，不详所据。又吕温有《南岳弥陀寺承远和尚碑》（《吕衡州集》卷六），或许认为吕碑为元和五年任道州刺史时作，连类推定了柳碑年代。
④参阅柳田圣山校注《歷代法寶記》。

愿弟子①。

元和三年柳宗元在永州作《龙安海禅师碑》,碑中说龙安如海"北学于惠隐,南求于马素"(《集》六)。惠隐嗣降魔藏,属北宗,已见前;马素即鹤林玄素,俗姓马,亦称"马祖",他是开元、天宝年间人物。实际上道一称马祖是借用了他的尊号。又据刘禹锡《袁州萍乡县杨岐山故广禅师碑》②,如海是乘广弟子;而乘广依荷泽神会得法。则龙安如海曾广参禅门各家。柳宗元《送僧浩初序》(《集》二十五)和《浩初上人见贻绝句欲登仙人山因以酬之》(《集》四十二)中的浩初,即是如海弟子。而柳宗元后诗作于柳州,那么他与浩初交谊相当长久。

柳宗元初到永州,居于龙兴寺,后徙法华寺。时有荆州僧文约,与他"联栋而居者有年"。刘禹锡曾说文约"生悟而证入,南抵六祖初生之墟,得遗教甚悉"③。当时丛林中已盛行巡礼祖迹的风气,文约曾到曹溪求法,当然是南宗弟子。后来柳宗元刺柳州时,文约到连州访问刘禹锡,曾忆及与柳的交谊,刘诗中有"话旧还惆怅,天南望柳星"之句。当时不少诗僧往来刘、柳等贬官南荒的著名文人之间。浩初亦曾到连州见过刘禹锡。又有僧方及则过连州赴柳州见柳宗元,刘禹锡赠诗说"远郡多暇日,有诗访禅宫",似亦为禅门中人④。

柳宗元与禅宗关系中的重要事实,还有晚年在柳州作《曹溪第六祖赐谥大鉴禅师碑》。元和十年(815)柳宗元被自永州召回,旋即出为柳州刺史。时岭南节度使马总上疏朝廷请赐六祖慧能谥号,敕谥大鉴禅师,塔曰灵照之塔。这是又一次表彰南宗祖师的活

---

①参阅《宋高僧传》卷一一《唐池州南泉院普愿传》。南泉普愿卒于大和八年(834),文畅从之或在其晚年。

②《刘宾客文集》卷四。

③《赠别约师》,《刘宾客文集》卷二九。

④《海阳湖别浩初师》、《送僧方及南谒柳员外》,均见《刘宾客文集》卷二九。

动。柳碑是王维以后又一篇唐人所作慧能碑，以后刘禹锡亦另有
一碑。在这篇作品中，柳宗元再一次强调儒、释调和的观点，明确
地表现了他对禅的理解与赞赏，可视为他的禅观的晚年定论。苏
轼对此碑评价甚高，也是从统合儒、释的角度着眼，他说："柳子厚
南迁，始究佛法，作《曹溪》、《南岳》诸碑，妙绝古今。而南华今无刻
石者。长老重辩师，儒、释兼通，道学纯备，以谓自唐至今，颂述祖
师者多矣，未有通亮简正如子厚者。盖推本其言，与孟轲氏合，其
可不使学者昼见而夜诵之，故具石请予书其文。"①

但柳宗元对禅宗亦多有批评，内容大致可归纳为三点。

第一点，他不满于禅宗发展中的派系纷争。他在《龙安海禅师
碑》中引用如海的话说：

> 由迦叶至师子，二十三世而离，离而为达摩。由达摩至
> 忍，五世而益离，离而为秀、为能。南、北相訾，反戾斗狠，其道
> 遂隐。呜呼，吾将合焉。②

在铭文里也有指责"空、有互斗，南、北相残"的话。柳宗元还不能
了解禅宗史发展中新宗派出现的意义，因而把各派斗争看作是无
原则的纷争，认为这种纷争使大道隐没不彰。但也不可否认禅宗
内部宗派之争确有不少是互相攻讦之言；而柳宗元采取搜泽融液
的会通态度，要求把握佛教中最为深奥的禅的本质，也有一定的道
理。从以上他对各禅师的记述看，他是平等地对待禅宗各派的。

第二点，他批评当时禅宗思想在体、用关系上往往各走极端：

> 今之言禅者，有流荡舛误，迭相师用，妄取空语，而脱略方
> 便，颠倒真实，以陷乎己，而又陷乎人；又有能言体而不及用

---

① 《书柳子厚大鉴禅师碑后》，《东坡后集》卷一九。
② 这里提出自迦叶至达摩二十四代传承，表明此时二十八代说仍未定型。二
　十四代是魏吉迦夜与昙曜译《付法藏因缘传》的说法，为智顗《摩诃止观》所
　袭用。柳宗元的记载正暗示了二十八代说形成的过程。

者,不知二者之不可斯须离也,离之外矣,是世之所大患也。(《送琛上人南游序》,《集》二十五)

这里是说,禅宗中或有人谈空太过而不及体,或言体而不及用。注重体、用关系的协调正是中国思维的特色。这里表现了他对禅思想发展越来越强调无心无作而走向虚无主义的不满。

第三点,他特别不满禅门中戒律荡然,风纪败坏。他在《龙安海禅师碑》中说佛教发展近二千年,"传道益微,而言禅最病。拘则泥乎物,诞则离乎真。真离而诞益胜。故今之空愚失惑、纵傲自我者,皆诬禅以乱其教,冒于闇昏,放于淫荒"。在《送方及师序》中批评"文章浮屠,率皆纵诞乱杂"(《集》二十五),是"假浮图之形以为高","托文章之流以为放",这也多是指禅门人物。在《东海若》一文中,他批评那种认为净、秽一如,落于"无善无恶,无因无果,无修无证,无佛无众生"的一切"皆无"(《集》卷二十)的观点,而要求"去群恶,集万行,居圣者之地,同佛知见"。因为柳宗元是主张真乘法印与儒典并用而有益于世的,对于禅门戒律不修从而失去了修养、教化意义当然是反对的。

如上所述,柳宗元对禅宗的批评相当尖锐,在某些点上亦相当深刻(如关于体、用关系问题),但他并不是根本反对禅宗的。他明确肯定佛教有以佐世,而"浮图之修,其奥为禅"(《龙安海禅师碑》)。他主要从两个方面肯定禅宗。

一是在有助于圣人之教方面。他在《大鉴禅师碑》中说佛教教义是"推离还源,合所谓生而静者"。"人生而静,天之性也"是《礼记·乐记》的说法,是儒家"性善论"的一种表达方式,柳宗元把它与禅宗的心性本净说统一起来。说到慧能的教义,他说:"其道以无为为有,以空洞为实,以广大不荡为归。其教人,始以性善,终以性善,不假耕锄,本其静矣。"在铭辞中又说:"生而性善,在物而具,荒流奔轶,乃万其趣。匪思愈乱,匪觉滋误,由师内鉴,咸获于素。不植乎根,不耘乎苗,中一外融,有粹孔昭。"(《集》六)这就把禅宗建立在般若空观之上的净心说与儒家"性善论"和"致诚返本"说等同起来了。柳宗元和韩愈争论佛教的价值，也说"浮图诚有不可斥者，往往与《易》、《论语》合。诚乐之，其于性情奭然不与孔子异道"。并进而用为浮图之法者与争名逐利的社会风习对比："且凡为其道者，不爱官，不争能，乐山水而嗜闲安者为多。吾病世之逐逐然唯印组为务以相轧也，则舍是其焉从？"（《送僧浩初序》，《集》二十五）这里的浮图当然包括禅宗。这也可以看作是他从佛教的、禅的立场进行的社会批判。

　　二是在宇宙观方面。他吸收禅的反迷信、反权威的观念，用以支持自己的元气一元论的唯物思想。禅宗对自性的肯定，必然导致对外在的一切绝对的否定。柳宗元引用龙安海禅师的《安禅通明论》的观点说："推一而适万，则事无非真；混万而归一，则真无非事。推而未尝推，故无适；混而未尝混，故无归。块然趣定，至于旬时，是之谓施用；茫然同俗，极乎流动，是之谓真常。"这里把"真"与"事"看作"体""用"关系，否定任何主宰、偶像对万物的作用。在《南岳弥陀和尚碑》里他又说："一气回薄茫无穷，其上无初下无终。离而为合蔽而通，始末或异今焉同。虚无混冥道乃融，圣神无迹示教功。"（《集》六）这表明他所谓"真"不过是"一气"的流转。禅宗思想的否定精神帮助他树立起这种元气一元论的宇宙观。

　　这样，对于禅宗的积极的心性论，柳宗元使之与儒家性善论相合；对于禅宗的消极的偶像批判，他借以支持元气一元论的唯物观念。这显示了柳宗元对待禅宗的独特姿态。无论是对禅宗的批评，还是对它的肯定，柳宗元的立足点又都超出了宗派之争的范围，也超出了儒、释之争的范围。由于他能站在这样较超然的立场上，在从"统合儒释"的角度来认识与借鉴禅宗思想上也就取得了特殊成就。在这方面，唐代是没有人能够超过他的。

七

以下,继续考察中、晚唐另一些文人与禅宗的关系,仍依据直接相关的文字材料。

刘禹锡(772—842)在中唐文坛上是一位有多方面贡献的重要人物。他早年与柳宗元结好,共同参加了"永贞革新",在政坛上同进退;后来又与韩愈、令狐楚等有密切交谊。他早年的习禅活动与柳宗元有关系。如前述贬连州时访问他的南宗僧侣文约、浩初都是柳宗元的友人。在柳宗元写《大鉴禅师碑》三年后,僧道琳等又由曹溪来连州,请刘禹锡写了《大唐曹溪第六祖大鉴禅师第二碑》。同时他还写了辨佛衣不传之旨的《佛心铭》。这当然是根据南宗传说写成的。《第二碑》中赞颂慧能说:

> ……去佛日远,群言积亿,著空执有,各走其域。我立真筌,揭起南国,无修而修,无得而得。能使学者,还其天识,如黑而迷,仰见斗极……①

这里的"天识"即指"自性"。他指明"还其天识"即"见性"是超越空、有二宗的"真筌",从而把禅宗提到高出教门的位置。在此以前的元和二年(807),他在朗州还应僧还源之请写《袁州萍乡县杨岐山故广禅师碑》,碑主乘广,嗣法荷泽神会。其中引用乘广的话说:

> 机有浅深,法无高下。分二宗者,众生存顿、渐之见;说三乘者,如来开方便之门。名自外得,故生分别;道由内证,则无异同。

这里不只沟通南、北二宗,而且认为教门也是方便说法。这是与柳

①《刘宾客文集》卷四。

宗元同样的会通观念。在铭文中则说：

> 如来说法，遍满大千，得胜义者，强名为禅。至道不二，至言无辩，心法东行，群迷丕变……愿力既普，度门斯盛，合为一乘，散为万行。即动求静，故能常定，绝缘离觉，乃得究竟。生非我乐，死非我病，现灭者身，常圆者性。①

这里又把禅宗"心法"提到诸宗之上，并强调"绝缘离觉"的圆满自性。大和三年（829），李德裕在润州为牛头法融营新塔，刘禹锡为作《牛头山第一祖融大师新塔记》。其中写到李德裕"尚理信古，儒玄交修，始下令禁桑门皈佛以眩人者，而于真实相深达焉"。长庆四年（824）李德裕初次镇浙西，针对徐、泗王智兴置戒坛度僧，曾上奏朝廷："若不钤制，至降诞日方停，计两浙、福建当失六十万丁。"②他反对度僧，却又为法融建塔，刘禹锡认为这正是深达"实相"的表现。这虽是刘的看法，但李德裕对禅宗的态度确实并不因反佛立场而一概排斥，容后另述。文章最后说：

> 上士解空而离相，中士著空而嫉有。不因相何以示觉？不由有何以悟无？彼达真谛而得中道者，当知为而不有，贤乎以不修为无为也。③

这里对于为什么肯定修"新塔"这落于实相的行为作了辩解，仍是强调因心解悟的观念。"为而不有"——建有形的"塔"正是显示心性真筌的"无"，这反映了刘禹锡对塔寺建筑之类佛教信仰活动的立场。这显然是依心性观来看待佛教的。他又与宗密有交谊，有《送宗密上人归南山草堂寺因诣河南尹白侍郎》诗。白居易为河南尹是在大和四年（830）至大和七年（833），而刘禹锡于大和六年自

---

① 《刘宾客文集》卷四。
② 《资治通鉴》卷二四三《唐纪五十九·穆宗长庆四年》。
③ 《全唐文》卷六〇六。

礼部郎中、集贤学士出为苏州刺史,诗即作于离京之前的两年间。诗云:

> 宿习修来得慧根,多闻第一却忘言。自从七祖传心印,不要三乘入便门。东泛沧江寻古迹,西归紫阁出尘喧。河南白尹大檀越,好把真经相对翻。[①]

宗密是荷泽神会嫡传,因此"七祖"指的是神会。诗中把"三乘"都叫作"方便",把禅宗"心印"的地位大大提高了。

著名的"新乐府运动"的代表人物白居易和元稹均热衷于习禅。白居易的情况另有专章论述。元稹(779—831)早年不仅与白居易是仕途盟友和文坛诗友,并且一起学过佛。白居易在《和梦游春诗一百韵》中说元稹"外服儒风,内宗梵行",诗中有"《法句》与《心王》,期君日三复"的句子,注曰"微之常以《法句》及《心王头陀经》相示,故申言以卒其志也"[②]。对于这里提到的两部经,陈寅恪先生笺证说:"近岁始见伦敦博物院藏斯坦因号二四七四,《佛为心王菩萨说投陀经》卷上,五阴山室寺惠辨禅师注残本,(《大正续藏》二八八六号。)乃一至浅俗之书,为中土所伪造者。至于《法句经》,亦非吾国古来相传旧译之本,乃别是一书,即伦敦博物院藏斯坦因号二○二一《佛说法句经》,(又中村不折藏敦煌写本,《大正续藏》二九○一号。)及巴黎国民图书馆藏伯希和号二三二五《法句经疏》,(《大正续藏》二九○二号。)此书亦是浅俗伪造之经。夫元白二公自许禅梵之学,叮咛反复于此二经。今日得见此二书,其浅陋鄙俚如此,则二公之佛学造诣,可以推知矣。"[③]陈考颇精审,但唐人习禅舍传统经论而用伪造经论,正是时代特色。白居易所记为一时实情,本不涉及佛学水准高低问题。从诗句看,元稹早年习佛似

---

①《刘宾客文集》卷二九。
②《白氏长庆集》卷一四。
③《元白诗笺证稿》第99页,上海古籍出版社,1978年。

较白居易更为用功。但他后半生在朝廷内外屡任要职,热心政事,与释徒交往较少,生活情趣亦与禅距离较远了。他的诗直接与禅宗有关的,有元和五年(810)贬江陵府士曹参军后在江陵时期所写《度门寺》诗。度门寺在荆州当阳山,当年神秀说"此正楞伽孤峰,度门兰若,松荫藉草,吾将老焉"①,因置寺,曰度门。元稹诗曰:"北祖三禅地(神秀禅师造——原注),西山万树松。门临溪一带,桥映竹千重……心源虽了了,尘世苦憧憧。宿荫高声谶,斋粮并力舂。他生再来此,还愿总相逢。"②元和十年(815),元稹贬通州(今四川达州),途中过利州(今四川广元)漫天岭,写有《题漫天岭智藏师兰若僧云住此二十八年》③。京兆怀晖门下有僧号智藏,也许即是此人。元稹又有《志坚师》,其中写到这位志坚师"初因怏怏薙却头,便绕嵩山寂师塔"④,"寂师塔"即普寂塔,此人也是北宗禅师。元稹还有不少写禅悟境界的诗,如《悟禅三首寄胡果》(其一:"……有修终有限,无事亦无殃。慎莫通方便,应机不顿忘。")、《观心处》("满坐喧喧笑语频,独怜方丈了无尘。灯前便是观心处,要似观心有几人。")⑤等等,对于禅都表现出深刻的领会。

李益(748—829)行年较长,一般被看作"大历诗人"。他晚年与禅门僧人交往较多。他的《乞宽禅师瘿山壘呈宣供奉》中的"宽禅师",应即是元和四年入内、白居易向之问法的兴善惟宽;而宣供奉则是红楼广宣,是当时供奉内廷并在文坛上很活跃的诗僧。他的《哭柏岩禅师》诗,自述"天涯禅弟子,空到柏岩游"。柏岩明哲是

---

①张说《唐玉泉寺大通禅师塔铭》,《全唐文》卷二三一。

②《元氏长庆集》卷一三。

③《元氏长庆集》卷一九。系年考见卞孝萱《元稹年谱》第259页,齐鲁书社,1980年。

④《元氏长庆集》卷二六。

⑤《元氏长庆集》卷一四、卷一六。

马祖道一法嗣,死于元和十三年(818),诗作于此后,自称为弟子①。

　　贞元、元和年间,以韩愈为代表的一批文人宣传辟佛,但包括
与他十分接近、被看作是同一流派的诗人却多与佛门弟子往还。
当时诗坛上还有像贾岛(法名无本)、周贺(法名清塞)这样的本来
出身于僧侣的人。贾岛(779—843)有些作品明确表现了对禅宗的
向往,如说:"欲问南宗理,将归北岳修。若无攀桂分,只是卧云
休。"②"三更两鬓几枝雪,一念双峰四祖禅。"③他与僧侣交往颇多。
可明确为禅宗的,如他也写过《哭宗密禅师》诗;他还写过《哭柏岩
和尚》诗,其中有"写留行道影,焚却坐禅身"的句子,被讥笑为"烧
杀活和尚"④。又他的《送宣皎上人游太白》诗说:"得句才邻约,论
宗意在南。"《赠绍明上人》诗说:"祖岂无言去,心因断臂传。"《送空
公往金州》诗说:"惠能同俗姓,不是岭南卢。"⑤这里或直述,或用
典,都表明被赠诗的人是禅僧。

　　孟郊(751—814)有《夏日谒智远禅师》诗。智远即兴国神照,
嗣荆南惟忠。惟忠嗣磁州法如,为北宗南传的一系。诗云:"吾师
当几祖,说法云无空。禅心三界外,宴坐天地中。"⑥

　　姚合(779?—846?)有诗云:"自悲年已长,渐觉事难亲。不向
禅门去,他门无了因。"⑦"带病吟虽苦,休官梦已清。何当学禅观,
依止古先生。"⑧这都直接表示了皈依禅门的志愿。其作品中的《寄
晖上人》诗,应是给章敬怀晖的。其它赠僧诗甚多,但法系大都不
可确考。只如《送僧栖真归杭州天竺寺》说"劳师相借问,知我亦通

①《全唐诗》卷二八三。
②《青木里作》,《全唐诗》卷五七三。
③《夜坐》,《全唐诗》卷五七四。
④《全唐诗》卷五七二;欧阳修《六一诗话》。
⑤《全唐诗》卷五七三。
⑥《孟东野集》卷九。
⑦《寄郁上人》,《姚少监诗集》卷三。
⑧《闲居》,《姚少监诗集》卷五。

禅"，《寄不疑上人》说"随缘嫌寺著，见性觉经繁"，《寄题纵上人院》说"禅房空且暮，画壁半陈隋"①等，从内容看，栖真、不疑、纵上人都是禅僧。

与姚、贾交好的马戴有《送宗密上人》诗，其中说"一自传香后，名山愿卜邻"②，表明他曾向宗密问法。顺便指出，从以上记述已可看到，宗密在文人间有广泛的影响。这一方面与他本身是著述家有关，另一方面也由于他的禅教合一思想易于被士大夫所接受。

雍陶有《宿大彻禅师故院》诗。大彻禅师是兴善惟宽谥号。诗中表明他也与惟宽有交谊。惟宽在长安诗坛上也是有广泛影响的人物。

殷尧藩元和末曾游于时任朗州刺史的李翱门下。李翱在朗州结交石头法嗣药山惟俨，殷尧藩亦有《赠惟俨师》，中云："谈禅早续灯无尽，护法重编论有神。拟扫绿阴浮佛寺，杪栌高树结为邻。"③

晚唐大诗人李商隐早年曾学仙于玉阳、王屋，后来又热心研习佛说。大中初，他随郑亚赴桂管幕，归途经湖南，访问澧州药山，有《同崔八诣药山访融禅师》诗④。药山即惟俨住地，是石头一系的重要道场。大中七年（853）他在梓州东川节度使柳仲郢幕，作《樊南乙集序》，谓"三年已来，丧失家道，平居忽忽不乐，始克意事佛。方愿打钟扫地，为清凉山行者"⑤。"丧失家道"指妻子王氏于大中五年去世，这是他更热心于佛说的契机。大中八年，被朝廷署为"三教上首"并为宰相裴度等所礼重的安国大师知玄回到故乡梓州，李

①《姚少监诗集》卷二、卷四、卷七。
②《全唐诗》卷五五六。
③《全唐诗》卷四九二。
④张采田《玉谿生年谱会笺》卷三，中华书局，1963年。
⑤冯浩《樊南文集详注》卷七。

商隐"久慕玄之道学,后以弟子礼事玄"①。知玄为义学僧。李商隐又有《酬崔八早梅有赠兼见示之作》,自注"时余在惠祥上人讲下,故崔落句:'梵王宫地罗含宅,赖许时时听法来'"。诗的结句说"维摩一室虽多病,要舞天花作道场"②。张采田《会笺》中此诗不编年,疑为洛下作。这都显示了李商隐对佛教义学的兴趣。然而在大中七年,他写了《唐梓州慧义精舍南禅院四证堂碑铭》③,四证堂是纪念保唐宗无相、无住和马祖道一、智藏的,其中对马祖教法的形成做了清晰说明,提供了关于洪州禅的重要史料。大中八年沩山灵祐圆寂,"卢简求为碑,李商隐题额"④。这都是他与禅宗有密切联系的事实。

许浑家住润州丹阳,这里本来就是禅宗发达地区,后来又长期在江南作官。他的《发灵溪馆》诗说:"山多水不穷,一叶似渔翁……应有曹溪路,千岩万壑中。"⑤可见他对南宗祖师的向往。他的作品中写与僧侣交游的也很多,虽然难以考证具体法系、行迹,但不少人肯定是南宗弟子,如契盈上人(《盈上人》:"借问曹溪路,山多树几层。")、慈恩寺俊上人(《晚投慈恩寺呈俊上人》:"不及曹溪侣,空林已夜禅。")、开元寺元孚上人(《冬日宣城开元寺赠元孚上人》:"一钵事南宗,僧仪称病容。曹溪花里别,萧寺竹前逢。")等。而《送杨处士叔初卜居曲江》中的杨处士,所谓"雁门归去远,垂老脱袈裟。萧寺休为客,曹溪便寄家"⑥,是一位还俗的居士,也是习禅的。

赵嘏有《四祖寺》诗:"千株松下双峰寺,一盏灯前万里身。自为

---

①《宋高僧传》卷六《唐彭州丹景山知玄传》。

②冯浩《玉谿生诗笺注》卷五。

③钱振伦笺、钱振常注《樊南文集补编》卷一〇。

④《宋高僧传》卷一一《唐大沩山灵祐传》。

⑤《全唐诗》卷五二八。

⑥《全唐诗》卷五二八。

心猿不调伏,祖师元是世间人。"①这应是访问四祖双峰寺时写的。

段成式(? —863)博闻强识,自称"腹笥三藏",对佛教很熟悉,写过记录两京塔寺的专书《寺塔记》。他曾为百丈怀海弟子大慈寰中写《真赞》②。又曾应兴善寺实相之请为安国慧求作《寂照和尚碑》,安国慧求为玄沙师备法嗣。从碑文看,其弟子鼓山神晏亦与段成式相识③。

薛能《赠源寂禅师》说:"瓶钵镇随腰,怡然处寂寥。门禅从北祖,僧格似南朝。"④源寂显然是禅门中人。《题平等院》诗说:"十里城中一院僧,各持巾钵事南能。"⑤"平等院"应是禅院,院中僧是禅僧。

咸通年间,陈陶、朱余庆、方干、曹松、胡玢、李咸用与诗僧贯休、齐己、尚颜住洪州西山。这些人与禅僧有广泛的联系。如方干《经旷禅师院》中的道旷禅师,贯休称之为"曹溪老兄"⑥,栖心藏奂曾礼之为师⑦。李山甫《禅林寺作寄刘书记》诗说:"天竺老师留一句,曹溪行者答全篇。今朝林下忘言说,强把新诗寄谪仙。"⑧可见他与"曹溪行者"唱和的情形。

周朴在黄巢起义中被义军所杀。他曾到福州避乱,寄食于乌石山僧寺。他对福州怡山院大安十分信重,曾入山致礼⑨。大安为石巩慧藏弟子,马祖隔世。大安曾止沩山,礼灵祐,而周朴亦有《赠

① 《全唐诗》卷五五〇。
② 《宋高僧传》卷一二《唐杭州大慈山寰中传》。
③ 《寂照和尚碑》,《全唐文》卷七八七。据《景德录》,鼓山神晏为雪峰义存法嗣。
④ 《全唐诗》卷五六〇。
⑤ 《全唐诗》卷五六一。
⑥ 《经旷禅师院》,《全唐诗》卷八二七。
⑦ 《宋高僧传》卷一二《唐明州栖心寺藏奂传》。
⑧ 《全唐诗》卷六四三。
⑨ 《宋高僧传》卷一二《唐福州怡山院大安传》。

大沩和尚》诗：

> 大沩清复深，万象影沉沉。有客衣多毳，空门偈胜金。王
> 侯皆作礼，陆子只来吟。我问师心处，师言无处心。①

他又存有《赠大沩》断句："禅是大沩诗是朴，大唐天子只三人。"表现了禅门狂放谲怪的风格。

晚唐东南才子有所谓"芳林十哲"，即郑谷、许棠、任涛、张蟫、李栖远、张乔、喻坦之、周繇、温宪、李昌符等十人。他们也与禅门多有联系。郑谷自称"闻披短褐杖山藤，头不是僧心是僧"②。他对禅亦有特嗜，多与禅僧相赠答，齐己说他"笔答禅师句偈多"③。他的《宿澄泉兰若》诗说："此心如了了，即此是曹溪。"④可见他与南宗禅的默契。他在四川有题西蜀净众寺《七祖院小山》、《传经院壁画松》等诗。净众寺在成都，是净众无相应章仇兼琼之请开法地。郑谷所谓"七祖"应是指保唐系七祖。按保唐宗说法，弘忍传智诜，智诜传处寂，处寂传无相，处寂是七祖。在净众寺又有《忍公小轩》二首，中有句曰："闲得心源只如此，问禅何必向双峰。"⑤忍公必定是禅僧。张乔对仰山慧寂很敬仰，有《闻仰山禅师往曹溪因赠》、《赠仰大师》等诗作。后一诗说："仰山因久住，天下仰山名。井邑身虽到，林泉性本清。"可看到当时慧寂的声望。他有《赠初上人》诗，有句云"相看念山水，尽日话曹溪"，应是写给云门文偃法嗣洞山守初的。他的《题兴善寺赠道深院》说："院栽他国树，堂殿祖师真。甚愿依宗旨，求闲未有因。"这位道深显然是禅僧。《宿齐山僧舍》说："若言不得南宗要，长在禅床事更多。"⑥齐山僧舍也是禅寺。李昌

---

① 《全唐诗》卷六七三。
② 《短褐》，《全唐诗》卷六七七。
③ 《寄郑谷郎中》，《全唐诗》卷八四五。
④ 《全唐诗》卷六七六。
⑤ 《全唐诗》卷六七五。
⑥ 张乔诗见《全唐诗》卷六三八、卷六三九。

符有《赠供奉僧玄观》："自得曹溪法，诸经更不看。已降禅侣久，兼作帝师难。"①这位玄观是在朝供奉的禅僧。

皮日休（834？—883）有《过云居院玄福上人旧居》诗说："南宗弟子时时到，泣把山花奠几筵。"②云居院应是禅院，皮日休与他过访的禅师必有交往。

司空图（837—908）于晚唐动乱中退居中条山王官谷，自号耐辱居士。他儒、玄兼修，亦热心学佛，写过《观音赞》、《十会斋文》等宣扬感通业报的作品。在禅的方面，他写有《香岩长老赞》，是赞香岩智闲的，其中说"大师之旨，吾久得之"，显然有过长期交往。智闲为沩山灵祐高足。他的《泽州灵泉院记》所记为石霜庆诸弟子洪密所住禅院，为应洪密弟子慧依、慧海之请而作，其中说：

> 禅说乃诱劝之宗，辨其性而后入人耳。故其道至隐，其功至博……苟非三世之尊，夷山斡海，六祖亲授，挟其钳铁，长老继作，磨昏抉瞆，则彼爨膏镬而勇于自浴者，虽糜烂其身犹未悔也。③

由此可见司空图对禅宗的认识与评价。

韩偓（844—914？）《游江南水陆院》诗明确表示倾心"祖师心法"：

> 关河见月空垂泪，风雨看花欲白头。除却祖师心法外，浮生何处不堪愁。④

他的《访明公大德》诗中的"明公"，应即是《永明禅师房》的"永明"，诗中说"刮膜且扬三毒论，摄心徐指二宗禅"⑤。这也是禅师。

---

①《全唐诗》卷六〇一。
②《皮子文薮》卷一〇。
③《司空表圣文集》卷九。
④《全唐诗》卷六八二。
⑤《全唐诗》卷六八二。

罗隐(833—909)有《寄无相禅师》诗,其中说"老住西峰第几层,为师回首忆南能"[1]。罗汉桂琛于其故乡衢州常山从师于万岁寺无相大师[2],当即其人。

以上,只是中、晚唐诗人交往中可确切证明是禅僧的事例,可见当时文坛与禅门密切交流的概貌。许多人作品中写到与一般"禅僧"以至僧侣的关系的,事例非常普遍,不可能一一列出。从以上钩稽的轮廓中,已可清楚看到禅僧与文人相互交往的情形。这是反映时代精神面貌的一个社会现象。学术界解释唐武毁佛后禅宗得以迅速振兴的原因,多强调其独特的宗风较少受到废毁寺院之类强制措施的影响。实际上还有一个重要原因,即禅宗经两个多世纪的发展已深入普及到广大文人士大夫之间,有这样深厚的社会思想基础的宗派是不可能通过简单的禁毁手段就削弱其兴旺势头的。

八

中、晚唐文人中还有反佛的一派。他们与禅宗的关系很复杂,值得细致分析。

自佛教传入中国,随之就有反佛的言论出现。这表现了两种文化背景下思想意识的冲突。后来僧侣地主阶层的经济与政治势力逐渐扩张,反佛又常常表现为政治权力和经济权益之争。唐代"安史之乱"之后,藩镇势力膨胀,朝廷威权渐失,佛教寺院经济的发展直接侵害了朝廷和世俗地主阶层的经济利益,佛教的存在又有不利于强化中央集权统治的一面,因此在统治集团和士大夫中出现了日渐高涨的反佛思潮,以至酿成了武宗朝大规模的毁佛

---

[1]《全唐诗》卷六六四。
[2]《宋高僧传》卷一三《后唐漳州罗汉院桂琛传》。

行动。

由此看来，当时反佛的着眼点，主要在加强朝廷统治威权，打击僧侣地主经济势力。而以韩愈、李翱为代表的文人对佛教的批判，则集中在伦理、文化层面，即以所谓历圣相传的儒家道统来抵制外来的"夷狄之法"。但从已经完全中国化的禅宗的发展形态看，它并不能成为反佛的言论与行动的主要对象。

作为禅宗教义的心性论，已经是中国传统思想与外来佛教思想相结合的产物，它特别易于被中国士大夫阶层所接受。禅宗主要发达在江南远离政治中心的地区，由于确立了自力更生的"作务"制度，减低了寄生性，它在政治上、经济上与统治阶级也就较少有矛盾。因此从实际情况看，反佛较少涉及到禅宗。而且就思想理论的深层说，禅宗的理论反倒给反对佛教迷信提供了依据，禅宗的心性理论更给儒学的进一步发展提供了启发与借鉴。因此，一些反佛的人对禅僧取优容、礼敬态度，并明明暗暗地从禅思想汲取了营养。

韩愈（768—824）是思想界与文学界辟佛的代表人物。但在当时社会风气影响之下，他也经常出入寺院，结交僧侣。所结交者在诗文中见到名字的即有澄观、惠师、灵师、文畅、无本（贾岛）、诚盈、僧约、广宣、高闲、颖师、会纵、大颠等人。其中可确知为禅宗的有大颠、僧约、文畅等①；一些诗僧（如广宣）、艺僧（如颖师）、书僧（如高闲）亦可能出于禅门。

韩愈张扬"圣人之道"，以儒学复古为己任。其"明道"的纲领性作品"五原"之一的《原性》是标榜反对"言性""杂佛、老之言"的。其中讲"性"与"情"的"三品"，发扬了自孔子以来经董仲舒所发展的儒家先验的品级人性论。但其对"性"与"情"的基本判断："性也

────────────

①"僧约"即文约，见前引《刘宾客文集》卷二九《赠别约师》；文畅为南泉普愿弟子，考见前。

者,与生俱生也;情也者,接于物而生也"①,则全然是佛家的思路。按儒家的"性善"论,情与性是合一的,所谓"情亦性也。谓性已善,奈其情何","身之有性、情也,若天之有阴阳也"②。因而才可以说"发乎情,止乎礼义。发乎情,民之性也"③。而佛教认为人的爱、取是触境而生,视人情为惑染,而与佛性严格分开;主张心性本净的一派则把转染成净、转识成智作为修习目标。禅宗基本上循着这一种思想路线。韩愈把情、性区分为二,包含着对于后天的"情"的否定含义,显然受到了禅宗影响。

韩愈的《送高闲上人序》称赞高闲的书法。其中以名书法家张旭来对比,说张旭是"喜怒窘穷,忧悲愉佚,怨恨思慕,酣醉无聊不平,有动于心,必于草书焉发之",从而取得了有"名后世"的成绩;因此主张要赶上张旭,"利害必明,无遗锱铢,情炎于中,利欲斗进,有得有丧,勃然不释",即强调艺术必须得自感情的强烈激发。接着说到高闲:

> 今闲师浮屠氏,一死生,解外胶,是其为心,必泊然无所起;其于世,必淡然无所嗜。泊与淡相遭,颓堕委靡,溃败不可收拾,则其于书,得无象之然乎? 然吾闻浮屠人善幻,多技能。闲如通其术,则吾不能知矣。④

文章结论故作疑辞,是一种肯定的表现技法。或以为这里是有意讥讽高闲⑤,恐不符作者本意。实际上韩愈是承认高闲与张旭相比

---

①《昌黎先生集》卷一一。
②董仲舒《春秋繁露》卷一〇《深察名号》。
③《毛诗正义》卷一《周南·关雎序》。
④《昌黎先生集》卷二一。
⑤钱钟书《谈艺录》(补订本)第579页:"退之《送高闲上人序》实谓禅之与艺,扞格不入,故倘书迹能工,必禅心未定;讥诮高闲,词意章然。宋人曲解,适得其反。"中华书局,1984年。所谓"宋人曲解",指马永卿《懒真子》卷二说韩愈"深得历代祖师向上休歇一路"之类意见。

有全然不同的心态。他所描述的正是禅的"无念"境界。他说正由
于这种精神状态使得高闲的书法得"无象"之理，取得了那样高的
成就。"无象"即"无相"，神会与《坛经》都是讲"无相为体"的。这
里起码表明韩愈对禅是相当了解的，并猜测到了禅对于艺术思维
的积极作用。

　　韩愈晚年结交潮州大颠，在他生前已是有关他对佛教态度的
聚讼公案。对于灯史中记载的韩愈与大颠的交往，不可尽信；现收
入韩集《外集》中的《与大颠书》三首亦当是伪作。但韩愈《与孟尚
书书》中明确记述了自己与大颠的关系和个人态度：

> 　　来示云：有人传愈近少信奉释氏，此传之者妄也。潮州
> 时，有一老僧号大颠，颇聪明，识道理，远地无可与语者，故自
> 山召至州郭，留十数日。实能外形骸，以理自胜，不为事物侵
> 乱。与之语，虽不尽解，要自胸中无滞碍，以为难得，因与来
> 往。及祭酒至海上，遂造其庐。及来袁州，留衣服为别。乃人
> 之情，非崇信其法，求福田利益也。①

大颠是石头希迁法嗣，弘法潮州，有相当大的影响。元和十四年
（819）韩愈以谏佛骨贬潮州刺史，因与往还。从韩文记述看，他强
辩自己不相信佛法，结识大颠非求福田利益，这是他的一贯立场。
但也可以看出，二人间确实结下了超出常情的交谊，而这交谊的基
础除了韩愈在贬地官况寂寞、无人与语之外，更由于他对大颠的品
性和所遵行的"理"的倾服。那就是"不为外物侵乱"、"胸中无滞
碍"的心性修养功夫和达到这一点的"以理自胜"。这已关系到禅
宗所言心性了。可以设想，在韩愈留大颠住府衙的十余天中，一定
会讨论到各自的心性见解，而韩愈对大颠的看法又是表示了赞赏
的。实际上柳宗元和他就对佛教态度的问题进行争辩时，也是在

_____

①《昌黎先生集》卷一八。

心性观念上找到了调和儒释的契合点。苏轼后来评论他"论至于理而不精，支离荡佚，往往自叛其说而不知"①，在他对大颠的关系和评论上正表明了这一点。

李翱(774—836)是中唐反佛阵线的另一位代表人物②。他在崇儒反佛上与韩愈相合，因而宋人往往称"韩、李"，以与倡导古文中的"韩、柳"相照应。他贞元十二年(796)在徐州结识韩愈，十四年擢进士第，十六年娶韩愈从父兄韩弇女为妻。他比韩愈小六岁，又是侄婿，韩视之为后学。但他称韩为"兄"为"友"，自视为等列。他二十九岁即贞元十八年写名作《复性书》三篇③，与韩愈写"五原"相前后，二人之间在观点上应有交流④。

李翱曾就学梁肃。梁肃学佛有得，是著名的天台学人。但李翱却坚持辟佛。贞元十五年南游北归过泗州，其地开元寺罹水火漂焚，重加修复，作大钟，澄观向他乞铭。他作《答泗州开元寺僧澄观书》说："吾将明圣人之道焉，则于释氏无益也；吾将顺释氏之教而述焉，则惑乎天下甚矣，何贵乎吾之先觉也。吾之辞必传于后，有圣人如仲尼者之读吾辞也，则将大责于吾矣。"⑤但他后来仍作了《泗州开元寺钟铭》⑥。他又曾为批评温县令杨垂所撰集《丧仪》中《七七斋》一节作《去佛斋论》，坚持传统文化中的华夷之辨，着力肯

---

①《韩愈论》，《经进东坡文集事略》卷八。

②此生卒年考定据罗联添《李翱年谱》，《唐代诗文六家年谱》，学海出版社，1986年。

③李翱《复性书》下说："吾之生二十有九年矣。"文中又有"南观涛江"之语，其南游吴越在贞元十五年(799)；又提到吴郡陆傪促其为书，傪卒于贞元十八年。

④韩愈在汴州(贞元十二年中至十五年初)，张籍曾致书讥其"多尚驳杂无实之说"，似前此未有多少系统的明道之作，永贞元年(805)在江陵《上兵部李侍郎书》，中有"仅献旧文一卷，扶树教道，有所明白"等语，当即指《原道》等篇。据此可推定"五原"作于此期间。罗联添并具体论定贞元末作于贬阳山时(《韩愈原道篇写作的年代与地点》，《唐代文学论集》下册，学生书局，1989年)。

⑤《全唐文》卷六三六。本集未收。

⑥《李文公集》卷一七。

定儒家仁义道德之说,并力辟佛教在经济上耗民财力,陷人于冻馁。这与韩愈《原道》以及一般儒家反佛者的论旨亦相一致。

李翱写《复性论》的目的也在以儒道反对佛说。全文论证的典据主要是《孟子》、《大学》、《中庸》、《易传》等儒家典籍,阐发思孟一派"天命之谓性"、"人生而静"和"正心诚意"等性命之说。但在具体解释上却与先儒见解大有不同。他提出:"人之所以为圣人者,性也;人之所以惑其性者,情也……性既昏,情斯匿。""性者,天之命也,圣人得之而不惑者也;情者,性之动也,百姓溺之而不能知其本者也。"①这已经不全是儒家"性善论"的性情一致说,而纳入了佛教"性净"说的内容。他提出的所谓"复性",以求作到"弗虑弗思,情则不生;情即不生,乃为正思。正思者,无虑无思也"②。这也不全是正心诚意的致诚返本说,而通于无念无心的禅的实践。李翱的"复性"说提出的人性论比韩愈《原性》所提出的更为系统,所表现禅的影响也更为明显和深刻。

李翱早年与禅僧有什么关系已不可考。史籍上记载了长庆元年(821)他任朗州(今湖南常德)刺史时曾到澧州(今湖南澧县)药山向惟俨问道。《祖堂集》卷四、《景德录》卷十四所述情节略同。禅门故事多传说成分,不可尽信;李翱谒惟俨的两首诗初出于记述逸闻的《本事诗》,亦恐系伪托。但李翱参惟俨的事实是有前引殷尧藩诗为旁证的。再考虑到他自早年思想即有与禅宗紧密契合处,到朗州后往晤当地著名禅匠也是合乎情理的。灯录又记载天皇道悟法嗣龙潭崇信得法后"……乃诣澧阳龙潭栖止,因李翱尚书激扬,时乃出世"③;长沙东寺如会卒于长庆三年(823),"廉使李翱尽毁近城坟塔,惟留会所瘗浮图,以笔题曰'独留此塔以别贤愚

①《李文公集》卷四。
②《复性书》上、中,《李文公集》卷二。
③《宋高僧传》卷一〇《唐荆州天皇寺道悟传》。

矣'"①。后一事应是在大和七年(833)李翱任潭州刺史、湖南观察使之后。本来反佛的李翱却对禅僧多表礼重,是由于后者的思想与人品有他所敬服的地方。

自唐初即已开始的文体、文风与文学语言的革新运动,本来与反佛无关。后来古文家中出现反佛一派,特别是以韩、李为代表的一些人把提倡古文与儒学复古统一起来;而古文的成绩反过来又壮大了反佛的声势。但与韩、李情形相似,后来的古文家与禅宗往往有密切交谊,他们反佛也并没有在理论上触及禅宗思想的中心。在朱熹等人出现以前,那些反佛士大夫对禅宗的批评,反而没有人超出"好佛"的柳宗元的水平②。

这里还应举出前面提到的李德裕为例。李德裕在长庆年间首次镇浙西出守润州时,曾上疏反对泗州设坛度僧,但同时却又曾结交栖霞清源。清源嗣牛头慧涉,为牛头慧忠隔世。《宋高僧传》说他"栖于摄山,积其龄稔。长庆初,工部尚书李相国德裕镇于浙西,洗心道域,延居京口,谘禀禅要,雅契夙心。及赞皇去郡,返锡栖霞,终于住寺"③。这里对李德裕习禅的热心或有夸饰,但其礼重清源当是事实。《宋高僧传》记载一些大吏名臣与僧侣关系,往往官职、行年、时地多有矛盾,但有关李德裕的这个记载,不仅与他的生平历官相吻合,而且与他后来为牛头法融营新塔、为鹤林玄素请谥号等行动在精神上一致。这些事实都表明他对牛头禅抱有敬意。他晚年流放南方作《穷愁志》,在《梁武论》中不同意梁武崇塔寺而释氏不能救其颠危之说,认为梁武灭国实由于厚敛破产,而释氏讲檀施本与老氏无欲止足之义相通。这种看法已与他早年反佛论调不同。指出佛、老相通,确也是南宗禅发展的倾向。前代反佛

---

①《宋高僧传》卷一一《唐长沙东寺如会传》。
②朱熹对禅宗的批评,参阅黎靖德编《朱子语类》卷一二六《释教》。
③《宋高僧传》卷二九《唐京兆千福寺云邃传》附《清源传》。

的人包括傅奕、韩愈，往往拿梁武短祚为论据。但神会已提出梁武造寺无功德①，在这一点上反佛的人与南宗禅得出的是相同的结论。李德裕《梁武论》的见解，也是与禅宗反对寺塔崇拜的观念相通的。因为既然肯定造寺无功德福报，那么也就无灾殃可言。

　　另一个例子是杜牧（803—853）②。他也以反佛著名。会昌五年（845），李播刺杭州，时当毁佛废寺之后，李播取寺材在城东南造南亭以为游观之地。杜牧作《杭州新造南亭子记》，颂扬了毁佛之功，并尖锐指出：人们造罪后"捐己奉佛以自救，日月积久"，结果"权归于佛，买福卖罪，如持左契，交手相付"，至使一般贫苦百姓"尤困于佛"③。这是在舆论上对李德裕主持的毁佛行动的支持。这篇文章成了唐文中反佛的名篇。但他与僧侣多有交游，可考见的有些还是名禅师。他弱冠成名，游长安城南文公寺，与禅僧语，闻禅僧玄言出其意表，因题诗曰："家在城南杜曲傍，两枝仙桂一时芳。禅师都未知名姓，始觉空门意味长。"④此诗向以禅趣浓郁见称。他有题《怀政禅师院》诗。朗州东邑怀政，是章敬怀晖法嗣。诗中有"莫讶频来此，修身欲到僧"之语⑤。他在《宣州开元寺赠惟贞上人》诗中说"曾与径山为小师"⑥，径山自法钦后，门徒繁盛，惟贞是这一系的学人。开成二年到三年（837—838），杜牧曾居宣州禅智寺，又应宣歙观察使崔郸之辟为团练判官，住宣州。这一时期他的作品禅意颇浓，亦显示禅宗的影响。

　　中、晚唐士大夫中一些反佛的人与禅门交往，并有意无意间接

----

①达摩至梁，与梁武问答造寺写经功德，是南宗传说。现存文献中初出于神会《菩提达摩南宗定是非论》，后见保唐系的《历代法宝记》。
②杜牧卒年，据陈尚君《杜牧卒年订正》的考订，《文学遗产》1983 年第 3 期。
③《全唐文》卷七五三。
④此据孟棨《本事诗·高逸第三》，宋田概《樊川别集》录此诗题曰《赠终南兰若僧》，文字有异。
⑤《全唐诗》卷五二六。
⑥《全唐诗》卷五二六。

受其观念,再一次表明当时禅宗思想作为社会思潮的巨大影响力。影响力的来源,根本上还在它提出了时代所需要解决的思想课题。特别是如在韩、李那里所表现的,当时的儒学也已把探讨心性问题作为中心课题。在这方面佛教、特别是禅宗长期积累的丰富成果,是可资儒学加以借鉴的。这样,禅宗在促进儒学的转变、丰富其思想内容上就起了巨大作用。正是在汲取了禅宗的成果的基础上,宋明理学才得以形成。而韩、李等人则成为这种学术变革的先驱。

九

中、晚唐禅风的转变,大大增加了文人与禅门接触的途径,文人习禅的方式也更加丰富多彩了。这与禅的根本观念的变化有关:既然"平常心是道",人生日用是禅,那么习禅就不必限定在僧院里;既然每个人心性都是平等的,那么僧俗之间、师弟子之间就没有心性高下之分,每个人在探讨勘辩中地位都是平等的;既然习禅重启发而不重教训,重悟解而不重学习,那么禅在何时何地都是可以体悟的。

史称"天宝后,诗人多为忧苦流寓之思,及寄兴于江湖僧寺"①。这一方面由于寺院经济的发展增强了它的社会开放性,另一方面社会动乱也使士人多有奔走四方、入居佛寺的机会。而文人对佛教兴趣的普遍高涨,也是一个重要因素。他们寄居寺院,就有了习佛、习禅的直接条件。如韦应物喜居精舍,曾先后居于长安西郊善福寺、洛阳同德精舍和苏州永定精舍②。李泌曾读书衡岳寺,与明

①《新唐书》卷三五《五行志》。
②参阅傅璇琮《韦应物系年考证》,《唐代诗人丛考》第 297—321 页,中华书局,
  1980 年。

瓒禅师和懒残和尚交游①。柳宗元贬永州,居龙兴寺和法华寺,已见前。白居易晚年居龙门香山寺,该寺是马祖法嗣如满所住,二人交谊是后来禅门和文坛的佳话。李绅年轻时曾住惠山石泉寺十年,与鉴玄禅师在一起,寺中有书堂;又有被主藏僧苛待的逸事②。"王播少孤贫,尝客扬州惠昭寺木兰院,随僧斋飡。"③喻凫居(常州?)龙翔寺甚久,有《龙翔寺寄李频》等诗④。杜牧居宣州开元寺,已见前。司空图在唐末离乱中常居佛寺,《乱后三首》之三说"世事尝艰险,僧居惯寂寥"⑤。李骘亦曾"肄业于惠山寺,居三岁"⑥。郑谷"离乱之后,在西蜀半纪之余,多寓止精舍"⑦。郑嵎"常得群书,下帷于石瓮僧院"⑧。中、晚唐还多有像颜真卿那样的人:"不信佛法,而好居佛寺,喜与学佛者语。"⑨或者如张祜:"性爱山水,多游名寺,如杭之灵隐、天竺,苏之灵岩、楞伽,常之惠山、善权,润之甘露、招隐,往往题咏唱绝。"⑩

　　中唐以后,独立的禅院、禅堂从寺庙中分离出来,文人们过访这些地方习静、谈禅,也是一时风气。这与文人们到寺观游赏的风习不同,而是抱有习禅的自觉的。如钱起《静夜酬通上人问疾》诗说:"东林生早凉,高枕远公房。大士看心后,中宵清漏长。"⑪这里

①《太平广记》卷三八《邬侯外传》。
②李绅《过梅里七首》、《重到惠山》,《全唐诗》卷四八一、卷四八二。范摅《云溪友议》卷上《江都事》:"(李绅)初贫,游无锡惠山寺,累以佛经为文稿,致主藏僧殴打,终身所憾焉。"
③王定保《唐摭言》卷七。
④《全唐诗》卷五四三。
⑤《司空表圣诗集》卷二。
⑥李骘《题惠山寺诗序》,《全唐文》卷七二四。
⑦《谷自乱离之后在西蜀半纪之余……》,《全唐诗》卷六七四。
⑧《津阳诗序》,《全唐诗》卷五六七。
⑨《泛爱寺重修记》,《全唐文》卷三三七。
⑩辛文房《唐才子传》卷六。
⑪《全唐诗》卷二三七。

把庐山东林寺通上人比作高僧慧远,钱起曾寄宿在他的僧舍谈禅。
姚合有许多过访僧院的诗,如《过无可上人院》、《寄题纵上人院》、
《过稠上人院》、《过不疑上人院》等。其中有些应是禅院。如《过稠
上人院》里就写到"修心出是非"①。孟郊《夏日谒智远禅师》诗说:
"抖擞尘埃衣,谒师见真宗。何必千万劫,瞬息去樊笼。"②这是写自
己到奉国寺神照智远处习禅的心得。他又有《题林校书花严寺书
窗》诗,其中说"隐咏不夸俗,问禅徒净居"③,则这位林校书是在禅
院净居习禅的。施肩吾有《宿兰若》、《题禅僧院》、《宿南一上人山
房》等诗,都是题禅院的④。朱余庆《重过惟贞上人院》⑤中的惟贞,
与杜牧《宣州开元寺赠惟贞上人》诗中的应是同一个人,该人是禅
僧。许浑亦有许多过访僧院的诗,如《游果、昼二僧院》说:"何必老
林泉,冥心便是禅。"《题自竹径至龙兴寺崇隐上人院》说"禅心如可
学,不藉鲁阳戈"⑥等。这些显然都是他曾谈禅的禅院。喻凫有《岫
禅师南溪兰若》、《夏日题岫禅师房》⑦等诗。他经常过访岫禅师的
禅居。刘得仁有《题邵公禅院》、《题景玄禅师院》⑧等诗。马戴《寄
终南真空禅师》诗说:"闲想白云外,了然清净僧。松门山半寺,夜
雨佛前灯。此境可长住,浮生自不能。一从林下别,瀑水几成
冰。"⑨这是回忆自己在真空禅师处习禅的体会。薛能《赠禅师》诗
中说:"相寻偶同宿,星月坐忘眠。"⑩温庭筠《宿辉公精舍》诗说:"禅

---

①《全唐诗》卷五〇〇。
②《全唐诗》卷三八〇。
③《全唐诗》卷三七六。
④《全唐诗》卷四九四。
⑤《全唐诗》卷五一四。
⑥《全唐诗》卷五三一、卷五三七。
⑦《全唐诗》卷四四三。
⑧《全唐诗》卷五四四。
⑨《全唐诗》卷五五五。
⑩《全唐诗》卷五六〇。

房无外物,清话此宵同……拥褐寒更切,心知觉路通。"①这些都表现了住宿禅院、与禅师谈禅的情境。姚合婿李频《鄂州头陀寺上方》说:"感时叹物寻僧话,惟向禅心得寂寥。"其《题栖云寺立上人院》说:"不知诸祖后,传印是何人。"②立上人肯定是禅僧,立上人院是禅院。司马札《晓过伊水寄龙门僧》说:"山下禅庵老师在,愿将形役向空王。"③他所过访的是伊水旁的小小的禅庵。方干《题睦州乌龙山禅居》诗说:"伴师长住应难住,归去仍须入俗笼。"④他对自己住过的禅居十分留恋。他还有《题宝林山禅院》、《题法华寺绝顶禅家壁》等诗。前面提到的郑谷《忍公小轩二首》,小轩即是一个禅居。杜荀鹤《舟行晓泊江上寺》诗:"久劳风水上,禅客喜相逢。挂衲虽无分,修心未觉非。日沉山虎出,钟动寺禽归。月上潮平后,谈空渐入微。"⑤这里表现了久行江上、暂憩小寺与僧人谈禅之乐。以上是文人们以各种因缘到禅院、禅堂习禅的例子。当然每个人主观信仰如何、真意如何并不相同,但大多数人都表现出习禅的热忱和愉悦,则是一时思想潮流的表现。

　　到了晚唐时期,还兴起了"禅社"的活动。法眼文益曾指出:"且如天下丛林至盛,禅社极多,聚众不下半千,无(疑误——作者)法况无一二。"⑥这是从批评角度指责禅社风气的败坏。这众多的动辄达数百人的"禅社",参加者就有许多文人士大夫。就《景德传灯录》的记载看:越州清化全付禅师随父贾贩"至豫章,闻禅会之盛,遂启求出家";澧州夹山善会"往江陵听习经论,该练三学,遂参禅会";雪峰义存"往幽州宝刹寺受具足戒,久历禅会";龙牙居遁

①《全唐诗》卷五八二。
②《全唐诗》卷五八七、卷五八九。
③《全唐诗》卷五九六。
④《全唐诗》卷六五〇。
⑤《全唐诗》卷六九一。
⑥《宗门十规论》,《卐续藏经》第63册。

"往嵩岳受戒,乃锡杖游诸禅会"①。这些禅会,就是禅社活动的形式。许浑诗《送太昱禅师》(一作杜牧诗)中说:"禅床深竹里,心与径山期。结社多高客,登坛尽小师。"又《冬日宣城开元寺赠元孚上人》诗说:"一钵事南宗,僧仪称病容……西方知有社,支、许合相从。"②这不但提到结社,而且用支遁、许询交游的典故,表明社中有俗人参加。皮日休《奉和鲁望寒夜访寂上人次韵》诗说:"陶潜见社无妨醉,殷浩谈经不废吟。"③陆龟蒙《和(袭美)夏景无事因怀章、来二上人韵》诗说:"还闻拟结东林社,争奈渊明醉不来。"④这里不能肯定是禅宗结社,但习禅当是这些结社的普遍内容。同样如郑谷《宜春再访芳公言公幽斋写怀叙事因赋长言》:"顷为弟子曾同社,今忝星郎更契缘。"《次韵和秀上人长安寺居言怀寄诸宫禅者》:"旧斋松老别多年,香(乡、莲)社人稀丧(离)乱间。"⑤后一首诗中提到的已明确是"禅者"结社。又如韦蟾《岳麓道林寺》诗:"何时得与刘遗民,同入东林远公社。"⑥许棠《寄敬亭山清越上人》诗:"高禅星月近,野火虎狼驯。旧许陪闲社,终应待此身。"⑦李山甫《山中寄梁判官》诗:"康乐公应频结社,寒山子亦患多才。星郎雅是道中侣,六艺拘牵在隗台。"⑧如此等等,都反映了禅社活动与文人参与这种结社的情形。

禅更广泛普及到文人日常生活之中。如韦应物《夜偶诗客操公作》:"尘襟一潇洒,清夜得禅公。远自鹤林寺,了知人世空。"⑨这位操公来自牛头宗鹤林玄素住寺,他过访韦应物一起谈禅。贾岛

①《景德传灯录》卷一二、卷一五、卷一六、卷一七。
②《全唐诗》卷五二九、卷五三七。
③《全唐诗》卷六一三。
④《甫里先生文集》卷九。
⑤《全唐诗》卷六七五、卷六七六。
⑥《全唐诗》卷五六六。
⑦《全唐诗》卷六〇三。
⑧《全唐诗》卷六四三。
⑨《全唐诗》卷一八六。

《投元郎中》诗说："省宿有时闻急雨,朝回尽日伴禅师。"①禅师们就这样经常往来于士大夫家中。白居易致崔群信《答户部崔侍郎书》里写到元和初年二人同在翰林院的情形："顷与阁下在禁中日,每视事之暇,匡床接枕,言不及它,常以南宗心要互相诱导。"②从他的诗作看,当时在朝友人中还有钱徽亦喜禅,他们禁中夜直时常以谈禅为乐。郑谷《省中偶作》诗也说："捧制名题黄纸尾,约僧心在白云边。乳毛松雪春来好,直夜清闲且学禅。"③这也是说在朝中值夜得闲则学禅。姚合《和元八郎中秋居》诗说："晚眠随客醉,夜坐学僧禅。"④元八郎中即杨宗简。当时文人在家中也常常独自习禅。还有些人营建了专门的禅居。李郢有《秋晚寄题陆勋校书义兴禅居时淮南从事》,其中说"禅居秋草晚,萧索异前时"⑤,写的是陆勋的禅居。郑谷《赠泗口苗居士》诗说："岁晏乐园林,维摩契道心"⑥,这"园林"也是居士习禅之所。白居易在庐山东林寺旁营建的草堂就是禅居。这样,习禅在一定程度上已形成为士大夫生活的一种习俗。

　　汉儒以研习儒家章句为乐,魏晋名士以谈玄为乐,到唐代,文人以谈禅为乐,这里反映了不同时代士人精神生活的变化。如果就对佛教的态度说,六朝士大夫热心谈佛理,读经论,到唐代则转而习禅、居静,这又反映出对佛教的认识有了根本不同。而禅普及到生活,作用到文人们的思想感情,必然在文学创作,特别是在表现人的精神世界的诗歌中反映出来。中、晚唐诗歌的发展与这种影响有着密切关系。作为典型代表的,就是白居易。下一章专门加以论述。

_____

①《全唐诗》卷五七四。
②《白氏长庆集》卷四五。
③《全唐诗》卷六七六。此诗亦列入张乔名下。
④《全唐诗》卷五〇一。
⑤《全唐诗》卷五九〇。
⑥《全唐诗》卷六七四。

第六章　白居易与禅

一

　　在唐代诗坛上，白居易（772—846）之"好佛"可以与王维并称。而且他们两个人都与禅宗有密切联系。他们的阶级地位、仕途经历和思想倾向也有相似之处。他们都出身于进士阶层①而跻身于上层官僚；他们的仕途又都多有波折；他们的思想发展也都由积极上进的辅时及物转向消极保身，并在此过程中滋长了佛教信仰。

　　但具体分析他们的思想和对佛教的态度，又会发现二人间的差异，而这些差异正显示了时代的变化与一定社会时期思想潮流的不同；当然也反映了两个人教养与个性的区别。王维是生活在"盛世"的贵族文人，青年得志，少经事故，性格又比较懦弱，经过仕途上的挫折打击，很快就转向消极退避；而白居易处身于动荡不安、矛盾重重的中唐社会环境之中，在尖锐复杂的官场斗争中求出路，他对人生非常执着，经世济民的理想也比较坚定。他们对待佛教的态度也有所不同。王维自幼就有虔诚的佛教信仰，后来佛教成了他人生的安慰与支持。他的好禅，是努力用禅的境界去超越

────────────

①关于这一阶层的特征及其历史作用，参阅陈寅恪《唐代政治史述论稿》，上海古籍出版社，1982年；程千帆《唐代进士行卷与文学》，上海古籍出版社，1980年；傅璇琮《唐代科举与文学》，陕西人民出版社，1986年。

现实人生,达到心灵的空净与平衡。白居易习佛当然也有寻求精神解脱的意味,但却较少超世、厌世的色彩。他是"外以儒行修其身,中以释教治其心,旁以山水、风月、歌诗、琴酒乐其志"(《醉吟先生墓志铭》,《白氏长庆集》卷七十一)①。对于他来说,"志在兼济,行在独善"(《与元九书》,《集》四十五)二者并用,"独善"与"兼济"是不相矛盾的。好佛习禅作为"独善"之道,与诗、酒等等一样,都是人生的一部分,是"兼济"不得的权宜因应之道。

王、白二人对佛教态度的不同,也反映了禅思想的发展变化。王维亲近的主要是"明心见性"的荷泽禅。荷泽禅主张现实的一切皆妄,要求超越这虚妄的现实去发现真实的"自性"。白居易处在洪州禅大繁荣的时代,他主要接受了洪州禅的见解。洪州禅主张现实的一切皆真;不是到现实之外去追寻绝对的"自性",而认为佛性即在人生日用之中,"平常心"之外没有另外的"清净心"。因此,王维到终南山辋川山林中去焚香独坐,以习禅来逃避人生苦难与尘世喧嚣;而白居易却习禅在朝堂、在诗酒、在友好的交谊之中。王维努力于"一行三昧"的般若智的信仰与实践;白居易则努力于把禅体现于生活与艺术里。

这样,也就决定了白居易整个思想性格的融通的特点。他自幼受的是当时士大夫阶层的正统儒家教育,一生信守儒家仁义道德的信条,立身行事以实现圣人之道为职志。他又热衷于道教,曾经炼丹、服药,追求神仙之道、长生之术②。他在《醉吟先生传》中又说:"性嗜酒、耽琴、淫诗,凡酒徒、琴侣、诗客多与之游。游之外,栖心释氏,通学小、中、大乘法。"(《集》七十)这是说他对教门的大、小乘均有兴趣。例如他曾写过歌颂弥勒信仰和净土信仰的

---

① 本章中引用白居易诗文,据文学古籍刊行社 1955 年影宋本《白氏长庆集》,仅在引文后注出卷次。

② 参阅陈寅恪《白居易之思想行为与佛道关系》,《元白诗笺证稿》,上海古籍出版社,1978 年。

作品①。并且如下面将要指出的,他对禅宗各派、各种禅法,也取兼容态度。因而可以指责他对于佛教根本没有认真的信仰,或批评他对佛教教义并没有多少了解,习禅也只是出于游戏。但从另一方面看,洪州禅本身就有与儒、道相融合的特征。马祖说"心不自心,因色故有,汝但随时言说,即事即理,都无所碍。菩提道果,亦复如是"②;石头希迁也认为"随立之处,尽得宗门;语言啼笑,屈伸俯仰,各从性海所发"③。依这些看法,禅与道也就不相排斥。特别是洪州禅的"无念"、"自然"等观念,在很大成分上是承自老、庄与玄学的。洪州禅的发展已经在消泯它作为特殊的宗派的界线。后来发展出"禅教一致"、"禅净一致"的思潮,正是逻辑上的必然出路。白居易对佛教和禅的融通态度,实际上也反映了洪州禅的这种发展趋势。假如从这样的角度来看,白居易倒是相当深刻地把握了洪州禅的本质的。

二

白居易一生的活动,主要在四个地区:长安、江州(今江西九江市)、杭州和苏州、洛阳。他对佛教的热衷从年轻时即已开始,老而弥笃,在这四个地区都与佛门结下了因缘。特别是在江州与洛阳:在江州时,他曾在庐山东林寺旁结草堂,崇仰当年慧远与居士刘遗民等结社故事,与东、西林寺僧侣等结社;晚年在洛阳,居龙门香山寺,自称"香山居士"。在这两个时期他曾度过居士修道生活。见于其文集与其它资料中与他有交往的僧人在百人以上:

在长安:前后有文畅、惟宽、义崇、圆镜、义修、广宣、正一、巨

---

①如《白氏长庆集》卷七〇的《画弥勒上生帧赞》、《绣西方帧赞》,卷七一的《画西方帧记》、《画弥勒上生帧记》等。

②入矢义高编《馬祖の語録》。

③《宗镜录》卷九七引石头希迁语。

川、恒寂、昙禅师、自远、宗密、云寂等①；

在江州：有法演、智满、士坚、利辩、道深、道建、神照、云皋、思慈、寂然、神凑、朗、晦、琳、令杲、灵达、元审、元总、智常与果等；

在杭州和苏州：有南操、道峰、怀纵、如建、冲契、宗一、至柔、晋诸、智则、智明、云皋、太易、光上人（韬光）、永谦、清头陀、次休、甄公、慧皎、道标、鸟窠（圆休）等②；

在洛阳：有智如、振、清闲、源、济、钊、操、州、畅、如满、如信、归靖、藏周、常贲、怀嵩、圆恕、圆昭、贞操、道嵩、存一、惠恭、凝公、志行、道宗、清法师、宗实、旻上人、道遇等。

其它所到之处还有一些人。上述诸人中，见于《香山寺经藏记》中的"济"不知是不是《上济法师书》中的"济法师"；见于《远师》、《问远师》诗中的"远"不知是不是自远；清头陀、清法师也不知道是否为同一人，这都需要另加考证。

当然，这些僧人并非都是禅僧；是禅僧也不会全属洪州系统。又虽然白居易确曾向一些禅师问法，灯史上也把他归到某人名下为嗣法弟子③，实际上他作为文人官僚，还算不上是严格的禅门中人。他本人也没有明确的法系归属观念。他经常讲到楞伽禅，如说："人间此病治无药，唯有《楞伽》四卷经。"（《见元九悼亡诗因以此寄》，《集》十四）他还讲到牛头禅："龙尾趋朝无气力，牛头参道有心期。"（《戊申岁暮咏怀三首》之一，《集》二十七）甚至他对传统的禅法也表示热衷并加以宣扬："赖学禅门非想定，千愁万念一时

---

① 云寂见元稹《和乐天赠云寂僧》，《全唐诗》卷四一四。其他均见《白集》，不另注出。下同。
② "光上人"为韬光，据韬光诗《谢白乐天招》，《全唐诗》卷八二三；甄公见《宋高僧传》卷一一《唐荆州福寿寺甄公传》："（甄公）寻挂锡于苏州楞伽山……时白居易牧是郡，接其谈道……"慧皎见元稹《永福寺石壁法华经记》，《元氏长庆集》卷五一；道标见《宋高僧传》卷一五《唐杭州灵隐山道标传》；鸟窠见《祖堂集》卷三。
③ 如《五灯会元》卷四把他列为佛光如满法嗣。

空。"(《晏坐闲吟》,《集》十五)所谓"非想定"即"非想非非想处定",是小乘禅法"四禅八定"的最高阶段[①]。但他对洪州禅特别亲近也是事实。他有诗说:"近岁将心地,回向南宗禅。外顺世间法,内脱区中缘。"(《赠杓直》,《集》六)在他的时代,洪州禅正是南宗主流。下面梳理一下他习禅的情形,对这一点就会更为清楚。

白居易作品中明确记述他与禅宗的关系和他对禅具有相当理解的,是在贞元二十年(804)所作的《八渐偈》。序中说到他曾向贞元十九年死于东都圣善寺塔院的凝公"求心要","师赐我八言焉……繇是入于耳,贯于心,达于性,于兹三、四年矣"(《集》三十九)。白居易贞元十五年自浮梁大兄白幼文处返洛省母,其时二十八岁,他从凝公习禅即是从这个时候开始的。据其《东都十律大德长圣善寺钵塔院主智如和尚荼毗幢记》(《集》六十九),智如"通《楞伽》、《思益》心要于法凝大师","凝公"即此法凝。如下面将要说明,东都圣善寺僧自法凝以下数代均与白居易有交谊,并且是传南宗禅法的。从《八渐偈》中可了解凝公所传禅法内容,如《观偈》:

> 以心中眼,观心外相。从何而有,从何而丧。观之又观,
> 则辨真妄。

这里用的是北宗"观心"一词,但所观是"从何而有,从何而丧"的"无心"境界,而非观北宗主张的清净心体。《觉偈》:

> 惟真常在,为妄所蒙。真妄苟辨,觉生其中。不离妄有,
> 而得真空。

《定偈》:

> 真若不灭,妄即不起。六根之源,湛如止水。是为禅定,

[①]见《俱舍论》卷二八。

乃脱生死。(《集》三十九)

这里所谓的"真",是不离"妄有"的。这又是洪州禅的观念。苏辙说:"六祖尝告大弟子:'假使坐而不动,除得妄起心,此法同无情,即能障道。道须流通,何以却住心?心不住即流通,住即被缚。'故五祖告牛头亦云:'妄念即不起,真心任遍知。'皆所谓'应无所住而生其心'者也。佛、祖旧说,符合如此。而乐天《八渐偈》,亦似见此事。"①这里所引用的六祖的话,见兴善寺本和契嵩本《坛经》②;引"五祖告牛头"语,"五祖"为"四祖"之误,见《祖堂集》③。如上已指出,牛头法融嗣四祖本是牛头系传说,是后来伪托的,苏辙的说法即是根据传说而来。但他看出白居易写《八渐偈》通于南宗禅的观念,则是符合实际的。

白居易贞元十九年登书判拔萃科,授秘书省校书郎;元和元年(806)罢校书郎,应才识兼茂明于体用科,入第四等,授盩厔尉;次年入翰林为学士。从此至元和十年贬江州,除丁母忧三年(811—814)住长安附近的下邽(今陕西渭南)金氏村之外,一直在朝作官④。而这一时期,正是马祖弟子陆续北上、洪州禅在朝野造成广泛影响的时候。正是在这种环境下,白居易与同僚友好热心地参与习禅,甚至这种共同爱好成为增强其相互交谊的一条纽带。

这里举出他交友习禅的几个例子。上一章曾讲到元稹习禅的情况。白居易在《修香山寺记》中说:"予早与故元相国微之定交于

---

① 《书白乐天集后二首》,《栾城后集》卷二一。
② 兴善寺本《坛经》:"迷人著法相,执一行三昧,直言常坐不动,妄不起心,即是一行三昧。作此解者,即同无情,却是障道因缘。善知识,道须通流,何以却滞?心不住法,道即流通;心若住法,名为自缚。"契嵩本略同。
③ 《祖堂集》卷三《牛头和尚章》:"(牛头法融)又问:'既不许现行,于境起时如何对治?'师(四祖道信)曰:'……妄心即不起,真心遍知……'"
④ 参阅朱金城《白居易年谱》,上海古籍出版社,1982年。以下白居易行年事迹均据此。

生死之间,冥心于因果之际。"(《集》六十八)则元、白二人共同好佛是他们交好的原因之一。他在元和五年(810)所作和元稹的《和梦游春诗一百韵》说"《法句》与《心王》,期君日三复",有注曰"微之常以《法句》及《心王头陀经》相示,故申言以卒其志也"(《集》十四)。前面已引用过陈寅恪先生的考证,这两部经都是当时流行的禅门伪经。白居易与友人崔群、钱徽、李建、韦处厚等都曾一起习禅学佛。他的《答崔侍郎钱舍人书问因继以诗》说"吾有二道友,蔼蔼崔与钱"(《集》七)。元和二年崔群与他同入翰林院为学士;三年钱徽亦以祠部员外郎充学士,结为"道友"即在此以后。白居易元和十一年《答户部崔侍郎书》回忆说:"顷与阁下在禁中日,每视草之暇,匡床接枕,言不及他,常以南宗心要互相诱导。"(《集》四十五)元和十五年的《钱虢州以三堂绝句见寄因以本韵和之》诗又说:"同事空王岁月深,相思远寄定中吟。遥知清净中和化,只用金刚三昧心。"注曰:"予早岁与钱君同习读《金刚三昧经》,故云。"(《集》十八)《出三藏记集》著录失译《金刚三昧本性清净不坏不灭经》[1],从题目看是宣扬心性本净思想的,当是唐代禅门习读的经典。白居易与李建定交较早,在贞元十九年(803)。李建以好佛著名,白居易为他作《有唐善人墓碑》,说其母"好善佛书,不食肉。公不忍违其志,亦终身蔬食。自八九岁时始讽毕,尽得其义"(《集》四十一)。白居易在韦处厚祭文中写到一起学佛:"公佩服世教,栖心空门,外为君子儒,内修菩萨行。常接余论,许追高纵。元和中,出守开、忠二郡日,公先以喻金矿偈相问,往复再三。繇是法要心期,始相会合。长庆初,俱为中书舍人日,寻诣普济寺宗律师所同受八戒,各持十斋。繇是香火因缘,渐相亲近。"(《祭中书韦相公文》,《集》六十九)韦处厚是马祖弟子鹅湖大义碑铭作者[2]。又有崔玄亮,与白居易同

---

[1] 参阅吕澂编《新编汉文大藏经目录》第 28 页,齐鲁书社,1981 年。
[2] 韦处厚《兴福寺内道场供奉大德大义禅师碑铭》,《全唐文》卷七一五。

在贞元十九年博学宏词科擢第①，白在《唐故虢州刺史赠礼部尚书崔公墓志铭》中说："公之晚年，又师六祖，以无相为心地，以不二为法门。每遇僧徒，辄论真谛，虽耆年宿德，皆心伏之。"（《集》七十）以上这些交友的事例，表明了白居易周围习佛气氛的浓重；而他们又都主要热衷于禅宗，白居易尤其表现出极高的热忱。这里应当特别注意的是，从实际情况看，白居易在早年仕途上还相当顺利，正在为实现兼济之志奋发上进的时期就已热心习禅了。他并不是经过仕途波折才回心向佛的。当然他晚年对佛教更加倾心也是事实。

　　白居易习禅的重要经历是曾向兴善惟宽问道。兴善惟宽为马祖高足，贞元年间，经闽越北上，先弘法于嵩山少林寺；元和四年，宪宗召见于安国寺；五年，入内说法。贞元九年冬，白居易丁母忧期满，授太子左赞善大夫，回到长安，即四次到兴善寺向惟宽问道。惟宽贞元十二年死；十四年，弟子请托远在忠州（重庆忠县）的白居易作《传法堂碑》。胡适认为这篇文字"是九世纪的一种禅宗史料"，"不是潦草应酬之作"②。其中重要内容有两点。一是记载了惟宽所传一种禅宗世系：

　　　　释迦如来欲涅槃时，以正法密印付摩诃迦叶，传至马鸣。又十二叶，传至师子比丘。及二十四叶，传至佛驮先那。先那传圆觉达摩，达摩传大弘可，可传镜智璨，璨传大医信，信传圆满忍，忍传大鉴能，是为六祖。能传南岳让，让传洪州道一，一谥曰大寂，寂即师（惟宽）之师。贯而次之，其传授可知矣。有

_____

①徐松《登科记考》卷一四，《贞元十一年》据唐书本传，考崔玄亮及进士第；而《贞元十六年》又据白居易《贺湖州崔十八使君诗》"贞元科第忝同年"等语，重出"崔玄亮"，误。所谓"科第忝同年"，指同登博学宏词科事，亦见《登科记考》卷一五"贞元十九年"条。
②《白居易时代的禅宗世系》，《胡适文存》第三集；又柳田圣山编《胡適禪學案》，中文出版社，1981年。

> 问师之道属，曰：自四祖以降，虽嗣正法，有冢嫡而支派者，犹大宗小宗焉。以世族譬之，即师与西堂藏、甘泉贤、勒潭海、百岩晖俱父事大寂，若兄弟然，章敬澄若从父兄弟，径山钦若从祖兄弟，鹤林素、华严寂若伯叔然，当山忠、东京会若伯叔祖，嵩山秀、牛头融若曾祖伯叔，推而序之，其道属可知矣。

这里所述西天法系，取自僧佑所述自大迦叶至达磨多罗菩萨的五十三代说①；而把达磨多罗混同于菩提达摩，创造出"菩提达摩多罗"这个人物，始见于《历代法宝记》②。白居易记载的还不是敦煌本《坛经》的二十八代说。文章中记述中土法系，涉及到北宗、南宗、牛头宗，与今传多有不合之处。例如章敬澄，灯录记载为普寂弟子③，不知道为什么说他是惟宽从父兄弟；牛头法融也不应为北宗神秀（嵩山秀）的曾伯叔祖。不过说慧能后怀让、大寂的洪州一系为正统，则是洪州宗取得主流地位的看法，也反映了白居易对洪州宗的态度。

文章的另一重要内容是所述惟宽法要：

> 居易为赞善大夫时，常四诣师，四问道。第一问云：既曰禅师，何故说法？师曰：无上菩提者，被于身为律，说于口为法，行于心为禅，应用有三，其实一也。如江湖河汉，在处立名，名虽不一，水性无二。律即是法，法不离禅，云何于中妄起分别。第二问云：既无分别，何以修心？师曰：心本无损伤，云何要修理？无论垢与净，一切勿起念。第三问云：垢即不可念，净无念可乎？师曰：如人眼睛上，一物不可住。金屑虽珍宝，在眼亦为病。第四问云：无修无念，亦何异于凡夫耶？师

---

①《出三藏记集》卷一二《萨婆多部记目录序》。
②柳田圣山校注《歷代法寶記》。
③宗密《中华传心地禅门师资承袭图》中"普寂七"之下有"西京山北章敬寺澄"。

> 曰:凡夫无明,二乘执著,离此二病,是名真修。真修者不得
> 勤,不得妄,勤即近执著,妄即落无明。(《集》四十一)

这一段记述,表明了白居易对于洪州见解已有非常深入的了解;同
时它又可作为可靠史料,与灯录所述洪州禅的主张相印证。兴善
惟宽弟子义崇、圆镜也与白居易有交谊。

元和十年(815),白居易贬江州司马。司马本是闲职,庐山即
在江州近傍。贬谪中的白居易于元和十二年在庐山东林寺旁营草
堂,与东、西二林寺僧侣结交。他的《祭庐山文》说:

> ……遗爱西偏,郑氏旧隐,三寺长老,招予此居。创新堂
> 宇,疏旧泉沼,或来或往,栖迟其间。不唯耽玩水石,以乐野
> 性;亦欲摆去烦恼,渐归空门。(《集》四十)

离开江州以后,他与庐山僧人仍不断有诗书问讯;直到三十年后,
旧日相识中只剩下云皋一人,他仍将所编文集后集送东林寺收藏,
可见他对这里感情之笃厚。庐山本来是佛教圣地,正处在洪州禅
兴起之地的洪州之北。从这里可以北进中原,又可以上下长江,是
禅宗僧侣活跃之地。在这里的著名人物有马祖弟子智常,住江州
归宗寺。《祖堂集》记载了白居易和一个叫李万卷的人向他问法的
故事。在《宋高僧传》卷十七和《景德传灯录》卷七里,这个李万卷
被记为刺史李渤,显系伪托①。但白居易有《晚春登大云寺南楼赠
常禅师》诗,是写给智常的,可证实他与智常的交谊。诗云:

> 花尽头新白,登楼意若何? 岁时春日少,世界苦人多。愁
> 醉非因酒,悲吟不是歌。求师治此病,唯劝读《楞伽》。(《集》
> 十六)

---

① 李渤任江州刺史在长庆二至三年(822—823),考见郁贤皓《唐刺史考》(四)
第十编《江南西道·江州》,江苏古籍出版社,1987年。早在元和十四年春白
居易已离江州赴忠州刺史任。

　　江州兴果寺有僧神凑，《宋高僧传》谓"白乐天为典午于郡，相善，及终，悲悼作塔铭"①。塔铭即《唐江州兴果寺律大德凑公塔碣铭》。其中说神凑"具戒于南岳希操大师，参禅于钟陵大寂大师"，则他虽是律僧，又传马祖禅法。在当时，禅律交修是禅门一时风气②。文中又说："初予与师相遇，如他生旧识，一见诉合，不知其然。及迁化时，予又题一四句诗为别……本结菩提香火社，共嫌烦恼电泡身。不须恋恋从师去，先请西方作主人。"（《集》四十一）其弟子有道建、利辩、元审、元总等，均与白居易有交谊。

　　在庐山与白居易交游的还有东林寺僧神照（见《游大林寺序》，《集》四十三）。后来他住东都奉国寺禅院，开成三年（838）去世，卜葬于宝应寺荷泽祖师塔之东。白居易为作《唐东都奉国寺禅德大师照公塔铭》。其中说神照"学心法于惟忠禅师，忠一名南印，即第六祖之法曾孙也。大师祖达摩、宗神会而父事印。其教之大旨，以如然不动为体，以妙然不空为用，示真寂而不说断灭，破计著而不坏假名。"（《集》七十一）惟忠是磁州法如弟子，为神会再传。法如将荷泽宗传到南方，南印惟忠、神照都是传人。宗密即惟忠再传。后来神照住洛阳，白居易又与他密切往来，有《赠僧五首·神照上人》（《集》二十七）、《喜照、（宗）密、（清）闲、（宗）实四上人见过》（《集》三十一）等诗。白居易《塔铭》中说"众以余忝闻法门人，结菩提之缘甚熟"，可见二人法缘的深厚。神照弟子有清闲、志行等。白居易晚年在洛阳与清闲交往亦甚密，有《香山寺新修经藏堂记》（《集》七十一）及《赠僧五首·清闲上人》（《集》二十七）、《答闲上人来问因何风疾》（《集》三十五）等诗文。清闲曾助其修建香山草堂，《修香山寺记》说："清闲上人与予及微之，皆夙旧也。"（《集》六十八）

　　在庐山与白居易有来往的还有寂然。他俗姓白，号白头陀，为

①《宋高僧传》卷一六《唐江州兴果寺神凑传》。
②柳田圣山《初期禪宗史書の研究》第三章《南宗の擡头》。

白居易本家从侄，《宋高僧传》卷二十七有传。长庆初住长安南太白峰，白居易有《寄白头陀》诗，中有"仍闻移住处，太白最高峰"（《集》十九）之句。大和年间又住沃州山，时为浙东观察使的元稹等人助其筑成禅院，"日与寂然讨论心要，振起禅风"（《沃州山禅院记》，《集》六十八）。大和六年（832），寂然遣徒执贽自剡抵洛，乞白居易为禅院记。

　　白居易在江州（元和十三年），东林寺僧道深等请作《唐抚州景云寺故律大德上弘和尚石塔碑铭》。上弘曾住东林寺，刘轲有《庐山东林寺故临坛大德塔铭》①，说他"心同曹溪，事同南山"，即他兼修曹溪禅法与南山律宗。白居易《塔铭》中又说他"贞元初，离我、我所，徙居洪州龙兴寺说法，亲近善知识"（《集》四十一）。所识"善知识"应即是洪州宗人。他与兴果神凑等交好。颜真卿、姜公辅、杨凭、韦丹等均对之礼敬。

　　大概在白居易于贞元十五年后到洛阳向圣善寺凝公求法时，即结识了其弟子圣善寺华严院如信。如信于长庆四年（824）去世。次年，白居易在苏州刺史任上，应如信弟子智如、严隐等人之请，作《如信大师功德幢记》。其中说如信"戒学《四分律》于释晤，后传六祖心要于本院先师……禅与律交修，定与慧相养"（《集》六十八）。智如亦与白居易交谊甚厚。他死于大和八年（834），白居易为作《东都十律大德长圣善寺钵塔院主智如和尚茶毗幢记》。其中说他"受具戒于僧晤，学《四分律》于昙濬律师，通《楞伽》、《思益》心要于法凝大师"。如前所述"法凝"即凝公。文中又说"居易辱为是院门徒者有年矣。又十年以还，蒙师受八关斋戒"。白居易有诗《赠僧五首·钵塔院如大师》（《集》二十七）和《与僧智如夜话》（《集》二十五）等。

　　智如弟子有振公。从法凝算起，这已是圣善寺与白居易有交谊的第三代。开成元年（836），白居易在《圣善寺白氏文集记》中

_____

①《全唐文》卷七四二。

说："与东都圣善寺钵塔院故长老如满①大师有戒斋之因，与今长老振大士为香火之社"（《集》七十）。振公亦是帮助白居易经营香山寺经藏的人之一（《香山寺新修经藏堂记》，《集》七十一）。

　　白居易与当时著名的佛教学者圭峰宗密禅师也有交谊。宗密在禅门属荷泽系，又嗣法华严澄观，著述弘富，是影响巨大的佛教著作家。白居易有《赠草堂宗密上人》、《喜照、密、闲、实四上人见过》等诗，均作于大和七年（833）。前诗云：

　　　　吾师道与佛相应，念念无为法法能。口藏传宣十二部，心台照耀百千灯。尽离文字非中道，长住虚空是小乘。少有人知菩萨行，世间只是重高僧。（《集》三十一）

后一首诗写到的四个人都是禅僧。诗云：

　　　　紫袍朝士白髯翁，与俗乖疏与道通。官秩三回分洛下，交游一半在僧中。奥荼世界终须出，香火因缘久愿同。斋后将何充供养，西轩泉石北窗风。（《集》三十一）

从这些诗可见白居易与禅门中人精神上契合之深。又宗密多与文人交游，已见前述。大和九年（835）"甘露之变"，宦官诛杀朝臣，"李训素与终南僧宗密善，往投之。宗密欲剃其发而匿之，其徒不可"②。看起来他又是一个热衷政治的人。

　　白居易晚年居洛阳龙门香山寺，与佛光如满往还密切。他在开成三年（838）所作《醉吟先生传》中说"与嵩山僧如满为空门友"（《集》七十）。会昌二年（842）又作《佛光和尚真赞》，其时如满已九十一岁，白居易七十一岁。前一年白居易有《山下留别佛光和尚》诗："劳师送我下山行，此别何人识我情。我已七旬师九十，当知后会在他生。"（《集》三十五）如满是马祖弟子，灯录中记载他曾与顺宗李诵谈禅，是

---

①应为"智如之讹"。下面"斋戒之因"，即指从智如受八关斋戒事。
②《资治通鉴》卷二四五《唐纪六十一·文宗太和九年》。

洪州宗较早北上的一个人,或许白居易早就与他相识。

以上根据白居易诗文的自述,考察了他与僧侣的关系。可以清楚地看到他所结交的主要是禅僧,而与洪州一系尤为亲近。在马祖道一的高足里,就有兴善惟宽、归宗智常、佛光如满与他交好。从有关诗文中,还可看出他对洪州禅的思想具有相当深刻的理解。从禅宗发展看,洪州禅本是当时禅宗的主流,而白居易是积极追随这一潮流的。这是白居易佛教思想的根本方面。研究佛教对白居易的影响,必须着眼于这主要的一面。

表一　白居易与禅宗关系表

（黑体字标出者与白居易有直接关系）

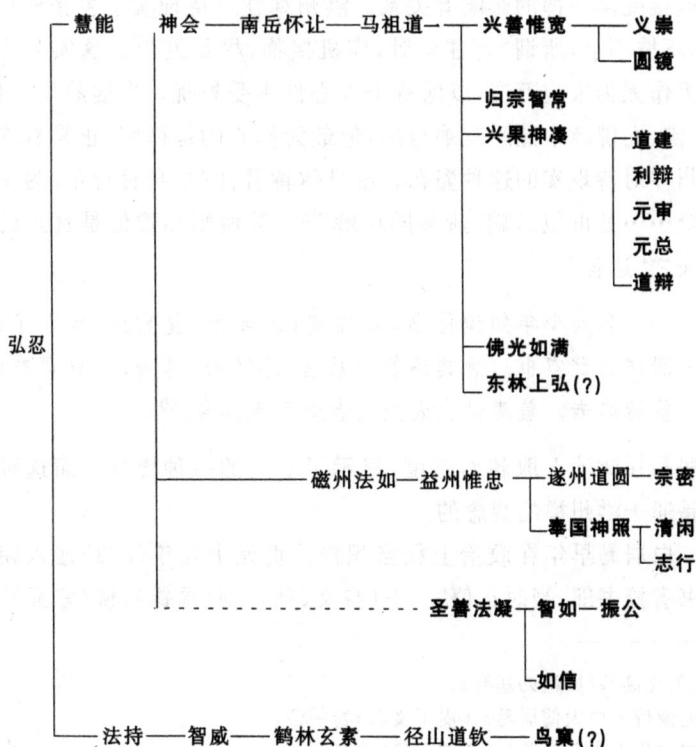

<h1 style="text-align:center">三</h1>

白居易的活动经历德、顺、宪、穆、敬、文、武七朝,这是唐朝廷内部矛盾丛生、斗争极其复杂、激烈的时期。而他从步入仕途伊始,就密切关注并参与了朝廷政治,在一生活动中经历了许多变故,与政争关键人物有密切的联系。但他虽然在仕途中遭到不少波折,却基本上保持了安顺的地位。特别在他中年以后,牛李党争正遽,他却并没有陷入其中,反而以自身的超脱优游为宜。这一方面是由于他处身有道,善于自保,并避免贪求苟进,结党营私;但也与他接受洪州禅的影响有关。洪州禅在对待现实上主张任运随缘,不忮不求,所谓"行住坐卧,应机接物,尽是道"①。这实际上是以无作无为来应万变,以保持个人心性不受外扰。白居易研习儒、道、佛,在佛教中熟悉三乘与禅,他最为倾心的是禅宗,正是有取于洪州禅对待现实的这种姿态。皮日休称赞他"立身百行足,为文六艺全……处世似孤鹤,遗荣同蜕蝉"②。苏辙则称赞他是真正的士大夫之"达者":

> 乐天少年知读佛书,习禅定;既涉世,履忧患,胸中了然,照诸幻之空也。故其还朝为从官,小不合,即舍去,分司东洛,伏游终老。盖唐世士大夫达者如乐天寡矣。③

白居易在政治上取超然态度,显示了心灵的一种境界。而这种境界是通于洪州禅的观念的。

白居易早年在政治上相当积极。贞元十九年(803)他入朝任秘书省校书郎,当时正值"二王(叔文、伾)、刘(禹锡)、柳(宗元)"集

①入矢义高编《馬祖の語録》。
②《七爱诗·白太傅居易》,《皮子文薮》卷一〇。
③《书白乐天集后二首》,《栾城后集》卷二一。

团结成、酝酿"永贞革新"的时候。从他的政治主张看，与革新派是
一致的。后来顺宗即位，革新派执政柄，他曾写《为人上宰相书》
（《集》四十四），对王叔文一派的韦执谊表示支持。以后革新失败，
主持者被远贬，他又一再写诗表示同情。如《新乐府·太行路》即
"近慨崖州（韦执谊）之沉沦，追刺德宗之猜刻"，而《园陵妾》则是寄
慨被窜逐的"八司马"的[①]。他还写了《寄隐者》、《寓意》、《读书》
（"汉文疑贾生"）等同情革新派的诗。如《寄隐者》写到韦执谊被流
窜说："昨日延英对，今日崖州去。由来君臣间，宠辱在朝暮。"
（《集》一）直到后来，他与革新派人物刘禹锡、李景俭、李谅等仍保
持着长期的交谊[②]。但是，他尽管此时处身朝廷近密，却没有参与
朝官中的任何一派，没有结成党援去谋求出路。

　　后来白居易与"牛、李党争"的牛党中人有较多关系。元和三
年（808），他任右拾遗充翰林学士。时有牛僧孺、皇甫湜、李宗闵等
对策切直，宰相李吉甫泣诉于上，考官杨於陵、韦贯之、王涯等坐
贬。白居易为此上《论制科人状》，极言朝廷处置不当。这个科场
案，即是后来延续近半个世纪的"牛、李党争"的远因。白居易这次
上奏朝廷，态度显然是同情牛僧孺的。同一年，他和杨虞卿从妹结
婚，杨为后来的牛党骨干。陈寅恪在《唐代政治史述论稿》中把他
列为牛党成员[③]。但白居易与牛僧孺等人虽有密切往还，却没有参
与牛、李两派的倾轧，谈不上与牛党结成朋党关系。在长庆元年
（821）另一次科场案中，他作为复试官，还促成了牛党钱徽、李宗
闵、杨汝士贬官的结果。而此案正是"牛、李党争"的肇端。因此岑
仲勉力辩白居易非牛党[④]。在几十年剧烈的党争中，他的亲交好友
升黜反复，旋进旋退。对牛党中的友好，他也表示过同情。会昌元

---

①陈寅恪《元白诗笺证稿》第 178、269 页。

②参阅顾学颉《白居易与永贞革新》，《文史》第十辑。

③《唐代政治史述论稿》，上海古籍出版社，1982 年。

④《隋唐史》第 404 页，高等教育出版社，1957 年。

年(841)三月,杨嗣复贬潮州司马;会昌四年十二月,牛僧孺贬循州
长史,李宗闵长流封州。六年(846)白居易有《六年立春日人日作》
诗说:"试作循、潮、封眼想,何由得见洛阳春。"对这些友人他是有
感情的。但他与党人有私谊而无勾结,因而论事也就能重是非而
不重党籍。这不只由于他戒惧避祸,也由于他心地淡泊而超脱。
叶梦得说:

> 白乐天与杨虞卿为姻家,而不累于虞卿;与元稹、牛僧孺
> 相厚善,而不党于元稹、僧孺;为裴晋公所爱重,而不因晋公以
> 进;李文饶素不乐,而不为文饶所深害者,处世如是人亦足矣。
> 推其所由得,惟不汲汲于进,而志在于退,是以能安于去就爱
> 憎之际,每裕然有余也。自刑部侍郎以病求分司,时年才五十
> 八,自是盖不复出。中间一为河南尹,期年辄去;再除同州刺
> 史,不拜。雍容无事,顺适其意而满足其欲者十有六年。方大
> 和、开成、会昌之间,天下变故,所更不一。元稹以废黜死;李
> 文饶以谗嫉死;虽裴晋公犹怀疑畏;而牛僧孺、李宗闵皆不免
> 万里之行。所谓李逢吉、令孤楚、李珏之徒,泛泛非素与游者,
> 其冰炭低昂,未尝有虚日。顾乐天所得,岂不多哉。[①]

白居易如此的处境和他谦退的因应之道,表面上是不讲原则,实际
上自有他的人生原则在。而坚持顺适身心、任运随缘,正是洪州禅
的主张。

大和九年(835)发生宦官诛杀朝官的"甘露之变",白居易时年
六十四岁。他十月份为太子少傅分司东都,事变起于十一月二十
一日,友人舒元舆、王涯等罹难。他的《九年十一月二十一日感事
而作其日独游香山寺》诗说:

> 祸福茫茫不可期,大都早退似先知。当君白首同归日,是

---

① 《避暑录话》卷上。

我青山独往时。顾索素琴应不暇,忆牵黄犬定难追。麒麟作脯龙为醢,何似泥中曳尾龟。(《集》三十二)

这首诗对事变仓促表示忧愤,对友人遇祸表示同情,也流露出消极避祸心理[1]。此后又有《即事重题》(《集》三十二)、《咏史》(《集》三十)等诗。也就在这一年,牛僧孺有赠白居易诗说:"惟羡东都白居士,月明香积问禅师。"[2]此后到他去世的十余年间,基本度过闲散生活,对禅也更加热衷。其间在会昌二年(842)以刑部尚书致仕,与朝政脱离了关系。这表明那种任性自适、无作无念的意识占据了他心灵的更主导的地位。而他的这一时期的作品则如楼钥所评论说:"安时处顺,造理齐物,履忧患,婴疾苦,而其词意愈益平淡旷达,有古人所不易到,后来不可及者。"[3]白居易思想与创作的这种发展,洪州禅的影响起了决定的作用。

四

前面已经指出,洪州禅发展上的一个特点是融入了更多的道家思想内容。从一定意义说,由荷泽禅向洪州禅的演化是禅的进一步"道家化"。白居易的思想具有非常明显的庄禅合一的倾向。这正与洪州禅的发展相一致。

白居易形成庄禅合一的人生观,与他自身的情况有很大关系。他一生多病,十八岁所写《病中作》中就自叹"少年已多病,此身岂

---

[1]关于此诗主旨,历来看法不一。苏轼《仇池笔记》以为是悲悼王涯等人,洪迈(《容斋随笔》卷一)、瞿佑(《归田诗话》卷上)、汪立名等看法略同。章子厚认为是幸王等之祸(见魏庆之《诗人玉屑》卷一六),胡震亨(《唐音癸签》卷二五)等略同。
[2]此断句见白居易《宿香山寺酬广陵牛相公见寄》(《集》三十三)自注。此次酬赠年代考见朱金城《白居易年谱》第264页。
[3]《跋白乐天集目录》,《攻媿集》卷七六。

衰老"(《集》十八)。而到中年以后,身体一直较衰弱,作官经常要乞假休养。这样,老、病、死的苦恼也就时时纠结在他的心中。这些也成了他的诗常常出现的主题。唐代金丹道教兴盛,士大夫间炼丹服药成为风习,白居易也曾乐此不衰。姚宽《西溪丛语》说:

白乐天《自咏》诗云:"朱砂贱如土,不解烧为丹。玄鬓化为雪,不解休为官。"又《不二门》诗云:"亦曾烧大药,消息乖火候。至今残丹砂,烧干不成就。"《浔阳晚岁寄元八郎中庾三十二员外》诗云:"商水年将暮,烧金道未成。丹砂不肯死,白发自须生。"《对酒》云:"谩把《参同契》,难烧伏火砂。有时成白首,无处问黄茅。"《赴忠州至江陵舟中示舍弟》云:"幼学将何用,丹烧竟不成。"《酬元郎中书怀》云:"终身拟作卧云伴,逐月须收烧药钱。"《与故刑部李侍郎早结道友以药术为事》诗云:"金丹同学都无益,水竹邻居竟不成。"《赠江州李使君》云:"迹为烧丹隐,家缘嗜酒贫。"《题别遗爱草堂》云:"曾在庐峰下,书堂对药台。"《竹楼宿》诗:"小书楼下千竿竹,深火炉前一盏灯。此处与谁相伴宿,烧丹道士坐禅僧。"《后集》第五十一卷《同微之赠别郭虚舟炼师五十韵》叙烧丹事甚详,有云:"简寂馆钟后,紫霄峰晓时。心尘未净洁,火候遂参差。万寿觊刀圭,千功失毫厘。先生弹指起,姹女随烟飞。始知缘会开,阴隙不可移。药灶今夕罢,诏书明日追。"《对酒》云:"丹砂见火去无迹,白发泥人来未休。"《赠杜录事》云:"河车九转宜精炼,火候三年在好看。"《酬梦得》云:"丹砂炼作三铢土,玄发看成一把丝。"又《烧药不成命酒独酌》云:"白发逢秋至,丹砂见火空。不能留姹女,争免作衰翁。"是乐天久留意金丹,为之而不成也。又有《感事》诗云:"服气崔常侍,烧丹郑舍人。"又云:"唯知恋杯酒,不解炼金银。无忧亦无喜,六十六年春。"又作《醉吟先生传》云:"设不幸吾好药,损衣削食,炼铅烧汞,至于无所成,有所误,奈之何!今吾幸不好彼。"又《答客》诗云:"海山亦

（不）是吾归处,归即应归兜率天。"则是晚年药术竟无所得,乃
归依内典耳。①

这里对白居易服药求仙的有关自述细加罗列,我们从中可以看出:
从发展轨迹看,白居易热衷炼丹服药一类活动主要在离开江州以
前,特别在江州遗爱草堂曾大下过一番功夫;而从结果看,经过他
自身的实践,他对服食长生等神仙道术反而失去了信仰。因而赵
翼说:"元和中,方士烧炼之术盛行,士大夫多有信之者。香山作庐
山草堂,亦尝与炼师郭虚舟烧丹,垂成而败……香山性情本无拘
滞,人以为可,亦姑从之,然终未尝以身试耳。"②

实际上白居易对神仙长生之术早已有较清醒的认识。在元和
六年(811)居丧退居下邽时所写的《效陶潜体诗十六首》其一中
他说:

> ……嗟嗟群物中,而人独不然。早出向朝市,暮已归下
> 泉。形质及寿命,危脆若浮烟。尧舜与周孔,古来称圣贤。借
> 问今何在,一去亦不还。我无不死药,万万随化迁。所未定知
> 者,修短迟速间……

第十二首又说:

> 烟云隔玄圃,风浪限瀛洲。我岂不欲往,大海路阻修。神
> 仙但闻说,灵药不可求。长生无得者,举世若蜉蝣。逝者不重
> 回,存者难久留。踟蹰未死间,何苦怀百忧……(《集》五)

从这些诗看,他虽为生命的危脆短暂而深深苦恼,但并不相信有永
生的办法。这种思想态度关系到他的整个宗教信仰问题。道教追
求现世生命的永续长存,佛教相信业报轮回即精神的永续长存,都

①《西溪丛语》卷下。关于宋人对白居易烧丹服药事的评论,见陈友琴《白居易
诗评述汇编》,科学出版社,1958年。
②《瓯北诗话》卷四。

是相信人的自我可以永生。这乃是一般宗教信仰的一个基点。正
是在这个根本点上,白居易的观念与宗教迷信是大异其趣的。他
倾心佛教,并不是期望从中解决生死矛盾本身,而是在意识到老死
之不可避免之后去求得治心之术,以保持心理上的平衡。如他
所说:

> 彭生徒自异,生死终无别。不如学无生,无生亦无灭。
> (《赠王山人》,《集》五)
>
> 由来生老死,三病长相随。除却学无生,人间无药治。
> (《白发》,《集》九)
>
> 即无神仙术,何除老病籍。只有解脱门,能度衰苦厄。
> (《因沐感发寄朗上人》,《集》十)
>
> 瘦觉腰金重,衰怜鬓雪繁。将何理老病,应付与空门。
> (《六十六》,《集》三十三)

这样,他企图利用佛教来求得精神上的解脱,从一个新角度来认识
生命价值,从而确立一种生存方式。因此,在思想上也就与老庄无
为无欲、齐物逍遥的人生观相沟通了。他的作品有不少表现对老
庄的向往的,如《永崇里观居》:

> ……年光忽冉冉,世事本悠悠。何必待衰老,然后悟浮
> 休。真隐岂长远,至道在冥搜。身虽世界住,心与虚无游……
> 寡欲虽少病,乐天心不忧。何以明吾志,《周易》在床头。
> (《集》五)

又《养拙》:

> ……逍遥无所为,时窥五千言。无忧乐性场,寡欲清心
> 源。(《集》五)

又《早春》:

> ……官舍悄无事,日西斜掩门。不开庄、老卷,欲与何人

言。（《集》七）

他的作品经常这样谈到《周易》、《老子》、《庄子》。尤其对庄子非常表示赞赏，如《齐物二首》、《逍遥咏》、《读〈庄子〉》等都赞扬老庄清心寡欲、知足保和、乐天安命之类的意识与生活方式。

这样，对白居易来说，在人生观与生存方式的问题上，佛禅与老庄就是一致的。他在《病中诗十五首序》中说："余早栖心释梵，浪迹老庄，因疾观身，果有所得。"（《集》三十五）这种自述也透露出他是从自身的生存与性理来统合佛禅与老庄的。也就是说，他并不去认真探究二者在理论上的异同，而着眼于人生取向与处世态度上的一致。他在诗中往往把二者并举，而不感觉其间有什么枘凿不合之处。如元和五年（810）所作《和答诗十首·和思归乐》说：

> 身委《逍遥》篇，心付《头陀经》。尚达生死观，宁为宠辱惊。中怀苟有主，外物安能萦？（《集》二）

元和九年《游悟真寺》诗说：

> 身着居士衣，手把《南华》篇。终来此山住，永谢区中缘。（《集》六）

在江州所作《睡起晏坐》诗说：

> 淡寂归一性，虚闲遗万虑。了然此时心，无物可譬喻。本是无有乡，亦名不用处。行禅与坐忘，同归无异路。（《集》七）

诗中有注曰："道书云无何有之乡，禅经云不用处，二者殊名而同归。"又长庆元年（821）《新昌新居书事四十韵因寄元郎中张博士》诗：

> ……大抵宗庄叟，私心事竺乾。浮荣水划字，真谛火中莲。梵部经十二，玄书字五千。是非都付梦，语默不妨禅。（《集》十九）

长庆四年居洛阳时作《味道》诗说：

> 叩齿晨兴秋院静，焚香宴坐晚窗深。七篇《真诰》论仙事，
> 一卷《坛经》说佛心。（《集》二十三）

晚年作《拜表回闲游》诗说：

> 达摩传心令息念，玄元留语遣同尘。八关净戒斋销日，一
> 曲狂歌醉送春。酒肆法堂方丈室，其间岂是两般身。（《集》三
> 十一）

如此等等，对白居易来说，佛禅与老庄在安顿心性与人生践履上是
统一的。而这种统一，又正与洪州禅"平常心是道"的理论相契合。
因此，白居易这亦佛亦道的看似纷杂的思想，又正体现着代表当时
禅宗发展方向的洪州禅的潮流。

五

　　白居易创作中最富社会思想意义的是他自己分类的讽谕诗，
其次是感伤诗，而闲适诗在内容的价值上则是较薄弱的。他在《与
元九书》等作品中也一再表明自己最看重讽谕诗。然而他自四十
几岁之后，不但再没有写过《新乐府》、《秦中吟》那样的典型的讽谕
之作，就是表现重大社会题材的诗也较少见到了。但如果从表露
诗人的心态，并把这种内心世界作为一种社会意识的反映来认识，
那么诗人那些感伤诗与闲适诗中所抒写的个人主观情志，包括很
多直接表现禅思想的，就仍是有一定的社会意义的。诗人面对着
社会现实的种种矛盾的内心反省与精神探求，往往包含着他对生
活哲理的理解。在这个方面，白居易诗中的表现与他对洪州禅的
热衷往往是相一致的。

　　比较一下王维与白居易作品中的禅思想，会发现其中有很大
的差异。王维善写自然山水，所写景物多体现内心的反照，禅趣从

境象中流露出来；而白居易则多采取主观抒情的方式，常常直陈自己对禅的理解。王维的内心销溶到了空静、寂寞、闲适的自然之中，自然与人世纷争形成了鲜明的对比，从而升华出一个理想化的清净境界；而白居易则在自然中求"委顺"、"适意"、"知足"、"忘情"，在现实条件下求得心灵的宁静，以内心的自我解脱来化解人世间的矛盾苦恼。王维与白居易诗中这不同的表现，正是时代变化在知识分子心理上的投影，也是禅宗观念发展变化的反映。

白居易诗也讲"修心"、"静心"（如《集》五《禁中》："门严九重静，窗幽一室闲。好是修心处，何必在深山。"《集》二十七《不出门》："自静其心延寿命，无求于物长精神。能行便是真修道，何必降魔调伏身。"等等），但他主要还是追求"无心"、"无念"、"无行"、"无作"的境界。就是说，他已经超越了早期南宗禅顿悟见性的观念（如《集》十四《酬钱员外雪中见寄》："烦君想我看心坐，报道心空无可看。"），而表现出对洪州禅"平常心"的肯定。他诗中经常讲到"无念"，如：

> 唯吟一句偈，无念是无生。（《晚起》，《集》二十八）

> 小潭澄见底，闲客坐开襟。试问不流水，何如无念心。（《对小潭寄远上人》，《集》二十八）

> 争似如今作宾客，都无一念到心头。（《思往喜今》，《集》二十八）

> 晏坐自相对，密语谁得知。前后际断处，一念不生时。（《神照禅师同宿》，《集》二十九）

宋吴开说："东坡作《定风波序》云：'王定国歌儿曰柔奴，姓宇文氏。定国南迁归，予问柔广南风土应是不好。柔对曰："此心安处，便是吾乡。"因用其语缀词云："试问岭南应不好？却道，此心安处是吾乡。"'予尝以此语本出于白乐天，东坡偶忘之耶？乐天《吾土》诗云：'身心安处为吾土，岂限长安与洛阳。'又《出城留别》诗云：'我生本无乡,心安是归处。'又《重题》诗云:'心泰身宁是归处,故乡可独在长安。'又《种桃杏》诗云:'无论海角与天涯,大抵心安即是家。'"①这里举出的"安心"的诗例,也已不同于北宗禅的"安心"法门,而是一种心无是非、无心于物的淡然无念的境界。由"无念"而主客冥合,不思不虑,从主观上就消解了人生面对的全部矛盾,这即是洪州禅的"无心"了。白居易正是在这种境界中求得了心灵的安适:

> 不学坐忘心,寂寞安可过。兀然身寄世,浩然心委化。(《冬夜》,《集》六)

> 默然相顾哂,心适而忘心。(《舟中李山人访宿》,《集》八)

> 自从苦学空门法,销尽平生种种心。(《闲吟》,《集》十六)

这样,也就达到了澄思静虑、无欲无情、万物于我如浮云的精神状态:

> 湛湛玉泉色,悠悠净云身。闲心对定水,清净两无尘。(《题玉泉寺》,《集》六)

> 荣枯事过都成梦,忧喜心忘便是禅。(《寄李相公崔侍郎钱舍人》,《集》十六)

> 身觉浮云无所著,心同止水有何情。但知潇洒疏朝市,不要崎岖隐姓名。(《答元八郎中杨十二博士》,《集》十七)

> 置心思虑外,灭迹是非间。(《松斋偶兴》,《集》二十五)

> 性海澄渟平少浪,心田洒扫净无尘。(《狂吟七言十四韵》,《集》三十七)

从而面对矛盾重重、困扰着个人的现实世界,诗人能保持自心如一泓止水似的澄清平静。这固然有戒惧、逃避的意味,但也有洁身自好、保持人格独立的一面,甚至流露出对现状的某种批判意识。他

---

① 《优古堂诗话》。

不能在事实上进行抗争,只能在幻想中求得心灵的解脱。但在他所抒写的这种矛盾心情的背后,却可以清楚看到他的内心世界在现实重压之下的痛苦。他的心灵并不平静;因为真地心如止水就不会有诗了。这正如绝对的"无心"、"无作"也不可能存在一样,因为一切皆无也就没有禅了。正由于要追求"无心"、"无作",所以要悟禅,才有禅与非禅的区别。正由于内心并不平静而要追求平静,才要去作诗。也正因此,禅与诗对人生才有了各自的价值。

　　白居易许多作品又表现了旷达乐天的意识,这也正是洪州禅"放舍身心"、"顿息万缘"的观念的实践。刘禹锡评论他是"散诞人间乐,逍遥地上仙。诗家登逸品,释氏悟真筌……吏隐情兼遂,儒玄道两全"①。葛立方把白居易与孟郊等人对比:"孟郊诗云:'食荠肠亦苦,强歌声无欢。出门即有碍,谁谓天地宽。'许浑诗云:'万里碧波鱼恋钓,九重青汉鹤愁笼。'皆是穷蹙之语。白乐天诗云:'无事日月长,不羁天地阔。'与二子殆霄壤矣。"②以至有人说他多写乐诗③。确实,比较起来,在白居易作品中较少表现对于专制社会士大夫阶层具有一定典型意义的嗟卑叹老或愤激不平的感情,而更多地抒写达观、适意的情志。而且越近晚年这类作品越是多见。他的创作的这个特点,不能简单地归因于他仕途比较顺利,也不完全出于他的个性,还应看到禅思想的影响。在贬江州的时候,他写过慨叹"天涯沦落"的《琵琶行》,同时也写了《访陶公旧宅》那样的情怀旷达诗,其中说:

　　　　垢尘不污玉,灵凤不啄膻。呜呼陶靖节,生彼晋宋间。心实有所守,口终不能言……肠中食不充,身上衣不完。连征竟不起,斯可谓真贤……不慕樽有酒,不慕琴无弦。慕君遗荣

---

①《酬乐天醉后狂吟十韵》,《刘宾客外集》卷四。
②《韵语阳秋》卷二。
③方勺《泊宅编》:"白乐天多乐诗,二千八百首,饮酒者九百首。"

利,老死此丘园……(《集》七)

在此诗序文中,白居易表示"予夙慕陶渊明为人"。就是说,他在贬谪困顿境遇中,引陶渊明为同调,表示自己不慕荣利,安贫自守,努力保持精神上的独立自由。这种乐天安命,并非是盲目的达观,在内心中是有原则的。他在卜居庐山时所写《香炉峰上新卜山居草堂初成偶题东壁》诗说:

> 五架三间新草堂,石阶桂柱竹编墙。南檐纳日冬天暖,北户迎风夏月凉。洒砌飞泉才有点,拂窗斜竹不成行。春来更葺东厢屋,纸阁芦帘著孟光。(《集》十六)

他从长安被遣至僻左小郡,住到山上的草堂,却如此忧喜不萦于怀,利禄不存于心,这并不是凭自我慰解就可以做到,内心是要有一定境界的。白居易晚年看似官阶品位相当地高,实际上自长庆二年(822)五十一岁被出为杭州刺史直到去世,基本上被排斥在朝廷权力中心之外而受冷落,但他对这种境遇一直淡然处之,以至最后洁身引退。他在会昌二年(842)写《达哉乐天行》表达自己的心境:

> 达哉达哉白乐天,分司东都十三年。七旬才满冠已挂,半禄未及车先悬。或伴游客春行乐,或随山僧夜坐禅。二年忘却问家事,门庭多草厨少烟。庖童朝告盐米尽,侍婢暮诉衣裳穿。妻孥不悦甥侄闷,而我醉卧方陶然。起来与尔画生计,薄产处置有后先。先卖南坊十亩园,次卖东郭五顷田。然后兼卖所居宅,仿佛获缗二三千。半与尔充衣食费,半与吾供酒肉钱。吾今已年七十一,眠昏须白头风眩。但恐此钱用不尽,即先朝露归夜泉。未归且住亦不恶,饥餐乐饮安稳眠。死生无可无不可,达哉达哉白乐天。(《集》三十六)

这样,他对世间的财富、官职,以至生命本身,都取超然旷达的态度。这与社会上的贪求苟得的风气形成了鲜明的对照。所以他的乐天并不是安于逸乐,而表现为省分知足。这是一种不同于当时占统治地位的价值观念的想法和态度。他在《答崔侍郎钱舍人书问因继以诗》中说:

> 心不择时适,足不拣地安。穷通与远近,一贯无两端。常见今之人,其心或不然。在劳则念息,处静已思喧。如是用身心,无乃自伤残。(《集》七)

这种境界,与大珠慧海所谓"饥来吃饭,困来即眠"[①]的任运随缘的观念完全一致。这从根本上说,是在肯定个人心性的价值超出功名利禄等物质利益,追求挣脱现实羁绊的心灵的自由。而值得注意的是,白居易虽对功名利禄淡然于怀,但利物济人的热忱却直至老死没有消泯。晚年居香山,仍做了开龙门八节滩那样有利于民众的好事。对一身荣利抱达观态度,而对世事仍抱有热情,这是难能可贵的。

白居易作品中常表现止足或畏祸的心理,但他却很少有厌世或避世思想。而洪州禅的特点之一即在对现世一切皆真的肯定,没有对涅槃之类彼岸世界的执着。白居易非常赞赏大乘居士维摩诘。维摩诘的"不舍道法而现凡夫事"的入世精神本是禅宗所效法的。白居易对这种精神特别加以发挥。他很喜欢读《维摩诘经》,在杭州写《东院》诗说自己是"净名居士经三卷,荣启先生琴一张"(《集》二十)。他在诗中经常以维摩诘自比:

> 有室同摩诘,无儿比邓攸。莫论身在日,身后亦无忧。(《闲坐》,《集》十九)

> 白衣居士紫芝仙,半醉行歌半坐禅。今日维摩兼饮酒,当时绮季不请钱。(《自咏》,《集》三十一)

---

① 平野宗净编《頓悟要門》。

> 每夜坐禅观水月,有时行醉玩风花。净名事理人难解,身
> 不出家心出家。(《早服云母散》,《集》三十一)
>
> 一床方丈向阳开,劳动文殊问疾来。欲界凡夫何足道,四
> 禅无始免风灾。(《答闲上人来问因何风疾》,《卷》三十五)
>
> 全家遁世曾无闷,半俸资身亦有余。唯有名衔人不会,毗
> 耶长者白尚书。(《刑部尚书致仕》,《集》三十七)

由这些作品中的描述看,他所向往的主要不是维摩诘作为豪富居
士混迹世俗、流连歌场妓馆的逸乐生活,而注重他面对尘世矛盾纷
争而保持心灵独立与高洁的精神。因此,他在《卜居》诗中说:

> 且求容立锥头地,免似飘流木偶人。但道吾庐心便足,敢
> 辞湫隘与嚣尘。(《集》十九)

他表示在"湫隘与嚣尘"中仍要坚定乐观地生活下去,真正作到"穷
通生死不惊忙"(《遣怀》,《集》十七),"置怀齐宠辱"(《长庆二年七
月自中书舍人出守杭州路次蓝溪作》,《集》八),达到"心似虚舟浮
水上,身同宿鸟寄林间"(《咏怀》,《集》三十二)的境界。这是要有
对人生的相当的执着精神的。

洪州禅要求作"无为"、"无事"的"闲人"。白居易的诗中也反
映了这种观念。宣扬闲适意识,无所作为,这就流于消极了。会昌
元年(841)他停官太子少傅分司时作《百日假满少傅官停自喜言
怀》诗说:"人言世事何时了,我是人间事了人。"(《集》三十五)以后
又有《闲居》诗:"是非爱恶销停尽,唯寄空身在世间。"(《集》三十
七)实际上,他自早年起,"独善"意识中已滋长起"闲适"情绪。后
来阅事渐多,更由知足保和发展出无为无事的想法。元和五年
(810)除京兆户曹,其时年仅三十九岁,即有《秋居书怀》诗:

> 门前少宾客,阶下多松竹。秋景下西墙,凉风入东屋。有
> 琴慵不弄,有书闲不读。尽日方寸中,澹然无所欲。何须广居
> 处,不用多积蓄。丈室可容身,斗储可充腹。况无治道术,坐

受官家禄。不种一株桑,不锄一垄谷。终朝饱饭餐,卒岁丰衣服。持此知愧心,自然易为足。(《集》五)

又有《自在》诗:

> 心了事未了,饥寒迫于外。事了心未了,念虑煎于内。我今实多幸,事与心和会。内外及中间,了然无一碍。所以日阳中,向君言自在。(《集》三十)

这"自在"正是洪州禅所提倡的[①]。他的《咏兴五首·出府归吾庐》说:

> ……身闲自为贵,何必居荣秩。心足即非贫,岂唯金满室。吾观权势者,苦以身徇物。炙手外炎炎,履冰中栗栗。朝饥口忘味,夕惕心忧失。但有富贵名,而无富贵实。(《集》二十九)

从这首诗看,他追求无作无为仍包含一定批判现实的意味,与绝对的颓唐还是不同的。不过,白居易的思想中确实有着较严重的消极虚无的色彩,以至在观念上导向对现实中一切价值的否定,在实践中也否定人的一切作为的意义。这是他的思想与创作的严重缺陷,对后代也造成了相当消极的影响。

白居易抒情诗的上述内容:"无念"、"无心"的境界,旷达乐天的情怀,"无为"、"无事"的人生态度等等,反映了他的精神世界的重要方面。甚或可以说,他的内心矛盾的根本特征正集中表现在这里。而这些正是洪州禅的重要观点。这一方面反映了洪州禅对

---

① 马祖道一:"若于教门中得随时自在,建立法界,尽是法界。""一切具足,更无欠少,使用自在,何假向外求觅。"(入矢义高编《馬祖の語録》)庞居士:"可谓自由自在。"(入矢义高编《龐居士語録》)大珠慧海:"知心清净时,不生清净想,乃至善恶皆能分别,于中无染,得自在者,是名为慧也。""不语无事心安,从容自在解脱。"(平野宗净编《頓悟要門》)等。

白居易这样的伟大诗人的深刻影响；另一方面也表明它在士大夫
阶层中有着怎样深厚的基础。判断宗教在某一时代的意义与作
用，特别应注意它在各种社会实践活动（如文学创作）中的表现。

至于白居易在艺术上追求平易畅达，反对刻意雕饰，除了出于
使接受者易晓易谕的实际目的而外，也与接受洪州禅"无造作"的
"平常心"观念有关。在这里宗教观念与审美理想是有着共通
性的。

总之，在风格各异的诸大家活跃的中唐诗坛上，从与宗教的关
系看，白居易可以说是受到洪州禅深刻影响的典型。

六

白居易在政治上、在经世之道上坚定地信守儒家圣人之道；在
个人心性修养上、身心归宿上，却更多地受到洪州禅的影响。从而
在他的身上，实现了一种特殊形式的儒释调和。如果说，调和儒、
释是六朝以来士大夫思想意识的带有相当普遍性的特征的话，那
么在这方面白居易更带有时代特征。这种特征与洪州禅的特殊形
态有关。

白居易早年写《策林》，有《议释教》一篇，明确主张反佛。但他
主要是从政治、经济、伦理等方面指陈佛教的弊害，也就是说，他提
出的还是历来辟佛的传统主张。然而洪州禅也明确地反对偶像崇
拜，反对营塔寺、作功德，以至反对礼佛、读经等轨仪制度。它不但
肯定平常心就是佛心，而且把平常人等同于佛。这样一来，白居易
"现宰官之身"也就可以"契无生之理"①，作圣人之徒与习禅也没有
什么矛盾了。

洪州禅进一步把佛家全部理论与实践归结到自心的一种体

① 袁中道《白苏斋记》，《珂雪斋前集》卷一一。

认,即觉悟到"平常心是道"。因此习禅修道也就是无修之修,从而禅宗信徒也就没有外在形迹的约束。这更给在专制礼法下生活的儒家官僚士大夫提供了方便。由于洪州禅在很大程度上已是非禅之禅,白居易也往往通过否定佛禅而悟禅,如他说:

……既不逐禅僧,林下学《楞伽》。又不随道士,山中炼丹砂。百年夜分半,一岁春无多。何不饮美酒,胡然自悲嗟。(《劝酒寄元九》,《集》九)

空王百法学未得,姹女丹砂烧即飞。事事无成身老也,醉乡不去欲何归。(《醉吟二首》,《集》十七)

弄沙成佛塔,锵玉谒王宫。彼此皆儿戏,须臾即色空。有营非了义,无著是真空。兼恐勤修道,犹应在妄中。(《感悟妄缘题如上人壁》,《集》二十五)

在这里他把有形的学佛修道都否定掉了。习禅是内心世界的事,那么与儒家正心诚意的修养功夫就更容易相通了。

而从儒家所讲心性修养的内容看,其伦理思想体系的立足点也正在个人:修身是齐家、治国、平天下的前提;致诚返本是修身的根本。因此在提倡兼济天下的前提下,特别强调个人的"独善"。而洪州禅又正提供了一种任运随缘、止足无为的独善之道。这两者的统一在白居易身上得到了充分体现。

从以上种种情况可以看出:洪州禅思想具有向儒家性理学说靠拢的性质,这也表现了禅思想在中国思想土壤上进一步发展的轨迹。它为以后宋儒创造明心见性的新儒学理论作了准备。白居易接受洪州禅,也正是当时知识分子追随这一思想潮流的具体表现。就这一点看,他乃是宋代居士思潮的先驱。从更广阔的视野上考察白居易与洪州禅的关系,就会更深刻地理解白居易佛教思想的特征与意义。

第七章 喻禅与喻诗

一

在比较思想史研究中,有的学者把人类对于"绝对"的认识划分为三个系统:即以亚里士多德为代表的"存在"、以康德为代表的"应当"和标志大乘空宗思想高峰的以龙树为代表的"空"。这也被称作"三个关于人类思想与生存的基本范畴"①。这实际上是三种"本体论"体系。按这种见解,佛教思想就不仅是宗教信仰,也不只是一种观念或理论,而是人类认识宇宙与自身的一种独特的世界观与方法论。这种具有根本意义的认识成果,必然作用到人类思想与实践的诸多方面。

禅宗是佛教在中国思想土壤上发展、与中国文化相结合的产物;但从认识论上看,它基本上仍属于大乘佛学般若空观的理论与实践。历代禅匠一般都是宗法《般若》、《维摩》、《楞枷》以及《圆觉》②、《起信》

---

① 参阅 Masao Abe:*Zen and Western Thought*. Macmillan Press Ltd. ,1985;王雷泉等中译本:阿部正雄《禅与西方思想》第二编《禅、佛教与西方思想》,上海译文出版社,1989 年。

② 署为马鸣造、真谛译《大乘起信论》(此为"梁译",另有"唐译"实叉难陀译本)和佛陀多罗译《大方广圆觉修多罗了义经》历来被怀疑为中土撰述。有关争论,参阅中国佛教协会编《中国佛教》第三册该二经条目,知识出版社,1989 年。

等大乘经论的。禅宗强调般若无分别智的"知"、"见"，把"清净自性"奉为"绝对"。所谓"性含万法是大，万物尽是自性"，"心量广大，犹如虚空……虚空能含日月星辰，大地山河，一切草木，恶人善人，恶法善法，天堂地狱，尽在空中。世人性空，亦复如是"①。这是把"自性"等同于"性空"，发挥了大乘空宗所主张的绝对"空"的基本范畴，而又特别突出了"心性"的至高无尚的地位。这样，大乘空观就发展为以"自性"为根本的世界观。而在这种禅思想的发展中，这个"自性"越来越"世俗化"，向现实的人的"心性"相靠拢。

诗本是主观情志对客观世界感应的产物，也可以说是人的"心性"的流露。因而被归结为体悟"自性"的禅，就与诗相通了。禅思与诗情在表现"自性"上从根本上就有了一致之处。

这样，禅宗所发展的独特的世界观与认识方法，必然影响到具有悠久、丰富的传统的中国诗歌。而且这种影响不仅及于作家的思想与生活、他们创作的内容与形式等等表面，而且更深刻地表现在如何认识客观、反映现实的根本原则和方法上。就是说，禅宗促使中国诗歌形成了新的构思与审美的角度与方式，即以心性为主体的角度与方式。在中国诗歌史的发展中，这造成了诗歌艺术的一个具有根本意义的巨大进步。自唐代诗歌取得的成就，与这种创作思想的进步有密切关系。

禅宗所推动的诗歌创作构思与审美上的根本原则的改变主要有两个方面。一是基于顿悟"清净自性"，追求无思、无念的境界，通过般若"知"、"见"，体悟到自心的绝对，达到清净自性的发现与复归，这是对主体的认识与肯定；再一点是基于对"平常心"的肯定，强调自心的随缘应用，认为"绝对"即在人生日用之中，把绝对的"自性"与相对的现实"人性"等同起来，这就要求主观的表露与

---

①敦煌本《坛经》。

发扬。这两种创作原则，在禅宗形成以前的中国诗歌中不是完全不存在，但却没有形成为一定的观念体系，在创作中也没有充分体现出来。禅宗思想推动诗坛在理论与实践两方面取得的这些进展，对中国诗歌发展的意义十分重大。值得注意的是，上述两点在发展中又是有脉络可寻的，即在强调认识与肯定心灵主体的基础上，越来越强调主观的表露与发扬；这一发展，又正与荷泽禅向洪州禅发展相呼应。

本章探讨禅宗影响下中国诗歌创作观念的变化。为了集中说明问题，选取了"心如明镜"与"心如泉流"两个比喻来论述[①]。

二

把心喻为明镜，这是中国传统思想中已有的譬喻。例如《庄子·天道》篇说：

> 圣人之心静乎！天地之鉴也，万物之镜也。夫虚静恬淡、寂漠无为者，无地之平而道德之至，故帝王圣人休焉。

这是用镜来形容心的虚静。庄子还从一般的比喻意义上用过"鉴"这一比喻[②]。后来道教则常用镜喻以说明心的灵性与道的神秘威力[③]。但在中国传统思想中，本来没有"心性本净"观念，因此也不

---

① 关于禅宗中的镜喻，参阅法国学者戴密微（Paul Demiévlle 1894—1979）《灵镜》；Le miroir spirituel, *Sinologica*, 1, 2, Basel, 1947；N. Donner 英译 *Sudden and Gradual*, edited by P. N. Gregory, 1987；林信明日译《灵なる镜》，《ポール·ドミエヴィル禅學論集》，花园大学国际禅学研究所研究报告第一册，1988年。

② 又如《庄子·德充符》："仲尼曰：'人莫鉴于流水，而鉴于止水……'""申徒嘉曰：'……闻之则：鉴明则尘垢不止，止则不明也，久与贤人处则无过……'"

③ 参阅福永光司《道教における镜と剣——その思想の源流——》，《東方學報·京都》第四十五册，京都大学人文科学研究所，1973年。

可能在本来清净的含义上以镜喻心。在汉译佛典中，才开始大量出现了心如明镜的比喻，用它从不同侧面生动鲜明地阐释佛教的心性说。

如前所说，早在部派佛教时期已有"心性本净"说。因此在四《阿含》中已可见到镜的比喻①。后来般若类经典则以镜净比喻诸法性空。到《大品般若》集出"大乘十喻"，即"解了诸法如幻、如焰、如水中月、如虚空、如响、如揵闼婆城、如梦、如影、如镜中像、如化"②。而般若学是最早传入中土的佛教思想的一部分。早在东汉末支娄迦谶所译《佛说般舟三昧经》已传入了镜喻，其中说：

> 佛告飚陀和："……菩萨如是持佛威神力，于三昧中立自在，欲见何方佛即得见。何以故？持佛力、三昧力、本功德力，用是三事故得见。譬如人年少端正，著好衣服，欲自见其形，若以持镜，若麻油，若净水、水精，于中照，自见之。云何，宁有影从外入镜、麻油、水、水精中不也？"飚陀和言："不也，天中天！以镜、麻油、水、水精净故……"

这大概是汉译佛典中首次出现镜喻的例子，用它来讲解佛性圆满具足的道理。到大乘瑜伽行学派的唯识学兴起，提出"转识成智"，又往往以镜喻来说明内识的清净本质，如《楞伽经》说：

> 譬如明镜，顿现一切无相、色像，如来净除一切众生自心现流亦复如是。③

---

① 《中阿含经》卷五四《大品阿梨吒经》："云何比丘圣智慧镜？我慢已尽已知，拔绝根本打破，不复当生，如是比丘圣智慧镜。"

② 鸠摩罗什译《摩诃般若波罗蜜经》卷一《序品第一》。又参阅龙树造、鸠摩罗什译《大智度论》卷六。

③ 求那跋陀罗译《楞伽阿跋多罗宝经》卷一。又卷三："譬如镜中像，虽现而非有。于妄想心镜，愚夫见有二。"又卷四："甚深如来藏，而与七识俱。二种摄受生，智者则远离。如镜像现心，无始习所薰。如实观察者，诸事（转下页注）

或以镜喻证成万法唯识,如《解深密经》卷三以净镜等能见影像,来比喻"三摩地所行影像显现"。

在中国佛教义学中,天台宗曾以镜喻说"中道",如智颉《摩诃止观》卷一下:

> 譬如明镜,明喻即空,像喻即假,镜喻即中。不合不散,合散宛然。[①]

唯识宗说明圆成实性,立"大圆镜智"。澄观在《华严经随疏演义钞》卷十八说:

> 一切镜相,性相清净,离诸杂染,纯净圆德现种依持,能现能生身土智影,无间无断,穷未来际,如大圆镜,现众色相。[②]

华严宗则讲"玄镜",法藏曾以镜像互映的重重无际来阐释法界缘起观念。

中国佛教徒还常用磨镜来说明心性修养的道理。这虽是印度佛典中早已存在的观念[③],但中国人强调这一点,特别显示了中国佛教重视在修证实践中完善个人心性的品格。东晋谢敷说:

> 若欲尘翳心,慧不常立者,乃假以安般,息其驰想,犹农夫

(接上页注)悉是无。"《密严经》卷中:"审量一切法,如称、如明镜,又如大明灯,亦如试金石。远离于离灭,正道之标相。"《大乘庄严经论》卷三:"一切诸佛有四种智:一者镜智,二者平等智,三者观智,四者作事智。彼镜智以不动为因,恒为余三智之所依止。"《大乘起信论》:"觉体相者,有四种大义,与虚空等,犹如净镜。云何为四?一者如实空镜……二者因薰习镜……三者法出离镜……四者缘薰习镜……"

①又《摩诃止观》卷六上:"若明一切法如镜中像,见不可见,见是亦有,不可见是亦无,虽я而有,虽有而无。"又卷七下:"中道明镜本无诸相,无相而相者妍丑由彼,多少任缘,普现色身,即真相也。"

②《大方广佛华严经随疏演义钞》卷七九。

③如南传《增支部三集》,说到实现自性清净,就有洗头、洗身、洗衣、拂去镜面灰尘、炼金五喻。参阅日译《南传大藏经》第十七册第336—341页。

之净地,明镜之莹划矣。然即耘耨不以为地,地净而种滋;莹划非以为镜,镜净而照明。故开士行禅,非为守寂,在游心于玄冥矣。[1]

王齐之的《念佛三昧诗》之三说:

> 神资天凝,圆映朝云,与化而感,与物斯群。应不以方,受者自分,寂尔渊镜,金水尘纷。[2]

宋炳《明佛论》中说:

> 今有明镜于斯,纷秽集之,微则其照蔼然,积则其照昢然,弥厚则照而昧矣。质其本明,故加秽犹照,虽从蔼至昧,要随镜不灭。以之辨物,必随秽弥失,而过谬成焉。人之神理,有类于此。[3]

梁武帝《净业赋》说:

> 离欲恶而自修,故无障于精神。患累已除,障碍亦净,如久澄水,如新磨镜。外照多象,内见众病,既除客尘,又还自性。[4]

如此等等,都是基于心性本净观念,用磨镜来说明清除客尘,还源本性的道理。

早期禅宗即“楞伽宗”提倡“看心看净”,正是发挥了上述印度佛教和中国佛家的心性观。只不过是把清净自性落实到每个人的现实的心性之上了。例如弘忍说:

> 我既体知众生佛性本来清净,如云底日,但了然守本真

---

①《安般守意经序》,《出三藏记集》卷六。
②逯钦立辑校《先秦汉魏晋南北朝诗·晋诗》卷一四。
③《弘明集》卷二。
④严可均校辑《全上古三代秦汉三国六朝文·全梁文》卷一,中华书局,1958年。

心,妄念云尽,慧日即现,何须更多学知见所生死苦、一切义理及三世之事。譬如磨镜,尘尽明自然现,则今于无明心中学得者,终是堪。①

北宗灯史《楞伽师资记》同样地使用镜喻,如《求那跋陀罗章》说:

> 大道本来广遍,圆净本有,不从因得。如似浮云底日光,云雾灭尽,日光自现……亦如磨铜镜,镜面上尘落尽,镜自明净。

这当然不是求那跋陀罗的原话,而是经北宗学人改编或创造的。《楞伽师资记》里还有其它相似的表达②。北宗信仰者张说的《玉泉寺大通禅师碑铭》说:"额珠内隐,匪指莫效,心镜外尘,匪磨莫照。"③李邕《大照禅师塔铭》说:"宝镜磨拂,万象乃呈;玉水清澄,百丈皆现……三界渺茫,四生沈痾,尘境延祆,荫欲攻内。明镜虚受,大慈圆对,法鼓震惊,魔军消溃。"④

由上面引述的观点看,楞伽宗即北宗使用明镜之喻,主要在强调心性像明镜一样清净;其实际应用则在突出"守心"、"修心"的必要,即要像拂去镜面污垢一样拂去外境对清净自心的染污。在南宗所传《坛经》中录有相对照的两个偈,归于北宗神会名下的是:

---

①《最上乘论》,《卍续藏经》本。
②如《惠可章》:"佛性犹如天下有日月,木中有火,人中有佛性,亦名佛性灯,亦名涅槃镜。是故大涅槃镜,明于日月,内外圆净,无边无际,犹如炼金,金质灭尽,金性不坏,众生生死相灭,法身不坏。"《道信章》:"信曰:正以如来法性之身,清净圆满,一切像类悉于中现,而法性身无心起作,如颇梨镜悬在高堂,一切相悉于中现,镜亦无心能现种种。经云:如来现世说法者,众生妄想故……"《神秀章》:"(中宗)敕:故秀禅师,妙识外融,灵机内彻。探不二之奥,独得髻珠;守真一之门,孤虚心镜。至灵应物,色会神明,无为自居,尘清累遣……"
③《全唐文》卷二三一。
④《全唐文》卷二六二。

　　　　　身是菩提树,心如明镜台。时时勤拂拭,莫使有尘埃。

这首偈,鲜明而集中地用镜喻说明了北宗"方便通经"、以渐修证悟
本寂之体的观点。

　　归于慧能名下的偈则用镜喻翻案:

　　　　　菩提本无树,明镜亦无台。佛性常清净,何处有尘埃。①

这里强调清净自性本身是绝对的,它是不可能被染污的。它作为
超离主、客的绝对是无物可譬喻的,因此也就否定了被北宗当作修
治对象的"明镜"的存在。

　　这对立的两个偈,表现了北宗与南宗对立的心性理论。南宗
所主张的绝对的自性是圆满具足、不假外铄的。不必像拂镜一样
去对自性加以修治,只要"自悟"、"见性"。这个过程既不借助语言
("不立文字"),也不经意识活动("无念"),只是般若无分别智的反
照自身的"知"(神会所谓"知之一字,众妙之门")、"见"(《坛经》所
谓"见性")。佛教本来主张"开佛知见"②,即依靠佛慧的作用证悟
佛理。而南宗禅却把"知"、"见"归结到自性的反照。因此南宗禅
用镜喻,不是用磨镜比喻修心,也不只是用以说明心性清净领纳万
物,而是进一步以明镜照物说明自性反照之理。即明镜本身映现
万物,正反照出它本来的清净本质;人的心性领纳外物,也正表明
它本性是清净的。这样的心性不是消极的、死寂的、安住不动的,
而是大用现前,活泼泼地映照万物的;但正如明镜虽照见万物却不
乱辉光一样,心性正是在领纳外境的过程中表出自身的清净。神
会与庐山简法师有一段问答:

　　　　　庐山简法师问:明镜高台能照,万像悉现其中,若为? 答:
　　　明镜高台能照,万像悉现其中,古德相传,共称为妙。然此门

────────────────

①敦煌本《坛经》。
②鸠摩罗什译《妙法莲华经》卷一《方便品》。

中,未许此为妙。何以故?明镜能照万像,万像不见其中,此
将为妙。何以故?如来以无分别智,能分别一切;岂将有分别
心即分别一切?①

这里所批评的"古德"的见解正是《楞伽师资记》中所记道信的话:

> 正以如来法性之身,清净圆满,一切像类悉于中现,而法
> 性身无心起作,如颇梨镜悬在高堂,一切像悉于中现,镜亦无
> 心能现种种。

神会说这种看法"在此门中"即他所倡导的南宗"顿门"中"未许为
妙"。因为这种见解仅仅讲到自性本净,能像明镜一样照见万物;
却还没有进一步明确它"能照万象,万象不现其中"。即不在于它
照见什么,而在于通过"照"的作用反映出自身的清净。般若无分
别智的根本作用正在这里。神会与张说的一段对答也用镜喻说明
了同样的道理:

> 答:……譬如明镜,若不对像,镜中终不现像。今言现像
> 者,为对物故,所以现像。问:若不对像,照不照?答:今言照
> 者,不言对与不对,俱常照。问:既言无形像,复无言说,一切
> 皆无皆不可立,今言照者,复是何照?答曰:今言照者,以镜明
> 故,有自性照。以众生心净故,自然有大智慧光照无余世界。②

这是以明镜为喻,说明心有"自性照"的作用,与它是否对像没有关
系。照见外物时正反映了自身的清净本质,"不对像"时这清净本
质也是不变的。宗密指出:"真心本体有二种用:一者自性本用,二
者随缘应用。犹如铜镜,铜之质是自性体;铜之明是自性用;明所

---

① 《神会语录第一残卷》、《南阳和尚问答杂征义》,胡适校敦煌唐写本《神会和
尚遗集》,胡适纪念馆,1982 年。
② 《神会语录第一残卷》、《南阳和尚问答杂征义》,胡适校敦煌唐写本《神会和
尚遗集》。

现影是随缘用。"①北宗重点解决"自性体"的问题,因此用镜的"铜之质"来说明清净自性的本质;南宗禅则进一步发挥了"自性用"的方面,用镜的反照来说明"见性"的道理。关于"随缘用",则有待洪州禅来发挥,容下述。

后来南宗禅继续阐发这个看法。特别是青原一系,重禅解的思辨,更常用明镜之喻来阐释净心自照的道理。《祖堂集》记载石头希迁的故事:

> ……因读僧肇《涅槃无名论》云:"会万物以成己者,其唯圣人乎?"乃叹曰:"圣人无己,靡所不己;法身无量,谁云自他?圆鉴虚鉴于其间,万象体玄而自现。境智真一,孰为去来? 至哉斯语也。"②

《景德录》记载其上堂法语:

> 师一日上堂曰:"吾之法门,先佛传授,不论禅定精进,唯达佛之知见,即心即佛,心、佛、众生,菩提、烦恼,名异体一。汝等当知,自己心灵体离断常,性非垢净,湛然圆满,凡圣齐同,应用无方,离心意识。三界六道,唯自心现,水月镜像,岂有生灭。汝能知之,无所不备。"③

这都把心比为明镜,由万像现于其中,而反照其湛然圆满。后来出于石头一系的曹洞宗,其创始人洞山良价过水睹影而开悟,其开悟偈说:

> 切忌从他觅,迢迢与我疏。我今独自往,处处得逢渠。渠今正是我,我今不是渠。应须恁么会,方得契如如。④

---

① 《中华传心地禅门师资承袭图》卷三。
② 《祖堂集》卷四《石头和尚章》。
③ 《景德传灯录》卷一四《石头希迁》。
④ 《景德传灯录》卷一五《洞山良价》。

这里是用水中影像之喻，与镜喻相同，说的也是同样的道理。他的《五位君臣颂》的"偏中正"，讲"舍事入理"，也用明镜作喻："偏中正，失晓老婆逢古镜，分明睹面更无它，休更迷头犹认影。"此后曹洞宗学人作偈颂"五位"中的"偏中正"，同样多用镜喻①。曹山本寂的《宝镜三昧歌》谓心对万象，"如临宝镜，形影相睹。汝不是渠，渠正是汝"②，以说明性净之理靠事象显现。后来也是石头一系的法眼宗永明延寿有著作名为《宗镜录》，主旨就是"举一心为宗，照万法如镜"③，也是基于同样的观念。

洪州宗一系学人也经常用镜喻。如马祖道一：

> 心生灭义，心真如义。心真如者，譬如明镜照像。镜喻于心，像喻诸法。若心取法，即涉外因缘，即是生灭义。不取诸法，即是真如义。④

不过马祖更重视心的"随缘应用"方面，这在后面还将说明。马祖弟子大珠慧海说：

> 喻如明鉴，中虽无像，能见一切像。何以故？为明镜无心故。学人若心无所染，妄心不生，我、所心灭，自然清净。⑤

南泉普愿说：

> 明暗自去来，虚空不动摇。万像自去来，明镜何曾鉴。⑥

黄檗希运说：

---

①惠洪《禅林僧宝传》卷一《抚州曹山本寂禅师》。《五位君臣偈》以《汾阳录》所出最早，与惠洪所记顺序不同，说明北宋初此偈仍在流传未定中。
②《人天眼目》卷三：道吾悟真："万水千山明似镜。"汾阳善昭："犹自途中觅金镜。"等等。
③《宗镜录》卷一。
④入矢义高编《馬祖の語録》。
⑤平野宗净编《頓悟要門》卷上《頓悟入道要門論》。
⑥《祖堂集》卷一六《南泉和尚章》。

什么心教汝向境上见？设汝见得，只是个照境底心。如
人以镜照面，纵然得见眉目分明，元来只是影像，何关汝事！①

这样，南宗禅利用镜喻来说明其独特的心性观念，即在利用镜的明
净来比喻心性本寂之体的基础上，进一步用反照之理来比喻这本
性之用。这样，也才能改造传统的"顿悟"说以形成南宗禅的"顿
悟"新说；不只是悟得心性本净，而且这"悟"应通过一念反照来
完成。

如果把视野扩大一步，超离宗教哲学的范围，就会更清楚地看
到这种心性观念在世界观与认识论上的意义。心性反照自身的作
用表明它本身就是"绝对"。这绝对的"自性"不但是超越虚妄的现
实世界的，而且更从根本上超越了主、客对立关系。对于明镜，不
论有没有映照的对象，明莹的本质不变；有了影像并不给它增加什
么，只显示了它的映照作用。以此作比喻，就在大乘般若绝对"空"
的基础上，强调主观自性的"绝对"意义。禅的这种观念提示一种
以自性为主体的艺术创作方法，对于中国诗歌的发展是有重大意
义的。

三

《毛诗序》中所述诗的"六义"中的赋、比、兴，典型地反映了中
国传统诗学对于主、客观关系的认识。《周礼·宗伯礼官之职·大
师》郑玄注谓："赋之言铺，直铺陈今之政教善恶；比，见今之失，不
敢斥言，取比类以言之；兴，见今之美，嫌于媚谀，取善事以喻劝
之。"②后来对这三者的界说虽有许多歧见（特别是对"兴"的解释），
但并不影响得出这样一个结论：即按传统诗学的解说，作品表现的

---

①《黄檗山断际禅师传法心要》。
②《周礼注疏》卷二三，《十三经注疏》本。

对象是与主观相对待的客观存在,或者是直书其事、体物写志的直接的描述,或者是喻类之言、引譬连类的比喻,都是一样。

传统诗论也注意到主观情志的作用,如所谓"诗者,志之所之也,在心为志,发言为诗"①。但这所言的"志"是客观现实的反映,即是"感于物而动"②的;同时又要与"圣人之道"相合,即要"无邪"③,从而起到"经夫妇,成孝敬,厚人伦,美教化,移风俗"④的作用。这种诗论的出发点与落脚点,都在客观现实之上。它强调创作的现实性与伦理意义,当然有巨大的积极意义与价值,但却大大限制了"心性"的作用。后来陆机的《文赋》、刘勰的《文心雕龙·神思》篇等阐发创作中主观思维的作用,讲的是具体的创作构思、艺术想象等思维形式问题,在心性的创造功能方面并没有大的突破。刘勰是佛教徒,著《灭惑论》,对佛教教义有相当深刻的理解,其所著《文心雕龙》也反映了佛教思想的影响。但从他的文学思想的基本倾向看,讲宗经、征圣,强调"道沿圣以垂文,圣因文而明道","文变染乎世情,兴废系乎时序"⑤,在对待创作中主、客关系上仍不出传统的思路。

禅宗把"清净自性"作为绝对的主体,又把这"自性"等同于"众生心",给艺术创作中处理主、客关系带来了大的突破。在诗歌中,主观心性作为创作主体,它就不仅能够做为客观境象的反映,也能够通过客观境象反映它自身。这就与单纯地"感物而动"的主观抒写不同,绝对的心性已超离了主、客的界限,它是包容主、客,涵盖万有的。这样就形成了诗歌创作中以表现心性主体为中心的新方式。禅宗的心性论当然是唯心主义的,其基本思想倾向是虚无消

①《诗大序》,《毛诗正义》卷一,《十三经注疏》本。
②《礼记·乐记》,《礼记注疏》卷三七,《十三经注疏》本。
③《论语·为政》。
④《诗大序》。
⑤《文心雕龙》卷一《原道》,卷九《时序》。

极的,但在艺术上却开拓了表现心灵的新境界,在审美上则发展出新观念与新角度。

永嘉玄觉有一段话,清楚说明了这种新观念与传统上对待外境的观念之不同:

> 见道忘山者,人间亦寂也;见山忘道者,山中乃喧也。[①]

这里所谓"见道",就是指"悟禅"、"见性"。按玄觉的观点看来,只要"见道",外境的喧寂与心灵毫不相干,自性本体的清净是不变的。这种肯定绝对自性的主张,通于艺术创作中以主观心性为表现中心的原则。

在创作中体现南宗禅这种观念的代表人物可举出王维。他的代表作如《渭川田家》、《淇上田园即事》、《终南别业》、《过香积寺》、《山居秋暝》、《辋川绝句》等等,都是以外境来映衬出自己的内心世界的。他写的是自己心中的山水田园,实际是以表现自己的心境为创作的中心。他在为南宗道光禅师所作《荐福寺光师房花药诗序》中说:

> 心舍于有、无,眼界于色、空,皆幻也。离,亦幻也。至人者,不舍幻而过于色空、有无之际。故目可尘也,而心未始同;心不世也,而身未尝物。[②]

这里的所谓"至人"之心是超出色空、有无的绝对,六尘不能污染,虽"不舍幻"却反而表现出它的清净本性。他在《与魏居士书》中对古代著名的逸士高人作出评论。他不满于许由不欲闻尧的举荐而洗耳,说"此尚不能至于旷士,岂入道者之门欤";又不满于嵇康"思长林而忆丰草",说他是"异见起而正性隐,色事碍而慧用微";也不满于陶潜"不肯把板屈腰见督邮",说那是"人、我攻中,忘大守小"。

①《禅宗永嘉集·大师答朗禅书第十》。
②赵殿成笺注《王右丞集笺注》卷一九。

就是说,这些人虽然都努力坚持自我个性的独立,但由于他们心存外境,与客观搏斗,实际上仍未体悟自性的绝对。他的理想是:

> 身、心相离,理、事俱如,则何往而不适? 此近于不易……以种类俱生、无行作以为大依,无守默以为绝尘,以不动为出世也。[①]

他要求做到自性绝对清净,与万法同在却又能理事俱如。自己内心不再把外境当作是搏斗的对象,它也就不会干扰自己,因而也不必有意地离世绝俗了。正由于他如此以绝对主体的立场对待外境,才写出了那些展现自己超逸心性的"趣味澄夐"[②]、"浑厚闲雅"[③]的诗作。他得以和李白、杜甫并列而成为盛唐诗坛上的巨擘,一个重要原因在于他开拓了这种新的艺术境界;而做到这一点,又由于他把握了禅宗新的心性观,因而能"离象得神,披情著性"[④]。窦蒙评他的画,"心融物外,道契元微,则其用笔清润秀整,岂他人之可并哉"[⑤],这同样通于他的诗。

　　唐诗人中属于高简闲淡风格的一派大都有意无意地接受了禅宗这种处理主、客观关系的观念,如孟浩然、常建、韦应物、柳宗元、司空图诸人。常建的《题破山寺后禅院》是富于禅趣的典型例子:

> 清晨入古寺,初日照高林。竹径通幽处,禅房花木深。山光悦鸟性,潭影空人心。万籁此都寂,但余钟磬音。[⑥]

在这里,诗人看到平静潭水中的倒影,体悟到了心如明镜的空净。

---

① 赵殿成笺注《王右丞集笺注》卷一八。
② 司空图《与王驾评诗》,《司空表圣文集》卷一。
③ 蔡絛《西清诗话》。
④ 陆时雍《诗镜总论》,《历代诗话续编》本。
⑤ 葛立方《韵语阳秋》卷一四。
⑥ 《全唐诗》卷一四四。

这也是全诗对待禅院景物的立场。欧阳修评论此诗"造意者难为工"①,就说明这里写的是心灵上所现的境界。柳宗元的《晨诣超师院读禅经》诗也是如此:

> 汲井漱寒齿,清心拂尘服。闲持贝叶书,步出东斋读。真源了无取,妄迹世所逐。遗言冀可冥,缮性何由熟。道人庭宇静,苔色连深竹。日出雾露余,青松如膏沐。澹然离言说,悟悦心自足。②

范温评这首诗,说"一段至诚洁清之意,参然在前"③。诗中以悟悦自足的心境解脱"妄迹",探取"真源",正是自性的表现。

宋严羽评论唐诗特点"惟在兴趣"④。唐诗中的"兴",除了受动于现实的"感兴"和作用于现实的"讽兴"之外,还有一种是心灵主体的省察、发露。在这种情况下,客观景物只作为映衬内心境界的媒介,它们如镜中影像一样反照出内心的明洁。这种新境界的创造正得自"了解自己本来面目"的"禅的立场"⑤。

唐人论诗,常有直接用镜喻或与之相通的比喻。如钱起诗《东城初陷与薛员外王补阙投南山佛寺》:

> 庶将镜中像,尽作无生观。⑥

这首诗是"安史之乱"中作者为避叛军与王维等逃亡终南山时所作,他把现实中发生的一切都当作"镜中像"。他的《偶成》、《题秘书王迪城北池亭》等诗极富禅趣,写法与风格都与王维相似。

唐诗僧皎然是唐代系统地提出诗歌创作理论的少数人之一。

---

①尤袤《全唐诗话》卷二,《历代诗话》本。
②《柳河东集》卷四二。
③《潜溪诗眼》,郭绍虞《宋诗话辑佚》本。
④郭绍虞《沧浪诗话校释》第 26 页,人民文学出版社,1961 年。
⑤参阅西谷启治《宗教論集·禅の立場》第 7 页,创文社,1986 年。
⑥《全唐诗》卷二三六。

他强调内心的"精思"、"作用",说"诗人立意变化,无有倚傍,得之者悬解其间","诗人造极之旨,必在神诣"[1],都强调心的作用,与稍后的白居易重现实、重经世的诗论形成鲜明的对照。他的诗云:

> 如何万象自心出,而心淡然无所营。[2]

又说:

> 积疑一念破,澄息万缘静。世事花上尘,惠心空中境。[3]

这里所写的心与物的关系,正是南宗禅清净自性映现万物的关系。皎然本人与南宗禅关系很密切[4]。

吕温有写给著名诗僧灵澈的诗《戏赠灵澈上人》:

> 僧家亦有芳春兴,自是禅心无滞境。君看池水湛然时,何曾不受花枝影。[5]

这是把禅心比喻为不动的池水。池水湛然,映照花枝,却又不扰于它的繁华。这是以游戏语气评论灵澈耽于写诗的。这水影之喻与明镜之喻内含是一样的。

刘禹锡在《秋日过鸿举法师寺院便送归江陵》诗引中说:

> 能离欲则方寸地虚,虚而万景入;入必有所泄,乃形乎词……因定而得境,故倏然以清;由慧而遣词,故粹然以丽。[6]

---

①《诗式》卷五,《十万卷楼丛书》本。

②《奉应颜尚书真卿观玄真子置酒张乐舞破阵画洞庭三山歌》,《全唐诗》卷八二一。

③《白云上人精舍寻杼山禅师兼示崔子向何山道上人》,《全唐诗》卷八一六。

④参考《宋高僧传》卷二九《唐湖州杼山皎然传》附《福琳传》:"又黄州大石山释福琳……躬礼荷泽祖师,乃契真心。"又参阅关口真大《天臺止觀の研究》第三章《天臺止觀の展開と影響》,岩波书店,1969年。

⑤《吕和叔文集》卷一。

⑥《刘宾客文集》卷二九。

由于心如明镜一样的虚净,因此才能映现出清寂的外境;再以诗的妙丽文词加以表现,就成了好的艺术创作了。

应出现于中唐而托名王昌龄的《诗格》[①]论诗境,显然受到当时流行的禅宗心性说的影响。其中一方面强调主观心性的决定作用,提出诗有三境,即在物境之外又有情境、意境;另一方面又提出"照境":

> 文用精思,未契意象,力疲智竭。安放神思,心偶照境,率然而生。

又说:

> 神之于心,处身于境,视境于心,莹然掌中。[②]

所谓"照境"已暗含心如明镜的比喻。他认为"照境"、"视境于心"会收到"精思"不能取得的效果。

诗人孟郊直接用到镜喻:

> 惟予心中镜,不语光历历。[③]

> 零落雪文字,分明镜精神……始惊儒教误,渐与佛乘亲。[④]

鲍溶送僧诗也用镜喻说到"心地"的清明:

> 劳者谣烛蛾,致身何营营。雪山本师在,心地如镜清。[⑤]

---

①关于题为王昌龄的《诗格》,《新唐书·艺文志》已著录;陈振孙《直斋书录解题》斥为伪书。近人罗根泽则认为确是王昌龄作(参阅《中国文学批评史》(二),古典文学出版社,1957年);而郭绍虞则断为"庸妄之徒,强托风雅,稗贩摭拾以写成的"(参阅《中国文学批评史》第131页,中华书局,1961年)。
②《诗格》,《诗学指南》本。
③《乙酉岁舍弟扶侍归兴义庄居后独止舍待替人》,华忱之校《孟东野诗集》卷三,人民文学出版社,1984年。
④《自惜》,《孟东野诗集》卷三。
⑤《宿悟空寺赠僧》,《全唐诗》卷四八六。

寒山诗中著名的"吾心似秋月,碧潭清皎洁"的比喻,也与镜喻相通。

　　应当指出,像这样从"本体之用"的立场来比喻心如明镜,在唐代禅宗出现前是没有过的。勉强近似的只有陆机"我静如镜,民动如烟"①,但那只是比拟心的虚静的状态。唐人用明镜喻心性,确是新出的观念。

　　到了宋代,理学家们常用镜喻。这也反映了他们在心性观上受到禅宗的影响。如程颐说:

　　　　有欲屏去思虑,患其纷乱,则是须坐禅入定。如明鉴在此,万物毕照,是鉴之常,难为使之不照。人心不能不交感万物,亦难为使之不思虑。若欲免此,唯是心有主。②

这是把人的思虑纳入明镜照物的状态。杨时说:

　　　　学者当于喜怒哀乐未发之际,以心体之,则中之义自见……鉴之照物,因物而异形,而鉴之明未尝异也。③

这更接近于南宗禅的说法。不仅立意相通,用语也相似。叶适给"永嘉四灵"的徐照写的墓志中说到唐诗:

　　　　取成于心,寄妍于物,融会一法,涵受万象……此唐人之精也。④

这也是指出唐人创作注重发扬主观心性的特点。所谓一心"涵受万象",就意谓着它如明镜一样映现万物。朱熹则曾用"磨镜"来说

---

①《陇西行》,《先秦汉魏晋南北朝诗·晋诗》卷五。
②《河南程氏遗书》卷一五。
③黄宗羲《宋元学案》卷二五《龟山学案》。
④《徐道晖墓志铭》,《水心集》卷一七。

明"克己"功夫①。他讲"致知"时说：

> 致知乃本心之知。如一面镜子，本全体通明，只被昏翳
> 了，而今逐旋磨去，使四边皆照见，其明无所不到。②

这则更接近北宗"时时勤磨拭"之说。

　　在宋代文人中，发挥这种心性本体之用的看法的代表人物有
苏轼。他是艺术大家，诗歌创作风格多种多样。以虚静之心观照
外境是他的艺术表现方式之一。他在这方面的体会很富创意。如
《送参寥师》说：

> 欲令诗语妙，无厌空且静。静故了群动，空故纳万境。③

这正是心如明镜的境界。又《书王定国所藏王晋卿画著色山二首》
之一说：

> 我心空无物，斯文何足观。君看古井水，万象自往还。④

《大悲阁记》说：

> 及吾燕坐寂然，心念凝默，湛然如大明镜，人鬼鸟兽杂陈
> 乎吾前，色声香味交遘乎吾体，心虽不起而物无不接，接必有
> 道……⑤

这里的心性观念正与《坛经》所谓"心量广大，犹如虚空……虚空能
舍日月星辰、大地山河"云云相通。苏轼晚年贬南海，往还经曹溪，
对六祖慧能表示十分神往。他的《追和沈辽顷赠南华诗》直接用

---

①黎靖德《朱子语类》卷四一《论语·颜渊篇上》："（夏渊）又问：'如磨昏镜相
　似，磨得一分尘埃去，复得一分明。'曰：'便是如此……'"中华书局，1983 年。
②《朱子语类》卷一五《大学·经下》。
③《苏东坡集》卷一〇。
④《苏东坡集》卷一七。
⑤《苏东坡集》卷四〇。

《坛经》"明镜台"典故：

> 善哉彼上人，了知明镜台。欢然不我厌，肯致远公材。莞
> 尔无心云，胡为出岫来。一堂安寂灭，卒岁扃苍苔。①

可见他对心如明镜的境界非常向往并深有解悟。他的作品中的那
种"一念清净，染污自落，表里儵然，无所附丽"②的表现更是与禅宗
的思维方式相关联的。

黄庭坚与禅宗黄龙派有密切关系。他论诗也主张以辉光照见
本心。其《杨叔明从予学问甚有成……》诗十首之八说：

> 虚心观万物，险易极变态。皮毛剥落尽，惟有真实在。③

这里所谓"虚心观万物"亦即求心如明镜般的虚静；而皮毛脱尽，唯
见真实，指的是自性的发现。这是南宗禅常用的说法。

后来的江西诗派善以禅喻诗，亦多用明镜之喻说心性。曾几
《赠空上人》诗说：

> ……时从禅那起，游戏于笔端。当其参寻时，恣意云水
> 间。松风激齿颊，萝月入肺肝。政使不学诗，已见诗一斑……
> 乃知心中镜，万象纷往还。皆吾所现物，摹写初不难……④

谢逸《林间录序》说：

> 大抵文士有妙思者未必有美才，有美才者未必有妙思。
> 唯体道之士，见亡执谢，定乱两融，心如明镜，遇物便了，故纵
> 口而笔，肆谈而书，无遇而不贞也。⑤

---

①《东坡续集》卷一。
②《黄州安国寺记》,《苏东坡集》卷三三。
③《豫章黄先生文集》卷六。
④《茶山集》卷一。
⑤《溪堂集》卷七。

谢逸《有怀如璧道人二首》之二说：

> 每忆诗人贾阆仙，投冠去学祖师禅。尘埃不染心如镜，妙句何妨与世传。[1]

如璧道人即江西诗人饶节，也是云门八世香严海印智月禅师法嗣。以上这些，都是用镜喻来说诗文创作的例子。

　　总之，心如明镜这个比喻作为禅宗、特别是南宗禅常用的表现，包含着深刻的哲理内容。禅宗用它来说心性，提示了心性作为绝对主体及其自悟自证的新见解。随着禅的影响的扩大，这个比喻也被哲学与文学所沿用。在文学，主要是诗歌创作上，这个比喻所包含的突出主观心性的绝对性的意识，推动诗坛形成了新的表现方式与审美观念，即把创造性的心灵作为表现中心的观念，从而开拓了诗歌创作的新境界。这成为唐、宋诗人创作的指导原则之一。唐、宋诗的伟大成就，在相当程度上也得力于这种影响。

四

　　心如明镜的比喻，指出了心性清净的本质。与它相对立的，还有把意识比喻为"波"与"流"的观念。传统佛教一直把人的意识活动视为虚妄，因而要截断这意识的"波"与"流"来证得绝对真实——涅槃。

　　《密严经》中清楚地指出：

> 心为境风动，识浪生亦然。[2]

《楞伽经》认为诸识有二种生、住、灭，即"流注"与"相"的生、住、灭，

---

① 《谢幼槃文集》卷六。
② 《密严经》卷中。

"外境界风飘荡心海，识浪不断"①，因此就要断绝诸识现流。《楞伽经》的另一译本《入楞伽经》有偈说：

> 譬如巨海浪，斯由猛风起。洪波鼓冥壑，无有断绝时。梨耶识亦尔，境界风吹动，种种诸识生，腾跃而转生。②

《大乘起信论》说：

> 以一切心识之相皆是无明，无明之相不离觉性，非可坏非不可坏，如大海水因风波动。③

《成唯识论》有偈说：

> 如海遇风缘，起种种波浪，现前作用转，无有间断时。藏识海亦然，境等风所击，恒起诸识浪，现前作用转。④

以上的说法，具体理论依据不尽相同，但大体上都强调意识在外境作用之下流动，而要舍妄归真，转识成智，就要平息那如波浪一样的意识的活动。

实际上北宗禅讲自悟清净自性，达到心如明镜、如池水一样清净，也是承袭了这种看法。如弘忍说：

> ……了见此心识流动，犹如水流、阳焰，晔晔不住。既见此识时，唯是不内不外，缓缓如如，稳看看熟，则返覆销融，虚凝湛住。其此流动之识，飒然自灭。灭此识者，乃是灭十地菩萨众中障惑。此识灭已，其心即虚，凝寂淡泊，皎洁泰然。⑤

这里具体讲了"看心"、"守心"从而截断意识流动的过程。而早期

---

①《楞伽阿跋多罗宝经》卷一。
②菩提留支译《入楞伽经》卷二。
③真谛译《大乘起信论》。
④《成唯识论》卷三。
⑤《最上乘论》，《卍续藏经》本。

南宗禅讲"无念"，同样要使诸识平静下来。神会说：

> 如实不起，诸识安寂，流注不生，得法眼净，是谓大乘。①

他比喻净心不受外惑的坚定性说：

> 决心证者，临三军际，白刃相向下，风刀解身，日见无念，坚如金刚，毫微不动。纵见恒沙佛来，亦无一念喜心；纵见恒沙众生一时俱灭，亦不起一念悲心。此是大丈夫，得空平等心。②

这样，神会对于众生心识的看法，与传统佛教是一致的，即认为现实的心识是妄念，只有做到"不起意"、"无念"即截断现实心识的流动才是"见性"。

但到了洪州禅，相对于上述北宗禅强调自性清净的"本寂之体"和南宗禅注重自性自悟的"本体之用"，转而强调一心的"随缘应用"。这正如前引宗密所用铜镜之喻所表明的："铜之明是自性用，明所现影是随缘用。"③慧能、神会讲清净自性通过"反照"、"自悟"而"见性"；而洪州宗则认为一心的随缘应用就是真性的表现。南宗禅让人透过虚妄的影像去体悟本性之真；洪州禅则主张这虚妄的影像正是真实本性的表现。这样，在洪州宗看来，不必去"顿悟"本来清净心，染、净都是自性的表现。因此才提出"平常心是道"，主张道不要修，任运无事；要不思善，不思恶；无念无心则不受染污。洪州禅也不是完全取消"悟"与"不悟"的区别。但它已不从"自性"的作用上来作区别，而认为"自性"没有作用也就没有了区别。大珠慧海与源律师那一段关于如何修道的话，正说明了这个问

---

① 石井光雄影印、铃木大拙校订《神會語録》。
② 《神会语录卷一残卷》。
③ 《中华传心地禅门师资承袭图》卷三。

题。源律师问如何修道用功？慧海答"饥来吃饭，困来即眠"，源律师说这样就与平常人没有什么差别了，慧海说平常人"吃饭时不肯吃饭，百种须索；睡时不肯睡，千般计较"①。就是说，平常人心中仍有分别、烦恼，而禅则是超离一切分别的绝对。在慧能、神会阶段的南宗禅还努力在平常的妄心之外去寻求本来清净心；发展到洪州禅，则平常心就是清净心的表现。体悟到这一点，才真正作到了"离四句、绝百非"，才获得了般若无分别智、"空平等心"，才会认识求菩提、求涅槃是生死业，也是迷妄。

洪州宗的这种对心性的看法，在肯定主观自性上比早期南宗禅又前进了一步。由于主张平常心与本来清净心相统一，自然就要肯定个人心性的流露，并认为这种心性的随缘应用就是道的表现。与那种截断意识现流的主张相对立，在禅宗影响下形成的《圆觉经》明确提出了"圆觉流出一切清净真如"②的主张。所谓"圆觉"就是清净自性的代称，它本是与众生幻心一而二、二而一的。宗密发挥说：

> 众生幻心，还依幻灭。诸幻尽灭，觉心不动。依幻说觉，亦名为幻，乃至诸幻虽尽，不入断灭。性相源者，流出一切真如、菩提、涅槃，是性源也；种种幻化，皆生于觉心，即相源也。③

这样，幻心与觉心在根源上本是统一的。种种幻化即平常的心识皆为觉心所生，其生灭变化也正是觉心不动的表现。

---

① 平野宗净编校《頓悟要門》卷下《諸方門人參問語録》。
② 《圆觉经》初见于《开元释教录》卷九，当时即被指出"此经近出，不委何年"；《贞元新定释教目录》卷一二亦同此看法。本经得宗密的大力弘扬始大显于世，其基本观点是禅宗的。
③ 《圆觉经大疏钞》卷四之上。

应是在《宝林传》时代形成的传法偈中①，二十二代摩挐罗尊者的偈说：

> 心逐万境转，转处实能幽。随流认得性，无喜复无忧。②

这也是主张随外境流转的心就是自性清净心。

大珠慧海说：

> 经云："随流而性常也。"只如学道者，自为大事因缘解脱之事，俱勿轻末学。敬学如佛，不高己德，不疾彼能，自察于行，不举他过，于一切处悉无妨碍，自然快乐也。重说偈曰：忍辱第一道，先须除我、人，事来无所受，即真菩萨身。③

这里"经云"所据，未详出典，但观点正与前面摩挐罗尊者所说偈相同，也是主张"于一切处悉无妨碍"的平常心为绝对的。

临济义玄说：

> 佛者心清净是，法者心光明是，道者处处无碍净光是。三即一，皆是空名而无实有。如真正学道人，念念心不间断。自达摩大师从西土来，只是觅个不受人惑底人。④

这里把佛、法、道皆看作是一心的体现，是方便施设，而只有念念不间断的不受人惑的心才是真正的佛心。所谓"不受人惑"，当然也包括不受人说禅说净所惑。

德山宣鉴法嗣岩头全奯最为鲜明地概括了这种看法：

①《宝林传》一般推定形成于公元 801 年。关于该书及其中传法偈的形成，参阅柳田圣山《初期禪宗史書の研究》第五章《〈寶林傳〉の成立と祖師禪の形成》，法藏馆，1967 年；田中良昭《禪宗燈史の發展》，收篠原寿雄、田中良昭编《講座敦煌》之八《敦煌佛典と禪》。
②《宝林传》卷五《摩挐罗印国土章指泉示化品第二十八》。
③《頓悟要門·頓悟入道要門論》。
④《镇州临济慧照禅师语录》，《古尊宿语录》卷四。

> 若欲得播扬大教去,一个一个从自己胸襟间流将出来,与
> 他盖天盖地去么。①

据说"(雪)峰于言下大悟……上堂示众曰:一一盖天盖地,更不说
玄说妙,亦不说心说性。突然独露如大火聚,近之则燎却面门;似
太阿剑,拟之则丧身失命"②。宣鉴门下呵佛骂祖之风甚盛,是与如
此肯定高度发扬"平常心"的精神相一致的。法眼文益评论岩头这
段话说:

> 岩头谓雪峰云:"一一从自己胸中流出。"是知言语棒喝,
> 非假师承,妙用纵横,岂求他合。贬之则珠金丧彩,赏之则瓦
> 砾增辉。可行则行,理事俱修,当用即用,毫厘不差。真丈夫
> 才,非儿女事。③

这样一来,就由自传统佛教直到楞伽宗、荷泽宗对"意识现流"的否
定,转化为对于"平常心"的肯定;从而又由重视清净"无念"转而主
张"无心"、"无事"的任运随缘。结果,在镜喻之后又出现了这个泉
流之喻,即心如泉流一样"盖天盖地"地涌流。

正如前面介绍洪州宗时已经说明的,"平常心是道"把禅宗重
主观心性的意识发挥到了极致,而从实质看,又体现了中国传统思
维肯定现实人生的精神。它进一步使禅转化为非禅,混合禅与非
禅的界限,因此更易于被广大文人阶层所欢迎。它对主观心性的
绝对性的肯定,它要求发扬自性的意识,正契合当时不少诗人的心
态,很快就被诗坛所接受。

如果说肯定"心如明镜"是让人意识到自心本体的清净,让人
超离虚妄的现实去发现自己的价值;那么"心如泉流"则更肯定现
实的自己就是绝对,只要放舍向外驰求之心,心性的自然流露就是

---

①《祖堂集》卷七《岩头和尚章》。
②《碧岩录》卷三。
③《宗门十规论》。

绝对真实。前一种观念表现在诗里,是主观心性的肯定与反照;后一种观念则表现为主体意识的表露与发扬。应当加以区别的是,这里所谓"主体意识"的表露与发扬,并不是指一般诗歌创作中主观感情的抒发,而是指把自我心性作为中心的思维方式。这不是感于物而动,而是超越主、客的"自性"的体现。这在诗歌创作上又是一种新发展,在此后的诗歌理论中也明显地表现出来。

五

中、晚唐诗人中已有人使用泉流之喻说心性,如李端《宿深上人院听远泉》说:

> 泉声宜远听,入夜对支公。继续来方尽,潺湲咽又通。何年出石下,几里在山中。君问穷源处,禅心与此同。①

张乔《题山僧院》说:

> 心源若无碍,何必更论空。②

这里都明确地表达了禅心如泉水一样自心源中流出。而值得注意的是,这种观念是诗人在与僧侣(应是禅僧)交游时得到的。

在创作中,明显地实践了这心如泉流的观念的是白居易。贺贻孙评论说:

> 长庆长篇,如白乐天《长恨歌》、《琵琶行》,元微之《连昌宫词》诸作……神气生动,字字从肺肠中流出也。③

而从白居易全部创作看,他的那些抒写放旷自然、乐天适性的诗作确能表现任运随缘、无为无事的心境。又如在前面关于他的专章

---

① 《全唐诗》卷二八五。
② 《全唐诗》卷六三八。
③ 《诗筏》,《清诗话续编》本。

中论述的,它们也更体现了洪州禅的观念,并与王维诗心如明镜的空寂、宁静心态形成对比。

宋人讲道学,提倡"正心诚意"、"修、齐、治、平",在心性修养上多求"克己"的主静功夫;但同时作为道学的实践,又要求道心的发扬,因而也就强调"胸襟流出"的主张。

李纲《书陈莹中书简集卷》评论陈莹中的文章:

> 信笔辄千余言,理致条畅,文不加点,信乎道学渊源自其胸襟流出。①

又《道卿邹公文集序》:

> 士之养气刚大,塞乎天壤,忘利害而外生死,胸中超然,则发为文章,自其胸襟流出。②

朱熹论文也有同样的看法,如说:

> 三代圣贤文章,皆从此心写出。
> 欧公……谢表中自叙一段,只是自胸中流出。③

这些意见都是讲道学的。心须体道,因而作文是道心的流露。道学之受禅宗影响,在这类见解中也表现出来了。

宋代文人论诗文也经常用胸中流出之喻。如苏轼《读孟郊诗二首》之二:

> 诗从肺腑出,出辄愁肺腑。有如黄河鱼,出膏以自煮。④

戴复古的论诗诗中说:

> 意匠如神变化生,笔端有力任纵横。须教自我胸中出,切

---

① 《梁溪先生集》卷一六三。
② 《梁溪先生集》卷一三八。
③ 《朱子语类》卷一三九。
④ 《苏东坡集》卷九。

忌随人脚后行。①

而包恢评论戴复古本人的创作认为：

> 果无古书，则有真诗。故其为诗自胸中流出，多与真会。三者备矣，其源流不其深远矣乎。②

刘克庄评论方岊孙的乐府诗：

> 方君端仲年事富，笔力健，取古人难题轶事斫成数十百首，激昂蹈厉，流出胸臆，亦可谓之快士矣。③

赵孟坚《诗谈》一诗说：

> 吾嗤彼云士，努力事诗妍。竟日搜枯肠，抽黄对白间。尔何无达观，踽促自缚缠。不见渊明陶，有诗累百篇。要以写吾心，出语如流泉……④

王灼有题画诗说：

> 菩萨岩前净满月，神女峰上光明云。吾人肺腑中流出，诗句丹青无半分。⑤

宋代文人习禅风气很普及，他们用这种比喻时一定意识到唐代禅门泉流之喻的先例。而且上引这些说法本身所表现的新的创作意识也与禅宗有关系。

宋人诗话、笔记中也经常用泉流之喻评诗文。如惠洪《冷斋夜话》记述：

---

① 《昭武太守王子文日与李贾严羽共观前辈一两家诗及晚唐诗》十首之四，《石屏诗集》卷七。
② 《石屏诗集后序》，见《台州丛书》本《石屏诗集》。
③ 《跋方岊孙乐府》，《后村先生大全集》卷一〇〇。
④ 《彝斋文编》卷一。
⑤ 《题云月图》，《颐堂先生文集》卷四。

> 李格非善论文章，尝曰：诸葛孔明《出师表》、刘伶《酒德颂》、陶渊明《归去来辞》、李令伯《陈情表》，皆沛然从肺腑中流出。①

陈师道《后山诗话》评杜诗：

> 孟嘉落帽，前世以为胜绝。杜子美《九日》诗云："羞将短发还吹帽，笑倩旁人为正冠。"其文雅旷达，不减昔人。故谓诗非力学可致，正须胸肚中泄尔。

这里的评论，接近重视"胸襟"、"怀抱"的意见，与表露心性本身的看法稍异，但在提法上却仍受其影响。张戒《岁寒堂诗话》说：

> 诗、文、字、画，大抵从胸臆中出。
>
> 世徒见子美诗多粗俗，不知粗俗语在诗句中最难。非粗俗，乃高古之极也。自曹、刘死，至今一千年，惟子美一人能之……近世苏、黄亦喜用俗语。然时用之，亦颇安排勉强，不能如子美胸襟流出也。②

这里后一条已涉及语词的运用，是观点的进一步引申。吴炯《五总志》说：

> 近时僧多以诗自名者，如善权、惠洪，皆步步踏古人陈迹。独祖可语，自胸中流出，得句律妙处。

陈善《扪虱新话》说：

> 天下无定境，亦无定见，喜怒哀乐，爱恶取舍，山河大地，皆从此心生……故释氏之论曰："心净则佛土皆净。"信矣。③

这里没有直接用泉流之喻，但意思是一样的。朱弁《风月堂诗

---

① 《冷斋夜话》卷三。本条亦见《墨客挥犀》卷八。
② 《岁寒堂诗话》卷上。
③ 《扪虱新话》卷四。

话》说：

> 客或谓予曰："篇章以故实相夸，起乎何时？"予曰："江左
> 自颜、谢以来，乃始有之。乃以表学问，而非诗之至也。观古
> 今胜语，皆自肺腑中流出，初无缀缉工夫……"

罗大经《鹤林玉露》说：

> 李太白云："划却君山好，平铺湘水流。"杜子美云："斫却
> 月中桂，清光应更多。"二公所以为诗人冠冕者，胸襟阔大故
> 也。此皆自然流出，不假安排。①

以上宋人的看法，在侧重点上不完全相同。有的强调表达自然如
"流出"，有的强调心怀饱满因而"流出"，但如此众多的人都用这个
比喻来说明艺术创作，反映了强调心性发露的观念已在文坛上广
泛流行。

金王若虚《滹南诗话》说：

> 山谷之诗有奇而无妙，有斩绝而无横放，铺张学问以为
> 富，点化陈腐以为新，而浑然天成如肺肝中流出者不足也。②

王若虚是反对江西诗派所谓"夺胎换骨"、"点铁成金"的办法的。
他用这个"流出"之喻来加以批评。范梈《木天禁语》说：

> 诗之气象，犹字画然，长短肥瘦，清浊雅俗，皆在人性中流
> 出，得八法便成妙染，而洗吾旧态也。此赵雪松翁与中峰和尚
> 述者，道良之语也。

到了明代，理学中的"心学"一派得到了突出发展，而"心学"与
禅宗的渊源关系更为密切。这种思想环境，促成文学中注重心性
的思潮更加发展，诗文自胸襟流出的观点也有更多的人提倡，在文

---

① 王瑞来校点《鹤林玉露》乙编卷三。
②《滹南诗话》卷中。

坛上亦有深远影响。

　　这里首先应提到明代著名僧人憨山德清,他是重振佛教的所谓"明末四高僧"之一。自南宋以后,中国的宗派佛教已经衰微,后又经元代崇信喇嘛教的冲击,佛教的理论水平和文化色彩都大大降低了。"禅净合一"的以信仰为主的"檀施供养之佛"成了当时佛教的主要形态。云栖袾宏、紫柏真可等"四高僧"努力重建禅、教合一的佛教学术,成为后期中国佛教中少数有所建树者。其中以德清文学水平最高,所作诗文颇为可观,理论上亦有很好的见解。他主张"吾人根本实际,要从真性流出"①,并把岩头全豁的观点拿来论诗文:

　　　　文者,心之章也。学者不达心体,强以陈言逗凑,是可为文乎? 须向自己胸中流出,方始盖天盖地。②

　　　　向上一路,亲近者稀,不是真正奇男子,决不能单刀直入。此事决不是世间聪明伶俐,可以凑泊;亦不是俗习知见、之乎者也,当作妙悟;亦不是记诵古人玄言妙语,当作己解。只须真参实究,向自己胸中流出,方始盖天盖地。③

这又已经把作文与参禅直接联系起来了。

　　明代后期著名的异端学者李贽思想上受到禅宗的深刻影响。他提出"谈诗即是谈佛",因为二者皆在求"一念之本心"④。他倡"童心"说,这"童心"与不受污染的"本来清净心"是相通的。他要求作文时发挥这绝假纯真的"童心":

　　　　夫童心者,绝假纯真、最初一念之本心也。若失却童心,便失却真心;失却真心,便失却真人。人而非真,全不复有初

---

①《示梁腾霄》,《憨山老人梦游集》卷四。
②《示陈生资甫》,《憨山老人梦游集》卷三。
③《答谈复之》,《憨山老人梦游集》卷一七。
④《观音问·答澹然师》,《焚书》卷四。

矣……童心既障，于是发而为言语，则言语不由衷；见而为政
事，则政事无根柢；著而为文辞，则文辞不能达。非内含于章
美也，非笃实生辉光也，欲求一句有德之言，卒不可得。所以
者何？以童心既障，而以从外入者闻见道理为之心也。①

这里说的是言语、文章皆应自"童心"流出，而这"童心"是与外来的
见闻道理不相干的。

明代"公安三袁"（宗道、宏道、中道）倡"性灵"，也受禅宗心性
说的影响。袁宏道为其弟中道诗作序，说：

大都独抒性灵，不拘格套，非从自己胸臆流出，不肯下笔。②

又在答李元善的信中说：

文章新奇，无定格式，只要发人所不能发，句法、字法、调
法，一一从自己胸中流出，此真新奇也。③

中道写宏道《行状》，说到他结交李贽时，则袭用了岩头全奯的
说法：

先生既见龙湖，始知一向掇拾陈言，株守俗见，死于古人
语下，一段精光不得披露。至是浩浩焉如鸿毛之遇顺风，巨鱼
之纵大壑，能为心师，不师于心，能转古人，不为古转。发为语
言，一一从胸襟流出，盖天盖地。如象截急流，雷开蛰户，浸浸
乎其未有涯也。④

关于这种重"性灵"发露的观念所造成的影响，钱谦益曾有所评论：

中郎之论出，王、李之云雾一扫，天下之文人才士始知疏

---

① 《童心说》，《焚书》卷三。
② 《叙小修诗》，钱伯城笺校《袁宏道集笺校》卷四。
③ 《答李元善》，《袁宏道集笺校》卷二二。
④ 《吏部验封司郎中中郎先生行状》，《珂雪斋文集》卷九。

　　瀹心灵,搜剔慧性,以荡涤摹拟涂泽之病,其功伟矣。①

这是指"性灵说"的提倡,转变了王世贞、李攀龙以来"后七子"的复古文风,在开拓文坛表现心灵主体的潮流上起了关键作用。

　　实际上,明代"唐宋派"也有相似见解,如归有光说:

　　　　为文必在养气,气充乎中而文溢乎外,盖有不自知者。如诸葛孔明《前出师表》、胡澹庵《上高宗封事》,皆沛然肺腑中流出。不期文而自文,谓非正气之所发乎!②

这种说法与前引惠洪《冷斋夜话》所记李格非意见相似。

　　明人见解,还有如郑瑗:

　　　　董、贾之言,却是从胸中流出;韩子力追古作,虽费力而不甚觉。③

这是论道学的,说董仲舒、贾谊的议论从胸中流出。刘成德论张籍诗:

　　　　余异其诗而观之:其乐府诗,景真情真,有风人之意;而五言近体,尤皆劲健清雅,脱落尘想,俱从胸臆中出……④

　　明末清初的大思想家黄宗羲批评竟陵派和公安派,用的却是公安派所主张的重性情的说法:

　　　　竟陵,学王、孟而失之者也;公安,学元、白而失之者也。根孤伎薄,不过流注之害耳。诗之为道,从性情而出。性情之中,海涵地负,古人不能尽其变化,学者无从窥其隅辙。⑤

清人诗话中亦多用"胸臆流出"之类的说法,如贺贻孙:

①《列朝诗集》丁集卷一二。
②《文章指南·论文章体则》。
③《井观琐言》卷一。
④《唐司业张籍诗集序》,《四部丛刊》本《张司业集》卷首。
⑤《寒村诗稿序》,《南雷文定后集》卷一。

　　……然其必不可朽者，神气生动，字字从肺肠中流出也。①

徐增：

　　诗到极则，不过是抒写自己胸襟，若晋之陶元亮，唐之王右丞，其人也。

　　无事在身，并无事在心，水边林下，悠然忘我，诗从此境中流出，那得不佳?②

徐增是佛教徒，后一则的内容完全合于洪州禅思想。又李重华：

　　作诗从形迹处求工，便是巧匠镂雕，美人梳掠，决非一块生气浩然从肺肝流出。③

方东树：

　　汉、魏、阮公、陶公、杜、韩，皆全是自道己意，而笔力强，文法妙，言皆有本。寻其意绪，皆一线明白，有归宿，令人了然。其余名家，多不免客气假象，并非从自家胸臆性真流出。④

　　以上，不同时代、不同思想观点的人们，都用"胸襟流出"这类比喻来强调诗歌直接表露主观心性的主张。有些人并非是佛教信徒，但佛教禅宗的语言与观念却深深反映在他们的文艺观念之中。这个现象再一次表明了禅宗思想影响的深广。

六

　　唐代禅宗由主张"看心"、"守静"转化为"无念"、"见性"，再转

①《诗筏》。
②《而庵诗话》。
③《贞一斋诗说》。
④汪绍楹校点《昭昧詹言》卷一。

化为"平常心是道",这是基于肯定现实一切皆妄转而认为现实一切皆真在心性论上的不断深化。这个转变完成了,本来的"成佛之教"也就彻底中国化为"心的宗教"了。当把现实的"平常心"与本来的"清净心"相等一的时候,禅宗对主观心性的肯定也就发挥到了极点。这种理论给中国古代哲学的心性论增加了有价值的新内容,其影响也广泛而深刻地及于诗歌创作的理论与实践。以上仅讨论了主要的两点。

人的主观对于客观的关系,是人类思维面临的永恒的难题。而艺术作为从审美上把握客观现实的思维形式,如何对待客观外界也是一个涉及创作与表达的关键问题。禅宗把众生"自性"作为绝对主体的观念,本来是中国传统思维所缺乏的。这种观点被文人们所接受,开拓出诗歌创作的新境界,大大丰富了诗的表现内容与形式,对唐、宋以后的诗歌发展造成了重大影响。

首先,无论是强调自性的发现与复归,还是强调主观的表露与发扬,这种以个人心性为主体的创作观念是中国传统的固有文艺观完全没有涉及的。所谓"道沿圣以垂文,圣因文以明道",代表了传统上对文的本质与作用的看法,即文是道的形式。主张这类观点的各家所指陈的道的内含不同,但文以明道的总的思路是不变的。在唐宋文学中,有主张儒学复古的一派,发展了"明道"、"贯道"、"载道"以至"因文害道"等种种观点。如此强调以儒家圣人之道为根本,也创造出许多优秀的作品。但这种传统的重道的文学观显然忽略了个人主观心性的作用。而且这只是一种艺术思维的模式。禅宗的心性论被文人所接受,则是在以"圣人之道"为主体的思维方式之外,创造出以个人心性为主体的创作模式。这就使得诗人从圣人的教条下获得一定程度的解放而去探求、表现主观世界,这特别对于抒情诗的发展是有很大意义的。

其次,在中国传统意识中,"信而好古"的观念十分浓重。长期的经学统治更加强了这种观念。在文学中则表现为复古偏向,向古代的《诗》、《骚》、《古诗》、乐府寻求模本。唐代陈子昂提倡革新诗风，是以恢复"汉、魏风骨"为标的的。韩、柳把他们创造的新的散文称为"古文"，并以恢复古代的文学传统自居。即使如李、杜那样的具有极大创造魄力、并创造出伟大的艺术成果的诗人，也念念不忘古人的楷模。如果说禅宗思想以其批判的、否定的性格在思想史上独树异帜，它那种绝对肯定个人心性的观念也使得诗人从古人的束缚下挣脱出来，赋予心灵以更多的自由。从而这种观念也增强了艺术创造的活力。

再次，自六朝以来，中国诗歌逐步向更严格的格律化的方向发展。运用格律是一种艺术。诗人带着严格格律的锁链跳舞，表现了他们的艺术技巧。近体诗的形成使诗的格律化臻于极境。但格律美只是诗歌艺术的一种境界；格律也会造成对创造的限制。把心灵主体作为艺术表现的主体，对于抑制过分追求格律技巧也起了积极作用。禅门中所创造的偈颂不大讲究格律。这不只是技巧上能与不能的问题，更关系上创作意识：为了表现禅解、禅境，就无暇讲究格律。诗坛上也是一样，许多受到禅宗较多影响的诗人都比较重视表现的平顺自然。白居易的通俗直径的诗风、江西诗人对"活句"、"活法"的提倡就是例子。

从长远发展看，由于禅宗心性学说的影响，不仅促进了中国诗歌创作中对主观心性的表现，丰富了创作方法，而且进一步促成了一系列重视心性表达的诗歌理论的形成。宋代以后，提倡"兴象"、"性灵"、"神韵"等的诗歌思想，与传统的重现实、重伦理的主张相并立而另成一个创作观念体系。研究这些观念的具体内容和倡导者的思想情况，会清楚发现与禅宗的关系。

但是禅宗的心性论是一种宗教思想观念。不管它包含多少有价值的、合理的内容，终究限制在宗教唯心主义的框子里。那个超越主、客的绝对的"自性"，挣脱了与现实的一切联系，也就成了虚无飘渺的幻想。颜元批评通过水月、镜花之喻所表现的神秘、虚幻的心性理论说：

> 洞照万象，昔人形容其妙，曰镜花水月。宋明儒者所谓悟
> 道，亦大率类此。吾非谓佛学中无此境也，亦非指学佛者不能
> 致此也。正谓其洞照者无用之水镜，其万象皆无用之水月也。
> 不至于此，徒苦半生为腐朽之枯禅；不幸而至此，自欺更深。①

这正是指出了如明镜一样的心性的虚幻和无益于世用。那种强调
主观自性的表现的诗歌，也往往流露出浓厚的脱离现实的消极倾
向。主观的极度扩张失去了现实依据，也就流于幻象了。

禅宗的宗教唯心主义的心性论不可能正确解决认识主体与客
体的关系。它在文学上造成的影响，既包含艺术表现上的开拓与
进展，也有不小的消极因素。当诗人的主观心性的表现失去了现
实根据，也就失去了艺术创作的根基。因此，禅宗心性论虽促使诗
坛形成了一些新观念与新方法，却没有形成健全完整的理论体系，
也没有造成全面改变诗坛面貌的强大的创作潮流。

---

① 《四存编·存人编》卷二。

第八章　王梵志诗与寒山诗

一

　　禅宗的发展，迎来了禅门偈颂创作的大繁荣。

　　禅宗自形成伊始，为了树立和宣传区别于传统佛教义学的新宗义，就创造了《达摩论》之类的新"经典"，同时也注意利用佛教三藏中所习用的偈颂形式。但这种偈颂也已中国化了。当然，传统的与长行相应的"重颂"方式仍在使用，如敦煌本《坛经》、《绝观论》等作品中，都在散文叙说中夹有韵文的偈颂。然而更多的却是脱胎自独立宣说教义的"讽颂"的华梵结合的新形式①。由于它们要面向民众、流行于社会各阶层中，因而往往采取通俗诗歌体裁。早在神会，就曾经利用《五更转》的民间乐曲来宣扬他的禅解。在敦煌卷子里还有《十二时》、《征心行路难》之类不少民间俗曲形式的

---

①佛典中的韵文部分有两类，一种音译为只夜（Geyā），意译为重颂、应颂，是配合长行直说（散文）宣说教义的；一种音译为伽陀（Gāthā），意译为讽颂、孤起颂，是独立组织成的经文。这两种形式译成汉语，都利用四言、五言或七言、六言的"诗"的形式，统称"偈"、"颂"、"偈颂"（实际上"偈"本来只是 Gāthā 的音译）。不过这种"诗"在形式上仅作到每句字数整齐而意义不一定完整，也不遵守中国诗对于节奏、韵律的要求，可以看作是华梵结合的表达方式。随着译经水平的提高，偈颂在艺术上也逐渐接近中国诗，以至产生出完全合乎诗律的偈颂。

作品①。到了中唐时期，更出现了一大批归属到傅大士、宝志、王梵志、寒山名下的通俗诗。这些作品艺术水平高低不同，在语言与表现方法上大体没有完全脱弃传统偈颂的特色，如多用佛家语汇，多用说理方式，方法、句式、节奏、押韵等亦不严整和谐等等。但从发展形态看，却已与中国诗歌接近，有些作品置之当时诗坛上也可称上乘之作。这其中反映禅宗思想更为明晰、艺术成就较高、对后世影响也更为深远的是所谓寒山诗。

　　齐梁时的傅大士、宝志到中唐已是传说人物，当时有不少作品被伪托到他们的名下②。王梵志诗在古代文献中所传只有零星断句或篇章③，在敦煌卷子中始发现一批王梵志诗写本；寒山诗自宋代起即有刻本流传④。但这些有具体署名的作品并非出自一两个固定作者的笔下，应看作是许多无名作者作品的结集，而且今传本与原始形态又已存在相当的距离。

　　上述这一类署名傅大士等人的作品，从内容看，并不完全表现禅宗思想。其中不少是佛教的宣传品，以及一般的训世格言式的教诫文字，内容是相当驳杂的。但从更广阔的视野分析，这一类通俗诗式的偈颂的出现却与禅宗的兴盛有直接关系。一方面，由于

---

①参阅入矢义高《徹心行路難——定格聯章の歌曲について》，《琢本博士頌壽記念仏教史學論集》。

②今存傅翕《善慧大士录》四卷，传为唐楼颖编，宋绍兴十三年（1143）经楼炤改编刊行；今存宝志作品又见于《景德录》卷二九的《大乘赞》十首。这些作品均经过到刊定时的长期流传、增饰，已非原貌。

③敦煌卷子发现以前，已知文献中最早记载王梵志的是中唐诗僧皎然《诗式》；晚唐范摅《云溪友议》卷下"蜀僧喻"条著录王梵志诗十二首；晚唐冯翊子（严子休）《桂苑丛谈》亦提到王梵志传说；宋人笔记、诗话中始广引王梵志诗。

④《新唐书·艺文志》已著录《对寒山子诗》七卷。《天禄琳琅阁书目》后编卷六《宋版集部》著录原汲古阁藏《寒山子诗集》一卷；王国维《两浙古刊本考》著录宋淳熙十六年（1189）天台国清寺僧志南刊《三隐诗集》一卷。"三隐"指丰干、寒山、拾得。

禅宗宣扬个性自主的意识，刺激人们发挥自由创造精神，从而进一步脱离对传统经论三藏的依傍，而去创造表现个人见解的、在形式上也不拘一格的作品；另一方面，因为这类作品通俗易懂，容易在群众中传布，又能够自由表现新的教义，也就易于被"教外别传"的禅宗所利用。这样，禅门中人不断创造出这类通俗诗并假托到古人或某传说作者的名下，就会更有影响力。到宗密集录众家禅门著作为《禅源诸诠集》时，已专门收录"志公、傅大士、王梵志之类"①的作品，认为他们"或降其迹而适性，一时间警策群迷"。因而可以说禅宗的发展推动这类诗创作的兴旺发达，从而它们也成为研究当时禅思想的重要材料。

　　这类作者中最早出现在禅籍中的是傅大士。《楞伽师资记·道信章》已提到"傅大师（士）"，并举出他"守一不移，先修心审观，以身为本"的主张；《神秀章》说法中引用了傅大士一句偈"桥流水不流"②。到了牛头系的（牛头慧忠弟子）佛窟遗则（751—830），曾集序融祖师（牛头法融）文三卷并为宝志《释题二十四章》、《南游傅大士遗风》作序③。这暗示宝志与傅大士的偈颂集这时已经编成并在禅门流行开来。天台宗的荆溪湛然（711—782）在其所著《止观义例》卷上、《止观辅行传弘决》二之三里都曾引用傅大士的《独自诗》。今传《独自诗》二十章，是以唐代俗曲形式、表现禅门观念的作品。宗密《圆觉经大疏钞》等著作中亦屡屡引及傅大士诗④。宝志的作品已见于百丈怀海（720—814）的《百丈广录》。该《广录》是

―――――――――

① 《禅源诸诠集都序》卷四。宗密原编《禅源诸诠集》已佚。
② 神会说法中讲体用，引偈曰："身灭影不灭，桥流水不流。"今传《善慧大士语录》卷三有《颂二首》，其一曰："空手把锄头，步行骑水牛。牛从桥上过，桥流水不流。"是神秀转用此诗，还是此诗依神秀偈敷衍而成，待考。
③ 《宋高僧传》卷一〇《唐天台山佛窟岩遗则传》。该传据刘义碑文作，应有事实根据。
④ 如《圆觉经大疏钞》一之上、七之上，《圆觉经大疏》卷中之二等处。

少数有原始"语本"依据的语录之一①。宝志的作品也一再被宗密所引用②。

　　然而，如果单纯从艺术角度讲，今存傅大士和宝志名下的作品没有多少文学意味，在诗坛上也没有产生更大影响。更为重要的当数王梵志和寒山名下的一批诗。寒山诗自宋代以来一直有刻本广泛流传，对此后历代诗坛的影响也比较显著；王梵志诗则没有专集流传，虽然文献里有些相关记载和佚诗，却难以了解全貌。至敦煌文献被发现，出世一批写本，王梵志诗才重现于世。而有趣的是，敦煌写本里却不见寒山诗的踪影。从已知迹象推测，可能二者结集的时间不同，作者身份不同，流传的渠道也不同，归根到底，反映的思想潮流不同，以至存佚情形大有差异。但它们同是具有浓厚宗教性质的通俗诗，显示了唐代这一体作品的兴盛状况。二者也典型地体现了民间通俗诗的思想和艺术特征。而就二者所反映的有关禅的不同内容看，则正可以窥知禅宗发展的大趋势。

二

　　关于王梵志，最早的记载见于晚唐严子休（冯翊子）的《桂苑丛谈》：

　　　王梵志，卫州黎阳（今河南浚县）人也。黎阳城东十五里有王德祖者，当隋之时，家有林檎树，生瘿大如斗。经三年，其瘿朽烂，德祖见之，乃撤其皮，遂见一孩儿，抱胎而出，因收养之。至七岁能语，问曰："谁人育我？"及问姓名，德祖具以实

---

①陈诩《唐洪州百丈山故怀海禅师塔铭》："门人神行、梵云，结集微言，纂成语本。"《全唐文》卷四四六。

②如《圆觉经大疏钞》二之上、十二之上、十二之下、十三之上，《圆觉经大疏》中之二等处。

告:"因林木而生,曰梵天,后改曰志,我家长育,可姓王也。"作
诗讽人,甚有义旨,盖菩萨示化也。①

这显然是后出传说,不可信为事实。故事应当是王梵志名下的诗
作广泛流传后编造出来的。现存资料里最早引述王梵志诗的是保
唐宗禅史《历代法宝记》,其中记载保唐无住(714—774)的说法引
用"王梵志诗":"惠眼近空心,非开髑髅孔。对面说不识,饶你母姓
董。"②俄罗斯所藏敦煌写本中的一个卷子卷末有题记:"大历六年
(771)五月□日抄王梵志诗一百一十首沙门法忍写之记。"③这是王
梵志诗结集流传时间的最早实证。著名诗僧皎然在其论诗名著
《诗式》里论"跌宕格二品",其中"骇俗"品举出郭璞、王梵志、贺知
章、卢照邻四人的诗为例,王梵志《道情诗》是:"我昔未生时,冥冥
无所知。天公强生我,生我复何为? 无衣使我寒,无食使我饥。还
你天公我,还我未生时。"④可知王梵志诗在皎然写作《诗式》的中唐
时期已相当流行,以至被当作某种创作风格的典范看待。前面已
经提到,中唐著名佛教学者宗密在其《禅源诸诠集都序》最后,说到
"达摩宗枝之外"的禅道,举出"志公、傅大士、王梵志之类"⑤。可知
当时禅门对王梵志诗相当重视。宗密说这些人"降其迹而适性",
表明当时已有王梵志等乃是菩萨显化的传说,即已经不被当作现
世的普通人看待了。又一个值得深思的情况是,在现存王梵志诗
里,有几首诗是和北周释亡名作品、署为宝志所作《大乘赞》相同
(字句有改动)的。这可以作为认识王梵志诗形成状况的参考。

从前面提到的俄罗斯所藏法忍抄本残卷,可以知道在大历年

①《桂苑丛谈·史遗》第 75 页,中华书局上海编辑所,1958 年。
②柳田圣山校注《初期の禅史Ⅱ歴代法寶記》第 270 页,筑摩书房,1984 年。
③俄罗斯科学院东方学研究所彼得格勒分所藏敦煌列 1456 号写卷,见陈庆浩
　《法忍抄本残卷王梵志诗初校》,《敦煌学》第 12 辑,1987 年。
④何文焕《历代诗话》上册第 32 页,中华书局,1980 年。
⑤《禅源诸诠集都序》卷四。

间已流传计收录一百一十首的《王梵志诗集》。在西陲敦煌留下来多种王梵志诗写本，也说明这些诗在晚唐五代流传的盛况。晚唐范摅《云溪友议》卷下"蜀僧喻"条录有王梵志诗十二首，其中一首即是皎然《诗式》里引用的《道情诗》。"蜀僧喻"是讲南宗禅师玄朗（马祖道一弟子南泉普愿法孙）的，其中说："……或有愚士昧学之流，欲其开悟，则吟以王梵志诗。梵志者，生于西域林木之上，因以梵志为名。其言虽鄙，其理归真，所谓归真悟道，徇俗乖真也。"[1]就是说，当时南宗禅师已经在拿王梵志诗作为启发学人的工具了。这也合于前述宗密"警策群迷"的说法。到宋代，王梵志诗流传更广。黄庭坚曾引用过两首王梵志诗：

> 梵志翻著袜，人皆道是错。乍可刺你眼，不可隐我脚。
> 城外土馒头，馅草在城里。一人吃一个，莫嫌没滋味。[2]

南宋费衮《梁溪漫志》卷十"王梵志"条说："山谷以茅季伟事亲，引梵志翻袜之句，人喜道之。余尝见梵志数颂，词朴而理到，今记于此……"[3]接着转录诗八首，其中六首见于《云溪友议》，但章节长短、分合有所不同。宋人《庚溪诗话》等作品里还录有另一些王梵志诗或断句。王梵志诗如此流行，显然与禅宗的提倡不无关系。值得注意的是，文献里佚存的这些王梵志诗全都不见于现存敦煌写本王梵志诗集。这显然表明，在当时流传着不同的王梵志诗写本。

清人所编总集《全唐诗》里没有收王梵志诗。直到敦煌写卷发现，一批卷子出世，王梵志诗方引起人们的注意。先后有刘复（《敦煌掇琐》，1925）、郑振铎（《世界文库》第五册《王梵志诗》一卷即《王

---

[1]《云溪友议》第73页，古典文学出版社，1957年。
[2]《诗话总龟后集》卷四三《释氏门》，下册第236、237页，人民文学出版社，1987年。
[3]《梁溪漫志》卷一○《梵志诗》第117页，上海古籍出版社，1985年。

梵志诗拾遗》,1935)、孙望(《全唐诗补逸》,1936)、童养年(《全唐诗续补遗》,1980)等人根据所见写卷进行辑录;法国学者戴密微编译的《王梵志诗集》与《太公家教》合集于1982年出版,是为王梵志诗的第一个别集辑本;张锡厚在前人基础上据当时所能见到的资料做了全面整理、校辑工作,著《王梵志诗校辑》,1983年由中华书局出版,根据写本和文献记载,厘定作品336首。这是王梵志诗第一个较完整的"全集"。但在当时条件下,所见写卷并不完全。陈尚君作《全唐诗续拾》,在前人辑录基础上,参照学界研究成果(校订意见主要是郭在贻的,引录诸家有项楚、袁宾、蒋绍愚、周一良、黄征、松尾良树、戴密微等人)加以校定、转录①,特别是辑录了俄罗斯科学院东方学研究所彼得格勒分所所藏《法忍抄本王梵志诗残卷》。该书1988年编成,1992年出版。大体在同一时期,项楚根据所见的三十五个卷子加以校订、辨伪、分篇,厘定王梵志诗331首,在出版过程中又增补法忍抄本所存,计得390首,于1991年由上海古籍出版社出版《王梵志诗校注》,庶可作为迄今所知王梵志诗的结集定本。

　　关于王梵志诗创作年代,关系到人物虚实问题,学界历来分歧较大。现存王梵志名下的诗,除散见于文献者外,敦煌三十六个写本可分为三卷本、法忍抄本和一卷本三个系统。其中三卷本内容和形式丰富多样,艺术上也更具特色;法忍抄本大体与之相似;一卷本是九十二首五言四句小诗,表现方法类似训世格言,比较起来缺乏思想与艺术上的深度。因此一般判定三卷本乃是王梵志诗的主体部分。从内容所涉及的历史事件、典章制度、社会风俗等各方面综合考察、分析,三卷本王梵志诗的创作不会晚于唐玄宗开元(713—741)年间。法忍抄本里已多有南宗禅观念,产生年代应当

①收录《全唐诗续拾》的《全唐诗补编》1992年由中华书局出版,但付梓在1988年,因此编者不及见下述项楚1991年所出书。

稍后,特别因为有上述大历六年的纪录,则应形成于盛唐后期;又据项楚考证,一卷本王梵志诗乃是唐时流行的童蒙读本,有些篇章是根据《太公家教》改编的,应编写于晚唐时期①。至于散见于禅籍、笔记小说、诗话里的王梵志诗,情况更为复杂,应是王梵志诗流行过程中不断制作并附会到名下的。有些可能是宋人的拟作。这种情况,也反映了这类通俗诗形成过程的流动性质。所以项楚说:"所谓'王梵志诗',从初唐直到宋初,陆续容纳无名白话诗人的作品于自己的名下;同时,其中的某些部分又分化出去,乃至成为广泛流传于民间的俗语。"②关于作者的身份,除了可以根据以上历史背景、作品体制等方面加以判断外,一些作品从具体内容看显然出自贫民、农夫、府兵、逃户、地主、官吏、僧侣等不同阶层之手。从作品体制看,王梵志诗基本是五言古诗,只有少数七言、六言、杂言(长短句)的篇章。这正是自汉乐府以来民间流行的诗歌体裁。

如上所述,最有价值、最能够代表王梵志诗思想和艺术特征与成就的是三卷本。学术界讨论的重点也是三卷本。由于它们是长时期出于众人之手的创作,仅从直观上就让人感觉其题材和主题显得相当驳杂。不过大体说来,内容可分为具有宗教性的和世俗性的两部分,而在这两部分之间看不出什么关联。但作为同一个时代的产物,这显然是反映了人们精神面貌的不同侧面的。所以又应当把王梵志诗看作是一个整体,是其产生时期的下层士大夫、一般僧侣和普通民众的思想观念的相当全面、真实的体现。

这个三卷本里佛教题材的作品,还没有直接流露禅宗观念。但在大历年间抄写的法忍抄本里却有多篇是直接表现禅宗思想的。这正体现了新兴的禅宗思想逐步深入到民众间的实际过程。

王梵志诗表现世俗内容的部分,大体又可以分为两类:一类是

---

①项楚《王梵志诗校注前言》上册第 17—21 页,上海古籍出版社,1991 年。
②《"但存方寸地,留与子孙耕"考》,《王梵志诗校注》附录,下册第 898 页。

暴露民间疾苦的,另一类是进行伦理训喻的。自唐初到开元年间,唐王朝逐步走向繁荣、昌盛,社会上弥漫着乐观向上的气氛。在这一时期的文人创作里,表现民间疾苦的作品很少;而王梵志诗却有不少篇章大胆揭露社会矛盾,诉说民众苦难,暴露出许多社会问题。这类诗无论是作为文学创作,还是作为社会史料都弥足珍贵。如:

> 贫穷田舍汉,菴子极孤恓。两共前生种,今世作夫妻。妇即客春捣,夫即客扶犁。黄昏到家里,无米复无柴。男女空饿肚,状似一食斋。里正追庸调,村头共相催。懊头巾子露,衫破肚皮开。体上无裈袴,足下复无鞋。丑妇来恶骂,啾唧搦头灰。里正被脚蹴,村头被拳搓。驱将见明府,打脊趁回来。租调无处出,还须里正倍。门前见债主,入户见贫妻。舍漏儿啼哭,重重逢苦灾。如此硬穷汉,村村一两枚。[1]

> 天下恶官职,不过是府兵。四面有贼动,当日即须行。有缘重相见,业薄即隔生。逢贼被打煞,五品无人诤。[2]

前一首诗相当生动地描写了唐初均田制下农民所受租调之苦,其中写到走投无路的"硬穷汉"殴打催租的里正、被逮捕到县里惩处、里正被迫代出租赋等情,都是一般史料没有记载的社会实态;写饿肚如斋戒、夫妇争吵,抒写痛苦体验却又不无幽默。后一首诗写府兵制下的府兵终日生活在死亡边缘的苦难处境。又如《夫妇生五男》、《富饶田舍儿》等篇生动展现农村差科繁重、官吏横暴、农民无以聊生的场面;而《父母生儿身》、《你道生胜死》、《相将归去来》等篇则描写府兵制下出征战士出生入死的艰辛,比当时一般边塞诗所表现的远为生动、真切。王梵志诗多产生于社会下层,能够相当广泛地描写贫农、逃户、工匠、商人、府兵、乡头、小吏、和尚、道士等

---

① 《王梵志诗校注》卷五,下册第 651 页。
② 《王梵志诗校注》卷二,上册第 186 页。

普通民众的生活场景,生动地展现出文人笔下难以见到的现实生活的真实处境,替民众发出了"生时有苦痛,不如早死好"①,"死即长夜眠,生即缘长道"②的痛不欲生的呼声。而民众这种痛苦不堪的状况正是佛教信仰得以普及的社会基础。

王梵志诗中表现道德训喻内容的作品,宣扬安贫乐天、恪守孝道、知恩图报的伦理,揭露和抨击贪财、吝啬、愚痴、不慈不孝、嫌贫爱富等恶行,表现的多是当时民众间流行的平常道理。有些表面看说理似乎庸俗浅显,和宗教信仰无关,但如果深入考察就会发现,其中有些对于人事的揭露讽谕,让人痛感现世的苦难和黑暗,正是诱导人们倾心宗教的。如这样的诗:

> 吾家昔富有,你身穷欲死。你今初有钱,与我昔相似。吾今乍无初,还同昔日你。可惜好靴牙,翻作破皮底。③

这里是说,过去我家富有,你家穷得要死,忽然间却翻转过来,你家有钱,我却像你过去一样穷困不堪,就像鞋帮和鞋底翻着穿一样。如这样的诗,极其冷峻地揭示了世情翻覆的事实,实际也是道出了人世间荣华富贵不能持久的规律,而"破鞋底"的比喻更十分显豁、生动,也只能出自衣破鞋穿的穷苦人之口。这样的作品也暗示,正是这人们自身不能把握的命运,造成了人生难以解脱之"苦"。所以像这一类表面上是表现世俗训喻的诗,确实也内涵着宗教的意趣。

王梵志诗中佛教题材的作品,从内容看也相当驳杂。唐代佛教发展迅速,前后变化很大。特别是禅宗的兴盛对于传统的大、小乘佛教造成重大冲击。王梵志诗是经过较长时期逐渐形成的,不同作品所表现的佛教观念和信仰必然有所不同。有些是直接宣扬

①《王梵志诗校注》卷一,上册第24—25页。
②《王梵志诗校注》卷二,上册第216页。
③《王梵志诗校注》卷五,下册第718页。

一般佛教观念的,这类作品又可以分为两类。一类是宣扬佛教义理的,如《一身元本别》、《以影观他影》、《非相非非相》等。从这些拟作题目的句子就可以知道它们是说明佛教的基本观念的,所宣扬的基本是传统大、小乘教理。另一类应是较后出的法忍抄本的某些篇章则明显表现出新的禅宗观念,如《吾有方丈室》:

> 吾有方丈室,里有一杂物。万象俱悉包,参罗亦不出。日月亮其中,众生无得失。三界湛然安,中有无数佛。①

这里的"方丈室"包罗万象,光亮明澈,无得无失,佛在其中,显然是清净自性的比喻。又《若欲觅佛道》:

> 若欲觅佛道,先观五阴好。妙宝非外求,黑暗由心造。善恶既不二,元来无大小。设教显三乘,法门奇浩浩。触目即安心,若个非珍宝。明识生死因,努力自研考。②

这里还说"观五阴"指传统的禅观,又说到"三乘"法门,而总的观念归结到境由心造,触目"安心",则是禅宗观念了。又有题为王梵志《回波乐》的六言诗,这本是唐代流行的民间乐调:

> 回波尔时大贼,不如持心断惑。纵使诵经千卷,眼里见经不识。不解佛法大意,徒劳排文数黑。头陀兰若精进,希望后世功德。持心即是大患,圣道何由可克。若悟生死之梦,一切求心皆息。③

这里所说的"佛法大意",不在经卷里,也不是精进修行可得,更反对心有所求,而只求自心觉悟,也是禅宗思想。又《心本无双无只》:

---

① 《王梵志诗校注》卷七,下册第786页。
② 《王梵志诗校注》卷七,下册第790页。
③ 《王梵志诗校注》卷七,下册第817页。

　　　　心本无双无只，深难到底渊洪。无来无去不住，犹如法性
　　虚空。复能生出诸法，不迟不疾融融。幸愿诸人思忖，自然法
　　性通同。①

这一首则可看作是对于"自性清净心"的通俗解说。当然，这些作
品里所表现的禅宗观念还不那么纯粹。另一大类，王梵志诗中有
更多表现民众通俗信仰的，如《沉沦三恶道》、《受报人中生》、《生住
无常界》、《愚夫痴杌杌》、《出家多种果》、《有钱不造福》、《福门不肯
修》等篇，渲染地狱恐怖，鼓吹西方净土，宣扬人生无常，讲说六道
轮回、罪福报应的不爽，行善兴福、出家修道的福利等等。这反映
的都是当时一般民众对于佛教信仰的实态。实际上，即使是在禅
宗已经凌驾诸宗而成为佛教主流的形势下，对于普通民众来说，檀
施供养、因果报应等说教仍然具有更大的吸引力，也仍然作为主要
信仰内容而存在。所以，如果综观全部王梵志诗，正可以了解禅宗
逐渐兴盛的趋势和民众一般的信仰状况。

　　而值得注意的是，王梵志诗里有不少篇章抒写对于现实、人生
的感慨、激愤之情，流露的观念已和禅宗的"无相"、"无念"宗义相
通。例如前面提到的黄庭坚欣赏的"城外土馒头"一首，言语极其
冷峻，对生死采取通脱姿态，由人生无常的观感生发出对于"富者"
的诅咒。再如《饶你王侯职》：

　　　　饶你王侯职，饶君将相官。娥眉珠玉珮，宝马金银鞍。锦
　　绮嫌不著，猪羊死不飡。口中气新断，眷属不相看。②

这里是说即使你身为王侯将相，有无数美女戴着珠宝，有好马佩有
金鞍，连绸缎都嫌弃不穿，猪羊也嫌弃不吃，但一朝死掉，就连亲属
都不来看你。又有《荣官亦赫赫》一首说到"死王羡活鼠，宁及寻常

────────────

①《王梵志诗校注》卷七，下册第 823 页。
②《王梵志诗校注》卷三，上册第 327 页。

人"①,也是对那些自恃荣华富贵的王侯将相发出诅咒。这样的作品实际也可以看作是从批判、否定的方面来宣扬心性清净的禅的。另有些作品表面看似乎对业报轮回采取漠不关心姿态,如《我家在何处》:

> 我家在何处,结宇对山阿。院侧狐狸窟,门前乌鹊窠。闻莺便下种,听雁即收禾。闷遣奴吹笛,闲令婢唱歌。儿即教诵赋,女即教调梭。寄语天公道,宁能那我何。②

从这里的描写看,作者家里有奴婢服侍,生活优游无虞,显然是地主阶层中人,作品表达的是一种对生死果报无所畏惧的无为自然的人生观。又如《前业作因缘》:

> 前业作因缘,今身都不记。今世受苦恼,未来当富贵。不是后身奴,来生作事地。不如多温酒,相逢一时醉。③

这里抒写任运自然的心态,对宗教修持表示漠视。这些作品在精神上则已和达摩的"四行"观念相接近了。《少年何必好》、《无常元不避》、《造化成为我》、《观此身意相》等篇也流露出类似思想倾向。如此对于传统信仰和修持加以否定与批判,实际也成为接受新禅观的前提。

王梵志诗里还有一部分作品是对佛教进行抨击和批判的,如:

> 寺内数个尼,各各事威仪。本是俗人女,出家挂佛衣。徒众数十个,诠择补纲维。一一依佛教,五事总合知。莫看他破戒,身自牢主持。佛殿元不识,损坏法人衣。常住无贮积,家人受寒饥。众厨空安灶,粗饭当房炊。只求多财富,余事且随宜。富者相过重,贫者往还希。但知一日乐,忘却百年饥。不

---

①《王梵志诗校注》卷三,上册第 341 页。
②《王梵志诗校注》卷三,上册第 382—383 页。
③《王梵志诗校注》卷三,上册第 284 页。

采生缘瘦，唯愿当身肥。今日损却宝，来生更若为。①

　　唐初朝廷优待僧、道，免除赋役，吸引一些没有生计的穷苦人栖身寺、观，也有些腐化堕落的宵小之徒借出家人身份骗取供养布施，这早已成为严重的社会问题。这一篇讽刺"俗人女""出家"，只求衣食丰足，安乐度日，描绘出当时寺院腐败情形的一个侧面。"常住"指寺院僧众共有资产，诗里说"常住"空虚了，家人也不能沾光避免饥寒，完全是从平民的立场说话的。又如《道人头兀雷》，描写一些和尚"每日趁斋家，即礼七拜佛。饱吃更索钱，低头著门出。手把数珠行，开肚原无物"②等等，则揭露僧众不重修持、只徒钱财的窳败风气。有人论定这类作品表面上是批判佛教的，实际揭露部分僧尼的堕落行径，批评教团内部戒律毁坏的现象，正意在整肃佛教内部风气，所以并不是反佛的。也可以从另一个角度看，抨击佛教僧侣腐败堕落，暴露他们修持虚伪，内心污浊，正表明经教戒律的无益，从而显示出追求"明心见性"的新禅宗的高妙。所以这些"佛教问题"诗，在观念上和部分士大夫辟佛的言行相呼应，又是与禅宗的理念相契合的。

　　一卷本写卷包括五言四句小诗九十二首。前七十二首是一般的训世格言，后二十首是佛教内容的，同样是格言式作品。佛教内容的如：

　　　　世间难舍割，无过财色深。丈夫须达命，割断暗迷心。
　　　　布施生生富，悭贪世世贫。若人苦悭惜，劫劫受辛勤。③

从这些警句格言式的作品，同样可以了解当时民众的信仰与习俗。

　　从总体看，王梵志诗中表现禅宗思想内容的仅占很少一部分，

---

①《王梵志诗校注》卷三，上册第 109 页。
②《王梵志诗校注》卷三，上册第 103—104 页。
③《王梵志诗校注》卷三，上册第 538、553 页。

而且从时代层次看，出现在全部王梵志诗形成的较晚时期。但这少数篇章却表明，在禅宗初兴的盛唐时期，其影响已经扩展到一般民众间。这正体现了禅宗迅速发展起来的大趋势。而另一些所谓揭露"佛教问题"的诗，反映了民众对于佛教腐败衰落风气的不满和批判，正表明了佛教必须革新的趋势。禅宗正是这种革新的体现。对于传统佛教的怀疑和否定，则为接受禅宗新的信仰开拓出空间，创造了条件。

王梵志诗表现出鲜明的艺术特色：语言朴素无华，多用口语；表达力求浅俗，基本不作修饰；富于哲理性，多有说理的警句，而道理往往出自亲切的人生体验；对世态人情有清楚了解，用一种冷峻的语言加以表达；面对人生苦难，怀抱一种内在的乐观态度，体现幽默感，等等。而这些特点在禅宗的偈颂和语录里同样也表现出来。这也直接突显出部分王梵志诗与禅门文字的关系。这些艺术特征是在一般文人作品中难以见到的。这也成为其在艺术上的独创、可贵之处。

三

如前所述，寒山诗自宋代就多有刻本传世，与王梵志诗基本佚失、仅在敦煌石窟里保存下来情形不同。两类诗遭遇不同命运有着某种必然性：寒山诗更多地反映知识阶层的意识，具有更高的艺术水平，因此得到文人的更多重视，也更容易被刻印流传；还有一点更为重要，就是它们更多地体现出禅宗的影响，有更多篇章反映禅的内容，因而也更得到禅门的器重，从而能够在丛林中与语录一起广泛传诵，这大有助于它们传播下来。如此拿王梵志诗与寒山诗的流传情况相比较，也可以从一个角度窥知禅宗发展的轨迹。

寒山在《宋高僧传》中有传。那里已提到台州刺史闾丘胤命僧道翘搜集寒山诗，得三百余首，编为一集，并亲为之序。今传闾丘胤《寒山子诗集序》①所述寒山传说与《宋传》略同,可能《宋传》即是据之纂写的。在这些材料中所看到的寒山,是隐居于天台始兴县西七十里寒岩的"贫人风狂之士",时往来于国清寺,与丰干、拾得交好。他于林间缀叶书写词颂,或题于村墅人家屋壁,是一位民间诗人。闾丘胤序又说他是文殊菩萨示现。《景德传灯录》卷二十七则把他列入"禅门达者虽不出世有名于时者"之列。至于寒山的时代,《嘉定赤城志》记载贞观十六年有闾丘胤任台州刺史,因此定为唐初人;《宋高僧传》以为闾丘胤就是中宗时被太平公主所荐的闾丘均,因而定为睿宗时人。这些材料表明,到宋初已流传着这种富于传奇色彩的寒山传说。

但经过近人的考证②,已经清楚,闾丘胤《序》本是伪撰,在初唐也不可能有寒山其人。这有寒山诗本身所涉及到的唐代典章制度为内证,还有寒山诗格律形式上的特点可作旁证。因此有人将寒山的时代推迟到开元以后(如余嘉锡),也有人估定生卒年约为公元七〇〇至七八〇年(胡适)。但实际上,关于寒山,文献所传资料过分迷离恍惚,这些推断都存在不少矛盾之处。综合现有材料作结论,只能肯定中晚唐确曾流传一批通俗诗,其作者被称为"寒山子"或"寒山";或许是在诗的流传过程中,逐渐形成了关于寒山这个人物的传说,闾丘胤其人及其为寒山诗作序的故事也随之被创造出来。而如下面将要说明的,也不能排斥当时确有过叫作"寒山"的人,他也可能是寒山诗的作者之一。根据现存寒山诗内容,其形成年代(即"寒山"活动的年代),大致可确定在公元七五〇至

---

① 《全唐文》卷一六二。

② 胡适《白话文学史》第 209 页,商务印书馆,1938 年;余嘉锡《四库提要辨证》卷二〇"寒山子诗集二卷附丰干拾得诗"条,科学出版社,1958 年;王运熙《寒山子诗歌的创作年代》,《汉魏六朝唐代文学论丛》,上海古籍出版社,1981 年;钱学烈《寒山子与寒山诗版本》,《文学遗产增刊》第十六辑,中华书局,1983 年。

八二〇年之间。

　　肯定今传寒山诗集是经过长期流传的众多作者作品的结集，也不能否认其中有较早时期（如开元年间）的作品。但从总体看，寒山诗这个作品群应形成于大历以后。其中表现的禅宗观念也可以作证明。例如有一首诗说"不念《金刚经》，却令菩萨病"。由宣扬《楞伽经》转向《金刚经》是慧能"南宗"成立以后的事。诗中经常有"一念了自心，开佛之知见"，"回心即是佛，莫向外头看"，"一佛一切佛，心是如来地"、"欲知真出家，心净无绳索"之类的说法，也都是南宗禅观念。拾得诗中又说到"言与祖师齐"。由对佛的崇拜转向对"祖师"的崇拜，是马祖以后"祖师禅"成立以后的现象。又如诗中的典故："蒸砂拟作饭，临渴始掘井。用力磨碌砖，那堪将作镜。"这是用南岳怀让与马祖道一故事：

　　　　开元中，有沙门道一住传法院，常日坐禅。师（怀让）知是法器，往问曰："大德坐禅图什么？"一曰："图作佛。"师乃取一砖于彼庵前石上磨。一曰："师作什么？"师曰："磨作镜。"一曰："磨砖岂得成镜耶？"师曰："磨砖既不成镜，坐禅岂得成佛耶？"[1]

又诗中说"咸笑外凋零，不怜内文彩。皮肤脱落尽，唯有贞实在。"用的是药山惟俨（751—834）的名句"皮肤脱落尽，唯有一真实"[2]。又有诗讽刺神仙术说"但看箭穿空，须臾还落地"，则是用《永嘉证道歌》："犹如仰箭射虚空，势力尽，箭还坠。"《永嘉证道歌》的形成已在晚唐，见后文。当然，也有可能是后者借用前者。但即使如此，这种借用也可使我们了解寒山诗在晚唐流行的状况。总之，从寒山诗表现的禅思想看，这些诗只能形成在南宗禅大为流行之后。

　　还有一个现象，就是在中唐以后，丛林内外通俗诗作者不少。

---

①《景德传灯录》卷五。
②《五灯会元》卷五。

在居士中有马祖弟子庞蕴,他以善偈颂著名。今传《庞居士语录》三卷的中下二卷均是偈颂,虽已多有后人伪托,但《祖堂集》卷十五、《景德录》卷八、以至《宗镜录》中所引用达十多首,则可信庞居士作品确有不少是早出的,并在唐代传世已久①。又如前已提及的禅僧佛窟遗则,曾为宝志、傅大士偈作序,又编法融文集,也居住在天台山,其生平事迹多与所传寒山子相似。因此日本学者入矢义高认为庞蕴是寒山子的原型②;而爱宕元又特别检出佛窟遗则,认为应有多数原型③。可以认为,寒山这样的人物,确乎与这一类人的存在有关系。

又值得注意的是,在晚唐,"寒山"一语本是常用的诗语。但只是普通语词,而不是专名词。如张乔《郢州即事》:"孤山临远水,千里见寒山。"④李山甫《赋得寒月寄齐己》:"已知庐岳尘埃绝,更忆寒山雪月深。"⑤方干《镜中别业二首》:"寒山压镜心,此处是家林。"⑥郑谷《终南白鹤观》:"古木千寻雪,寒山万丈云。"⑦杜荀鹤《送僧赴黄山沐汤泉兼参禅宗长老》:"不愁乱世兵相害,却喜寒山路入深"⑧,等等,例子不胜枚举。徐凝有《送寒岩归士》诗:"不挂丝纩衣,归向寒岩栖。寒岩风雪夜,又过岩前溪。"⑨大概确定"寒山"这个名字,创造隐居寒岩的人物传说,与诗中如此普遍使用"寒山"词

----

①今传《庞居士语录》三卷传为于頔编,现存最早刊本为明崇祯丁丑(1637)泉州罗山栖隐院重刻本。

②参阅入矢义高《寒山詩管窺》,《東方學報・京都》第二十八册,京都大学人文科学研究所,1958年。

③参阅爱宕元《寒山子説話について——閭丘胤序志中心とレて》。

④《全唐诗》卷六三八。

⑤《全唐诗》卷六四三。

⑥《全唐诗》卷六四八。

⑦《全唐诗》卷六七四。

⑧《全唐诗》卷六九二。

⑨《全唐诗》卷四七四。

语有关系。

在历史文献中出现"寒山"这个人物是在晚唐时期。较为详尽可靠、与后来传说又很接近的记载见于杜光庭（850—933)的《仙传拾遗》，略曰：

> 寒山子者……大历中，隐居天台翠屏山……好为诗，每得一篇一句，辄题于树间、石上。有好事者随而录之，凡三百余首……桐柏征君徐灵府集而序之，分为三卷，行于人间。十余年忽不复见。咸通十二年，毗陵道士李褐……忽有贫士诣褐乞食……忽语褐曰："……子颇知有寒山子邪？"答曰："知。"曰："即吾是矣。"……①

杜光庭是唐末五代著名道士，早年应仕不第，曾入天台山修道，道教著述宏富，对于道教史素有研究，又善诗文。他对天台山地区高人逸士以及他们的创作活动感兴趣、有了解并加以记录，应是比较可信的。而寒山子由著名道士记录在仙传著作里，对于了解早期传说中他的性格、面貌是颇有意味的。又文中提到的徐灵府，作有《天台山记》，其中说：

> ……元和十年，自衡岳移居台岭，定室方瀛，至宝历初岁，已逾再闰，聊采经诰，以为斯记。②

可知他是九世纪人物，又确曾活动在天台山。又《嘉定赤城志》记载说：

> 徐灵府，钱塘人，号默希子。居天台云盖峰，目为方瀛，以修炼自乐。尝为诗云："学道全真在此生，迷途待死更求生。今生不了无生理，纵得生时何处生。"会昌初，频诏不起，

①转引《太平广记》卷五五。
②《古逸丛书》本。陈振孙《直斋书录解题》卷八："《天台山记》一卷，唐道士徐灵府撰，元和中人也。"

　　且献《言志》云："野性歌三乐,皇恩出九重。来传紫宸命,遣
　　下白云峰。多愧书传鹤,深惭纸画龙。将何佐明主,甘老在
　　岩松。"①

由这里的记述可知,徐灵府虽为道士,又热心于"无生理"即熟悉佛
说,并善诗,本身就是传说中的寒山子一类人物。原始的寒山子集
出于他的采编,也完全是合乎情理的。

　　唐诗人中提到寒山的,据现存诗作最早是李山甫,他在《山中
寄梁判官》一诗中说:

　　康乐公应频结社,寒山子亦患多才。②

李山甫是咸通年间人③,活动时代比徐灵府稍后。这里值得注意的
是,在杜光庭的记述中,寒山被当作仙传中的人物,"寒山子"这个
称呼也是道教徒的。但到李山甫,"寒山子"与谢灵运好佛结社作
对句,已与佛门搭上了关系。

　　到晚唐时期,有关寒山的事迹与寒山诗在禅门中广泛流行
起来。

　　《祖堂集》卷十六《沩山和尚章》,记载沩山灵祐(771—853)二
十三岁时杖锡礼天台:

　　至唐兴路上,遇一逸士,向前执师手,大笑而言:"余生有
　　缘,老而益光,逢潭则止,遇沩则住。"逸士者,便是寒山子也。

灵祐二十三岁当德宗贞元九年(793)。这个记载时间上与杜光庭
所述大体相当。寒山送灵祐故事后来成了禅门话头,雪峰义存
(822—908)法嗣龙华灵照(860—937)即曾提到:

　　问:"古人道,见色便见心,此即是色,阿那个是心?"师曰:

──────────
①《嘉定赤城志》卷三五《人物门四》。
②《全唐诗》卷六四三。
③辛文房《唐才子传》卷八:"山甫,咸通中累举进士不第。"

"凭么问,莫欺山僧么?"问:"未剖以前请师断。"师曰:"落在什
么处。"曰:"恁么即失口也。"师曰:"寒山送沩山。"①

石霜庆诸(807—888)弟子天台全宰(?—930)曾隐居于天台
山:"入天台山闇岩,以永其志也。伊岩与寒山子所隐对峙,皆魑魅
木怪所丛萃其间。"②他显然是以寒山为榜样的。而在石霜门下,出
现了南岳齐己、南岳玄泰等著名诗僧,诗偈创作风气很盛。全宰对
寒山表示敬仰,追模其行迹,应不是没有缘由的。

石霜庆诸出于青原一系药山惟俨的系统。这一系以善诗颂著
名。同出于这一系的曹山本寂(840—901)曾注寒山诗:

> ……复注《对寒山子诗》,流行寓内,盖以寂素修举业之
> 优也。③

同是出于这一系的诗僧贯休(832—912)在诗中曾提到寒山诗,其
《寄赤松舒道士二首》中说:

> 子爱寒山子,歌惟乐道歌。④

《乐道歌》是禅门流行的歌唱任运随缘、无拘无碍的禅悟境界的作
品,下面将详细介绍。贯休还提到传说中与寒山交好的拾得,《送
僧归天台寺》诗说:

> 天台四绝寺,归去见师真。莫折枸杞叶,令他拾得嗔。⑤

与贯休齐名而时代稍后的诗僧齐己也曾提到寒山诗。他应荆州节
度使高季兴之召至江陵时(在公元 921 年)作《渚宫莫问诗十五
首》,中间说到:

---

① 《景德传灯录》卷一八。
② 《宋高僧传》卷二二《后唐天台山全宰传》。
③ 《宋高僧传》卷一三《梁抚州曹山本寂传》。
④ 《全唐诗》卷八三〇。
⑤ 《全唐诗》卷八三二。

　　　　赤水珠何觅，寒山偈莫吟。①

从以上材料可以推测，寒山诗在禅门中的流行与受到善诗颂的药山一系的学人推重宣扬有关。

　　在唐末五代，禅门中斗机锋多引寒山诗。如福州罗山道闲为岩头全豁(828—887)法嗣，有僧举寒山诗问：

　　　　僧举寒山诗，问师曰："'白鸟衔苦华'时如何?"师曰："贞女室中吟。"曰："'千里作一息'时如何?"曰："送客游庭外。"曰："'欲往蓬莱山'时如何?"曰："敧枕觑猕猴。"曰："'将此充粮食'时如何?"曰："古剑髑髅前。"②

这首"白鹤衔苦桃"诗见于今传寒山诗集中。又临济下风穴延沼(896—973)举寒山诗：

　　　　梵志死去来，魂识见阎老。读尽百王书，方免受捶拷。一称南无佛，皆以成佛道。③

北宋初洞山晓聪禅师(? —1030)亦举寒山诗：

　　　　井底生红尘，高峰起白浪。石女生石儿，龟毛寸寸长。若要学菩提，但看此模样。④

这都表明寒山诗在禅门中流行之广。出现这样的局面，把"寒山"作为一个《景德录》上所说的"禅门达者"的机运就已完全形成了。

　　由此可见，是寒山诗创造出今传寒山这个通俗诗人。情况应该是：起初，佛、道二教中有在"寒山"隐居修道的人，他们创作了通

①《全唐诗》卷八四二。
②《景德传灯录》卷一七。
③《五灯会元》卷一一。《天圣广灯录》引此诗作"王梵志诗"，"识"作"魄"。王梵志诗与寒山诗之间产生这种混淆，大概出于二者性质类同致使记述有误，但也暗示二者在流传中作者归属长期未得肯定。
④《五灯会元》卷一五。

俗诗颂；到大历、元和年间或许确有这样的人号为"寒山子"；经传说、加工，创造出寒山这个人物；然后又有更多的通俗诗颂归到这个人物名下。在这个过程中出现了伪闾丘胤序以及寒山故事，寒山诗也结集起来。

四

《宋高僧传》记载寒山诗三百余首；《仙传拾遗》说徐灵府所集三百余首；而寒山诗中说"都来六百首"[①]，这表明被归属到寒山名下的作品，在很长时期是不确定的。

证明这一点的，还有宋代传为寒山的作品，多有不见今本《寒山子诗集》的。例如上引风穴延沼和洞山晓聪所举的两首寒山诗即不见今本。北宋著名诗僧释惠洪在《林间录》卷上里引寒山诗："语直无背面，心真无罪福"，今本作"心真出语直，直心无背面"。而卷下里有：

予尝爱王梵志诗云："梵志翻着袜，人皆谓是错。宁可刺你眼，不可隐我脚。"寒山子诗云："人是黑头虫，刚作千年调。铸铁作门限，鬼见拍手笑。"道人自观行处，又观世间，当如是游戏耳。

这里所引寒山诗亦不见今传本。王棠《知新录》卷二十五说：

寒山诗云："玉堂挂珠帘，中有婵娟子……人言是牡丹，佛说是花箭……""花箭"二字，说女色极奇。

这后一句也不见今本。黄龙祖心"室中举古"：

举寒山道："我闻释迦佛，不知在何方。思量得去处，不离

――――――――――

[①]本章引用寒山诗，据《全唐诗》卷八〇六，以下不另注出。

我道场。"师曰：是什么思量？释迦老子在甚处？试定当看。①

此诗亦不见今本。而他在另一处引到寒山诗"欲得安身处，寒山长可保"，则见今本中。宋洪迈《万首唐人绝句》中收寒山诗一首，今传本中是七古中的后四句：

> 心神用尽为名利，百种贪婪进己躯。浮生幻化如灯烬，冢内埋身是有无。②

今传各种版本《寒山子诗集》，内容大体上相一致，可信出于宋传③。但从以上佚收诗作看，这只是当时流传的多种传本的一种。白珽说："今行于世者，多混伪作，以谐俗尔。"④实际情况只能说在"寒山诗"已经形成之后，仍有人加以拟作，并窜入诗集之中。而从历史事实上看，寒山诗本来就是经过晚唐到北宋几百年间一直不断被创作出来的。从这个意义讲，也就没有是否"伪作"的问题。

但应当肯定，寒山诗的主体部分，也是最能代表寒山诗之所以为寒山诗的特征的作品，在晚唐时期已经定型。它的内容虽然很驳杂，但作为一个整体，却又有着共通的性格。

假如想从寒山诗中钩稽出一个具体的寒山的经历，矛盾枘凿处确实不少。这也是它们非一人创作的证明。例如说到家庭出身，有诗说："寻思少年日，游猎向平陵。国使职非愿，神仙未足称。"这是贵族子弟口吻。但又有诗说："偃息深林下，从生是农夫。""少小带经锄，本将兄共居"，"朝朝为衣食，岁岁愁租调"，等等，这表现的却是出身庶族或平民的人物。再如写到三十岁以前的经历，有诗说："出生三十年，当游千万里。行江青草合，入塞红

---

①《宝觉祖心禅师语录》。
②赵宧光、黄习远重编《万首唐人绝句》卷三九《释子·羽客》。
③参阅万曼《唐集叙录》"寒山子诗集"条，中华书局，1980年；钱学烈《寒山子与寒山诗版本》。
④《湛渊静语》卷二。

尘里。炼药空求仙,读书兼咏史。今日归寒山,枕流兼洗耳。"这里是说三十岁以前曾读书漫游,求仙访道,后来就隐居了。但又有诗说:"茅栋野人居,门前车马疏。林幽偏聚鸟,溪阔本藏鱼。"则说的是普通的乡居生活。但尽管是出身经历有种种不同的人,却同样是沦落到当时社会下层、在仕途上不得意、与统治集团当权派相疏离的人物。白珽说:

> 吕洞宾,寒山子,皆唐之士人,尝应举不利,不群于俗,盖楚狂、沮溺之流,观其所存诗文可知。[1]

这作为对寒山诗作者的总概括,看法是有道理的。

正因此,寒山诗的作者们又有相当高的文化素养。这不但有诗中的多处自叙可证,而且从诗的使典用事可知作者知识之广博。胡应麟指出:其诗中"施家两儿,事出《列子》;公羊鹤,事出《世说》;又如子张、卜商,如侏儒、方朔,涉猎广博,非但释子语也"[2]。例子还有许多,如"秉志不可卷,须知我匪席"、"谁谓雀无角,其如穿我屋"用《诗经》;"庄子说送终,天地为棺椁"、"常念鷦鷯鸟,安身在一枝"用《庄子》;"人生不满百,幸怀千载忧"用《古诗十九首》;"今日扬尘处,昔时为大海"用《神仙传》;"杨修见幼妇,一览便知妙"用《世说新语》;"践草成三径,瞻云作四邻"典出陶渊明《归去来辞》和《停云》;"庭际何所有,白云抱幽石"典出谢灵运《归始宁墅》;"巴歌唱者多,白雪无人和"用《文选》收宋玉《对楚王问》;还有骚体诗"若有人兮坐山楹"一首,历来被人称誉,以至被评论"虽使屈、宋复生,不能过也"[3]。这样,唐代文人所熟悉的一些典籍,寒山诗作者都很熟悉。但是,他(们)自身在创作上却追求通俗、朴野以至"骇俗"的风格。他(们)本来熟悉传统,却努力去打破传统;他(们)掌握了当

---

[1]《湛渊静语》卷二。
[2]《困学纪闻》卷一八。
[3]许顗《彦周诗话》;又朱承爵《优古堂诗话》:"昔人以为无异《离骚》。"

时已高度成熟的诗歌格律技巧,却着意标新立异去打破现成格律
的限制。这样寒山诗作者就又有一种反文化、反传统的性格,这正
是由他们被现实社会所遗弃的地位所促成的。

由于这些人是乱世中的"沦落者",所以他(们)就要在士大夫
阶层所热衷的儒术与仕途之外去求取出路,因而他(们)又有求道
者的性格。但从全部寒山诗看,所表现的宗教观念是十分矛盾的:
有宣扬佛教的,也有宣扬道教的;就宣扬佛教的部分而言,有不少
是表现禅宗诋毁经教的宗风的,但也有不少作品张扬迷信,惧人以
轮回报应,如说什么"还作牛领虫,六趣受业道。况复诸凡夫,无常
岂可保","莫知地狱深,唯求天上福。罪业如毗富,岂得免灾毒"等
等。有的诗明确说"不要求佛果,识取心中主",而有的诗又说"欲
伏猕猴心,须听狮子吼"。这种教义主张上的矛盾,固然可作为寒
山诗非出于一人之手的证明;但把全部诗作为一个整体来看,又正
反映了唐代知识阶层对于宗教的自由、兼容的态度。而且对于当
时一般读书人来说,对宗教教义的区别也并不那么认真。这样,我
们在看到寒山诗中所表现的宗教意识的驳杂、矛盾的同时,又可明
显看到它们强烈宗教性的特征。作者显然是一批更加倾心宗教的
知识分子。这种思想倾向也决定了诗的表现方面的一系列特征。

这样就可以确定寒山诗及其作者的基本面貌了:寒山诗作者
是在中唐矛盾丛生、日趋衰败的社会环境下被排斥的、不得不隐居
求道的读书人。在禅宗思想兴盛发达的时期,他们中不少人受到
了这一佛教新宗派的思想影响。他们把自己求道的精神探索与对
社会的愤激、不满用具有独特风格的诗体表现出来。这特殊的作
品群被冠以"寒山"这样一个作者,成为唐代诗坛的一个独特成就。

五

从内容上大致对寒山诗分类,首先可分为宗教的与非宗教的。

非宗教的作品内容主要是对世相的批判、抨击以及人生哲理的劝谕,也有的抒发失意文人的感慨。这类作品与所传王梵志诗很相似,与敦煌曲辞中的劝善歌辞也很相近。这是唐代社会中流行的一种通俗诗。宗教的作品有表现道教隐逸观念的,其中有些也反映了当时佛(禅)与道交流的情形。而大量涉及佛教的作品中则以表现禅宗思想的最有特色。如《四库提要》所说:"其诗有工语,有率语,有庄语,有谐语,至云'不烦郑氏笺,岂待毛公解',又似儒生语。大抵佛语、菩萨语也。今观所作,皆信手拈弄,全作禅门偈语,不可复以诗格绳之。"①这些看似信手拈弄全作禅门偈语的通俗诗,实际是精心结构的风格特异之作,在中国诗史上是重要的创作成果。

在前面讨论白居易时曾指出,仅就其禅意的表达方式看,与王维明显不同。王维注重创造意境,而白居易多作自由的抒写。拿寒山诗与他们二人比较,又是一种新的类型。白居易与王维诗在表达方式上虽然不同,但都遵循自古形成的抒情诗的基本写法,如创造意境,抒写感受等等,只是侧重面不同。他们写的都是诗人之诗。但寒山诗,特别是那些最能代表寒山体特色的寒山诗,却大幅度地改变了传统诗歌的写法,主要是使用类似偈颂的说理的、训喻的方式。它们的作者不去追求深微含蓄的意境,也不以抒写幽思孤绪见长,而是直接表达自己的禅解,和基于这种理解对人生现实的冷静观察与深刻反省。在这些诗中,冷静的认识往往化为愤疾和讽刺,用强辩的说理、新颖的比喻和直截的劝喻表现出来。这种诗如就意境的创造看,水平远不及王维和白居易;但由于其思致的新鲜深刻,表现的大胆有力,又形成了独特的艺术魅力。这种诗比起一些诗僧如皎然、灵澈等追仿当代诗坛创作风格的作品来,显然更富创造性,艺术特色更鲜明。因此黄宗羲说:"夫寒山、拾得林墅

_____

① 《四库全书总目提要》卷一四九《集部·别集类·寒山子诗集》。

屋壁所抄之物,岂可与皎然、灵彻契其笙簧? 然而皎、灵一生学问,不堪向天台炙手。则知饰声成文、雕音作蔚者,非禅家本色也。"①

　　寒山诗的独特内容,首先是那种自性自悟、无修无证的禅思想的直截的或比喻的表现。如:

　　　　我见利智人,观者便知意。不假寻文字,直入如来地。心不逐诸缘,意根不妄起。心意不生时,内外无余事。

这就是说,成就佛果不假外求,只要顿息诸缘,意不妄起,达到无念、无心状态,就可以了。寒山诗中经常出现明珠、明镜、水月之类禅宗常用的比喻,用来说明心性的明净圆满。如"明珠元在我心头"、"形容寒暑迁,心珠甚可保";还有诗说:

　　　　蒸砂拟作饭,临渴始掘井。用力磨碌砖,那堪将作镜。佛说元平等,总有真如性,但自审思量,不用闲争竞。

这即是用明镜作喻,来说明向外用功夫的修证之无益。又有一诗说:

　　　　岩前独静坐,圆月当天耀。万象影现中,一轮本无照。廓然神自清,含虚洞玄妙。因指见其明,月是心枢要。

这里讲的是《永嘉证道歌》的"一性圆通一切性,一法偏含一切法。一月普现一切水,一切水月一月摄"的道理。同是用水月之喻来说明万法归于一心的观念,这里表达上却更为鲜明生动。寒山诗中又有"吾心似秋月,碧潭清皎洁"那样显豁而又优美的描写。宋末刘景自号"碧潭",即用寒山诗这个典故,以表示一念净心晶莹明彻,洞见一切的境界。②

　　在肯定自我心性的基础上,寒山诗的作者们表现了对经教偶

---

①《空林禅师诗序》,《黄梨州文集·序类》,中华书局,1959 年。
②牟巘《碧潭说》,《陵阳先生集》卷一四。

像以及社会上占统治地位的传统、习俗的否定、蔑视。有诗说：

> 自闻梁朝日，四依诸贤士。宝志、万回师，四仙、傅大士。
> 显扬一代教，作持如来使。造建僧伽蓝，信心归佛理。虽乃得
> 如斯，有为多患累。与道殊悬远，拆西补东尔。不达无为功，
> 损多益少利。有声而无形，至今何处去？

这里以崇佛最盛的梁代为例，揭露迷信佛说、崇拜像法的无益，批评宝志、傅大士等人，表明寒山诗作者较传说中的宝志等人在思想层次上又进了一步。"四依"指依法不依人、依了义经不依不了义经、依义不依语、依智不依识①，本是大乘佛教为了避免信仰者泥于经论文字提出的原则，反映了它的开放、弘通的精神，诗中连这些也否定了。又有诗明确表示："不要求佛果，识取心王主。""任你千圣现，我有天真佛。"对身外求佛是否定的；又说："供僧读文疏，空是鬼神禄。福田一个无，虚设一群秃。"也反对供养僧侣；还说："达道见自性，自性即如来。天真元具足，修证转差回。"也否认修证功夫。佛、法、僧这佛教的"三宝"就这样被全部推翻了。推倒了经教的束缚，寒山诗宣扬一种独立自主、无所依傍的精神，所谓"丈夫志气直如铁，无曲心中道自真"，"未能端似箭，且莫曲如钩"。这里表现的与南宗禅师丹霞天然、德山宣鉴的破除偶像、呵佛骂祖的作风完全一致。寒山诗的作者不无自豪地说，时人指斥他（们）"颠狂"，他（们）也自称为"颠狂汉"。唐代文人身上的狂放、佯狂精神在这样的作品中得到了高度发挥。这是在宗教批判的形式之下，对社会上的偶像、传统、陈规、旧俗的批判，是自主的个性对压迫人的现实体制的抗议。

　　寒山诗作者们不满于、也不容于现实社会，他们只能在自己内心中去追求实现自由的小天地。因此到山居隐逸之中去放舍身

_____

①详见龙树著、鸠摩罗什译《大智度论》卷九。

心,度过逍遥乐道的生活。这正是洪州禅所主张的"无为"、"无事"的"闲人"的生活。诗中一再说:"无为无事人,逍遥实快乐。""不见无事人,独脱无能比。""但自心无事,何处不惺惺。""可观无事客,憩歇在岩阿。"又有诗比喻说:

> 鹿生深林中,饮水而食草。伸脚树下眠,可怜无烦恼。系之在华堂,肴膳极肥好。终日不肯尝,形容转枯槁。

这里肯定如山林中野鹿那种自然遂性的生活方式,把华堂、珍馐等利欲享受都视为拘禁束缚。歌颂任运随缘、自由放旷的山林生活,是寒山诗的重要主题之一,也是表达得最为生动的部分,例如:

> 登陟寒山道,寒山路不穷。溪长石磊磊,涧阔草濛濛。苔滑非关雨,松鸣不假风。谁能超世累,共坐白云中。
>
> 以我栖迟处,幽深难可论。无风萝自动,不雾竹长昏。涧水缘谁咽,山云忽自屯。午时庵内坐,始觉日头暾。
>
> 粤自居寒山,曾经几万载。任运遁林泉,栖迟观自在。寒岩人不到,白云常叆叇。细草作卧褥,青天为被盖。快活枕石头,天地任变改。
>
> 世间何事最堪嗟,尽是三途造罪楂。不学白云岩下客,一条寒衲是生涯。秋到任它林叶落,春来从你树开花。三界横眠闲无事,明月清风是我家。

这里表现出的意识,不仅与儒家"修、齐、治、平"的人生观截然对立,而且也与道家追求"适性"、"自然"的态度不同。这是绝对的无为无事,把自身消溶在大自然之中,连追求"无为"、"无事"的主观意念都没有了。这种精神自由,就是洪州禅所鼓吹的顶天立地的"大丈夫儿"所追求的境界。但这实际上又是对现实矛盾的回避,只是幻想中的精神的自我扩张。

寒山诗作者们是被拒斥于社会之外的沦落者,在他们幻想的心灵自由之中,终究消泯不了内心的愤激。他们到底不能忘情世事。因此写出了不少讽刺世相、劝喻世人的作品。在这些作品中，往往表现出他们对社会现象的惊人的洞察力和极其激烈的态度。这里显示了禅宗的批判否定精神的强有力的方面。例如有诗说：

> 贤士不贪婪，痴人好炉冶。麦地占他家，竹园皆我者。努膊觅钱财，切齿驱奴马。须看郭门外，垒垒松柏下。

这里对兼并者的嘴脸刻画得十分尖刻，而指出任何富贵荣华都改变不了生死的规律又那么冷峻。又如：

> 常闻国大臣，朱紫簪缨禄。富贵百千般，贪荣不知辱。奴马满宅舍，金银盈帑屋。痴福暂时扶，埋头作地狱……

这里把矛头直接指向了高官厚禄的"大臣"，指出他们贪权嗜禄不过是在自作"地狱"。又有诗说"传语诸公子，听说石齐奴"，用石崇故事提示人贪不知止的下场；"常闻汉武帝，爱及秦始皇"，以秦皇、汉武的历史教训指出好道求长生之迷妄。由于诗作者们在艰难困顿中挣扎过，对世态人情多所体察，因此刻画起来往往入骨三分。如"富儿多鞅掌，触事难只承。仓米已赫赤，不贷人斗升"，写富人的贪婪，告贷的艰难，不亲更其事者恐难以写出；又如"我见百十狗，个个毛鬙鬙"，用群犬争骨比喻世人群趋争利，写法的尖刻表明了作者的激愤之深；不少诗特别对"贪"表现出强烈的反感，又常常用"死"来警醒世人，这都是佛教观念的特色，也表现出对人生认识的透彻。这类诗的批判意识是很强烈的。这种揭露和讽刺与另一些诗歌颂的自由自在的闲逸生活形成了鲜明的对照。

这样，寒山诗体现了独特的认识生活的角度，表现出独特的对于人生价值的判断和人生理想的追求。这些富于特色的思想内容显然受到了禅思想的深刻影响。虽然它们具有明显的消极倾向，特别是在正面的理想抒写方面流于颓唐与虚无，但其思想意义却是不可否定的。

六

寒山诗作为一种通俗诗,在中国诗歌史上取得了独特的成就。这种通俗诗,不同于元、白等人求语言浅俗以使读者易晓易喻,而是与诗坛追求精致典雅的成规相对立,从语言到格律都追求朴野骇俗。白居易早年写《新乐府》,"其辞质而径,欲见之者易谕也;其言直而切,欲闻之者深诫也"[1],他要作到诗的表现质朴显白,但这仍是以俗为雅。寒山诗则不同,它所求的俗往往流于僻而怪,它的朴野骇俗的风格正与思想内容的精神相一致。这不再是一般的"诗人之诗"。彭际清说:"夫寒山,非诗人也,且又超乎天人之际。"[2]潘耒则说:"寒山、拾得之诗,冲口成文,高处过于词客,此无意为诗者也。"[3]正因为"无意为诗",才写出了不同寻常的诗;寒山诗的作者也不与当时诗坛上的文人词客竞一日之长,更不去迎合社会一般的艺术趣味。

前面已经说过,寒山诗的作者是一些失意的士大夫。他们有相当高的文化素养。他们也一定受过一般诗歌创作的训练,他们并不是不会作那种"诗人之诗"。他们是有意地避俗就生,不去遵循现成的创作成规,也不理睬社会一般的欣赏习惯。有一首诗说:

> 有人笑我诗,我诗合典雅。不烦郑氏笺,岂用毛公解。不恨会人稀,只为知音寡。若遣趁官商,余病莫能罢。忽遇明眼人,即自流天下。

显然,这首诗的作者在有意树立一个不同于流俗的新的"典雅"标

---

① 白居易《新乐府序》,《白氏长庆集》卷三。

② 《汪子诗录序》,《二林居集》卷六。

③ 《幻堂草题辞》,《遂初堂别集》卷三。关于拾得及拾得诗,可看作是寒山与寒山诗的同类,它们是依附于寒山被创造出来的。

准。这是不顾宫商格律的以俗为雅，而且他对于这种诗的传世价值充满了信心。又有诗说：

> 有个王秀才，笑我诗多失。云不识蜂腰，仍不会鹤膝。平侧不解压，凡言取次出。我笑你作诗，如盲徒咏日。

格律的严整完善本是唐代诗歌艺术的重大成就之一。各体诗在当时都形成了要求严谨的格律。而这个作者对按这种格律作诗取嘲笑态度，要去创造"凡言取次出"的新格律。还有一首诗说：

> 下愚读我诗，不解却嗤诮。中庸读我诗，思量云甚要。上贤读我诗，把著满面笑。杨修见幼妇，一览便知妙。

作者不理睬社会上一些人对他的作品的"嗤诮"，反指斥这些人为"下愚"，而在读者群中另觅了解自己的知音。他很清楚自己的作品会受到冷落和鄙视，但仍保持艺术上的勇气，坚持不合流俗的独特创作风格。

寒山诗艺术表现上的主要特点是其强烈的主观性。这与它们在内容上对自我心性的肯定完全一致。如果从表现视点来分类，寒山诗大体可分两种：一种是从主观角度来抒写感受与见解的；另一种则偏重从客观上对"寒山"其人及其生活进行描绘。而从作品产生的层次看，这后一种显然比较晚出，是在"寒山"其人的概念已经形成之后逐渐创作出来的。如这样的诗：

> 今夜岩前坐，坐久烟云收。一道清溪冷，千寻碧嶂头。白云朝影静，明月夜光浮。身上无尘垢，心中那更忧。

这大概是有了寒山传说之后，根据传说写出来的。前引的"登陟寒山道"、"粤自居寒山"等诗也应是如此。又有诗说：

> 五言五百篇，七字七十九，三字二十一，都来六百首。一例书岩石，自夸云好手。若能会我诗，真是如来母。

这首诗像似给寒山诗集写后序似的。显然曾有过共六百首作品的集子,根据这个集子写了这首诗。寒山诗中表现力强、艺术上有特色的,不是这后一类作品,而是以强烈主观态度来表达个人见解的前一类诗。在这些作品中,诗人常常直接进行规劝、呼吁、揭露、指斥、讽刺。最有代表性的表达形式是"我"直接出面:"我见东家女","我见百十狗","我见瞒人汉","我曾昔睹聪明士",等等;相对应的,则以尔汝来提示、呼唤、告诫,如"劝你休去来,莫恼他阎老","勉你信余言,识取衣中宝","愿君似今日,钱是急事尔";还有"寄语诸仁者"、"为报往来者"之类的表述方式。而整首诗则多是针对自己面对的情境直陈见解,或写亲自接遇的世相、本人的生活体验。在具体写法上多是主观抒写感慨或告喻说理,而不注重细腻地抒发感情、细致地描绘景物。唐诗在艺术上本以创造鲜明生动的意境为特长。在这方面寒山诗显得浅露而又贫乏。这是因为寒山诗的作者们注重表达观念,而不注重抒发感受、创造意境。这是与禅的整个表达方式有关的。但由于诗人们的强烈主观热情,部分地弥补了形象不足的缺陷;加上内容确有深度,使这种表现形式仍有相当感染力,并形成为一种独特的"寒山体"的主观抒写方式。

寒山诗的语言浅俗朴野,夺口而出,追求泼辣、率直、新异的效果。当然由于寒山诗非一人一时所作,也有些讲究辞藻对偶、接近诗坛上流行的诗风的作品。但它们不能代表寒山诗的风格。例如这样的诗:

> 老翁娶少妇,发白妇不耐。老婆嫁少夫,面黄夫不爱。老翁娶老婆,一一无弃背。少妇嫁少夫,两两相怜态。

> 个是谁家子,为人大被憎。痴心常愤愤,肉眼醉瞢瞢。见佛不礼佛,逢僧不施僧。唯知打大窑,除此百无能。

> 东家一老婆,富来三五年。昔日贫于我,今笑我无钱。渠笑我在后,我笑渠在前。相笑傥不止,东边复西边。

这些诗不讲对偶与格律;不用事典;语言通俗如口语。它们的表现力主要来自对世相表达的真切生动。这样一来,与诗坛上格律精致的美相对照,却又形成了一种野俗的美感。

寒山诗大量利用口语俗谚,保存了当时俗语的大量材料。杜甫数物以个、食物曰吃已使文人们叹为新奇大胆,但比起寒山诗来真是小巫见大巫。寒山诗用口语极其夸张、形象,如:

> 浪行朱雀街,踏破皮鞋底。
>
> 背后噇鱼肉,人前念佛陀。
>
> 冬披破布衫,盖是书误己。

这都是用一个夸张的细节来突显本质的。从中可以看出作者观察、提炼生活的功夫。还有大量利用比喻的,如:

> 狗咬枯骨头,虚自舐唇齿。
>
> 老鼠入饭瓮,虽饱难出头。
>
> 猕猴罩帽子,学人避风尘。
>
> 不自见己过,如猪在圈卧。不知自偿债,却笑牛牵磨。
>
> 人生在尘蒙,恰似盆中虫。终日行遶遶,不离其盆中。

这些比喻所选喻体都是一般诗中少见的,表达上则求奇诡拔俗,往往用"丑"的现象来达到警动人心的艺术效果。此外,还大量利用民歌等民间文艺的表现手段。如利用谐音:

> 黄连搵蒜酱,忘计(妄计)是苦辛。
>
> 土牛耕石田,未有得稻(道)日。

利用双声叠韵:

> 装车竞崒嵂,翻载各泷涷。
>
> 寄世是须臾,论钱莫啾唧。

利用歇后:

> 蚊子叮铁牛,无渠下咀处。
>
> 黄蘖作驴鞦,始知苦在后。

等等。有些诗全首是用比喻加以组织的,如:

> 我见瞒人汉,如篮盛水走。一气将归家,篮里何曾有。我
> 见被人瞒,一似园中韭。日日被刀伤,天生还自有。

> 我见百十狗,个个毛鬇鬡。卧者渠自卧,行者渠自行。投
> 之一块骨,相与啀喍争。良由为骨少,狗多分不平。

这样,利用口语与民间曲辞的表现方法,使得作品泼辣、生动,从又一方面弥补了这些诗形象的不足,增强了它们的表现力。

可以设想,在中晚唐,寒山诗这种通俗诗,在广大民众中、在禅宗丛林里,以及在部分文人士大夫间一定很受欢迎。元、白、张、王的“新乐府运动”表现了当时诗坛上对通俗化的追求。实际上这种追求既是合俗,又是反俗的:表现上求通俗正是反对诗坛的既成习俗。这是艺术独创性的一种表现,也是发扬诗人个性的一种表现。寒山诗在这个方面就更为突出。寒山诗的作者们显然是有意与当时诗坛传统相对立的。他们本无意为诗,从而写出了不循常轨、新颖独特的诗。这种艺术创造的内在的精神,也正是禅宗的个性独创的精神。

七

正如前面已指出的,寒山诗在唐代还没有形成后来那样的完整的形态;从现存资料看,它们在唐代也还没有造成大的影响。但经过五代、宋初在丛林中的流传,更多的寒山诗被“集录”起来,到北宋引起了文坛的广泛注意。这其中的原因,除了大量禅录与偈颂正是在那一时期被整理、寒山诗同时被写定之外,又与宋代的思想与诗风的演变有密切关系。到了宋代,禅思想更广泛地影响到

社会生活的各个方面,理学的形成即与禅宗的影响有关系。以表现禅思想为重要内容的寒山诗,自然易于被人们接受。而宋代诗风也在产生巨大变化,在向说理化、议论化方向发展,寒山诗那种偈颂式的说理风格又正与这一潮流一致。因此宋代诗人普遍推尊寒山诗,寒山诗的艺术技巧与风格也深深影响到他们的创作。

苏轼很熟悉寒山诗。他南贬至惠州时,苏州定慧院长老守钦命其徒来访,并寄来拟寒山十颂,苏轼评价它们"语有(僧)璨、(弘)忍之通,而诗无岛、可之寒",因为之和作八首①。他又有诗说:

> 但记寒岩翁,论心秋月皎。黄香十年旧,禅学参众妙。②

这里提到的就是寒山诗中"吾心似明月,碧潭秋皎洁"一首。

黄庭坚特别喜欢寒山诗,常常书写寒山诗。惠洪为作跋曰:

> 山谷论诗,以寒山为渊明之流亚。世多未以为然。独云岩长老元悟以为是。此道人村气而俎豆山谷、灵源之间也,已可惊骇。乃又能研评诗之论,殊出意外。此寒山诗也,而山谷尝喜书之,故多为林下人所得。③

这里的"灵源"指灵源惟清,为黄龙祖心弟子。黄庭坚有诗说:

> 妙舌寒山一居士,净名金粟几如来。玄关无键直须透,不得春风花不开。④

"净名居士"、"金粟如来"即维摩诘。这里说寒山本为居士,习禅能直透玄关。黄庭坚诗文如《再和答为之》"自状一片心,碧潭浸寒山"⑤,

---

① 《次韵定慧钦长老见寄八首》,《东坡后集》卷五。
② 《和寄天选长官》,《东坡续集》卷一。此诗又作道潜诗,题为《次韵翟尉黄天选见寄》,《参寥集》卷一一。
③ 《又(跋山谷)诗》,《石门文字禅》卷二七。
④ 《再答并简康国兄弟四首》,《豫章黄先生文集》卷一五。
⑤ 《山谷外集诗注》卷七。

《法安大师塔铭》"土牛耕石,终不得稻"①等都是用寒山诗典。

王安石有《拟寒山拾得诗二十首》②。他很重视这些诗,曾写给外孙,并有诗说:

> ……诸孙肯来游,谁谓川无舲。姑示汝我诗,知嘉此林坰。末有拟寒山,觉汝耳目荧。因之授汝季,季也亦淑灵。③

宋代理学家多写明性理的诗,在表现方法与风格上受到寒山诗的影响。例如寒山诗的一些篇章即可视为邵雍《击壤集》一类作品的滥觞。

在宋代禅门中拟寒山诗也成为风气,如法眼文益弟子清凉泰钦(? —974)有《拟寒山诗》十首;云门宗的慈受怀深(? —1131)有《拟寒山诗》一百四十八首,前有建炎四年(1130)自序,今传本附刊在朝鲜元贞丙申(1296)郭奫复刻《寒山诗》之后。灯录和语录中记载的不少禅人作品的风格都与寒山诗相似。

南宋吕本中曾看到描绘维摩、寒山、拾得三人的古画,并作歌说:

> 君不见,寒山子,垢面蓬头何所似。戏拈拄杖唤拾公,似是同游国清寺……④

这幅"唐画"已"传百年"之久,可知宋代人已完全把寒山子视为佛门弟子了。

陆游和朱熹对寒山诗都很赞赏。陆游有诗说:

> 掩关未必浑无事,拟遍寒山百首诗。⑤

---

①《豫章黄先生文集》卷二四。
②《临川集》卷三。
③《寄吴氏女子》,《临川集》卷一。
④《观宁子仪所蓄维摩寒山拾得唐画歌》,《东莱先生诗集》卷三。
⑤《次韵范参政书怀》之二,《剑南诗稿》卷二四。

朱熹"晚岁颇取寒山子诗"①。他在教授弟子时也注意到寒山诗：

> 先生偶诵寒山数诗，其一云："城中娥眉女，珠佩何珊珊。鹦鹉花间弄，琵琶月下弹。长歌三日响，短舞万人看。未必长如此，芙蓉不耐寒。"云："如此类，煞有好处，诗人未易到此。公曾看否？"寿昌对："亦尝看来。近日送浩来此洒扫时，亦尝书寒山一诗送行云：'养子未经师，不及都亭鼠。何曾见好人，岂闻长者语。为染在薰莸，应须择朋侣。五月败鲜鱼，勿令他笑汝。'"②

从这段记述可知朱子门下重视寒山诗的情形。宋刊《三隐诗集》卷首有陆、朱二人不载于各自本集的有关寒山诗的两个书帖。朱熹《与志老帖》说：

> 寒山诗，彼中有好本否？如未有，能为雠校刊刻，令字画颇大，便于观览，亦佳也。又寒山诗刻成，幸早见寄，有便只附至临安赵节推厅，托其寻便，必无不达。渠黄岩人也。③

由此可见朱熹对寒山诗的热情。

洪迈曾论及寒山诗：

> 寒山子诗云："吾心似秋月，碧潭清皎洁。无物堪比伦，教我如何说。"人亦有言，既似秋月碧潭，乃以为无物堪比，何也？盖其意谓若无二物比伦，当如何说耳。读者当以是求之。④

这虽只是一首诗的理解问题，可见当时人读寒山诗的风气。

许顗评论寒山"若有人兮坐山楹"一首是"虽使屈、宋复生，不能过也"。

---

① 牟巘《碧潭说》，《陵阳先生集》卷一四。
② 《朱子语类》卷一四〇《论文下》。
③ 转引万曼《唐集叙录》。
④ 《容斋四笔》卷四"老杜寒山诗"条。

刘克庄屡屡论及寒山诗：

> 余每谓寒山子何尝学为诗，而诗之流出于肺腑者数十百首，一一如巧匠所斫，良冶所铸。惟大儒王荆（公）拟其体似之，他人效颦不公（能）近傍也。荆公素倔强，非苟下人者。①

> 半山拟寒山云："我曾为牛马……"后有慈受和尚者拟作云："奸汉瞒淳汉……"半山大手笔，拟二十篇殆过之。慈受一僧耳，所拟四十八篇，亦逼真可喜也。寒山诗粗言细语皆精诣透彻，所谓一死生、齐彭殇者。亦有绝工致者，如"城中婵娟女……"殆不减齐梁人语。②

这里的慈受和尚即前面提到的云门宗慈受怀深。

张镃对于寒山的评价也很高，他有诗说：

> 作者无如八老诗，古今模轨更求谁？渊明次及寒山子，太白还同杜拾遗。白傅、东坡俱可法，涪翁、无已总堪师。胸中活底仍须悟，若泥陈言却是痴。③

这里把寒山与陶渊明、李、杜等人并列，看作是创作的"模轨"。张镃诗宗法江西，因而谈"悟"、谈"活法"，他从寒山那里找到了范例。

王应麟评论寒山诗："非但释子语也，……而楚辞尤超出笔墨畦径，曰：有人兮山陉，云卷兮霞缨。秉芳兮欲寄，路漫兮难征。心惆怅兮狐疑，蹇独立兮忠贞。"④

牟巘有文曰《碧潭说》，其中讲到：

> 梅溪刘公之孙景渊甫自号碧潭，盖寒山子诗语也。所谓

---

① 《勿矢集》，《后村先生大全集》卷九八。又参阅《赠辉书记》，同上卷九；《二林诗后》，同上卷九八。
② 《后村诗话续集》卷二。
③ 《题尚友轩》，《南湖集》卷五。
④ 《困学纪闻》卷一八。

"无物堪比伦,教我何如说"者,亦不为无见。但以指晶莹作用者而言,与程子人生而静以上不容说之意虽同而实异……①

宋代道教徒亦有推尊寒山的。谢守灏说:

> 天台寒山子,文殊之化身也。文殊乃七佛之师。有颂曰:"家住绿岩下,庭芜更不芟。仙书一两卷,树下读喃喃。"又云:"寒山一倮虫,身白而头黑。手把两卷书,一道而一德。常持智慧剑,拟破烦恼贼。"又《叹世颂》曰:"埋著蓬蒿下,晚日何冥冥。遮莫咬铁口,无因读老经。"窃观前哲皆知尊老子而重《道德》,后世学者不究本原,乃毁师叛道,良可哀也。②

道教徒如此引用寒山诗,正表明当时它们在社会上影响力之深广。

元代虞集说:

> 浮图氏以诗言者,至唐为盛。世传寒山子之属,音节清古,理致深远,士君子多道之。③

这里说出了元代寒山受士大夫阶层欢迎的情况。但把寒山视为一般"浮图",则小有差误。

元诗僧行端作有拟寒山子诗百余篇,自名为《寒拾里人稿》。中峰和尚明本亦有《拟寒山诗》,见《中峰和尚广录》。

在明清时代,仍有不少人学寒山诗。彭际清论到唐宋派的唐顺之说:

> 荆川先生诗早岁学初唐。中年以往,屡称寒山、《击壤》。与人书曰:近日觉得诗文一事,只是直写胸臆,如谚所云开口见喉咙者,使后人读之如见其真面目,此为上乘文字。④

---

①《陵阳先生集》卷一四。
②《混元圣纪》卷五,《道藏·洞神部·谱录类》。
③《会上人诗序》,《道园学古录》卷四五。
④《跋荆川先生诗卷》,《二林居集》卷八。

从这里可以看到唐顺之对寒山的评价。后来李贽与"公安三袁"（宗道、宏道、中道）的作品中都可看到寒山诗影响的印迹。

游潜说在明代当时，"寒山子民间多画像"，并评论其诗"语皆发露化机，规论人事，似近俗而有深意。想其人如孤云野鹤放游天外"①。

朱承爵引上述王应麟的看法，认为寒山子可能是"楚狂、沮溺之流"②。这也与前引白珽《湛渊静语》的说法一样。

清代诗坛上有效法寒山诗风格的一派。陈献章、庄㫤等即有意学寒山。陈有《用韵效寒山》二首。

居士彭际清说：

> 予少读寒山大士诗，乐之，如游危峰邃涧中，闻悬泉滴乳，松籁徐吹，五蕴聚落，一时杳寂；已而读庞居士诗，又如刺船入海，天水空同，四大乳根，脱然沤谢。呜呼，鱼山清梵，伽陵仙音，刹刹尘尘，度生无尽矣。③

寒山诗自古以来就广泛流传于朝鲜和日本。朝鲜今存元贞丙申（1296）据杭州钱塘门里车桥南大街郭宅纸铺印本的复刻本。日本今存刻本最早的有正中二年（1325）宗泽禅尼刊本五山版《寒山诗》一卷。日本有关寒山的注解、解释很多，著名的有连山交易《寒山诗管解》七卷（宽文十二年，1672）、白隐慧鹤编《寒山诗阐题纪闻》三卷（延享三年，1746）、大鼎《寒山诗索颐》三卷（文化十二年，1815）等。

在当代西方以至日本，寒山诗又重被"发现"。有各种语言的译本出版，并出现众多的研究论著。这不仅为我们研究寒山诗提供了许多新的借鉴，而且这个现象本身也成为值得探讨的新课题。

---

①《梦蕉诗话》。
②《存余堂诗话》。
③彭绍升《居士传》卷一七。

　　在唐代禅宗兴旺发达的形势之下，在受其影响所产生的诗歌创作之中，寒山诗是一个独特的类型。如上所述它们不同于王维、白居易等人表现禅宗影响的诗作，也不同于禅宗僧侣所作偈颂。这是一批无名作者的通俗诗。它们结合了诗与偈颂、文人作品与民间谣曲的特点，形成了特殊的面貌与风格。由于寒山诗的出现又创造出关于寒山的传说，这传说中的诗人寒山以及拾得连同寒山诗对于后代造成了深远影响。在远古时代，由于文献无征，把众多无名作者的作品归属到一人名下，这在世界文化史上是不乏其例的。但在文化高度发达的唐代，人们创造出寒山，并把他当作一个有个性的人物来对待，在文学发展史上恐怕也是特例。但这也正暗示在一定社会背景和思想条件下形成的寒山诗，是有特殊的价值的。这位富于传奇色彩的作者的作品，千余年后仍引起了人们的广泛关注。人们不只欣赏它们的艺术，还从其中汲取哲理与智慧，这在文学史的研究上同样是引人注目的。在文学史上应当给寒山与寒山诗一席恰当的位置。

第九章 默契与言句

一

佛教主张"不可以智知，不可以识识"，"一切言语道断"[1]，对语言的功能从根本上是取否定态度的。禅宗则宣扬"六代祖师以心传心，离文字故"[2]，"达摩祖师宗徒禅法，不将一字教来，默传心印"[3]，也采取了同样的基本立场。"见性"是自性的反照，是不假外缘的。禅门经常用"如人饮水，冷暖自知"的譬喻，说明禅的实践要靠自心的领悟，一切语言文字都是没有用的。

达摩的"理入"即讲"凝住壁观"，"与真理冥符，无有分别，寂然无名"[4]。道信在《入道安心要方便法门》里则主张"复须内外相称，理行不相违，决须断绝文字语言。有为圣道，独一净处，自证道果

---

[1] 鸠摩罗什译《维摩诘所说经》卷下《见阿閦佛品》。
[2] 神会《坛语》。《达摩三论》之一的《达摩大师血脉论》（据考形成于九世纪初）中初出现"以心传心，不立文字"的说法，法眼文益《宗门十规论》中有"教外别传"字样。常常用来概括禅宗特征的"教外别传，不立文字，直指人心，见性成佛"，现存文献最早出现于北宋末睦庵善卿《祖庭事苑》卷五（成书于大观二年，1108）。
[3] 柳田圣山校注《歷代法寶記》。
[4] 柳田圣山校注《楞伽師資記》。

也"①。早期禅史杜朏《传法宝记》的序文中引用孔子"吾欲无言"和庄子"得意者忘言"的话,也说"若夫超悟相承者,既得之于心,则无所容声矣,何言语文字措其间哉"②。正是基于这样的立场,早期禅宗僧侣多是个人修道者,如《楞伽师资记》记载弘忍、神秀,称扬他们"萧然净坐,不出文字","禅灯默照……不出文记"。出于牛头系的《绝观论》中,也有"问曰:云何说证? 答曰:真实无说证"③的记载。这样,禅宗主张"悟入"、"返照",反对"向文字中求","名句上生解"。这是它作为"心的宗教"的基本精神。

　　然而佛教一再讲"言语道断"④,却又很重视教法的传继。佛陀生前即广招弟子说法;在佛教历史上,传经说法也一直被看作是大的功德。由佛弟子"结集"经、律,由菩萨造论,形成了数量庞大的佛教"三藏"。佛教"三宝"中"佛、法、僧"的"法",就是借佛典来传布的。这样,虽然借助于言说的传教说法只是方便施设,却成了维系佛教存续的主要手段。而中国佛教更重"义解"。特别是在六朝时期,读诵、宣讲佛经乃是信仰与传习的重要形式。宗派佛教就是在这种风气中形成的。所以在中国佛教中,重"言教"这一特征表现得特别突出。

　　禅宗作为宗教,也要传法,也要授徒。但由于禅悟是每个人自证自悟的实践,师僧就只能启发,不能教导;师资间要靠默契,而不能靠言说。灯史中有许多禅门逸事说明这个道理。

　　例如,一日,马祖"上堂,良久。百丈收却面前席,师便下堂"⑤。

----

①柳田圣山校注《楞伽师资記》。
②柳田圣山校注《傳法寶記》。
③常盘义伸、柳田圣山《絶觀論》(英文译注,原文校定,国译),禅文化研究所,
　1973年。
④佛驮跋陀罗译《大方广佛华严经》卷五《四谛品第四之二》。
⑤《祖堂集》卷一四《江西马祖章》。

临济义玄也有相似的故事①。师僧上堂，学徒敷设坐具，是表示准备听讲。但马祖良久不语，百丈怀海就明白本无法可说，因此收起坐具。马祖知道怀海理解了此中深意，就下堂而去了。这是不说而说的沉默说法，靠着默契达到师徒道合。

又例如，庞居士"一日又问（马）祖曰：'不昧本来人，请师高着眼。'祖直下觑。士曰：'一等没弦琴，惟师弹得妙。'祖直上觑。士礼拜，祖归方丈。士随后曰：'适来弄巧成拙。'"②庞居士自负说自己已悟得"本来"心，请马祖高看一眼。但这样却已落言诠，所以马祖反而小看他。后来他用"没弦琴"来比喻马祖无言之教，才得到了马祖的首肯。而在这个过程中，马祖是一言未发的。

但是，语言本是交流思想的工具。没有语言，也就不可能有宗教。禅宗也要利用语言。但基于它的"无念"、"见性"的基本观念，它在使用语言上也就有如下的特点：

首先，禅宗是"以心传心"、师资默契的，因此它利用语言文字的目的正在破除语言文字的束缚。因此，这是"不立文字"的文字。就是说，绝对清净的自性本非言语所可表达，要直契本心就得破除言语；而使用语言文字正是为了破除言语。

因而其次，这种语言从根本性质说是象征的。它与禅门中经常运用的拳打、棒喝、举指、扬拂等等举动一样，都是启发学人直契本心的手段。学人必须在语言的背后寻求深意，即去领悟、"知""见"本来清净的自性，而不可拘泥语言的常识的意义。

因而再次，禅门中也就讲究语言表现的特殊技巧，多用比喻、象征、省略、暗示等等独特的修辞方法。佛教的经论体现高度发达的逻辑思维，中国六朝的义学沙门和宗派佛教的论师在著述中都

①《古尊宿语录》卷四《镇州临济慧照禅师语录》："大觉到参，师举起拂子。大觉敷坐具，师掷下拂子。大觉收坐具，入僧堂。"
②入矢义高校注《龐居士語録》。

注意论理的严密。但禅宗却把这些抛弃了。禅宗反而经常使用形式逻辑所不允许的矛盾、悖理等荒谬的表达方式,形成语言上的特殊风格。

另外,由于禅师间主要以问答辩难呈禅解,从而改变了登堂说法的传统的宣讲方式。早期禅宗直到神会时仍是设坛说法的,因而留下了《坛经》、《坛语》等说法记录。但后来丛林中师僧上堂,却不再长篇大论地宣说教义,而是师弟子间对答勘辩。在这个过程中,师、弟子是平等的关系。因为禅靠自悟,弟子所悟不一定就不及老师。这样就形成了平等对话的语录文体。中国古代有过诸子的语录,但那重点在记载老师的教训,是记录一家之言,与这种禅门的语录是不同的。

这样,"不立文字"的禅宗却形成了大量的语录。它们成了这个宗派的新经典——"教外别传"、独立于三藏十二部经的经典;同时也是禅门的独特的文学创作。而且时代越是往后,说禅的人和记录语录的人有意炫耀语言技巧的艺术表现意识也更为浓重。因而北宋的黄龙慧南说:

> ……洎后石头、马祖,马驹踏杀天下人;临济、德山,棒喝疾如雷电。后来儿孙不肖,虽举其令而不能行,但逞华丽言句而已。[1]

而明代的紫柏真可竟说:

> 盖禅如春也,文字则花也。春在于花,全花是春;花在于春,全春是花,而曰禅与文字有二乎哉![2]

这就把禅与文字统一了起来。正如洪觉范将他的诗文命名为"文字禅"这一事实所象征的,"不立文字"的禅同时又成了"文字禅"。

---

[1]《黄龙南禅师语录》。
[2]《石门文字禅序》,惠洪《石门文字禅》卷首。

因为禅终究是要靠文字来表现的。而且循着事物"踵事增华"的规律,禅门文字的语录必然越来越讲究表现艺术,从而在禅文学上创造出独具特色的巨大成绩。

二

大珠慧海论言、意关系,说过如下的话:

> 汝今谛听,经有明文:"我所说者,义语非文;众生说者,文语非义。得意者越于浮言,悟理者超于文字。法过言语文字,何向数句中求?是以发菩提者,得意而忘言,悟理而遗教,亦犹得鱼忘筌、得兔忘蹄也。"①

这里借用了《庄子》的说法:"筌者所以在鱼,得鱼而忘筌;蹄者所以在兔,得兔而忘蹄;言者所以在意,得意在忘言。"②庄子的这段话,是后来玄学"言意之辨"的典据;而"玄学体系之建立,有赖于言意之辨"③。

六朝的佛教义学也借鉴了这个说法,如僧祐说:

> 夫神理无声,因言辞以写意;言辞无迹,缘文字以图音。故字为言蹄,言为理筌,音义合符,不可偏失。是以文字应用,弥纶宇宙,虽迹系翰墨,而理契乎神。④

而东晋时期的般若学本来是借助于玄学传布、发展的,因而"言意之辨"也成了般若学以至后来佛教义学的重要论题。

探讨中国玄学、佛学中对言、意关系的看法的发展变化,会使

---

①平野宗净编《頓悟要門》卷下《諸方門人参問語録》。
②陈鼓应注译《庄子今注今译》杂篇《外物》,中华书局,1983年。
③汤用彤《言意之辨》,《汤用彤学术论文集》第215页,中华书局,1983年。
④《出三藏记集》卷一《胡汉译经文字音义同异记》。

我们加深认识禅宗对于语言文字的立场。

　　玄学讲"言意之辨"，作为依据的，除上引《庄子》中的一段话之外，还有《易经·系辞上》的一段话：

　　　　子曰：书不尽言，言不尽意。然则圣人之意其不可见乎？
　　　　子曰：圣人立象以尽意，设卦以尽情伪，系辞焉以尽其言……①

《系辞》作为《易传》的《十翼》之一，传为孔子所作，实形成于战国汉初。玄学家王弼就这个意思作了发挥：

　　　　夫象者，出意者也；言者，明象者也。尽意莫若象，尽象莫若言。言生于象，故可寻言以观象；象生于意，故可寻象以观意。意以象尽，象以言著。故言者所以明象，得象而忘言；象者所以存意，得意而忘象。犹蹄者所以在兔，得兔而忘蹄；筌者所以在鱼，得鱼而忘筌也。然则言者，象之蹄也；象者，意之筌也。是故存言者，非得象者也；存象者，非得意者也。象生于意而存象焉，则所存者乃非其象也；言生于象而存言焉，则所存者乃非其言也。然则忘象者，乃得意者也；忘言者，乃得象者也。得意在忘象，得象在忘言。故立象以尽意，而象可忘也；重画以尽情，而画可忘也。②

这是玄学关于言、意关系的基本看法。这里在"然则"以前，主要讲寄言以出意的道理：言著象，象尽意，因此寻言观象，寻象得意。而以后则强调相对的言终究不能表达绝对的意，因此只有忘言才能得意。在以王弼为代表的玄学本无派中，"万物之宗"是本体之无，是"无形"、"无名"的③。这个神秘的宇宙本体是"无状之状，无物之

---

① 《周易正义》卷七《系辞上》。
② 王弼注《周易》卷一〇《略例》。
③ 《老子注》第一章。

象"①,相对的语言不可能表达它。因此他在《老子指略》中说,用道、玄、深、大、微、远来形容这个本体都不确切,"未尽其极"。这"弥纶无极"、"微妙无形"的"无"只能"字之曰道","谓之曰玄"。后来以郭象为代表的贵有派主张"玄冥"、"独化"、"块然而自生"②的"有"为本体。但这"有"是"其端我不可得见,其意趣不可得睹"的,也是不可知、不可言说的。这样,玄学主张"言不尽意",是由于相对的语言与绝对的本体存在着不可逾越的界限。

大乘般若学以"空"为绝对真实。对这"空"的宗极之悟也不是一般的意识所能达到的,因而也主张它非一般言语所可完全表达。《放光般若经》说:"于第一最要义者无有分数,何以故?是法常寂,无所分别,亦无所说。"③《摩诃般若波罗蜜经》说:"第一义实无有相,无有分别,亦无言说。所谓色乃至有漏、无漏法,不生不灭相,不垢不净,毕竟空、无始空故。"④《华首经》说:"当知义者,不可言说。""诸有言说,皆是识处。识所知法,皆是世间。"⑤《大般涅槃经》说:"若知如来常不说法,亦名菩萨具足多闻。何以故?法无性故。如来虽说一切诸法,常无所说。是名菩萨修大涅槃,成就第五具足多闻。"⑥这都明确指出绝对的"空"是言语不能表达的。但佛教的般若智却又是超越的智慧;"空"也不是神秘的本体,而是"诸法实相"、"实际",是超越的般若智可以认识的。而大乘佛学又主张每个人经过修习都可以证得般若正智。这样,般若学就不取玄学的"绝言弃智"的立场,而相反地取绝对智慧的立场:肯定佛慧可以洞见万法。因此在肯定语言的局限性的同时,也承认"正确地"使用

①《老子注》第十四章。
②郭象注《庄子》卷一《齐物论》、卷三《大宗师》。
③无罗叉等译《放光般若经》卷一八《住二空品》。
④鸠摩罗什译《摩诃般若波罗蜜经》卷二四《四摄品》。
⑤鸠摩罗什译《华首经》卷六《求法品》。
⑥昙无谶译《大般涅槃经》卷二六《光明遍照高贵德王菩萨品》。

语言正是般若智的表现。《渐备一切智德经》讲修行十地，第九"善哉意住"（即《华严经》中的"善慧地"，《十住经》中的《妙善地》）成就四"分别辩"（无碍智），其中第三"顺次第"、第四"解辩才"就是指语言技能、说法能力[1]。其《初发意悦豫住品》说：

> 佛子，一切书疏，唯说文字，此悉由意、心为源首，从志、因缘而有。[2]

这也是在一定意义上肯定了语言文字的功能。《法华经》等不少经典一再讲"智者以譬喻得解"。诸经中也一再写到诵读、宣讲、传布经典的无限功德。《金刚经》总结出有名的"三句"论式："佛说……，即非……，是名……"[3]，如说"佛说般若，即非般若，是名般若"。即是说，言说的"般若"并不与般若等同，但它仍是般若的"假名"，可以用来称代它。

发展到中观学派，对"毕竟空"与"世俗有"的关系有了更辩证的看法，认识到二者相互依存。立真、俗二谛，把性空与方便统一起来。龙树《中论》有偈说："若不依俗谛，不得第一义。"青目疏解释说："第一义皆因言说，言说是世俗，是故若不依世俗，第一义则不可说。"[4]这就肯定了语言的作用。龙树《大智度论》进一步发挥这一思想：

> 是般若波罗蜜因语言文字章句可得其义，是故佛以般若经卷殷勤嘱累阿难……语言能持义亦如是，若失语言，则义不可得。

> 菩萨住无生忍法，得诸法实相。从实相起，取诸法名相语

---

[1] 竺法护译《渐备一切智德经》卷四《善哉意住品》。
[2] 《渐备一切智德经》卷一《初发意悦豫住品》。
[3] 鸠摩罗什译《金刚般若波罗蜜经》。
[4] 鸠摩罗什译《中论》卷四《观四谛品》。

　　言，即自善解，为众生说，令得开悟。①

这样，语言对于悟得"诸法实相"、"第一义空"就是不可缺少的了。《楞伽经》又立二种通相，即宗通与说通。宗通谓修行者离自心所现种种妄想的内证，说通指随众生心之所应而为说法；又提出"语与义非异非不异"，要"以语辩义而以语入义"②。这样，大乘佛学的肯定现实的精神，也体现在它对语言的功能的肯定上。

　　前面已经说过，禅宗思想属于般若空观的思想体系，它强调"知"、"见"即般若智。但它立一心为绝对的本体，却是上承中国玄学的本体论，而不同于否定一切本体、荡相遣执的般若空观。这里也反映了禅宗的中国思维的特色。这样，它在对语言的看法上，就既不同于玄学，也不同于般若学，其突出的发挥有两点：

　　一是"见性"本是"无念"、"自悟"的自性返照，是不需要以任何思维活动为中介的。慧能与神会都一再强调"定慧等"："定惠体一不二，即定是惠体，即惠是定用，即惠之时定在惠，即定之时惠在定。"③在实现这"定慧等"时自然不需要语言。即是说，对于本身即体现了绝对智慧的自性来说，语言是没有用处的。但如此理解"不立文字"，在基本立场上却又与玄学的绝言弃智不同。玄学的神秘的本体是现实的人的智慧不能达到的，因而语言也没有办法说明它；而禅宗作为绝对的一念净心就是每一个人自证自悟的自心，对证悟来说语言是没有必要的。这样，从本质说禅宗这种"般若智"的立场，并没有完全否定语言的作用：语言不必要并非全无用处，特别是在说禅"悟他"的时候，语言就又被重视了。

　　二是"见性"本为自心的反照，因此也不需要佛与佛的言教。在传统佛教中，佛的言教即经典是被极力推尊的。虽然契悟佛理

---

①鸠摩罗什译《大智度论》卷七九《释嘱累品》、卷八六《释遍学品》。
②参阅求那跋陀罗译《楞伽阿跋多罗宝经》卷三。
③敦煌本《坛经》。

主要靠"自力本愿",但佛、法、僧的"他力"的加持帮助也不可缺少。所以,即使是般若空观荡除一切事相的存在,也不能否定经典本身。但禅的自性自悟却从根本上取消了一切经典言教的价值。后来形成"呵佛骂祖"、"毁经弃教"的宗风,根据也在这里。这样,禅宗的"不立文字"特别是针对传统的经论文字。打破这个传统,正是传布新的禅思想的前提。而传播新思想,是要利用自宗的文字的。

　　由此看来,禅宗由于主张"佛是自性作","当体便是,动念即乖",所以反对落于文字知解。它一方面要解脱经教的束缚,另一方面避免陷入意识的妄念,而并不是主张完全"不用文字"。杜朏《传法宝记》序上说,自达摩之后,师资道开,皆善以方便,取证于心,随处发言,略无系说。《坛经》指出:

　　　　一切经书,及诸文字,小大二乘,十二部经,皆因人置,因智慧性故,故然能建立。若无世人,一切万法,本元不有。故知万法,本因人兴,一切经书,因人说有。缘在人中有愚有智……智人与愚人说法,令彼愚者悟解心解……①

这里对经典也并未完全否定。后来禅宗中也一直延续着"藉教明宗"的传统。《历代法宝记》记载神会每月作坛场,为人说法,破清净禅,立如来禅,立知见,立言说,为戒定慧,不破言说。正是在这样的情况下,早期禅宗才造出一批《达摩论》等不同于传统经论的论著,以及《坛经》、《坛语》等等。从这个意义上说,禅宗"不立文字"正是为了创造自己的文字。而到了洪州禅,更依据"平常心是道"的基本观点,提出了"心地随时说"的主张。一方面更激烈大胆地批评传统经教,另一方面又大力强调自心的表露与发扬。结果形成了语录与偈颂创作的热潮,禅文学也迎来了发展的高峰。

——————————

① 敦煌本《坛经》。

这样,禅宗在对待言、意关系的看法上,是基于其"无念"、"见性"的基本思想,批判地汲取了玄学与大乘佛学的理论主张,发展出独特的、富于辩证观念的"不立文字"的理论。在这种理论指导之下,在实践中创造出大量的"文字"。

三

大珠慧海和律师法明有一段对话,清楚地表现了禅宗对于语言的比较辩证的态度:

> 有律师法明谓师曰:"禅师家多落空。"师曰:"却是座主家多落空。"法明大惊,曰:"何得落空?"师曰:"经论是纸墨文字,纸墨文字者俱空,设于声上建立名、句等法,无非是空。座主执滞教体,岂不落空?"法明曰:"禅师落空否?"师曰:"不落空。"曰:"何却不落空?"师曰:"文字等皆从智慧而生,大用现前,那得落空?"……①

这里说的"落空",指落入"断灭空",是佛教所避忌的。按慧海的看法,经论为纸墨文字所记录,声、名身(概念)、句身(判断)都是有为法,是性空的,因而律师研习、传授经论则"落空"了;而禅家文字自智慧而出,是自心的表显,大用现前,因此并不落空。这就从对比中指出了禅门言句的特点。

这种"文字等皆从智慧而生"的看法,是肯定"平常心"必然会得出的结论。因为既认为"平常心是道",那么心性的表现就是道心的流露了。马祖道一讲"即心即佛",然后发挥说:

> 凡所见色,皆是见心。心不自心,因色故有心。汝但随时言说,即事即理,都无所碍。菩提道果,亦复如是。于心所生,

---

① 平野宗净编《頓悟要門》卷下《諸方門人參問語録》。

即名为色。知色空故，生即不生。若了此意，乃可随时著衣吃饭，长养圣胎，任运过时，更有何事？ 汝受吾教，听吾偈曰：心地随时说，菩提亦只宁。事理俱无碍，当生即不生。[①]

"只宁"，入矢义高释为"像这样"[②]，于义可通。由于"平常心"是无事无求、超出任何分别计较的绝对，因此表现它的"随时言说"就都于事理无碍，即都体现了般若空。这可以说是对言说的全面肯定，是祖师禅创造出自己一派言句的根据。

正是在这种观点指导下，自洪州禅创立，禅门有意识地利用日常语言来说禅成为风气。丛林间学徒聚集，往往日夜叩激，随问随答，这成为中晚唐禅门宗风的突出表现。大珠慧海与一僧有对问如下：

> 僧问："言语是心否？"师曰："言语是缘，不是心。"曰："离缘何者是心？"师曰："离言语无心。"曰："离言语既无心，若为是心？"师曰："心无形相，非离言语，非不离言语；心常湛然，应用自在。祖师云：若了心非心，始解心心法。"[③]

这后面的祖师云，是西天六祖弥遮迦尊者传法偈的后半。马祖说即心即佛，又说非心非佛，从而把平常心与本来心相统一。大珠这段话正表述了这一观念：心离语言，是从心的清净本质说的；心不离语言，是从其随缘应用说的，二者都是心的存在形式。百丈怀海从另一个角度说明了同样的道理：

> 如云说体不说相，说义不说文，如是说者名真说。若说文字，皆是谤佛，是名邪说。菩萨若说，当如法说，亦名真说。当令众生持心不持事，持行不持法，说人不说字，说义不

---

① 《景德传灯录》卷六《江西道一禅师》。
② 入矢义高编《馬祖の語録》。
③ 平野宗净编《頓悟要門》卷下《諸方門人参問語録》。

说文。

这里把"说"分为两类。一类是只说文字,那是谤佛的邪说;但如果说体、说义,则是真说、如法说。这种真说正是破邪说的。百丈怀海还说:透三句不过,定言有罪;若透三句外,心中空虚,亦莫作虚空想,定言有罪①。三句指《金刚经》中"佛说……,即非……,是名……"的公式。这里是说如不能理解这一点,把一切言说当作真实,是错误的;但如果超越到这个公式之外,否定了一切言说的作用,也是错误的。这都具体论证了马祖肯定的"心地随时说"的道理。

黄檗希运对这个问题也有清楚的说明。有人问他:"如何是世谛?"他答说:"说葛藤作什么?本来清净,何假言说问答,但无一切心即名无漏智。"这是南宗禅一贯的"无念"的立场。但他接着又说:"汝每日行住坐卧,一切言语,但莫著有为法,出言瞬目,尽成无漏。"②这又是洪州禅"平常心是道"的观念。"无漏智"即无分别智,是不假言说问答的;但如果能作到不著有为,超离一切计较分别,那么一切作为包括语言,都是无漏的,都是妙明真心的体现。这也就是同时要"不著无为"的道理。所以希运又说:

> 据我禅宗中,前念且不是凡,后念且不是圣;前念不是佛,后念不是众生。所以一切色是佛色,一切声是佛声。举著一理,一切理皆然。见一事,见一切事;见一心,见一切心;见一道,见一切道,一切处无不是道;见一尘,十方世界、山河大地皆然;见一滴水,即见十方世界一切性水……

"前念迷即凡,后念悟即佛",这是敦煌本《坛经》的说法。根据早期南宗禅现实的一切皆妄的看法,"凡"与"佛"之间有"悟"与"不悟"

---

① 《百丈怀海禅师语录》。
② 《筠州黄檗山断际禅师传法心要》。

的区别。但到了洪州禅,平常心与本来心的界线没有了,因此就"一切声是佛声"了。希运在答复人"今正悟时,佛在何处"的问话说:

> 问从何来,觉从何起,语默动静,一切声色尽是佛事,何处觅佛?不可更头上安头,咀上加咀。但莫生异见,山是山,水是水,僧是僧,俗是俗,山河大地,日月星辰,总不出汝心;三千世界,都来是汝个自己,何处有许多般。心外无法,满目青山。虚空世界,皎皎地无丝发许与汝作见解。所以一切声色,是佛之慧目。法不孤起,仗境方生,为物之故,有其多智。终日说,何曾说;终日闻,何曾闻。所以释迦四十九年说,未曾说著一字。①

这里所讲的道理是:如果从"平常心是道"的角度说,一切声色都是佛事,那么在声色之外另外觅佛反倒是一种"异见"。正是按事物的本来面目来认识它们,才算把握了它们的真谛。这样,说法从绝对意义上讲与不说同,语默不二,都是佛性的表现。

石头希迁亦有同样的看法,他曾说:

> 即今语言,即是汝心。此心是佛,是实相法身佛……若入三昧门,无不是三昧;若入无相门,总是无相。随立之处,尽得宗门。语言啼笑,屈伸俯仰,各从性海所发,故得宗名。②

石头弟子药山惟俨与惟俨弟子道吾圆智有一段对话:

> 药山上堂云:"我有一句子,未曾说向人。"师(圆智)出云:"相随来也。"僧问药山:"一句子如何说?"药山曰:"非言说。"师曰:"早言说了也。"③

---

① 《黄檗断际禅师宛陵录》。
② 《宗镜录》卷九七。
③ 《景德传灯录》卷一四《道吾圆智》。

这里前一段希迁的话是从正面讲随时言说，皆契正道。后一段则从否定的方面讲"非言说"实际上也是一种"说"，绝对的无言无说是不可能的。

这样，相对于慧能、神会比较重视默契，洪州禅则更重视言句。从自己肺腑中流出的言句被看作是"平常心"的表露。这成为丛林中争相揣摩言句、拣话头、斗机锋的思想依据。正是在这种情况下，语录才大量出现了。

今传中唐禅僧的语录集，最早应编成于宋初①。分别成书于五代和宋初的《祖堂集》和《景德传灯录》，实际也以记述诸家言句为主旨。《景德传灯录》卷二十八《诸方广语》中录有道一至法眼文益等十二家"语"，可知当时这些"广语"已形成并广为传世。敦煌本《神会录》原来还没有"语录"的名称。《祖堂集》中讲到"自大寂禅师去世，常病好事者录其语本"②，可知当时有不少人记载马祖言句为"语本"。陈诩《洪州百丈山故怀海禅师塔铭》中说到其弟子梵行等"结集微言，纂成语本"③，也说明语录本来是叫作"语本"的；而马祖、百丈的语本是最早被纂集起来的。宋代的《四家语录》首先著录这两家是有缘由的。这样，集录禅宿言语成为"语本"以为研习的材料，在中晚唐丛林中已成为风气。香岩智闲请沩山灵祐说法，沩山说："吾说得是吾之见解，于汝眼目何有益乎？"香岩归堂"遍检诸方所集语句"④。可知当时流行的语本已经很多。《祖堂集》还经常记载某某人留有"言教"或"别录"，加上《景德录》中的所谓"广

---

①今传最早的语录集是日本庆安戊子（1648）中野五郎左卫门覆刻的《四家语录》六卷（马祖道一、百丈怀海、黄檗希运、临济义玄），中有元丰八年（1085）朝散郎尚书主客员外郎轻车都尉所撰序文一页，说到该书经黄龙慧南校阅，可知当时已传世。据推测应成书于宋初。
②《祖堂集》卷一五《东寺和尚章》。
③《全唐文》卷四六六。
④《景德传灯录》卷一一。

语"，都是语本的另外的称呼。从这些事实看，后来的许多唐人语录在晚唐时期已经在形成过程之中①，只是还没有今天流传的那样完整的形态。不过我们可以利用《祖堂集》、《景德录》、《宋高僧传》、《宗镜录》等五代宋初文献以及唐代诗文碑志等文字，来印证今传各家语录的记述，并大体揣摩这些记述的可信程度。大致可以断言，今传一些著名禅宿的重要言句长期曾在丛林中传诵，以至作为"公案"谈论，虽在细节上或不无增饰，基本应是可信的。

　　语录创作的繁荣是洪州禅的新禅观促成的，它反过来又推动着禅宗的普及与发展。而它本身又成为禅文化的一大成果，并对文学产生了深刻影响。

四

　　古代有所谓"禅宗语妙天下"的说法。中晚唐到五代是语录最兴盛的时期。在禅宗"不立文字"、语默一如的特殊语言观念之下所创造的这一大批语录文章中，有相当一部分机趣横生、言约义丰，表现出娴熟的语言技巧，成为独特的散文创作，在中国散文史上应占一席地位。

　　语录在表达上首先值得注意的是口语化。这除了出于通俗、普及的要求之外，还基于禅门有意与经典语言相对立的观念。使用口语、俗语又是与"平常心是道"的思想相应的。洪州禅形成以后，禅更接近生活，重视实践，语录的口语化正是这种思想趋势的表现。这种通俗文字易于在群众中传布，具有俗文学新鲜、泼辣、生动的特点，是当时通俗文学的重要成果。

　　但禅语录的口语又不等同于一般日常用语，它是说禅的特殊

---

①参阅柳田圣山《語録の歷史——禪文獻の成立史的研究》，《東方學報·京都》第五十七册，1985 年。

的口语。禅门讲"承言者丧,滞句者迷",语录中的语言往往不能从其表面意义来理解。禅语没有定说,往往绕路说禅。由于要破除情执,就大量使用象征、暗示的语言,引导人加深一步乃至几步去参悟。这种悟禅与言句不一不异的关系,使语录在表达上形成了口角灵活、含意深微、耐人思索的特殊风格。

语录以对话为主体。从形成过程看,应是先有了流传丛林的对话,然后才被整理记录下来的。师、资间平等的问答勘辩,造成了强烈的戏剧效果。许多语录记载的对话口吻逼真,让人如见其人。通过这些对话展现出一大批禅者的生动、丰满的个性,如马祖道一、石头希迁、丹霞天然、大珠慧海、黄檗希运、临济义玄、德山宣鉴、雪峰义存、云门文偃等等,作为人物典型都是形象鲜明而有感染力的。这样,语录在文体上、在人物形象塑造等诸多方面,也都作出了很大成绩。

下面,列举语录中的一些例子,以说明它在艺术表现上的特点:

一、语录的语言讲究简洁精悍,它们往往言约义丰,耐人寻绎。

南岳怀让往曹溪依六祖慧能。六祖问:"子近离何方?"对曰:"离嵩山,特来礼拜和尚。"祖曰:"什摩物与摩来?"对曰:"说似一物即不中。"①"与摩"意为"这样地"。慧能问话的意思是:是什么"物"这样到来?"说似"的"似"是表动作方向的接尾词,或作"说向"。怀让的意思是:如说成为某一"物"则都不确切。他这里说的是对绝对的心性的理解:不能把它说成是任何东西,如"心"、"空"等等;因为一切概念都是限制,有限制则不成其为绝对了。怀让的这个说法得到了六祖的首肯。

石头希迁到南岳怀让处,先礼拜问:"不慕诸圣、不重己灵时如何?"让和尚曰:"子问太高生,向后人成阐提去。"师对曰:"宁可永

①《祖堂集》卷三《怀让和尚章》。

劫沉沦，终不求诸圣出离。"①石头的问话是说既不求成佛作圣，也不求灵灵不昧的净心，这算不算彻底解悟呢。怀让认为这仍有所求，因为"不求"也是一种"求"，所以说这样表面上所求高超，实际上则会成为断一切善根的"一阐提"。因而石头答称永远不去追求圣境，出离尘俗，即使永劫沉沦也是如此。这是针对一般人求菩萨、求涅槃的激愤的说法。后来呵佛骂祖之风就是从这种观念发展起来的。

临济从黄檗希运那里转到高安大愚处，大愚问："黄檗有何言句？"临济云："某甲三度问佛法的大意，三度被打，不知某甲有过无过？"大愚云："黄檗与么老婆心切，为汝得彻困，更来这里问有过无过？"临济言下大悟，云："元来黄檗佛法无多子。"②"老婆心切"谓心思热切周密。临济到希运处三次问佛法大意，希运三次打他，是为了截断他向外驰求的情识。临济以为自己有什么过失，后经大愚提示才开悟了。他说"佛法无多子"，正是体会到一念顿悟的禅是当下即是、直截了当的，没有更多的言词可说。

像"说似一物即不中"、"宁可永劫沉沦，终不求诸圣出离"、"佛法无多子"之类句子，都很简短，但包含着深刻的含义。由于禅靠自性自悟，对这些话理解的深度也就是没有穷尽的。这些句子本身又很含蓄、朦胧，就更给人留下深长思之的余地。

二、禅师言句中多用"指事问义"的办法来诱导启发，善于从日常经验中引申出深刻的禅理。

禅本是事理一如的，禅理即体现在事相中。这是"指事问义"的根本依据。《楞伽师资记》里已记载达摩使用这种方法③。洪州

---

① 《祖堂集》卷四《石头和尚章》。
② 《镇州临济慧照禅师语录》，《古尊宿语录》卷五。
③ 《楞伽师资记·达摩章》："大师又指事问义。但指一物，唤作何物。众物皆问之，回换物名，变易问之。又云：此身有无？身是何身？又云：空中云雾，终不能染污虚空，然能翳虚空，不得明净。"

禅兴起以来,丛林中形成了自力谋生的习俗,禅门师徒一起开荒、拾柴、种菜、耕田,生活实践中接触的一些事相往往成了师资谈论、悟道的机缘。禅宿也注意利用这类时机启发学人。

一日,百丈怀海随侍马祖,路行次,闻野鸭声。马祖问:"什么声?"海云:"野鸭声。"良久,马祖又问:"适来声向什么处去?"海云:"飞过去。"马祖回头将怀鼻便挝。怀海疼得叫出声来。马祖云:"又道飞过去。"怀于言下有省①。这里是说人所感受的外境是千变万化、气象万千的,而灵明的自心是如如不动的。百丈怀海只注意到野鸭子在飞,这是心随外境转;马祖针对这一点"夺境不夺人",挝鼻使痛,让他返照自心,因而怀海有所省悟。

沩山灵祐在百丈处为参学之首,一日侍立,百丈问:"谁?"灵祐曰:"灵祐。"百丈又问:"汝拨炉中有火否?"灵祐拨云:"无火。"百丈躬起深拨,得少火,举以示之云:"此不是火?"灵祐发悟礼谢,陈其所解。百丈云:"此乃暂时歧路耳,经云:'欲见佛性,当观时节因缘。'时节既至,如迷忽悟,如忘忽忆,方省己物不从他得……"②这是利用拨火的道理来说自性的发现。人们迷失自性并往往懒于探寻,而一遇时节因缘就会解悟,这种观念即从拨火的小事中体悟出来。

石霜庆诸抵大沩山法会,为米头。一日在米寮内筛米。沩山云:"施主物莫抛撒。"石霜曰:"不抛撒。"沩山于地上拾得一粒云:"汝道不抛撒,遮个什么处得来?"石霜无对。沩山又云:"莫欺这一粒子,百千粒从这一粒生。"石霜反问:"百千粒从遮一粒生,未审遮一粒从什么处生?"沩山呵呵笑,归方丈。晚后上堂云:"大众,米里有虫。"③这里沩山的话暗示绝对的自性包含万物,万法生于一心。而石霜更进一步,体会到心是绝对的、无生灭的,不能用一粒米比

---

①《古尊宿语录》卷一《大鉴下三世·百丈怀海禅师》。
②《景德传灯录》卷九《潭州沩山灵祐禅师》。
③《景德传灯录》卷一五《潭州石霜山庆诸禅师》。

喻，所以得到沩山的认可。

像这样用实际事例启发人思索，客观意义往往是多重的、不定的。其中的禅意深微自不待言，它们包含的普遍哲理又很有训喻意味，耐人赏玩。

三、语录中所记言句，多用比喻和象征，它们新鲜、贴切，发人深省，有说服力。

马祖道一开元中习禅定于衡岳传法院，遇怀让。怀让问："大德坐禅图什么？"道一回答："图作佛。"让乃取一砖于道一庵前磨。道一曰："磨砖作么？"让曰："磨作镜。"道一曰："磨砖岂得成镜？"让曰："磨砖既不成镜，坐禅岂得成佛耶？"道一曰："如何即是？"让曰："如牛驾车车不行，打车即是，打牛即是？"道一无对……①这里用了磨镜与驾车两个比喻，亲切生动地说明了"禅非坐卧"的道理，对传统禅法的"宴坐"枯禅和楞伽宗"看心看净"进行了批判。

石巩慧藏未出家时为猎人，一日赶鹿从马祖庵前过，问："和尚还见我鹿过么？"马祖云："汝是什么人？"对云："我是猎人。"马祖云："汝解射不？"对云："解射。"马师云："一箭射几个？"对曰："一箭射一个。"马祖云："汝浑不解射。"慧藏进曰："和尚莫是解射否？"马祖云："我解射。"进曰："一箭射几个？"马祖云："一箭射一群。"慧藏云："彼此生命，何得射他？"马祖云："汝既知如此，何不自射？"慧藏曰："若教某甲自射，无下手处。"马祖云："者汉，无明烦恼，一时顿消。"石巩当时拗折弓箭，将刀截发，投马祖出家②。在这段对问里，马祖以射猎为喻，启发慧藏认识向外驰求即等于杀生造罪；在此基础上又让他体会到向内驰求也"没下手处"，从而指示出要不取善、不舍恶、顿息万缘、任运过时的道理。

长庆大安造百丈怀海，礼问百丈曰："学人欲求识佛，如何是

---

① 入矢义高编《馬祖の語録》。
② 《祖堂集》卷一四《石巩和尚章》。

佛？"百丈云："大似骑牛觅牛。"大安问云："识得后如何？"百丈云：
"如人骑牛至家。"大安又问："未审始终如何保任，则得相应去？"百
丈云："譬如牧牛之人，执鞭视之，不令犯人苗稼。"大安从兹领旨，
顿息万缘[1]。这是著名的百丈"牧牛"之喻，后来到宋代有《六牛
图》、《十牛图》[2]等作品，都是就此的发挥。这里是用牧牛来说明自
性自悟。"保任"意为担保；"始终如何保任"是说怎样担保一直如
此。大安是问怎样保证自心不受感染；百丈是说只要无心无事，不
睱外骛即可。

禅本是不可说的。上面笔者所作的解说，从禅宗的观点看是
已落"言诠"而非"究竟"。使用比喻和象征，正是利用被喻与所喻
间的距离，让人不粘不滞地去领会。这是一种不说之说、说而不说
的办法。学人可以依据各自根机深浅而各契本心。

四、禅师说禅经常用无意味语，这也是截断常识情解、冲开俗
念妄想的办法。

禅师谈禅往往用一些看似毫无意义的话，含意却很深微。每
个人必须透过表面的无意味来探索其中的意味。也许根本得不到
确切解释，但这又正反映了自证自悟的禅的特点。

例如丛林中经常探讨的一个问题是"如何是祖师西来意"。在
文献中这个话头是嗣衡岳慧安的坦然首先提起的[3]。"祖师西来
意"指达摩从西域来中土的目的。这在禅宗中是个包含内在矛盾
的问题：既然是自性自悟，就不必祖师来传授教法；而如果提倡祖
师禅，又必须承认达摩以下祖祖相传的意义。在马祖门下，这个问
题经常被提出来讨论，马祖往往作无意味语，如：

---

①《祖堂集》卷一七《福州西院和尚章》。

②《六牛图》，宏智正觉法嗣自得慧晖（1090—1159）作。《十牛图》，普明颂、云
庵和；普明不详，云庵为径山祖庆，嗣大慧宗杲。

③《祖堂集》卷三《老安国师章》："老安国师嗣五祖忍大师，在嵩山，坦然禅师
问：'如何是祖师西来意旨？'……"

> 泐潭法会禅师问祖云："如何是西来祖师意?"祖曰："低
> 声,近前来。"会便近前。祖打一掴云："六耳不同谋,来日来。"
> 会至来日,犹入法堂云："请和尚道。"祖云："且去,待老汉上堂
> 时出来,与汝证明。"会乃悟云："谢大众证明。"乃绕法堂一匝
> 便去。①

这里所谓"六耳不同谋",指你、我、祖师三人,都靠各自见本性,本
是互不相涉的。因此法会隔日再来追问,马祖又说在大众中替他
证明。这明显的矛盾暗示他所证明的绝非"六耳不同谋"的真谛,
因而法会大悟。绕法堂一匝是对老师表示礼敬的意思。

> 僧问祖云："请和尚离四句、绝百非,直指某甲西来意。"祖
> 云："我今日无心情,汝去问取智藏。"某僧乃问藏。藏云："汝
> 何不问取和尚?"僧曰："和尚令某甲来问上座。"藏以手摩头
> 云："今日头痛,汝去问海师兄。"其僧又去问海。海云："我这
> 里却不会。"僧乃举似祖。祖云："藏头白,海头黑。"

这里对这个不可作答的问题,马祖、智藏、怀海都以答非所问的无
意味语来推托。最后僧把智藏与怀海的答话报告给马祖,马祖说
"藏头白,海头黑"。这表面上是说头发白黑,实际是评论二人答案
中透露出的不同风格。智藏的答案意义显露,是为"白";怀海则没
有提示任何内容,是为"黑"。马祖启发那个僧人从对比中体会其
中的深意。

> 洪州水老和尚,初参祖,问："如何是西来的的意?"祖云:
> "礼拜著。"老才礼拜,祖便与一蹋。老大悟,起来抚掌呵呵大
> 笑云："也大奇,也大奇,百千三昧,无量妙义,只向一毛头上便
> 识得根源去。"便礼拜而退。后告众云："自从一吃马师蹋,直
> 至如今笑不休。"

---

① 入矢义高编《馬祖の語録》。以下数则同。

"礼拜"本是皈依佛法的表示。马祖让水老礼拜，是"主看客"，用以测度他；他真地礼拜了，所以马祖踢他一脚，告诉他不可在身外求法。这也是"夺境不夺人"的办法。水老和尚由此而悟，又向马祖礼拜了。但这已是另一个境界的礼拜，是与马祖心心相印，因而"直至如今笑不休"。还有两例：

> 问："如何是西来意？"祖曰："即今是甚么意？"
> 问："如何是西来意？"祖便打曰："我若不打汝，诸方笑我也。"

另有一个含义相似的与庞居士的对问：

> 庞居士问祖云："不与万法为侣者是甚么人？"祖云："待汝一口吸尽西江水，即向汝道。"

前两个"西来意"的答话，也都说明当下即是、不可言说的道理；庞居士所问的"不与万法为侣者"即"绝对者"，即是禅家所谓已经自证自悟者，这种人是没有办法说明的。马祖的"一口吸尽西江水"看似无理，就是指出了说明的不可能。

南泉普愿法嗣赵州从谂玄言布于天下，其言句形成了独特的"赵州门风"。他特别善作无意味的惊人语。例如有所谓"赵州茶"公案流传丛林，成为一代代禅人探究不尽的话头：

> 师问僧："还曾到这里么？"云："曾到这里。"师云："吃茶去。"师云："还曾到这里么？"对云："不曾到这里。"师云："吃茶去。"又问僧："还曾到这里么？"对云："和尚问作什么？"师云："吃茶去。"①

唐代丛林中，学人昼夜参学，有饮茶的风习。赵州对来学僧侣，不论曾到未到，一律命去"吃茶"，让他们在这平凡的日常营为中悟得

---

①《祖堂集》卷一八《赵州和尚章》。

自性圆满。在他看来，久学者与新到者并没有什么不同。有僧问他为什么还有一问，这个人的理解显然又进一境，但赵州仍一样地答以"吃茶去"。后来法眼文益法嗣法政总结出习禅三诀："吃茶、珍重、歇。"①这三诀都是当时一般问候语，也即是暗示禅就在这最平凡的日常生活之中。

> （有僧）问（赵州）："如何是祖师西来意？"师云："亭前柏树子。"僧云："和尚莫将境示人。"师云："我不将境示人。"僧云："如何是祖师西来意？"师云："亭前柏树子。"②

> 僧问："万法归一，一归何处？"师云："老僧在青州作得一领布衫重七斤半。"③

> 问："承闻和尚亲见南泉，是否？"师曰："镇州出大萝卜头。"④

赵州从谂的这些没头没脑的答话，实际都说明了一个道理，绝对的自性是遍在于生气勃勃的柏树以至具体的萝卜、布衫之中的。正是在具体的某地、某时、某物（如青州的一领七斤半的布衫）之中，绝对的"理"存在着。看似无意义的答话正说明着这事理、本末、真俗如如而一的道理。

到了唐末，这种无意味、费人思索的对答就更为简括。如云门文偃：

> 问："如何是佛？"师曰："干屎橛。"问："如何是诸佛出身处？"师曰："东山水上行。"

这是对身外求佛的大胆否定。云门文偃反对寻言逐句，求觅解会，而求言中有响，句里藏锋。他的对答往往浓缩为一个词、一个

①《五灯会元》卷一〇。
②《祖堂集》卷一八《赵州和尚章》。
③《景德传灯录》卷一〇《赵州观音院从谂禅师》。
④《五灯会元》卷四。

字,如:

> "古人面壁意旨如何?""念七。"
> "如何是超佛越祖之谈?""馂饼。"
> "如何是正法眼?""普。"
> "如何是云门一路?""亲。"
> "三身中哪身说法?""要。"①

这样,就形成了所谓"一字禅",被丛林称为"云门一字关"。实际上一个词、一个字不能构成判断,因此这些答案更是模糊影响,让人堕入玄妙窟里。正由于这样,学人参悟也永远得不出确切、一致的答案。宗教神秘主义在这里明显地表现了出来。

五、禅师说禅又往往利用矛盾语句,这也即是敦煌本《坛经》所说的"出语尽双,皆取对法",启发人在对立的葛藤中求出路,在死中求活。

例如马祖说"即心即佛",又说"非心非佛"②。这表面看似乎是完全对立的判断。但"即心即佛"的"心"是超越主客、有无的绝对的"平常心",它已超脱了一切对立,因此就不是心,不是佛,不是物了。这两个判断合在一起才更全面地指示出"心"的绝对性质。

有僧问兴善惟宽:"狗子还有佛性否?"他答称:"有。"僧云:"和尚还有否?"师云:"我无。"僧云:"一切众生皆有佛性,和尚因何独无?"师云:"我非一切众生。"僧云:"既非众生,是佛否?"师云:"不是佛。"僧云:"究竟是何物?"师云:"亦不是物。"③在这里,狗子有佛性是从《涅槃经》一切众生悉有佛性的主张得出的结论,那么惟宽自当亦有佛性。但惟宽自恃已经"见性",因此已非平凡众生。由于佛性在自己身上已经实现,自身已是绝对,就非"佛性"所可概

---

① 《五灯会元》卷一五。
② 《祖堂集》卷一五《大梅和尚章》。
③ 《景德传灯录》卷七《京兆兴善寺惟宽禅师》。

括。在这一矛盾的对答中,同样表明了上面一例马祖的"非心非佛"的观念,同时流露出惟宽对自身境界的强烈自信。后来赵州从谂亦有"狗子佛性"公案:

> 问:"狗子还有佛性也无?"师曰:"无。"曰:"上至诸佛,下至蝼蚁,皆有佛性,狗子为甚么却无?"师曰:"为伊有业识在。"[①]

这也是利用矛盾的判断来打破对于有、无的执见。赵州主张能纵能夺,能杀能活,因此所出言句变化无方,含义玄远。

赵州又有矛盾的言句说:

> 问:"学人拟作佛去时如何?"师云:"费心力。"僧云:"不费心力时如何?"师云:"作佛去。"

> 师有时云:"佛之一字,吾不喜闻。"僧问:"师还为人否?"师云:"佛也,佛也。"[②]

这类矛盾的答话,实际是从不同角度说明自性是佛的观念:赵州既反对在身外求佛,但也不是要人去作流转生死的众生。悟得绝对自性的人是佛而非佛,众生而非众生。

这种矛盾的表述,也显示了禅思想的辩证的特点。

六、禅门对答中多用提问,使学人疑而更疑,由大疑而大悟。

相传僧璨到慧可处乞解脱法门,慧可即反问:"谁人缚汝?"[③]从而使僧璨意识到本来无缚,亦无解脱,自性本来圆满。这个意思多次出现于灯录不同人的言句中。如有侍者问石头希迁:"如何是解脱?"希迁反问:"阿谁缚汝?"又问:"如何是净土?"反问:"阿谁垢

---

①《五灯会元》卷四。
②《祖堂集》卷一八《赵州和尚章》。
③《祖堂集》卷二《第三十祖僧璨章》。

汝?"①意思是相同的。

永嘉玄觉到曹溪见六祖,留一宿即告辞,六祖曰:"返太速乎?"师曰:"本自非动,岂有速邪?"祖曰:"谁知非动?"曰:"仁者自生分别。"祖曰:"汝甚得无生之意。"曰:"无生岂有意邪?"祖曰:"无意谁当分别?"曰:"分别亦非意。"由此玄觉得六祖印可,被称为"一宿觉"②。在这里,两人相互勘问,从人的"动"讲到"自性"非动,又讲到"动"与"不动"不过是人心有所分别,从而讲了"无念"的道理。

有行者问大珠慧海:"即心即佛,那个是佛?"答曰:"汝疑那个不是佛,指出看?"行者无对③。又有座主问:"如何是佛?"对曰:"清潭对面,非佛而谁?"座主茫然,却问:"禅师说何法度人?"师云:"未曾有法。"座主云:"禅师浑如此。"师却问:"法师说何法?"对云:"讲《金刚经》二十余座。"师曰:"《金刚经》是谁说?"对曰:"禅师岂不知是佛说?"师云:"'若言如来有所说法,则为谤佛,是人不能解我所说义';若言经不是佛说,即为谤经。离此之外,为老僧说。"法师无对④。这样,或者是直接的反诘,或者是一步步诱导,都用疑问破除了对方的执着妄念而直探心源。

禅师要启发学人解粘去缚,就要特别设法使人心中产生疑问。用疑问来破除疑问,是让人摆脱情执的一个方法。

除了以上的表现技巧之外,还有自问自答(如云门文偃示众曰:"十五日已前不问汝,十五日以后道将一句来。"众无对。自代曰:"日日是好日。")、以问代答(如有僧问法眼:"如何是曹溪一滴水?"答曰:"是曹溪一滴水。")、问而不答等等情况。参问中又常常夹以拳打、棒喝等奇异的表情动作,言句中又夹杂韵语歌吟,使得语录的表现更为丰富多彩,光怪陆离。

---

①《祖堂集》卷四《石头和尚章》。
②《景德传灯录》卷五《永嘉玄觉禅师》。
③平野宗净编《頓悟要門》卷下《諸方門人參問語録》。
④《祖堂集》卷一四《大珠和尚章》。

　　语录作为"不立文字"的文字，"心的宗教"的经典，是以相对表绝对，内含必然是深刻的。虽然禅师言句中有像"赵州茶"那样最显黯平凡的对话，但对它们不可只从字面上来理解，必须体悟其深藏的意趣。又有些最为悖离常情的说法，如"一口吸尽西江水"，也并非是毫无意趣可寻，它们往往讲的是禅宗的一个普通的观念。这种表达上的多样性，内容与形式间的对立，也使得语录在艺术上形成特异的风格。

　　在中晚唐，商量语句成为说禅传法、请益参学的主要形式[①]。禅宿的著名言句流传丛林，做为话头，形成了"公案"。这些公案又成了进一步参学的对象。师资之间问答勘辩，句里藏锋，不粘不滞，极力以表现的机敏灵活出奇制胜，压倒对方。其使用的旁敲侧击、比喻象征、含蓄暗示的手法也花样翻新。

　　禅宗语句中又十分注意语言的提炼。由于追求简洁、生动、含蓄，许多短语非常精粹而有表现力，已成为流传至今的汉语成语。如"天崩地陷"（丹霞天然）、"抛砖引玉"（赵州从谂）、"头上更安头"（落浦元安）、"单刀直入"（洞山良价）、"羚羊挂角"、"斩钉截铁"（云居道膺）、"打草惊蛇"（雪峰义存）、"回头转脑"（五洩灵默）、"锦上更添花"（罗山道闲）、"好心无好报"、"雪上更加霜"（荷玉匡慧）、"还丹一粒，点铁成金"、"于上不足，比下有余"（招庆道匡）、"百尺竿头须进步"（长沙景岑）等等，不胜枚举。这些短语中有许多应是在民间口语中长期流传形成的，它们充满了群众智慧与生活气息，具有特殊的表现力。另外还有许多所谓"禅语"，有些也被当作普通词语使用，如"向上一路"、"本来面目"、"回光返照"、"体露金风"、"身心脱落"等等。语言的提炼是语录的艺术成就之一，也是它在汉语史上的一个贡献。

───────

① 语出南泉普愿。《景德传灯录》卷七《庐山归宗寺智常和尚》："师尝与南泉同行，后忽一日相别，煎茶次，南泉问云：'从前与师兄商量语句，彼此已知。此后或有人问，毕竟事作么生？'……"

五

　　语录对于中国学术文化产生了重大影响。这里不谈语录中包含的思想内容在思想史上的地位与价值,仅拟指出其形式与表现艺术方面的意义。

　　首先是禅宗语录创造出一种新的文体,即不同于中国古代用以传道讲学的语录的、以问答勘辩为主要方式的、口语化的新语录体。钱大昕说:

　　　　佛书初入中国,曰经曰律曰论,无所谓语录也。达磨西来,自称教外别传,直指心印。数传以后,其徒日众,而语录兴焉。支离鄙俚之言奉为鸿宝,并佛所说之经典亦束之高阁矣。甚者呵佛骂祖,略无忌惮,而世之言佛者反尊尚之,以为胜于教律僧,甚矣人之好怪也。释子之语录始于唐,儒家之语录始于宋。儒其行而释其言,非所以垂教也。君子之出辞气必远鄙倍,语录行而儒家有鄙倍之词矣;有德者必有言,语录行则有有德而不必有言者也。①

钱大昕是从否定的立场来评价语录的。但他的话却正表明了历史上文体演变的事实:由于禅门语录的兴盛普及,学界与文坛争相仿效,语录自宋代以后成了普通的著述形式。与此同时,语录式的白话、口语也被更广泛地运用,而语录中表现的人物间平等的对答辩难的姿态,更启发人们树立较自由的、独创的精神。因为语录这种形式本身就体现出富于创新的品格。

　　语录对于宋代以后文人的创作的影响也是巨大的。袁宏道曾评论说:"余尝谓坡公一切杂文,活祖师也;其说禅说道理,世谛流

————————

①《十驾斋养新录》卷一八《语录》。

布而已。"①苏轼小品文字在语言、构思、表达技巧上都明显可看出
对于语录有所借鉴。

苏辙也高度评价语录的艺术表现力：

> 自达磨西来，诸祖相承，皆因言以晓人。心地既明，出语
> 皆法。譬如古木，生气条达，花叶无数，颠倒向背，秾纤长短，
> 无一不可；譬如大海，湿性融溢，随风舒卷，波涛流转，充遍洲
> 浦，无一不到。观者眩曜，莫测其故；然至其循流返源，识其终
> 始，可以拊手而笑。②

这里也说出了语录那种放达奇诡的表现给当时文人的印象，人们
赞赏之余就会受其习染。

黄庭坚说：

> 余旧不喜曹洞言句，常怀泾渭不同流之意。今日偶吟此
> 文（指洞山良价《新丰吟》），皆吾家日用事，乃知此老人作百衲
> 被，岁久天寒，方知用处。③

这里写了他对于曹洞言句态度的转变。黄庭坚亲近黄龙派，黄龙
派出临济宗，因而曾觉得与曹洞宗"泾渭不同流"。但读了良价《新
丰吟》后对曹洞言句有了新认识。黄庭坚对当代流传的禅录很有
研究，曾为很多语录作序。

明代文章受语录影响也很广泛。明初文宗、开有明一代文章
学术的宋濂即热心习佛习禅。黄宗羲评论他的文章说：

> 明初以文章作佛事者，无过宋景濂。其为高僧塔铭，多入
> 机锋问答，雅俗相乱。试观六朝至于南宋，碑释氏者皆无

---

①《识雪照澄卷末》，钱伯城《袁宏道集笺注》卷四一，上海古籍出版社，1979年。
②《洞山文长老语录序》，《栾城集》卷二五。
③《书洞山价禅师〈新丰吟〉后》，《豫章黄先生文集》卷二六。

此法。①

这是批评的话,但指出宋濂释氏文字借鉴语录机锋而有新的进境。

　　明代像李贽这样的作家,本身禅解甚为高深,作文也注重发扬自性,他说:

　　　　凡人作文皆从外边攻进里去,我为文章只就里面攻打出来,就他城池,食他粮草,统率他兵马,直冲横撞,搅得他粉碎,故不费一毫气力而自然有余也。凡事皆然,宁独为文章哉!②

这种态度,正是以禅宗高度肯定自性的观念为出发点的。他的杂文从内容到写作技巧、语气文情都表现出语录体的特征。

　　袁宏道对唐、宋那些思想上建树重大的禅师们评价甚高。他说:

　　　　余尝谓唐、宋以来,孔氏之学脉绝,而其脉遂在马大师诸人;及于近代,宗门之嫡派绝,而其派乃在诸儒。③

这个看法涉及到对于儒、禅交流的认识,此不具论;从中可知他是把马祖等看作唐宋思想潮流的代表人物的。“公安三袁”所提倡的“性灵”说显然受到了禅宗心性学说的影响;他们的小品文在艺术上也对语录多有借鉴。刘师培曾说:语录“所言不外日用事物,与辞旨深远者不同。其始也,讲学家口述其词,弟子欲肖其口吻之真,乃以俗语笔之书,以示征实。至于明代,凡自著书者,亦以语录之体行之;而书牍序记之文,杂以俚语”④。这里所说的明代情况,“公安三袁”就是代表。刘师培是新“文笔论”的代表人物,是从反

――――――――――

①《山翁禅师文集序》,《南雷文定后集》卷一。
②《与友人论文》,《续焚书》卷一。
③《为寒灰书册寄郧阳陈玄郎》,《袁宏道集笺注》卷四一。
④《论近世文学之变迁》,舒芜等编《中国近代文论选》下册第 579 页,人民文学出版社,1981 年。

对语录体的立场来讲这番话的,但却正可看出语录在明代文坛上受到借重的情形。

这样,禅宗语录不仅是宗教史、思想史上的宝贵遗产,而且是文学史、文体史、语言史上的重要成果。它作为独特的禅文学创作,在历史上取得了重大成绩,并曾产生过深远的影响。但也应看到,正如"教外别传"的禅宗是自立于教门之外的特殊宗派一样,"不立文字"的语录也基本上独立于整个文学潮流之外发展。特别是宋明理学盛行以后,虽然禅宗影响明明暗暗地在普及,但总给禅文献的传布造成一些限制,对语录文学成就的正面探讨与肯定也不可能充分。因此,从文学角度研究语录,是今天文学史研究的一个课题。

第十章　玄思与乐道

———

发达的禅文学的另一个主要形式是偈颂。

前面已经介绍了归属到傅大士、宝志、王梵志、寒山等古人或"今人"名下的通俗诗。它们从性质看还是民间流行的佛教通俗文学,仅有一部分是在禅宗思想影响下创作的。这里讨论的是另外一类由禅僧们创作的、直接表现禅思想与禅宗人生观念的偈颂。这类作品早期的有敦煌本神会和尚《五更转》、《祖堂集》中所录六祖慧能法嗣司空本净的偈八首等。而真正的创作繁荣期是在马祖、石头的二世以后,即与语录的繁荣期大体相同的时期。

禅宗偈颂在形式上与翻译佛典中的偈颂并无大的不同(如神会那样运用《五更转》的民间俗曲的形式,是例外),但二者实质上已有根本的区别。宗密曾明确指出:

> 教也者,诸佛菩萨所留经论也;禅也者,诸善知识所述句偈也。但佛经开张,罗大千八部之众;禅偈撮略,就此方一类之机。罗众则漭荡难依,就机即指的易用。①

———

① 《禅源诸诠集都序》卷一。

这里把教与禅在表现上的对立，直接归结到经论与句偈的对立。"句偈"即言句与偈颂。也就是说，禅宗偈颂已经不是经的一种形式或经论的组成部分，而是表现"教外别传"的禅思想的独立的形式。它们不再依附于经论而存在，每一首偈颂都有独立的主题思想和完整的结构。当然，传统经典中的"孤起颂"（讽颂、伽陀）也是单独成篇的，早期佛典就是先有韵文然后附以散文的解说（如《法句经》中的"法句"），但它们在后来的发展中已不再是经典的通用形式。而由于禅宗偈颂是完全独立于经论的自宗的创作，在形式上也就有了自由选择的余地。有采用传统偈颂风格的，也有采用民间俗曲或民谣形式的，还有采用诗坛上流行的诗歌体裁的。

《祖堂集》里屡屡把"偈颂歌行"连用，或者径把偈称为"歌行"（如卷十四《鲁和尚章》："师有歌行一首"），表明在当时人的观念中已把偈颂与歌行同等看待了。由于唐代诗歌创作的发达普及，丛林中熟悉诗、善于写诗的人很多，他们写作偈颂自然会借助于诗歌的形式与技巧。偈颂在艺术上也在向诗靠拢。而且从发展趋势看，偈颂越来越诗歌化。这也就意味着偈颂写作水平的提高。但正如记录言句的语录在发展中由于过度追求形式、技巧而形式化一样，偈颂向诗歌靠拢也会导致注重雕章琢句而失去了生机。

在晚唐、五代，偈颂创作非常普及。法眼文益指出：

> 宗门歌颂，格式多般，或短或长，或今或古，假声色而显用。或托事以伸机，或顺理以谈真，或逆事而矫俗。虽则趣向有异，其奈发兴有殊。总扬一大事之因缘，共赞诸佛之三昧，激昂后学，讽刺先贤，皆主意在文，焉可妄述。

这指出了偈颂利用多种多样的形式，是"假声色而显用"来阐发禅宗思想的；同时又"主意在文"，使文质相应，而不是等闲制作的。

但他又批评当时风气说：

> 稍睹诸方宗匠，参学上流，以歌颂为等闲，将制作为末事。任情直吐，多类于野谈；率意便成，绝肖于俗语。自谓不拘粗犷，匪择秽屏，拟他出俗之辞，标归第一之义。识者览之嗤笑，愚者信之流传。[①]

这是批评当时丛林中有些人"不关声律、不达理道"而好作歌颂。但这种批评应当加以分析：有些偈颂是"率意便成"的粗劣之作，这是偈颂创作普遍繁荣中必然有的现象；有些作品不拘程式，多用俚俗的语言和手法，以至在内容上冲破习俗认识，并不一定是没有价值的作品，反而可能表现出思想与艺术上的独创性。法眼如此将偈颂制作问题作为宗门中的大事来讨论，正反映了偈颂的重要地位及其创作的繁荣情形。

二

现存于《祖堂集》中所录历代祖师偈颂[②]计二百五十首左右，《景德传灯录》中一百八十首左右[③]。其中相互重复的仅有五十五首，而且重复者文字也多有不同。这表明在五代、北宋初，这些作品仍在流传中被修订，归属到谁的名下也不完全确定。又譬如今传船子德诚和龙牙居遁的偈颂都达九十余首，但其来源并不清楚，

---

① 《宗门十规论》。
② 这不包括西天二十八祖与东土六祖"传法偈"。传法偈也是在中唐形成的，本书不拟专门讨论。参阅水野弘元《傳法偈の成立について》，《宗學研究》第二号；柳田圣山《初期禪宗史書の研究》第四章《祖師禪に於ける燈史の發展》，法藏馆，1967年；石井修道《傳法偈》，篠原寿雄、田中良昭《講座敦煌8：敦煌佛典と禪》，大东出版社，1980年。
③ 数字统计由于篇数分合办法不同，只能取概数。

实际多数是后来人所伪托的①。然而这些偈颂确实是禅门的创作，这是与寒山诗等大抵是民间通俗诗的情况不同的。

这批除掉重复、总计三百几十首作品，除少数篇章外，都是石头、洪州以后的创作。这显然是由于洪州禅重视一心随缘运用的观念促使禅僧去写作发露心性的偈颂，与语录的繁荣有着同样的思想背景。

石头与洪州二系宗风不同，造成它们的表达方式各异。洪州门下重视言句，而石头门下则更重视偈颂。洪州禅自马祖时开始，即在官僚士大夫间普及；贞元、元和年间鹅湖大义、嵩山如满、章敬怀晖、兴善惟宽等先后北上长安，进入朝廷。这一系禅人广向社会传法，留下了许多记录，成为"语本"、"广语"等。而石头一系禅人却多度过山居乐道的生活，在离世超尘之中耽于玄想。他们表达自己的禅解与情怀，更多地使用偈颂的形式。即以《祖堂集》和《景德录》所存篇章为例，被存录五首以上作品的，在马祖一系仅有三人：庞居士、长沙景岑和香岩智闲；而石头一系则有丹霞天然、雪峰义存、玄沙师备、镜清道怤、般若启柔、临溪龙脱、龙牙居遁、南岳玄泰、清凉文益、同安常察等十人。

马祖弟子庞居士名蕴（740？—808），据传父亲是衡阳太守（衡州刺史）。但现存史料中在相应的时期衡州无庞姓任刺史者。这只能表明他出身官僚家庭。得法于马祖后，居止襄阳，被山南东道节度使于頔②礼重。现存的《庞居士语录》三卷署于頔所编，中、下

①宋吴聿《观林诗话》："华亭船子和尚诗，少见于世。吕益柔刻三十九首于枫泾寺，云得其父遗篇中。一诗云：'欧冶铦锋价最高，海中收得用吹毛。龙凤绕，鬼神号，不见全牛可下刀。'涪翁屡用其语。"由此可知宋代船子和尚诗偈流传情况。

②《旧唐书·德宗纪下》：贞元十四年九月"丙辰，以陕虢观察使于頔为襄州刺史、山南东道节度使"；《宪宗纪上》：元和三年九月"庚寅，以山南东道节度使于頔守司空、同平章事"。

二卷为诗偈集,有明崇祯丁丑(1637)泉州罗山栖隐院重刻本,传承
系统不详,恐非原貌。但《祖堂集》、《景德录》所述行迹与《语录》相
合,《宗镜录》中引用庞居士诗偈十几首亦见于《语录》之中,所传人
物面貌应是可靠的。长沙景岑是南泉普愿法嗣,他很有文学才能,
仅在《祖堂集》、《景德录》中即存偈二十四首。有的学者认为署名永
嘉玄觉的《永嘉证道歌》即成于他之手①。香岩智闲嗣沩山灵祐,与仰
山慧寂是法兄弟。他与司空图有交谊,也是很有文学修养的人。

　　与马祖一系的情况相对照,石头门下善偈颂的弟子更多,成就
也更为突出。

　　石头弟子药山惟俨与李翱、崔群、殷尧藩等一时文坛名流都有
交谊。他避居朗州芍药山,是山居乐道的代表人物。相传李翱问
他"如何是道",他答以"云在天,水在瓶",以诗语表禅机,意味极其
迥永。李翱因而述偈曰:"练得身形似鹤形,千株松下两函经。我
来问道无余说,云在青天水在瓶。"②药山门下船子德诚,居秀州华
亭,泛一小舟,随缘度日,以歌吟抒写自己如如自在的心情。船子
下夹山善会,夹山下乐普元安都承继乃师传统,善于用诗境表禅
解,一门之下偈颂创作十分繁荣。如有僧问善会:"如何是夹山境
地?"实际是问他的禅悟的深度。他答称"猿抱子归青嶂后,鸟衔花
落碧岩前"③,境界鲜明,诗情盎然。后来宋代禅文学的名著《碧岩
录》即以此得名。

　　药山另一弟子云岩昙晟,昙晟弟子洞山良价,即是曹洞宗的创
始人,他们都善偈颂。署为洞山所作《宝镜三昧歌》等即出于这一
门中。洞山弟子龙牙居遁的创作更为丰富,诗僧齐己评论说:

<hr>

①参阅杨鸿飞《永嘉証道歌の年代及びその作者の考察》,《竜谷史學》第五十
　四号。
②《景德传灯录》卷一四。
③《祖堂集》卷七《夹山和尚章》。

　　　洎咸通初,有新丰(指洞山良价)、白厓(指香岩智闲)二大
师,所作多流散于禅林。虽体同于诗,厥旨非诗也。迷者见之
而为抚掌乎……龙牙之嗣新丰也,凡托像寄妙,必含大意,犹
骊颔蚌胎,炟耀波底,试捧玩味,但觉神虑澄荡,如游寥廓,皆
不著文字之状矣。①

这种评价虽不无溢美成分,但确可反映龙牙偈颂在当时的影响。

　　药山门下又一弟子道吾圆智,圆智下有石霜庆诸,均善偈颂。
著名诗僧贯休即出石霜门下。石霜弟子南岳玄泰,是另一偈颂名
家,"平生所有歌行偈颂,遍于寰海道流耳目"②。他多与当时诗人
结交,有名于诗坛。终南慧观说:

　　　南岳泰公著五赞十颂,当时称之以美谈。及乐浦、香岩尤
长厥颂,斯则助道之端耳。③

玄泰还写过《畲山谣》那样的表现山民畲山开田习俗的作品,是古
代宣传环境保护的诗篇。

　　石头法嗣丹霞天然作风狂放简直,不拘教法。他在东都慧林
寺烧木佛取暖,是开禅门呵佛骂祖风气的人。其奇诡言行表现出
他思致的机敏深刻。他的禅理诗写得很好,流传亦广。

　　石头又一弟子天皇道悟,道悟下有龙潭崇信,崇信下有德山宣
鉴,宣鉴下有雪峰义存,一门甚盛。这一系禅解超群,云门、法眼二
宗皆出其下。亦多有偈颂传统。如雪峰门下的云门文偃、南岳维
劲、翠岩令参、玄沙师备,都多有创作。维劲"著五字颂五章,览之
者悟理事相融",又作有《续宝林传》、《南岳高僧传》④流行于世。云
门下临溪龙脱,玄沙下罗汉桂琛,桂琛下清凉文益,也都存有较多

---

①《龙牙和尚偈颂序》,《卍续藏经》本。
②《祖堂集》卷九《南岳玄泰和尚章》。
③敦煌 S.1635《泉州千佛新著诸祖师颂序》(招庆文登编),《大正藏》第 85 卷。
④《景德传灯录》卷一九《南岳维劲禅师》。

的偈颂作品。

但大量偈颂作品在后代已经失传了。仅据《景德传灯录》记述,卷二十洞山下四世重云智晖"诲人之暇,撰歌颂千余首";卷二十一雪峰下三世报恩清护有"语要、偈颂,别行于世";卷二十四罗汉桂琛弟子清溪洪进"多为偈颂",龙济绍修"著偈颂六十余首及诸铭、论、群经要略等,并行于世";又雪峰下四世归宗道诠"颇有歌颂流传于世";卷二十六清凉文益隔世瑞鹿本先"所著《竹林集》十卷,诗篇歌辞共千余首",齐云遇臻"诸歌偈皆触事而作,三百余首流行",等等。以上都出于石头一系,活动在五代时期,可见当时偈颂创作的繁盛,而这些作品基本上都失传了。

以下,就以石头一系的偈颂创作为中心,介绍一下禅宗偈颂的发展情况。

三

按文学性质的有无或浓淡来区分,首先讨论纯粹解说禅理的偈颂。这类作品只是宣说教理的韵文,尽管有些运用语言和艺术表现技巧已很圆熟,但终究称不上是真正的文学作品。然而也不可否定它们在禅文学发展中的地位与重大影响。

前已述及,禅宗初兴,这新宗派的推动者们就在佛教传统经论之外另造许多新的论书,其中包括一批《达摩论》。这是这个革新教派的新经典。而为了向群众进行普及宣传,也注意到利用韵文,特别是民间俗曲与偈颂的形式。自陈、隋以来,在民间广泛流行《五更转》、《十二时》、《行路难》等通俗曲辞①。早期禅宗也大量创作了这一类作品。在敦煌卷子中已发现了一批实例;《景德传灯

---

① 郭茂倩《乐府诗集》卷三三《相和歌》载陈伏知道《从军行五更转》五首,并引《乐苑》曰:"《五更转》,商调曲,按伏知道已有《从军辞》,则《五更转》盖陈已前曲也。"

录》里也有著录。正如《达摩论》等禅宗新造论书是传统经论的对立物一样，这些民间曲辞形式的作品实际是佛教唱导的对立物。自佛教传入，在传教中就有了"转读"（诵经）和"梵呗"（歌赞），在此基础上再利用讲唱方式，杂引譬喻因缘，"宣唱法理，开导众心"①，遂有唱导的兴盛。唱导作为一种通俗的、文艺性的传教形式，是依附于经论而展开的；但禅家的曲辞则完全离开经论来宣说自己的观点，内容与形式都很自由。而利用民间俗曲这一事实本身，也暗示了禅宗这个教派从形成伊始即是深入民众的。

　　现在发现的敦煌曲辞中有大量宣传佛教教义的，其中不少是赞佛、赞经、礼赞圣地（如五台山）、宣扬轮回报应、净土念佛等佛教通俗信仰的作品。其中另有一部分则宣扬禅宗思想，对传统佛教取明显的批判态度，从中可以看出这个新宗派与传统对立的革新立场。如《十二时·"佛性成就"》②、《十二时·"禅门"》③、《五更转·"禅师各作一更"》④、题为释寰中作《悉昙颂（佛说楞伽经禅门悉昙章）》⑤等，都宣扬看心看净观念，显然是早期楞伽宗的作品。《行路难·无心律》⑥则以"无心"义统摄全篇，应与牛头宗有关。表现南宗思想的作品也有不少，如《五更转·南宗赞》⑦、《归常乐·证无为》⑧、《失调名·"一室空"》⑨、《失调名·劝诸人一偈》⑩等等。

①慧皎《高僧传》卷一三《唱导论》。《广弘明集》卷一五有梁简文帝《唱导文》一篇，王儒孺《礼佛唱导发愿文》一篇。
②S. 2679。校释参阅任半塘《敦煌歌辞总编》，上海古籍出版社，1987 年。以下论述歌辞，除另予注出处，均据此书。
③P. 3604；P. 3116；P. 3821；S. 5567 及《敦煌零拾》。
④S. 5996；S. 3017；P. 3409。
⑤P. 2204；P. 2212；S. 4583；P. 3099；P. 3082。
⑥S. 6042 及日本龙谷大学藏本。
⑦P. 2963；周 70；S. 4173；S. 4654；S. 5529；P. 2984；列. 1363。
⑧P. 3065；P. 306。
⑨S. 2651。
⑩S. 3017；P. 3409。

这里作为典型作品,举出神会和尚《五更转》二首。

　　神会"年方幼学,厥性惇明,从师传授五经,克通幽赜;次寻《老》、《庄》,灵府廓然"①,有着很高的文化素养。他立南宗宗旨,抨击所谓北宗,勇往直前,不遗余力。他的著作采用了多种多样的形式,都达到了相当圆熟的地步。他请王维作《能禅师碑》,写给王维五首偈颂,被录为碑文的铭辞②。在下面提到的《南宗定邪正五更转》(或题为《五更转》)、《大乘五更转》、《南宗定邪五更转》的三个抄本③上,均附五言诗一首:

　　　　真乘实罕遇,至理信幽深。欲离相非相,还将心照心。髻中珠未得,衣里宝难寻。为报担麻者,如何不重金。④

这已是相当整齐的哲理诗。今传《南宗定邪正五更转》有十多个抄本⑤。所谓"定邪正",即是《定是非论》中说的"为天下学道者定宗旨,为天下学道者辨是非"。胡适校本如下:

　　　　一更初,妄想真如不异居。迷则真如是妄想,悟则妄想是真如。念不起,更无余。见本性,等空虚。有作有求非解脱,无作无求是功夫。

　　　　二更催,大圆宝镜镇安台。众生不了攀缘病,由斯障蔽不心开。本自净,没尘埃。无染著,绝轮回。诸行无常是生灭,但观实相见如来。

　　　　三更侵,如来智慧本幽深。唯佛与佛乃能见,声闻缘觉不

---

①《宋高僧传》卷八《洛京荷泽寺神会传》。

②王维《能禅师碑》,赵殿成撰《王右丞集笺注》卷二五。

③S. 6923(1);P. 2045;露 6。

④据胡适《新校定的敦煌写本神会和尚遗著两种》,《中央研究院历史语言研究所集刊》第二十九本;收入胡适纪念馆出版胡适校敦煌唐写本《神会和尚遗集》。

⑤S. 2679;S. 4634;S. 6083(1);S. 6083(2);S. 6923(1);S. 6923(3);P. 2045;P. 2270;S. 4654;咸 18;露 6。

知音。处山谷，住禅林。入空定，便凝心。一坐还同八万劫，只为担麻不重金。

四更阑，法身体性不劳看。看则住心便作意，作意还同妄想团。放四体，莫攒扢。任本性，自公官。善恶不思即无念，无念无思是涅槃。

五更分，菩提无住复无根。过去舍身求不得，吾师普示不忘恩。施法药，大张门。去障膜，豁浮云。顿与众生开佛眼，皆令见性免沉沦。[①]

一九五八年胡适作《新校定的敦煌写本神会和尚遗著两种》，还说这篇作品和前引五律"可能都是神会和尚的作品"；到一九六○年则确定这首《五更转》与另外经日本人矢义高新整理的一首"确是神会作的"了。另一首胡适校本如下：

一更初，涅槃城里见真如。妄想是空非有实，不言未有不言无。非垢净，离空虚。莫作意，入无余。了性即知当解脱，何劳端坐作功夫？

二更催，知心无念是如来。妄想是空非有实，□□山上不劳梯。顿见竟（任半塘校作"境"），佛门开。寂灭乐，是菩提。□□□灯恒普照，了见馨香无去来。

三更深，无生□□坐禅林。内外中间无处所，魔军自灭不来侵。莫作意，勿凝心。住自在，离思寻。般若本来无处所，作意何时悟法音？

四更阑，□□□□□□□。□□共传无作法，愚人造化数□般。寻不见，难□难。□□□（后二字任半塘认作"役似"），本来禅。若悟刹那应即见，迷时累劫暗中看。

---

① 据胡适《新校定的敦煌写本神会和尚遗著两种》。

　　　五更分,净体犹(由)来无我人。黑白见知而不染,遮莫青
　　黄寂不论。了了见,的知真。随无相,离缘因。一切时中常解
　　脱,共俗和光不染尘。①

这两篇作品的思想观念同于《坛语》,判定为神会所作是有道理的。
其中揭露坐守枯禅的愚妄无益,用胡适话说是"有趣味的讽刺文
学"②。胡适又说:"这两支曲子的词都不算美,但这个《五更调》唱
起来必是很哀婉动人的。"③这两篇作品把禅理纳入三、三、七节奏
的民间曲调内还有拼凑痕迹,说理也比较生硬,但总地看来表现技
巧已比较圆熟。如此以民间曲辞宣扬新的教义,对推动禅宗发展
必定起过相当大的作用。一代宗师的这种做法,对一门的宗风也
会产生影响。

　　后来运用三、三、七节奏民间曲调在禅门中似乎成为风气,马
祖弟子高城法藏也留有这一体的作品④。而技巧更为纯熟的有《永
嘉证道歌》。这篇作品题为永嘉玄觉作。玄觉(665—713)少年出
家,遍探三藏,精天台止观,后"游方询道,谒韶阳能禅师而得旨
焉……既决所疑,能留一宿,号曰'一宿觉'"⑤。其作品有《禅宗永
嘉集》,并未收《证道歌》;《宋高僧传》也没提到它。杨亿的《无相大
师行状》说到"《证道歌》一首,并盛行于世",《景德录》则收录了完
整的文本。从《永嘉集》看,玄觉是把天台圆教教旨与禅宗思想相
调和,与《证道歌》把华严思想融入南宗禅观念并不相同。特别是
《证道歌》中有"二十八代西天记"、"六代传衣天下闻"等说法,表明
这已是二十八代传宗说形成以后的产物。在敦煌卷子里,《证道

---

①胡适《神会和尚语录的第三个敦煌写本》,《中央研究院历史语言研究所集刊
　外编第四本》;收入胡适纪念馆出版胡适校敦煌唐写本《神会和尚遗集》。
②据胡适《新校定的敦煌写本神会和尚遗著两种》。
③胡适《神会和尚语录的第三个敦煌写本》。
④《祖堂集》卷一四《高城和尚章》。
⑤《宋高僧传》卷八《温州龙兴寺玄觉传》。

歌》又称《禅门秘要诀》①，并有几个片断②。这也暗示了这篇作品逐渐形成的过程。像今天所见这样的六十三段、三百四十四句、以三、三、七、七、七的基本格式组织起来的长篇，应是在长期流传后写定的。如前面所说，有的学者认为它是长沙景岑的作品。这篇作品内容丰富，技巧娴熟，文学价值比神会的两篇《五更转》高得多。如：

> 入深山，住兰若，岑崟幽邃长松下。优游静坐野僧家，阒寂安居实萧洒……
>
> 江月照，松风吹，永夜清宵何所为。佛性戒珠心地印，雾露云霞体上衣。

这样表现山居情境，形象鲜明，富于诗意。中间使用比喻，也更贴切自然，如：

> 心镜明，鉴无碍，廓然莹彻周沙界。万象森罗影现中，一颗圆光非内外。

这里用的是禅宗常用的明镜之喻，以表明心性的清净圆满。又如：

> 一性圆通一切性，一法遍含一切法。一月普现一切水，一切水月一月摄。③

这是著名的水月之喻，在观念上可以看出华严事理圆融思想的影响，表达上也很鲜明精粹。后来宋儒常常借用来说明"事理不二"的道理。《永嘉证道歌》全篇节奏朗畅，表达浑融，感情也比较充沛，不经过相当时期的修饰和创作经验的积累是写不出这样的作品的。

---

①P. 2104。参阅胡适《海外读书杂记》，《胡适文存》第三集。
②S. 4037；S. 2165；S. 6000；P. 2105。
③《景德传灯录》卷三〇。

述说禅理的偈颂有更多是采用诗歌格式的。这里首先应提出
的是署为傅大士所作《心王铭》、牛头法融《心铭》、署为僧璨作《信
心铭》。三篇思想内容大体相同。前面说到佛窟遗则编法融文集，
暗示法融作品出现的时间应在中唐。《心王铭》讲即心即佛、放心
自在之理，显然是托名傅大士的制作。僧璨其人考之史籍本自无
征，《信心铭》也不会是他作的。但在《百丈广录》里已在"三祖云"
之下四次引用今本《信心铭》文句；华严澄观在《华严经随疏演义
钞》卷三十七也引用过；到了晚唐，临济义玄、洞山良价等人更一再
征引《信心铭》。但值得注意的是所引用仅限于今本前四句。敦煌
卷子中已发现《信心铭》的四个文本①，只有今本一百四十六句中的
二十四句，即前十六句、隔十句后的六句和结尾二句。这大概就是
晚唐五代流传的本子。在南、北二宗各立自己的祖统以后，都要彰
显祖师。从前引独孤及《镜智禅师碑铭》等资料可以看出北宗彰显
三祖僧璨的活动。南宗也要把表现自宗观点的作品《信心铭》附会
到僧璨名下。这个过程大概是由短篇逐渐增饰，到宋初才形成今
天所见到的完整的长篇的。《信心铭》取四言诗体，充分发挥了四
言诗简洁、凝重的特点，说理精确廉悍，如前十六句：

> 至道无难，唯嫌拣择。但莫憎爱，洞然明白。毫厘有差，
> 天地悬隔。欲得现前，莫存顺逆。违顺相争，是为心病。不识
> 玄旨，徒劳念静。圆同太虚，无欠无余。良由取舍，所以
> 不如。②

这里所谓"至道无难"，就是临济所说"佛法无多子"；"唯嫌拣择"，
就是神会所说"不作意"。这八个字简要地说明了荡除计度分别、
无念无相则直契大道的思想。以下进一步阐释举凡爱憎、违顺之
心皆为心病。又批判坐禅"念静"为"不识玄旨"，因为心性是本自

---

①P. 2104；P. 4638；S. 4037；S. 5692。
②《景德传灯录》卷三〇。

具足,无有欠缺的;只由于心存取舍,所以不能如如自在。把禅理以简洁文句说出,表达得如此显豁,不只可见提炼语言的功夫,也有提炼思想的功夫。"至道无难"这前两句,成了禅家长久参详的话头。

与《信心铭》同样有名的还有石头希迁的《参同契》。本来东汉魏伯阳著有一部道典叫《周易参同契》,谓《大易》、黄老、服食三者同出一门,皆妙契大道,并介绍炼丹修仙之术[1]。相传希迁受《肇论》"圣人会万物为己"一句的启发,取"参同"之义,以发挥其理事回互的禅法。"参"谓诸法万殊,各守其位;"同"谓万殊统于一元;"契"谓修证者领会此旨,征之日用行事,灵照不昧,从而证得事理交融,圆转无碍,如环无端。全文由五言四十四句组成,计二百二十字:

> 竺土大仙心,东西密相付。人根有利钝,道无南北祖。灵源明皎洁,枝派暗流注。执事元是迷,契理亦非悟。门门一切境,回互不回互。回而更相涉,不尔依位住。色本殊质象,声元异乐苦。暗合上中言,明明清浊句。四大性自复,如子得其母。火热风动摇,水湿地坚固。眼色耳音声,鼻香舌咸醋。然依一一法,依根叶分布。本末须归宗,尊卑用其语。当明中有暗,勿以暗相遇。当暗中有明,勿以明相睹。明暗各相对,比如前后步。万物自有功,当言用及处。事存函盖合,理应箭锋拄。承言须会宗,勿自立规矩。触目不会道,运足焉知路。进步非近远,迷隔山河固。谨白参玄人,光阴莫虚度。[2]

这里把参禅直接称之为"参玄",突出表现了石头思想的"玄思"性格。《参同契》即是对这种玄思用简洁的思辨语言,辅以比喻来加

---

[1] 今本《周易参同契》为后人所集成,参阅孟乃昌《周易参同契考辩》,上海古籍出版社,1993年。

[2]《景德传灯录》卷三〇。

以说明。它指出一心"灵源明皎洁",而它统合万法,又"枝派暗流注";理事本互相回互,因而"回而更相涉",但个别的色相又"不尔依位住"。因此归结到"事存函盖合,理应箭锋拄"。一方面重视万物功用,另一方面又强调"归宗"、"会道"。后来这篇作品以"辞旨幽浚,颇有注解,大行于世"。

　　玄思与说理,是石头一系宗风的特征,也是禅宗性格的一面。南宗禅本来主张"无念"、"无心",为了契合这"无念"、"无心"之"心",反而要利用思辨。这是破除思辨的思辨,因而表达上就特别玄妙。到了晚唐以后,禅思想发展逐渐停滞,丛林中往往就古德留下的话头钻牛角尖,斗机锋,机关俊语代替了开阔自由的思想观念,在创作上也不复有那种宏大的格局,《永嘉证道歌》、《信心铭》、《参同契》这样的作品也就不再出现了。

<h2 style="text-align:center">四</h2>

　　佛教经典多用譬喻。禅宗偈颂的一部分作品也使用了这种表现方法。但禅宗要说明的是更为抽象的心性问题,所以在使用譬喻上也反映出玄思的特征。就是说,这些譬喻并不能构成鲜明的意境,而主要是用以加强禅理的说明。因此它们还够不上被称为"比喻诗"或"象征诗"。然而它们的文学性较前一类偈颂确实又进了一步。

　　佛典中经常提到如意珠、摩尼珠,或谓生自佛舍利,或谓生龙脑中,或谓是帝释与阿修罗战斗时所执金刚碎落而成,此珠可福德众生①。而禅宗却用它来比喻心性的皎洁圆满。马祖法嗣慧海本姓朱,外示痴讷,作《顿悟入道要门论》,被玄晏窃出江外呈马祖,祖

———
①《大智度论》卷五九。

览迄,告众云:"越州有大珠,圆明光透,自在无遮障处也。"①马祖就是用"朱"与"珠"的谐音,以明珠喻慧海的心性的。石头希迁弟子丹霞天然写了几首颂宝珠的偈。《祖堂集》卷四录有《玩珠吟》、《弄珠吟》、《骊龙珠吟》等;前二首亦收入《景德传灯录》卷三十,题为《丹霞和尚玩珠吟》二首;敦煌卷子 P.3591 亦录有《景德录》的《玩珠吟》之二。下面引文据《祖堂集》,个别文字据敦煌本校勘:

> 识得衣中宝,无明醉自醒。百骸俱溃散,一物镇长灵。知境浑非体,寻珠不见形。悟即三身佛,迷疑万卷经。在心心岂测,居耳耳难听。象罔先天地,渊玄出杳冥。本钢非锻炼,元净莫澄停。盘泊逾朝日,玲珑映晓星。瑞光流不灭,真澄浊还清。鉴照崆峒寂,劳笼法界明。剉凡功不灭,超圣果非盈。龙女心亲献,蛇王口自倾。护鹅人却活,黄雀义犹轻。解语非关舌,能言不是声。绝边弥瀚漫,三际等空平。演教非为教,闻名不认名。二边俱不立,中道不须行。见月休看指,归家罢问程。识心岂测佛,何佛更堪成。

又《骊龙珠吟》:

> 骊龙珠,骊龙珠,光明灿烂与人殊。一方世界无求处,纵然求得亦非珠。珠本有,不升沉,时人不识外追寻。行尽天涯自疲极,不如体取自家心。莫求觅,损功夫,转求转觅转元无。恰如渴鹿趁阳焰,又似狂人在道途。须自体,了分明,了得不用更磨莹。深知不是人间得,非论六类及生灵。虚用意,损精神,不如闲处绝纤尘。停心息意珠常在,莫向途中别问人。自迷失,珠元在,此个骊龙终不改。虽然埋在五阴山,自是时人生懈怠。不识珠,每抛掷,却向骊龙前作客。不知身是主人公,弃却骊龙别处觅。认取宝,自家珍,此珠元是本来人。拈

----

① 《景德传灯录》卷六《越州大珠慧海禅师》。

得玩弄无穷尽，始觉骊龙本不贫。若能晓了骊龙后，只这骊龙
在我身。

前一首用种种有关明珠的比喻，来说明一心的灵明不昧，告诉人只
须识此自心，别无佛道。所用典故有出自佛典的，也有不少是借自
外典的。后一首则集中用骊龙珠比喻自身有无价重宝，不必求得，
"此珠元是本来人"，自身即是主人公。两首作品主题是一致的。
而从总的写法看，都是把譬喻夹在禅理说教之中，譬喻本身不是独
立的表现对象，因此训谕的色彩很浓重。后一首的句格与《永嘉证
道歌》相同，这种民间曲调的句式是禅门宣传所常用的。

马祖弟子石巩慧藏有《弄珠吟》，盐官齐安法嗣关南道常有《获
珠吟》(《景德传灯录》卷三十所收题《乐道歌》)，夹山善会法嗣韶山
寰普有《心珠歌》，法眼文益有《僧问随色摩尼珠颂》，主旨大体相
同。如石巩慧藏《弄珠吟》：

> 落落明珠耀百千，森罗万象镜中悬。光透三千越大千，四
> 生六类一灵源。凡圣闻珠谁不羡，蓦起心求浑不见。对面看
> 珠不识珠，寻珠逐物当时变。千般万般况珠喻，珠离百非超四
> 句。只这珠生是不生，非为无生珠始住。如意珠，大圆镜，亦
> 有人中唤作性。分身百亿我珠分，无始本净如今净。日用真
> 珠是佛陀，何劳逐物浪波波。隐现则今无二相，对面看珠识
> 得摩？[①]

又韶山寰普《心珠歌》：

> 山僧自达空门久，淬炼心珠功已构。珠迥玲珑主客分，往
> 往声如师子吼。师子吼，非常义，皆明佛性真如理。有时往往
> 自思惟，豁然大意心欢喜。或造经，或造论，或说渐兮或说顿。
> 若在诸佛运神通，或在凡夫兴鄙吝。此心珠，如水月，地角天

---

①《祖堂集》卷一四《石巩和尚章》。

涯无殊别。只因迷悟有参差,所以如来多种说。地狱趣,恶鬼趣,六道轮回无暂住。此非诸佛不慈悲,岂是阎王配交做。劝时流,深体悉,见在心珠勿浪失。五蕴身全尚不知,百骸散后何处觅。①

这两首偈进一步咏"心珠",是隐喻手法的扩大。前一首以反诘结尾,启发学人返照自心。后一首把经论、顿渐都当作"方便"说,认为明心见性则是一心的神通妙用,如果是凡夫则只能增加鄙吝妄见,从而劝说人护持"心珠",即保持自性不被外物所染。像这一类作品,比喻内容渐渐凝固,立意也形成了程式。表明在宗教观念的局限下,是不可能发展为个性化的真正高水平的文艺创作的。

　　譬喻说理的偈颂中还常用明镜之喻。这其间的道理在《喻禅与喻诗》一章中已有说明。前述《永嘉证道歌》、石巩慧藏《弄珠吟》里也都用过这个譬喻。或以镜体喻自性清净,或以镜性(反照)喻心的作用,对禅宗心性理论都可作较形象的说明。又前述洞山良价有《宝镜三昧歌》,则是以镜喻说明事理回互的道理的。雪峰义存法嗣南岳惟劲的《赞镜灯颂》说:

　　　　伟哉真智士,能开方便津。一灯明一体,十镜现十身。身身相映涉,灯灯作互因。层层身土广,重重理事渊。俨睹微尘佛,等逢毗目仙。海印从兹显,帝网义由诠。一尘说法界,一切尘亦然。五蕴十八界,寂用体俱全。圆光含镜像,一异不可宣。达斯无碍境,遮那法报圆。②

华严宗法藏为了说明法界缘起思想,巧设方便取十面镜八方上下安排,燃火炬照中间佛像,用影像重重无际说明事理相涉无碍之理③。惟劲此偈的构想显然是借鉴了这个故事。他将华严思想融

<hr>

①《景德传灯录》卷三〇。
②《祖堂集》卷一一《惟劲禅师章》。
③《宋高僧传》卷五《周洛京佛授记寺法藏传》。

合入禅,用华严法界缘起理论说明石头一系体用、真俗一如的观念,这也显示了这一派禅思想的特征。

清凉文益下法灯禅师清凉泰钦有《古镜歌》三首,下面是第一首:

> 尽道古镜不曾见,借你时人看一遍。目前不睹一纤毫,湛湛冷光凝一片。凝一片,勿背面,嫫母临妆不称情,潘生回首频嘉叹。何欣欣,何戚戚,好丑由来那是的。只遮是,转沉醉,演若晨窥怖走时,子细思量还有以。我问颠狂不暂回,流泪向予声哀哀。哽咽未能申吐得,你头与影悠悠哉。悠悠哉,尔许多时那里来;迷云开,行行携手上高台。[①]

洞山良价辞别老师云岩昙晟时,“(良价)又问云岩:‘和尚百年后忽有人问,还邈得师真不,如何只对?’云岩曰:‘但向伊道,即遮个是。’师良久。云岩曰:‘承当遮个事,大须审细。’师犹涉疑。后因过水睹影,大悟前旨”[②]。“即遮个是”在《五灯会元》卷十三里作“只遮是”。这里良价问老师昙晟,死后有人问还能不能画出他的相貌,该如何对答,意思是指怎样把握住老师的精神实质。昙晟答“只这是”,谓当下即是。当时良价不理解。后因过水看见水中影,明白人的影像本是随缘而现的,水的清净本性是常存的。泰钦的偈用照镜来说同样的道理,即要透过潘岳、嫫母的妍、丑的影像去识取“只这是”,而不要像佛经中的演若达多那样,因见不到自己头中眉目而狂乱[③]。这里用镜喻说明真性如如不变,已略有情节,并有讽刺意味。后期的偈颂往往是经较多艺术加工的。

---

① 《景德传灯录》卷三〇。

② 《景德传灯录》卷一五《筠州洞山良价禅师》。

③ 般剌密帝译《大佛顶首楞严经》卷四:“佛告富楼那:……汝岂不闻,室罗城中演若达多,忽于晨朝,以镜照面,爱镜中头眉目可见,嗔责己头不见面目,以为魑魅,无状狂走。于意云何?此人何因无故狂走?富楼那言:是人心狂,更无它故。”

　　还有以浮沤（洛普元安《浮沤歌》）、剑（洛普元安《神剑歌》）、象
骨（南岳惟劲《述象骨偈》）、白牛（吉州匡山《白牛颂》）为喻的偈颂。
洛普元安是夹山善会法嗣，如前所述这一系的禅师大都善偈颂。
他现存的两篇作品立意比较新颖，也比较有文采。《神剑歌》：

　　　　异哉神剑实摮奇，自古求人得者稀。在匣谓言无照耀，用
　　来方觉转光辉。破犹预，除狐疑，壮心胆兮定神姿。六贼即因
　　斯剪拂，八万尘劳尽乃挥。斩邪徒，荡妖孽，生死荣枯齐了决。
　　三尺灵蛇覆碧潭，一片晴光莹寒月。愚人忘剑刻舟求，奔驰浊
　　浪徒悠悠。抛弃澄源逐浑派，岂知神剑不随流。他人剑兮带
　　血腥，我之剑兮含灵鸣。他人有剑伤物命，我之有剑救生灵。
　　君子得时离彼此，小人得处自轻生。他家不用我家剑，世上高
　　低早晚平。须知神剑功难纪，慑魔威兮定生死。未得之者易
　　成难，得剑之人难却易。展则周遍法界中，收乃还归一尘里。
　　若将此剑镇乾坤，四塞终无战云起。①

唐代文人常把宝剑当作吟咏的对象并寄托一定的寓意②。剑又是
道教的神器，剑法是道士法术之一，因而道典多言剑之神异③。这
里则是以神剑比喻禅法可破除妄念，锋利无比。全篇结构谨严，对
神剑作生动的描摹；"剑"字回环往复出现，造成重叠、渐进的效果。
其中说"三尺灵蛇覆碧潭，一片晴光莹寒月"，用比喻写剑极其生动
鲜明；"愚人忘剑刻舟求"一段借用"刻舟求剑"寓言，富于讽刺意
味；"世上高低早晚平"、"四塞终无战云起"，写出了作者卫道的决
心与信心。如此等等，都显示了较高的表现技巧。而全诗在七言
中加入三字句和骚体句，平仄韵互换，句法很灵活，语气流畅迭宕，

————————————

①《祖堂集》卷九《落普和尚》。
②如郭元震《古剑篇》，《全唐诗》卷六六，李白、杜甫等人诗更多用剑的形象。
③参阅福永光司《道教における镜と剑——その思想の源流——》，《东方学
　报·京都》第四十五册，京都大学人文科学研究所，1973年。

富于变化,这都利用了唐诗中歌行的技法。

《浮沤歌》则是发挥佛藏中常来用以比喻诸行无常的"水中泡"之喻:

> 秋天雨滴庭中水,水上漂漂见沤起。前者已灭后者生,前后相续何穷已。本因雨滴水成沤,还缘风激沤归水。不知沤水性无殊,随他转变将为异。外明莹,内含虚,内外玲珑若宝珠。正在澄波看似有,及乎动著又如无。有无动静事难明,无相之中有相形。只知沤向水中出,岂知水不从沤生。权将沤体况余身,五蕴虚攒假立人。解达蕴空沤不实,方能明见本来真。①

这篇作品的主旨比较一般,不过是讲"人我空"的道理,但铺衍描绘上很见功夫,已能造成一定的情境。夹山门下的文学气氛,于此可见一斑。

这些以譬喻构成的偈颂,尽管有不同程度的形象描绘,有的也表达了作者的某种感情,但基本仍未改变其"玄想"的性格,其基本框架仍在解说禅理。方回说:"偈不在工,取其顿悟而已。诗则一字不可不工。"②即指出了偈颂与真正的诗的根本差别。钱钟书亦指出"偈语每理胜于词,质而不韵,虽同诗法,或寡诗趣"③。但尽管如此,其中有些作品构想比较巧妙,语言比较生动,比喻也有一定特点,还是很有鉴赏性的。

五

另一类偈颂是表现山居乐道的生活的。这些作品中包含着作

①《祖堂集》卷九《落普和尚》。
②《清渭滨上人诗集序》,《桐江续集》卷三三。
③《谈艺录》(修订本)第 227 页。

者的亲身感受,往往又有较鲜明生动的情境描绘,因此文学性也就更浓重一些。但它们与真正的抒情诗仍有区别,即它们所写的并不是真实的丛林修道生活,而是理想的、玄想的境界;它们的创作主旨是给人一种观念,让人到山林隐逸中去放舍身心,而且在表达上也不脱离说教的格调。

在中晚唐丛林流传着被称为"乐道歌"一类作品。这是表现禅门乐道逍遥情怀的偈颂。贯休给舒道士的诗中说到"子爱寒山子,歌惟乐道歌"①,可知这一类歌谣式作品亦流传于道士之间。在《祖堂集》卷三,懒瓒和尚和腾腾和尚都有《乐道歌》;卷十五庞蕴则"平生乐道偈颂,近三百余首";伏牛和尚《不归颂》中也有"乐道逍遥三不归"之句;卷十七关南道常也有《乐道歌》;《景德传灯录》卷三十收录了道常弟子关南道吾的《乐道歌》。如果不仅从名称上看,表现同样主题的作品则更为众多,特别是在石头一系之中。

懒瓒和尚与腾腾和尚都是禅宗前期的人物。懒瓒为普寂弟子,腾腾嗣弘忍门下的慧安国师。其生平品迹均富传说色彩。《祖堂集》卷三除各录一首《乐道歌》之外,几乎别无记述。而从作品的思想内容与表现风格看,应是中唐祖师禅形成以后的,大概是那些山居修道的禅僧的创作。下面是懒瓒《乐道歌》:

> 兀然无事无改换,无事何须论一段。真心无散乱,他事不须断。过去已过去,未来更莫算。兀然无事坐,何曾有人唤。自外觅功夫,总是痴顽汉。粮不蓄一粒,逢饭但知 喰。世间多事人,相趁浑不及。我不乐生天,亦不爱福田。饥来即吃饭,睡来即卧暝。愚人笑我,智乃知贤。不是痴钝,本体如然。要去即去,要住即住。身被一破衲,脚着娘生裤。多言复多语,由来反相误。若欲度众生,无过且自度。莫谩求真佛,真佛不可见。妙性及灵台,何曾受勋练。心是无事心,面是娘生面。

①《寄赤松舒道士二首》,《全唐诗》卷八三〇。

劫石可移动,个中难改变。无事本无事,何须读文字。削除人
我本,冥合个中意。种种劳筋骨,不如林间睡兀兀。举头见日
高,乞飡从头喂。将功用功,展转冥蒙。取则不得,不取自通。
吾有一言,绝虑忘缘。巧说不得,只用心传。更有一语,无过
直与。细如毫末,本无方所。本自圆成,不劳机杼。世事悠
悠,不如山丘。青松蔽日,碧涧长流。卧藤萝下,块石枕头。
山云当幕,夜月为钩。不朝天子,岂羡王侯。生死无虑,更复
何忧。水月无形,我常只宁。万法皆尔,本自无生。兀然无事
坐,春来草自青。①

这首歌以"无事"为贯穿始终的主调。"无为无事"正是洪州禅兴盛
以后禅门中人的人生取向。这"无事"并不是绝对的消极,而是自
心契合扫除一切分别、计较的绝对的方式。"不乐升天"、"不爱福
田",是以"无事"来批判教下轮回福报的迷信;"不朝天子,岂羡王
侯",是以"无事"来否定对于功名利禄的追求;"饥来即吃飡,困来
即卧眠",与大珠慧海所说"饥来吃饭,困来即眠"的禅境相同,大珠
慧海是以此遣除一切"须索"、"计较"的②;"心是无事心"、"面是娘
生面",则是杜绝向外驰求,保持自己"父母未生时本来面目"。所
以这里说的"无事"是有一定思想内容的。其中对放舍身心、自由
自在的生活的描绘也很生动,与寒山诗的境界很有相似之处。从
思想与表达上看,它们应是同一时期的产物。

石头希迁有著名的《草庵歌》,典型地表现了石头系山居乐道
的宗风:

吾结草庵无宝贝,饭了从容图睡快。成时初见茅草新,破
后还将茅草盖。住庵人,镇常在,不属中间与内外。世人住处

---

① 《祖堂集》卷三;《景德传灯录》卷三〇有个别文字不同,题为《南岳懒瓒和
尚歌》。
② 平野宗净编《顿悟要门》卷下《诸方门人参问语录》。

我不住，世人爱处我不爱。庵虽小，含法界，方丈老人相体解。上乘菩萨信无疑，中下闻之必生怪。问此庵，坏不坏，坏与不坏主元在。不居南北与东西，基上坚牢以为最。青松下，明窗内，玉殿朱楼未为对。衲帔幪头万事休，此时山僧都不会。住此庵，休作解，谁夸铺席图人买。回光返照便归来，廓达灵根非向背。遇祖师，请训诲，结草为庵莫生退。百年抛却任纵横，摆手便行且无罪。千种言，万般解，只要交君长不昧。欲识庵中不死人，岂离而今遮皮袋。①

这篇作品表现隐居于草庵、不涉外缘的生活的安详逸乐，同时又赋与这草庵以一定的象征意义。草庵虽有成坏，但基础牢固；暗示人虽有生死，但灵明不昧的心性是不死的。偈中说"世人住处我不住，世人爱处我不爱"，表明了作者与世俗在人生价值上取相对的立场：世人追求"玉殿朱楼"的荣华，自己却"结草为庵"，无所追求，保持自心的明洁。

　　敦煌卷子 S. 5692《山僧歌》同样表现这种山居乐道的意识，与《草庵歌》无论在内容上还是在形式上都有相似之处：

　　　　闲日居山何似好，起时日高睡时早。山中软草以为衣，斋餐松柏随时饱。卧岩龛，石枕脑，一抱乱草为衣袄。面前若有狼藉生，一阵风来自扫了。独隐山，实畅道，更无诸事乱相挠。②

这篇不知作者的歌谣似的偈颂，应与《草庵歌》形成于同样的背景之下。当时大概有不少山居修道的禅僧用这种作品表达自己的禅解。这篇偈意境鲜明，情趣深厚，说教的色彩比较淡薄，文学性更高。

---

①《景德传灯录》卷三〇。
②任半塘编《敦煌歌辞总编》卷二《杂曲·只曲》。

　　船子和尚一系所度过的乐道逍遥生活在禅门中被传为美谈。他得法后在华亭县吴江上泛一叶小舟,度云水生涯,其行迹言论颇富诗情。他亦以偈颂表现自己的生活。但《祖堂集》里只记录了"竿头丝线从君弄,不犯清波意自殊"①的断句。《景德录》也没有收录他的偈。到《五灯会元》记载他的六篇作品,包括最有名的一首:

　　　　千尺丝纶直下垂,一波才动万波随。夜静水寒鱼不食,满
　　船空载月明归。②

从作品著录情况看,难以肯定今传船子和尚偈是他本人的创作。但黄庭坚的一首小词就是用上面一首偈演化的:"一波才动万波随,蓑笠一钓丝。金鳞正在深深处,千尺也须垂。吞又吐,信还疑,上钩迟。水寒江静,满目青山月明归。"③南宋初吴聿也指出黄庭坚屡用船子和尚语④。可见在北宋中期,署名船子和尚的一批偈颂已广泛流传,在此以前亦应有一个长期形成过程。可能原本有船子所作偈,后来根据他的传说又不断创造出新作品。

　　此外,伏牛自在亦善偈颂,有《三个不归颂》:

　　　　割爱辞亲异俗迷,如云似鹤更高飞。五湖四海随缘去,到
　　处为家一不归。
　　　　苦节劳形守法威,幸逢知识决玄微。慧灯初照昏衢朗,唯
　　报自亲二不归。
　　　　峭壁幽岩往还稀,片云孤月每相依。经行宴坐闲无事,乐
　　道逍遥三不归。⑤

像这样的作品,述志言情,也已经很像抒情诗了。

---

①《祖堂集》卷五《华亭和尚章》。
②《五灯会元》卷五。
③惠洪《冷斋夜话》卷七。
④《观林诗话》。
⑤《祖堂集》卷一五《伏牛和尚章》。

　　禅门偈颂在丛林和民间的影响是很大的。《宋高僧传》卷十一《伏牛自在传》记载了一个逸闻，说有一个姓高的人因庖割之罪被追入冥司，以诵得《三伤颂》、《一钵和尚歌》被放还人间，"自此《三伤》、《一钵》之歌颂，人皆传写讽诵焉。《一钵和尚》者，歌辞协理，激劝忧思之深，然文体涉里巷，岂如《三伤》之典雅乎？"《景德录》卷三十收有《一钵歌》；敦煌卷子 S. 5558 录有《嗟世三伤吟》，有的学者判定为香岩智闲所作①。这个传说表明了这些偈颂在群众中流传的情形，也指出它们有里巷通俗之体与"典雅"文体种种的不同。

　　从文学角度看，这些偈颂以表现禅理和宣述乐道情怀为指归，艺术性还不高，还难以与诗坛上的佳作比高下。但正是那些使之与"诗人之诗"相区别的禅文学的特征，却又给诗坛提供了新的表现方法和艺术技巧，对诗人创作造成了影响。从严格的意义上说，禅门偈颂是宗教宣传品，还不是诗；但如把它们看作禅文学，又应归为整个文学的一个特殊部分。特别是从发展看，禅门偈颂越来越接近于一般诗的形态；在诗坛上，诗与禅的结合也更密切，禅偈与诗的交流给宋以后诗造成了相当大的影响。禅偈在文学史上的地位与意义是应予以肯定的。

---

①参阅陈祚龙《关于李唐袭灯大师香岩智闲的颂吟偈赞》，《中华佛教文化史散策初集》卷上，新文丰出版公司，1978 年。

第十一章　唐、五代诗僧

一

东晋以降,僧侣与士大夫交流密切,六朝贵族栖心释门成风。诗文创作也流行于僧众之间,其中历代多有能诗者。在历史上声名昭著并有文集传世的,就有支遁、慧远、汤惠休、惠琳等人。但这些人都不能算是"诗僧"。"诗僧"这个称呼是有特定含义的。他们不是一般的佛教著作家,也不是普通的能诗的僧人,而专指唐宋时期在禅宗思想影响下出现的一批僧形的诗人。他们与艺僧(琴、画、书)等一样,自中唐时期出现,两栖于文坛与丛林,是禅宗大兴所造成的独特社会环境的产物。钱钟书曾指出:"僧以诗名,若齐己、贯休、惠崇、道潜、惠洪等,有风月情,无蔬笋气;貌为缁流,实非禅子,使蓄发加巾,则与返初服之无本贾岛、清塞周朴、惠铦葛天民辈无异。"①但这些人即身为僧侣,总度过不同于一般人的生活,因此表现在他们的作品中也就有一些特点。

"诗僧"这个概念的出现,是在南宗禅大兴的中唐时期。这个词现存最早的出典,是皎然《酬别襄阳诗僧少微》一诗②,这首诗应

①《谈艺录》(修订本)第226页。
②《全唐诗》卷八一八。

作于大历年间。到刘禹锡则对"江左诗僧"的情况初次给以全面介绍：

> 世之言诗僧，多出江左。灵一导其源，护国袭之；清江扬其波，法振沿之。如么弦孤韵，瞥入人耳，非大乐之音。独吴兴昼公，能备众体。昼公后，澈公承之。至如《芙蓉园新寺诗》云："经来白马寺，僧到赤乌年。"《谪汀州》云："青蝇为吊客，黄耳寄家书。"可谓入作者阃域，岂特雄于诗僧间邪？①

这里提到的几位：灵一、护国、清江、法振、皎然（昼公）、灵澈，都先后活动在江左，是诗僧集中出现的第一个时期的代表人物。

这些人中以灵一(727—762)活动时期为最早。据独孤及《唐故扬州庆云寺律师一公塔铭》②，他早年于扬州庆云寺出家，初居于会稽南山悬溜寺，徙居余杭宜丰寺③。他卒于"安史之乱"结束以前，还算是盛唐后期的人。刘禹锡举出的最后一位诗僧灵澈(？—816)卒于元和年间，卒年比灵一晚六十余年。这也就是有多数诗僧出现的第一个时期的大体时限。

诗僧在这一时期集中出现于江左，与时代环境和禅宗的发展形势有关。"安史之乱"以后，中原荒芜，许多士大夫之家流寓江南；而江南又有着六朝文化传统，其中包括金陵、庐山等佛教发达地区文人与释子交流的习俗。另一方面，自鹤林玄素、径山道钦在江东弘传牛头禅，禅宗思想在这里得到很大发展。禅宗打破了戒律的束缚，使僧侣得以活动在社会各阶层、各职业之中，也使得文人们以各种方式加强了与丛林的关系，从而一批以写诗为务的人

①《澈上人文集纪》，《刘宾客文集》卷一九。
②《全唐文》卷三九〇。
③《唐才子传》卷三谓其住会稽云门寺，可能是根据《酬皇甫冉将赴无锡于云门寺赠别》诗（《全唐诗》卷八〇九）。但这只表明在云门寺赠别，并不能证明为云门寺僧。

得以在禅门容身。成批的诗僧出现，正得力于这种种条件造成的社会环境。值得注意的是，寒山传说与寒山诗正是在同一时期出现在这一地区。佛窟遗则也是在这个时期编辑牛头法融文集，并给宝志、傅大士诗作序的。

下面可以通过典型人物，看看江左诗僧活动的具体情况：

灵一是"经论传缁侣，文章遍墨卿"[①]，不仅声名很高，而且广交文坛名流。独孤及《塔铭》中说：

> 公智刃先觉，法施无方，每禅诵之隙，辄赋诗歌事，思入无间，兴含飞动。潘、阮之遗韵，江、谢之阙文，公能缀之。盖将吻合词林，与儒、墨同其波流，然后循循善诱，指以觉路。由是与天台道士潘清、广陵曹评、赵郡李华、颍川韩拯、中山刘颖、襄阳朱放、赵郡李纾、顿邱李汤、南阳张继、安定皇甫冉、范阳张南史、清河房从心相与为尘外之友，讲德味道，朗咏终日。

这里没有提及而与他有诗赠答的，还有著名诗人顾况、陈羽等人。提到的人中如李华、李纾、张继、皇甫冉等都以诗或文著名于一时。灵一仅活了三十几岁，由这些交友可看出这位青年诗僧的声望与成就。

关于皎然，福琳《唐湖州杼山皎然传》说：

> ……观其文也，亹亹而不厌，合律乎清壮，亦一代伟才焉。昼生常与韦应物、卢幼平、吴季德、李萼、皇甫曾、梁肃、崔子向、薛逢、吕渭、杨逵，或簪组，或布衣，与之交结，必高吟乐道。道其同者，则然始定交哉。[②]

这里列出的人，更多是文坛杰出人物。他家居湖州长城县卞山，俗姓谢，自称为谢灵运十世孙实为谢安十二世孙，与谢灵运一系无

---

①严维《哭灵一上人》，《全唐诗》卷二六三。
②《宋高僧传》卷二九。

涉。但这种观念牢固地扎根于他的意识之中。后登灵隐寺戒坛，在守真律师下受戒。年青时曾游历各地，遍访法席，亦曾北上京师。后来回到故乡湖州，住于杼山，与居于其地的陆羽交好，声名日高。先后得到历任刺史崔论、卢幼平、颜真卿、袁高、陆长源、李洪、于頔等人的礼重。这其中崔论为湖州刺史在上元元年（760）[①]，最后一位頔刺湖州已在贞元七年（791）至十年（794）[②]。在这三十多年的时间里，杼山俨然成了人文荟萃的文化中心。如颜真卿为湖州刺史时，集中了当时的一些著名文人修订《韵海镜源》一书，在大历八年（773）六月至九年春，即曾移席至杼山妙喜寺进行。孟郊是湖州武康人，他有《送陆畅归湖州因凭题故人皎然塔陆羽坟》诗，其中说"昔游诗会满，今游诗会空"[③]。这里所说的"诗会"不是后代那种固定的结社，是指皎然、陆羽等一伙人群集作诗的情形。年轻的孟郊自然也是参与其中的人。刘禹锡少年时也曾在湖州从皎然、灵澈学诗。那应是在建中二年（781）前后，他年龄在十岁左右的时候。这些事例，都表现出皎然在当时诗坛上的地位与影响。

　　灵澈（746—816）的活动也很广泛。比较皎然长年居住在湖州，他足迹所至之处很广。刘禹锡《澈上人文集纪》说：

　　　　……从越客严维学为诗，遂籍籍有闻。维卒，乃抵吴兴，与长老诗僧皎然游，讲艺益至。皎然以书荐于词人包侍郎佶，包得之大喜。又以书致于李侍郎纾。是时以文章风韵主盟于世者，曰包、何。以是上人之名由二公而飏，如云得风，柯叶张

---

①《吴兴志》："崔论，上元元年自蜀州刺史授。"皎然《送崔詹事论之上都》诗注："崔尝典吴兴。"（《全唐诗》卷八一九）又《夏日同崔使君论同登城楼赋得远山》（《全唐诗》卷八二〇）则为崔刺湖州时作。
②于頔《释皎然〈杼山集〉序》："贞元壬申岁，余分刺吴兴之明年，集贤殿御书院有命征其文集。"（《全唐文》卷五四四）"壬申"为贞元八年。又据《吴兴志》："刘全白，贞元十年自池州刺史授。"
③华忱之注《孟东野诗集》卷八。

王。以文章接才子,以禅理说高人,风仪甚雅,谈笑多味。贞
元中,西游京师,名振辇下……①

又皎然《赠包中丞书》谓:"会稽沙门灵澈,年三十有六,知其有文十
余年,而未识之。此则闻于故秘书郎严维、随州刘使君长卿、前殿
中皇甫侍御曾,常所称耳。"②可知灵澈早年即结交刘长卿、皇甫曾
等人;被荐至包佶处应是在他三十六岁即七八一年(建中二年),是
年十一月丁丑,包佶以权盐铁使、户部侍郎充江淮水陆运使③。权
德舆有《送灵澈上人庐山回归沃州序》,中谓"夏五月,上人自炉峰
言旋,复于是邦"④,其时正是权德舆在江西洪州李兼幕中为从事的
时候⑤。后来他来到长安,与陈羽、熊孺登、窦庠、柳宗元、刘禹锡、
韩泰、吕温等广泛结交。元和年间他被缁流疾之,诬奏得罪,或以
为与"永贞革新"中被罪远贬的柳、刘等人有关⑥。晚年归越,又受
到韦丹、范传正、李翱等人礼重。

　　与皎然、灵澈同时的还有道标(740—823)。他"尤练诗章,辞
体古健,比之潘、刘。当时吴兴有昼,会稽有灵澈,相与酬唱,递作
笙簧。故人谚云:'霅之昼,能清秀;越之澈,洞冰雪;杭之标,摩云
霄。'每飞章寓韵,竹夕华时,彼三上人当四面之敌,所以辞林乐府
常采其声诗"⑦。道标受到陆羽、李益等人推重;与之结交者有李吉
甫、严绶、韩皋、吕渭、卢群、孟简、李敷、孙琦、贾全、白居易、刘长
卿、丘丹、裴枢、严维、朱放、薛戎、卢元辅等,都是一时方伯名公。

---

①刘禹锡《澈上人文集纪》:"初,上人在吴兴,居何山,与昼公为侣。时予方以
　　两髦执笔砚,陪其吟咏,皆曰孺子可教。"(《刘宾客文集》卷一九)
②《全唐文》卷九一七。
③《旧唐书》卷一二《德宗纪上》。
④《权载之文集》卷三八。
⑤《旧唐书》卷一四八《权德舆传》:"贞元初,复为江西观察使李兼判官。"
⑥傅璇琮主编《唐才子传校笺》第一册第 616 页,中华书局,1987 年。
⑦《宋高僧传》卷一五《唐杭州灵隐山道标传》。

　　由以上的情形可以看出，江左诗僧是在"安史"乱后东南地区相对的政治安定、经济繁荣的社会环境中培育起来的，他们与地方的官僚、文人有着密切联系，从而构成了当时当地社会文化与文坛的特殊现象。这个现象对于文坛与丛林两方面的影响都是深刻的。

　　中晚唐时期在京城活动的诗僧陆续有不少。例如与贾岛、姚合、马戴等人有密切交谊的无可、在朝廷应制的红楼广宣等①。而另一个诗僧集中出现的时期则在唐末、五代，也是在相对安定的江南地区。

　　这后一个时期诗僧的活动以贯休、齐己为中心，有处默、修睦、尚颜、栖隐、栖一、虚中、自牧、玄泰等一批人。唐末中原战乱不绝，江南比较安定。特别是某些地方藩镇如江东的钱镠、江陵的成汭、四川的王建，在他们所割据的地区都采取了一些安定民生、发展经济的措施；又注意收笼文人，以文饰他们的统治。而从佛教自身的发展情况看，唐武毁佛后佛教又得以再兴。由于毁佛中破坏大批寺院，大量僧尼还俗，除禅宗之外的各宗派一时都难以恢复元气，禅宗却很快振兴起来。亦僧亦俗的诗僧一类人物在乱世中也就可能大量出现了。

　　贯休（832—912）早年出家，在家乡婺州兰溪安和寺，"与邻院童子法号处默偕，年十余岁，同时发心念经，每于精修之暇，更相唱和。渐至十五六岁，诗名益著，远近皆闻"②。青年时期山居修道，结交诗人睦州的李频和方干，并与处州刺史段成式、诗人罗邺有交往。约在咸通四、五年（863、864）他移居洪州开元寺，结交诗人陈

<hr>

① 平野显照《廣宣上人考》，《大谷學報》第五十六卷四号，1977年；第五十七卷四号，1978年；收入《唐代文學と佛教の研究》，《大谷大學中國文學研究會研究叢刊》，1978年。

② 昙域《禅月集序》，《全唐文》卷九二二。

陶;陶"不求进达,恣游名山,自称'三教布衣'"①。其时诗僧栖隐亦
在洪州开元寺,"平常,与贯休、处默、修睦为诗道之游,沈颜、曹松、
张凝、陈昌符,皆处士也,为唱酬之友。隐为群士响臻,淡然若
水"②。先后居洪州西山的还有诗人胡玢等人。后游吴越,访方干
旧居,结识诗人周朴,就是前面提到的自诩"禅是大沩诗是朴,大唐
天子只三人"那一位。至乾宁(894)初,谒吴越武肃王钱镠,相传曾
献诗曰:

> 贵逼人来不自由,龙骧凤翥势难收。满堂花醉三千客,一
> 剑霜寒十四州。鼓角揭天嘉气冷,风涛动地海山秋。东南永
> 作金天柱,谁羡当时万户侯。③

此诗当是伪托之作,但颇能表现高傲不逊的人格,历久传诵。据说
因而与钱镠不契,匆匆离去,当是事实。然后西至鄂渚,见诗僧栖
一。同年冬至江陵,依荆南节度使成汭。当时的江陵是又一个文
士集中之处。贯休在那里结交了吴融、令孤涣、姚洎、王溥、韩偓等
人。吴融为其初次编辑的诗集《西岳集》作序,其中说:

> ……止于荆门龙兴寺。余谪官南行,因造其室。每谈论,
> 未尝不了于理性,自是(旦)而往,日入忘归,邈然浩然,使我不
> 知放逐之感。此外商榷二雅,酬唱循环,越三日不得往来,恨

---

① 《唐才子传》卷八。
② 《宋高僧传》卷三〇《唐洪州开元寺栖隐传》。
③ 《献钱尚父》,李弈《唐僧宏秀集》卷六。此诗《禅月集》未收。《宋高僧传》卷
三〇《梁成都府东禅院贯休传》谓"乾宁初,赍志谒吴越武肃王钱氏,因献诗
五章章八句,甚惬旨,遗赠亦丰"。《唐诗纪事》卷七五《僧贯休》项下记载:
"钱镠自称吴越国王,休以诗投之曰:'贵逼身来不自由,几年辛苦踏林丘。
满堂花醉三千客,一剑霜寒十四州。莱子衣裳宫锦窄,谢公篇咏绮霞羞。他
年名上凌烟阁,岂羡当时万户侯。'镠谕改为'四十州',乃可相见。曰:'州亦
难添,诗亦难改。然闲云孤鹤,何天而不可飞。'遂入蜀。"事情情节与诗的文
字多有出入,或以为事出伪托。

疏矣。如此者凡期有半。上人之作，多以理胜，复能创新意。
其语往往得景物于混茫之际，然其旨归，必合于道。太白、乐
天既没，可嗣其美者，非上人而谁？[1]

可见二人情好之笃和吴融对贯休评价之高。天复三年（903）入蜀，
前此曾游黔中、南岳，在长沙见诗僧齐己。前蜀王建于唐亡后
（907）称帝，贯休入蜀正在他酝酿称帝的时候，多有对之颂美之作。
他在蜀与重臣韦庄及著名文人毛文锡、欧阳爀等倡和往还，直至去
世。贯休一生奔波，似游方的头陀僧；但他趋赴的都是权门、名士，
以"闲云野鹤"的身份去做豪门的清客[2]。

　　齐己（861？—938？）比贯休年轻近三十岁，算作是贯休的后
辈。其《荆门寄题禅月大师影堂》诗说："《西岳》千篇传古律，南宗
一句印灵台。不堪只履还西去，葱岭如今无使回。"[3]可见他对贯休
的景仰。他家近大沩山，据传七岁入山寺，与诸童子牧牛，常以竹
枝画牛背为小诗，耆宿异之，遂共推挽授戒。后来遍访丛林，诗名
渐高。曾至襄州访诗人郑谷，谷赠诗有"格清无俗字，思苦有苍髭。
讽味都忘倦，抛琴复舍棋"[4]之句。又往豫章西山，访施肩吾、陈陶
故居，即贯休等人曾活动的地方。到唐末天复（901—904）年间，后
来开楚国的马殷割据湖南，召纳文士，以齐己为中心有沈彬、廖凝、
刘昭禹、李宏皋、徐仲雅、诗僧虚中、尚颜等人，形成了又一个诗人
活动的中心[5]。贯休与齐己相会即在这个时候。高季兴割据荆渚，
搜聚四远名节之士，齐己亦前往依附。龙德元年（921）礼于龙兴

----

①《禅月集序》，《全唐文》卷八二○。
②参阅小林太市郎《禪月大師の生涯と藝術》，《小林市太郎著作集》，淡交社，
　1974年。
③《全唐诗》卷八四五。
④孙光宪《白莲集序》，《全唐文》卷九○○。
⑤参阅《十国春秋》卷七三、卷七四。

寺,净院安置,给其月俸,命为僧正①。时孙光宪亦在江陵,他给齐己《白莲集》作序说:"江之南,汉之北,缁侣业缘情者,靡不希其声彩。自非雅道昭著,安得享兹大名。鄙以旅宦荆台,最承款狎,较风人之清致,赜大士之旨归,周旋十年,互见闾域。"②在荆州又与欧阳炯、贯休弟子昙域、可准往还。见于诗中与之有赠答的,还有陆龟蒙、司空图、李洞以及诗僧睦修、自牧等人。

这样,唐末五代在洪州、长沙和江陵、成都,一时曾有一批诗僧与文人集中活动。这些地方诗坛相当活跃,贯休与齐己俨然成为一方盟主。而且这些活动又是受到地方割据势力的庇护而发展起来的。因此这又是动乱时代中一种畸形的文化现象。

二

前面提出诗僧的出现是与南宗禅的兴盛相关联的。事实上,诗僧也主要是禅宗学人。以下只讨论存诗最多、影响亦大的皎然、贯休、齐己三个人。

皎然有《效古》诗,题下注曰:"天宝十四年";又有《答李侍御问》诗云:"入道曾经离乱前,长干古寺住多年。"③表明他"安史"乱前已出家多年。他所活动的时期,正是禅宗兴旺发达,特别是曹溪一系禅法逐渐取得禅门统治地位的时候。但他对禅宗各派都有接触,取融通态度。于頔称赞他"吻合南、北宗,昼公我禅伯"④,就说明了他的禅观的特征。

皎然从杭州灵隐山天竺寺守直受戒,为门弟子。守直习南山

①《宋高僧传》卷三〇《梁江陵府龙兴寺齐己传》。
②孙光宪《白莲集序》,《全唐文》卷九〇〇。
③《全唐诗》卷八二〇、卷八一六。
④《郡斋卧疾赠昼上人》,《全唐诗》卷四七三。

律,又由"普寂大师传《楞伽》心印"①。这样,守直是江东地方禅律
交融的代表人物,而在禅的方面是楞伽宗的传人。顺便说明一下,
诗僧清江也是守直的门弟子,可见他的门下文学风气是很兴盛的。
在湖州与皎然同时有佛川惠明(697—780),是方岩玄策弟子,玄策
与永嘉玄觉、荷泽神会都出慧能门下。玄策死,皎然为制《塔铭》,
其中写到前后任湖州刺史的独孤问俗、卢幼平、杜位、裴清、颜真卿
都从其受菩萨戒为弟子②。又颜真卿主持修订《韵海镜源》,列举参
与者的名字首先举出"金陵法门法海"③。皎然在《报应传序》中称
他曾"圆入一性,学阶空王,擅当代独悟之名,剖先贤不决之义"④。
而法海为鹤林玄素弟子,与径山法钦为师兄弟⑤,是属于牛头禅的。
皎然弟子大石福琳,即他的传记作者,也是习禅的⑥。由此亦可见,
大历到元和年间的湖州,是楞伽禅、荷泽禅、牛头禅都很发达的地
方,皎然则与禅门各派都有密切联系。值得注意的是,按后来马
祖、石头系下创造的灯史,似乎荷泽以后只有南岳、青原二系发展
兴旺。皎然的情况再一次证明这只是张大自己门庭的伪造。另外
皎然《唐湖州佛川寺故大师塔铭》讲到西天法系,说释迦付法饮光
(迦叶),饮光下二十四传至菩提达摩,仍取天台智𫖮据《付法藏因
缘传》的西天二十四祖说,而不取敦煌本《坛经》和后来灯史的二十
八祖说,说明后一说仍未定型。

　　在皎然接触到的交友之中,与禅宗有关系的人还有一些。如

---

①皎然《唐杭州灵隐山天竺寺故大和尚塔铭》,《全唐文》卷九一八。《宋高僧
　传》卷二九《唐湖州杼山皎然传》"守真"作"守直"。
②皎然《唐湖州佛川寺故大师塔铭》,《全唐文》卷九一七。
③颜真卿《湖州乌程县杼山妙喜寺碑铭》,《全唐文》卷三三九。
④《全唐文》卷九一七。
⑤李华《润州鹤林寺故径山大师碑铭》,《全唐文》卷三二〇。
⑥《宋高僧传》卷二九《唐湖州杼山皎然传》附《福琳传》。《传》称"琳终时年八
　十二,兴元二年四月入塔",则生卒年为704—785,与所作《唐湖州杼山皎然
　传》所述皎然在贞元、元和年间情况不合,应记载有误。

他的《送如献上人游长安》诗中说:"为法应过七祖寺,忘名不到五侯门"①,这里的如献应是禅宗僧侣,"七祖寺"指长安普寂所住的兴唐寺。又《苕溪草堂自大历三年夏新营洎秋及春弥觉境胜因纪其事简潘丞述汤评事衡四十三韵》中的潘述,诗中说"潘生入空门,祖师传秘赜",注曰"潘生曾受曹溪禅门"②,则他是习曹溪禅的。这里说到"祖师传秘赜",表明皎然已有与一般教门相对立的"祖师禅"意识。

皎然更明确表示自己是传"祖师教"的。他在《奉酬于中丞使君郡斋卧病见示》诗中说:"宿昔祖师教,了空无不可。枯槁未死身,理心寄行坐……论入空王室,明月开心胸。性起妙不染,心行寂无踪。"③他还写了不少歌颂祖师的文字,是用力宣扬祖统的人。值得注意的是,他平等地对待当时禅宗各派,无所偏重。这与他结交的禅宗僧侣广属各派的情况相应。这些作品有《达摩大师法门义赞》、《二宗禅师赞》、《能、秀二祖赞》、《唐大通和尚(神秀)法门义赞》、《唐鹤林和尚法门义赞》等。如《能、秀二祖赞》中说:

> 二公之心,如月如日。四方无云,当空而出。三乘同轨,万法斯一。南北分宗,亦言之失。④

这里对慧能、神秀同样加以礼赞,认为南、北分宗是偏失之见。这与神会攻击北宗和以后灯录中扬南抑北的态度显然不同。

如果从诗作中直接反映禅观的例子看,也同样可以证实皎然的这种通达、融合的态度。如:

《寄报德寺从上人》:"看心水磬后,行道雨花间。"⑤

---

①《全唐诗》卷八一九。
②《全唐诗》卷八一六。
③《全唐诗》卷八一五。
④《全唐诗》卷八一七。
⑤《全唐诗》卷八一六。

《题报恩寺惟照上人房》:"旋草阶下生,看心当此时。"①

又有《酬李侍御萼题看心道场赋以眉毛肠心牙等五字》的诗题②。

《和阇士和李蕙冬夜重集》:"郡理日闲旷,洗心宿香峰。"③

《出游》:"此心谁共证,笑看风吹树。"④

《送重钧上人游天台》:"事事将心证,知君道可成。"⑤

以上"看心"、"洗心"、"证心",显然是北宗禅"拂尘看净"的立场。

又如《喜义兴权明府自君山至集陆处士羽青塘别业》:"最赏无事心,篱边钓溪近。"⑥

《戏呈吴冯》:"世人不知心是道,只言道在他方妙。还如瞽者望长安,长安在西向东笑。"⑦

《答李侍御问》:"自笑不归看石牓,谁高无事弄苔泉。"⑧

这里反映的"即心即佛"、"不作意"、无为无事的观念,则明显是南宗顿旨的表现。

再如《题山壁示道维上人》:"身野长无事,心冥自不言。"⑨

《送别》:"长宵漫漫角声发,禅子无心恨亦生。"⑩

《杂兴六首》之五:"白云琅玕色,一片生虚无。此物若无心,若

---

① 《全唐诗》卷八一七。
② 《全唐诗》卷八一六。
③ 《全唐诗》卷八一七。
④ 《全唐诗》卷八一七。
⑤ 《全唐诗》卷八一八。
⑥ 《全唐诗》卷八一七。
⑦ 《全唐诗》卷八一六。
⑧ 《全唐诗》卷八一六。
⑨ 《全唐诗》卷八一六。
⑩ 《全唐诗》卷八二一。

何卷还舒。"①

　　这里的"无心"、"冥心"的思想,是牛头禅的主要观点。

　　皎然作为前期江左诗僧的核心人物,他的思想与活动是有代表性的。当时的许多禅僧宗派意识还不那么鲜明,因而思想也比较开阔;与文人官僚联系又比较紧密,所以他们活动的文化色彩比较浓重。皎然能创作出富有独创见解的《诗式》那样的著作,也是有这样的基础的。

三

　　贯休与齐己的情况则与皎然不同。他们生活的时代已是洪州、石头禅笼盖丛林、各地有势力的禅宿纷纷树立独特的宗风、禅门中派系意识已很明显的时候。他们的法系都是很明确的。

　　齐己说贯休"南宗一句印灵台",他们两人都是南宗学人。贯休有《闻无相道人顺世》诗五首,其四云:

　　　　石霜既顺世,吾师亦不住。杉桂有猩猩,糠粃无句句。②

关于无相,罗隐(833—909)作《赠无相禅师》、《寄无相禅师》诗,后一诗中有"老住西峰第几层,为师回首忆南能"③的句子,可知他是南宗弟子。又罗汉桂琛(867—928)曾在故乡衡州常山从师于万岁寺无相大师④。此无相与贯休之师的无相时地正合。关于石霜庆诸,日本宽元二年(1244)信瑞撰《泉涌寺不可弃法师传》里曾提到"唐代禅月大师",注曰"后素得名,曾在石霜和尚会下,掌知客

---

① 《全唐诗》卷八二〇。
② 《全唐诗》卷八三〇。
③ 《全唐诗》卷六六四。
④ 《宋高僧传》卷一三《后唐漳州罗汉院桂琛传》。

职"①。方回《瀛奎律髓》卷十二齐己《新秋雨后》诗下注齐己"与贯休并有声，同师石霜"，贯休师石霜由其诗作也可得到证明。

　　贯休年轻时游武夷山，曾会见过有缘禅师。有缘曾"参见小马神照，凡同时丛林禅祖，无不礼谒者"②。小马神照是马祖道一隔世、云水靖宗的弟子。贯休《怀武夷山禅师》中说"万叠仙山里，无缘见有缘"③，即为其人。又有《送缘有禅师与雷处士入武夷山》诗④，"缘有"应为"有缘"之误。他在吴越时又有《经旷禅师院》诗，其中说"吾师楞伽山中人，气岸古淡僧麒麟。曹溪老兄一与语，金玉声利、泥弃唾委、兀兀如顽云"⑤。马祖道一隔世、五泄灵默弟子栖心藏奂"卯岁出家，礼道旷禅师"⑥，应即其人。方干也有《经旷禅师旧院》⑦。贯休又有《寄怀楚和尚二首》⑧，白兆怀楚是雪峰义存隔世，白兆志圆法嗣。又如《送智光禅伯》中说："万事归一衲，曹溪初去寻……终希重一见，示我祖师心。"⑨怀诗僧栖一的《怀武昌栖一二首》之二说："惟有双峰寺，时时独去寻。"⑩这都是贯休友人中明确属曹溪法系的。至于与一般禅客交往赠答、法系不明的还不少，按当时情势，大体应是南宗学人。

　　贯休对于禅门故事与言句非常熟悉。这说明他对于当时流传的禅法认真深入地研习过。而通过他的引证，也可反过来证实后来语录中所记言句在当时流传的情形。

---

①参阅小林太市郎《禅月大师の生涯と艺术》第50页。
②《宋高僧传》卷一二《唐缙云连云院有缘传》。
③《全唐诗》卷八三二。
④《全唐诗》卷八三二。
⑤《全唐诗》卷八二七。
⑥《宋高僧传》卷一二《唐明州栖心寺藏奂传》。
⑦《全唐诗》卷六五三。
⑧《全唐诗》卷八三一。
⑨《全唐诗》卷八三一。
⑩《全唐诗》卷八三〇。

　　如《寄澜公二首》之二:"片云无定所,得力是逢渠。"注曰:"光洞山道人云:'吾生独自往,处处得逢渠。'"①这里光洞山道人即洞山良价,所引两句偈出于他的开悟偈,文字略有不同,见《祖堂集》卷五、《景德录》卷十五。

　　《送僧入石霜》:"业王如云合,头低似箭驱。"注:"牛头大师云:'犹妄心起,业业如云。'"又:"无事终无事,令枯便合枯。"注:"〔昔〕鸟窠和尚云:'无事无□□(事),为法道□□。'云学向上事不入,即须如枯〔木〕□好也。"②这里引牛头法融、鸟窠禅师语不见今传《祖堂集》和《景德录》。

　　《送新罗衲僧》:"枕上已无乡国梦,囊中犹挈《石头碑》。"注:"南岳石头大师,刘珂郎中作碑文也。"③这里"珂"为"轲"之误。刘轲为石头希迁作有碑铭,见《宋高僧传》卷九,今佚。

　　《山居诗二十四首》之十五:"长忆南泉好言语,如斯痴钝者还稀。"注:"学道之人,痴钝者难得。"④这里所引南泉普愿语句亦不见《祖堂集》和《景德录》。《祖堂集》中的南泉章很短;《景德录》卷八所记南泉言句较多,有著名的"不思善不思恶,思总不生时还我本来面目"的说法,与贯休这里所记的意思一致。

　　贯休平居习禅修道很热心,如《山居诗二十四首》诗中说:"终须心到曹溪叟,千岁楮根雪满头。""令人转忆庞居士,天上人间不可陪。"⑤他的《送刘相公朝觐二首》,是送贬官江陵的刘崇望于乾宁二年(895)返京的,其中说"魏相十思常自切,曹溪一句几生知。"注曰:"公深入禅理。"⑥又《酬韦相公见寄》,是在四川赠给韦庄的,又

①《全唐诗》卷八三〇。
②《全唐诗》卷八三一。
③《全唐诗》卷八三六。
④《全唐诗》卷八三七。
⑤《全唐诗》卷八三七。
⑥《全唐诗》卷八三五。

说到"秦客弈棋抛已久,楞严禅髓更无过"①。这都记述了他与官僚士大夫交游中以谈禅为乐的情形。

齐己据《宋高僧传》说"幼而捐俗于大沩山寺"。他是益阳人,家居近沩山,这个说法是合乎情理的。这样他与沩仰宗早就有着密切关系②。他有《留题仰山大师塔院》诗说:

> 岚光叠杳冥,晓翠湿窗明。欲起游方去,重来绕塔行。乱云开鸟道,群木发秋声。曾约诸徒弟,香灯尽此生。③

这是他礼拜仰山慧寂塔院时作的。他有《寄仰山光昧长者》诗④,按年辈光昧应与仰山二世西塔光穆、南塔光涌同时。他的《宜春江上寄仰山长老二首》等大概也是写给光昧的。他的《荆渚寄怀西蜀无染大师兄》中的南禅无染,是仰山慧寂同门香岩智闲的弟子,与西塔光穆等也是同一辈。齐己与司空图有诗往还,大概与无染有关,因为司空图曾习禅于香岩智闲。齐己称无染为"师兄",再一次证明了他在沩仰宗法系中的辈分。

按《宋高僧传》的记述,齐己发悟后,"药山、鹿门、护国,凡百禅林,孰不参请"。当时在药山有石霜楚圆法嗣义铣,与齐己为师兄弟;鹿门山有曹山本寂法嗣道延和处真等;在金陵护国寺有疏山匡仁法嗣护国宋澄,与齐己年辈均相当。这些人都是属于石头一系的。《宋高僧传》又说他于"石霜法会,请知僧务"。石霜庆诸死于僖宗文德元年(888),齐己二十八岁,则齐己在其门下已是他晚年的事。石霜一门诗风甚盛。著名一时的诗僧南岳玄泰就是石霜弟子。齐己有《送泰禅师归南岳》、《寄南岳泰禅师》等诗。他又有《寄

---

①《全唐诗》卷八三五。
②《宋高僧传》卷三〇《梁江陵府龙兴寺齐己传》。宋晓莹《感山云卧纪谈》说齐己"依祐公,盖与寂公为同门友"。齐己出世时灵祐已亡殁,记述显系附会。
③《全唐诗》卷八三八。
④《全唐诗》卷八四二。

谷山长老》是写给谷山藏的,《酬光上人》是酬答肥田慧光的;《离乱后寄九峰和尚二首》则是寄给九峰道虔的,这些人都是石霜弟子。另外如《寄江下仁公》,大约是给洞山下的疏山光仁或白水本仁的;《答献上人卷》是答洞山下青林师虔法嗣石门献的;《短歌寄鼓山长老》是寄给雪峰义存下鼓山神晏的。这些都是石头一系的著名禅僧。

齐己结交的法系不可确考的曹溪学人还有很多,如兴禅师(《荆门送兴禅师》:"洒落南宗子,游方迹似云。"《全唐诗》卷八三九)、利禅师(《题赠湘西龙安寺利禅师》:"南祖衣盂曾礼谒,东林泉月旧经过。"《全唐诗》卷八四四)、可准(《和西蜀可准大师远寄之什》:"杜口已同居士室,传心休问祖师山。"《全唐诗》卷八四五)、贯微(《寄武陵贯微上人二首》之一:"莫忘一句曹溪妙,堪塞孙孙骋度关。"《全唐诗》卷八四六)、文胜(《答文胜大师清柱书》:"应嫌六祖传空衲,只向曹溪求息机。"《全唐诗》卷八四六)等等。

从贯休和齐己的情况看,晚唐诗僧与广泛活跃于文坛的中唐诗僧相比较,与宗门的关系更为紧密了,对统治阶级上层的依附性也更强了。

以上两节集中讨论了皎然、贯休、齐己与禅宗的关系。事实上其他的诗僧也大多属于禅宗。如灵澈本与皎然一起在湖州活动过,有诗相赠答,权德舆明确称之为"南宗了义人"①。前面已提到清江与皎然同为灵隐守直弟子,而守直是传楞伽心印的。晚唐诗僧栖隐在庐山"得归宗禅旨"②,庐山归宗智常是马祖法嗣。齐己有《酬尚颜》诗说:"取尽风骚妙,名高身倍闲。久离王者阙,欲问祖师山。"③显然是曹溪传人。无作和行修都参雪峰义存禅席④。修睦

———————

①《酬灵澈上人以诗代书见寄》:"莲花出水地无尘,中有南宗了义人。"(《全唐诗》卷三二一)。

②《宋高僧传》卷三〇《唐洪州开元寺栖隐传》。

③《全唐诗》卷八三八。

④《宋高僧传》卷三〇《梁四明山无作传》、《汉杭州耳相院行修传》。

《睡起作》说："偈吟诸祖意，茶碾去年春。"①如此等等，又都可见中晚唐丛林中诗歌创作风气盛行的情形。白居易《题道宗上人十韵》诗并序中有一段话说得很清楚：

> 普济寺律大德宗上人……予始知上人之文为义作，为法作，为方便智作，为解脱性作，不为诗而作也。知上人者云尔，恐不知上人者谓为护国、法振、灵一、皎然之徒……如来说偈赞，菩萨著论议。是故宗律师，以诗为佛事……人多爱师句，我独知师意。不似休上人，空多碧云思。②

休上人指宋沙门汤惠休，能诗，其《怨诗行》中有"思与浮云齐，啸歌视秋草"③之句。白居易这里用他指代护国等诗僧。他拿护国等人与道宗对比，说明道宗的偈颂是"以诗为佛事"，是为义、法、方便智、解脱性即为宣扬教义而作，与诗僧等人的创作不同。但从这里可以看出在当时人意识中，诗僧的创作与一般僧侣的偈颂是有严格区别的。诗僧是丛林中以诗为务的畸形人物。他们在禅宗兴盛时出现，到北宋禅宗衰落时也随着消失了。特殊的时代条件造就了他们特殊的生活方式和创作风格，在整个诗坛上占有独殊的一席地位。后代特别是明、清时期仍多有能诗的僧侣，也被称为"诗僧"，但与唐宋禅门的诗僧性质上是显然不同的。

四

　　如前所述在唐代，禅宗的发展造成了一个社会思想运动。禅宗大大冲击了佛教的封闭性。禅僧不再是被社会众人供养的"僧宝"，而是广泛活动于社会各阶层、各领域，往往又是靠自力谋生的

---

①《全唐诗》卷八四九。
②《白氏长庆集》卷二一。
③逯钦立编《先秦汉魏晋南北朝诗·宋诗》卷六。

"凡夫"。而诗僧由于和官僚社会、文坛有密切联系,在中晚唐矛盾重重的社会政治条件下,也有可能卷入到斗争漩涡之中。他们在参学、修习时又来往各地,对社会下层的困苦也就有很多接触。这样他们的诗作多能对现实社会的问题加以揭露和批评。由于他们的"方外人"的特殊地位,这种揭露又往往能够非常大胆并带有特殊的激愤色彩。

胡震亨曾指出:

> 灵澈一游都下,飞语被贬;广宣两入红楼,得罪遣归;贯休在荆州幕,为成汭递放黔中;修睦赴伪吴之辟,与朱瑾同及于祸;齐己附明宗东宫谈诗,与官僚高辇善,东宫败,几不保首领。毕竟诗为教乘中外学,向把茅底只影苦吟,犹恐为梵网所未许,可挟之涉世、同俗人俱尽乎?①

这里与前引白居易的看法同是从批评角度讲诗僧的,但着眼点在诗僧的"涉世"活动。而实际上正由于他们在"涉世"中经历患难,才加深了他们的现实体验。

这里所述灵澈事据前引刘禹锡《澈上人文集纪》中说:

> 贞元中,西游京师,名振辇下,缁流疾之,造飞语激动中贵人,因侵诬得罪,徙汀州。②

有的学者以为他的被斥逐与刘、柳等人在"永贞事变"中被贬有关。"中贵人"指宦官,"永贞事变"中反对"二王(叔文、伾)、刘、柳"集团的主要是当权的宦官集团。但灵澈被斥逐已在元和四年(809)③,距刘、柳等被贬已四年。此事详情待考。

广宣从现存资料(主要是同时文人所赠诗)看在朝廷地位甚

---

①《唐音癸签》卷二九《谈丛五》。
②《刘宾客文集》卷一九。
③参阅李肇《东林寺经藏碑铭》,《全唐文》卷七二一。

高。张籍有诗说他"两朝侍从当时贵,五字声名远处传"①,"两朝"是指宪、穆宗两朝。李肇《唐国史补》记载一段逸事:"韦相贯之为尚书右丞入内,僧广宣赞门曰:'窃闻阁下不久拜相。'贯之叱之曰:'安得不轨之言。'命纸草奏。僧恐惧出走。"②韦贯之为尚书右丞在元和九年(814)③,则广宣是接近权力中心的人物。广宣有《再入道场纪事应制》诗,说到"南方归去再生天"④;李益《赠宣大师》诗也提到"先皇诏下征还日,今上龙飞入内时"⑤,可知在元和末年曾被斥逐南方,但被逐原因不明。

贯休被成汭遣逐,《宋高僧传》只记述说"寻被潜于荆帅,黜休于功(公)安"。具体细节有不同的说法。《北梦琐言》上说:"沙门贯休,钟离人也。风骚之外,精于笔札,举止真率,诚高人也。然不晓时事,往往诋讦朝贤,它亦不知己之是耶非耶。荆州成中令问其笔法非耶,休公曰:'此事须登坛而授,非草草可言。'成令衔之,乃遽(遣)于黔中。"⑥而《五代史补》谓:"成汭为荆南节度使,生日,有献歌诗颂德者仅百余人,而贯休在焉。汭不能亲览,命幕吏郑准定其高下。准害其能,辄以贯休为第三。贯休怒曰:'藻鉴如此,其可久乎?'遂入蜀。"⑦两个记述情节虽不同,但都反映了贯休桀骜不驯的性格。联系他到吴越钱镠处献诗不契的传说,被成汭所逐也应是不屈从权势所致。

关于修睦与朱瑾同及于祸,朱瑾本为后梁兖州节度使,后来投

---

① 诗见《全唐诗》卷三八五,题为《赠道士宜师》,下有注曰"一作《赠广宣师》",注为是。
② 《唐国史补》卷中《韦相叱广宣》。
③ 参阅严耕望《唐尚仆丞郎年表》第二册第477—478页,中华书局影印本,1986年。
④ 《全唐诗》卷八二二。
⑤ 《全唐诗》卷二八三。
⑥ 《北梦琐言》卷二〇《诋讦朝贤》。
⑦ 陶岳《五代史补》卷一。

靠了割据浙江的杨行密。到杨溥建吴国时曾为宰相。后由于与徐温父子相争,失败自刎而死。修睦应是由于依附朱瑾而被难的。

齐己附明宗东宫谈诗则是他晚年的事。后唐明宗李嗣源,第二子李从荣,在长兴四年(933)明宗病危时,起兵夺皇位失败被杀。而"从荣为诗,与从事高辇等更相唱和,自谓章句独步于一时,有诗千余首,号曰《紫府集》①。齐己曾入长安,《唐才子传》上有记述②。他应曾出入李从荣门下,与之谈诗;从荣败死,险些遇害。

这些诗僧出入贵豪势要之门,特别是不少人投靠在割据一方的镇帅门下,是在当时条件下谋取生路而不得不然。那个时代的许多文人也是走这一条路子。但从这个情况也可看到他们中的一些人是很有心于世事,甚至是有经世的理想的。他们不再像六朝那些义学僧侣们满足于以佛"治内"、"治心",而更有意直接参与现实政治活动。因而他们也就常常以自己的诗表达对现实社会矛盾的看法。

例如皎然有诗说:"吾高鸥夷子,身退无瑕摘。吾嘉鲁仲连,功成弃珪璧。"③他羡慕救危济难的范雎和鲁仲连,很有侠士意识。他在颜真卿手下帮助修订《韵海镜源》,工作完毕后写诗向诸人表示:"王言欲致君,研精业已就。"④意思是这部书可宣畅王言,致君尧舜。而颜真卿是"安史之乱"时首先在河北起兵讨逆的唐室忠臣,二人的契合应是有一定思想基础的。他对于民生疾苦也比较关心,《赠乌程李明府伯宜沈兵曹仲昌》诗说:

　　　　水国苦涸潦,东皋岂遗黍。云阴无尽时,日出常带雨。昨夜西溪涨,扁舟入檐庑。野人同鸟巢,暴客若蜂聚。岁晏无斗

①《旧五代史》卷五一《秦王从荣传》。又参阅卷四四《明宗纪》。
②《唐才子传》卷九《齐己》。
③《苕溪草堂自大历三年夏新营泊秋及春弥觉境胜因纪其事简潘丞述汤评事衡四十三韵》,《全唐诗》卷八一六。
④《奉陪颜使君修〈韵海〉毕东溪泛舟饯诸文士》,《全唐诗》卷八一九。

粟,寄身欲何所。空羡鸾鹤姿,翩翩自轻举。①

如此痛切地陈述民生疾苦的作品,在大历诗坛上并不多见,诗的结尾很有讽刺意味。

贯休与齐己都是在乱世中生活的,他们经历过黄巢起义的战火,也见到过各地军阀的此起彼伏的劫夺纷争。他们虽然投靠地方割据势力,但心中仍保持着圣主贤臣、仁政爱民的理想。儒、释兼用或儒、释、道兼用以整顿天下乃是他们希冀的目标。例如贯休的《阳春曲》说:

> 为口莫学阮嗣宗,不言是非非至公。为手须似朱云辈,折槛英风至今在。男儿结发事君亲,须学前贤多慷慨。历数雍熙房与杜,魏公、姚公、宋开府,尽向天上仙官闲处坐,何不却辞上帝下下土,忍见苍生苦苦苦。②

这首诗题下注"江东广明初作"。广明元年(880)春黄巢义兵攻下江东,同年入长安。这首诗站在否定起义的立场上说话,是贯休的地位决定的。但他在这里明确表示希望出现汉代朱云那样直言敢谏、有志肃清朝廷的大臣,并讽刺当时的高官自比为房(玄龄)、杜(如晦)等人,却尸位素餐,不顾民间疾苦。他后来入蜀,向王建上《尧铭》、《舜铭》,也是以尧、舜期待对方;虽然其间有颂谀意味,且所期望者并非其人。他的诗作中也有一些批评时政的,如《富贵曲二首》、《陈宫词》、《行路难》等。《蜀梼杌》卷上记有一段逸事:

> (永平二年)二月朔,(王建)游龙华禅院,召僧贯休坐,赐茶药彩缎,仍令口诵近诗。时诸王贵戚皆赐坐。贯休欲讽之,因诵《公子行》曰:"锦衣鲜华手擘鹯,闲行气貌多轻忽。艰难

---

①《全唐诗》卷八一五。
②《全唐诗》卷八二六。

稼穑总不知,五帝三王为何物。"建称善,贵幸皆怨之。①

这个故事或不足信,但作品对于权幸的抨击却是极其尖锐的。他的《偶作五首》其一说:

> 谁信心火多,多能焚大国。谁信鬓上丝,茎茎出蚕腹。尝闻养蚕妇,未晓上桑树。下树畏蚕饥,儿啼亦不顾。一春膏血尽,岂止应王赋。如何酷吏酷,尽为搜将去。蚕蛾为蝶飞,伪叶空满枝。冤梭与恨机,一见一沾衣。②

这里对酷吏盘剥小民揭露得也十分逼真而深刻。结尾构想奇僻,为含冤无告的蚕妇发抒怨恨,生动感人。

齐己对待权贵的态度也是矛盾的,与贯休大致相同。他一方面奔走于藩府、权门,另一方面又有诗说"禅外求诗妙,年来鬓已秋。未尝将一字,容易谒王侯"③。实际上在内心里他对统治者是有一定认识的。他有一首《看金陵图》诗说:

> 六朝图画战争多,最是陈宫计数讹。若爱苍生似歌舞,隋皇自合耻干戈。④

这首诗显然是影射现实的。他一方面指斥统治者骄奢淫逸,不恤民生;同时又暗示社会动乱的责任正在最高统治者帝王身上。像这样的诗,实际也是对当时朝廷破灭命运的预言。

齐己写了不少乐府体诗,如《猛虎行》、《西山叟》、《苦热行》等,都尖锐地揭露了社会黑暗,继承发扬了中唐"新乐府运动"的讽谕精神。他的《耕叟》一诗说:

> 春风吹蓑衣,暮雨滴箬笠。夫妇耕共劳,儿孙饥对泣。田

---

①引诗见《全唐诗》卷八二六,为《少年行》三首之一,文字略有不同。
②《全唐诗》卷八二八。
③《自题》,《全唐诗》卷八四三。
④《全唐诗》卷八四六。

园高且瘦,赋税重复急。官仓鼠雀群,共待新租入。[①]

像这样的作品,以质朴的语言直接揭示苛政暴赋的残害,与晚唐杜荀鹤、皮日休、聂夷中的同一类诗歌很相似。他的《乱后经西山寺》,有句"松烧寺破是刀兵,谷变陵迁事可惊"[②],表明亲身经历的战乱给他多么深刻的印象。《谢炭》诗写寒冬珍惜炭火,"必怨吞难尽,唯愁拨易消",没有亲身经历恐怕难以表现出如此曲折的心情;而结尾说"豪家捏为兽,红迸锦茵焦"[③],以鲜明的对比,极其冷峻地揭露了现实的不平。他的《读岘山碑》立意更新颖,不是从歌颂、向往当年羊祜的仁德受到人民爱戴着笔,而说"何人更堕泪,此道亦殊时","那堪望黎庶,匝地是疮痍"[④],从今昔世道的不同中表达了自己沉重的悲慨。

诗僧不可能是高蹈绝尘的超世的高人,而禅门又推动了接近生活的风气,因而他们的创作也会表达一部分社会的声音。加以佛教从基本观念上对于人世动乱劫夺、荣华富贵等等是取否定态度的,这也助成诗僧对现实矛盾取批判的立场,并对社会上的利欲纷争、贪婪不足表示特殊的嫉愤。然而他们作为宗教信徒,愤世往往流于悲观和颓唐,怨恨也多于抗争,以至更多的作品是引人遁入宗教的幻想之中,思想境界的高度终究是受限制的。

五

如果说诗僧们的思想与生活仍保持着与现实的紧密联系而写出了上一类作品,那么他们超越的习禅求道的追求又使他们去表

①《全唐诗》卷八四七。
②《全唐诗》卷八四五。
③《全唐诗》卷八四一。
④《全唐诗》卷八三九。

现另一种心灵的境界:体验到物我双亡的绝对的心境,细腻地抒写出对于宇宙、自然和自我人生的感受。

　　这种以心灵主体观照万物而得到的超逸高妙的诗情,人们往往用"清"字来评价。刘禹锡说:

　　　　自近古而降,释子以诗名闻于世者相踵焉。因定而得境,
　　故儵然以清;由惠而遣辞,故粹然以丽。[1]

贯休本人在诗中则说:

　　　　发岂无端白,诗须出世清。[2]

齐己诗也说:

　　　　禅玄无可并,诗妙有何评。五七字中苦,百千年后清。[3]

他们都自觉地追求一个"清"字。苏轼又以"清"评皎然诗:

　　　　沽酒独教陶令醉,题诗谁似皎公清。[4]

黄宗羲则说:

　　　　诗为至清之物,僧中之诗,人境俱夺,能得其至清者。故
　　可与言诗,多在僧也。[5]

由于证悟自心的绝对,因而人我双亡,身心洒落,就能得到这种"至清"的境界。这是诗僧创作在艺术表现上的特点。这在中唐江左诗僧身上最为明显。

　　高仲武评论灵一的创作说:

――――――――――――――――――

①《秋日过鸿举法师寺院便送归江陵》,《刘宾客文集》卷二九。
②《早秋夜坐》,《全唐诗》卷八三四。
③《逢诗僧》,《全唐诗》卷八四二。
④《与舒教授张山人参寥师同游戏马台书西轩壁兼简颜长老二首》之二,《东坡集》卷一〇。
⑤《平阳铁夫诗序》,《南雷文定三集》卷一。

> 自齐、梁以来，道人工文多矣，罕有入其流者。一公乃能刻意精妙，与士大夫更唱迭和，不其伟欤？ 如"泉涌阶前地，云生户外峰"，则道猷、宝月曾何及此？①

这里引诗出《宿天柱观》：

> 石室初投宿，仙翁喜暂容。花源隔水见，洞府过山逢。泉涌阶前地，云生户外峰。中宵自入定，非是欲降龙。②

这里"泉涌"一联，不仅得体物之妙，而且从自然界流泉、白云的变化中透露出无拘无碍的精神境界。而全诗更把意境写得清和高妙，如李嘉祐所称赞的"对物虽留兴，观空已悟身"③。灵一特别善于以简洁笔触描摹物态，创造出的艺术形象既生动鲜明而又含蕴深厚，如《溪行即事》"野岸烟初合，平湖月未生"，《春日山斋》"晴光拆红萼，流水长清苔"，《赠别皇甫曾》"紫苔封井石，绿竹掩柴关"，《酬陈明府舟中见赠》"稻花千顷外，莲叶两河间"等等。在他不多的存诗之中，多有这样神清气爽的佳句，从中透露出他那种抖落尘俗的情思。因此《唐才子传》也评论他：

> 尤工诗，气质醇和，格律清畅。④

还是不离一个"清"字。

严羽说"皎然之诗，在唐诸僧之上"⑤。赵璘《因话录》又记载一件逸事：

> 吴兴僧昼，字皎然，工律诗。尝谒韦苏州，恐诗体不合，乃于舟中抒思，作古体十数篇为贽。韦公全不称赏。昼极失望。

---

① 《中兴间气集》卷下。
② 《全唐诗》卷八〇九。下引灵一诗均出此。
③ 《同皇甫冉赴官留别灵一上人》，《全唐诗》卷二〇六。
④ 《唐才子传》卷三。
⑤ 《沧浪诗话·诗评》。

明日,写其旧制献之。韦公吟讽,大加叹咏。因语昼曰:"师几失声名,何不但以所工见投,而猥希老夫之意。人各有所得,非卒能致。"昼大伏其鉴别之精。①

韦应物工古体,皎然工近体。皎然有意追摹韦应物之所工,因而不为所喜。但韦应物终究欣赏皎然之作,大概是因为二人同样追求空静闲淡的意境。皎然《答苏州韦应物郎中》评价韦应物说:"荡漾学海资,郁为诗人英。格将寒松高,气与秋江清。"②也提到一个"清"字。他同样追求"格高气清"的境界。辛文房评价他:"公性放逸,不缚于常律……外学超然,诗兴闲适……"③代表他这方面风格的,如《西溪独泛》:

> 道情何所寄,素舸漫流间。真性怜高鹤,无名羡野山。经寒丛竹秀,入静片云闲。泛泛谁为侣,唯应共月还。④

《南楼望月》:

> 夜月家家望,亭亭爱此楼。纤云溪上断,疏柳影中秋。渐映千峰出,遥分万派流。关山谁复见,应独起边愁。⑤

《寻陆鸿渐不遇》:

> 移家虽带郭,野径入桑麻。近种篱边菊,秋来未著花。扣门无犬吠,欲去问西家。报道山中去,归时每日斜。⑥

这三首诗题材、写法各不相同,但都具有意境清幽的共同特征。清则高逸,幽则深远。白珽与友人论唐诗僧,以皎然、灵澈为称首,具

---

①《因话录》卷四。
②《全唐诗》卷八一五。
③《唐才子传》卷五。
④《全唐诗》卷八一七。
⑤《全唐诗》卷八一五。
⑥《全唐诗》卷八一五。

体论及《戛铜椀为龙吟歌》,引"万籁无声天境空"的皎然注:"专听一境,则众音不闻,非万籁之无声也。"接着评论说:"皎然此说更精到,事亦不凡,诗家未见有引用者。"①这表明皎然的诗境是心灵专注的创造,并与一定的禅解有关。禅的绝对心灵主体使得万境皆空,诗中的境界实际是心境的表现。这与王维的创作原则是有一致之处的。

关于灵澈诗,本章开头引述过刘禹锡的评价。权德舆也曾这样加以推崇:

> 上人心冥空无而迹寄文字,故语甚夷易,如不出常境,而诸生思虑终不可至。其变也,如风松相韵,冰玉相扣,层峰千仞,下有金碧,耸鄙夫之目,初不敢视。三复则淡然天和,晦于其中。故睹其容、览其词,知其心不待境静而静。况会稽山水,自古绝胜,东晋逸民,多遗身世于此。夏五月,上人自庐峰言旋,复于是邦。予知夫拂方袍,坐轻舟,溯沿镜中,静得佳句,然后深入空寂,万虑洗然,则向之境物,又其稊稗也。②

权德舆是马祖弟子,习禅有心得。他对于灵澈这样的禅僧的心灵境界应有特别深入的了解,因此也就能把握住他的诗境的特征。他提到的灵澈诗表现上语甚淡美,内容上洗净万虑,得之空静等特征,与前述皎然诗的情形大体一致。

杨慎评论灵澈诗说:

> 僧灵澈有诗名于中唐,《古墓》诗云:"松树有死枝,冢墓惟莓苔。石门无人入,古木花不开。"《天台山》云:"天台众山外,岁晚当寒空。有时半不见,崔嵬在云中。"《九日》云:"山僧不记重阳节,因见茱萸忆去年。"诸篇为刘长卿、皇甫冉所称。予

---

①《湛渊静语》卷二。皎然诗见《全唐诗》卷八二一。
②《送灵澈上人庐山回归沃洲序》,《权载之文集》卷三八。

独取《天台山》一绝,真绝唱也。①

《天台山》绝句全称《天姥岑望天台山》②,短短的二十个字,以虚实相生的笔法写出了天台山磅礴的气势,而它的遗世独立的风姿又体现了一种高蹈绝尘的精神。还有《简寂观》一诗:

> 古松古柏岩壁间,猿攀鹤巢古枝折。五月有霜六月寒,时见山翁来取雪。

简寂观在庐山香炉峰西,是前宋道士陆修静习静之所。灵澈此诗取材角度新颖别致,主要描写折枝古松迎霜傲雪,而以山翁来衬托,描绘出简寂观幽僻静穆的画面,也表现出一种清幽的精神境界。

灵澈有一段生平逸事:元和四年(809)他被斥逐时栖止庐山,与当时的江西观察使韦丹结交。韦丹以《思归》绝句寄澈曰:"王事纷纷无暇日,浮生冉冉只如云。已为平子归休计,五老岩前必共闻。"澈酬诗曰:

> 年老身闲无外事,麻衣草座亦容身。相逢尽道休官去,林下何曾见一人。③

诗中所含讽刺之意显豁而又深刻,也表明作者自负有高洁的品行。

与灵澈同时的人对他有很高评价。窦庠《于阗钟歌送灵澈上人归越》诗说他"手提文锋百炼成,恐刬此钟无一声"④;熊孺登《赠灵澈上人》诗说:"诗句能生世界春,僧家更有姓汤人。"⑤柳宗元从友人韩泰处听到灵澈亡殁的消息,作诗说:"早岁京华听越吟,闻君

---

① 《升庵诗话》卷一四。
② 《全唐诗》卷八一〇。下引灵澈诗均出此。
③ 尤袤《全唐诗话》卷三;《全唐诗》卷八一〇所录文字有不同。
④ 《全唐诗》卷二七一。
⑤ 《全唐诗》卷四七六。

江海分逾深。他时若写兰亭会,莫画高僧支道林。"又一首曰:"频
把琼书出袖中,独吟遗句立秋风。桂江日夜流千里,挥泪何时到甬
东。"①这都可以看出当时人对他的企羡赞叹之情。

江左诗僧的其他人也有些可读的作品,如护国《题王班水亭》:

> 湖上见秋色,旷然如尔怀。岂惟观陇亩,兼亦外形骸。待
> 月归山寺,弹琴坐暝斋。布衣闲自贵,何用谒天阶。②

法振《送友人之上都》:

> 玉帛征贤楚客稀,猿啼相送武陵归。湖头望入桃花去,一
> 片春帆带雨飞。③

清江《精舍遇雨》:

> 空门寂寂淡吾身,溪雨微微洗客尘。卧向白云情未尽,任
> 他黄鸟醉芳春。④

不属于江左诗僧、时代稍后而影响较大的作者有无可。他与
同时的姚、贾等人有密切交谊,诗风亦有共通处。释惠洪说:

> 唐僧多佳句,其琢句法,比物以意,而不指言某物,谓之象
> 外句。如无可上人诗曰:"听雨寒更尽,开门落叶深。"是以落
> 叶比雨声也。又曰:"微阳下乔木,远烧入秋山。"是以微阳比
> 远烧也。⑤

雕章琢句,正是姚、贾苦吟诗派的作风。惠洪是从技法上来评论
的。实际上这里所涉及的前一首诗全篇境界也是很完整的,题为

---

①《韩漳州书报澈上人亡因寄二绝》,《柳河东集》卷四二。
②《全唐诗》卷八一一。
③《全唐诗》卷八一一。
④《全唐诗》卷八一二。此篇一作可止诗。
⑤《冷斋夜话》卷六。

《秋寄从兄贾岛》,全文是:

> 暝虫喧暮色,默思坐西林。听雨寒更彻,开门落叶深。昔
> 因京邑病,并起洞庭心。亦是吾兄事,迟回共至今。[1]

这里前四句写景十分真切,没有对物象专注的实感是写不出来的。因而"琢句法"在方家手下就不只是技巧问题。"微阳"一联是断句,不见《全唐诗》。类似的意境鲜明的佳句还有不少,如"风回松竹动,人息斗牛寒"(《冬晚与诸文士会太仆田卿宅》,《全唐诗》卷八一三);"月从高掌出,泉向乱松鸣"(《酬厉侍御秋中思归树石所居见寄》,《全唐诗》卷八一四)等等,都以精彩的对句写出形神兼俱的景象。

　　以上讲中唐时期江左诗僧在艺术上有独特创获之处。总的看来,以皎然、灵澈为代表的这一派诗人,走的是大历诗坛简淡清幽的路子,他们构成了"大历诗人"的一部分,对形成这一时期的独特诗风起了一定的作用。从唐诗整个发展看,江左诗僧的成就有限,但他们在探索心灵幽赜、抒写内心感受以至写景状物的某些技巧上,都有一定的特点,其贡献还是应当予以肯定的。

六

　　以贯休、齐己为中心的中晚唐诗僧的艺术成就,历来评价不高。苏轼说:

> 仆尝观贯休、齐己诗,尤多凡陋,而遇知得名,赫奕如此。盖时文凋弊,故使此二僧为雄强。[2]

而叶适则以为:

---

① 《全唐诗》卷八一三。
② 《答蜀僧演几》,《东坡续集》卷五。

> 唐诗僧,自中叶以后,其名字班班为当时所称者甚多,然诗皆不传。如"经来白马寺,僧到赤乌年"数联,但见文士所录而已。陵迟至贯休、齐己之徒,其诗虽存,然无足言矣。[1]

贯休与齐己相比较,历来对齐己肯定较多。李东阳说齐己"略有唐调"[2]。《四库总目提要》评论说:

> 唐代缁流能诗者众,其有集传于今者,惟皎然、贯休及齐己。皎然清而弱;贯休豪而粗;齐己七言律诗不出当时之习,其七言古诗以卢仝、马异之体缩为短章,诘屈聱牙,尤不足取。惟五言律诗居全集十分之六,虽颇沿武功一派,而风格独道,如《剑客》、《听琴》、《祝融峰》诸篇,独有大历以还遗意。[3]

这个评价是比较合乎实际的。

唐末五代是动乱时代,诗僧的创作受到社会环境的局限。如前所述他们中许多人本是有志经世的,不得不出家为僧,又不得不依附强藩豪门,生活是畸形的。另一方面作为僧侣的身份也限制了他们的见闻与境界。因此他们的思想往往流于孤傲、褊狭和虚无。结果在艺术追求上,一方面向往屈原、李白、李贺那种奇崛不凡的浪漫精神,然而他们又并没有这些人的思想积蕴,学得者多在形似;另一方面又欣赏孟郊、贾岛等人寒俭偏枯的风格,却又缺乏孟、贾那种艺术上的创造力,结果流于字句的雕凿。当然,他们生活在一个伟大诗歌时代的传统中,在艺术上也不是没有某些成绩;甚至在个别方面还是引人注目的。

唐末诗人李咸用评论贯休说:

> 李白亡,李贺死,陈陶、赵睦寻相次。须知代不乏骚人,贯

---

①《石林诗话》卷中。
②《麓堂诗话》。
③《四库全书总目提要》卷一五一《集部·白莲集十卷》。

休之后惟修睦而已矣。①

这里把贯休、修睦视为李白、李贺的流亚。苏轼讲到"唐末五代,文章衰尽,诗有贯休、齐己,书有亚栖,村俗之极",又说到"近见曾子固编《李太白集》,后谓颇获遗亡,而有《赠怀素草书歌》并《笑矣乎》数首,皆贯休、齐己辞格"②。今传《李白集》中《赠怀素草书歌》等诗是否伪作难以断言,但苏轼这个说法本身却表明当时人是看到贯休诗风与李白有共通之处的。

贯休有《读离骚经》等作品,对屈原表示景仰。他又有诗说"常思李太白,仙笔驱造化"③。还有《观李翰林写真二首》等赞美李白的诗。齐己有《读李白集》诗:"镥金铿玉千余篇,脍吞炙嚼人口传。须知一一丈夫气,不是绮罗儿女言。"④他又有《读李贺诗集》说:"赤水无精华,荆山亦枯槁。玄珠与虹玉,灿灿李贺抱……"⑤这可见贯休、齐己对屈原、李白等人的浪漫主义传统的态度。

贯休、齐己又欣赏孟郊、贾岛。如贯休《读孟郊集》说:"清刳霜雪髓,吟动鬼神司。举世言多媚,无人师此师。"⑥他的《秋末入匡山船行八首》之六说:"岛香思贾岛,江碧忆清江。"⑦他还有《读刘得仁贾岛集二首》等作品。齐己的《经贾岛旧居》则说:"若有吟魂在,应随夜魄回。地宁销志气,天忍罪清才。"⑧他也有《读贾岛集》诗,其中说:"遗篇三百首,首首是遗冤。知到千年外,更逢何者论。"⑨他

---

① 《读修睦上人歌篇》,《全唐诗》卷六四四。
② 《东坡志林》卷一。
③ 《古意九首》之八,《全唐诗》卷八二六。
④ 《全唐诗》卷八四七。
⑤ 《全唐诗》卷八四七。
⑥ 《全唐诗》卷八二九。
⑦ 《全唐诗》卷八三一。
⑧ 《全唐诗》卷八三八。
⑨ 《全唐诗》卷八四三。

的《览延栖上人卷》诗说："贾岛苦兼此,孟郊清独行。"①

　　实际上,贯休、齐己欣赏屈原、李白、李贺,也有一定思想基础。辛文房评贯休:

> 休一条直气,海内无双,意度高疏,学问丛脞。天赋敏速
> 之才,笔吐猛锐之气。乐府古律,当时所宗,虽尚崛奇,每得神
> 助。余人走下风者多矣。昔谓龙象蹴踏,非驴所堪,果僧中之
> 一豪也。②

这种说法虽嫌有溢美,但贯休以至齐己具有一定批判现实的浪漫精神也是事实。但时代已不能培养起远大的理想与奇伟的人格。结果他们的浪漫追求与孟郊、贾岛式的寒瘦清苦相结合,造成了心理的幽僻偏枯,表现上则趋向形式的虚娇与雕琢。

　　贯休诗在向上述两个方向的发展上,造作痕迹特别明显。他的有些诗显然是追摹李白的狂放奇伟的,如《山中作》:

> 山为水精宫,藉花无尘埃。吟狂岳似动,笔落天琼瑰。伊
> 余自乐道,不论才不才。有时鬼笑两三声,疑是大谢小谢李
> 白来。③

这里用了李白习用的幻想、比喻和极度夸张、诗思奔放的表现方法,与李白诗确也有某些相似之处。吴融称扬他"笔端飞动只降君"④,就是指这种气象。他的有些富于现实精神的作品,如《酷吏词》、《富贵曲》、《公子行》等,也具有相似的艺术表现特点。贯休是画家,以画罗汉著名。其所画"状貌古野","立意绝俗"⑤;"不类世

---

①《全唐诗》卷八三九。
②《唐才子传》卷一〇。
③《全唐诗》卷八二八。
④《寄贯休上人》,《全唐诗》卷六八四。
⑤《宣和画谱》卷三。

间容貌……皆故作牛鬼蛇神状"①。他在绘画中表现的这种美学观念与诗中的表现是一致的。不过在绘画上他更成功而有创意,在诗中则模拟、刻削的痕迹较明显,像《偶然作》中写蚕妇的一首,是较少见的成功的例子。

贯休也学孟、贾注重苦吟,有"无端为五字,字字鬓星星"(《偶作》,《全唐诗》卷八三三)的自述。他还常讲到"觅句"、"求句"、"琢句"②。而他所努力刻画的,又往往是琐细幽僻景物;在形式上他刻意锤炼的,又多在五言律的第二、三联(特别是第三联),因为对句更表现雕琢功夫。范晞文指出:

> "枫根支酒瓮,鹤虱落琴床。"贯休诗也。"鹤"、"虱"两字,未有人用。又"童子念经深竹里,猕猴拾虱夕阳中",亦生。③

与这里举的例句相似的还有很多,如"乳鼠穿荒壁,溪龟上净盆"(《桐江闲居作十二首》,《全唐诗》卷八三○),"浮薸侵蛋穴,微阳落鹤巢"(同上),"老嫛寒披衲,孤云静入厨"(《离乱后寄九峰和尚二首》,同上),"朔云含冻雨,枯骨放妖光"(《古塞上曲七首》,同上),"石鳞青蛇湿,风榠白菌干"(《秋怀赤松道士》,《全唐诗》卷八三一),"石獭衔鱼白,汀茅侵浪黄"(《秋末入匡山船行八首》,同上),"鼍惊入窟月,烧到系船椿"(同上),"印缺香崩火,窗疏蝎吃风"(《寄怀楚和尚二首》,同上)等等,所写都是难以入诗而又涉想不凡的景象,造成的意境也生僻怪诞。这些诗句虽有一定创意,搜奇掘怪也要用一番力气,但它们表现的形象却欠优美与和谐。喜用这种技法,与作者作为僧侣的特殊生活与写作偈颂的特殊表现方法

---

①周亮工《书影》卷四。

②《寄西山胡汾吴樵》:"觅句句句好,惭予筋力衰。"《全唐诗》卷八三二;《秋望寄王使君》:"无端求句苦,永日鏖风吹。"同上;《寄匡山纪公》:"寄言无别事,琢句似终身。"《全唐诗》卷八三○。

③《对床夜语》卷五。

有一定关系。

贯休诗也有在艺术上比较成功的。如《山居诗二十四首》,是经过多年推敲、修改的作品,在表现技法上把奇崛与朴野、意境的清幽与表达的流畅结合得很好。这里只录第一、二首:

> 休话喧哗事事难,山翁只合住深山。数声清磬是非外,一个闲人天地间。绿圃空阶云冉冉,异禽灵草水潺潺。无人与向群儒说,岩桂枝高亦好扳。

> 难是言休即便休,清吟孤坐碧溪头。三间茆屋无人到,十里松阴独自游。明月清风宗炳社,夕阳秋色庾公楼。修心未到无心地,万种千般逐水流。①

在这种诗里,诗情禅意交融无间,语句亦清新朗畅。所写的禅的洒脱无为境界,今天看来则是偏于消极的。有些小诗也写得轻灵透脱,意象鲜明,如《招友人宿》:

> 银地无尘金菊开,紫梨红枣堕莓苔。一泓秋水一轮月,今夜故人来不来?②

《马上作》:

> 柳岸花堤夕照红,风清襟袖辔瑽珑。行人莫讶频回首,家在凝岚一点中。③

齐己的创作也着力于推敲文句。他说"觅句如探虎"(《寄郑谷郎中》,《全唐诗》卷八四〇)。谈到写诗的体验,他还说:"诗在混茫前,难搜到极玄。有时还积思,度岁未终篇。"(《寄谢高先辈见寄二首》之二,《全唐诗》卷八四一)所以他也写了不少追求幽僻、雕饰文字的作品,如这样的句子:"霜杀百草尽,蛩归四壁根"(《永夜感怀

---

①《全唐诗》卷八三七。
②《全唐诗》卷八三六。
③《全唐诗》卷八三五。

寄郑谷郎中》,《全唐诗》卷八三八),"影乱冲人蝶,声繁绕堑蛙"
(《残春》,同上),"鹤静寻僧去,鱼狂入海回"(《严陵钓台》,《全唐
诗》卷八三九)等等,与贯休的同类作品很相似。

　　但他与贯休不同处在于同时又比较注意清新自然。他有诗说
"鬓全无旧黑,诗别有新清"(《喜晋公自武陵至》,《全唐诗》卷八四
三),"趣极同无迹,精深合自然"(《谢虚中寄新诗》,《全唐诗》卷八
四〇)。他又很欣赏白居易的作品,有《谢西川可准上人远寄诗集》
说:"堪随乐天集,共伴白芙蕖。"[1]后来人指出齐己诗仍存唐调,就
是看到了他在意境的浑融方面比贯休等人高出一筹。例如他的著
名的《早梅》诗:

　　　　万木冻欲折,孤根暖独回。前村深雪里,昨夜一枝开。风
　　　递幽香去,禽窥素艳来。明年如应律,先发映春台。[2]

全诗为早梅传神,写出了它迎风傲雪、坚韧不屈的标格。"前村"一
联据说原作"数枝",后改为"一枝",是炼字的著名例子。这首诗当
时就传诵人口,尚颜有"冰生听瀑句,香发《早梅》篇"[3]的赞誉。又
如《登祝融峰》:

　　　　猿鸟共不到,我来身欲浮。四边空碧落,绝顶正清秋。宇
　　　宙知何极,华夷见细流。坛西独立久,白日转神州。[4]

这里写祝融峰,从登山人的角度着笔,写登高望远中见到的巍峨的
山势,从而抒发出登山人的超旷情怀,山与人在这里合成了一体。
再如《秋夜听业上人弹琴》:

　　　　万物都寂寂,堪闻弹正声。人心尽如此,天下自和平。湘

---

① 《全唐诗》卷八四三。
② 《全唐诗》卷八四三。
③ 《读齐己上人集》,《全唐诗》卷八四八。
④ 《全唐诗》卷八四一。

水泻秋碧,古风吹太清。往年庐岳奏,今夕更分明。①

这首诗中"湘水"一联以江水流泻比喻琴声,意境新颖而鲜明,曾受到后人的好评。而陈继儒说:

> 僧齐己听琴诗云:"万物都寂寂,堪闻弹正声。人心尽如此,天下自和平。"余极喜诵之。同时徐东野有诗云:"我唐有僧号齐己,未出家时宰相器。爱见梦中逢武丁,毁形自学无生理。"②

这又从诗的思想上肯定了齐己理想之正大。

如果想到唐末五代诗坛衰飒的情况,贯休、齐己的成绩应该说是相当可观的。

七

范晞文说:

> 唐僧诗,除皎然、灵澈三两辈外,余者率皆衰败不可救,盖气宇不宏而见闻不广也。今择其稍胜者数联于后。清塞云:"丛桑山店迥,孤烛海船深。""寒扉关雨气,风叶隐钟音。""饥鼠缘危壁,寒狸出坏坟。"齐己云:"只有照壁月,更无吹叶风。"(《听泉》)"湘水泻秋碧,古风吹太清。"(《听琴》)贯休云:"好山行恐尽,流水语相随。""壑风吹磬断,杉露滴花开。"子兰云:"疏钟摇雨脚,积水浸云容。"怀浦云:"月没栖禽动,霜晴冻叶飞。"亦足以见其清苦之致。③

所谓"气宇不宏"、"见闻不广",是诗僧的生活环境与思想境界造成的必然结果。这里举的例句也正说明了他们创作局面之窄狭。最

---

① 《全唐诗》卷八四一。
② 《佘山诗话》卷下。
③ 《对床夜语》卷五。

后评之为"清苦",仍不离一个"清"字,却又突出提明诗僧诗有衰惫之气。宗教的虚无、颓废思想在它们之中不能不有所反映。

叶梦得说到宋代僧诗的情况:

> 近世僧学诗者极多,皆无超然自得之气,往往反拾掇、摹效士大夫所残弃。又自作一种僧体,格律尤凡俗,世谓之"酸馅气"。①

"酸馅气"正形象地说明了诗僧创作格调的庸腐俚俗。用未经提炼的浅俗的语言作陈腐说教,格调自然卑下。唐诗僧的作品大体上也一样。

诗僧的创作在艺术上虽然成绩有限,但由于确有独具的特色②,也产生了一定的影响。它们的浅俗就被一些人所仿效。贯休自称作品"风调野俗","概山讴之例"③;澹交的诗也以俗体著称。乾宁(894—898)间在归州,他被于姓刺史系结,以诗代答曰:

> 家在闽川西复西,其中岁岁有莺啼。如今不在莺啼处,莺在旧时啼处啼。

> 家在闽川东复东,其中岁岁有花红。而今不在花红处,花在旧时红处红。④

苏轼的《被酒独行遍至子云、威、徽、先觉四黎之舍三首》之一:

> 半醒半醉问诸黎,竹刺藤梢步步迷。但寻牛矢觅归路,家在牛栏西复西。⑤

正是模仿澹交诗的写法。

诗僧的某些诗在格律上受到偈颂影响。例如五律中间对句不

---

①《石林诗话》卷中。
②参阅拙作《唐五代的诗僧》,载《唐代文学与佛教》。
③《山居诗二十四首》,《全唐诗》卷八三七。
④孙光宪《北梦琐言》逸文卷一,中华书局,1960年排印本。
⑤《东坡后集》卷六。

对，钱钟书《谈艺录》论五言律散体就曾举皎然《过陆鸿渐不遇》；五言句式又常常打破二、二、一的节奏，这是韩孟诗派用过的手法，意在用节奏的不平衡造成奇崛的音调；至于诗中说禅理，则对宋诗的趋向说理化起了一定推动作用。

　　诗僧作为伴随着禅宗发展而出现的畸形人物，无论从禅宗史上看，还是从文学史上看，都是引人注目的现象。宗教的发展，当然以其教理、轨仪及其传教活动为中心，但其对于社会与民众的深刻影响，却更表现在意识形态与社会生活的各个方面。诗僧的出现，表明了禅宗的普及和影响之巨大；诗僧的诗也是禅宗在文学上所创造的特殊成果。

第十二章　分灯禅
及其贵族化、形式化

一

如前所述,弘忍、神秀、慧能等人以后,新兴的禅宗经过了一个广泛弘化、自由发展的时期。先后出现了许多派系,对于祖师传承下来的教义各有独特的理解与发挥,思想与宗风也各有建树与创新。从现存的材料看,重要的有楞伽(神秀所传北宗)、曹溪(慧能所传南宗)、牛头(江宁法持所传)、宣什(资州智诜所传)等四个主要派别。但由于后来所传灯史、灯录出自曹溪以下洪州一系,其它派系的材料多湮没不传了。实际上没有众多派系的活动,不会出现中晚唐禅宗大盛的局面。曹溪以下的江西洪州与湖南石头二系在众多派系中渐占上风,成为禅宗发展的主流,也正是各派思想交锋的结果。主要是由于它们更能适应时代发展的需要,或者说它们得到了有势力的社会阶层的支持,因而取得了禅宗思想发展中的主导地位。

这个社会阶层就是官僚士大夫。但是,支持中晚唐禅宗的主要已不是当初支持早期禅宗活动的具有变革意识的新进的官僚文人。这时的社会形势与初唐已大不相同了。在唐王朝内有朝廷政争、外有强藩割据的情况下,一般的文人官僚已失去了政治上的主动权。随着各种社会矛盾的激化,形成了晚唐五代的割据。这时支持禅宗的一支重要力量乃是地方上的贵族、军阀。到了北宋,中央集权统治体制重新建立,支持禅宗的则主要是朝臣显贵。在这一时期,一般的文人士大夫当然仍是热衷于习禅的重要社会阶层。但禅宗的贵族化却是决定它的发展方向的重要趋势。正是在这一过程中,禅宗分立出新的派系,即由"祖师禅"发展为"分灯禅";由早期禅宗所开创、又由马祖、石头所弘扬的开阔活泼的禅风也渐趋凝固,走向形式化、文字化了。

实际上中晚唐著名禅师的活动,大多得到地方官僚的支持与赞助。这有灯史、僧传上的许多记录可以证明。特别是百丈怀海制定《清规》,标志着禅院制度已经确立,禅宗已经教团化。大约是在九世纪中期以后,即马祖、石头下第四、五代的时候,一些有势力的大禅师已往往聚徒千百人,表明他们主持的禅院作为寺院经济实体已有相当大的规模。宗派的分化,应与禅院经济的传继有密切关系,也和晚唐五代地方割据势力的加护有密切关系。如郑愚为沩山灵祐所作碑铭所说:

> 近代言之者必有宗,宗必有师,师必有传。然非聪明瑰宏杰达之器,不能得其传。当其传,是皆时之鸿庞伟绝之度也。[1]

这"鸿庞伟绝"的人是要有一定的政治、经济力量来支持的。而从资料上看,宗派传继的方式也与早年情形不同,而有了一定的制度。早年马祖、石头门下的学人自由往来于各禅宿之间,师弟子关系并不那么确定。后来嗣法手续逐渐严密。例如郑愚碑铭就说到"师(沩山灵祐)始闻法于江西百丈怀海禅师,谥曰大智,其传付宗系,僧牒甚明",这表明派系传承有僧牒记录。又如云门文偃法嗣巴陵颢鉴到云门,"师住后,更不作法嗣书,只将三转语上云门"[2],

---

① 《潭州大沩山同庆寺大圆禅师碑铭》,《全唐文》卷八二〇。
② 《五灯会元》卷一五。

这又说明拜师求道是要作正式的"法嗣书"的。在马祖道一时代，对学人常用的提问是"如何是祖师西来意"；而到晚唐以后，却常常问"师唱谁家曲，宗风嗣阿谁"。这也表明人们更重视的是师徒传承关系。因而也就可以把师弟子比拟为父子，有"临济儿孙"之类的提法。风穴延沼面对充知客的首山省念："一时侍立次，穴乃垂涕告之曰：'不幸临济之道至吾将坠于地矣。'"[①]他更重视的是自己所属派系之"道"，而非普遍的祖师之道。

　　唐末五代禅宗的派系，后来被归纳为"五家"。明确提出"五宗"的是成于建中靖国元年(1101)的《建中靖国续灯录序》，而实际提出做为派系的"宗"的观念的是法眼文益的《宗门十规论》，其中说：

　　　　……思出迁师，让出马祖，复有江西、石头之号。从二枝下，各分派列，皆镇一方，源流滥觞，不可殚纪。逮其德山、临际、沩仰、曹洞、雪峰、云门等，各有门庭施设，高下品提(题)。至于相继子孙，护宗党祖，不原真际，竟出多歧，矛盾相攻，缁白不辨……

这里列出"德山"以下六家。但在后来的灯录里，德山宣鉴下有雪峰义存，义存下有云门文偃，属同一法系，所以实际只出四家。而法眼虽出雪峰一系却自居于宗派相争之上，这就成了五家。这五家即马祖下三世沩山灵祐与其弟子仰山慧寂(807—883)开创的沩仰宗；马祖下四世临济义玄(？—866)开创的临济宗；石头下四世洞山良价(807—869)及其弟子曹山本寂(840—901)开创的曹洞宗；石头下六世云门文偃(864—949)开创的云门宗；以及石头下八世法眼文益开创的法眼宗。

　　法眼文益批评禅宗内部派系相攻，举出几家的名称，并不一定

────────────

①《五灯会元》卷一一。

反映当时禅宗的全部实际。当时有影响的禅宿仍大有人在。而且直到北宋初年，"五家"的观念也并未固定。例如赞宁《宋高僧传》即未列宗派，一些著名禅宿亦不列入《习禅篇》[1]，并根本没有给云门立传。赞宁可能不了解在广南一带发展的云门一派的情况。杨亿的《汾阳无德禅师语录序》则举出江西、石头、南泉、赵州、洞山、仰山、雪峰、云门诸人，与"五家"宗主大有差异。但后来被归纳的"五家"，确实都是在一方广有影响并得到当地统治者支持，因而门下学徒繁夥并形成相当的势力的。

下面，就具体介绍分灯禅在方镇、贵族支持下的大致发展情况。

二

唐武宗会昌毁佛，进行得相当地坚决、彻底，给整个佛教以沉重打击。对于禅宗也是一样：大批禅院被毁，不少禅僧被迫还俗（如沩山灵祐、龟洋无了），或栖隐山林（如三平义忠、德山宣鉴），以至下落不明（如会通）。但到宣宗即位终止毁佛政策、重新奖掖佛教之后，禅宗比起其它宗派来更快地恢复了元气，到唐末五代又进入了"分灯禅"的鼎盛期。一般人对这一现象的解释是，在毁佛中僧伽被驱散、寺庙被拆毁、经论被焚弃，这些作为佛教其它宗派存在支柱的东西一时难以恢复；而不重文字的禅宗则易于存续。这可以认为是禅宗再兴的一个缘由。但不可忽视的更重要的一点是地方统治者对禅宗的热衷与加护。禅思想特有的反权威、反传统的性格，被割据地方的军阀贵族按自己的意愿来接受与利用，所以分灯禅特别在江南、河北割据地区迅速发展起来。在这个过程中，

---

[1] 如药山惟俨列入《矿法篇》（卷一七）、黄檗希运列入《感通篇》（卷二〇）、岩头全奯列入《遗身篇》（卷二三）等。

禅进一步淡化了平民的、反体制的色彩。而它与分裂割据的地方统治者的结合,又正是派系分立的现实基础。

"五家"中最早形成的是沩仰宗。沩山灵祐,福州人,曾在潭州沩山聚众千余人。武宗毁佛时裹首为民。后宣宗释武宗之禁,时任湖南观察使、潭州刺史的裴休亲为迎请,住同庆寺,诸徒来归[①]。沩仰宗的兴盛与裴休有直接关系。沩山与黄檗希运都是百丈弟子,而裴休又师事黄檗希运,临济义玄正出自黄檗门下。所以出自洪州一系的沩仰宗、临济宗实际都为百丈所传。由此也可看出百丈怀海确立的禅院制度对于发展宗派的意义。而这种禅院是要有裴休那样的有权势的大施主支持的。

临济义玄,曹州(今山东菏泽市)南华人。早年更衣游方,曾到黄檗希运和高安大愚(嗣归宗智常)处参学,后来回到北方的镇州(今河北正定县)滹沱河畔建临济院。镇州是河北三镇之一的镇冀(成德)节度使驻节地。而河北藩镇在武宗毁佛时采取与朝廷相对抗的政策,对佛教加以保护。入唐求法的日本学僧圆仁曾记述说:"唯黄河已北,镇、幽、魏、潞等四节度,元来敬重佛法,不拆舍,不条流僧尼。佛法之事,一切不动之。"[②]临济义玄晚年时任镇冀节度使的是王元逵、王绍懿、王景崇等人[③]。《临济录》中经常记述"王常侍"到院中问法。散骑常侍是节度使的加官,王常侍即是王元逵等人中的一人。临济义玄与临济院的活动正由于得到王氏镇帅的支持才得以维持、发展。

云门与法眼均出于雪峰义存一系,雪峰也是在镇帅的加护下

---

① 参阅郑愚《潭州大沩山同庆寺大圆禅师碑铭》。

② 《入唐求法巡礼行记》卷四,顾承甫、何泉达点校本,上海古籍出版社,1986年。

③ 据两《唐书》本纪与有关列传,王元逵据镇冀在大和八年(834)—大中八年(854);王绍鼎在大中八年—咸通七年(866);王景崇在咸通七年—中和三年(883)。

扩展了自己的法系的。义存,泉州(今福建泉州市)南安人,曾北游吴、楚、梁、宋、燕、秦,参德山宣鉴,后卜居福州西雪峰山,"四十余年,法席之盛,卓冠天下,常不下一千五百众"①。黄滔为他所作的碑铭记载:"乾符中,观察使京兆韦公,中和中,司空颍川陈公,每渴醍醐而不克就饮,交使驰恳,师为之入府。"②韦公指韦岫,他自泗州刺史擢福建观察使③;陈公指陈岩,僖宗时为福建观察使④。《雪峰志》卷三记载中和三年(883)布施:"廉帅李景钱一十万缗,司空颍川陈公岩钱三百缗,观察使晋国公岫二十万缗,陇西李公一百三十八贯"。"李景"下脱"温"字;李景温曾任福建观察使,见《新唐书》卷一七七《李景让传》附《景温传》;陇西李公可能是李晦,《旧唐书·僖宗纪》乾符二年四月"河南尹李晦检校左散骑常侍兼福州刺史、福建都团练观察使"。这就是说,当时历任福建镇帅,都是雪峰山禅院的檀主。僖宗时,朝廷赐义存真觉大师之号,当然是应地方官之请。后来王审知据闽,称闽王,"雅隆其道,凡斋僧构刹,必请问焉。为之增宇、设像,铸钟以严其山,优施以充其众。时则迎而馆之于府之东西甲第。每将俨油幢,聆法论,未尝不移时,仅乎一纪"⑤。王审知称闽王在昭宗乾宁四年(897)。在闽王优礼之下,雪峰门下在吴越大扬其教,如玄沙师备、岩洞可休、龟山无了、鼓州神晏、罗山道闲等等均著名于时。师备三十多年演化,禅侣达七百余众;后有漳州罗汉桂琛被推为神足,大弘其教。雪峰一派完全是在当地统治者的奖掖之下兴盛起来的。

　　五代割据,南方各小国相对地传世较久,各国间基本上相安无争,社会比较安定。特别是和北方的后周再一次毁佛相比校,南方

---

①《佛祖历代通载》卷一七。
②《福州雪峰山故真觉大师碑铭》,《全唐文》卷八二六。
③《新唐书》卷一九七《韦丹传》附《韦岫传》。
④《唐方镇年表》卷六。
⑤《宋高僧传》卷一二《唐福州雪峰广福院义存传》。

各国都奉行保护佛教、特别是优礼禅宗的政策。除上面已讲到的福建王氏之外，如江西钟传、浙江钱氏、湖南马殷、南唐李氏都崇佛好禅。其中吴越国钱氏尤为突出，自武肃王钱镠以下五代均好佛，造像树塔建庙，广礼佛徒。天台宗和禅宗在其保护下均得到了很大发展，为宋代吴越地区佛教的繁荣打下了基础。雪峰法嗣龙册道怤，皮日休之子皮光业称赞他"崇论闳议，莫臻其极"，而"武肃王钱氏钦慕，命居天龙寺，私署顺德大师；次文穆王钱氏创龙册寺，请怤居之。吴越禅学，自此而兴"①。雪峰弟子四明无作、龙华灵照，玄沙师备弟子天龙明真亦被吴越优礼。沩仰宗的仰山慧寂法嗣龙泉文喜，武肃王两赐紫衣，奏号"无著"；仰山再传清化全怤，文穆王曾赐衣裓钵器加礼，忠献王（佐）赐紫，号"纯一国师"。特别是北宋初年佛教界著名的人物永明延寿和赞宁都出于吴越。延寿（904—976）俗姓王，早年为华亭镇将。时翠岩永明迁止龙册寺，文穆王知其慕道，放令出家，礼翠岩为师。后忠懿王请住灵隐寺，为第一世；复请住永明大道场，为第二世，众盈二千。他是法眼宗著名的著作家，《宗镜录》的作者，下面将另有介绍。赞宁（919—1001）姓高氏，出家杭之祥符，习南山律。武肃诸王公族，咸慕重之，署为两浙僧统，赐号"明义宗文"。后随钱氏入宋，知两京教门师，加右街僧录。他也是有名的佛教著作家，《宋高僧传》的作者。他不属禅宗，但《宋高僧传》大量记录禅宗史料，是研究禅宗史不得不提及的人物②。

　　南唐李昇受吴禅建国（937），国势渐张，败吴越，并楚，建东（扬州）、西（金陵）二都。南唐历代君臣皆好佛，如宋齐丘、韩熙载、徐铉等大臣都热心习禅。由于南唐国土广大，生产又较发达，统治者也就有可能注重文化事业。法眼宗的宗风有浓厚的文化色彩与这

---

①《宋高僧传》卷一三《后唐杭州龙册寺道怤传》。
②参阅《佛祖历代通载》卷二二。

种社会环境有关。从罗汉桂琛得法的法眼文益，被李昪迎请至金陵，住报恩禅院，署号净慧。到李璟时大建寺院，有以左街报恩寺为代表的苑中十大寺，成为法眼宗活动的根据地。文益好文笔，作偈颂真赞有名，死后谥塔名"大法眼"，号"无相"，后主李煜为文颂德。法眼门下高足有天台德韶、漳州智依、钟山道钦、润州光逸、吉州文遂、清凉泰钦、报恩法安等，一门隆盛。曹山本寂法嗣荷玉匡慧、九龙道虔法嗣禾山无殷、光睦行修，渤潭匡悟、罗山道闲法嗣龙光隐微等人也被召至金陵。法眼宗的兴盛是马祖提倡洪州禅以后禅宗史上又一突出的现象，它力图改变晚唐以来派系分化的局面，重新树立起一个凌驾各派系之上的正统，因而它具有禅教综合的性格。

雪峰门下的又一弟子云门文偃，姓张氏，为南汉高祖刘䶮所礼重，教化大兴。由于南汉政治残暴，文偃求还山（韶州）。云门宗风更为晦涩，以"一字关"而著名，正与当时当地的酷烈的政治气候有关。嗣法弟子白云子祥被广主所召，赐号"实性大师"。文偃有高足德山缘密、香林澄远、洞山守初等，将其教法弘传四方，至北宋初期大盛。

由以上介绍的情况可以看出，唐末到五代的禅宗各派对于地方的统治者的依附性是很强烈的。实际上，正是分裂割据的社会局面促成了宗派的分立。像法眼宗的盛衰就与南唐的兴灭有着密切关联。禅宗靠地方统治者的加护与支援来维持，对它本身的性质演化与发展方向是起了重大作用的。

三

宋王朝建立以后，一反后周限制、打击佛教的做法。据说宋太祖赵匡胤见后周毁佛，以为"今毁佛教，大非社稷之福"；即立后，敬僧礼佛,诏沙门行勤等一百五十七人西行求法①。宋太宗赵光义太平兴国元年(976)度童行达十七万人;后又设译经院,恢复了自唐元和六年(811)中断了一个半世纪由朝廷主持的佛典翻译。宋真宗赵恒"并隆三教,而敬佛重法过于先朝,故其以天翰撰述,则有《圣教序》、《崇释论》、《法音集》,注《四十二章》、《遗教经》,一岁度僧至二十三万"②。在朝廷加护下,北宋寺院经济大发展。苏辙《和子瞻宿临安净土寺》诗中说:"四方清净居,多被僧所占。既无世俗营,百事得丰赡。"③两宋除徽宗时期由于崇信道教,一度对佛教曾加限制之外,一般是优容扶植佛教的。正是在朝廷支持之下,律宗、华严、法相各宗均有所恢复;天台宗更有新的发展,分立山家、山外二派④,山家之说至南宋并盛极一时。而在官僚士大夫间最为流行的还是"教外别传"的禅宗。

法眼宗在南唐非常兴盛,不久即行衰微。沩仰宗数传之后,法系渐不明晰。正如《建中靖国续灯录序》所说:"源派演迤,枝叶扶疏,而云门、临济二宗,遂独盛于天下。"⑤到了北宋末年,云门宗渐衰,而曹洞宗在芙蓉道楷(1043—1118)之后,经丹霞子淳(1064—1117)、宏智正觉(1091—1157)的弘扬又渐渐兴旺起来,遂造成了南宋临济、曹洞二宗并盛的局面。

宗教思想也和任何一种学说一样,宗派的出现往往造成对本身发展的限制。禅宗内部逐渐增强的派系纷争,是和它本来具有的开放自由的性格相反对的。因此分灯禅的出现,虽然形势十分

---

①志磐《佛祖统纪》卷四三。

②《佛祖统纪》卷四四。

③《栾城集》卷四。

④十一世纪初,天台宗内部围绕关于智𫖮所撰《金光明玄义》广本真伪问题的争论分为两派,四明知礼弟子梵臻、尚贤、本如传知礼之说,认为广本为真,主"妄心观",自号山家。恩悟的弟子清源等否定广本为真,主"真心观",被斥为山外。

⑤惟白编《建中靖国续灯录》卷首。

隆盛，但思想上却已少有建树。在五代分裂结束以后，曾依附于各地统治者的禅宗各派继续着贵族化的趋向；在宋王朝统一的新形势下，则主要在官僚贵族间求发展。这样，就又推动了居士佛教的流行。但这时的居士阶层，在社会地位上已大为提高了。它的代表人物多是高官显贵。这些人当然成了禅佛教发展的很大的助力，然而禅思想却更趋于保守、僵化了。

不过居士佛教的发展也促使佛教向世俗生活各方面的深入。就禅宗来说，大批居士习禅，直接影响到学术与文学艺术诸领域。在学术方面，最重要的成果是进一步促进了儒学的转变，理学的形成就借助了禅宗以及华严宗等佛教各宗派的思想。在文学、美术、书法诸方面，禅的影响更十分深刻。所以尽管禅宗的发展已趋衰落，其对社会文化的影响却在进一步深化。这种辩证的发展关系是应当清楚认识的。

四

北宋初，云门宗从原南汉领地的岭南地区向湖南、江西、浙江发展，很快形成为江南禅宗的主流。接着又北上中原，在朝廷上下弘化，造成了更广泛的影响。北宋云门宗具有较浓厚的学术、文化气氛，出现了几位在禅文学方面成就杰出的人物，这使得它更易于深入到士大夫阶层之中。

宋初造成所谓"云门中兴"的是雪窦重显。重显（980—1052），俗姓李，遂宁（今四川遂宁市）人，为云门三世智门光祚法嗣。早年游方，自乾兴元年（1022）住明州（今浙江宁波市）雪窦山资圣寺，卒谥"明觉大师"。他著述甚富，有《颂古百则》、《祖英集》等以及语录多种。其中《颂古》对以后禅文学影响甚大，下面还将讲到。他的俗弟子有曾会，二人自幼结好。天禧年间，曾会为池州（今安徽贵池）知州，曾引《中庸》、《大学》参以《楞严》符宗门语句向他问法，得到开悟。后来曾会转守明州,迎请住雪窦①。重显富于文学才能,这是他能弘扬云门教法的重要条件,对于形成北宋云门宗的风格也起着重要作用。

　　到了公元十一世纪即北宋中期,云门五世中出现了明教契嵩、圆通居讷、大觉怀琏、佛印了元、天衣义怀等杰出人物,一时间云门教法臻于极盛。

　　明教契嵩(1007—1072),藤州镡津(今广西藤县)人。七岁出家,参学诸方,得法于云门四世洞山晓聪。宋仁宗皇祐年间,住杭之灵隐寺,著《禅宗定祖图》、《传法正宗记》等,后携之以入京师,上万言书于仁宗,明儒佛一致,"佛之法有益于帝王之道德"②。仁宗赐号"明觉大师",命传法院将其著作入藏。契嵩与当代文坛名流交往密切。他曾"携所业三谒泰伯(李觏),以儒释吻合,且抗其说。李爱其文之高,理之胜,因致书誉嵩于欧阳(修)"③。据说由于契嵩,李觏"方留意读佛书,乃怅然曰:'吾辈议论,尚未及一卷《般若心经》,佛道岂易知耶!'"④契嵩入京,曾上书以尊儒辟佛领袖文坛的欧阳修并献《辅教篇》,修与宰相韩琦等皆延见而尊礼之。晚年居杭州佛日禅院,杭帅蔡君谟优礼甚厚。苏东坡熙宁四年(1071)通判杭州,是在他去世的前一年,二人间也有交谊⑤。

　　圆通居讷(1010—1071),梓州中江(今四川中江县)人。出家后从事讲学。后出川遍游荆楚,在襄州参云门四世延庆子荣开悟,住庐山归宗寺,迁延通寺。欧阳修于庆历五年(1045)左迁滁州,曾路过九江,入庐山会见他,与之论道。据说他的见地出入百家而折

①《五灯会元》卷一六。
②《万言上仁宗皇帝书》,《镡津文集》卷八。
③《佛祖历代通载》卷一九。
④晓莹《感山云卧纪谈》卷上。
⑤参见苏轼《南华长老重辩师逸事》,《东坡后集》卷二〇。

衷于佛法,欧阳听后肃然心服①。后应仁宗之召,入京任十方净因禅院住持。当时自四川入京的苏洵父子和他有乡谊之好,曾有密切交游。

大觉怀琏(1009—1090),漳州龙溪(今福建漳州市)人,幼年出家,师事云门四世泐潭怀澄十余年。后至庐山,为圆通居讷掌记室。皇祐元年(1049),圆通居讷举怀琏代掌京师十方净因禅院,名声大著。释惠洪说:"景祐中,光梵大师惟净,以梵学著闻天下;皇祐中,大觉禅师怀琏,以禅宗大振京师。净居传法院,琏居净因院。一时学者,依以扬声。"②据说英宗赏赐手诏:"天下寺院任性住持。"③怀琏有文学才能,与当时文坛名流广泛交往。苏轼说"琏独指其(禅)妙与孔、老合者,其言文而真,其行峻而通,故一时士大夫喜从之游"④。苏辙有《游净因院寄琏禅师》:"岁月潜消日里冰,依然来见佛堂灯。此身已自非前我,问法何妨似旧僧……"⑤这就具体反映了他们相互往还的情形。惠洪还记载了他与王安石、欧阳修来往的逸事:

> 大觉琏禅师学外工诗,舒王(王安石)少与游,尝以其诗示欧公。欧公曰:"此道人作肝脏馒头也。"舒王不悟其戏,问其意。欧公曰:"是中无一点菜气。"琏蒙仁庙赏识,留住东京净因禅院甚久。尝作偈进呈,乞还山林,曰:"千簇云山万壑流,闲身归老此峰头。殷勤愿祝如天寿,一炷清香满石楼。"又曰:"尧仁况是如天阔,乞与孤云自在飞。"⑥

①《佛祖统纪》卷四五。
②《冷斋夜话》卷一〇。
③《人天宝鉴》。
④《宸奎阁碑》,《东坡集》卷三三。
⑤《栾城集》卷三。
⑥《冷斋夜话》卷六。

后来他曾回吴,住杭州金山;四明郡守又迎请他住阿育王山广利寺。四明人士为他出资建阁收藏仁宗所赠诗颂,苏轼为作《宸奎阁碑》,二人交谊一直不衰。

佛印了元(1032—1098),饶州浮梁(今江西景德镇市)人,得法于云门四世开先善暹。先后居江州承天寺、淮上斗方寺、庐山开先寺以及金、焦二山,名动士林。晓莹曾记载他与周敦颐的交谊:

> 春陵有水曰濂,周公茂叔先世所居,既乐庐山之幽胜而筑室,则以濂名其溪,盖识不忘本矣。于时佛印禅师元公寓鸾溪之上,相与讲道,为方外友。由是命佛印作青松社主,追媲白莲故事……①

王安石晚年退居金陵半山,好观佛书,结交禅侣,亦与佛印了元有交:

> 佛印禅师元丰五年九月自庐山归宗赴金山之命,维舟秦淮,谒王荆公于定林。公以双林傅大士像需赞,佛印掇笔书曰:"道冠儒履佛袈裟,和会三家作一家。忘却率陀天上路,双林痴坐待龙华……②

而苏轼大概在早年通判徐州时即与了元相识,与辙兄弟二人与他一直保持着亲密的交谊,诗文唱和不绝,留下了不少趣闻逸事,成了古代文人与禅师结交的典型。下面介绍苏轼一章另有说明。

天衣义怀(989—1060),永嘉乐清(今浙江乐清市)人,为雪窦重显法嗣。先住无为军铁佛寺,后迁越州天衣寺行化,死后赐号"振宗禅师"。其弟子中有圆通法秀,和黄庭坚有交。俗弟子有礼部侍郎杨杰。

又云门六世有蒋山法泉,得法于云居晓舜,赵抃从之习禅有

---

①《感山云卧纪谈》卷上。
②《感山云卧纪谈》卷下。

得。赵抃早年以正直敢谏称。神宗朝参知政事，值王安石变法，屡斥其不便，以故出知杭州，改青州，"政事之余，多宴坐"[①]，史称晚年"学道有得"[②]。富弼为其所勉，亦趣向宗门。

　　慧林宗本为天衣义怀法嗣。元丰五年（1082），汴京相国寺六十四院辟为八寺，二禅六律，以东西序为慧林、智海二禅寺，宗本住持慧林，为第一代，大扬宗风。神宗曾召入内问道。

　　慧林宗本法嗣投子修颙，北宋名臣、仁、英、神宗三朝为相的富弼对其"尽弟子礼"[③]。晓莹说："富郑公熙宁间镇亳州，迎致颍州华严禅苑颙禅师，获致心法。及致仕居洛，以颂述志寄颙得法之师姑苏圆照禅师，曰：'亲见颙师悟入深，夤缘传得老师心。东南谩说江山远，目对灵光与妙音。'"[④]叶梦得也说到"富韩公问法于颙华严，知其得于圆照大本（宗本），时本方住苏州瑞光寺，声振东南。公乃遣使作颂寄之，执礼甚恭如弟子，于是翻然慕之者，人人皆喜言名理"[⑤]。富弼为政刚直，早年出使契丹有功，后"王安石用事，雅不与弼合"[⑥]。圆极彦岑禅师为归云如本《丛林辨佞篇》作序说："本朝富郑公弼问道于投子颙禅师，书尺偈颂凡一十四纸，碑于台之鸿福两廊壁间，灼见前辈主法之严，王公贵人信道之笃也。"[⑦]

　　宋初，两京诸寺所传主要是法相宗和南山律宗。由于圆通居讷、明教契嵩、大觉怀琏等人的活动，云门禅盛行于京师，推动了禅宗的普及。从以上的介绍可以明确看到，云门宗浓厚的文学色彩和在思想上儒、佛调和的倾向，使之易于被士大夫所接受。而在热

①《五灯会元》卷一六。
②《宋史》卷三一六《赵抃传》。
③《丛林盛事》卷上。
④《感山云卧纪谈》卷上。
⑤《避暑录话》卷上。
⑥《宋史》卷三一三《富弼传》。
⑦《丛林盛事》卷上。

衷于云门道法的俗弟子中,多有倾向保守的高官显贵,北宋朝廷也曾给它以有力支持。

五

创立于河北地区的临济宗,义玄之后,有著名弟子灌溪志闲、宝寿沼、三圣慧然、兴化存奖等二十余人,门叶极盛。但唐末五代传嗣却很单弱。实际上后来的临济宗均出兴化存奖(830—888)一系。存奖传南院慧颙,慧颙传风穴延沼(896—973),延沼传首山省念(926—993),至此临济道法所传还主要在北方。首山省念之后,受到朝廷官僚贵族的支持,才迅速向南方发展。到十一世纪前半叶,与在两京兴盛的云门宗相呼应,在江南衍化出黄龙、杨歧二派。"黄龙、杨歧二宗,皆出于石霜慈明。初,黄龙之道大振,子孙世之,皆班班不减马大师之数。"①这样,临济派的发展始造成了禅宗又一次极盛的局面。

省念,莱阳(今山东莱阳市)人,幼出家,持诵《法华》,后参风穴延沼,得其心传,历主汝州首山、宝安广教院等法席,仁宗朝宰相王随对之参礼。史称王随为相"无所建明","外若方严而治失于宽,晚更卞急,辄谩骂人,性喜佛,慕裴休之为人,然风迹弗逮也"②。江休复记载过他的一件逸事,反映他的为人:

> 王随作相,病已,甚好释氏。时有献嘲者云:"谁谓调元地,番成养病坊。但见僧盈室,宁忧火掩房。"在杭州,常对一聋长老诵己所作偈。僧既聩,离席引首,几入其怀,实无所闻。翻叹赏之,以为知音之妙。施正吕说此。③

①《丛林盛事》卷下。
②《宋史》卷三——《王随传》。
③《江邻几杂志》。

王随曾于景祐三年（1036）删《景德传灯录》为《传灯玉英集》十五卷，成为当时广泛流行于士大夫间的读物。

圆极彦岑说："杨大年侍郎、李和文都尉见广慧琏、石门聪并慈明诸大老，激扬酬唱，斑斑见诸禅书。"[1]大年为杨亿字，和文为李遵勖字。广慧元琏（951—1036），泉州人，参首山省念悟入，住汝州广慧院。杨亿早年由秘书监出守汝州，曾向其问法。他在寄李维翰书中说："假守南昌（应为'汝州'之讹），适会广慧禅伯斋中务简，退食多暇，或坐邀而至，或命驾从之。请叩无方，蒙滞顿释，半岁之后，旷然弗疑。"[2]杨亿在真宗朝以文词为馆阁之臣，预修《太宗实录》、《册府元龟》，并与钱惟演、刘筠等唱和为《西昆酬唱集》，形成所谓"西昆体"。又以"留心释典禅观之学"[3]著名于时，受命修订《景德传灯录》。在《序文》中说到该书是"旧录所载，或掇粗而遗精；别集具存，当寻文而补阙。率加采撷，爰从附益"，可见其对禅籍研习之深。

石门蕴聪（965—1032）或称谷隐蕴聪，也嗣法首山省念。李遵勖以文词进，尚真宗女万寿长公主，一族恩荫，累进显官，"所居第园池冠京城，嗜奇石，募人载送，有自千里至者，构堂引水，环以佳木，延一时名士大夫与宴乐。师杨亿为文，亿卒，为制服"[4]。他与汾阳善昭及其弟子慈明楚圆等为禅侣，而得法于蕴聪。将死，与楚圆为偈颂卒。编有《天圣广灯录》，是《景德录》之后的又一灯录。蕴聪的俗弟子还有夏竦。竦亦以文学进身，"资性明敏好学，自经史百家、阴阳律历，外至佛老之书，无不通晓"，曾为译经润文官。但在朝"材术过人，急于进取，喜交结，任数术，倾侧反覆，世以为奸

---

① 《丛林盛事》卷上。
② 《人天宝鉴》。
③ 《宋史》卷三〇五《杨亿传》。
④ 《宋史》卷四六四《李遵勖传》。

邪"①。

北宋临济宗特别繁荣的是首山省念下汾阳善昭一系。杨歧派与黄龙派均出这一系。善昭弟子有琅玡慧觉,与张方平交好。张方平号无为居士,早年守滁州游琅玡山寺,见藏院梯梁间有《楞严经》一部,余其半未写,"遂大悟流涕,见前世事"②,归心释门。他与慧觉结交应始于此时。他知益州时曾向欧阳修推荐自蜀入京的三苏父子,后又"荐轼为谏官。轼下制狱,又抗章为请,故轼终身敬事之。叙其文,以比孔融、诸葛亮"③。他对禅的热衷对于苏洵父子也有影响。苏轼有诗赠之曰:"乐全居士全于天,维摩丈室空翛然。平生痛饮今不饮,无琴不独琴无弦……"④陈善曾记述说:

> 王荆公尝问张文定:"孔子去世百年,生孟子亚圣,后绝无人,何也?"文定言:"岂无? 又有过于孔子者。"公问:"是谁?"文定言:"江南马大师、汾阳无业禅师、雪峰、岩头、丹霞、云门是也。儒门淡薄,收拾不住,皆归释氏耳。"荆公叹服。⑤

可见他对宗门推尊之高,亦反映了当时贵僚文人对儒、禅关系的一种典型见解。

汾阳善昭少而习儒,博而能文,富于文学才能。所著偈颂,大行于世,颂古之体即是经他而得到发展的。他所推动的宗风对于黄龙、杨歧二派在士大夫间的弘传很有关系。

黄龙派创始人黄龙慧南(1002—1069),信州(今江西上饶市)人。少习儒,通经史,能文章。十一岁出家,遍谒诸宿,在汾阳弟子慈明楚圆下开悟。后住隆兴(今江西南昌市)黄龙山,法席极一时

---

①《宋史》卷二八三《夏竦传》。
②《冷斋夜话》卷七。
③《宋史》卷三一八《张方平传》。
④《张安道乐全堂》,《东坡集》卷七。
⑤《扪虱新话》。

之盛。门下有晦堂祖心（1025—1100）、东林常总（1025—1091）、真净克文（1025—1102），克文下有觉范惠洪（1071—1128）、兜率从悦（1044—1091）等，都著称于一时，并广泛活跃于士大夫之间。在灯录中，苏轼被列为东林常总法嗣；黄庭坚是黄龙派弟子，容另述。觉范慧洪是著名的诗僧和禅宗著作家，有《禅林僧宝传》、《林间录》、《石门文字禅》等传世，与当时文坛有广泛联系。

　　参问黄龙祖心者中有徐禧，与黄庭坚为姻亲，熙宁变法时为集贤校理。王安石与吕惠卿交恶，他以吕惠卿而出宦。他"早参黄龙晦堂和尚而受印可，遂与灵源为法友"①。禧子徐俯，字师川，为江西诗人之一，亦好禅。祖心门下还有王韶，字子纯，本为西部边帅，以功拜观文殿学士、礼部侍郎，元丰年间守洪州，亦向晦堂问道，有投机颂曰："昼曾忘食夜忘眠，捧得骊珠欲上天。却向自身都放下，四棱塌地恰团团。"②他还与佛印了元有交谊，据说他"在熙河，多杀伐，晚年乃出知洪州，颇多恨悔，栖心空寂，冀有以洗涤之。尝请佛印元公升坐。元知其意，炷香曰：'此香奉为杀人不瞬眼上将军、立地成佛大居士。'于时一众莫不称善。韶听之亦悠然意消"③。

　　黄龙从悦门下有张商英，号无尽居士。早年亦曾参礼东林常总、真净克文。叶梦得记述说：

　　　　张丞相天觉喜谈禅，自言得其至。初为江西运判，至抚州，见兜率从悦，与其意合，遂授法。悦，黄龙老南之子，初非其高弟，而江西老宿为南所深许道行一时者数十人，天觉皆历诋之。其后天觉浸显，诸老宿略已尽，后来庸流传南学者，乃复奔走推天觉，称"相公禅"。天觉亦当之不辞。近岁遂有为

----

①《感山云卧纪谈》卷下。
②《五灯会元》卷一七。
③《苕溪渔隐丛话前集》卷三二。

长老开堂,承嗣天觉者。①

由此可见商英禅名之盛。"相公禅"之说,形象地表明了当时居士禅的特征。商英政治上初与新党章惇善,被荐之王安石;哲宗时,又移书苏轼求入台,廋书中有"老僧欲往乌寺呵佛骂祖"之语②。及徽宗时,与蔡京不合,入元祐党籍。京再逐,为相,小变京之政,以博忠直之名。后因与术士郭天信、释惠洪等结交而外贬。当时惠洪所厚善者还有侍郎邹浩、右师陈瓘瓘③,都是在哲宗、徽宗两朝新、旧两党斗争中站在旧党方面的著名人物。张商英与黄庭坚、张方平多为语录作序,《丛林盛事》卷下说"本朝士大夫,与当代尊宿撰语录序,语句斩绝者,无出山谷、无为、无尽三大老"④。北宋中期正是有意识地进行语录创作最兴盛的时期。

杨歧派的开创人是慈明楚圆弟子杨歧方会(992—1049)。方会,宜春(今江西宜春市)人。及冠为吏,剃落后,依楚圆悟入。后住持袁州(今江西萍乡市)杨歧山,学人拥护,誉满东南。经弟子白云守端(1025—1072),守端弟子五祖法演(？—1104),递传至圆悟克勤(1063—1135)、大慧宗杲(1089—1163),继黄龙派之后在两宋之际大盛。《丛林盛事》卷上说:

> 自真净(克文)四传而至涂毒(智策),杨歧再世而得老演(法演)。演居海会,乃得南堂三佛(昭觉克勤号佛果,太平慧懃号佛鉴、龙门清远号佛眼),以大其门户。故今天下多杨歧之派。

杨歧派兴盛于两宋之际民族矛盾尖锐之时,门下参学者多抗战派官僚。这是这个宗派的一个思想特征。

---

① 《避暑录话》卷上。
② 《宋史》卷三五一《张商英传》。
③ 参阅《佛祖历代通载》卷一九。
④ 《丛林盛事》卷下。

　　圆悟克勤,彭州(今四川彭州)人,宿习儒业,博通能文,广参东林常总、黄龙晦堂,在五祖法演下得法。徽宗政和中,在荆州遇张商英,因其劝请,对雪窦颂古加以评唱,门人记之,成《碧岩录》一书。关于此书的价值,后面还将论述。靖康之变以后,高宗践祚于南京,与之旧识,召论军国政事,赐号"圆悟",有诏住持金山。门下参学者有宰相张浚、侍郎李弥逊、枢密徐俯等人,都属于抗战派人物。克勤亦曾奔走淮泗,劝豪富输将以纾国难。卒,赐"真觉"。其下门徒甚众,以宗杲最有名。

　　宗杲,宣州宁国(今安徽宁国市)人,号妙喜。十二岁出家,初参曹洞诸名宿,后在克勤下开悟,名震京师。靖康元年(1126)受赐紫衣和"佛日"之号。靖康南渡以后,驰誉士林,"近世张无垢侍郎、李汉老参政(李邴)、吕居仁学士皆见妙喜老人,登堂入室,谓之方外友"①。其中以张九成最有名。九成字子韶,号无垢居士,是南宋初著名的抗金派,以与秦桧不协被贬谪。宗杲亦因之牵连而于绍兴十一年(1141)被褫夺衣牒,充军衡州(今湖南衡阳市)。史称:

　　　　张子韶耽释学,尝与妙喜往来,为世外交。张公忤秦桧窜斥,桧廉知素所往来者,遂杖妙喜,背刺为卒于南海。桧死,放还,复居径山。有劝之去其墨者,妙喜笑不答。孝宗怜而敬之。②

后来朱熹评论说:"如杲佛日之徒,自是气魄大,所以能鼓动一世,如张子韶、汪圣锡辈皆北面之。""杲老与中贵权要及士夫皆好,汤思退与张魏公如水火,杲老与汤、张皆好。"③可见其在士林、官界的声望。大慧宗杲以一僧侣而号召抗金,为禅宗的隆盛作一光辉的后殿,是值得称道的。所著有《正法眼藏》,卒赐"普觉禅师"。

---

①《丛林盛事》卷上。
②《宋人轶事汇编》卷二〇。
③《朱子语类》卷一二六。

这里附带说一下曹洞宗的情况。洞山良价以后,在弟子曹山本寂、云居道膺(835?—902)弘扬下,道法兴盛一时。但经唐末五代,法系单弱,渐近湮没。这与这一宗派保持石头一系山居修道性格有关。到北宋初投子义青(1032—1083)开始所谓"中兴",弟子芙蓉道楷(1043—1118)门下有杨杰、韩琦等俗弟子;大洪报恩(1058—1111)得韩缜、张商英参学,但其声势却隐没于云门、临济兴盛之下。经丹霞子淳(1064—1117)到宏智正觉(1091—1157),已是两宋之交。其时云门法系已衰,曹洞宗又得到振兴。正觉,隰州(今山西隰县)人,幼年出家,四方参学,在丹霞子淳门下得悟,历主泗州普照寺、舒州太平寺、江州圆通寺、明州天童寺、杭州灵隐寺等名寺,以住持天童最久,前后近三十年。他唱导默照禅,与大慧宗杲的看话禅相对立。但默照禅流于神秘,与现实相脱离,门下官僚多归大慧一系。死后并请大慧主后事。

在宗杲、正觉之后,禅宗法系虽传嗣不绝,但禅宗的发展却已停滞。后来虽有些有名的禅师出世,传承的法系已徒具形骸。禅宗实际已退出思想发展的历史,它的地位已被新兴起的理学所代替了。

六

从以上的描述可以清楚地看出,宋代禅宗虽然仍以广大士大夫阶层为其社会基础,但支持它的核心力量已转移到官僚居士方面,特别是一些高官显贵,而且多数是政治上的保守派。这当然不是说一般下层知识分子或革新派官僚对禅就没有兴趣了。例如革新派代表人物王安石,"晚居金陵,又作《字说》,多穿凿傅会,其流入于佛、老"①,而这正与他在隐居中喜佛习禅有关。他和大觉怀琏弟子金山宝觉等有过亲密交谊。苏轼见到晚年的王安石,致友人

---

① 《宋史》卷三二七《王安石传》。

书中说:"某到此,时见荆公,甚喜,时诵诗说佛也。"①至于一般文人习禅风气仍然盛行,以下论及江西诗人时还将说到。但到宋代,禅宗的阶级基础发生了根本变化则是明显的趋势。

早期禅僧都是僻远地区的身份低微的习禅者。他们名声渐盛之后,也有可能受到统治阶级上层礼重,被朝廷迎请。但自马祖、石头以后,随着禅宗的教团化,大丛林中的住持之类禅宗首脑人物的身份地位逐渐提高了。他们受到优厚的供养,受到帝王、连帅的优礼,养尊处优,平交王侯。例如"元公(佛印了元)出山,重荷者百夫,拥舆者十许夫,巷陌聚观,喧吠鸡犬"②,出家人竟有如此炙手可热的气势。苏轼也曾形容有些禅僧是"奔走王公,汹汹都邑"③。以至不少禅僧卷入世俗的权力之争。这种身份地位的变化对禅风必然造成影响。

这些变化首先造成了它的思想上的停滞和表达上的形式化。形式化的主要表现就是言句的公式化。由于逐渐丧失了思想上生气勃勃的创造力,就不得不在言句表现上用功夫。学人对于佛祖问答机缘,加以商量垂示,名之为"公案";宗匠所说"公案"又成为进一步参详讨论的对象,名之曰"话头"。拣"话头",说"公案",都要求不黏不滞,自由灵活,这种语句就叫作"机语"。禅师间用机语对答勘辩,就是"斗机锋"。斗机锋要求"活泼泼地",但这不是思想的活泼,而单单注重在言句表达的灵活巧妙,就是"活句"。久而久之,这种表达就形成了固定的程式。

敦煌本《坛经》的最后一部分讲到"三十六对法",即是指示学人说禅的方法。这在《坛经》形成历史中是属于后出层次的部分,应是到中唐禅门言句相当发达的时期才附加上去的。其中提出:

---

①《与滕达道》,《东坡续集》卷四。
②《冷斋夜话》卷一〇。
③《东坡志林》卷四。

> 共人言语,出外于(相)离相,入内于空离空。著空,即惟长无名〔明〕;著相,(即)惟(长)邪见。谤法直言不用文字,即云不用文字,人不合言语。言语即是文字。自性上说空,正语言本性;不空,迷自惑,语言除故。①

这一方面强调了语言的功能,另一方面又指出了说禅忌执着偏见。因而强调"出语尽双,皆取对法",要求"说一切法,莫离于性、相",并列举了三十六对法。这已不是默契的妙悟,而是在讲究言句的技巧了。

到了九世纪曹溪分灯,丛林中形式化的颓风已相当严重。陆希声谈到仰山慧寂时的情形批评说:

> (慧寂)从国师忠和尚得元机镜智,以曹溪心地用之,千变万化,欲以直截指示学人,无能及者。而学者往往失旨,扬眉动目,敲木指境,递相效教,近于戏笑,非师之过也。②

从马祖开始,禅宿习以奇特语句显大机大用,往往又夹以拳打棒喝来截断学人情解,促其解迷契悟。陆希声指出后来学人往往效其表面而失其本旨,拳打棒喝之类举动已徒具形式。实际上,当时丛林中盛行的机锋语句也多是炫耀技巧而已。

在这种情况下形成的五家,禅思想方面没有大的不同。从另一方面说,即其各自对于禅观并没有大的发展,主要是由于表达方式的不同而形成了各有特点的宗风。

沩仰宗接引学人沉稳平实,深邃绵密,寻思纯熟,理事并行,表现出它的"理事如如"、动即合辙的宗旨。临济宗则机锋峻烈,单刀直入,棒喝交驰,务使人截断向外驰求的念头而顿然省悟。曹洞宗努力阐扬事理回互、圆融无碍的境界,因此其宗风细密,随机应物,

---

①敦煌本《坛经》,参照铃木真太郎校订本,森江书店,1934年。
②《仰山通智大师塔铭》,《全唐文》卷八一三。

言行相应，就语接人，富于思辨色彩。云门宗的宗风险峻而简洁高古，往往于一语一句中见机趣。法眼宗则对病施药，相身裁缝，随对方器量，扫除情解，言谈间句里藏锋，顺机调物。

应当指出，这"五家"的宗风是逐渐形成的，相互间不能没有影响。另外，在同时期还有不少影响深广、门徒众多的禅宿，其一时声望并不下于以上各家宗主，只是在以后发展中没有形成独立的法系而已。而造成这个现象的一个重要原因，也在于现在知道的"五家"都归纳出了反映各自宗风的表达公式。它们便于学人传习，也易于在丛林中普及。而这些公式形成的过程，又正是禅宗形式化的过程。依据现存资料，这些公式都被说成是宗主创造的，实际上应有过长期形成的经过，不过具体过程已难得其详了。

这里主要讨论有代表性的临济、曹洞二宗。

临济义玄一再表示反对滞于言句，向外驰求。他说："但有声名文句，皆是梦幻。"但他又有一段著名的话：

> 赤肉团上，有一无位真人，常从汝等诸人面门出入，未证据者看看。①

"无位真人"指绝对的心性，临济认为它要通过人的"面门"即感官表现出来。这种看法是与心性从肺肝中流出的观点相同的，这样也就要肯定语言的作用。

他根据学人根器不同规定各不相同的启悟方法，实际是如何利用言句的问题。他说：

> 有时夺人不夺境，有时夺境不夺人，有时人境俱夺，有时人境俱不夺。

所谓"夺人"、"夺境"，是指破除学人对外境（法）和人（我）的执着。对于我执重的人，要先破我执，此谓"夺人不夺境"；对法执重的人，

_____

①《镇州临济慧照禅师语录》，《古尊宿语录》卷四、五。本节引临济语同。

则要先破法执,此谓"夺境不夺人",等等。这后来被总结为"四料简",即四种度料简择的方式。

临济又把师资勘辩中由于双方禅解的浅深造成的情况分为四种,要人们在参问中度量形势,知其邪正:

> 参学之人,大须子细。如宾主相见,便有言论往来。或应物现形,或全体作用,或把机权喜怒,或现半身,或乘师子,或乘象王。如有真正学人,便喝,先拈出一个胶盆子。善知识不辨是境,便上他境上作模作样,便被学人又喝。前人不肯放下,此是膏肓之病,不堪医治,唤作宾看主;或者善知识,不拈出物,只随学人问处即夺,学人被夺,抵死不肯放,此是主看宾;或有学人应一个清净境,出善知识前,知识辨得是境,把得抛向坑里,学人言,大好,善知识,知识即云,咄哉,不识好恶,学人便礼拜,此唤作主看主;或有学人披枷带锁出善知识前,知识更与安一重枷锁,学人欢喜,彼此不辨,呼为宾看宾。大德,山僧所举,皆是辨魔拣异,知其邪正。

所谓"宾看主",指学人用文字来勘验老师,而老师泥于文字不能透出。"胶盆子"喻"死文字"、"死句",也叫"葛藤"。相反的,如学人有问,老师随问为其解黏去缚,而学人不理会,则是"主看宾"。如果二人禅解相应,谈论间心心契合,就是"主看主"。而假如学人本为妄见所缚,老师反而给他加上一重妄见,就是"宾看宾"。"披枷带锁"喻被妄见所缚。这被后来人称为"四宾主"。

临济启发学人,又讲究"照"与"用"。"照"是对客体的认识,"用"是主体的作用。他说:

> 我有时先照后用,有时先用后照,有时照用同时,有时照用不同时。先照后用有人在;先用后照有法在;照用同时,驱耕夫之牛,夺饥人之食,敲骨取髓,痛下针锥;照用不同时,有问有答,立宾立主,合水和泥,应机接物。

这是指根据参学人对客体、主体认识的不同，而采取不同的方式来启发诱导。后来临济宗人把它总结为"四照用"。

这些，都是临济接引学人的具体方式，其中清楚地总结了利用言句的方法。

曹洞宗的宗风稳顺绵密，善于以思辨的语言说明理事一如的道理。有《宝镜三昧歌》、《五位显诀》，集中反映了这一宗派接引学人的特点。

《宝镜三昧歌》是对禅理的总结文字，也是一首哲理诗。这篇作品最早采录于北宋惠洪所撰《禅林僧宝传》，传为云岩昙晟所授，应是经过长期流传、加工的曹洞宗学人的集体著作。其中有多处论及言句的表达问题。如说"有句无句"、"偏正回互"，就是指绝对的"正位"非相对的言句所可表诠，但言句又有一定表达功能；又说到"正中妙挟，敲唱双举。通宗通涂，挟带挟路"。"正中妙挟"指下面介绍的"五位"；"敲"谓扣问，"唱"谓提倡，"敲唱双举"即扣问与提倡并重；"通宗"即"宗通"，"通涂"即"说通"，"通宗"二句谓宗、说二通并用[1]。

曹洞宗又有五位君臣之说，据说也是云岩作有《五位君臣偈》：

> 正中偏，三更初夜月明前，莫怪相逢不相识，隐隐犹怀昔日嫌。偏中正，失晓老婆逢古镜，分明觌面更无他，休更迷头犹认影。正中来，无中有路出尘埃，但能不触当今讳，也胜前朝断舌才。偏中至，两刃交锋要回避，好手还同火里莲，宛然自有冲天气。兼中到，不落有无谁敢和，人人尽欲出常流，折合终归炭里坐。[2]

---

① 参阅京都大学人文科学研究所《禪の文化》研究班《研究報告第一册·禪林僧寶傳譯註（一）》，京都大学人文科学研究所，1988年。

② 《禅林僧宝传》卷一。此偈最早出于《汾阳善昭禅师语录》，与此处所录顺序略有不同。杨亿为该语录作序，说"师因观洞山价和尚五位语，乃述序并颂"。或许此偈为善昭所整理。

曹山本寂解释"五位"的含义：

> 正位即空界，本来无物；偏位即色界，有万像形。偏中至
> 者，含事入理；正中来者，背理就事；兼带者，冥应众缘，不随诸
> 有，非染非净，非正非偏。故曰：虚玄大道，无著真宗，从上先
> 德，推此一位最妙最玄，要当审详辨明。君为正位，臣为偏位。
> 臣向君是偏中正；君视臣是正中偏；君臣道合，是兼带语。

又作偈曰：

> 学者先须识自宗，莫将真际杂顽空。妙明体尽知伤触，力
> 在逢缘不借中。出语真教烧不着，潜行须与古人同。无身无
> 事超歧路，无事无身落始终。[1]

曹洞宗的五位是用正（君、本、理、真）、偏（臣、用、事、俗）、兼三者的
关系来说明教理，同时也指导教学方法；在言句对答中，则要求根
据学人对事、理的理解有所侧重地加以说明引导，使之将体用、真
俗统一起来而不落于一偏。

此外如云门宗的"三句"（函盖乾坤句，截断众流句，随波逐浪
句）、"一字关"也是关于言句技巧的重要看法。在《灯录》中更有一
些有关说禅问话的直接的提示，如九峰道虔法嗣禾山无殷（？—
960）说：

> 只执一问一答，往来言语。殊不知亦有时中问答，分为三
> 般：一者现对缘处机纵夺，亦得名为问答；二者亦有拟心是问，
> 不续是答，是药病之语；三者亦有无问之问，无说之说。这个
> 宗门正问正答之路，又不可类同，事须甄别……[2]

这已是纯粹的问答技巧了。

---

① 《禅林僧宝传》卷一。
② 《祖堂集》卷一二《禾山和尚章》。

　　这样，在分灯禅的发展中，各派对于接引学人、对答言句的方式方法进行总结，进一步推动了说禅的技巧，对禅文学的进一步发达是起了积极作用的。但从禅宗本身的发展看，却在走向更严重的形式化、程式化的道路。早期的曹溪禅注重清净自性的本体之用，因而不重言句；后来洪州禅注重一心的随缘应用，因而重言句。二者对言句的态度相反，实则都高度肯定自性的价值与作用。但"五家"以后讲究言句，却往往是单纯追求形式技巧，这已渐渐与禅宗的本来精神相背离了。

<h1 style="text-align:center">七</h1>

　　分灯禅在思想上倒退的另一个重要表现，就是与"教下"融合并进一步向儒家世俗道德靠拢。前期禅宗具有的那种绝对独立自主的主观心性的批判、反抗精神渐渐消失了，反而是在寻求与现存体制相调和的因应之道。在这个过程中，禅思想中有关宇宙观、认识论、方法论的一些重要的、有些是有重大价值的成分被新兴起的理学所吸收，而它本身却没有在原有的基础上再向前发展。因而禅也就逐渐失去了它独立存在的意义。宋代以后，禅教一致、禅净一致、儒禅一致成为中国佛教的基本特征。禅已走向了它的反面。此后，虽然禅宗法系绵延不绝，著名的禅宿历朝多有，但它作为一个宗派已徒具形骸了。

　　由离经叛教转向禅教一致、儒禅一致，正是禅宗的阶级基础逐渐上移的必然结果，也是禅思想内在矛盾发展的结局。从"东山法门"发展到南宗"如来禅"、"祖师禅"，禅宗一直向更加强调个人主观心性的方向发展。马祖提出"平常心是道"，主张每个人的平常心就是佛心，把对众生心性的肯定推向了极端。但个人的主观膨胀到了极点，再没有客体与之对立，本身也就失去了存在的价值。那个呵佛骂祖、毁弃经论的无为无事的闲人，不再有信仰、修持，也就不再是宗教的人。从而禅就否定了自身,禅宗也就没有存在的余地。禅宗面临的这种不可克服的矛盾境地,带来了丛林风气的颓坏与解体。因此才有百丈确定《清规》之举。而在思想上,则只好从禅教一致、儒禅一致上求出路。其早期代表人物是中唐著名学僧、一身兼祧华严与禅两宗传嗣的宗密。

宗密(780—841),俗姓何,果州西充(今四川西充县)人。少通儒书,宪宗元和二年(807)二十八岁时参加科举考试,偶谒荷泽系下的遂州道圆,言下相契,即出家受戒,所以他在禅宗是荷泽一系的。荷泽神会传磁州法如,法如传益州惟忠,惟忠传道圆。神会以后,荷泽法系传承单弱,宗密是这一系的后劲。他后来游襄汉,遇华严四祖澄观弟子灵峰,后者授与他澄观所著《华严经疏》及《华严随疏演义钞》等,遂寄书澄观申弟子之礼,并于元和六年在长安礼谒澄观。因而他又被尊为华严五祖。后来住长安终南山草堂寺,著述宏富,名动朝野,与朝官、文人有着广泛的交谊。文宗朝被赐紫袍,敕号大德,并累次召入内殿问道。特别是宰相裴休受其教旨,深入堂奥。他参与朝廷政治从一件事看得很清楚:大和九年(835),李训、郑注谋诛宦官失败,引起宦官屠杀朝臣的"甘露之变","李训素与终南僧宗密善,往投之,宗密欲剃其发而匿之,其徒不可"[1]。其著作今传有《华严经行愿品疏钞》、《注华严法界观门》、《圆觉经大疏钞》、《禅源诸诠集都序》、《原人论》等。他是中唐时期最重要的佛教著作家,也是中唐学术思想转变期中最重要的思想家之一。

宗密论禅与教二者的关系说:"教也者,诸佛菩萨所留经论也;禅也者,诸善知识所述句偈也。"又说:"诸宗始祖,即是释迦。经是佛语,禅是佛意。诸佛心、口不必相违。"[2]这样他就改变"教外别

---

①《资治通鉴》卷二四五《唐纪六十一》。
②《禅源诸诠集都序》。

传"的立场而取禅教一致的立场。裴休在其碑铭中总结其著作的
基本观点是：

> 皆本一心而贯诸法，显真体而融事理。超群有于对待，冥
> 物我而独运。

这显然仍是禅宗万法归于一心的基本主张。但裴休又说：

> 夫一心者，万法之总也。分而为戒、定、慧，开而为六度，
> 散而为万行。万行未尝非一心，一心未尝违万行。禅者，六度
> 之一耳，何能总诸法哉！[①]

他这就又明确指出禅不能代替整个佛教。在判教上，他发展了华
严宗的"五教十宗"[②]，提出新的"五教"说，即人天教、小乘教、大乘
法相教、大乘破相教、一乘显性教[③]。而最高的一乘显性教归于"不
生不灭、不增不减、不变不易"的"一真灵性"，即是一切有情皆有的
"本觉真心"，亦名佛性，亦名如来藏，实际是华严一乘教旨与禅宗
清净自性的统一。《禅源诸诠集》是"写录诸家所述诠表禅门根源
道理、文字句偈"的作品集，今只存《都序》四卷。在其中他又分别
教门、禅门，使之一一契合，从而又根据教义的另一角度来说明了
"禅教一致"的道理。他把禅分为三宗：息妄修心宗，注解中他举出
南侁（智诜）、北秀（神秀）、保唐（无住）、宣什（南山念佛法门）；泯绝
无寄宗，他举出石头、牛头（法融）至（径山）道钦；直显心性宗，他举
出洪州与荷泽。他又把教分为三教，即密意依性说相教，密意破相

---

①《圭峰禅师碑铭》，《全唐文》卷七四三。
②华严宗将佛陀一代教法，据其教义的分际，分为五教；再就五教分别所立宗
旨而为十宗。五教为小乘教、大乘始教、大乘终教、顿教、圆教；十宗为我法
具有宗、法有我无宗、法无去来宗、现通假实宗、俗妄真实宗、诸法但名宗、一
切皆空宗、真德不空宗、相想俱绝宗、圆明具德宗。"五教"的判教形成于贤
首法藏《华严五教章》。
③《华严原人论·斥偏浅第二》。

显性教,显示真心即性教。三教与三宗一一配合,"三教三宗是一味法,故须先约三种佛教证三种禅心,然后禅教双忘,心佛俱寂。俱寂则念念皆佛,无一念而非佛心;双忘即句句皆禅,无一句而非禅教"①。这样,就证得了禅、教的圆融一致。三教三宗中最高的一级当然是他所属的直显心性宗和显示真心即性教(华严宗)了。

宗密在《原人论》里还指出:

> 然孔、老、释迦皆是至圣,随时应物,设教殊途,内外相资,共利群庶。策勤万行,明因果始终;推究万法,彰生起本末。虽皆圣意,而有实有权。二教惟权,佛兼权、实。策万行惩恶劝善,同归于治,则三教皆可遵行;推万法穷理尽性,至于本源,则佛教方为决了。

这样,就又在"惩恶劝善"、"穷理尽性"的总的原则之下统一了儒、道、佛三教,而把佛教推为至尊。他又认为"佛且类世五常之教,令持五戒","不杀是仁,不盗是义,不邪淫是礼,不妄语是信,不饮酒啖肉,神气清洁,益于智也"。把佛陀教法等同于儒家传统道德,这是回到了孙绰《喻道论》、颜之推《家训》的立场②。

宗密活动在洪州禅兴旺的时期。他利用琐细的义学分析方法讲禅教合一,是洪州禅的反动,同时又是在指示出禅宗走出困境的方向。但在洪州禅的宏大声势下,宗密的这些观念在当时并没有多么大的反响。他所奠基的思想潮流,到五代北宋时蔚为大观,竟成了禅宗发展的主要倾向。这里的根本原因当然在于时代形势以及阶级关系的变化,另有一个实际原因是唐武毁佛给宗派佛教以

────────────

①《禅源诸诠集都序》卷三。

②孙绰《喻道论》:"周、孔即佛,佛即周、孔,盖外、内名耳……周、孔救极蔽,佛教明其本耳。"颜之推《颜氏家训》卷五《归心》:"内、外两教,本为一体,渐积为异,深浅不同。内典初门,设五种禁;外典仁、义、礼、智、信,皆与之符。仁者,不杀之禁也;义者,不盗之禁也;礼者,不邪之禁也;智者,不饮酒之禁也;信者,不妄之禁也。"

沉重打击,因而最早恢复元气的禅宗得以取代其它各宗派的大部分地盘,同时也就吸收了它们的教义的内容。分灯禅"五家"中的最后一家、五代时形成的法眼宗就明显具有融合诸宗的倾向。开创者文益及其再传弟子永明延寿继续发展了宗密的思想,即主张把禅与教、禅与儒相调和,代表了一时的潮流。

法眼文益有《三界唯心颂》说:

> 三界唯心,万法唯识。唯识唯心,眼声耳色。色不到耳,声何触眼。眼色耳声,万法成办。万法匪缘,岂观如幻。山河大地,谁坚谁变。

又有《华严六相义颂》:

> 华严六相义,同中还有异。异若异于同,全非诸佛意。诸佛意总别,何曾有同异。男子身中入定时,女子身中不留意。不留意,绝名字,万象明明无理事。[①]

所谓"华严六相"即总相、别相、同相、异相、成相、坏相。根据华严法界无尽缘起观认识世界,如就凡夫所见之事言之,六相各别;而就圣眼所见之诸法体性言之,六相圆融无碍。"六相"之说是华严宗建立其法界观门的依据之一。法眼取华严教义与禅宗心法相结合,说明万法唯心的道理。他在《宗门十规论》里还批判"理事相违,不分触净"的主张,认为理事相资,贵在圆融,也是把华严与禅相结合。

永明延寿三十岁从龙册寺翠岩禅师出家,时法眼文益法嗣天台德韶(891—972)正在天台山弘化,延寿前往参学,洞达教理。后住持明州奉化雪窦寺,从学者甚众。建隆元年(960),应吴越忠懿王钱俶之请,修复杭州灵隐寺;次年,接住永明寺,从学者近二千人。一时法眼宗大盛。杭州一地法眼宗人占禅僧过半,其影响渐

---

① 《金陵清凉院文益禅师语录》。

及于整个江南佛教。

延寿"深嗟末世,诳说一禅,只学虚头,全无实解"[1],因此倡禅、教兼重,性、相融合。著作有《宗镜录》、《万善同归集》、《唯心诀》等。其中《宗镜录》是他的代表作,是晚年住永明寺时定稿的。他邀集唯识、华严、天台学者,分居博览,相互质疑,最后以心宗之衡准平之。因此这部书不仅反映了禅宗发展的思想潮流,而且有很高的资料价值。全书共百卷,八十万言,分为三个部分:第一卷前半为"标宗章";从第一卷后半至九十三卷为"问答章";九十三卷以后为"引证章"。"标宗"即"举一心为宗",以此一心"照万法如镜","编联古制之深义,撮略宝藏之圆诠",因此名为《宗镜录》[2]。其诠释一心说:

> 何谓"一心"? 谓真妄、染净一切诸法无二之性,故名为"一";此无二处,诸法中实,不同虚空,性自神解,故名为"心"。[3]

因而,心是万法资始、理事圆备的。在具体发挥处,多引华严教义。如说:

> 此宗镜内,则无有一法而非佛事。[4]
> 生老病死之中尽能发觉,行住坐卧之内俱可证真。[5]

由于借用华严教义,禅宗心法的旨趣益显。同样,书中还罗列天台、慈恩教义,表现出广泛融通的品格。此书重新回复到"借教明宗"的旧路,但已不重简别异同,而是借诸宗以证禅之深妙。宋人曾评论此书说:

---

① 延寿《万善同归集》附《永明寿禅师垂诫》。
② 《宗镜录序》。
③ 《宗镜录》卷二。
④ 《宗镜录》卷二四。
⑤ 《宗镜录》卷六六。

　　　　窃尝深观之,其出入驰骛于方等契经者六十本,参错贯通
　　此方异域圣贤之论者三百家,领略天台、贤首而深谈唯识,率
　　折三宗之异义而归于一源。故其横生疑难则钩深赜远,剖发
　　幽黪则挥扫偏邪。其文光明玲珑,纵横方肆,所以开晓自心成
　　佛之宗而明告西来无传之意也。①

延寿还重视净土法门。他奉诏住永明寺,"徒众常二千,日课一百
八事",日暮时还往别峰行道念佛,以至钱俶说:"自古求西方者,未
有如此之切也。"②他融各宗教义而同时又重视修行净土的实践,重
新突出了禅宗作为宗教而重修持的方面。前期禅宗逐渐强化了否
定宗教修持的观点,因而提出心净土净,反对念佛也否定西方。但
这是与它作为宗教的根本性质相矛盾的。因此洪州禅学人也并不
是全都否定净土的。白居易那样的文人也是习禅与念佛并重。法
眼文益指出"天下丛林至盛,禅社极多,聚众不下半千",批评其中
有些"口谈解脱之因,心弄鬼神之事"③,也应包含不少净土结社。
延寿推动了禅净结合的思想潮流,以后在北宋丛林与士大夫间,念
佛而兼重习禅相当普遍。如:

　　　　(皇祐)二年,宰相文彦博兼译经润文使。彦博在京师,与
　　净严禅师结僧俗十万人念佛,为往生净土之愿。
　　　　(庆历)二年,初,东掖山本如法师,结百僧修法华长忏一
　　年。驸马都尉李遵勖……慕庐山之风,与郐公章得象诸贤结
　　白莲社。④

如苏轼、杨杰、张商英、陈瓘等人,都习禅而又修净土法门。禅与教
义简单而又重视实际修持的净土法门相结合,使得它的理论水平

----

①《石门文字禅》卷二五。
②《大宋永明禅觉禅师传》,《乐邦文集》卷三。
③《宗门十规论》。
④《佛祖统纪》卷四五。

大为降低,并向低俗的迷信蜕化。这正是禅宗衰落的表现之一。

延寿调和教与宗,儒与佛,这种调和的观念导致万善同归,即肯定一切善行。这对后来佛教的发展亦有很大影响。他说:

> 本末一际,凡圣同源。不坏俗而标真,不离真而立俗。具智眼而不没生死,运悲心而不滞涅槃。以三界之有,为菩提之用;处烦恼之海,通涅槃之津。夫万善是菩萨入圣之资粮,众行乃诸佛助道之阶渐。①

在他看来,佛教的主旨,它的全部修持,即可归结为善法的实践。"以垢无量,遍修一切善行以为对治。若人修行一切善法,自然归顺真如法故。"这就不只统一了三乘与禅,而且进一步把佛教归结到一般的伦理。这对佛教的普及是一个很大的助力,对佛与儒的融合也起了推动作用。但这种佛教的伦理化、世俗化,同样表现了它思想的退化。

在北宋禅门中提倡儒佛一致最有影响的是前面已介绍过的云门明教契嵩。他在宋仁宗明道年间,作《辅教篇》,站在儒释一致的立场,"以五戒十善通儒之五常",轰动当时文坛。他同样坚持同归于善的立场,说:

> 夫圣人之教,善而已矣;夫圣人之道,正而已矣。其人正,人之;其事善,事之。不必僧,不必儒;不必彼,不必此。彼此者,情也;僧、儒者,迹也。圣人垂迹,所以存本也;圣人行情,所以顺性也。②

这就把儒与佛都视为行迹之事,而从根本精神上肯定了二者的统一。同时他又主张儒、释各适其用:

> 儒、佛者,圣人之教也。其所出虽不同,而同归乎治。儒者,圣人之大有为者也;佛者,圣人之大无为者也。有为者以

---

①《万善同归集》卷上。
②《辅教篇》中,《镡津文集》卷二。

> 治世，无为者以治心……儒者欲人因教以正其生；佛者欲人由教以正其心。①

这又回到六朝士大夫的"儒以治外，佛以治心"的观点。

　　自中唐，儒家辟佛思潮相当猛烈。到与契嵩同时的欧阳修，更以上承韩愈辟佛、传继道统为己任，一时间领袖文坛，有相当大的声势。而佛家对儒家的挑战，往往取规避、辩解的立场。契嵩正是这样一个典型人物。他不是批判儒家张扬佛说，而是努力辩解二者并无矛盾，说明佛教也有益世用。在他的著作中，对儒家的礼乐教化，对"五经"、《论语》、《中庸》都极其吹捧。他上仁宗万言书，力主佛法有益帝王之道德。他上书欧阳修，也首先肯定对方"文章绝出，探经术，辨治乱，评人物，是是非非，必公必当"②，力求使自己的佛之道被文坛耆宿所理解。据说韩琦把他的文章给欧阳修看，欧阳说："不意僧中有此郎，黎明当一识之。"③陈舜俞说：

> 当是时（仁宗庆历年间），天下之士学为古文，慕韩退之排佛而尊孔子。东南有章表民、黄聱隅、李泰伯，尤为雄杰，学者宗之。仲灵（契嵩字）独居，作《原教》、《孝论》十余篇，明儒、释之道一贯，以抗其说。诸君读之，既爱其文，又畏其理之胜，而莫之能夺也，因与之游。遇士大夫之恶佛者，仲灵无不恳恳而言之。由是排者浸止，而后有好之甚者，仲灵唱之也。④

这段称誉之词虽有溢美夸大的成分，但确也可以看出契嵩思想倾向的特征。对他来说，佛教和禅不再是义兼权、实的超然的教理，佛教徒、禅师也不再居于"方外"、"教外"的高蹈地位；佛与禅只是世法的一种，佛教的活动也只是统治者治术的补充。契嵩实际上

---

①《寂子解》，《镡津文集》卷八。
②《上欧阳侍郎书》，《镡津文集》卷一〇。
③《人天宝鉴》。
④《镡津明教大师行业记》，《镡津文集》卷首。

已退避到自我辩护、甘为附庸的地步，表明佛教已失去了与正在兴起的理学独力抗衡的力量。

禅教一致、儒禅调和倾向的发展，使禅风大变，禅宗独具特色的教理也变质了。禅本是教的否定，再来一次否定，即是向"教下"复归。但这并不是向前的飞跃，而是一种倒退。至此中国佛教中最具特色也是最为光彩的一个宗派、一个发展时期迎来了它的末日。南宋以后，中国佛教由宗派分立的时期转变为禅净合一的时期。虽然佛教仍广泛传布并对社会生活各方面有深刻影响，但在思想理论上的建树已经寥寥，其意义已基本是另一个层面的事。在这种局面之下，禅宗也必然失去了它的独立的价值。

如果我们回顾一下禅宗的发展历史，就会发现，禅本来是佛教修习的实践项目之一。它是在中国的思想土壤上，以佛教心性本净说为主干，吸收了中国佛教义学以及中国传统的儒家、道家等学说才逐步发展成一个宗派。这个宗派虽然有过三百余年的隆盛期，几乎构成了中国佛学以至整个思想发展的一个独立的阶段，但其理论结构有着先天的不足：禅宗的思想理论从积极方面说是简洁明快，从消极方面说则过于简陋粗疏，缺乏有力的逻辑论证；从另一个角度说，就是批判的、破坏的色彩浓重，而建设性的发挥不足。它的理论思辨性质的淡薄又正与其神秘的、虚幻的表现相对应。而富于理性的、思辨的特性本是中国人的传统思维的一大优点。这样，当儒学自汉学向宋学脱胎，宋学（理学）在吸收了佛教、主要是禅与华严的理论思想建立起更为精严的理论构架之后，禅本身就失去了它的思想发展史上的地位。禅与净土的结合，促使它"回归"到佛教禅观本来的宗教实践的本性上去。从这个意义说，禅宗的衰落也是它自身矛盾发展的必然结局。

第十三章　以诗说禅

一

石头、马祖以后,随着禅门中独特的教学制度的形成,在师资问答、上堂示法以及说公案、斗机锋等场合,更多地利用了诗偈。这可以说是言句与偈颂的结合,是禅门偈颂之外的又一种以诗说禅的形式。

这种新风气,大盛于公元九世纪中叶,即祖师禅分灯的时代。其形成首先与禅宗言句化、形式化的大势有关。由于禅宿们讲究接引学人的方式,师资间对谈要利用启发、诱导、提示的方法,因此就要讲究言句的艺术。而禅要靠悟解,忌直陈,忌说教;要以心传心,意在言外,心心相印;在表达上又多用象征、比喻、联想等方法,要利用形象。这就与诗的表现艺术相通了。钱钟书指出:

> 唯禅宗公案偈语,句不停意,用不停机,口角灵活,远迈道士之金丹诗诀。词章家隽句,每本禅人话头。如《五灯会元》卷三忠国师云:"三点如流水,曲似刈禾镰";卷五大同禅师云:"依稀似半月,仿佛若三星";皆模状心字也。秦少游《南歌子》云:"天外一钩斜月带三星",《高斋诗话》谓是为妓陶心儿作;《泊宅编》卷上极称东坡赠陶心儿词:"缺月向人舒窈窕,三星当户照绸缪",以为善状物;盖不知有所本也。《五灯会元》卷

> 十六法因禅师云:"天上月圆,人间月半";吾乡邹程村祗谟《丽
> 农词》卷下《水调歌头·中秋》则云:"刚道人间月半,天上月团
> 圆";死灰槁木人语,可成绝妙好词。①

这里举出的例子,是说明文人如何借用禅的比喻以成"绝妙好词";
从另一方面也表明禅语与诗语相通。其中谈到的投子大同禅师
(819—914)嗣法翠微无学,曾对学人说:

> 汝诸人来遮里,拟觅新鲜语句、攒华四六,口里贵有可
> 道……②

可见寻章觅句在当时丛林中已形成风气,禅师们利用当时流行的
诗歌形式是很自然的。何况禅宗乃至整个佛教本来就有写作偈颂
的传统。

　　除了禅语与诗语在表达上有相同之处而外,禅与诗在更深一
层的思想意识上更有契合之处。特别是洪州禅提倡"平常心是
道",在扬眉瞬目、穿衣吃饭等人生日用之处求禅解;现实的人生践
履本是诗情的源泉,因此"平常心"的禅也就可能是富于诗情的。
中晚唐以后许多禅师的言动是艺术化的,诗的;表现出来就往往利
用诗的语言。如下面的例子:《景德录》卷七马祖弟子洀潭常兴:僧
问:"如何是曹溪门下客?"师云:"南来燕。"云:"学人不会。"师云:
"养羽候秋风。"又卷十四药山惟俨问道吾圆智:"子去何处来?"曰:
"游山来。"药山曰:"不离此室,速道将来。"曰:"山上鸟儿白似雪,
涧底游鱼忙不彻。"又卷二十杭州佛日参夹山善会,夹山曰:"子未
到云居前在什么处?"对曰:"天台国清。"夹山曰:"天台有潺潺之
瀑,渌渌之波,谢子远来,子意如何?"师曰:"久居岩谷,不挂松萝。"
夹山曰:"此犹是春意,秋意云何?"师良久。夹山曰:"看君只是撑

---

① 《谈艺录》(修订本)第 226 页。
② 《景德传灯录》卷一五。

船汉,终归不是弄潮人。"像这样的对问,都是用象征的、诗的语言进行的,是借用富于诗的情趣的现实情境来说禅的。

还有一点,禅门中这一参问对答的教学与传法形式,促进丛林中人对于语言表现技巧的训练。这也包括利用诗的语言能力的训练。禅宗学人奔走于四方名宿之间,寻求老师的印可。师弟子间利用问答来相互测度、辩论,相互争锋,努力高出对方一头地。马祖说"石头路滑"①,就是指石头希迁善于使用暧昧两可的语句,使得学人颠坠失利。这实际是禅师们共有的伎俩。说禅就是要不着形迹,透过言词表面暗示出几层意思,这就是所谓"绕路说禅"。而如果听者只能按表面去理会,就是"钝根"、"不了的阿师"。"绕路"的好办法之一,就是利用形象的、含蓄的诗句。

而如从整个社会环境来说,"以诗说禅"风气的兴盛也与唐代诗歌创作的普及有关系。前面已有专章讨论过,唐代文人习禅风气很盛,禅门中也有许多善诗的人,这给用诗歌表禅解提供了客观条件。这样,"以诗说禅"的盛行又可以说是诗歌普遍繁荣的一个结果。

前面介绍的独立的乐道、明道偈颂是佛教偈颂的发展,在参问对答中利用诗歌则是禅门偈颂的进一步发展。它丰富了禅宗语录的表现形式,也提高了禅文学的艺术水平。

但"以诗说禅"的主旨在说禅而不在作诗。其中有些作品可以看成是诗,甚至是好诗,但多数作品从诗的艺术的角度看,水平是不高的。这一方面是由于大多数禅僧的文化水准不高;更重要的原因在谈禅中用诗的目的在于讲道理,而不在艺术创造与欣赏,因此也就不会在艺术上仔细推敲、修饰。

再一点应当明确的,就是灯录中记载的以诗说禅的材料,有很

---

① 马祖对弟子邓隐峰与丹霞天然都说过"石头路滑"的话。见入矢义高《馬祖の語録》第 74、152 页。

大的传说成分。这与语录的一般情况相同。记录在某人名下的诗句，不一定是他本人所作，也许是后人附会上去的。如果要确定真实作者，要利用各方面材料进行考证、分析，这是一件很艰难的工作。大体说来，时代越靠前的人物的作品，出自传说的可能性就越大。但我们有《祖堂集》、《景德录》的记录，起码可以肯定那上面收录的是晚唐五代时期的作品①。

由于禅宗的独特的思想观念与禅师们特殊的生活体验，"以诗说禅"不只创造了一种特别的禅文学的形式，而且由于这种说禅的诗独具特色，又对当时与后代的诗坛造成了一定影响。因此，这个本来是禅宗发展中向文字化、形式化蜕化的现象，在禅文学史以至一般文学史上又是有所成就，值得重视的。

二

本章讨论的"以诗明禅"的诗句或诗，与前面论述过的一般偈颂诗是不同的。在体制上的重大区别在于一般偈颂是独立成篇的；这里说的"以诗明禅"则是把诗用在说禅的言句之中，与一定的情节相结合。禅宗讲人人皆本具清净自性，但"见性"要有一定的时节因缘。师资间的传法就在这时节因缘中进行。诗或诗句就夹用在这些故事之中。它们是语录的一个构成部分，是语录发展到一定阶段更灵活地运用偈颂的方式。

---

①本章以下所举各例，均出《祖堂集》和《景德录》。《祖堂集》纂集时间更早，所以尽可能利用它的内容。但二者所录"以诗说禅"的诗偈，出入很大，这又证明在五代末到北宋初灯录的记述仍在流动之中，许多故事（包括诗偈）的归属也仍未确定。以下举例只在文末标出《祖堂集》、《景德录》卷次；《祖堂集》略作《祖》，《景德录》略作《景》。本条中"只这个汉是"《景德录》卷一五作"即遮个是"；《五灯会元》卷一三作"只这是"。"只这是"后来成为禅门重要公案。

根据写作机缘的不同，这类作品有不同的类别。下面举例加以说明。

开悟偈：

禅宗讲清净自性众生本具、平等，不论讲得如何彻底，仍不能否认有"悟"与"不悟"的区别。因而习禅有得而开悟就是关键的一步。要开悟就须一定的时机、条件：或受到禅宿启发，或遭逢某种机缘，等等。一悟之后，心灵就展现出全新的境界，即"超凡入圣"了。这"顿悟"的一刹那，像是"灵感"的激发，与诗歌创作的心态是很相似的。开悟诗就这样结合着描述学人发悟的故事而被创作出来。它们为后人参学指点门径，作为诗也往往包含深刻意蕴。例如：

前引洞山良价在云岩昙晟处，问云岩："和尚百年后，有人问还邈得师真也无，向他作摩生道？"云岩云："但向他道，只遮个汉是。"师良久，未说破。师犹涉疑，后因过水睹影，大悟前旨，因有一偈曰：

> 切忌随他觅，迢迢与我疏。我今独自往，处处得逢渠。渠今正是我，我今不是渠。应须与摩会，方得契如如。（《祖》五）

这里"真"指肖像。问是否可以画出先师画像，意指能否承传先师禅法。云岩答说"就是这个"。当时洞山不解所谓。后来过水看到水中影像，忽然开悟，意识到影子与自身不是一码事，描摹老师的影像并不等于老师，自悟本心是"切忌随它觅"的，向外驰求将越走越远，顿悟自心则当下即是。禅宿常常这样以镜中影、水中像来比喻自性本体的清净。大珠慧海也用过与洞山相似的比喻：有法师数人来谒曰："拟申一问，师还对否？"师曰："深潭月影，任意撮摩。"问："如何是佛？"师曰："清潭对面，非佛而谁。"[①]这也是利用水中影

---

① 《顿悟要门·诸方门人参问语录》卷下。

像说明"只这是"的道理。

香岩智闲博闻利辩，才学无当，在沩山众中问难对答如流，但未契根本。有一次沩山问他："汝初从父母胞胎中出，未识东西时本分事。"他遍检册子，无一言可对，遂烧尽册子，决心作长行粥饭僧。礼辞沩山后，到香岩山慧忠国师遗迹栖心憩泊，一日因除草木击瓦砾而悟，乃作偈曰：

> 一击忘所知，更不自修持。处处无踪迹，声色外威仪。十方达道者，咸言上上机。(《祖》十九)

这里沩山所谓"汝初从父母胞胎中出，未识东西时本分事"，即禅宗常说的"本地风光"、"本来面目"①，是指不受凡情染污的本性。香岩在一击瓦石的声响中，一时间截断了凡情，达到了"忘所知"的境界。这使他体悟到一切知觉之事，包括坐禅修持都是向外驰求，必须回归到一切踪迹、声色之外的"本来面目"。因为对于绝对的本性来说，一切知见都是相对的，都必须排遣干净，包括"排遣"的意念也不应当存在。

沩山的另一个法嗣灵云志勤因见桃花而悟道。据说他一造大沩，闻其教示，昼夜忘疲，偶睹春时花蕊繁盛，忽然发悟，喜不自胜，因作偈曰：

> 三十年来寻剑客，几逢花发几抽枝。自从一见桃花后，直至如今更不疑。(《祖》十九)②

沩山称赞他"随缘悟达，永无退失"。偈中所说的"寻剑"，即追求绝对的禅解。禅门把禅法喻为"神剑"，意谓它可以斩断一切凡情。

---

①契嵩本《坛经》里记载惠明追赶得法南归的慧能到大庾岭，慧能为他说法要："不思善，不思恶，正与么时，那个是明上座本来面目。"惠明言下大悟。参阅郭朋《坛经对勘》，齐鲁书社，1981年。

②《祖堂集》卷一〇《玄沙和尚章》录此偈，第二句作"叶落几回再抽枝"。

灵云的诗偈说,虽然求道三十年,直到这次一见桃花,看到花开花落在循着永恒的规律变化,才体会到禅理如如不变,只在内心与之契悟而已。对花开花落本是年年遭逢,却视而不见,是因为自心被凡情所阻;透出凡情,才顿悟当下即是,则疑念顿消了。

对于习禅者来说,往往是生活践履中的一时一事成了发悟的机缘。开悟偈就从这具体事相去指示禅理,常能写出具体、生动的情境,因而诗情与禅理交融,很耐人品味。它们作为哲理诗,有些是相当精彩的。

遗偈(传法偈):

根据禅门传说,禅宿在示化之前往往向弟子说偈付法。从情理上说,这种遗偈大概多是弟子们为了神化先师的伪托,但也是表达禅解的一个方式。

遗偈的创作与南宗禅建立祖统有关。祖师说偈传法,一方面是阐扬禅理,另一方面又有预记的意味。以诗偈付法传灯的记录,也是为了显示传继关系的正统。在敦煌本《坛经》里,已记载有法海所述自达摩至六祖慧能的六位祖师传法付心颂[1]。如达摩曰:"吾本来唐国,传教救迷情。一花开五叶,结果自然成。"这已预记了达摩以下五个祖师的传承。慧能的付法颂说:"心地含情种,法雨即花生。自悟花情种,菩提果自成。"[2]同时又记载慧能说两偈顺世。成立于贞元十六年(801)的《宝林传》整理出西天二十八祖祖统说,每位祖师都有传法偈。如释迦传迦叶偈:"法本法无法,无法法亦法。今付无法时,法法何曾法。"到后来《祖堂集》里,过去七佛也各有偈。这些传法偈显然是后人附会的,写法上也遵循着同一种风格,即取五言二十字的形式,组织进心地、法、境、菩提、无生、因缘等观念,又用了种、花、果之类的比喻,来说明禅的一般原理。

---

[1]在净觉《楞伽师资记》和《历代法宝记》里都还没有传法偈,可知传法偈应是南宗禅的创作。

[2]敦煌本《坛经》。

在这样的传统之下，似乎每一位真正的禅师都应有一首总结性的诗偈传付给后人，因此形成了临终留偈的大量传说。这种遗偈比起上述祖师传法偈来，内容广泛得多，形式也自由得多。例如：

归宗智常弟子五台山智通遗偈：

举手攀南斗，回身倚北辰。出头天外见，谁是我般人。

（《景》十）

这就写出了一个充满浪漫精神的顶天立地的巨人形象，表现出遗世独立、蔑视一切的气概。它反映了禅宗对主观自我的绝对肯定。作为一首抒写个人心境的小诗也很有意味。

洞山良价弟子疏山光仁的遗偈同样使用了夸张、想象的手法，但写得更洒脱而富于哲理：

我路碧空外，白云无处闲。世有无根树，黄叶送风还。

（《祖》八）

他把人生比喻为无根树，寒风一吹则叶黄枝枯；而自己却如天上白云，自由自在地在碧空中遨游。唐代诗人经常使用"白云"这一意象，特别是在禅宗影响下多有用"白云"来展示独立自由的心灵境界的，如王维的"悠然远山暮，独向白云归"①，綦毋潜的"塔影挂清汉，钟声和白云"②，刘长卿的"如今渐欲生黄发，愿脱头冠与白云"③等等。皎然诗中也常常描写白云，并有《白云歌寄陆中丞使君长源》那样的名篇。后来禅师谈禅喜用白云，又反过来是受了诗歌创作的影响的。姚合诗曾说："白云向我头上过，我更羡他云路人。"④

①《归辋川作》，《王右丞集笺注》卷七。
②《题灵隐寺山顶禅院》，《全唐诗》卷一三五。
③《酬灵澈公相招》，《全唐诗》卷一五〇。
④《游天台上方》，《全唐诗》卷五〇〇。

光仁的偈则由此更进一步，设想自己已腾飞天外，表达得也很简洁、直截而又富有深意。

白水本仁弟子重云智晖善偈颂，"诲人之暇，撰歌颂千余首"，他的遗偈则更表现出浑朴沉静的格调：

> 我有一间舍，父母为修盖。住来八十年，近年觉损坏。早拟移住处，事涉有憎爱。待他摧毁时，彼此无相碍。（《景》二十）

把人身比喻为屋舍，是自《阿含经》等佛典中常用的譬喻。智晖的遗偈亲切朴实地承认，因为有了爱憎之心才不愿抛弃这已坏的身躯；只有精神离开了肉体才算真正得到了自由。这是一种有灵论的看法。但作者显然不是强调人的灵魂不死，而是指示人对待生死问题的坦然态度。人的生命的短暂和对于永恒的追求，确实是人类面临的一个永远解决不了的难题。宗教的意义的重要一面就在于对这一问题提出解答。智晖的遗偈典型地表现了禅宗对待生死的任运无碍的态度。虽然也是基于宗教信念，但却有一种透脱的情理，给人以启发。禅宗在生死面前是较为通达的。保福清溪遗偈也是明显的例子：

> 世人休说路行难，鸟道羊肠咫尺间。珍重苎萝溪畔水，汝归沧海我归山。①

他把死亡看作是如百川归海那样的自然归宿。

示法偈：

这是指师僧向学人示法所说的偈。随着丛林中上堂示法制度与禅会组织的形成，禅宿在对答中往往利用诗偈来阐明法要。前面介绍过神会用民间俗曲来解明禅理。示法偈则更发展一步，是在对问中随时随地借用比喻、象征的诗句来抒见解，指迷津。

---

①《五灯会元》卷八。

洞山良价问马祖法嗣潭州龙山和尚："和尚见什么道理，便住此山?"龙山云："我见两个泥牛斗入海，直至如今无消息。"因作颂曰：

> 三间茅屋从来住，一道神光万境闲。莫作是非来辨我，浮生穿凿不相关。(《景》八)

"泥牛入海无消息"是喻万法性空的境界。"一道神光"是说悟境。这首偈是说一旦领悟到这种境界，就解脱了一切世事纠缠，那么所问"道理"就都是无用的"是非"、"穿凿"，全不必挂怀。因为禅本是"不涉理路"的，如果看出"道理"就不算真正的悟境。龙山偈正表现了这种无"道理"、无"是非"的境界。

以善诗颂著名的南泉普愿弟子长沙景岑有示法偈说：

> 百尺竿头不动人，虽然得入未为真。百尺竿头须进步，十方世界是全身。(《祖》十七)

时有三圣和尚问："承师有言，'百尺竿头须进步'，百尺竿头则不问，百尺竿头如何进步?"景岑曰："朗州山，澧州水。"进曰："更请和尚道。"景岑曰："四海五湖王化里。"景岑偈用了一个既新颖又形象的比喻。弄竿艺人到百尺竿头，看似已达到了绝对境界，但仍有所执着，所以未得真谛。应当更进一步，使自身与宇宙合而为一。三圣问"如何进步"，又答以"朗州山，澧州水"，即是说绝对的境界就在具体的某一个山、水之中，并不是另有一个绝对的虚空。如更进一步说，正如五湖四海皆在王化之中，事事物物皆与绝对契合。这样，景岑的偈讲了深刻的禅理，而其中表现的不断精进、永不停步的生生不息的精神，更对人有普遍的教育意义。

有僧问河中公畿和尚："如何是道? 如何是禅?"答以偈曰：

> 有名非大道，是非俱不禅。欲识此中意，黄叶止啼钱。

(《景》九)

黄叶止啼之喻出北本《涅槃经》卷二十,其中把佛说天上之乐果以止众恶,比喻为以杨叶为金诳小儿止啼。在禅宗中,有人把全部佛所说法都比喻为"黄叶止啼"。公畿的偈说一切名相、是非,讲"道"说"禅",都是"黄叶止啼钱",而非真正的禅。这首偈的破除执着、打破迷信的意义也是很明显的。

子湖岩利纵禅师示众有偈曰:

> 三十年来住子湖,二时斋粥气力粗。每日上山三五转,问汝时人会也无?(《景》十)

这里写三十年居山习禅,实际每日过的是无为无事的闲适生活。禅正体现在这种平凡的生活之中。最后的一问,表明自己远超出俗人见解之处,充满了自信与自负。这与大珠慧海所说"饥来吃饭,困来即眠"是同一个道理。

禅师所示之法,讲的是禅理,仍是一种宗教的训谕。但有些作品的客观含义却远超出宗教意义之外。因为这些示法偈往往从现实生活中取材,禅师又往往在实际践履中悟禅,所以在说禅的主旨之外,可以使人发现更普遍的意义,给人以启发与教育。这样,这些偈就有了讽谕诗的意味。

劝学偈:

对习禅者来说,道不要修,"学"本身就是一种驰求、知见;但又要寻访善知识,追寻悟道因缘,因此又要学。这本是一个不可克服的矛盾。这样,习禅就是一种特殊的学习;禅宿指点学人也要用特殊的方法。这些方式有的是不用语言的,如拳打棒喝、举指竖拂之类;有的用语言,但要用特殊的语言。禅匠诱导、奖掖学人精进努力,踏破难关去习禅修道,写了一些劝学偈,从不同角度指点习禅门径,如:

长沙景岑的《劝学偈》:

> 万丈竿头未得休,堂堂有路少人游。禅师欲达南泉去,满

目青山万万秋。(《祖》十七)

这里发挥的是与前引"百尺竿头不动人"同样的观念。后来天台德韶有偈曰:"通玄峰顶,不是人间。心外无法,满目青山。"(《景》二十五)也是从这首偈蜕化而来。它们都指示学人要勇敢地斩除一切凡情,认为这样心灵就会展现无限生机。

香岩智闲的《劝学偈》:

> 出家修道莫求安,失念求安学道难。未得直须求大道,觉了无安无不安。(《祖》十九)

"安"指安闲,即内心清净无事。这首偈说心中存着"求安"的念头也是不能得道的。真正的觉悟在于超越了"安"与"不安"的绝对的境界。这是指出了学道的根本矛盾和出路。

雪峰义存初出家时,有儒假大德送给他三首诗,也是劝学偈:

> 光阴轮谢又逢春,池柳亭梅几度新。汝别家乡须努力,莫将辜负丈夫身。
>
> 鹿群相受岂能成,鸾凤终须万里征。何况故园贫与贱,苏秦花锦事分明。
>
> 原宪守贫志不移,颜回安命更谁知。嘉禾未必春前熟,君子从来用有时。(《祖》七)

这三首诗勖励人要立志高远,意念坚决,抓紧时机努力不懈,很有教育意义。诗的格律相当规范,又多用世典,与一般七绝已没有不同。

但雪峰弟子翠微令参的《劝学偈》的写法与风格却与前几首大不相同:

> 苦哉甚苦哉,波里觅干灰。劝君收取手,正与摩时徕。
> (《祖》十)

这首偈纯用口语,构想亦很奇崛。偈中讽刺那种向外驰求的做法是"波里觅干灰"，永无得时；让人放下驰求之心，才是得道之时。
"正与摩时徕"意谓"正是这样的时刻"，也就是"只这时"，当下即是
的意思。

赞颂偈：

这是对当代禅匠和古德行迹加以赞颂的一类诗偈，也是借以
表达禅解的方式，后来发展为"颂古"一体。

药山惟俨在一处坐，石头希迁问："你在这里作什摩?"对曰：
"一物也不为。"石头曰："与摩则闲坐也。"对曰："若闲坐则为也。"
石头曰："你道不为，不为个什摩?"对曰："千圣亦不识。"石头以偈
赞曰：

> 从来共住不知名，任运相将只摩行。自古上贤犹不识，造
> 次常流岂可明。(《祖》四)

这是对时人言句所作的赞。石头希迁以诗偈进一步阐发弟子药山
惟俨的见解。"一物也不为"、"千圣亦不识"，后来成为著名的
公案。

临济一日与河阳木塔长老同在僧堂地炉内坐，因说普化每日
在街市掣风掣颠。普化入来，临济问："汝是凡是圣?"普化云："汝
且道我是凡是圣?"师便喝。普化以手指云：

> 河阳新妇子，木塔老婆禅。临济小厮儿，却具一只眼。①

"老婆禅"是形容说禅琐细唠叨，是讽刺木塔长老。临济以一喝显
示大机大用，因此被赞扬顶门具一只眼。摩醯首罗天有三眼，其中
间竖的一只称"顶门眼"，谓超过常眼，这里意谓他是真能明见禅理
的。这首偈用讽刺、对比手法写出，也是赞同时人的。

法眼文益以偈赞木平山善道说：

---

① 《镇州临济慧照禅师语录》，《古尊宿语录》卷四。

　　　　木平山里人，貌古年复少。相看陌路同，论心秋月皎。坏
　　　衲线非蚕，助歌声有鸟。城阙今日来，一沤曾已晓。(《景》
　　　二十)

这首偈刻画出一位山居乐道的禅师的形象。"坏衲"一联生动地写
出了禅师特殊的贫居逍遥的生活。"论心秋月皎"一句被苏轼诗所
袭用，而文益的句意则又取自寒山诗①。

　　在中晚唐，祖师、古德的言行已成为学人参学的对象，因此又
出现了赞颂祖师、古德的偈颂。这与丛林中礼拜祖塔的风气的形
成有关系，又与诗坛上不少诗人写礼赞祖师、禅宿的作品相呼应。

　　马祖弟子石鞏曾接待大颠弟子三平义忠，三平到石鞏处参见，
石鞏却架起弓箭，叫道："看箭！"三平擘开胸受。石鞏抛下弓箭云：
"三十年在这里，今日射得半个圣人。"三平住持后云："登时将谓得
便宜，如今看却输便宜。"(《祖》十四)罗山道闲法嗣灌州灵岩颂云：

　　　　解擘当胸箭，因何只半人。为从途路晓，所以不全身。
　(《景》二十三)

石鞏射出一箭，拟夺三平性命，意味着要斩决他的凡情；三平明白
他的意思，擘胸接受。但三平在这里仍存知解，还不算悟得透彻，
因此只是半个圣人。灵岩的颂就是阐发这个道理。

　　在晚唐，赞颂祖德的偈已很流行。从现存资料看，南岳玄泰、
乐浦元安、香岩智闲均曾创作这类诗偈，但今已不传。今存有五代
时净修文偬的作品，集为《泉州千佛新著诸祖师颂》，是对自大迦叶
至六祖计三十三人，加上南岳、青原、慧忠、石头、马祖等五人的四
言八句赞颂。净修即《祖堂集》编纂者静、筠二禅德之师。这些颂
赞已全部录入《祖堂集》，又附加上道吾、德山、洞山、玄沙、长庆、南

───────────

①苏轼《和寄天选长官》(《东坡续集》卷一)中有句曰："但记寒岩翁，论心秋月
　皎。"把"论心"句读记为寒山诗。寒山诗曰："吾心似明月，碧潭秋皎洁。""因
　指见其明，月是心枢要。"等等。

泉的颂。从这种情况看,颂祖德的作品不会仅此一部分。

投机颂:

禅悟要有一定的时节因缘。禅师往往针对某一机缘以诗偈测问学人,如以水投石,测其浅深,这就叫作投机偈。

南泉普愿有《久住投机偈》云:

> 今日还乡入大门,南泉亲道遍乾坤。法法分明皆祖父,回头惭愧好儿孙。

长沙景岑答曰:

> 今日投机事莫论,南泉不道遍乾坤。还乡尽是儿孙事,祖父从来不入门。(《景》十)

这里"还乡"、"入门",都是喻清净自性的复归。南泉普愿偈的意思是说经古德参验,已经悟解了万法归于一心、一心等同于宇宙虚空的道理,他以此来启发后辈"儿孙"。而长沙景岑答说后辈儿孙实际上更高一等。这正暗示他自己的悟解高于南泉。后一首偈用了翻案写法,即宋人所谓"梵志翻着袜法",在禅宗言句中常常使用,对诗坛也有一定影响。

国清师静睹教中幻义,乃述一偈问诸学流:

> 若道法皆如幻有,造诸过恶应无咎。云何所作业不忘,而藉佛慈兴接诱。

时有小静上座答曰:

> 幻人兴幻幻轮围,幻业能招幻所治。不了幻生诸幻苦,觉知如幻幻无为。(《景》二十一)

这里师静提出了佛教教义中的一个根本矛盾:即诸法性空与因果报应的矛盾。因为按诸法如幻如化的观点看来,一切作为都是虚幻的,也就没有果报可言。小静上座答偈则承认幻业的存在,认为幻人幻事招来如幻的业报,这正是苦谛的所在,从而让人觉悟到如幻的实相。

明志偈:

禅师们往往以偈颂抒写自己求道的志向。这种作品已更接近"言志"的诗了。但这些作品或是表现向道的坚定,或是表现禅悟的心境,等等,写的都是宗教心态,以表达宗教理念为主旨,与一般的抒情诗是不同的。

伏牛自在放小师行脚时,颂曰:

> 放汝南行入大津,碧潭深处养金鳞。等闲莫与凡鱼伴,直透龙门便出身。

小师答曰:

> 鱼龙未变志常存,变时还教海气浑。两眼不曾窥小水,一心专拟透龙门。千回下网终难系,万度垂钩誓不吞。待我一朝鳞甲备,解将云雨洒乾坤。(《祖》十五)

这里赠答两首,都用鱼龙变化的传说譬喻。小师的答诗用了七律,很讲究格律对仗,抒写了自己以法雨济天下的慈悲心愿。

越州观察使差人问五泄灵默:"依禅住持? 依律住持?"灵默以偈答曰:

> 寂寂不持律,滔滔不坐禅。酽茶三两碗,意在镢头边。

(《祖》十五)

这首偈也像一首明志的小诗,表达了自己不受经教拘束、任运自在、无所追求的心情。后两句具体描写心境的淡泊安闲,很为生动。

曹山本寂住曹山(江西临川吉水山),"钟陵大王"钟传①再三遣

---

① 据《新唐书》卷一九〇《钟传传》,"中和二年(882),逐江西观察使高茂卿,遂有洪州……天祐三年(906)卒"。僖宗时钟传拜爵颍川郡王,又徙南平。

使迎请。第三次遣使时,使者说如不赴王旨,弟子一门便见灰粉,时本寂附古人偈一首:

> 摧残枯木倚青林,几度逢春不变心。樵客见之犹不顾,郢人那更苦追寻。(《祖》八)

使回通偈,王遥望山顶礼拜。古代诗人常以松柏经霜不凋喻志节,这首偈却从反面写枯木逢春而不花,表现不为荣华所诱,耐得起枯淡,立意很新颖。所谓"古人偈",实为马祖弟子大梅法常的《山居颂》,当时已在禅门中流行。

唐武毁佛,大批僧侣被迫还俗。一些禅师也避居民间。由于禅宗不受经典约束,又较少轨仪的束缚,还俗的禅师仍可继续活动,这对禅宗后来迅速复兴起了很大作用。有些禅师在受到打击后述偈言志,如龟山智真有二偈:

> 明月分形处处新,白衣宁坠解空人。谁言在俗妨修道,金粟曾为长者身。

> 忍仙林下坐禅时,曾被歌王割截支。况我圣朝无此事,只令休道亦何悲。(《景》九;第一首亦见《祖》十七)

前一首第一句使用禅门流行的"一月普现一切水"典,却用来说明在俗亦不害修道;又以维摩诘自喻。维摩本为金粟如来,却现居士形,对佛理的领悟远超过佛弟子。后一首用《涅槃经》卷三十一"歌利王害忍辱仙"的本生故事,歌利王为了试验生为忍辱仙的佛陀前身是否尚有贪著,截其耳,更劓鼻削手,但忍辱仙相好圆满,无少变化①。这首偈用这个典故,表面是说唐王朝虽迫使僧侣还俗,却还未施酷刑,实际这是讽刺的反语,用来表示自己道心的坚定,不为现实压迫所动摇。

龟洋慧忠也曾被迫返俗,但在宣宗复兴佛法后,却"不宇而

---

① 此本生亦见《大智度论》卷一四等经典。

禅"，即未出家恢复僧形。他也有三首明志的偈：

　　　　雪后始谙松桂别，云收方见济、河分。不因世主教还俗，
　　那辨鸡群与鹤群。

　　　　多年尘事谩腾腾，虽着方袍未是僧。今日修行依善慧，满
　　头留发候然灯。

　　　　形容虽变道常存，混俗心源亦不昏。更读善财巡礼偈，当
　　时何处作沙门。（《景》二十三）

第一首把法难当作是考验的机会，说正因为世法的压迫，才可检验
道心的真伪。第二首说以前虽着僧衣，但过的是任运随缘的生活；
今天留发，仍然一样修行。"善慧"即傅大士。第三首说形容虽变
但道心不变。《华严经》中有善财童子，是福城长者子五百童子之
一，他诣佛弟子文殊师利所发心，南行巡礼五十三位善知识，乃是
白衣居士求道的典型。第三首即以善财童子自比。这三首偈表现
了虽受迫害而道心不变，混迹世俗而不改求道志向的初衷，立意上
符合禅宗的精神，求法的意志也是让人感动的。

　　这些明志的偈颂如果扬弃其宗教迷信、愚妄的一面，从人的理
想、追求、意志、信念等角度看，还是给人以一定的教益的。

三

　　上一节介绍了禅门言句中所利用的各种类型的诗偈。禅门用
诗还有另一种形式，就是用诗句来对答。使用形象、象征的诗句来
问答勘辩，是丛林中斗机锋的方式。耐人寻绎的诗句引导人对它
所表现的境界深入参详，师资间也可以彼此考验对方的悟境。

　　夹山善会曾用"猿抱子归青嶂后，鸟衔花落碧岩前"（《祖》七）
这样鲜明生动的如画境界来形容禅境，他的做法被后人广泛沿袭。
用一联诗创造出充满画意的诗境，成了展示个人禅解的手段。这

些诗句作为艺术描写看,许多是相当优美、含蓄的。如:

慧观光睦　有僧问:"如何是南源境致?"答曰:"几处峰恋猿鸟啸,一带平川游子迷。"(《景》十七)

灵泉归仁　问:"如何是伏龙境?"答曰:"山峻水流急,三春足异花。"(《景》二十)

开先圆智　问:"如何是开先境?"答曰:"最好是'一条界破青山色'。"(《景》二十一)这里借用了徐凝诗①。

瑞岩师进　僧问:"如何是瑞岩境?"答曰:"重重叠嶂南来远,北向皇都咫尺间。"僧问:"如何是境中人?"答曰:"万里白云朝瑞岩,微微细雨洒帘前。"(《景》二十二)

兴福竞钦　问:"如何是双峰境?"答曰:"夜听水流庵后竹,昼看云起面前山。"(同上)

开先清耀　问:"如何是披云境?"答曰:"一瓶渌水安窗下,便当生涯几度秋。"(《景》二十三)

大安山能和尚　问:"如何是三冬境?"答曰:"千山添翠色,万树锁银花。"(同上)

兴阳道钦　僧问:"如何是兴阳境?"答曰:"松竹乍栽山影绿,水流穿过院庭中。"(《景》二十四)

以上各项,除了"三冬境"一问之外,都是问禅师所居之地的景致,实则是探问禅境的高下。所答则是以具体的境象为象征,表达自己的禅解,问答都是意在言外的。诗句所作的象征性的描绘可以有不同的解会。如果只理解字面,则落为"钝根"了。而这些诗句从艺术欣赏角度看,多有相当的水平。没有唐代写景诗的普及与繁荣,这种以诗句对答的风气是不会出现的。

相似的话头,还有勘问宗主法系的。这在石头系多问"如何是和尚家风",而在洪州系则多问"师唱谁家曲,宗风嗣阿谁"。当然

————————————

①《庐山瀑布》,《全唐诗》卷四七四。

这是五家分宗后派系观念更强烈后的现象,如:

　　吉州禾山　　问:"如何是和尚家风?"答曰:"满目青山起白云。"(《景》十七)

　　钦山文遂　　问:"如何是和尚家风?"答曰:"锦帐银香囊,风吹满路香。"(同上)

　　风穴延昭　　问:"师唱谁家曲,宗风嗣阿谁?"答曰:"超然迥出威音外,翘足徒劳赞底沙。"(《景》十三)

　　如此等等,钦山文遂是用艳诗对答的。以艳诗作机锋语句在宋代禅师间已很平常。

　　除了上述特定的"话头"必定用诗句作答之外,诗句还广泛使用于一般的问话说禅之中。石头一系善偈颂,所以在这一系,特别是夹山善会门下和雪峰义存门下这种风气很普遍。

　　夹山善会"时称学海,聪辩天机"(《祖》七),以善诗偈有名。有僧问:"如何是本?"对曰:"饮水不迷源。"问:"古人布发掩泥当为如何事?"对曰:"九乌射尽,一鷖犹存;一箭堕地,天下不黑。"问:"祖意与教意同别?"对曰:"风吹荷叶满地青,十里行人较一程。"(《景》十五)最后一问是问禅宗与教下有何不同,善会用了一联游景诗作答,满地荷花喻二者之同,"十里行人"喻其间有高下。

　　善会弟子落浦元安亦善诗颂。有僧问:"瞥然便见时如何?"答曰:"晓星分曙色,争似太阳辉。"问:"恁么来不立、恁么去不泯时如何?"答曰:"鬻薪樵子贵,衣锦道人轻。"问:"经曰饭百千诸佛不如饭一无修无证者,未审百千诸佛有何过? 无修无证者有何德?"曰:"一片白云横谷口,几多归鸟夜迷巢。"问:"日未出时如何?"曰:"水竭沧溟龙自隐,云腾碧汉凤犹飞。"(《景》十六)这在问答之间全用象征的语言。如最后问到"日未出",指禅法未出,光明未现。答话说虽然大海枯竭但蛟龙仍在,虽然云雾遮天而凤凰仍飞,意谓不论禅法是否出现于世,其所指示的真理是绝对的、永恒的。又有僧问:"如何是西来意?"答曰:"飒飒当轩竹,经霜不自寒。"僧拟再问。

答曰:"只闻风击响,不知几千竿。"(《祖》九)这实际是"西来无意"的禅门传统答案。但这两联诗句恰好组成一首意境浑融的五绝。

南岳一系中也有善用诗句的例子。如有僧问风穴延沼:"如何是佛?"答曰:"嘶风木马缘无绊,背角泥牛痛下鞭。"问:"随缘不变者忽遇知音人时如何?"曰:"披莎侧笠千峰里,引水浇蔬五老前。"(《景》十三)前一问"如何是佛",答意是"心外无佛",正如木马、泥牛不能奔走,求佛者绊木马、打泥牛也是徒然。接着问悟禅虽然随缘不变,要靠自心,但遇到知音人应如何对待? 答话中的"披莎侧笠"谓雨水将临,诗句的意思是这种时刻不能消极等待,还要引水灌园,积极地去参寻、学习。

由只用诗句作答的形式再发展一步,就出现了师资斗机锋全用诗句。如遵布衲问韶山寰普:"凤凰直入烟霄路,谁怕林中野雀儿。"对曰:"当轩画鼓从君击,试展家风似老僧。"遵曰:"一句迥超今古格,松萝不与月轮齐。"对曰:"饶君直得威音外,犹较韶山半月程。"(《景》十六)二人互相以象征的诗句测度,都试图以出人意外的见解压倒对方。

这种在参问对答中所用的诗句,多数是创作的,但也常常借用现成的诗作。这是一种特殊的"断章取义"办法,已赋予借用的诗句以新的意义。由此也可以看出诗歌创作在当时丛林中多么普及,禅师们对诗人的作品又多么熟悉。如有僧问药山圆光:"药峤灯连,师当第几?"对曰:"相逢尽道休官去,林下何曾见一人。"(《景》二十三)这是用灵澈《东林寺酬韦丹刺史》诗。有僧问白云令弇:"三台有请,四众临筵,既处当仁,请师一唱……"对曰:"夜静水清鱼不食,满船空载月明归。"(《景》二十三)这是用船子和尚偈。还有用寒山诗的,前面论寒山诗一章中已引用过。这些都还是引用禅门内部的诗颂。另外,古今诗坛的名作也常常被引用,如"枯桑知天风,海水知天寒"(古诗)、"行到水穷处,坐看云起时"(王维)、"水流心不竞,云在意俱迟"(杜甫)以及"深秋帘幕千家雨,落日楼台一笛风"（许浑）、"时挑野菜和根煮，旋斫生柴带叶烧"（杜荀鹤）等等，都被用来说禅。

又"五家"形成之后，各家总结出不同的接引学人的公式，特别是临济、曹洞二宗更为系统。对这些公式的说明，往往也利用诗句。例如临济义玄与弟子涿州纸衣和尚的一段对问，即后来被称为"四料简"的：

> 纸衣和尚初问临济："如何是夺人不夺境？"临济曰："春煦发生铺地锦，婴孩垂发白如丝。"师曰："如何是夺境不夺人？"师云："王令已行天下遍，将军塞外绝烟尘。"师曰："如何是人境俱不夺？"曰："王登宝殿，野老讴歌。"师曰："如何是人境俱夺？"曰："并汾已信，独处一方。"师于言下领旨。（《景》十二）

这里"春煦"句形容春光烂熳，草木萌发，是不夺境；"婴儿"句说小儿发白如丝，未老先衰，是夺人；以此类推。

又如曹洞宗的"五位君臣"之说，《祖堂集》、《景德录》均未录《五位君臣颂》，大概是后出的，但观念应早已形成。洞山良价弟子华严休静的一段对问就是以君臣关系喻师资关系，而且是用诗句对答的：

> 师在京中赴内斋，他诸名公悉皆转经，唯有师与弟子不转经。帝问师："师也且从不转经，弟子为什么不转经？"师云："道泰不传天子令，时人尽唱泰平歌。"问："王子未登九五时如何？"师云："贪游六宅戏，不觉国内亏。""王子正登九五时如何？"师云："朱帘齐卷上，四相整朝仪。""登九五后如何？"云："金箱排玉玺，御辇四方归。"……（《祖》八）

这里开始问到"不转经"，答以"道泰"二句，是说普天之下已经泰平，意指禅道如如自在，遍在万物，不假外求；以下类此。

这种问答，意在解明各家立宗宗旨，到宋代发展出一种"宗纲偈"，即解说所谓"五宗纲要"的偈颂。南宋初晦岩智昭编纂《人天

眼目》六卷,对宗纲偈多有采录。这里仅举二例。佛鉴惠懃颂"四
料拣":

　　　瓮头酒熟人皆醉,林上烟浓花正红。夜半无灯香阁静,秋
　千垂在月明中。(夺人不夺境)

　　　莺逢春暖歌声滑,人遇平时笑脸开。几片落花随水去,一
　声长笛出云来。(夺境不夺人)

　　　堂堂意气走雷霆,凛凛威风掬霜雪。将军令下斩荆蛮,神
　剑一挥千里血。(人境俱夺)

　　　圣朝天子坐明堂,四海生灵尽安枕。风流年少倒金樽,满
　院桃花红似锦。(人境俱不夺)

　　　总颂:千溪万壑归沧海,四塞八蛮朝帝都。凡圣从来无二
　路,莫将狂见逐多途。①

汾阳善昭颂"五位君臣":

　　　正中来,金刚宝剑拂天开。一片神光横世界,晶辉朗耀绝
　纤埃。

　　　偏中正,看取法王行正令。七金千子总随身,犹自途中觅
　金镜。

　　　正中偏,霹雳机锋著眼看。石火电光犹是钝,思量拟议隔
　千山。

　　　兼中至,三岁金毛爪牙备。千妖百怪出头来,哮吼一声皆
　伏地。

　　　兼中到,大显无功休作造。木牛步步火中行,真个法王妙
　中妙。

　　　五位参寻切要知,丝毫才动即相违。金刚透匣谁能用,惟
　有那吒第一机。举目便令三界静,振铃还使九天归。正中妙

————————

① 《人天眼目》卷一;括号中为笔者所注。

叶通回互,拟议锋铓失却威。(总颂)①

像这类作品,很像已知谜底的谜语,只是用象征的诗句表达固定的
教旨。不管其中显示了多么高的文字技巧,但作者用它们来炫耀、
斗智,内容上是教条化的,因而也就很难从艺术上给予什么估
价了。

四

"以诗明禅"的又一种形式,是所谓"颂古"。这是伴随着"话
头"、"公案"发达的产物,也是受到了中晚唐诗坛"咏古"风气的影
响而产生的。一般认为这种体裁创自汾阳善昭,实际上晚唐即出
现了歌颂古德言行的句偈,前引灌州灵岩(罗山道闲)颂三平接石
鞏偈即是例子。这一类创作的形成应有一个过程。到北宋初,各
家言句、各种灯录渐备,古德的"公案"渐趋定型,大量创作"颂古"
也就有了条件。

《汾阳善昭禅师语录》三卷,中卷收《颂古代别》三百则,是最初
的公案集,下卷为所作偈颂。他是第一位大量创作"颂古"的人。
他的偈颂在表达上还比较拙朴无文,这里举一例:

有僧问赵州从谂:"如何是祖师西来意?"答云:"庭前柏树子。"
(《祖》十八)善昭颂曰:

庭前柏树地中生,不假犁牛岭上耕。正示西来千种路,郁
密稠林是眼睛。②

"祖师西来意"是丛林流行的话头,"庭前柏树子"本是无意味语,后
来成了丛林中著名的公案。善昭从中求取解释。他的意思是说:

①《人天眼目》卷三。
②《汾阳善昭禅师语录》。

庭前柏树本是从大地间自然而然长成,不必靠人耕耘扶植,这正指示出入禅的门径各种各样,皆本自自然,不须驰求。最后的"眼睛"指传说摩醯首罗天"顶门眼",偈中用以喻见道之特识。这样,善昭的偈就对祖师言句作出了自己的理解。但这种解释是否契合原意是很值得怀疑的。

汾阳之后有雪窦重显作《颂古百则》,后来圆悟克勤加以评唱而成《碧岩录》,"颂古"一体才进一步确定了在宗门中的地位。

雪窦重显前一章已有介绍,他的《颂古百则》,主要取材禅门公案,也有取自《维摩》、《金刚》、《楞严》等经的。公案中属云门文偃的十四则,赵州从谂的十一则,其次百丈怀海四则,马祖道一、雪峰义存、南泉普愿各三则,等等。可见多取晚唐;而以云门文偃最多。因为重显是云门宗人。云门宗风险峻高古,常于一言一句中见机趣,有所谓"函盖乾坤"、"截断众流"、"随波逐浪"三种句,追求以简洁语言显大机大用。因此其公案也就成了颂古的好题材。昭觉克勤属杨岐派,上一章也有介绍。他出自五祖法演门下,法演的门风文学气氛甚浓。他对雪窦《颂古》的每一则公案和颂诗前面加上"垂示",在引录公案、颂诗时又夹批"著语",最后给出"评唱"以解说。因为书成于夹山灵泉院,取夹山善会"鸟衔花落碧岩前"中"碧岩"二字,名之为《碧岩录》。下举几例,篇幅所限,只录公案、颂诗及著语:

第七则:举:僧问法眼:道什么,担枷过状。"慧超咨和尚,如何是佛?"道什么,眼睛突出。法眼道:"汝是慧超。"依模脱出,铁馂馅,就身打劫。

　　江国春风吹不起,尽大地那里得这消息,文彩已彰。鹧鸪啼在深花里。喃喃何用,又被风吹别调中,岂有恁么事。三级浪高鱼化龙,通这一路,莫谩大众好,踏着龙头。痴人犹戽夜塘水。扶篱摸壁,挨门傍户,衲僧有什么用处,守株待兔。①

———————————

① 《碧岩录》卷一。

第三十六则：举：长沙一日游山，归至门首。今日一日，只管落草，前头也是落草，后头也是落草。首座问："和尚什么处去来？"也要勘过这老汉，头过新罗。沙云："游山来。"不可落草，放缺不少，草里汉。首座云："到什么处来？"拶，若有所至未免落草，相牵入火坑。沙云："始随芳草去，又逐落花回。"漏逗不少，元来只在荆棘林里坐。座云："大似春意。"相随来也，将错就错，一手抬一手搦。沙云："也胜秋露滴芙蕖。"土上加泥，前箭犹轻后箭深有什么了期。雪窦著语云："谢答话。"一火弄泥团汉，三个一状领过。

　　　大地绝纤埃，豁开户牖，当轩者谁，尽少这个不得，天下太平。何人眼不开。顶门上放大光明始得，撒土撒沙作什么。始随芳草去，漏逗不少，不是一回落草，赖值前头已道了。又逐落花回。处处全真，且喜归来，脚下泥深三尺。羸鹤翘寒水，左之右之，添一句更有许多闲事在。狂猿啸古台。却因亲著力，添一句也不得，减一句也不得。长沙无限意，便打，末后一句道什么，一坑埋却，堕在鬼窟里。咄！草里汉，贼过后张弓，更不可放过。①

第四十五则：举：僧问赵州："万法归一，一归何处？"拶着这老汉，堆山积岳，切忌向鬼窟里作活计。州云："我在青州，作一领布衫重七斤。"果然七纵八横，拽却漫天网，还见赵州么？衲僧鼻孔曾拈得，还知赵州落处么？若这里见得，便乃天上天下，惟我独尊，水到渠成，风行草偃，苟或未然，老僧在尔脚跟下。

　　　编辟曾挨老古锥，何必拶著这老汉，挨拶向什么处去。七斤衫重几人知。再来不直半分钱，直得口似匾担，又却被他赢得一筹。如今抛掷西湖里，还雪窦手脚始得，山僧也不要。下载清风付与谁。自古自今，且道雪窦与他酬唱，与他下注脚，一子亲得。②

----

①《碧岩录》卷四。
②《碧岩录》卷五。

《碧岩录》本是为弟子提唱之作，是讲解"公案"的记录。由公案而颂古，已落入了文字障；对颂古再加解说评唱，进行发挥，又加上了一层文字障。所以这种作品的出现，表明禅宗文字化已相当地严重。当时丛林中流行"看话禅"，《碧岩录》是这一风气的产物，又推动了这一风气的滋长。加上这部书文字又很讲究技巧，充满了机锋趣语，也不乏诗情画意的表现，因此流传丛林，被评论为"宗门第一书"。

雪窦重显之后，曹洞宗的投子义青（1032—1083）、丹霞子淳（1064—1117）、宏智正觉（1091—1157）等人都有《颂古百则》之作。后来分别有人仿效《碧岩录》加以提唱。南宋末，万松行秀（1166—1246）提唱正觉《颂古》而为《万松老人评唱天童觉和尚颂古从容庵录》（简称《从容录》）。到了元代，行秀弟子林泉从伦评唱子淳《颂古》为《林泉老人评唱丹霞淳禅师颂古虚堂集》（简称《虚堂集》），又评唱义青《颂古》为《林泉老人评唱投子青和尚颂古空谷集》（简称《空谷集》）。但这些书影响都不如《碧岩录》那样深广。主要是因为禅宗的生命力已亡失殆尽，这些作品从内容到形式也形骸化了。

在南宋，已出现了颂古总集。淳熙二年（1175），宋法应宝鉴编成《禅宗颂古联珠集》，收宗师 122 人，公案 325 则，颂 2100 余首。元鲁庵普会加以增集，增收宗师至 426 人，公案达 493 则，颂 3050 首。到清代集云堂性音编《宗鉴法林》七十二卷，集拈颂之大成，收公案 2720 则，颂诗近万。当禅宗逐渐堆积起这庞大的文字记录时，它本身也就被这些文字埋葬掉了。

五

"以诗明禅"已走向了禅宗"不立文字"的反面。而且这还不是一般的文字，而是更讲究表现技巧的、艺术化的文字。所以如前所说，这是禅文字化、形式化的表现。

"以诗明禅"的诗从艺术上看是良窳不齐的。因为作者的写作素养高下不一，还因为不少作者根本无意于"诗"。所以不少诗偈只是分行押韵的宗教歌诀，没有什么诗情可言。但特别是越往后期发展，许多作品却越来越精致，有一些在格律、辞藻、修辞以及表现方法上已与一般文人创作没有什么不同。但即使这样，明禅的偈颂从总体看与一般诗歌仍有原则上的差异。这造成了它们在形式上的特征，也可以说是艺术上的独特性。

第一，与一般偈颂一样，这些谒颂的立意在于明禅境与抒禅解，而不在进行艺术创作。它们中不少作品也利用形象，也利用各种艺术技巧，但这些美感的因素只是附加的，它们没有艺术创作中的那种独立的意义。就是说，禅师们在言句中插入偈颂是为了宣扬教义，而不是写诗。因为创作主旨与诗歌有如此的不同，就很难用统一的标准来要求。

例如越山师鼐，闽王请于清风楼斋，坐久举目，忽睹日光，豁然顿晓，有开悟偈说：

> 清风楼上赴官斋，此日平生眼豁开。方知普通年远事，不从葱岭路将来。（《景》十九）

这里"普通年远事"指传说达摩于梁普通年间越南海来华传法。师鼐从清风楼上的日光联想到达摩西来的问题，领悟到正如日光永恒地遍照大地一样，禅法原本也是遍在的，不关达摩是否到来。像这样的作品，与一般的登临赏景的诗作显然是绝不相同的。

有些偈颂是一时随感而发，略似格言或教喻诗，如以下几首短偈：

> 万里无寸草，迥迥绝烟霞。历劫常如是，何烦更出家。（雪峰义存，《祖》七）
> 心静愁难入，无忧祸不侵。道高龙虎伏，德重鬼神钦。

（肥田慧光,《祖》九）

　　　直下犹难会,寻言转更赊。拟论佛与祖,特地隔天涯。
（鼓山神晏,《祖》十）

这些作品格律上已合乎五绝,孤立地看某些句子也是不错的诗句。但从整体的立意看,特别是放在整篇"言句"中来看,其"明禅"的说理的特性就很清楚了。

　　圆悟克勤参五祖法演有一段逸事:

　　　……方半月,会部使者解印还蜀,诣祖问道。祖曰:"提刑少年,曾读小艳诗否? 有两句颇相近:'频呼小玉元无事,只要檀郎认得声。'"提刑应:"喏喏。"祖曰:"且子细。"师适归,侍立次,问曰:"闻和尚举小艳诗,提刑会否?"祖曰:"他只认得声。"师曰:"'只要檀郎认得声',他既认得声,为甚么却不是?"祖曰:"如何是祖师西来意? 庭前柏树子聻!"师忽有省,遽出。见鸡飞上栏干,鼓翅而鸣,复自谓曰:"此岂不是声?"遂袖香入室,通所得,呈偈曰:"金鸭香销锦绣帏,笙歌丛里醉扶归。少年一段风流事,只许佳人独自知。"祖曰:"佛祖大事,非小根劣器所能造诣,吾助汝喜。"祖遍谓山中耆旧曰:"我侍者参得禅也。"由此,所至推为上首。[1]

这里是用艳诗谈禅,所谓"认得声"是指对普遍的禅理的自心领悟。从文字看虽已与一般恋情之作完全一样,但立意显然与爱情全不相关。这是单纯的象征,与诗中的比兴手法不同,也与玄言诗式的说理不同。

　　第二,与前一点相联系,"明禅"的诗偈虽然也多用具体的、形象的表现方法,大多数情况下却不注重意境的完整,往往只是片断形象的堆积,取其比喻、象征的意义来讲解禅理。例如像下面的句

─────────

[1]《五灯会元》卷一九。

子：“直木无乱枝，羚羊难挂角。”（落浦元安，《祖》九）“金鸡抱子归霄汉，玉兔怀胎入紫微。”（先洞安，《祖》九）“洞深云出晚，涧曲水流迟。”（百丈超，《景》二十）“盲鹤下清池，鱼从脚底过。”（灵云志勤，《景》十一）如此等等，上下句的意象并没有什么关系，不能构成一个统一的画面。因为作者只是取每个孤立的事象来达到象征表现的目的。

　　诗歌讲究表达浓缩，因此思路上就多有省略、跳脱。中国古典诗尤其是如此。但诗的省略与跳脱却可以靠读者的想象力去补足。由于有读者这一番创造性的领受功夫，不但诗的客观意义可以借读者的想象而扩展，更因为读者实际又参与了艺术再创造，从而取得更强烈的艺术效果。但禅偈中的事象由于大多没有统一的意境为背景，事象间就不是省略关系；读者理解它们也不是艺术上的再创造，而是对于堆积起来的比喻答案的猜测。如有僧问乌岩师彦：“如何是诸佛出身处？”答以偈曰：

　　　　芦花沉海底，劫石过阳春。火焰长流水，佛从此出身。（《祖》九）

这首偈中前三个比喻没有任何内在联系，堆砌起来只是说明身外佛不可求而已。又如长庆慧棱的示法偈：

　　　　万象之中独露身，唯人自肯乃能亲。昔日谬向途中学，今日看来火里冰。（《祖》十）

明招德谦的遗偈：

　　　　蓦刀丛里逞全威，汝等应当善护持。火里铁牛生犊子，临歧谁解凑吾机。（《景》二十三）

这些作品中也有一定形象的语言，但却完全不能构成完整的意境，特别是有些意象本身就是虚幻、虚假的。

　　第三，与上一点相关联，“明禅”的诗禅又多用诠理的表现方法。在表达上追求"惊人之句"、"刮骨之言"(《祖》六《洞山和尚章》),所写的事物多出自想象,力求险怪、奇僻。这种写法是为了突出禅解的超乎凡情,正与不少禅师拳打棒喝的奇特动作相配合。如曹山本寂的一首示法偈:

> 枯木龙吟真见道,髑髅无识眼初明。喜识尽时消不尽,当中哪辨浊中清。(《景》十七)

这里"枯木"、"髑髅"都是死物。枯木龙吟、髑髅眼明,即是所谓死中有活。曹山告诉人要在死中求活,即禅门所说"大死一回",把所有世间凡情消尽,才能真正见道。黄州齐安有颂曰:

> 猛炽焰中人有路,旋风顶上屹然栖。镇常历劫谁差互,杲日无言运照齐。(《景》十)

这里所写的境界,与前引长沙景岑的"百尺竿头须进步"内含是一样的,也是让人勇猛精进,投身到"绝对"之中去,设想也极为夸张、奇僻。

在对问中也往往使用这种技巧。如有僧问黄山月轮:"如何是祖师西来意?"答曰:"梁殿不施功,魏邦没心迹。"问:"如何得见本来面目?"答曰:"不劳悬石镜,天晓鸡自鸣。"问:"宗乘一句,请师商量。"答曰:"黄峰独脱物外秀,年来月往冷秋秋。"(《祖》九)问:"如何是道?"答曰:"石牛频吐三春雾,木马嘶声满道途。"(《景》十六)等等。这里"石镜"用《拾遗记》典:周灵王时外国贡石镜,白如月,照人则寒;武三思《奉和宴小山池赋得溪字应制》有"石镜舞山鸡"①之句。石牛吐雾、木马嘶鸣,则完全是想象的产物。

许多禅师互斗机锋时刻意求怪,实际上又并没有什么新的义解,结果参问勘辩就成了相互猜测拙劣的谜语,这实在是宗风的堕落。

---

①《全唐诗》卷八〇。

　　第四，禅偈在格律上比较自由，又多用口语、俗词。禅偈以七言、五言的为多，也有三言、四言、六言、杂言的。杂言的又多用三、三、七句式的歌行俗曲体。前期作品形式不太严格，这是因为当时的禅宗学人"有意为诗"的观念还很淡薄。晚唐五代以后，形式逐渐规范化，许多作品都严格遵循了诗歌特别是五、七言诗的格律。这种"艺术性"的提高，正与禅宗世俗化的程度相关联。当时禅僧中不少人在有意炫耀诗技，其中有些确也是有相当技巧的诗人。

　　利用口语、俗词，表面上看似与上述追求奇险的方向相反，实则二者是相成的。用俗也是为了出奇。如前引普化赞临济"河阳新妇子"偈就是一例。利用口语、俗词正可以衬托出禅的超俗的风格。这样，有些作品就成了相当生动的口语诗，如青林师虔《栽松偈》：

　　　　　短短一尺余，纤纤覆绿草。不知何世人，得见此松老。
　　（《祖》八）

沧溪璘示法偈：

　　　　　天地指前径，时人莫强移。个人生解会，眉上更安眉。
　　（《景》二十三）

这些作品写得相当质朴，作为通俗诗读还是别具韵味的。

　　这样，"明禅"诗偈的这些特点，主要是决定性的第一点，大大限制了它们的艺术价值。从实际功用看，"明禅"诗偈的运用本来附属于言句，只是借诗来谈禅而已。但它们受到诗坛的影响而产生，又反过来影响于诗人的创作。它们的那些无意为诗的诗的技巧，又给诗人提供了借鉴。特别是那些与禅宗有关的诗人，多写类似偈颂的诗。

　　例如白居易写过《八渐偈》，前面已介绍过。他晚年写类似偈颂的作品更多，如《感悟妄缘题如上人壁》：

自从为骇童，直至作衰翁。所好随年异，为忙终日同。弄沙成佛塔，镂玉谒王宫。彼此皆儿戏，须臾即色空。有营非了义，无著是真宗。兼恐勤修道，犹应在妄中。①

柳宗元的《巽公院五咏》、元稹的《悟禅三首寄胡果》等也都是类似偈颂的作品。

晚唐诗人习禅风气更盛，与禅僧交往很多，互相酬唱更多用偈颂体。司空图有《与伏牛长老偈二首》：

不算菩提与阐提，惟应执着便生迷。无端指个清凉地，冻杀胡僧雪岭西。

长绳不见系空虚，半偈传心亦未疏。推倒我山无一事，莫将文字缚真如。②

他的著名的《耐辱居士歌》也是仿偈颂的。

韩偓的《寄禅师》也是一首偈颂：

从无入有云峰聚，已有还无电火销。销聚本来皆是幻，世间闲口漫嚣嚣。③

到了宋代，禅继续深入到文人阶层，诗人写作偈颂式作品的也不少。例如苏轼诗中本多禅机禅趣，他还写过《赠东林总长老偈》那样的作品。黄庭坚笔下更多有这类作品。如《寺斋睡起》：

小黠大痴螳捕蝉，有余不足夔怜蚿。退食归来北窗梦，一江春月趁渔船。④

王安石写过《拟寒山拾得二十首》，类似偈颂的作品还有如《题

①《白氏长庆集》卷二五。
②《司空表圣诗集》卷四。
③《全唐诗》卷六八二。
④《豫章黄先生文集》卷五。

半山寺壁二首》：

> 寒时暖处坐，热时凉处行。众生不异佛，佛即是众生。①

另外如秦观《圆通院白衣阁三首》、范成大《病中三偈》等等，宋人所作偈颂式的诗不胜枚举。

宋代诗风的特点是"以文字为诗，以才学为诗，以议论为诗"②。诗风的转变与时代整个意识形态的转变有着密切的关联。宋人讲性理，显然受到禅思想的影响。这种思想潮流当然也波及到诗坛。在这种情况下，禅宗言句与偈颂更广泛传习于文人之中，"以诗明禅"的那种特殊的风格与技巧也就被诗人们所汲取和借鉴。这对宋诗的发展是起了一定的作用的。在下面两章，对这种情形将具体论及。

①《临川集》卷三。
②严羽《沧浪诗话·诗辨》。

第十四章　苏轼与禅

一

　　北宋立国伊始,鉴于唐末五代分裂割据之弊,即强化中央集权的皇权统治,铲除滋生割据势力的军阀、权臣,建立起集权于朝廷的叠床架屋的文官制度。后代人慨叹宋王朝"待士大夫可谓厚矣"①,正表明了当时文人官僚之得到重视及其地位之优裕。这是封建制度下占统治地位的地主阶级各阶层利益重新调整、得到均衡、官僚士大夫阶层地位提高的结果。这样,文人官僚在两宋政治生活与思想文化上都显示出突出的作用。新兴起的理学与发达一时的禅宗就都是在这一阶级基础上发展起来的。

　　如上所说,从五代到北宋初的分灯禅,已经贵族化、形式化了。它一方面迷失在参公案、斗机锋的言句技巧之中,另一方面向"教下"靠拢,禅、教,禅、净渐趋融合,在贵族、官僚支持下的禅宗已失去了它原来具有的创造精神与鲜活的生命力。但宋代又正是中国封建文化的烂熟时期,具有高度文化素养的一批文人热衷于习禅,却又使得禅的影响深入到思想文化的诸多方面,并结出了丰硕的果实。众所周知,在哲学思想方面,禅思想是构成宋明理学的重要

———————
①赵翼《廿二史札记》卷二五《宋制禄之厚》。

因素。而由于禅宗本身就有艺术化的倾向，它对于文学艺术诸领域，特别是诗歌、绘画、书法等方面更产生了深远的影响。从一定意义上说，禅宗影响于中国文化，到宋代才更集中、明显地表现了出来。

本书讨论禅与诗的关系。确定宋诗独特风格的代表人物是苏、黄，他们二人都与禅宗有密切的关联，禅宗的影响同是造成他们诗歌创作成就的重要因素。但他们二人接受、理解禅宗的侧重点不同，表现在创作中的影响也不同。以他们二人作代表，正可以看出宋代禅宗与诗坛相互作用的基本轮廓。这一章谈苏轼。

苏轼是一个有经世之志的士大夫中人，儒家圣人之道是他立身行事的基本原则。但他的思想很丰富、复杂，道、法、纵横各家思想对他都有浸染。特别是他生长在具有浓厚佛教信仰气氛的家庭，一生中对佛教一直很热衷。在其内在的精神生活方面，佛教思想的影响显得更为突出。而对于佛教，他读经、礼佛，讲檀施果报，希求往生，见诸文字、行动的事实不少。但这都是当时佛教信仰的一般状况，也是禅教合一风气下的习俗。从思想意识深处说，对他影响最深刻的还是禅宗。惠洪读了他流放海南所作南迁诗，说他"往来惯酌曹溪水，一滴还应契祖师"①。"曹溪一滴水"是禅门著名公案②，意谓出自曹溪法统。他自己的诗中也表示："愿求南宗一勺水，往与屈、贾湔余哀。"（《西山诗和者三十余人再次前韵为谢》，《续》一）③"不向南华结香火，此生何处是真依。"（《昔在九江与苏伯固唱和……》，《后》七）这虽然都是他晚年的心情，但也可以表现他一生心灵的归宿，是他长期接受禅宗熏习的结果。

---

①《读东坡居士南迁诗》，《参寥集》卷九。
②《五灯会元》卷一〇："一日，法眼上堂，僧问：'如何是曹源一滴水？'眼曰：'是曹源一滴水。'僧惘然而退。师（天台德韶）于坐侧，豁然开悟。"
③本章引用苏轼诗文，除另外注明者外均据《东坡七集》，在引文后注出卷次，《东坡集》略为《集》，《东坡后集》略为《后》，《东坡续集》略为《续》。

　　下面,先考察一下他与禅宗人事上的关系。

二

　　在灯录里,苏轼被列为黄龙派黄龙慧南弟子东林常总法嗣。实际上相对于黄龙派,他与云门派的关系更为密切。苏轼进入政坛正是云门宗经雪窦重显、佛日契嵩等人的弘扬而大盛的时期。后来,临济宗黄龙派渐兴,包括苏门弟子黄庭坚在内的许多文人官僚都趋向这一新兴宗派。灯录中强调苏轼与东林常总的关系,是因为有着这样的背景。

　　苏轼的父亲苏洵(1009—1066)好佛习禅,早就结识云门宗圆通居讷。居讷是蜀梓州人,与苏氏同乡。苏辙《赠景福顺长老二首》序中说:"辙幼侍先君,闻尝游庐山,过圆通,见讷禅师,留连久之。元丰五年以遣居高安,景福顺公不远百里,惠然来访。自言昔从讷于圆通,逮与先君游。岁月迁谢,今三十六年矣。"①苏洵游庐山,见居讷,应是庆历五年(1045)后"宦学四方"时的事②。景福院是庐山禅院,顺公是居讷弟子。东坡贬黄州时曾游庐山,过圆通院,有诗题为《圆通禅院先君旧游也四月二十四日晚至宿焉明日先君忌日也乃手写宝积献盖颂佛一偈以赠长老仙公仙公拊掌笑曰昨夜梦宝盖飞下著处辄出火岂此祥乎乃作是诗院有蜀僧宣逮事讷长老识先君云》(《集》十三)。这里的"仙公"为圆通可仙,东林常总法嗣。

　　皇祐初,宋仁宗闻居讷名,诏住京师十方净因禅院。讷称目疾,举大觉怀琏自代。东坡《祭大觉禅师文》中说"我在壮岁,屡亲法筵"(《后》十六),应是嘉祐年间三苏父子入京以后的事情。治平

---

① 《栾城集》卷一一。
② 苏辙《亡兄子瞻端明墓志铭》:"公生十年,而先君宦学四方……"《栾城后集》卷二二。

三年(1066)苏洵卒,东坡曾施舍其所藏禅月罗汉像并为此致书怀琏;在《次韵水官诗》(《续》一)中还曾说到怀琏以阎立本所画水官遗苏洵,洵报之以诗并命自己和作。这都可见当时怀琏与苏氏父子交往的情形。怀琏后来回南,曾住金山,又住四明。曾在所居广利寺中建宸奎阁,收藏仁宗所赐十七首颂诗,苏轼为作《宸奎阁碑》(《集》三十三)。怀琏晚年受"小人"困扰,苏轼曾致书明守友人赵德璘请求加护(《与赵德璘二首》,《续》六)。并有赠怀琏诗,中有"奉别二十五年"(《与大觉禅师琏公二首》,《续》六)之语,表现了拳拳怀念之情。

苏氏兄弟在京城还结识了怀琏弟子径山惟琳。苏辙有赠惟琳诗,中有"依依二三老,示我马祖禅"①之语。东坡直至晚年仍与惟琳保持亲密交谊。在他贬岭南时,惟琳极表关切,并默祷于佛前,乞其亟返中州(《答参寥三首》,《续》七)。临终那一年,遇赦抵常州,有书《与径山长老惟琳二首》,说到"卧病五十日……某扶行不过数步,亦不能久坐,老师能相对卧谈少顷,即告,晚凉更一访"(《续》七),又有《答径山琳长老》诗则说:"与君皆丙子,各已三万日。一日一千偈,电往那容诘。"(《后》七)这都可以看出二人的交谊和苏轼晚年更加倾向禅宗的心情。

东坡于熙宁四年(1071)初至杭州,任通判。这里自吴越以来,即为佛教兴盛之地,而禅宗尤为发达。他说"吴越多名僧,与予善者常十九"②。他在《祭龙井辩才文》中又说:

　　　　我初适吴,尚见五公:讲有辩、臻,禅有琏、嵩。(《后》十六)

这里的"辩"指海月慧辩和龙井辩才,都是天台德韶弟子;"臻"指天台梵臻,为知礼高足,这些人都是天台学人。慧辩(1014—1073)为

────────

① 《送琳长老还大明山》,《栾城集》卷一四。
② 《东坡志林》卷一一。

杭州都僧正,讲教二十五年,学徒及千人,苏辙说到苏轼与他的交谊:"予兄子瞻通守余杭,从二公(慧辩与辩才)游,敬之如师友。海月之将寂也,使人邀子瞻入山,以事不时往……"①东坡有《海月辩师真赞》(《后》二十)、《吊天竺海月辩师三首》(《集》五)等作品。辩才(1011—1091)居天竺,"老于南山龙井之上,以茅竹自覆,闭门宴坐,寂然终日"②。元祐四年(1089)东坡二次莅杭,以龙图阁学士知杭州,多与辩才游。辩才卒时,东坡已转知颍州,其徒请为塔铭,东坡转托子由。"琏"即大觉怀琏。"嵩"即明教契嵩,他卒于苏轼莅杭的次年,苏轼应与二人在杭州相见。

如苏轼本人所说,他在杭州结交的僧侣很多,以下只举出可确考为禅宗并在法系中地位较重要者。

佛日道荣是怀琏弟子,东坡有《佛日山荣长老方丈五绝》,其中说"陶令思归久未成,远公不出但闻名"(《集》五),自比为陶潜,而把道荣比拟为慧远。

净因道臻为黄龙慧南法嗣,东坡有《九日寻臻阇梨遂泛小舟至勤师院二首》,说到"扁舟又截平湖去,欲访孤山支道林"(《集》五)。他又作有《净因院画记》(《集》三十一)和《净因净照臻老真赞》(《集》四十),都是关系道臻的作品。

大愚如照是云门宗法云法秀(1027—1090)弟子,苏辙《偶游大愚见余杭明雅照师旧识子瞻能言西湖旧游将行赋诗送之》诗说:

> 昔年苏夫子,杖屦无不之。三百六十寺,处处题清诗。麋鹿尽相识,况乃比丘师。辩、净二老人,精明吐琉璃。笑言每忘去,蒲褐相依随。③

---

①《天竺海月法师塔碑》,《栾城后集》卷二四。
②《人天宝鉴》。
③《栾城集》卷一三。

由此可知东坡与大愚交游情形。他在贬黄州时有《答圆通秀禅师》书,其中说"闻名已久,而得公之详,莫如鲁直……未脱罪籍,身非我有,无缘顶谒山门"(《续》五)。可见他对法云法秀是很景仰的。苏辙诗中提到的"辩"即惠辩,"净"则是惠净,是有名的诗僧。苏轼两次莅杭与后者有长期交谊,有《予去杭十六年而复来留二年而去平生自觉出处老少粗似乐天虽才名相远而安分寡求亦庶几焉三月六日来别南北人诸道人而下天竺惠净师以丑石赠行作三绝句》(《后》一)诗。

在杭州通判任上,苏轼熙宁六年(1073)冬曾赴常州、润州赈饥,在常州有《赠常州报恩长老》诗,曰:"荐福老怀真巧便,净慈两本更尖新。凭师为作铁门限,准备人间请话人。"(《集》十五)报恩长老即净慈善本弟子报恩怀立;诗中的"荐福老怀"为大觉怀琏;"净慈两本"指慧林宗本和法云善本,都是云门系的人。

次年,过金山,会见怀琏弟子金山宝觉,有《金山寺与柳子玉饮大醉卧宝觉禅榻夜分方醒书其壁》(《集》六)。五年后的元丰二年(1079),移知湖州途中再过金山,又有《余去金山五年而复至次旧诗韵赠宝觉长老》,中有"稽首愿师怜久客,直将归路指茫茫"(《集》十)的心愿。

佛印了元(1032—1098)是开先善暹法嗣,为云门五世,苏轼后半生与之交谊甚笃。而初识了元也是在这次过金山时,有《蒜山松林中可卜居余欲僦其地地属金山故作此诗与金山元长老》诗:

> 问我此生何所归,笑指浮休百年宅。蒜山幸有闲田地,招此无家一房客。(《集》十四)

苏轼谪黄州(1084),继续与了元交往。离黄州时有《与金山佛印禅师》(《续》五)书,是答了元"邀游山"的,其中说"方迫游筠州",指离黄后赴筠州省弟子由。元丰八年(1085)自常州起知登州,又除礼部郎中,有《答佛印禅师》,说"行役二年,水陆万里",又说"欲如去年相对溪上,闻八万四千偈"(《续》六)。元祐四年(1089)二次知杭

州,过金山,又有《以玉带施元长老元以衲裙相报次韵》二首(《集》
十四)。直到元祐六年龙井辩才死,为送奠文及赙银,二人仍有书
信往还。苏轼与佛印了元的交谊在宋代已逐渐被传说化①,以后更
成为小说、戏曲的题材②。

苏轼以"乌台诗案"谪黄州,精神上受到沉重打击。苏辙说:

> 既而谪居于黄,杜门深居……后读释氏书,深悟实相,参
> 之孔、老,博辩无碍,浩然不见其涯也。③

当时子由也受牵连谪监筠州盐酒务,结识寿圣省聪。省聪是慧林
宗本弟子,曾自筠来黄见东坡,坡有《送寿圣聪长老偈》(《集》四
十)。后来回京,仍有《次韵聪上人见寄》(《后》四)诗。在黄州时又
与栖贤智仙有往还,智仙为天衣义怀弟子。苏轼在黄州所作《与佛
印禅老书》中有"栖贤迁师处又得手教"(《续》十一)的话。

元丰七年(1084)苏轼自黄州被命为汝州团练副使,四月游庐
山,晤东林常总,作《赠东林总长老》诗:

> 溪声便是广长舌,山色岂非清净身。夜来八万四千偈,他

---

① 《人天宝鉴》:"东坡曰:'先姚方娠,梦僧至门,瘠而眇。轼十余岁,时时梦身
是僧。'又子由与真净文、寿圣聪二师在高安,夜间同叙见戒禅师之梦,则戒
之后身无疑。坡与真净书曰:'前生既是法契,愿痛加磨勘,使还旧观。'坡往
金山,值佛印入室。印云:'者里无端明坐处。'坡云:'借师四大作禅床。'印
云:'老僧有一问,若答得,即与四大为禅床;若答不得,请留下玉带。'坡即解
腰间玉带置案上云:'请师问。'印云:'老僧四大本空,五阴非有,端明向甚处
坐。'坡无语。印召侍者留下玉带,永镇山门。印以衲裙酬之,坡赋二绝句
云:'病骨难堪玉带围,钝根仍落箭锋机。会当乞食歌姬院,换得云山旧衲
衣。'又曰:'此带阅人如传舍,流传到我亦悠哉。锦袍错落浑相称,乞与佯狂
老万回。'"按:此则故事又见《丛林盛事》卷上。苏轼为五戒后身当然是传说;
他为端明殿学士已在元祐七年自颍州召还后。
② 如《清平山堂话本》中的《五戒禅师私红莲记》、《古今小说》中的《明悟禅师赶
五戒》等,《盛明杂剧》中陈汝元《红莲债》等。
③ 《亡兄子瞻端明墓志铭》,《栾城后集》卷二二。

日如何举似人。(《集》十三)

在庐山又遇云门宗中际可遵,可遵为报本有兰法嗣。惠洪记载说:

> 福州僧可遵,好作诗,暴所长以盖人,丛林貌礼之,而心不
> 然。尝题诗汤泉壁间。东坡游庐山,偶见为和之。遵曰:"禅
> 庭谁立石龙头,龙口汤泉沸不休。直待众生尘垢尽,我方清冷
> 混常流。"东坡曰:"石龙有口口无根,龙口汤泉自吐吞。若信
> 众生本无垢,此泉何处觅寒温。"①

东坡有《答灵鹫遵老二首》(《续》六)书信,反映的正是二人以诗颂
斗机锋的情况。他游圆通院会见圆通智仙也在此时。

是年秋游金陵,大概是此时结识临济宗钟山觉海,他是石霜楚
元隔世。苏轼有《白鹤吟留钟山觉海》诗(《续》三)。

元丰八年,东坡自常州起知登州,经扬州,会见石塔戒,为天衣
义怀隔世。惠洪说:

> 石塔长老戒公,东坡居士昔赴登文,戒公送之。东坡曰:
> "吾欲一见石塔,以行速不及也。"戒公起曰:"这着是砖浮屠
> 耶。"坡曰:"有缝奈何?"曰:"若无缝,争容得世间蝼蚁。"坡首
> 肯之。②

这里二人所谈为慧忠"无缝塔"公案③。

元祐四年二度莅杭,苏轼与净慈善本交好。善本为慧林宗本
高足。苏轼有《病中独游净慈谒本长老周长官以诗见寄仍邀游灵
隐因次韵答之》,其中说:"欲问云公觅心地,要知何处是无还。"
(《集》五)离杭后他仍有诗怀念,如《仆去杭五年吴中仍岁大饥疫
故人往往逝去闻湖上僧舍不复往日繁丽独净慈本长老学者益盛

---

①《冷斋夜话》卷六。

②《冷斋夜话》卷一〇。

③参阅《祖堂集》卷三《慧忠国师章》。

作此诗寄之》诗中说："何时杖策相随去,任性逍遥不学禅。"(《集》十一)

绍圣元年(1094)苏轼贬惠州,南行过金陵,见云门宗云居晓舜法嗣蒋山法泉,有诗《六月七日泊金陵阻风得钟山泉公书寄诗为谢》(《后》四);又见雪窦重显隔世、长芦资福弟子清凉和,有诗《赠清凉寺和长老》(《后》四)、《次旧韵赠清凉长老》,后诗中有云:

安心有道年颜好,遇物无情句法新。(《后》七)

则清凉和也是能诗的。

又南行过虔州(今江西赣州市),结识临济宗人清隐惟湜,应请作《虔州崇庆禅院新经藏记》(《后》十九),并与惟湜有诗倡和。虔州崇庆院的前任住持昙秀是黄龙慧南弟子,与苏轼为旧识。苏轼有《赠昙秀》(《续》一)诗。昙秀曾作六偈述庞蕴事,东坡首肯,为作《马祖庞公真赞》(《续》十)。后来昙秀还去惠州见过东坡。又虔州慈云寺慈云明鉴为黄龙派兜率从悦弟子,苏轼作《赠虔州慈云寺鉴老》诗,其中说"居士无尘堪洗沐,道人有句借宣扬"(《续》二)。

又南行至广州,参礼南宗祖师圣地南华寺,作《南华寺》诗说:

云何见祖师,要识本来面。亭亭塔中人,问我何所见……抠衣礼真相,感动泪雨霰。借师锡端泉,洗我绮语砚。(《后》四)

在这里他结识了临济宗南华重辩,到惠州后二人一直有音书往还。苏轼有给他的信《答南华辩禅师五首》(《续》七),后又作《南华长老重辩师逸事》(《后》二十)等,并应请书写柳宗元《大鉴禅师碑》。苏轼谪惠,往来过南华,写了不少表示归心宗门的文字。

到惠州后,同游者有净慈楚明,是法云善本弟子[1]。又有资福祖堂,苏轼曾为作《广州东莞县资福寺舍利塔铭》(《后》十九)、《广

①《东坡志林》卷一一。

州资福寺罗汉阁碑》(《后》二十)及《东莞资福堂老柏再生赞》(同
上)。祖堂法系不详,不过肯定是南宗学人。又有龙光长老,东坡
有《赠龙光长老》诗说:

> 斫得龙光竹两竿,持归岭北万人看。竹中一滴曹溪水,涨
> 起西江十八滩。(《后》七)

则肯定是曹溪弟子。在惠州,苏州定慧守钦遣弟子卓、契顺前来问
讯,有《次韵定慧钦长老见寄》诗八首(《后》五),定惠守钦为曹洞宗
传人,护国守澄弟子。

苏轼自南海北归时,重辩已亡殁,曾以茗果致奠,并书其事。
其时继重辩住持南华寺的,是慧林宗本弟子南华得明。苏轼有《答
南华明老》书三首。

除了上述诸人之外,与苏轼有交而法系不可确考的僧侣还大
有人在。以下图表所示只是云门和临济两系(临济包括黄龙)与苏
轼有往还的禅师法系〔表二、表三〕。

这里附带说明一下苏轼与杭州诗僧的交往。

这类人中首先应提到的是道潜,号参寥子。他本名昙潜,因东
坡而改名①。苏辙说他"旧识髯学士,复从琏耆年"②。"髯学士"指
苏轼,"琏耆年"指大觉怀琏;又说:"谁知真妄了不妨,令我至今思
琏老。"③可知他也是云门弟子。苏轼早年在密州时即与他相识(详
《集》十《次韵道潜见赠》诗等);在湖州时又与之交游(详《集》十《次
韵参寥诗寄秦太虚三绝句时秦君举进士不得》等);后苏轼谪黄州,
道潜亦远来,留居一年(详《续》十《参寥泉铭》等);苏轼二次莅杭,

---

①张邦基《墨庄漫录》卷一。
②《赠杭僧道潜》,《栾城集》卷八。
③《复次前韵答潜师》,《栾城集》卷一三。

表二　苏轼与云门学人关系表

延庆子荣—圆通居讷

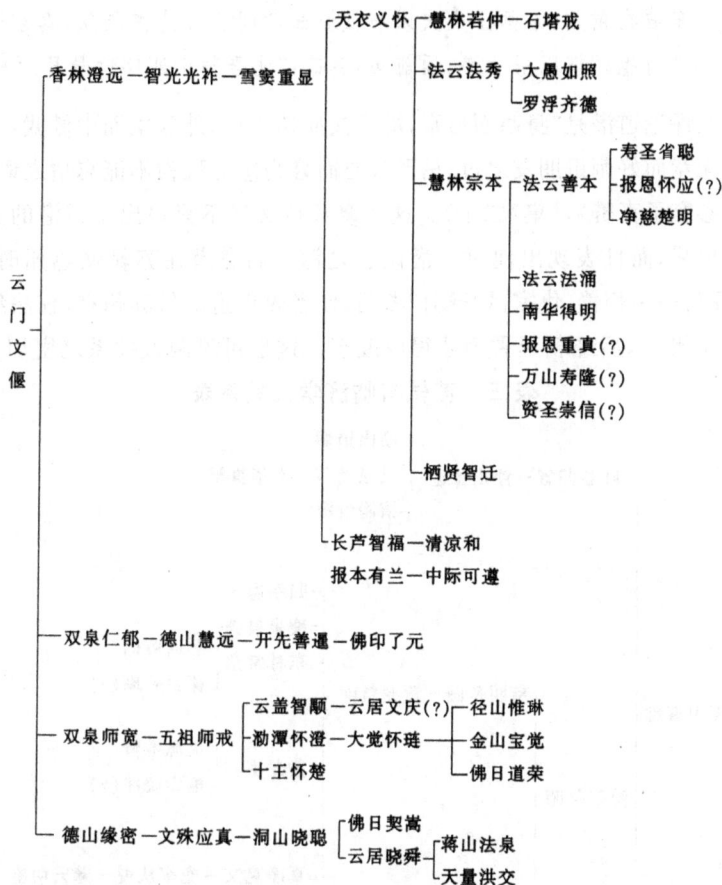

```
                                              天衣义怀—慧林若仲—石塔戒
        香林澄远—智光光祚—雪窦重显                    法云法秀—大愚如照
                                                            └罗浮齐德

                                              慧林宗本—法云善本—寿圣省聪
                                                                ├报恩怀应(?)
                                                                └净慈楚明

                                                      法云法涌
                                                      南华得明
                                                      报恩重真(?)
                                                      万山寿隆(?)
                                                      资圣崇信(?)

                                              栖贤智迁

                                      长芦智福—清凉和
                                      报本有兰—中际可遵

云
门    双泉仁郁—德山慧远—开先善暹—佛印了元
文
偃
                          云盖智顾—云居文庆(?)—径山惟琳
        双泉师宽—五祖师戒  渤潭怀澄—大觉怀琏—金山宝觉
                          十王怀楚          └佛日道荣

        德山缘密—文殊应真—洞山晓聪  佛日契嵩
                                  云居晓舜—蒋山法泉
                                          └天量洪交
```

道潜亦在杭州。苏轼称道潜为"璨、可、皎、澈之徒"[1]，又自述"素与昼公心印合"（《次韵参寥寄少游》，《续》二）。惠洪记载二人交往的逸事说：

———————

[1]《东坡志林》卷九。

　　道潜作诗，追法渊明，其语逼真处："数声柔橹苍茫外，何处江村人夜归。"又曰："隔林仿佛闻机杼，知有人家住翠微。"时从东坡在黄州，京师士大夫以书抵坡曰："闻公与诗僧相从，真东山胜游也。"坡以书示潜，诵前句，答曰："此吾师十四字师号耳。"①

东坡评论道潜是"身寒而道富，辩于文而讷于口，外尫柔而中健武，与人无竞而好刺讥朋友之过，枯形灰心而喜为感时玩物不能忘情之语"（《参寥子真赞》，《集》二十）。这寥寥数行文字不只写出了道潜的为人风采，而且表现出他对道潜倾服之深。而道潜在苏轼谪惠州时，"缘与……相善，仇家吕升卿任浙西，使者收捉道潜付苏州狱，枉法编管兖州"②，后经朝廷雪理才得以改正。这也可见两人关系之密切。

表三　苏轼与临济学人关系表

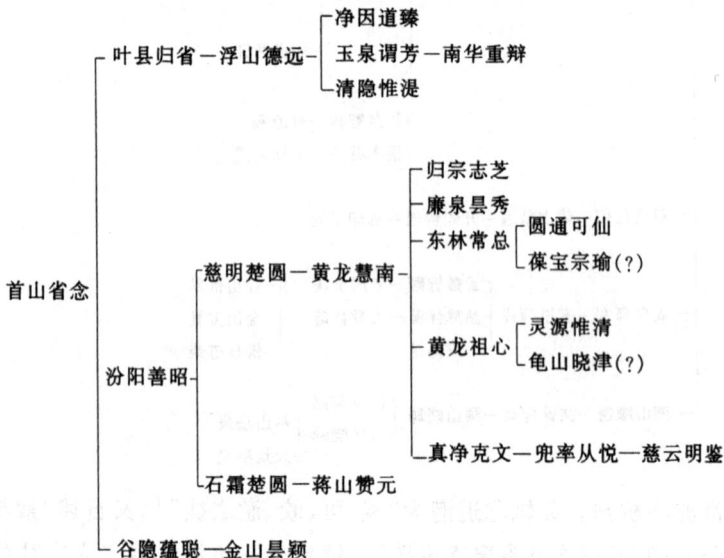

---

①《冷斋夜话》卷四。
②《感山云卧纪谈》卷上。

　　苏轼初次守杭时，与诗僧祥符寺清顺、可久、垂云、孤山惠思、梵天寺守诠过从甚密，一起登山泛湖，诗文倡和。苏轼评论清顺"道人真古人，啸咏慕嵇、阮"，表示要"从君觅佳句"（《僧清顺新作垂云亭》，《集》五）；又称赞守诠"小诗清婉可爱"（《梵天寺见僧守诠小诗清婉可爱次韵》，《集》四）。可久遍游讲肆，得天台旨趣，"喜为古律，造于平淡清苦，东坡以'诗老'呼之。坡因元宵，同僚属观灯，坡独往谒之，见其寂然宴坐，作绝句云：'门前歌鼓闹纷崩，一室箫然冷欲冰。不把琉璃闲照物，始知无尽本非灯。'"①直到后来东坡在惠州，仍忆起"祥符寺可久、垂云、清顺三阇黎，皆予监郡日所与往还诗友也。清介贫甚，食仅足，而衣几于不足也，然未尝有忧色。老矣，不知尚健否？"②

　　二次莅杭时，苏轼又与杭州僧思聪、道通、安州僧仲殊交游。他有诗《赠诗僧道通》说："雄豪而妙苦而腴，只有琴聪与蜜殊。"注云："钱塘僧思聪总角善琴，后舍琴而学诗，复弃诗而学道，其诗似皎然而加雄放；安州僧仲殊诗敏捷立成，而工妙绝人远甚，殊辟谷，常啖蜜。"又说："语带烟霞从古少，气含蔬笋到公无。"注云："谓无酸馅气也。"（《后》七）可见他对这几位诗僧作品的赞赏。

　　如前所说，自中唐起活跃在诗坛上的一批诗僧，虽不能全部确考都是禅僧，但他们的思想行为是与禅宗所造成的宗门风气直接相关的。

　　从以上的介绍可以看出，苏轼与禅僧的关系十分广泛与紧密，显示他接受宗门思想的热衷与自觉。这在宋代文人中是有代表性的。

----

①《人天宝鉴》。诗题为《上元过祥符僧可久房萧然无灯火》，见《集》四，文字有异。
②《东坡志林》卷一一。

三

前面已指出过,苏轼生活与诗文中多有佞佛、迷信的表现。但就其整个思想来分析,他习佛并非真诚地相信报应与西方,而是要解决现世人生的问题。如王懋竑所说:

> 以佛、老之道治性养心而以周、孔之道治天下,是佛、老得其精而周、孔得其粗矣。苏老学术根柢如此。①

即苏轼所求在佛教精微处,也就是主要从禅思想中求得安顿身心的方法,透过现实苦难而得到精神的自由。从这样的意义上看,在宋代禅宗贵族化、形式化日益严重的潮流中,苏轼倒是真能体得禅的本来精神的。

苏轼对于佛教徒执戒修行的"悲酸愁苦"进行过明确而尖锐的批评。他曾与成都中和胜相院文雅大师惟度有交,后来惟度同门友宝月大师惟简求作《中和胜相院记》,中有云:

> 佛之道难成,言之使人悲酸愁苦。其始学之,皆入山林,践荆棘蛇虺,袒裸雪霜,或刲割屠脍,燔烧烹煮,以肉饲虎豹鸟乌蚊蚋,无所不至。茹苦含辛,更百千万亿年而后成……吾尝究其语矣,大抵务为不可知,设械以应敌,匿形以备败,窘则推堕滉漾中不可捕捉,如是而已矣。吾游四方,见辄反复折困之,度其所从遁而逆闭其涂,往往面颈发赤……吾之于僧,慢侮不信如此……(《集》三十一)

由此可见,他是以清醒的理性精神来认识佛教的修持与言教的。这也可以从另一方面理解他为亡父母檀施、超度之类的行为,只是顺应风俗的孝道的表现而已。他又反对"为大以欺佛",批评那种

----

① 《读书记疑》卷一六《白田草堂续集》。

戒律不修、流荡舛讹的风气。杭州盐官有安国寺僧居则,用三十年时间铢积寸累造成千手千眼观音像及大悲阁,苏轼作《大悲阁记》,其中说:

> ……废学而徒思者,孔子之所禁而今世之所上也。岂惟吾学者,至于为佛者亦然。斋戒、持律、讲诵其书而崇饰塔庙,此佛之所以日夜教人者也。而其徒或者以为斋戒持律不如无心,讲诵其书不如无言,崇饰塔庙不如无为。其中无心,其口无言,其身无为,则饱食而嬉而已,是为大以欺佛者也。(《集》三十一)

这是对洪州禅以后,禅宗中那种极端化的放荡自任风气的批评。自中唐后,柳宗元等人都说过同样意思的话。这里应当指出,苏轼反对"无心"、"无言"、"无为"是指否定一切修习、操守的极端做法,并非反对禅宗的"无心"、"无为"观念,这在下面还将说到。

苏轼正面有取于佛与禅,主要着眼于心性修养上。如苏辙说,贬黄州是他深悟实相的关键时期。他在《黄州安国寺记》里生动地描述了自己"归诚佛僧"的体会:

> 于是喟然叹曰:"道不足以御气,性不足以胜习,不锄其本,而耘其末,今虽改之,后必复作。盍归诚佛僧,求一洗之。"得城南精舍曰安国寺,有茂林修竹,陂池亭榭,间一二日辄往,焚香默坐,深自省察,则物我相忘,身心皆空,求罪垢所从生而不可得。一念清净,染污自落,表里翛然,无所附丽,私窃乐之。旦往而暮还者,五年于此矣。(《集》三十三)

从这段自述可以看出,他从"佛僧"那里求得的是"一念清净"、"身心皆空"的境界,摆落一切染污,得到精神上的解脱。这完全是一种现实的态度。他在《答毕仲举书》中又以比喻说明了自己习佛的这种态度:

……佛书旧亦尝看，但暗塞不能通其妙，独时取其粗浅假说以自洗濯。若农夫之去草，旋去旋生，虽若无益，然终愈于不去也。若世之君子所谓超然玄悟者，仆不识也。往时陈述古好论禅，自以为至矣，而鄙仆所言为浅陋。仆尝语述古：公之所谈，譬之饮食，龙肉也；而仆之所学，猪肉也。猪之与龙，则有间矣。然公终日说龙肉，不如仆之食猪肉实美而真饱也。不知君所得于佛书者，果何耶？为出生死、超三乘遂作佛乎？抑尚与仆辈俯仰也？学佛老者本期于静而达。静似懒，达似放，学者或未至其所期，而先得其所似，不为无害。仆常以此自疑，故亦以为献。（《集》三十）

这个龙肉与猪肉之喻，风趣地说明了自己习佛在于取洗涤心性之益，而不取"超然玄悟"的空言高论。并清醒地指出佛书所言出生死、超三界之谈为"粗浅假说"，只可作方便看。他在《宸奎阁碑》中称赞大觉怀琏说：

……是时北方之为佛者，皆留于名相，囿于因果，以故士之聪明超轶者皆鄙其言，诋为蛮夷下俚之说。琏独指其妙与孔、老合者，其言文而真，其行峻而通，故一时士大夫喜从之游。（《集》三十三）

这里所讲"北方之为佛者"，指宋初流行的律、讲僧，主要是南山律宗与天台宗；"聪明超轶"之士鄙其言，则指石介、欧阳修等的反佛。苏轼说怀琏代表的禅宗在心性问题上统合三教，从而得到士大夫的欢迎。实际这正符合他自己的观点。

苏轼有一段对《坛经》"三身"说的发挥，更集中地表述了他的禅思想：

近读六祖《坛经》，指说法、报、化三身，使人心开眼明。然尚少一喻，试以眼喻。见是法身，能见是报身，所见是化身。何谓见是法身？眼之见性，非有非无，无眼之人，不免见黑，眼枯晴亡,见性不灭,故云见是法身。何谓能见是报身？见性虽存,眼根不具则不能见,若能安养其根,不为物障,常使光明洞彻,见性乃全,故云能见是报身。何谓所见是化身？根性既全,一弹指顷所见千万,纵横变化,俱是妙用,故云所见是化身。比喻既立,三身愈明,如此是否？①

在这里,苏轼完全是从心性上谈佛的。这个眼的比喻,与唐人的镜喻完全相通。镜也有镜的清净本质、能照功能、所照物象三者,唐人正是借此证成心性本净说;不过各阶段的禅思想所强调的侧面不同,前面已详加论述过。苏轼用眼喻,重点在指出眼之"见性"的本质,是与神会强调一心的本性之用的观念相合的。

这样在实践上,苏轼经常表示要"修心"、"洗心",从而达到"安心"。在诗中他常写到这种境界:

> 安心好住王文度,此理何须更问人。(《吊天竺海月辩师三首》之三,《集》五)

> 只从半夜安心后,失却当年觉痛人。(《钱道人有诗云直须认取主人翁作两绝戏之》,《集》五)

> 未知仰山禅,已就季主卜。安心会自得,助长毋相督。(《次韵子由浴罢》,《后》六)

> 悟彼善知识,妙药应所投。纳之忧患场,磨以百日愁。冥顽虽难化,镌发亦已周。平时种种心,次第去莫留。(《子由自南都来陈三日而别》,《集》十一)

> 逢人欲觅安心法,到处先为问道庵。(《和子由寄题孔平仲草庵次韵》,《集》十二)

> 前年开阁放柳枝,今年洗心参佛祖。梦中旧事时一笑,坐觉俯仰成今古。(《和蔡景繁海州石室》,《集》十三)

---

① 《东坡志林》卷一〇。

一念失垢污，身心洞清净。浩然天地间，惟我独也正。
（《过大庾岭》，《后》四）

也知卜筑非真宅，聊欲跏趺看此心。（《又次韵二守同访
新居二首》，《后》六）

无钱种菜为家业，有病安心是药方。（《次韵韶守狄大夫
见赠二首》，《后》七）

心有何求遣病安，年来古井不生澜。只应戏瓦闲童子，却
作泠泠一水看。（《臂痛谒告作三绝句示四君子》，《集》十九）

由"安心"、"洗心"更进一步则达到"无心"的状态。但这种"无
心"不是他在《大悲阁记》中批评的"饱食而嬉"，而是摆落一切物欲
执着，从而斩断得失痛苦的根源。他在密州作《超然台记》说：

夫所为求福而辞祸者，以福可喜而祸可悲也。人之所欲
无穷而物之可以足吾欲者有尽，美恶之辨战乎中而去取之择
交乎前，则可乐者常少而可悲者常多，是谓求祸而辞福……是
以美恶横生而忧乐出焉。（《集》三十二）

这里是说人们之所以有忧乐不平之心，就因为存在辞祸得福之念。
他批评人的物欲无穷，要求人们摆脱私欲的羁绊。他在《醉白堂
记》说：

天之生是人也，将使任天下之重，则寒者求衣，饥者求食，
凡不获者求得。苟有以与之，将不胜其求，是以终身处乎忧患
之域而行乎利害之途。（《集》三十二）

而真正的无所求，正是洪州禅所讲的"无心"，并与老、庄的无为乐
道相通。这样，他在诗中讲"无心"处也不少，如：

犹恨溪堂浅，更穿修竹林。高人不畏虎，避世已无心。
（《南溪之南竹林中新构一茆堂予以其所处最为深邃故名之避
世堂》，《集》二）

高人无心无不可，得坎且止乘流浮。公卿故旧留不得，遇所得意终年留。(《和蔡准郎中见邀游西湖三首》，《集》三)

阴晴朝暮几回新，已向虚空付此身。出本无心归亦好，白云还似望云人。(《和文与可洋州园池三十首·望云楼》，《集》七)

得酒相逢乐，无心所遇安。(《送范景仁归洛中》，《集》八)

故人如念我，为说瘦栾栾。尚有身为患，已无心可安。(《伯父送先人下第归蜀诗云人稀野店休安枕路入灵关稳跨驴安节将去为诵此句因以为韵作小诗十四首送之》，《集》十二)

云深人在坞，风静响应谷。与君皆无心，信步行看竹。(《连日与忠玉张全翁游西湖访北山清顺道潜二诗僧登垂云亭饮参寥泉最后过唐州陈使君夜饮忠玉有诗次韵答之》，《集》十八)

富国由崇简，蕲年在好生。无心斯格物，克已自销兵。(《郊祀庆成诗》，《后》三)

端居隐几学无心，凤驾入朝常正色。(《上韩持国》，《续》一)

片云会得无心否，南北东西只一天。(《蜀僧明操思归龙丘子书壁》，《续》二)

此外还有写到“心无所住”的，这是《金刚经》的主要观念：

……君看岸边苍石上，古来篙眼如蜂窠。但应此心无所住，造物虽驶如余何。(《百步洪》，《集》十)

从上举各例看，苏轼所指“无心”，内含意蕴是很广的。具体到对待日常际遇，扩展而至政治操守，都可以用“无心”相应付。他所谓“无心”，显然不是要求颓唐寂灭，而是心无所待、无所求、无所住。如他给滕达道信中所说：“平生学道，专以待外物之变，非意之来，正须理遣耳。”(《与滕达道二十三首》，《续》四)他以“无心”之理对待人生,就不忮不求,虽处患难而不惧不馁,努力保持洒脱坦然的人生态度;在政治斗争中,则不计私利,遇事不随,坚持自己认定的原则。他在《潮州韩文公庙碑》里称赞韩愈"忠犯人主之怒而勇夺三军之帅"(《后》十五),也正是他理想的人格。他晚年贬惠州,给程之才写信说:

> 某睹近事,已绝北归之望。然中心甚安之。未话妙理达观,但譬如元是惠州秀才,累举不第,有何不可,知之免忧。(《与程正辅提刑二十四首》,《续》七)

他对个人荣辱看得如此淡泊,能如此随遇而安,正出于对心性独立与自由的理解。这种意识当然有消极的一面,但却并非是颓堕、混世、毫无作为、毫无原则的。那种超然避世的态度显然表现出与现实苦难相对抗的心理和保持自心定力的努力。

这样看来,苏轼接受禅宗的心性观念,用之于人生践履,又保持了入世的立场。这正是发扬了禅思想的积极的、面向实际的精神。正因此,在苏轼的人生观与世界观里,佛教思想与儒家理想、道德不相矛盾,可以相互为用。他曾明确指出:

> 孔、老异门,儒、释分宫,又于其间,禅、律交攻。我见大海,西北南东。江河虽殊,其至则同。(《祭龙井辩才文》,《后》十六)

这样,他成了宋代的思想学术环境下士大夫调和三教的一个典型。

在思想史上,苏轼是宋学(道学)中蜀学一派的开创人之一。这一派公开以佛禅相尚,与同时的洛学、关学和王安石的"新学"不同①。朱熹批评苏轼"见佛家之说直截简易,惊动人耳目,所以都被

---

①参阅侯外庐主编《中国思想通史》第四卷上册第十二章《洛学蜀学及其唯心主义思想》,人民出版社,1959年。

引去"，"东坡说得高妙处，只是说佛，其它处又皆粗"①。黄宗羲则
说苏轼"郁儍无聊之甚，转而深入于禅，斯亦通人之蔽也"②。苏轼
的好佛习禅在思想史上如何评价是另一个问题，在人格修养上，以
至在诗文创作上，它的积极一面是不可否定的。朱熹虽批评苏轼
流入于佛，却又称赞他的"见识"、"才智"，"说得那一边（佛）透"，
"善议论，有气节"③。而苏轼弟子秦观则说：

> 苏氏之道最深于性命自得之际，其次则器足以任重，识足
> 以致远，至于议论文章，乃其与世周旋，至粗者也。④

李贽也有同样意思的话：

> 苏长公何如人，故其文章自然惊天动地。世人不知，只以
> 文章称之。不知文章直彼余事耳。世未有其人不能卓立而能
> 文章垂不朽者。⑤

这都指出了心性修养对于他文学成就的重大作用。苏轼以禅宗心
性学说为儒家经世之道的补充，而对禅的流荡颓废一面又有所警
惕，从而他在人生态度上既超然洒脱，不忮不求，又能坚持操守，不
苟且求荣。如此洞达性命之理，使他很不同于某些士大夫阶层的
人逢患难则悲愁酸楚、罔知所措，或患得患失，愤世嫉俗。这是接
受禅思想熏陶的又一种典型的心境。

四

　　自宗密加以提倡，经法眼文益到北宋初，禅宗又向经教复归。

①《朱子语类》卷一三〇。
②《宋元学案》卷九九《苏氏蜀学略》。
③《朱子语类》卷一三〇。
④《答傅彬老简》，《淮海集》卷三〇。
⑤《复焦若侯》，《焚书》卷二。

这种禅教一致的倾向也影响到苏轼。研习佛家经典本是文人间长期形成的习俗,苏轼也不例外。从他的诗文看,他对禅宗语录等禅文献是很熟悉的,同样也熟悉《般若》、《维摩》、《楞伽》、《圆觉》等经典,对华严学说更有深入的研究。如前所说,自楞伽禅以来,禅与华严的交流有着长期历史。宗密更一身而兼传荷泽禅与华严,法眼文益、永明延寿都重视汲取华严教义。他们都以华严性起说①的一真法界的体性来统合禅教,论证法尔寂然、本性妙明的"一心"。苏轼的禅观中融入了华严法界观念,是他的禅思想的特色,在其人生观与创作中也有深刻的表现。

在前引《大悲阁记》中,他对不读经有直接的批评。他在《书〈楞伽经〉后》一文中说:

> 近岁学者,各宗其师,务从简便,得一句一偈,自谓了证。至使妇人孺子,抵掌嬉笑,争谈禅悦。高者为名,下者为利,余波末流,无所不至,而佛法微矣。(《集》四十)

这清楚表明他对经典的看法与毁斥经教的禅是很不同的,也明显地表现出文人重视佛教义解的特色。

苏轼读佛书开始于嘉祐六年(1061)二十六岁任凤翔签判之后的时期。他在《王大年哀辞》中回忆说:

> 嘉祐末,予从事岐下,而太原王君讳彭字大年监府诸军……予始未知佛法,君为言大略,皆推见至隐以自证耳,使人不疑。予之喜佛书,盖自君发之。(《后》八)

熙宁八年(1075)在密州作《和子由四首·送春》中则写道:

> 芍药樱桃俱扫地,鬓丝禅榻两忘机。凭君借取《法界观》,一洗人间万事非。(来书云近看此书,余未尝见也)

---

① "性起"为华严宗基本教义之一,谓世间出世间一切法皆为真如法性称性而起;与生佛一致,本来具足,迷悟不二的"性具"说相对立。

（《集》七）

这里的《法界观》即宗密《注华严法界观门》一书，是概要说明华严宗法界缘起思想的著作。后来苏轼求得这部书，认真加以研习。元丰二年(1079)移知湖州时作《送刘寺丞赴余姚》诗说：

> 我老人间万事休，君亦洗心从佛祖。手香新写《法界观》，眼净不觑登伽女。（《集》十一）

华严宗法界缘起思想，认为宇宙万法，有为无为，皆是一真法界的体现；它们依恃诸缘，相即相如，圆融无碍，相互具足。这是大乘佛教缘起理论结合了中国传统的"天地与我同根，万物与我同体"①的本体论和"天人合一"观念的产物。因此也就易于被苏轼这样的在中国传统思想培育下成长的士大夫阶层中人所接受。

苏轼作品中多处直接表现华严法界观念，如《南都妙峰亭》诗：

> ……孤云抱商丘，芳草连杏山。俯仰尽法界，逍遥寄人寰。（《集》十五）

这是说因为体认了事理圆融无碍、都是一真法界所现，才得以任性逍遥了。《地狱变相偈》又说：

> 乃知法界性，一切唯心造。若人了此言，地狱自破碎。（《集》四十）

同样的看法又见于《水陆法象赞·下八位·一切地狱众》：

> 汝一念起，业火炽燃。非人燔汝，乃汝自燔。观法界性，起灭电速。知唯心造，是破地狱。（《后》十九）

这是用法界观来说明境唯心造，从而荡除对于天堂、地狱的迷信。

---

① "天地与我同根，万物与我同体"出《庄子·齐物论》，僧肇在《肇论》中已经引用。在禅宗里，南泉普愿和《碧岩录》卷四○也都引用过这一观点。

《坛经》中曾说到天堂地狱唯在心之一念；一念清净则地狱破灭。苏轼正是把禅的这一观念与法界思想结合起来了。

用法界观来认识现实事物，那么万法平等，矛盾等一。他在黄州得一怪石，用以供佛印了元，并作《怪石供》文，中有云：

> ……禅师尝以道眼观一切世间，混沦空洞，了无一物，虽夜光尺璧与瓦砾等，而况此石？（《集》二十七）

这是说用法界平等的"道眼"观察世界，明珠美玉与粗石瓦砾没有什么区别。东坡的著名的《赠东林总长老》偈也是表达同一思想的：

> 溪声便是广长舌，山色岂非清净身。夜来八万四千偈，他日如何举似人。（《集》十三）

这是说溪泉、山谷都是清净法身的一部分，因而溪声也就是佛所说偈的声音。

按法界观来看主观与客观的关系，自我不过是如因陀罗网一样交织的法界中的一因子。因此东坡说"是身如虚空，万物皆我储"（《赠袁陟》，《集》十五）。他在颍州作《泛颍》诗，风趣地说明了这个道理：

> 我性喜临水，得颍意甚奇。到官十日来，九日河之湄。吏民笑相语，使君老而痴。使君实不痴，流水有令姿。绕郡十余里，不驶亦不迟。上流直且清，下流曲而漪。画船俯明镜，笑问汝为谁？忽然生麟甲，乱我须与眉。散为百东坡，顷刻复在兹。此岂水薄相，与我相娱嬉。声色与臭味，颠倒眩小儿。等是儿戏物，水中少磷缁。赵、陈、两欧阳，同参天人师。观妙各有得，共赋泛颍诗。（《后》一）

这首诗的构思明显受到禅宗思想的影响。杨慎指出："东坡《泛颍》诗：'散为百东坡，顷刻复在兹。'刘须溪谓本《传灯录》。按《传灯录》良价禅师因过水睹影而悟，有偈云：'切忌从他觅，迢迢与我疏。

我今独自往，处处得逢渠。渠今正是我，我今不是渠。'"①实际上曹洞宗的这种富于思辨性的禅思想，又与华严宗的法界观有着密切关系。华严宗的实际创立者三祖法藏曾将十面镜立于十方，面面相对，中间置一佛像，燃火炬照耀，令互影交光，以明刹海涉入，重重无尽的义旨②。而《永嘉证道歌》上所说"一水普现一切见，一切水月一月摄"，也与华严思想相通。

华严宗讲"四法界"，有"理事无碍"、"事事无碍"之说。既然万法本具、凡圣等一、互相包含，那么以道眼观，一切是非计较都是多余的。苏轼颇能理会这一旨趣，在诗中多有表现。如《泗川僧伽塔》中说：

> ……至人无心何厚薄，我自怀私欣所便。耕田欲雨刈欲晴，去得顺风来者怨。若使人人祷辄遂，造物应须日千变。今我身世两悠悠，去无所逐来无恋……（《集》三）

他这就指出，正因为有了私欲，才有了执着、驰求，人心就永不得满足。而从"造物"来看，万法等一，本无厚薄，人生适意就要领悟这种事理圆融的道理。

老、庄主张齐荣辱、泯人我，华严法界观从理论上对这种人生观给予了更为严密的论证。二者的这一契合点，也正是苏轼思想结合老、庄与佛、禅的依据。苏轼对人生的特有的超然、洒脱态度，正有着这种理性的省察为基础。他在第一次守杭时说：

> ……盛衰哀乐两须臾，何用多忧心郁纡。溪山处处皆可庐，最爱灵隐飞来孤。（《游灵隐寺得来诗复用前韵》，《集》三）

后来自杭守颍，又有诗说：

> 太山秋毫两无穷，巨细本出相形中。大千起灭一尘里，未

---

①《升庵诗话》卷三。
②《宋高僧传》卷五《周洛京佛授记寺法藏传》。

觉杭、颍谁雌雄。(《轼在颍州与赵德麟同治西湖未成改扬州三月十六日湖成德麟有诗见怀次韵》,《后》二)

他在黄州,作《赤壁赋》,后半发挥说:

> 客亦知夫水与月乎?逝者如斯而未尝往也,盈虚者如彼而卒莫消长也。盖将自其变者而观之,则天地曾不能以一瞬;自其不变者而观之,则物与我皆无尽也,而又何羡乎?且夫天地之间,物各有主,苟非吾之所有,虽一毫而莫取,惟江上之清风,与山间之明月,耳得之而为声,目遇之而成色,取之无禁,用之不竭,是造物者之无尽藏也,而吾与子之所共适。(《集》十九)

而他在《书六一居士传后》中又借"六一居士"之号引发说:

> 今居士自谓"六一",是其身均与五物为一也。不知其有物耶?物有之也?居士与物均为不能有,孰能置得丧于其间?故曰:居士可谓有道者也。(《集》二十三)

苏轼像一般的士大夫阶层中人一样,经常面临得丧、荣辱、进退的矛盾,有时自己处身于十分艰难困顿的境地,但他对待这些却能从理性上排解,从更广阔的角度认识万物的差异与等一,人生的短暂与宇宙的永恒,从而寻求更高的精神价值。在这种理性思辨过程中,华严与禅思想给了他依据。他的人生态度与创作中更富理性色彩的原因主要也在于此。人们评论他与白居易相似,他自己也赞赏白居易[1],但在这一点上他与白居易有很大的不同。东坡是更富于理性的。

　　附带指出,东坡还用华严法界观论艺术。前面提到钱塘僧思聪幼善琴,又学书,学诗,又读《华严经》,苏轼在《送钱塘僧思聪归

---

[1]参阅洪迈《容斋三笔》卷五《东坡慕乐天》。

孤山叙》中说：

> ……复使聪日进而不止，自闻、思、修以至于道，则华严法界海慧尽为蘧庐，而况书、诗与琴乎？……聪能如水镜，以一含万，则书与诗当益奇。吾将观焉，以为聪得道浅深之候。（《后》九）

这就是说，万法归一，只要真正得道，琴、书、诗都是相互融通的。这是对道与艺的关系的更高一层的理解。

中国宗派佛教是富于理性的，又是重实际人生的。华严宗在这方面颇富代表性。它的法界观提出了一种系统的宇宙构成论，对宇宙的多样性与统一性，宇宙的变异与永恒等许多重大哲学问题提出了有相当价值的（尽管不出宗教唯心主义的框子）的见解，成为宋明理学所借鉴的重要理论思想。同时华严法界观又在指示人在倏忽万变的人生中寻找安顿身心的出路，理解个人在永恒的宇宙中的位置（当然这也不出宗教信仰的限制）。苏轼在这两个大的方面都表现出深刻的理解。

如上所述，华严思想影响于苏轼，使其创作带上了独特的特色；而对华严义理的把握，又补充了他对禅的理解。体现在苏轼身上的华严与禅的融合，对于宋代士大夫习禅也是有典型意义的。

五

上一节曾提到过苏轼和白居易思想表现的不同。前者更多理性的色彩。这在他们的诗歌创作中反映得也十分鲜明。白居易的诗多表达闲适、旷达、任运、乐天的人生态度，表现上是重感受的、抒情的；苏轼诗的突出特点则在于多抒写齐荣辱、泯物我的人情物理，表现则是重思辨的、说理的。这也与他们受到不同发展阶段的禅思想的影响有关系，又反映出不同时代的意识形态的特色。

苏轼与白居易同样感受到人生的痛苦,同样去寻找自我解脱的道路,这种心路历程又同样成为他们各自诗歌创作的中心内容。与前面已论述过的白居易具体比较,苏轼作品中有两个主题更为突出:一是宣扬无心无念,不持着,不驰求,透视物我一如、荣辱齐怀的道理而达到心境的坦然;再是有感于人生如梦,努力超出虚幻的悲欢生死,去契合宇宙间永恒的价值。这也是他从佛教、特别是禅思想中接受的主要内容。

苏轼《书焦山纶长老壁》非常幽默生动地表现了前一个主题:

> 法师住焦山,而实未尝住。我来辄问法,法师了无语。法师非无语,不知所答故。君看头与足,本自安冠屦。譬如长鬣人,不以长为苦。一旦或人问,每睡安所措。归来被上下,一夜着无处。展转遂达晨,意欲尽镊去。此言虽鄙浅,故自有深趣。持此问法师,法师一笑许。(《集》六)

这是对"不住心"的十分有趣的说明。其构思用了机锋语句中的比喻方法,指出如果没有执着之心,"不作意",那么长发本来自然生成,对于人不是什么隔碍;然而一旦被唤醒了"自觉",却让人不知所措,无法安寝了。这就写出了被自心意念所缚的庸人自扰的可笑处境。这是对世情的一种讽刺,也表明了深刻的禅理。苏轼的著名的《题西林壁》:"横看成岭侧成峰,远近高低各不同。不识庐山真面目,只缘身在此山中。"(《集》十三)同样也在解明这个道理:人们被环境所羁束着,实际上是被自己的幻想所羁束而不能彻达"真实"。这当然是一种唯心论的想法,但却也不是毫无道理的。

东坡常常用生活中的小事来表现这一类具有深刻哲理性的想法,《赠眼医王生彦若》就是又一篇精彩的例子:

> 针头如麦芒,气出如车轴。间关络脉中,性命寄毛粟。而况清净眼,内景含天烛。琉璃贮沆瀣,轻脆不任触。而子于其间,往来施锋镞。笑谈纷自若,观者颈为缩。运针如运斤,去

翳如拆屋。常疑子善幻，他技杂符祝。子言吾有道，此理君未瞩。形骸一尘垢，贵贱两草木。世人方重外，妄见瓦与玉。而我初不知，刺眼如刺肉。君看目与翳，是翳要非目。目翳苟二物，易分如麦菽。宁闻老农夫，去草更伤谷。鼻端有余地，肝胆分楚蜀。吾于五轮间，荡荡见空曲。如行九轨道，并驱无击毂。空花谁开落，明月自朏朒。请问乐全堂，忘年老尊宿。彦若，乐全先生门下医也。（《集》十五）

曾季貍评此诗："东莱喜东坡《赠眼医王彦若》诗。王履道亦言东坡自负此诗，多自书与人。予读其诗，如佛经中赞偈，真奇作也。"[①]这首诗写的是一位眼医做白内障手术的绝技；但最后提示出著名居士张安道（号乐全堂），表明这是意在明禅的。这篇作品让读者想起《庄子·养生主》中"庖丁解牛"的故事，二者都是讲中其肯綮的技艺。但庖丁的技艺在能运神"依乎天理"，讲的是如何养神的养生之道。而苏轼的诗则突出人如何去端正主观认识。眼医之所以能谈笑自若地运针，是由于他不是"重外"而在内心中保持了定力，即认识到"形骸一尘垢，贵贱两草木"。由于荡除了一切分别、执着，也就没有了犹疑、恐惧，从而能施展自己的技艺。这就通过眼医的例子，告诉人如何认识客观，如何处理主、客观的关系。这首诗，显然是借鉴了"指事问义"技巧，把禅机理趣融入到叙述之中。

苏轼的《次韵秦太虚见戏耳聋》是一首解嘲的诗，但从自解自慰之中仍可看出"性净"之理：

君不见诗人借车无可载，留得一钱何足赖。晚年更似杜陵翁，右臂虽存耳先聩。人将蚁动作牛斗，我觉风雷真一噫。闻尘扫尽根性空，不须更枕清流派。大朴初散失混沌，六凿相攘更胜败。眼花乱坠酒生风，口业不停诗有债。君知五蕴皆

---

①《艇斋诗话》。

是贼，人生一病今先差。但恐此心终未了，不见不闻还是碍。
今君疑我特佯聋，故作嘲诗穷险怪。须防额痒出三耳，莫放笔
端风雨快。（《集》十一）

苏轼在这里是说，由于耳根清净则心识清净，人生的病苦也就感受
不到了；所可虑者在心不能了，虽无见闻而仍被杂念缠缚，人生病
痛则没有了期。这样为自己耳聋解嘲就不是单纯的自我慰解，还
写出了深刻的禅理。惠洪评《赠东林总长老》偈，说"此老人于般
若，横说竖说，了无剩语，非其笔端，能吐此不传之妙哉"①，这首诗
和前面所举诗都当得起这种赞语。

　　苏轼有诗说："中年忝闻道，梦幻讲已详。"（《去岁九月二十七
日在黄州生子名遯小字干儿颀然颖异至今年七月二十八日病亡于
金陵作二诗哭之》，《集》十四）"梦幻"的主题是古代诗人经常表现
的，但其内含意蕴却各有不同。在宋代诗人中，陆游也以写梦著
称，他有九十余首直接抒写梦境的诗。但他的梦或表现内心的向
往，或表现理想的破灭，实质上写的是现实，或者说是现实的折射。
而苏轼写这一题材，却主要表现对人生的一种理解，是超越现实的
理念，或者说是理想的追求。他说"人生如梦"，是把真实的人生虚
幻化了，赋予人生以幻灭、虚无、不可捉摸的性质，强调人生中没有
永恒、绝对的价值，因而流露出不可解脱的悲伤、失意、惆怅之情；
但他又力图在实际的人生之中去发现、追求永恒的真理，因此又从
反面表现出对于理想的执着，而没有落入完全的颓唐。他的这种
态度与禅宗对于人生的矛盾理解是相对应的；肯定绝对的心性与
相对的现实人生，则现实人生是无价值的；但心性又是现实人的心
性，它只能实现在相对的人生之中。苏轼"人生如梦"的理解在人
生价值判断上当然是消极的、片面的，但他确实触及了人生的根本
矛盾，而且在实际创作中又表现得相当深刻，令人感动。

――――――――――

①《冷斋夜话》卷七。

　　苏轼自早年对于人生的幻化无常就有深刻感受。他的嘉祐六年(1061)所作《和子由渑池怀旧》诗说：

　　　　人生到处知何似，应似飞鸿踏雪泥。泥上偶然留指爪，鸿飞那复计东西。老僧已死成新塔，坏壁无由见旧题。往日崎岖还记否，路长人困蹇驴嘶。(《集》一)

这个"雪泥鸿爪"的比喻，以其生动鲜明和意蕴深厚，长久地引发出后人的感慨，就因为它把生命倏忽即逝的惆怅表达得直截而又透彻。正因为人生这变幻不定、一去不返的性质，兄弟之间的亲情才显得更加温馨和宝贵。白居易有《观幻》诗说："更无寻觅处，鸟迹印空中。"[1]比喻全出于悬想，不如东坡写的那么真实而亲切。

　　在中国传统思想里，庄子把"人生如梦"的观念发挥得非常充分。但庄子讲"如梦"，是强调人生价值的相对性，为他齐物逍遥的世界观寻找依据。他主要讲的是人生问题。大乘空观则从哲学上深入论证了万法性空、如梦如幻。"如梦"是"般若十喻"之一。它不只是对人生的价值判断，而且反映了一种宇宙观，即从般若正智看来，万法(包括人生)都是如梦一样虚幻不实、无自性的。前面已说过，禅思想也是从般若智发展而来。苏轼继承了老、庄的人生观，又融入了般若空观和禅思想，使"人生如梦"观念更富于理致，也更有思辨的深度。他的诗中经常说：

　　　　聚散细思都是梦，身名渐觉两非亲。(《至济南李公择以诗相迎次其韵二首》，《集》八)

　　　　回首旧游真是梦，一簪华发岸纶中。(《台头寺步月得人字》，《集》十)

　　　　旧事真成一梦过，高谈为洗五年忙。(《余去金山五年而复至次旧诗韵赠宝觉长老》，《集》十)

_____

[1]《白氏长庆集》卷二六。

> 愿君勿笑反自观,梦幻去来殊未已。(《王巩清虚堂》,《集》十一)

> 物生有象象乃滋,梦幻无根成斯须。方其梦时了非无,泡影一失俯仰殊。(《六观堂老人草书诗》,《后》一)

> 此身自幻孰非梦,故园山水聊心存。(《次韵滕大夫三首·雪浪石》,《后》三)

从这些诗句中,读者不只听到了诗人的感喟,还认识到诗人对人生价值的反复深入的思索。

苏轼抒写"人生如梦"观念,善于从多层面进行发挥,使得意蕴更加丰富。例如他的《百步洪二首》之一说:

> 长洪斗落生跳波,轻舟南下如投梭。水师绝叫凫雁起,乱石一线争磋磨。有如兔走鹰隼落,骏马下注千丈坡。断弦离柱箭脱手,飞电过隙珠翻荷。四山眩转风掠耳,但见流沫生千涡。崄中得乐虽一快,何异水伯夸秋河。我来乘化日夜逝,坐觉一念逾新罗。纷纷争夺醉梦里,岂信荆棘埋铜驼。觉来俯仰失千劫,回视此水殊委蛇。君看岸边苍石上,古来篙眼如蜂窠。但应此心无所住,造物虽驶如余何。回船上马各归去,多言哓哓师所呵。(《集》十)

这是在徐州时与道潜放舟百步洪抒发感慨之作。中心内容是由于目睹陈迹,追怀曩昔,而想到"纷纷争夺醉梦里",最后归结到"心无所住"。前幅写流水,发展了"逝者如斯"的意思。"一箭逾新罗"用报恩宝资禅师的话头:有僧问:"如何是金刚一只箭?"意思是请指示扫荡一切的禅法。宝资反问:"道什么?"因为心外无禅,不应向外驰求。其僧再问,宝资曰:"过新罗国去也。"是讽刺对方被妄念所缚,一问再问,离所求更远了[1]。苏轼诗中是用以比喻岁月流逝,

---

[1]《景德传灯录》卷二一。

妄念陷人。他在世变沧桑中安顿身心，寻找心理的平衡，把人事纷争劫夺全都视为"醉梦"了。

像这样由"人生如梦"的自觉而引申出对现实的价值观的否定，是苏轼诗中常见的思路。如他的名作——《念奴娇·赤壁怀古》长调就是如此。他回思历史人物的英雄伟业都被时代流逝淘洗净尽，抚古思今，最后发出了"人生如梦，一樽还酹江月"的慨叹。又如《次韵王廷老退居见寄二首》之一：

> 浪蕊浮花不辨春，归来方识岁寒人。回头自笑风波地，闭眼聊观梦幻身。北牕已安陶令榻，西风还避庾公尘。更搔短发东南望，试问今谁裹旧巾。（《集》十）

这首诗也是苏轼在徐州时所作。其时王安石执政，其弟苏辙以议新法忤安石而出为陈州学官，苏轼亦以忤安石出知杭州，又改密州、徐州。这政坛风波中的变化不定的经历使他更滋生"人生如梦"的意识。在"北牕"句里他自比为不为五斗米折腰的陶潜；"西风"句中的庾公指晋庾亮，治江州时曾与僚属殷浩等南楼赏月，竟夕文咏，"还避庾公尘"是表示自己不趋奉权贵。这就从身如梦幻的自觉中引发出对名位利禄的批判，表示了对当权者不合作的态度。

他在流放岭南时写《四月十一日初食荔枝》，又把被流放视为梦幻：

> ……我生涉世本为口，一官久已轻莼鲈。人间何者非梦幻，南来万里真良图。（《后》五）

"轻莼鲈"用晋张翰典，翰为大司马齐王冏东曹掾，见秋风起，乃思吴中菰菜、莼羹、鲈鱼脍，曰："人生贵得适志，何能羁宦数千里以要名爵乎！"遂命驾而归①。苏轼本来是被贬至海南荒僻之地，却自比

---

①《晋书》卷九二《张翰传》。

为张翰思乡,可见他心理上多么洒脱坦然。而他能如此不慕荣利,荣辱等一,又是因为认识到"人间何事非梦幻"。这首诗当然包含着牢骚解嘲的意味,但同样也流露出对当世名位利禄的清醒的批判态度。苏辙描述其兄在海南的生活:

> 东坡先生谪居儋耳,置家罗浮之下,独与幼子过负担渡海,葺茅竹而居之,日啖薯芋而华屋玉食之念不存于胸中。平生无所嗜好,以图史为园囿,文章为鼓吹,至是亦皆罢去。独犹喜为诗,精深华妙,不见老人衰惫之气。①

这种精神状态,与他对人生的通达透彻的认识是相一致的。

苏轼的"人生如梦"的意识,当然有浓厚的消极、虚无的色彩。但他却往往能用这种意识来批判现实和当时社会所肯定的价值观,并转而肯定自我,坚持自身的操守。瞿佑评论说:

> ……东坡则放旷不羁,出狱和韵,即云:"却对酒杯浑似梦,试拈诗笔已如神。"方以诗得罪,而所言如此。又云:"却笑睢阳老从事,为予投檄向江西。"不以为悲,而以为笑,何也?②

苏轼如此以"戏侮"态度对待几陷于死地的贬谪遭遇,就因为经过他对人世的深刻思索,把现世的进退纷争看得太透彻了。

应当指出,苏轼有时正因为看到了人生"如梦"的一面,反而更体会到人间的美好与温馨。这就如《正月二十日与潘郭二生出郊寻春忽记去年是日同至女王城作诗乃和前韵》诗所表现的:

> 东风未肯入东门,走马还寻去岁村。人似秋鸿来有信,事如春梦了无痕。江城白酒三杯酽,野老苍颜一笑温。已约年年为此会,故人不用赋招魂。(《集》十二)

---

① 《追和陶渊明诗引》,《栾城后集》卷二一。
② 《归田诗话》卷中。

这里把"事如春梦"与人间的感情作了对比，从而突出了人情的可贵与持久。这也典型地显示了苏轼的一种心态：对官场倾轧的失望反而加强了他对平凡的人情的希冀。也正由于他对人生仍保持着这种热忱，所以才能写出充满深情的好诗来。

由此看来，苏轼在对待心性问题与人生问题的看法上，接受了老、庄思想，但在理性思辨的层次上，更多受到禅宗的影响。特别是在他的创作中表现的对人生的思索以及艺术上富于理致的风格，更与禅有直接关系。至于这种影响的积极面与消极面，则应加具体分析。

值得提出的是，肯定"无心"、"无念"，追求人生适意，也往往导至消极地无所作为。在这一点上，苏轼则与白居易相似。他曾把自己比喻为避居香山的乐天，并说自己是"闭阁烧香一病僧"（《和陈传道雪中观灯》，《后》二）。他在黄州时作《答秦太虚书》，说自己囊中钱仍可支年余，"以此胸中都无一事"（《集》三十），自可发遣岁月。这种想法以后还时时流露出来。他一再说"我行本无事"（《与王郎昆仲及儿子迈绕城观荷花登岘山亭晚入飞英寺分韵得月明星稀四首》，《集》十一），"此生已觉都无事"（《归宜兴留题竹西寺》，《集》十五），"会有无事人，支颐识此心"（《秋咏石屏》，《集》十六），这样则流于颓唐、消沉了。这又正反映出禅思想的虚无、颓堕一面的影响。

六

苏轼与欧阳修同是北宋诗文革新运动的代表人物，但他们二人的文学思想却有很大的不同。欧阳修继承了韩愈"文以明道"的传统，主张"道胜者文不难而自至"[①]，把儒道当作为文的指针与根本。苏轼也赞扬韩愈"文起八代之衰，而道济天下之溺"（《潮州韩

①《答吴充秀才书》，《欧阳文忠公文集·居士集》卷四七。

文公庙碑》,《后》十五),但却不主张以文"明道"或"贯道",而要求
文以"达意"。这"意"的外延不仅比"道"更为宽泛;而从另一面说,
则更强调作者内心的领悟与认识。因而,这与儒家"明道"的文学
观有着方向上的不同。苏轼在这方面的一系列看法,显然与他所
接受的佛教、主要是禅宗的心性理论有关系。

他对于"道"本身也有特殊的认识,在《日喻》一文中他说:

> 世之言道者,或即其所见而名之,或莫之见而意之,皆求
> 道之过也。然则道卒不可求欤? 苏子曰:"道可致而不可求。"
> 何谓"致"? 孙武曰:"善战者致人,不致于人。"孔子曰:"百工
> 居肆以成其事,君子学以致其道。"莫之求而自至,斯以为致也
> 欤?(《集》二十三)

接着他以南方"没人"习水,日与水居而得其道,以说明如何不求而
自得。禅宗讲禅道是不假外求的,"如鱼在水,冷暖自知",全靠内
心的领悟,这是心灵主体的自认自证。苏轼的看法显然与之相通,
在他看来道也是人在实际践履中自然悟解的。他当然并没有否认
儒家圣人之道而提倡禅道,但他这种对道的理解显然是更突出了
主观心性的作用的。

正是在这样的基本认识指导之下,他在"道"之外,强调"意",
葛立方记载他的一种见解:

> 东坡在儋耳时,余三从兄讳延之,自江阴担簦万里,绝海
> 往见,留一月。坡尝诲以作文之法曰:"儋州虽数百家之聚,州
> 人之所须,取之市而足,然不可徒得也,必有一物以摄之,然后
> 为己用。所谓一物者,钱是也。作文亦然。天下之事,散在
> 经、子、史中,不可徒使,必得一物以摄之,然后为己用。所谓
> 一物者,意是也。不得钱不可以取物,不得意不可以明事,此

作文之要也。"①

这里所谓"意",孤立地讲,可以说是指思想内容,因而强调"达意"就是反对单纯追求形式技巧而重视内容的充实。苏轼的观点中确实有这一层意思,它是符合当时文坛上诗文革新的总的方向的。但结合苏轼其它一些具体论述就会发现,苏轼所谓的"意"又是特别重在"形于心"、"了然于心"的。他在《书李伯石山庄图后》中说:

> ……虽然,有道有艺。有道而不艺,则物虽形于心,不形于手。(《集》二十三)

这就明确表示他所说的"道"是"形于心"的。又《答谢师民书》中说:

> 夫言止于达意,则疑若不文,是大不然。求物之妙,如系风捕影,能使是物了然于心者,盖千万人而不一遇也,而况能使了然于口与手乎?(《后》十四)

这里又提出首先要"了然于心",在此基础上才有"了然于口与手"的"艺"的问题。他在《文与可画筼筜谷偃竹记》一文中说到文与可画竹,是"画竹必先得成竹于胸中,执笔熟视乃见其所欲画者,急起从之,振笔直遂,以追其所见"(《集》三十二)。他要求在有成竹在胸的基础之上,达到心手相应。在《书晁补之所藏与可画竹三首》之一中又具体形容这一境界:

> 与可画竹时,见竹不见人。岂独不见人,嗒然遗其身。其身与竹化,无穷出清新。庄周世无有,谁知此凝神。(《集》十六)

这又进一步说文与可画竹时已与竹合为一体,心神与竹已契合如

---

① 《韵语阳秋》卷三。

一,达到了庄周的凝神坐忘,心与物化的状态。以上看法,都是强调心灵主体在创作中的决定作用,与追求个人与圣人之道契合的明道的文学观是根本不同的。

由于要深刻表现"形于心"的"意",就要有深度,耐咀嚼,多含蕴,因而苏轼又强调作品的"韵"、"味"、言外之意。他在《书黄子思诗集后》中评论钟繇、王羲之的书法"萧散简远,妙在笔画之外",然后谈到诗:

> 苏、李之天成,曹、刘之自得,陶、谢之超然,盖亦至矣。而李太白、杜子美以英玮绝世之姿,凌跨百代,古今诗人尽废。然魏、晋以来高风绝尘,亦少衰矣。李、杜之后,诗人继作,虽间有远韵,而才不逮意。独韦应物、柳宗元发纤秾于简古,寄至味于澹泊,非余子所及也。(《后》九)

这一段对诗史的看法,与宋初以来倡导诗文革新的主导观点很不一致。他对李、杜虽给予崇高的评价,但已不无保留地指出他们缺乏魏晋诗的"高风远韵";对李、杜以后的中晚唐诗,仅肯定韦、柳,而根本不提当时声誉正隆的白居易与韩愈。他在《东坡题跋》卷二还对韩、柳等人作过具体比较:

> 柳子厚诗,在陶渊明下、韦苏州上。退之豪放奇险则过之,而温丽靖深不及也。所贵乎枯澹者,谓其外枯而中膏,似澹而实美,渊明、子美之流是也。若中边皆枯澹,亦何足道?佛云:"如人食蜜,中边皆甜。"人食五味,知其甘苦者皆是;能分别其中边者,百无一、二也。

这里也明确把韩愈放在陶、柳、韦之下。而就对宋诗的实际影响看,韩愈在一定意义上可以与杜甫齐肩,是超出唐诗人其他任何人之上的。但在苏轼看来,他所达到的艺术水平却低于韦、柳。这是因为苏轼是以其独特的"远韵"、"至味"为艺术评价标准,而不是以一般的"感物"、"明道"、褒贬讽谕为标准。而这后一种标准在儒家传统的文学批评中一直是占据着中心位置的。苏轼非常赞赏陶渊明，作有和陶诗一百三十五首，在这一点他本与白居易有相似的爱好。但有趣的是，他对富于现实批判精神的那类白居易诗则很少论及。他也很赞赏白居易的为人，取号"东坡居士"就用白居易在忠州开辟东坡故实，他在创作中也多有取法白居易之处，而白诗显然不合他的创作方面的理想。白居易的讽谕之作是质直浅露的，表现闲适情趣的诗也缺乏深厚的意蕴，因此不合他讲韵味的观念。

苏轼的这种看法也反映在对王维的评价上。他的早年作品《凤翔八观·王维吴道子画》说：

> 何处访吴画，普门与开元。开元有东塔，摩诘留手痕。吾观画品中，莫如二子尊。道子实雄放，浩如海波翻。当其下手风雨快，笔所未到气已吞。亭亭双林间，彩晕扶桑暾。中有至人谈寂灭，悟者悲涕迷者手自扪。蛮君鬼伯千万万，相排竞进头如鼋。摩诘本诗老，佩芷袭芳荪。今观此壁画，亦若其诗清且敦。祇园弟子尽鹤骨，心如死灰不复温。门前两丛竹，雪节贯霜根。交柯乱叶动无数，一一皆可寻其源。吴生虽妙绝，犹以画工论。摩诘得之于象外，有如仙翮谢笼樊。吾观二子皆神俊，又于维也敛衽无间言。（《集》一）

吴道子号为"画圣"，在绘画史上的评价一般是高于王维的。但苏轼把他与王维相比，却视为"画工"。他肯定吴画的雄放的气势，但却更赞扬王维能"得之于象外"。他特别提出王维是"诗老"。他在《书摩诘画蓝田烟雨图》中说：

> 味摩诘之诗，诗中有画；观摩诘之画，画中有诗。（《东坡题跋》卷五）

对于这个评论，可以从这样的角度来理解：苏轼从王维画里看到了内心感情的充分表现。由此再联系苏轼所描绘的吴、王两幅画:吴画画出了佛陀在双林间初转法轮的情境,众多人物面貌十分生动清晰;但王维画却更重传神,不只写出了佛陀弟子"心如死灰"的精神状态,又用"门前两丛竹"来衬托背景。总之,王维画不只描绘出生动的外境,而且表现出深刻的画外意。王维所开创的"文人画"的这一特殊风格,与他的诗作在精神上完全相通。苏轼对他的称赞正是看到了这一点。这与他本人的心性观念也是密切相关的。

苏轼还有一个值得注意的见解,就是他认为诗的韵味可以得自内心的闲静。这与禅宗的心性观有着更直接的关系。他不强调以热烈的主观感情去回应外境,而认为心如止水才能更好地反照外物。他称赞诗僧清顺诗说:"道人心似水,不碍照花妍。"(《卧病弥月闻垂云花开顺阇黎以诗见招次韵答之》,《集》十八)他又说过:"心闲诗自放,笔老语翻疏。"(《广悴萧大夫借前韵见赠复和答之》,《后》七)还有《送参寥师》:

> 上人学苦空,百念已灰冷。剑头惟一吷,焦谷无新颖。胡为逐吾辈,文字争蔚炳。新诗如玉雪,出语便新警。退之论草书,万事未尝屏。忧愁不平气,一寓笔所骋。颇怪浮屠人,视身如丘井。颓然寄澹泊,谁与发豪猛。细思乃不然,真巧非幻影。欲令诗语妙,无厌空且静。静故了群动,空故纳万境。阅世走人间,观身卧云岭。咸酸杂众好,中有至味永。诗、法不相妨,此语当更请。(《集》十)

这里所提到的韩愈的看法,见《送高闲上人序》。高闲善书,是著名的艺僧[1]。韩愈认为善书者"利害必明,无遗锱铢,情炎于中,利欲斗进,有得有丧,勃然不释,然后一决于书",而"闲师浮屠氏,一生死,解外胶,是其为心,必泊然无所起;其于世,必淡然无所嗜。泊

_____

[1]参阅《宋高僧传》卷三〇《唐天台山禅林寺广脩传》。

与淡相遭,颓堕委靡,溃败不可收拾",因而对他何以能书发出了疑问①。而苏轼的看法正与之相反对,他提出空静才能领纳万物,以虚静之心"阅世"、"观身"才能得到"至味"。最后又明确指出佛法与作诗二者是不相妨碍的。

苏轼词一般被评论为"豪放派"代表。但吴世昌就曾指出:"东坡是大作家,不能限以'词人',更不能限以'豪放派词人'。他……做得很不精意,很随便,时有妙语警句,深刻至情的话……"②这也可以概括苏轼诗文的整个风格。他的创作本不以热情奋发、豪放激烈见长,而是洒脱自如,多"至情"的自然流露。他在《与谢师民书》中称赞谢的作品"大略如行云流水,初无定质,但常行于所当行,常止于所不可不止,文理自然,姿态横生"(《后》十四)。这"自然"正是庄子和禅的重要观念。他在《南行前集序》中又说:

> 夫昔之为文者,非能为之为工,乃不能不为之为工也。山川之有云,草木之有华实,充满勃郁而见于外,夫虽欲无有,其可得耶?自少闻家君之论文,以为古之圣人有所不能自已而作者。故轼与弟辙为文至多,而未尝敢有作文之意也。(《集》二十四)

他这里又以生动的譬喻说明了中心充实则自然发露的道理。后人评论苏轼文章学《楞严经》③,学《般若》④,而更多的人则指出他学

---

①《韩昌黎集》卷二一。关于韩愈本文的立意,历代有不同看法,或以为是主张"人必有不平之心,郁积之久,而后发之,则其气勇决而伎必精。今高闲既无是心,则其为伎,宜其溃败委靡而不能奇,但恐其善幻多伎,则不可知也"(朱熹《韩文考异》卷六),这样看则认为韩愈意在辟佛;或以为文章表明他"深得历代祖师向上休歇一路"(马永卿《懒真子》卷二)。此不具论。
②《罗音室词札(选录)》,《文学遗产》1990年第3期。
③李涂《文章精义》。
④陈善《扪虱新语》卷四:"僧慧洪觉范尝言:东坡言语文字,理作通晓,盖从《般若》中来。"

《华严》①。从写作方法看他确乎对这些佛典的表现技巧有所借鉴，但从内在精神看，他的创作更多地体现了禅宗"从自己胸襟间流将出来"②的观念。

　　苏轼诗有明显的说理化、散文化的特征。赵翼说"以文为诗，自昌黎始，至东坡益大放厥词，别开生面，成一代之大观"③。这种表现方法上的特征也关系到诗人的精神境界。他的对人生的理性的省察，自心的深入的反省，需要用富于说理的、思辨的语言来表达。这与禅思想的影响很有关系。至于他的不少诗直接"借禅以为诙"（《闻辩才法师复归上天竺以诗戏问》，《集》九），表现禅机禅趣，掉弄禅语，有类偈颂，更是汲取了说禅的技法而给作品赋予特殊的说理色彩。

　　在宋代中国封建文化烂熟的时代，苏轼是一位代表当时文化高峰的人物。他学养深厚，才能杰出，文、诗、词无一体不精，书、画、琴无一艺不能，在学术思想上更阔通阔达，儒、佛、道兼习，对百家杂说也旁采博收。而禅宗的影响在他的思想与创作中占据重要的地位。他的作品在内容与表现艺术的一些创造性的方面正是得自禅宗的。而且他不只能从禅宗借鉴一些积极成果，有些消极因素（如"如梦"的颓废悲观意识）在他那里也能化腐朽为神奇。他成了禅宗影响于中国文化的又一个典型。从他的身上，可以具体看出禅宗对于文化发展的作用。

──────────────

①钱谦益《读苏长公文》："吾读子瞻《司马温公行状》、《富郑公神道碑》之类，平铺直序，如万斛水银，随地涌出，以为古今未有此体，茫然莫得其涯涘也。晚读《华严经》，称性而谈，浩如烟海，无所不有，无所不尽，乃喟然而叹曰：子瞻之文，其有得于此乎？文而有得于《华严》，则事理法界，开遮涌现，无门庭，无墙壁，无差择，无拟议，世谛文字固已荡无纤尘，又何自而窥其浅深，议其工拙乎？"（《牧斋初学集》卷八三）
②《祖堂集》卷七《岩头和尚章》。
③《瓯北诗话》卷五。

第十五章 "活句"与"活法"

一

　　黄庭坚是"苏门弟子",也是宋诗的另一位代表人物。他也是形成于北宋后期和南宋前期诗坛主流的"江西诗派"的实际开创者。如果说宋诗的重要特点在"以文字为诗"①,"在技巧和语言方面精益求精"②,黄庭坚与江西诗人正是代表。而他们的创作与禅宗有密切关系。

　　但是,苏轼与黄庭坚习禅所得,特别体现在诗歌创作中,却有相当的差异,代表着不同的方向。明人袁宏道说:"黄、苏皆好禅,谈者谓子瞻是士大夫禅,鲁直是祖师禅,盖优黄而劣苏也。"③所谓"祖师禅",如上所述是中唐时期禅宗提出的相对于如来禅的教外别传的至极禅法。仰山慧寂曾指责香岩智闲"汝只得如来禅,未得祖师禅"④。所谓"士大夫禅",是一种贬义的说法,意指"凡人禅"、凡夫对禅的随意理解。这种"谈者"的比较,扬黄抑苏,把黄庭坚看作是祖师禅正统传人,是一种肯定分灯禅的偏颇看法,但却透露出

---

①严羽《沧浪诗话·诗辨》。
②钱钟书《宋诗选注序》第13页,《宋诗选注》,人民文学出版社,1958年。
③《庭帏杂录》卷下。
④《景德传灯录》卷一一。

苏、黄禅学倾向的不同。吴炯则从另一角度指出过二者的差别："……后之学者因生分别，师坡者萃于浙右，师谷者萃于江右。以余观之，大是云门盛于吴，临济盛于楚。云门老婆心切，接人易与，人人自得，以为得法，而于众中求脚跟点地者百无二、三焉；临济棒喝分别，勘辩极峻，虽得法者少，往往崭然见头角。"①这也是扬黄抑苏。把苏、黄之分比喻为云门与临济之分，也有一定道理。因为苏轼是由云门而入，黄庭坚师法的黄龙派是临济一枝。这里指出苏门"脚跟点地者"少，而在江右的江西诗派由于"棒喝分别，勘辩极峻"却出现一批杰出弟子。称赞临济门人，正是指其言句开导有具体门径。从禅宗发展历史看，黄庭坚倒确实是追随着当时的主要潮流的。但这是言句化、形式化的潮流。影响于诗，正在这方面有所贡献。有人推重他"句法尤高，笔势放纵"，以至认为"宋兴以来，一人而已"②，隐然把他抬到苏轼之上，也是看到了这一点。

　　黄庭坚家乡洪州，自中唐以来即是禅宗兴盛之地。在他青年时期，正是黄龙派创始人慧南（1002—1069）在那里重振临济道法，创立自己宗派的时候。黄龙慧南的再传弟子死心悟新（1043—1104）就是山谷家乡分宁云岩禅院的住持。后来黄庭坚在元丰年间曾知吉州太和县三年，元祐末又丁母忧回乡，在此期间与在江西活动的黄龙派禅匠建立了密切交谊。洪朋评论他说："诗家今独步，舅氏大名稀。屈、宋堪奴仆，曹、刘在指挥。禅心元诣绝，世事更忘机。"③晁说之则说："世人不我与，直契黄龙心。"④都是把他直接当作黄龙派传人的。

　　黄庭坚早年曾参圆通法秀（1027—1090），他在《小山集序》中说：

①《五总志》。
②周季凤《山谷黄先生别传》，黄莹《山谷年谱》卷首，《适园丛书》本。
③《怀黄太史》，《洪龟父集》卷下。
④《喜鲁直还又作》，《嵩山文集》卷四。

> 余少时,间作乐府,以使酒玩世。道人法秀独罪余以笔墨劝淫,于我法中当下犁舌之狱……①

这应是二十岁在京应礼部举时的事。元丰三年(1080)自京出知吉州太和县,途中经舒州皖公山,游传为三祖僧璨道场的石牛寺,因自号"山谷道人",可知他这时已倾心禅宗。

在吉州太和县令任上,黄庭坚结交了普觉禅院长老楚金。楚金是慧南再传、积翠永的弟子。黄庭坚作《跨牛庵铭》,谓"予之与佛者游,观蹊田之牛,其角觺觺,如金之能自牧者盖寡矣"。(《集》十三)这里称赞楚金是用百丈怀海弟子福州大安"牧牛"公案②来谈护持自心的禅理。由此可知这时黄庭坚对禅已修养有素了。

黄庭坚更进一步亲近禅宗是在元祐六年(1091)丁母忧回乡以后。如张耒所说:"黄子少年时,风流胜春柳。中年一钵饭,万事寒木朽。室有僧对谈,房无妾持帚。"③当时正是慧南弟子晦堂祖心主持黄龙山法席,黄庭坚称赞他是"法中龙象,末世人天正眼"④,对之参礼,称为"方外之师"(《山谷别集》卷下《赠法轮齐公》诗史季温注引,以下《山谷别集》简称《别》)。灯录记载他在祖心指示下开悟,列为嗣法弟子的故事:

> ……往依晦堂,乞指径捷处。堂曰:"只如仲尼道'二三子以我为隐乎?吾无隐乎尔'者。太史居常,如何理论?"公拟对。堂曰:"不是,不是。"公迷闷不已。一日侍堂山行次,时岩

---

① 《豫章黄先生文集》卷一六,以下引用黄庭坚诗文,除注出者外,均据此书,仅在引文后注出卷次。
② 《景德传灯录》卷九记福州大安上堂示法语:"……安在沩山,三十来年吃沩山饭,屙沩山屎,不学沩山禅。只看一头水牯牛,若落路入草便牵出,若犯人苗稼即鞭挞调伏。既久,可怜生受人言语,如今变作个露地白牛,常在面前,终日露迥迥地,趁亦不去也……"
③ 《赠无咎以既见君子云胡不喜为韵八首》,《柯山集》卷七。
④ 《黄文节公全集》卷一五。

桂盛放,堂曰:"闻木犀花香么?"公曰:"闻。"堂曰:"吾无隐乎
尔。"公释然,再拜之①。

这个"吾无隐乎尔"的公案是借用儒家语句,以说明无所不在、当下
即是的心性,从中也可看出黄庭坚与禅匠谈禅的具体情形。他在
《黄龙心禅师塔铭》中说到"夙承记莂,堪任大法"(《集》二十四),可
知他确是在祖心门下得印可的。

　　他结交死心悟新也应在这个时期。死心为祖心高足,则二人
为同门兄弟。他在绍圣年间谪黔州有《与死心道人》书,叙述二人
交谊:

　　　　往日常蒙苦口提撕,常如醉梦,依稀在光影中。今日昭
　　然,明日昧然,盖疑情不尽,命根不断,故望涯而退耳。谪官在
　　黔州道中,昼卧觉来,忽然廓尔,寻思平生被天下老和尚谩了
　　多少,惟有死心道人不相背,乃是第一慈悲。

崇宁三年(1104)编管宜州时又有《代书寄翠岩新禅师》:

　　　　山谷青石牛,自负万钧重。八风吹得行,处处是日用。又
　　将十六口,去作宜州梦。苦忆新老人,是我法梁栋。信手斫方
　　圆,规矩一一中。遥思灵源叟,分坐法席共。聊持楚狂句,
　　往作天女供。岭上早梅春,参军惭独弄。(《山谷诗集注》卷
　　二十)

这里山谷青石牛是活用皖公山山谷寺典故:任渊注谓"山谷寺西北
有石牛洞,其石状若伏牛,因以为名,钱绅《同安志》云李伯时画鲁
直坐于石牛上,鲁直因自号'山谷道人'"。由这些自述可知黄庭坚
晚年在贬谪中更多从禅理求慰解,与黄龙死心等人精神上也更为
接近。黎民表有诗说:"……藉名党锢疾如仇,白首黔阳作系囚。

---

①《五灯会元》卷一七。

平生正得参禅力,万里危途百不忧。黄龙老宿尔何子,蒿目曾识东
家丘。相酬妙语千金直,能使芳名万古流……"①

晦堂祖心的另一个弟子灵源惟清(?—1117)与黄庭坚也有密
切交谊。崇宁元年(1102)自黔州贬所遇赦还乡,至黄龙山见惟清,
有诗说:

> 灵源大士人天眼,双塔老师诸佛机。白发苍颜重到此,问
> 君还是昔人非。(《自巴陵略平江临湘入通城无日不雨至黄龙
> 奉谒清禅师继而晚晴邂逅禅客戴道纯款语作长句呈道纯》,
> 《山谷诗集注》卷十六)

这里"双塔老师"指黄龙慧南与晦堂祖心,惟清是继祖心住持黄龙
山的。崇宁三年黄庭坚再次远贬,编管宜州时,又有《寄黄龙清老
三首》:

> 万山不隔中秋月,一雁能传寄远书。深密伽陀枯战笔,真
> 成相见问何如?
>
> 风前橄榄星宿落,日下栟榈羽扇开。照默堂中有相亿,清
> 秋忽遣化人来。
>
> 骑驴觅驴但可笑,非马喻马亦成痴。一天月色为谁好,二
> 老风流只自知。(《集》十一)

这些诗禅机诗情相交融,同样反映了黄庭坚受禅的浸渍之深。他
晚年自称是"翰墨场中老伏波,菩提坊里病维摩"(《病起荆江亭即
事十首》,《集》七),自觉地作一个虔诚的居士。而且值得注意的
是,他集中参学黄龙祖心一系,甚至黄龙派另两个分支东林常总、
真净克文二系与他都没有密切关系。这表明他是更自觉地继承祖
心法统的。

---

① 《题黄山谷书黄龙禅师开堂疏》,《瑶石山人诗稿》卷四。

二

黄庭坚作为北宋诗坛的大家，艺术成就是多方面的；所受禅宗的影响也是多方面的。但在当时禅宗言句化、形式化总的潮流之下，禅的言句技巧特别深刻地影响到他的诗歌理论与创作实践，则是一个突出的现象。而且他在这方面带动起诗坛的一种风气。所以以下只集中讨论这一个问题。

黄庭坚学识广博，功力深厚，有意追摹杜甫、韩愈而另创新境，作品表现出瘦硬而又雄健的风格，"英笔奇气，杰句高境，自成一家"①。但他用力最多处却在句律与表现方法方面的出新。他在《赠高子勉四首》中说："妙在和光同尘，事须钩深入神。听它下虎口著，我不为牛后人。"（《集》十二）张耒也评论他的诗"不践前人旧行迹，独惊斯世擅风流"②。然而他一再强调的却是"句法"、"句中有眼"。他的《次韵高子勉十首》说："寒炉余几火，灰里拨阴、何。""寒炉拨火"用沩山灵祐公案：灵祐参百丈怀海，怀海云："汝拨炉中有火否？"灵祐拨云："无火。"百丈躬起深拨得少火，举以示之云："此不是火？"灵祐发悟③。任渊注谓："言作诗当深思苦求，方与古人相见也。"（《山谷诗集注》卷十六）而"拨阴、何"则袭用杜诗"李侯有佳句，往往似阴铿"，"颇学阴、何苦用心"④的意思，是指炼句的功夫。曾季貍说："山谷诗妙天下，然自谓得句法于谢师厚，得用事于韩持国，此取诸人以为善也。"⑤这也表明了他用功的方向所在。

---

① 方东树《昭昧詹言》卷一〇。
② 《读黄鲁直诗》，《柯山集》卷一八。
③ 《景德传灯录》卷九。
④ 《与李十二白同寻范十隐居》，仇兆鳌《杜少陵集详注》卷一；《解闷十二首》之六；同上卷一七。
⑤ 《艇斋诗话》。

　　前面已经指出过,晚唐五代以来,丛林中拣话头、说公案、斗机锋成风,思想上已少有新意,主要是在言句表现上花样翻新,讲求灵巧机敏。因此有各种各样的言句,如所谓"透法身句"、"临机一句"、"当锋一句"、"该天括地句"、"绝渗漏底句";又有参"活句",不参"死句"之说①;并规仿佛陀的"三转法轮"而为"三转语"②,即把同样的意思变换三种方式来加以表述。而黄龙派正非常讲究言句。黄庭坚《黄龙心禅师塔铭》记载祖心向慧南请益的对话:

> ……(祖心)即应曰:"大事本来如是,和尚何用教人看话下语,百计搜寻?"南公曰:"若不令汝如此究寻,到无用心处,自见自了,吾则埋没汝也。"师从容游泳,陆沉于众,时往咨决云门语句……(《集》卷二十四)

死心悟新又说:

> 参玄上士,须参活句,直得万仞崖前,腾身捕不碎,始是活句。若不如是,尽是意根下纽捏将来,他时异日,涅槃堂内手脚忙乱。③

在黄龙派的说法与偈颂中,就有不少在言句上翻新的例子④。

　　古人早已指出黄庭坚的创作艺术与禅宗这种讲究言句的风气有关系。张戒记述说:"往在桐庐见吕舍人居仁,余问:'鲁直得子美之髓乎?'居仁曰:'然。''其佳处焉在?'居仁曰:'禅家所谓死蛇

---

①《五灯会元》卷一五:德山缘密上堂示法曰:"但参活句,莫参死句……"并析出"云门三句:'一句函盖乾坤,一句截断众流,一句随波逐浪。'"
②《碧岩录》卷二第十三有巴陵三转语,卷一〇第九十六有赵州三转语等。
③《黄龙死心禅师语录》。
④例如死心悟新诗偈《因先上人南还》:"旅馆云游经几霜,此心归日爱南阳。无端却度庾峰岭,入到曹溪是故乡。"(《黄龙死心禅师语录》),就是脱胎自贾岛《渡桑干》的。

弄得活。'"①所谓"死蛇弄活"即是禅家言句技巧,指表达的活泼机敏,不落"死语"。李屏山则评论说:"黄鲁直……以俗为雅,以故为新,不犯正位,如参禅,著末后句为具眼。江西诸君子翕然推重,别为一派。"②这更直接指出了黄庭坚诗法通于禅法。而黄庭坚所提出的"点铁成金"、"夺胎脱骨"的创作方法也正是禅宗谈禅的方法。

黄庭坚《答洪驹父书》说:

> 自作语最难。老杜作诗,退之作文,无一字无来处。盖后人读书少,故谓韩、杜自作此语耳。古之能为文章者,真能陶冶万物,虽取古人之陈言入于翰墨,如灵丹一粒,点铁成金也。(《集》十九)

"点铁成金"本是道教炼丹中的"点化"之术。这里用来比喻写作中利用前人语句推陈出新。而这正是禅宗谈禅的技巧。灯录上记载有僧问雪峰法嗣龙华灵照:"还丹一粒,点铁成金;至理一言,点凡成圣,请师一点。"答曰:"还知齐云点金成金么?"③灵照初居婺州齐云山,这里是自诩能以精彩的一言指明禅解。这"点铁成金"作为接引学人的言句艺术,特别体现在所谓"云门一字关"中。黄龙慧南与雪峰悦游洪州西山,夜话云门道法,评论到云门宗的渤潭怀澄,峰曰:"澄公虽是云门之后,道法异矣。"慧南诘其所以异。峰曰:"云门如九转丹砂,点铁成金。澄公药汞银徒可玩,入煅则流去。"慧南怒,以枕投之。明日,峰谢过,又曰:"云门气宇如王,甘死语下乎?澄公有法授人,死语也。死语,其能活人乎?"④这又清楚表明所谓"点铁成金"即在善用"活语"以"活人"。黄庭坚正是在这个意义上把谈禅的方法用于诗的写作方法的。

---

①《岁寒堂诗话》卷上。
②元好问编《中州集》卷二《刘西嵓小传》。
③《景德传灯录》卷一八。
④《五灯会元》卷一七。

这种方法又被称为"夺胎换骨"。惠洪在《冷斋夜话》卷一转述黄庭坚的看法：

> 山谷云：诗意无穷而人之才有限，以有限之才追无穷之意，虽渊明、少陵不得工也。然不易其意而造其语，谓之换骨法；窥入其意而形容之，谓之夺胎法。

"夺胎换骨"与"点铁成金"一样也出于道书，也被禅宗所引用。早期禅宗已有达摩付法，得髓慧可、得骨道育、得肉尼总持的传说[①]，是用来比喻悟境的浅深的。惠洪所传黄庭坚能化用这个比喻，是把如何"点铁成金"具体化了。它要求或者规仿前人语意，或者利用前人言句加以变换改造，使之境界一新，以此创造超越前人的新成绩。这与禅宗语录对简单的禅理变换方式横说竖说的做法相似。

朱弁评黄庭坚深得禅家"死蛇弄活"之理，"乃独用昆体功夫，而造老杜浑成之地，今之诗人少有及者，此禅家所谓'更高一着'也"[②]。"昆体"即以杨亿、刘筠为代表的"西昆体"，它正以摭拾典故，利用前人佳词妙语改铸辞句为特征。黄庭坚深明此道，朱弁指出这与他熟悉禅家言句技巧有关。方回也说："黄专用经史雅言、晋宋清谈、《世说》中不紧要字，融液为诗。"[③]而王若虚则批评说："鲁直论诗，有'夺胎换骨，点铁成金'之喻，世以为名言。以予观之，特剽窃之黠者耳。鲁直好胜而耻其出于前人，故为此强辞，而私立名字。夫既已出于前人，纵复加工，要不足贵。"[④]实际上正如禅思想已经走入教条化的死路、谈禅只能从言句上花样翻新一样，

---

① 此传说初出保唐系灯史《历代法宝记》，到《宝林传》后加道副得血，形成完整的达摩四弟子得法故事。参阅関口真大《達摩大師の研究》，彰国社。
② 《风月堂诗话》卷下。
③ 刘元晖诗评·问田夫，《桐江集》卷五。
④ 《滹南诗话》卷下。

黄庭坚讲"夺胎换骨"等等,也有生活内容窘窄、思想上受局限而羁束了创造力的一面。

　　黄庭坚评论杜甫,说"杜之诗法出审言,句法出庾信,但过之耳"①。他常常这样探求创作中言词句法的演化关系。例如他的《寄陈适用》诗:

　　　　寄我五字诗,句法窥鲍、谢。(《外》十)

《元翁坐中见次元……》:

　　　　比来工五字,句法妙何逊。(《外》十二)

《徐长孺墓碣》:

　　　　乃刻意作诗,得张籍句法。(《集》二十四)

《次韵文潜立春日三绝句》:

　　　　传得黄州新句法,老夫端欲把降幡。(《集》十一)

这里"黄州新句法"指苏轼诗。前引曾季貍《艇斋诗话》的记述说到黄庭坚"自谓得句法于谢师厚"。他也公开表明自己如何借用前人句法。王直方记述说:

　　　　山谷谓〔洪〕龟父云:"甥最爱老舅诗中何等篇?"龟父举
　　　"蜂房各自开户牖,蚁穴或梦封侯王",〔及"黄尘不得涴明月,
　　　碧树为我生秋凉",〕以为绝类工部。山谷云:"得之〔矣〕。"②

这是说自己的诗模拟杜甫句法。

　　至于他一般评论到"句法"之处更有许多例子,如《次韵奉答少微纪赠二首》:

　　　　诗来清吹拂衣巾,句法词锋觉有神。(《集》十)

---

①胡仔《苕溪渔隐丛话前集》卷六。
②《王直方诗话》,郭绍虞辑《宋诗话辑佚》上册第53—54页,中华书局,1980年。

《题韦偃马》：

> 一洗万古凡马空，句法如此今谁工。（《外》十五）

《奉答谢公静与荣子邕论狄元规孙少述诗长韵》：

> 无人知句法，秋月自澄江。（《集》二）

《跋雷太简梅圣俞诗》：

> （梅）得意处，其用字稳实，句法刻厉而有和气。（《集》二
> 十六）

值得注意的是，作为苏门弟子的黄庭坚，却批评"东坡作诗，未知句法"①。这表明了他与苏轼在艺术追求上是如何的不同。而王若虚则又批评黄庭坚讲"句法"的局限说："古之诗人，虽趣尚不同，体制不一，要皆出于自得。至其辞达理顺，皆足以名家，何尝有以句法绳人者。鲁直开口论句法，此便是不及古人处。而门徒亲党，以衣钵相传，号称法嗣，岂诗之真理也哉！"②

这里可举出他的"门徒"之一的范温。范温为秦观之婿，吕本中说他"从山谷学诗，要字字有来处"③，继承的是"点铁成金"的路数。其所著《潜溪诗眼》，多引述黄庭坚语，其中特别也多讲句法。称所著曰"诗眼"，即论诗的"正法眼"之意，也是借禅语说诗。而其所强调正在"句法之学，自是一家工夫"。他也讲到"识"与"悟"，但中心在识、悟"句法"。如"学诗贵识"一条说：

> 山谷言学者若不见古人用意处，但得其皮毛，所以去之更
> 远。如"风吹柳花满店香"，若人复能为此句，亦未是太白。至
> 于"吴姬压酒劝客尝"，"压酒"字他人亦难及。"金陵子弟来相

---

① 葛立方《韵语阳秋》卷二。
② 《滹南诗话》卷下。
③ 《紫微诗话》。

送,欲行不行各尽觞",益不同。"请君试问东流水,别意与之谁短长?"至此乃真太白妙处,〔当潜心焉〕。故学者〔要〕先以识为主,〔如〕禅家所谓"正法眼"〔者〕,直须具此眼目,方可入道。

这里对李白的《金陵酒肆送别》,不是从通首的构想、意境来分析,而是字拆句解,评论其用字、造句妙处。范温还讲到山谷评诗的另一些例子:

> 昔尝问山谷:"耕田欲雨刈欲晴,去得顺风来者怨。"山谷云:"不如'千岩无人万壑静,十步回头九步坐'。"此专论句法,不讲义理,盖七言诗四字三字作两节也。此句法出《黄庭经》,自"上有黄庭下关元"已下多此体。张平子《四愁诗》句句如此,雄健稳惬。至五言诗亦有三字二字作两节者。老杜云:"不知西阁意,肯别定留人。"肯别邪?定留人邪?山谷尤爱其深远闲雅,盖与上七言同。

这里讨论的则纯是诗的句式组织了。范温讲到"悟":

> 余尝问人:"柳诗何好?"答云:"大体皆好。"又问:"君爱何处?"答云:"无不爱者。"便知不晓矣。识文章者,当如禅家有悟门。夫法门百千差别,〔要须自一转语悟入。如古人文章〕直须先悟得一处,乃可通其他妙处。①

这里讲的"悟",是悟"一转语"之妙,也是在言句的运用方面。这与后来严羽讲的意在"兴趣"的通体透彻之悟含义是不同的。

《潜溪诗眼》里还记述黄庭坚论文章布局:"言文章必谨布置,每见后学,多告以《原道》命意曲折",范温并据以分析杜甫的《奉赠韦左丞丈二十二韵》诗,又讲到"形似语与激昂语",说"文章〔固多

---

① 《潜溪诗眼》"学诗贵识"、"柳子厚诗"、"向法"条,郭绍虞《宋诗话辑佚》本,下同。

端〕,警策往往在此两体〔耳〕"。像这类意见,都重在语言表达的形式方面,与前面讨论的苏轼论诗的观点在取向上是显然有所不同的。

如前所述,黄庭坚作为一代诗坛的大家,成就是多方面的。其论诗亦有重视性情、强调自然等主张。仅就在言句的矜创方面而言,也有成功之处。他的许多诗烹炼句法,善用警策;有的诗句则造意深刻、情趣浓郁;常常又由于精研句律而创成音韵奇崛的效果。但因为他过分地在言句形式上下功夫,铺张学问以为富,点化陈腐以为奇,往往有奇而无妙。魏泰指出:"黄庭坚喜作诗得名,好用南朝人语,专求古人未使之事,又一二奇字缀茸而成诗,自以为工,其实所见之僻也。故句虽新奇而气乏浑厚。吾尝作诗题其篇后,略云:'端求古人遗,琢抉手不停。方其拾玑羽,往往失鹏鲸。'盖谓是也。"①王士祯曾说"黄鲁直似《维摩诘经》"②,王昶《论诗绝句》说:"山谷孤吟也绝尘,巧将酸涩斗清新。《净名经》在何曾是,漫与坡翁作替人。"③这也指出他并没有能继承与发扬东坡的传统。

这样,以苏、黄为代表的宋代诗风,实际上表现为两方面的特征,他们二人各自侧重发展着一个侧面。如果说苏轼主要代表着内容方面的新发展,那么黄庭坚的努力则主要在言句形式的矜创。而二人的努力都与禅思想的影响有关。吕留良评论黄庭坚"惟本领为禅学,不免苏门习气,是用为病耳"④。实际上如上所述,苏、黄对禅的理解与接受是不同的。

---

①《临汉隐居诗话》。
②《古夫于亭杂录》;见张宗柟纂集《带经堂诗话》卷一。
③《舟中无事偶作论诗绝句四十六首》,《春融堂集》卷二二。
④《宋诗钞初集·山谷诗钞》。

三

　　黄庭坚实际开创的江西诗派乃是北宋中期以后代表宋代诗坛的主要派别。关于这个诗派的形成，可以从社会背景、作者群的阶级基础等多方面来考察，这里只强调两点：一是思想上所受禅宗的影响与推动；二是黄庭坚所指示的方向有"法"可循。而这两点又是有关联的。

　　南宋胡仔说："吕居仁近时以诗得名，自言传衣江西，尝作宗派图，自豫章以降，列陈师道……合二十五人，以为法嗣，谓其源流皆出豫章也。"①他列举的二十五人中，留诗较多的有陈师道、谢逸、洪刍、饶节、洪炎、韩驹、李彭、晁冲之、谢逴等十人，其中陈、韩、晁三人成就为高。但实际上，在当时诗坛上与该派观点和风格相似的作者大有人在。两宋之际的吕本中、曾几、陈与义后来被明确列入了江西诗派。没被列入的汪藻、杨万里、陆游、姜夔等人都受到它的影响。刘克庄等人也与这一派的传统有关系。可以说，自北宋后期到南宋中期的诗坛基本上是在江西诗风的笼罩之下。而值得注意的是，以这种明确的宗派嗣法观念来论诗，本身就是借用了禅宗传灯观念，与后人所说的元白、韩孟"诗派"是不同的。

　　江西派与禅的关系，前人早已指出过。宋史逊宁就曾说："诗禅在在谈风月，未抵江西龙象窟。"②金刘迎又说："诗到江西别是禅。"③江西诗人普遍地好禅，对他们的思想与创作有着重要影响。

　　被尊为江西诗派"一祖三宗"之一的陈师道"精于内典"④。晁冲之学诗曾受到他的指点，而他给晁氏兄弟的诗中就有"可复参依

----

①《苕溪渔隐丛话前集》卷四八。
②《赋桂隐用王从周镐韵》，《友林乙稿》。
③《题吴彦高诗集后》，《中州集》卷三。
④查慎行《初白庵诗评》卷下。

一味禅"①的说法。他有《别宝讲主》诗,中间又说"暂息三支论,重参二祖禅"②。"三支论"指因明宗、因、喻三支论法。大乘瑜伽行派的因明是佛教教学的一个重大成就;二祖则指达摩弟子慧可。方回指出,这一联的意思是"天下博知,无过三支,今后山欲其舍博而就约,弃讲而悟禅"③。任渊又评论他的作品说:"读后山诗,大似参曹洞禅,不犯正位,切忌死语,非冥搜旁引,莫窥其用意深处。"④

韩驹与灵源惟清有交谊,对后者有"本色住山人"的评语⑤。韩驹又为惠洪制塔铭,二人也是旧识。他还与大慧宗杲厚善:"及公(韩驹)侨寓临川广寿精舍,大慧入闽,取道过公,馆于书斋几半年。晨兴相揖外,非时不许讲,行不让先后,坐不问宾主,盖相忘于道术也。故公诗有'禅心如密付,更为少淹留'之句。"⑥他次韵曾几诗说"往岁沧波转地流,是身如沫信沉浮……病欲深耕归谷口,禅须末句向岩头"⑦。"岩头"指德山宣鉴法嗣岩头全奯;"末句"指"末后一句",是大悟之后所吐至极之语。曾几评论他:"闻道少林新得髓,离言语处许参否?"⑧后来谢启昆也评他的诗:"磨淬功深费剪裁,颍滨门下数清才。诸方参遍通禅悦,法眼拈成信手来。"⑨

"三洪"(洪朋字龟父、洪刍字驹父、洪炎字玉父,另有洪羽字鸿父未列入江西诗派,又合称"四洪")是黄庭坚外甥,在习禅和学诗上都受乃舅熏陶。洪朋有诗说:"诗家今独步,舅氏大名稀。屈、宋

---

①《寄晁载之兄弟》,《后山集》卷三。
②《后山集》卷四。
③《瀛奎律髓》卷四七。
④《后山陈先生集记》,《后山集》卷首。
⑤惠洪《题昭默与清老偈》,《石门文字禅》卷二六。
⑥晓莹《感山云卧纪谈》卷上。
⑦《次韵曾吉父见简》,《宋诗钞·陵阳诗钞》。
⑧《抚州呈韩子苍待制》,《茶山集》卷五。
⑨《读全宋诗仿元遗山论诗绝句二百首》,《树经堂诗集》初集卷一一。

堪奴仆,曹、刘在指挥。禅心元诣绝,世事更忘机……"①黄庭坚指示龟父写作说:"龟父笔力可扛鼎,他日不无文章垂世,要须尽力于克己,不见人物臧否,全用其辉光以照本心,力学有暇,更精读千卷书,乃可毕兹能事。"②这里明确指出了反照本心是诗文取得进境的关键。

谢逸、谢薖兄弟都好禅。汪革有赠谢逸诗:"但得丹霞访庞老,何须狗监荐相如。新年更励於陵节,妻子同锄五亩蔬。"③这是把谢逸比拟为马祖弟子、著名居士庞蕴。谢薖有怀饶节诗:"每忆诗人贾阆仙,投冠去学祖师禅。尘埃不染心如镜,妙句何妨与世传。"④这不只写了饶节诗境与禅境的关联,还可见二人精神契合之处。

江西诗派中的"三僧"(饶节、善权、祖可)不言而喻是深于禅的。饶节字德操,号倚松庵主,"政和间裂儒衣为释氏,名如璧。无何,朝廷建议以僧为德士,使加冠巾"⑤。吕本中有诗颂之说:"璧老投冠去学禅,堂堂一鼓阵无前。平生老伴唯均父(夏倪字均父),马病途穷不著鞭。"⑥后来潘曾沂《书吕舍人江西诗派图后》评饶节:"自写新奇佛来赞,果然怀璧有前缘。坐到夜窗三十刻,达磨到底有真传。"又评善权、祖可:"瘦权病可两吟客,禅伯诗豪托兴狂。双林树中携手处,乱山堆里看斜阳。"⑦

以上是被列入《宗派图》的存诗较多的一些人的情况。其他如诗集已佚的汪信民,曾学于吕居仁之父吕好问,二人在习禅上志同道合。刘克庄说:"吕荥阳(好问)居符离,信民为教官,从荥阳学。

①《怀黄太史》,《洪龟父集》卷下。
②《书旧诗与洪龟父跋其后》,《豫章黄先生文集》卷三〇。
③见吕本中《紫微诗话》。
④《有怀如璧道人二首》,《竹友集》卷六。
⑤《感山云卧纪谈》卷下。
⑥《闲居感旧偶成十绝乘兴有作不复诠次》,《东莱先生诗集》卷一五。
⑦《功甫小集》卷一。

故紫微公(吕居仁)尤推尊信民。其诗曰:'富贵空中业,文章木上瘿。要知真实地,惟有华严境。'盖吕氏家世本喜谈禅,而紫微与信民皆尚禅学。"①

吕居仁是著名的道学家,他热衷于禅也是有名的。归云本《丛林辨佞篇》说:"近世张无垢侍郎、李汉老参政、吕居仁学士皆见妙喜老人(大慧宗杲),登堂入室,谓之方外道友。"②吕居仁有《甲午送宁子仪归洛》诗说:"异时从公游,颇恨相得晚。同参长芦禅,共听资福板。"③长芦智福是雪窦重显法嗣,资福文雅是他的弟子。又有《官闲赠人》诗说:"不须更见卢溪老,会得安心即是禅。"④友人张扩有诗说到他:"见说参禅新了了,几时为我痛爬梳。"⑤由此可见他对禅的悟解之深。在两宋之际,二程理学由其四大弟子杨时、吕大临、谢良佐、游酢所弘扬。四人中有反佛(如杨时)、喜禅(如游酢)的不同,但实质在思想路数上都是与禅相契合的。吕本中身为理学家而热衷于禅宗,也是时代学术风气的反映。

吕居仁赠曾几诗说:"曾子住南国,端居无所思。逃禅不用酒,投笔谩成诗。"⑥可见曾几平时习禅的情景。韩元吉说到吕、曾二人:"(上饶广教僧舍)主佥敦仁者言:少年走诸方,侍其师清于草堂,清每与其徒诵二公(居仁、几)诗语,且道其禅学之妙。敦仁窃闻之,以谓非今世之人也。不意游上饶,及见二公于此寺。今既叨洒扫之职矣……夫自中原隔绝,士大夫违其乡居,类多寄迹浮图之宇,固有厌苦冀其速去者矣,未有能知其贤,既去而见思也。"⑦这也

---

①《江西诗派·汪信民》,《后村先生大全集》卷九五。
②道融《丛林盛事》卷上。
③《东莱先生诗集》卷六。
④《东莱先生诗集》卷一七。
⑤《得海陵掾吕居仁书》,《东窗集》卷四。
⑥《次韵王漕见赠并寄曾吉父二首》,《东莱先生诗集》卷一三。
⑦《两贤堂记》,《南涧甲乙稿》卷一五。

清楚地说出了曾几和吕本中与禅宗的密切关系。

　　总之,江西诗人身上集中反映了禅宗对宋代诗坛的影响:禅的思想观念深刻表现在这些人的创作内容之中,禅语录与偈颂的表现方法也被他们所借鉴与运用。沿袭黄庭坚对言句形式的重视,也形成了江西诗派创作重"句法"的特征。以下说明一下这个问题。

四

　　陈师道在江西诗派中是黄庭坚之外成绩最为杰出的,而他正以"闭门觅句"著称。黄庭坚赠诗说他"陈侯学诗如学道,又似秋虫噫寒草。日晏肠鸣不俯眉,得意古人便忘老"①。这就指出了他刻意凿字练句的创作作风。

　　王十朋评韩驹说:"唐宋诗人六七作,李、杜、韩、柳、欧、苏、黄。近来江西立宗派,妙句更推韩子苍。非坡非谷自一家,鼎中一脔曾已尝……古诗三百未能学,句法且学今陵阳。"②韩驹为陵阳人,学者称"陵阳先生"。从王诗可知讲究"句法"是韩驹诗的特征。魏庆之《诗人玉屑》中所录他的《陵阳室中语》也是多谈句法的。

　　洪氏兄弟学黄庭坚也主要在句法方面。曾季貍说:"四洪兄弟皆得山谷句法。"③洪刍说:"山谷父亚夫诗自有句法……山谷句法高妙,盖其源流有所自云。"④洪朋诗中也经常谈到句法,如:"却来倚杖北天王,壁间诗翁五字章。句法端在人则亡,人生遇值不合常。"⑤"谈功

①《赠陈师道》,《山谷外集诗注》卷一五。
②《陈郎中公说赠韩子苍集》,《梅溪王先生文集后集》卷二。
③《艇斋诗话》。
④《洪驹父诗话》,郭绍虞《宋诗话辑佚》下册第 428 页。
⑤《相从歌呈次元子真师川》,《洪龟父集》卷上。

不见令人瘦,句法重来受我降。"①等等。

关于徐俯,吕本中说:"徐师川云:'作诗回头一句最为难道,如山谷诗所谓"忽思钟陵江十里"之类是也,他人岂如此。尤见句法安壮。'山谷平日诗多用此格。"②这表明徐俯也重视黄庭坚的句法。《童蒙诗训》中还记载了徐俯关于章句安排的一些言论。

王直方集已佚,今仅存逸诗数篇。然而今存《王直方诗话》多谈句法,正是江西诗派论诗特色。

洪朋称赞谢逸说:"春来入诗垒,窥杜逮户牖。笔力挟风雷,句法佩琼玖。"③他说谢逸可追模杜甫,而所指却主要在句法。

陈与义也以学杜著名,但牟𪩘已指出:"陈简斋亦欲学诗者以唐诗掇入少陵步骤绳墨中,大抵句律是尚。"④

曾几也有诗说:"老杜诗家初祖,涪翁句法曹溪。尚论渊源师友,他时派列江西。"⑤这涉及对江西诗派的源流的看法:他认为黄庭坚师承杜甫,所贡献主要在句法。他又说到"华宗有后山,句律严七五。豫章乃其师,工部以为祖"⑥,说陈后山源自黄、杜,而所重又在于"句律"。

吕本中论诗,更多从句法着眼。如评陶渊明和阮籍等人:"渊明、退之诗,句法分明,卓然异众。惟鲁直为能深识之。学者若能识此等语,自然过人。阮嗣宗诗亦然。"又评杜甫、苏轼等人:"前人文章各有一种句法,如老杜'今君起柁春江流,予亦江边具小舟','同心不减骨肉亲,每语见许文章伯',如此之类,老杜句法也。东坡'秋水今几竿'之类,自是东坡句法。鲁直'夏扇日在摇,行乐亦

①《次韵叙别和答》,《洪龟父集》卷下。
②《童蒙诗训》,《宋诗话辑佚》下册第 597 页。
③《送谢无逸还临川》,《洪龟父集》卷上。
④《唐心月诗序》,《陵阳先生集》卷一三。
⑤《李商叟秀才求斋名于王元渤以养源名之求诗》,《茶山集》卷七。
⑥《次陈少卿见赠韵》,《茶山集》卷一。

云聊',此鲁直句法也。学者若能遍考前作,自然度越流辈。"①他这就明确指出学诗门径在识前人句法。他的诗中谈到句法处也很多,如:

> 词源久矣多歧路,句法相传共一家。②
> 剩搅饥肠供好句,为君常占一生穷。③
> 城中诸公不相弃,时有妙句扶衰拙。④

如此等等,他所重视在言句之妙。

江西诗派如此重句法,影响很深广。南宋诗人许多不属于江西诗派的也纷纷讲句法。

陆游序杨梦锡集杜诗,说到杨的创作:"楚人杨梦锡才高而深于诗,尤积勤杜诗。平日涵养不离胸中,故其句法森然可喜。"⑤这是称赞杨得杜诗句法。

杨万里也从句法上论诗的源流。他的《书王右丞诗后》说:"晚因子厚识渊明,早学苏州得右丞。忽梦少陵谈句法,劝参庾信谒阴铿。"⑥他又说:"昨日评诸家诗,偶入禅观,如杜之诗法出审言,句法出庾信,但过之耳。"⑦这里"禅观"指禅的诸祖传灯之说。

张孝祥对友人黄子余说到自己创作心得:"缩肩得句极酸寒,何似黄郎咳唾间。少日曾经诸老学,传家自有祖师关。"⑧这是以禅喻诗,而强调"得句"。他也常以"句法"论诗:

---

①《童蒙诗训》,《宋诗话辑佚》下册第 588、586 页。
②《次韵吉甫见寄新句》,《东莱先生诗集》卷一三。
③《读旧诗有感》,《东莱先生诗集》卷六。
④《雪夜》,《东莱先生诗集》卷七。
⑤《杨梦锡集句杜诗序》,《渭南文集》卷一五。
⑥《诚斋集》卷七《江湖集》。
⑦《戏用禅语答曾无逸问山谷语》,《诚斋集》卷三二《江东集》。
⑧《次韵黄子余》,《于湖居士文集》卷七。

> 宽行十里路,细读百篇诗。句法能如此,胸中定自奇。①
>
> 朣曾句法早知名,新筑诗坛五字城。②
>
> 朝英童子时与余同师……诵近诗数篇,句法清丽……③

另外如戴复古评严粲诗:

> 笔端有神助,句法自天成。风撼潇湘覆,江空雪月明。④

牟巘诗:

> 全真闭户魏(愧)不琢,二纪恬然外世荣。留得诗名皮陆集,到君句法有余情。⑤

孙应时诗:

> 几杖千山月,锄犁百顷秋。归途容酹酒,句法傥堪求。⑥

苏泂评杜诗:

> 百年禀忠孝,句法老益练。⑦

这都是从"句法"来谈诗的。

正是在江西诗派的影响下,诗话之类的著作大都把讨论"句法"当作主要内容。上面已经引及的出自江西诗派的《洪驹父诗话》、《王直方诗话》、《童蒙诗训》等自不待言,不少其它诗话也把"句法"当作论诗的重点,这正可以看出江西诗派的长远影响。

例如惠洪与江西诗派中人有密切关系。在其《冷斋夜话》中就

---

①《赠王茂升》,《于湖居士文集》卷九。

②《闻德远与曾裘甫黎师侯会饮范周士所》,《于湖居士文集》卷一一。

③《题王朝英梅溪竹院》,《于湖居士文集》卷二八。

④《读严粲诗……》,《石屏诗集》卷五。

⑤《南岳魏监庙矗自请奉祠……》,《陵阳先生集》卷六。

⑥《寄咏东屯》,《烛湖集》卷一七。

⑦《夜读杜诗四十韵》,《冷然斋诗集》卷一。

说到"句法欲老健有英气,尝间用方俗言为妙"①。这也是指示"句法"优劣的具体意见。其《天厨禁脔》中又讲到"错综句法"、"遗音句法"等等。

许颉论及杜甫《秦州》诗的"无风云出塞,不夜月临关",说"无风云动,不夜而月,当细思之。句法至此,古今一人而已"。②

李颀《古今诗话》论及郑谷诗:"郑谷有《咏落叶》诗云:'返蚁难寻穴,归禽易见窠。满廊僧不厌,一个俗嫌多。'未尝及凋零飘坠之意。人一见之,自然知为落叶,亦影略句法也。"这也是讨论一种具体的句法。

而如果拿南宋江湖派影响下形成的魏庆之《诗人玉屑》与北宋末的阮阅《诗话总龟》相比较,一个重大的不同就是前者更重句法。其卷三集中讨论句法,集录了诸家论句法的意见,其中多有出于江西诗派的。在"唐人句法"与"宋人警句"两项,从内容(如朝会、宫掖、怀古、送别……)、风格(如典重、清新、奇伟、绮丽……)、方法(如活用字眼、眼用响字、眼用拗字、眼用虚字……)、句律等方面举出实例,正反映了诗坛讲究句法的风气。

宋诗讲究句法自有其艺术发展内部的原因,但社会思潮的推动也有着很大的关系。而以诗人普遍习禅为契机,禅的言句化与诗的句法这看似并不相关的两个范畴的现象,却有着紧密的内在的联系。这正是诗坛重句法的重要原因。

五

曾季貍说:

> 后山论诗说换骨,东湖(徐俯)论诗说中的,东莱论诗说活

①《冷斋夜话》卷四。
②《彦周诗话》。

法,子苍(韩驹)论诗说饱参。入处虽不同,然其实皆一关捩,
要知非悟入不可。①

这一方面指出了陈师道等人论诗的注重点各有不同,另一方面也
表明这些属于江西诗派的人的这些看法都是与禅相关的。在黄庭
坚以后,实际是发展了黄庭坚论诗意见的这些观念中,影响最为深
远的是吕本中所提倡的"活法"。求"活法",也就把死的句法"弄
活",变成"活泼泼"的了。

　　实际上黄庭坚本人并未"死"于法下。在创作中他并不全循
"点铁成金"、"夺胎换骨"的"剽窃"的路子,也不把艺术创作的着眼
点仅局限在言句技巧之间。正因此,他的创作才能取得多方面突
出的成就。他的后学讲"句法",往往也有所发挥。如范温说:

　　　老杜《樱桃》诗云:"西蜀樱桃也自红,野人相赠满筠笼。
　　数回细写愁仍破,万颗匀圆讶许同。"此诗如禅家所谓信手拈
　　来,头头是道者。直书目前所见,平易委曲,得人心所同然。
　　但他人艰难,不能发耳。②

这里所谓"信手拈来,头头是道",也是一种写作方法,但已不着眼
在雕章凿句。南宋初吴可是受江西诗派影响的,他的论诗诗说:

　　　学诗浑似学参禅,自古圆成有几联。春草池塘一句子,惊
　　天动地至今传。

这还重在"句子",但赵蕃则说:

　　　学诗浑似学参禅,束缚宁论句与联。四海九州何历历,千
　　秋万岁孰传传。③

---

① 《艇斋诗话》。
② 《潜溪诗眼》,《宋诗话辑佚》上册第314页。
③ 参见魏庆之《诗人玉屑》卷一。

这已显然意识到讲究"句"与"联"的局限了。正是由于看到了专求"句法"的不足，为了纠正其造成的偏颇，才有吕居仁"活法"论的出现。

方北山有绝句说：

> 舍人早定江西派，句法须将活处参。参取陵阳正法眼，寒花承露落毵毵。[1]

这是说吕本中作江西宗派图，确立了江西宗派的地位；他在理论上又把黄庭坚以来的"句法"理论向"活处"发展了。吕本中写到自己创作经历时则说：

> 前时少年累，如烛今见跋。胸中尘埃去，渐喜诗语活。[2]

这表明他是经过实践认识到讲究死的"句法"的流弊才求"诗语活"的。因此他的诗中多讲"活法"，如：

> 文章有活法，得与前古并。默念智与成，犹能愈吾病。[3]
> 惟昔交朋聚，相期文字盟。笔头传活法，胸次即圆成。[4]

而当时与后来人都特别强调吕居仁讲"活法"的贡献。如谢逸说：

> 学道期日损，哦诗亦能事。自言得活法，尚恐宣城未。[5]

曾几说：

> 学诗如参禅，慎勿参死句。纵横无不可，乃在欢喜处。又如学仙子，辛苦终不遇。忽然毛骨换，正用口诀故。居仁说活法，大意欲人悟。常言古作者，一一从此路。岂惟如是说，实

---

[1]《诗人玉屑》卷一九。
[2]《外弟赵才仲数以书来论诗因作此答之》，《东莱先生诗集》卷三。
[3]《大雪不出寄阳翟宁陵》，《东莱先生诗集》卷七。
[4]《别后寄舍弟三十韵》，《东莱先生诗集》卷六。
[5]《读吕居仁诗》，《谢幼槃文集》卷一。

亦造佳处。其圆如金弹,所向若脱兔……①

潘曾沂说:

> 寿春诗客紫薇郎,月印禅心易坐忘。活法真能换凡骨,至今人忆九经堂。②

从以上吕居仁自述与他人评论中,已大体可以知道"活法"的含义。吕本中还曾具体解释"活法"说:

> 学诗当识活法。所谓活法者,规矩备具而能出于规矩之外,变化不测而亦不背于规矩也。是道也,盖有定法而无定法,无定法而有定法。知是者则可以与语活法矣。③

而俞成更具体地论"文章活法"说:

> 文章一技,要自有活法。若胶古人之陈迹而不能点化其句语,此乃谓之死法。死法专祖蹈袭,则不能生于吾言之外;活法夺胎换骨,则不能毙于吾言之内。毙吾言者,故为死法;生吾言者,故为活法。伊川先生尝说《中庸》"'鸢飞戾天',须知天上更有天;'鱼跃于渊',须知渊中更有地。会得这个道理,便活泼泼地"。吴处厚尝作《剪刀赋》,第五联对:"去爪为牺,救汤王之旱岁;断须烧药,活唐帝之功臣。"当时屡审易,"唐帝"上一字不妥帖,因看游鳞,顿悟"活"字,不觉手舞足蹈。吕居仁尝序江西宗派诗,若言"灵均自得之,忽然有入,然后唯意所出,万变不穷,是名活法"。杨万里又从而序之,若曰"学者属文,当悟活法。所谓活法者,要当优游厌饫"。是皆有得于活法也如此。吁,有胸中之活法,蒙于伊川之说得之;有纸

---

① 《读吕居仁旧诗有怀其人作诗寄之》,此诗不见今本《茶山集》,录入陈起《前贤小集拾遗》。
② 《书吕舍人江西诗派图后》,《功甫小集》卷一。
③ 参见刘克庄《江西诗派·吕居仁》,《后村先生大全集》卷九五。

　　上之活法,蒙于处厚、居仁、万里之说得之。①

　　这些说法表明,当时人理解的活法已不限于语言表达,还涉及到思想内容。所谓"胸中之活法",就是思路活泼,意念机敏。俞有成指出它与理学的关系,实际上与禅的思想方法也相通。而"纸上之活法"也不限于言句技巧的"句法",更不是"死法",而要万变不穷,唯意所出,是"无法之法"。

　　这种"活法"理论给江西诗派提倡的"句法"又开了新境界,并对南宋诗坛产生了重大影响。突出的例子是杨万里。

　　周必大评杨万里诗:"诚斋万事悟活法,诲人有功如利涉。"②清人沈西雍则评论说:"活句能参近自然,青莲以后此诗仙。"③杨万里诗思路活泼,富于变化,表达浅近自然,纠正了江西诗人的某些过于僻涩或瘦硬的偏向,是"活法"的成功的实践。他自述写作体验也说:

　　　　学诗须透脱,信手自孤高。④

　　　　炼句炉锤岂可无,句成未必尽缘渠。老夫不是寻诗句,诗
　　　　句自来寻老夫。⑤

　　　　好诗排闼来寻我,一字何曾愁白须。⑥

这都表明他对"诗句"的追求是以思路的自然活泼为基础的。而这方面又正与他所受禅的影响有直接关系。葛天民给他的诗中明确指出:

　　　　参禅学诗无两法,死蛇解弄活泼泼。气正心空眼自高,吹

①《萤雪丛说》卷上。
②《次韵杨廷秀待制寄题朱氏涣然书院》,《周益国文忠公集》卷四一。
③《题杨诚斋集后》,《柴辟亭诗集》卷一。
④《和李天麟二首》,《诚斋集》卷四《江湖集》。
⑤《晚寒题水仙花并湖山三首》,《诚斋集》卷三一《朝天续集》。
⑥《晓行东园》,《诚斋集》卷三八《退休集》。

毛不动全生杀。生机熟语却不排,近代惟有杨诚斋。才名万古付公论,风月四时输好怀。知公别具顶门窍,参得彻兮吟得到。赵州禅在口头边,渊明诗写胸中妙。①

在吕居仁、杨万里等人推动下,南宋初、中期诗坛谈"活法"成为风气。张镃即是"所谓得活法于诚斋者"②,他有诗论诚斋说:

造化精神无尽期,跳腾踔厉即时追。目前言句知多少,罕有先生活法诗。③

他又有论诗诗说:

作者无如八老诗,古今模轨更求谁。渊明次及寒山子,太白还同杜拾遗。白傅、东坡俱可法,涪翁、无己总堪师。胸中活底仍须悟,若泥陈言却是痴。④

同时期如张孝祥评文说:

为文有活法,拘泥者窒之,则能今而不能古。梦锡之文,从昔不胶于俗,纵横运转如盘中丸,未始以一律拘,要其终亦不出于盘。⑤

张元干说:

韩、杜门庭,风行水上,自然成文,俱名活法。⑥

赵蕃论诗说:

①《寄杨诚斋》,《无怀小集》。
②方回《读张功父南湖集并序》,见《知不足斋丛书》本《南湖集》。(此文不见《桐江集》、《桐江续集》)
③《携杨秘监诗一编登舟因成二绝》,《南湖集》卷七。
④《题尚友轩诗》,《南湖集》卷五。
⑤《题杨梦锡〈客亭类稿〉后》,《于湖居士文集》卷二八。
⑥《亦乐居士文集序》,《芦川归来集》卷九。

> 活法端知自结融，可须琢刻见玲珑。涪翁不作东莱死，安
> 得斯文日再中。[①]

后来如牟巘说：

> （张）仲实迈往不群，天分高而笔力胜，不肯稍从时尚，必
> 期于简洁深稳而后止。譬束波澜就熨帖，为力盖甚难，然凡诗
> 之病既尽去，而活法精意，高情雅韵，亦可得而见焉。[②]

陈模的一段评论也同样：

> 杜诗"风磴吹阴雪，云门吼瀑泉"，"酒醒思卧簟，衣冷欲装
> 绵"，此本是难解，乃是一字一意解……读者要当以活法
> 求之。[③]

后来严羽《沧浪诗话》本来是反江西诗派的，但也讲"参活句，
勿参死句"，讲"羚羊挂角，无迹可求"，也对"活法"理论有所借鉴。

但是，"活法"理论虽部分挽救了讲"句法"的偏颇，但已没有恢
宏自由的思想境界为基础，终于不能摆脱"法"的肢肢节节的束缚，
因此艺术上也难于开拓、创造出高远博大的局面。这其中的根本
原因在作为这一理论产生、发展基础的禅宗思想已经衰落，它已不
复有往日那种推动诗坛产生巨大变革的生命力了。

宋代以后，佛教禅宗对诗歌发展的影响仍然存在，不少诗人仍
从禅宗那里寻求灵感与艺术借鉴，但从总体看，中国诗史上诗禅交
流产生卓越成果的时代已经过去了。

[①]《琛卿论诗用前韵示之》，《淳熙稿》卷一七。
[②]《张仲实诗稿序》，《陵阳先生集》卷一二。
[③]《怀古录》卷上。

余　论

　　本书简略地梳理了禅宗影响中国古典诗歌发展的大体脉络，主要内容包括两个方面：一是禅宗自身在诗歌创作方面（主要是偈颂）的成就，再是禅宗对于诗人创作的影响。限于篇幅和笔者能力，所能做的只是对于历史概况的简略描述。有关诗、禅关系的另一个重要方面，即禅宗影响诗歌创作所取得的成就，特别是十分显著的艺术表现方面的成就，并没有细致地加以说明和分析。而这后一方面对于文学史研究则是更重要的工作。这方面的工作首先需要做细致的个案分析，需要对古典诗歌创作的艺术规律有深入了解并在此基础上对不同诗人接受禅的影响的具体情况进行探讨，对他们的创作在内容和艺术各方面的成就，诸如主题、思想观念、体裁、题材、语言和表现技巧等方面认真进行研究，等等，这是相当庞大的、艰难的、极具挑战性的工作，不是一两个人、短时期可以完成的。收到理想的成果，还要更多人持久、刻苦的努力。本人这部书所作的工作，只是替这更为艰巨、重大的工作做些铺垫而已。

　　不过个人在写作过程中，对于上面所说的范围广阔的课题不是没有考虑，也有些粗浅的想法，作为"余论"写出来，也算略补这部书的缺憾，并希望能够抛砖引玉，有更多的同道从事这方面课题的研究。

　　禅宗影响唐宋诗歌创作艺术，概括地说主要在以下几个方面。

　　第一，禅宗主张"自修自作自性法身"，"自身自性自度"①，这是一种纯任主观的观念。肯定自性的绝对价值，追求自我本性的实现，体现在诗歌创作中则注重个人心性的抒发，张扬主观精神。高仲武说"诗人之所作本诸心"②，严羽说"盛唐诸人惟在兴趣"，"唐人尚意兴"③，等等，说的都有关唐诗艺术注重心性表现的特征。而在这方面显然体现了禅宗的影响。

　　日本著名中国学家吉川幸次郎论中国文学特征，曾精辟地指出："重视非虚构素材和特别重视语言表现技巧可以说是中国文学史的两大特长。"④这里所谓"特长"，当然主要是指优点；但从另一个角度看，又可以看作是局限，甚至是缺陷。孔子弟子子贡说："夫子之言性与天道，不可得而闻也。"⑤这里所谓"性"与"天道"，都是属于形而上的、超现实的领域。孔子一方面"不语怪、力、乱、神"⑥，对超自然的、神秘的事物有意忽视或拒斥；另一方面他又特别重视伦理、政治范畴，而对"性"即人性问题有所忽略。这两方面在后代中国思想传统中都有鲜明的体现。

　　中国古代诗歌体现儒家这一传统，强调的是"兴、观、群、怨"，"经夫妇，成孝敬，厚人伦，美教化，移风俗"的社会作用和"饥者歌食，劳者歌事"的现实内容。历来倍受赞许的《诗》、《骚》、乐府、《古诗》正集中体现了这样的传统。相对比之下，则缺乏纯属个人内心隐微的发露和描绘。即使是屈赋那样充满个人激情的浪漫诗篇，表现的也主要是爱国情怀、经世志向和对于社会黑暗、不平的愤懑与抗议，本质上仍是贯彻现实精神的。在世界各国诗歌史上，抒写

①郭鹏《坛经校释》第38、44页。
②《大唐中兴间气集序》，《全唐文》卷四五八第4684页。
③郭绍虞《沧浪诗话校释》第24、137页。
④《中国文学论》，《我的留学记》第168页，钱婉约译，光明日报出版社，1999年。
⑤《论语·公冶长》，《十三经注疏》下册第2474页，中华书局，1980年。
⑥《论语·述而》，《十三经注疏》下册第2483页。

爱情和死亡本是所谓"永恒的主题",但中国古代诗歌里却很少表
现。这正是儒家人本主义和理性精神的传统所决定的。在这一传
统基础上所形成的诗歌创作的高度现实性和丰富伦理价值是毋庸
置疑的,但也造成诗歌创作艺术缺乏个体心性表现的明显偏失。
而佛、道二教正补救了中土传统思想所忽略的对于个人心性的探
讨和发露的不足;对于诗歌创作领域,则启发与引导了这一方面的
表现。

　　佛教初传,中土人士已经认识到它"以炼精神而不已,以至无
为而得为佛也"①的意义。所谓"慧业文人"谢灵运、范泰则更已明
确意识到:"六经典文,本在济俗为治耳。必求性灵真奥,岂得不以
佛经为指南邪?"②谢灵运本人的创作正受到佛教的影响。他寄情
山水,抒写个人内心的情致,正体现了习佛的收获。南北朝时期佛
教大发展,文人们普遍地好佛,佛教对他们产生影响的重要方面就
在作品里更多也更真切地表现个人内心隐微,抒写悲欢离合的感
受,表达世事无常的恐惧。这在思想境界上显得狭小琐细,情绪上
也往往陷于颓唐,但艺术表现上却有所开拓。后来禅宗形成,肯定
众生自性本净,直了成佛,南宗禅更绝对地肯定自性的能力和价
值,从而进一步开拓出思想领域的新认识、新境界。这对于历来担
负"言志""体物"、抒写性灵任务的诗歌创作产生巨大影响是必然
的。历史上禅宗对于心性理论的重大发展与唐诗的繁荣同时出
现,并不是偶然的。刘禹锡在为神会弟子乘广所作《袁州萍乡县杨
岐山故广禅师碑》里说:"儒以中道御群生,罕言性命,故世衰而寝
息;佛以大悲救诸苦,广启因业,故劫浊而益尊。自白马东来,而人
知象教;佛衣始传,而人知心法。弘以权实,示其摄修。味真实者,

----

①袁宏《后汉纪》卷一〇。
②何尚之《答宋文帝赞扬佛教事》,《弘明集》卷一一,《大正藏》第 52 卷第 69
　　页中。

即清净以观空；存相好者，怖威神而迁善。"①正是由于清晰地体会到佛教"心法"的意义，佛教，特别是禅宗心性观念自觉不自觉地贯彻到诗人创作之中，才有助于开拓出诗歌艺术的全新的境界。

本书有专章讨论禅对于杜甫的影响。杜甫被称为"诗史"，长期被当作"人民的"、"现实主义的"诗人来称颂。他的作品十分真实地反映了当时的现实情境，深刻地表现了唐代社会自盛而衰的面貌。但本书前面已经揭示出，杜甫接受禅的影响是相当主动、积极，也是比较深入的。而这对于形成他的卓越的诗歌艺术又是起了巨大作用的。日本著名汉学家，也是杜甫专家的吉川幸次郎论杜甫，曾独具慧眼地指出：

> ……杜甫所处的唐代……正是中国史上与外国接触最多的时代。耳闻目睹异民族的生活方式，促进了中国人对新的美的探求之心。而杜甫首次给唐诗注入如此丰富的幻想力，也正是得到了从印度传入的佛教经典的无意识的启示。②

实际上如果具体考察，杜甫诗歌艺术得益于佛教的主要是禅宗。本书前面已举出不少诗例，说明杜甫许多诗作所表现出的丰富的禅思、禅趣；而更深入一层考察，他的那种沉郁顿挫的诗风得自高昂的主观激情，他对现实的真切感受包含着个人内心的深微体验，他的那种千古以来让无数世代的人们兴发感动的艺术效果正与强烈的主观心性的发扬有关系。这里面在在都隐含着禅的精神，有诗人主观自性的体现。中唐诗人杨巨源有诗说：

> ……扣寂由来在渊思，搜奇本自通禅智。王维证时符水月，杜甫狂处遗天地。③

---

①《刘禹锡集》卷四，上册第 57 页，《刘禹锡集》整理组点校，中华书局，1990 年。
②《中国文学与外国文学》，《我的留学记》第 212 页。
③《赠从弟茂卿》，《全唐诗》卷三三三第 3717 页。

这就直接指出王维、杜甫的诗思是通于禅智的。前引范温又曾
指出：

> 老杜《樱桃》诗云："西蜀樱桃也自红，野人相赠满筠笼。
> 数回细写愁仍破，万颗匀圆讶许同。"此诗如禅家所谓信手拈
> 来，头头是道者。直书目前所见，平易委曲，得人心所同然。
> 但他人艰难，不能发耳。①

这里举出的是杜甫在西蜀所作抒写放舍身心的潇洒怀抱的一首小
诗。杜甫的这类作品正具体而微地表现了触事而真、当下即是的
禅观。实际上，这种夷旷超脱、自然闲适之作，只是诗人的精神和
艺术直接受到禅宗影响的一个侧面，而这已足可印证吉川幸次郎
的另一个说法："唐诗形象的丰富与佛教所培养起来的幻想力不无
关系。"②他所说的佛教，在当时主要应是指禅宗。

　　还可以看看另一位以倡导"儒学复古"著称于史册的诗人韩
愈，他与柳宗元一起是优秀的古文家、"古文运动"的旗手和领袖。
柳宗元好佛习禅，本书已有介绍。他和韩愈虽然在文学上是同道，
但却就对于佛教的认识与态度展开过长期争论。韩愈一生以弘扬
儒道为己任，写诗著文，力辟佛、老。后来宋人讲理学，更大力表扬
他"道济天下之溺"的业绩，把他看作是兴儒反佛的功臣。但如果
仔细分析起来，韩愈辟佛立志颇高，态度颇坚，出言颇壮，而理论方
面却并无多少创见。他指斥佛教以夷乱华、败坏纲常、不事生产等
等，基本是六朝以来反佛的常谈，不过现实针对性更强、表现姿态
更为坚定而已。而值得注意的是，他所批评的这些又正是禅宗所
反对的。事实上，当时的禅宗所提出并试图解决的许多新的理论
课题，已深浸到广大知识阶层的精神之中，韩愈也不能不受其熏
染。韩愈特别推崇孟子，他着重发挥《中庸》、《大学》正心诚意、修

---

① 《潜溪诗眼》，郭绍虞《宋诗话辑佚》上册第314页。
② 《中国文学论》，《我的留学记》第178页。

齐治平之说,以为复兴儒道、整顿纪纲的关键,因此他也特别重视心性问题。这正符合禅宗所鼓动的思想发展的总潮流。例如在他的纲领性理论著作"五原"之一的《原性》里论人性,严分"性"与"情",说"性也者,与生俱生也;情也者,接于物而生也"①,则正和禅宗性净情惑说的思路相通。就是说,无论是他提出心性问题,还是他解决这一问题的构想,都与禅宗宗义有明显的相通之处。他显然也接受了禅宗的相当深刻的影响。他的文章论及心性之处,与禅宗相联关处也不少。例如他贬潮州,结识石头希迁法嗣大颠,友人间传说他已转而信佛,他写信给孟简加以辩驳:

> ……有人传愈近少信奉释氏,此传之者妄也。潮州时,有一老僧号大颠,颇聪明,识道理,远地无可与语者,故自山召至州郭,留十数日,实能外形骸,以理自胜,不为事物侵乱。与之语,虽不尽解,要自胸中无滞碍,以为难得,因与来往。及祭神至海上,遂造其庐;及来袁州,留衣服为别,乃人之情,非崇信其法,求福田利益也。②

这里所谓"外形骸,以理自胜","胸中无滞碍"云云,实际正是禅宗所提倡的"无心"、"无念"的境界;而所谓"求福田利益"等等则也是禅宗所反对的。实际从本质看,他的这些看法和好佛的柳宗元为佛教辩护的观点在精神上是大体一致的。就是说,韩愈在这里已经落入了禅的理路。再如他称赞禅僧高闲的书法:

> 今闲师浮屠氏,一死生,解外胶,是其为心,必泊然无所起;其于世,必淡然无所嗜。泊与淡相遭,颓堕委靡,溃败不可收拾,则其于书得无象之然乎?③

---

① 马其昶校注《韩昌黎文集校注》卷一第 20 页,上海古籍出版社,1986 年。
② 《韩昌黎文集校注》卷三第 212 页。
③ 《韩昌黎文集校注》卷四第 271 页。

高闲善书,是当时佛门由于禅宗兴盛而出现的众多"艺僧"里杰出
的一位。佛教本来主张应无所住而生其心,应当彻底解脱对于外
物的执着,因而高闲作为僧人却精于书法、热衷书艺让人难以理
解。而韩愈加以辩解,说他是真能做到无心、无相,因而达到了超
越的境界。这同样表现了他对于禅宗主张的清净心性的相当透彻
的了解。至于他虚构出尧、舜、禹、汤、文、武、周公一脉相承的传法
统序,更是借鉴了禅宗祖师传继法统的形式。陈寅恪曾精辟地
指出:

> 退之从其兄会谪居韶州,虽年颇幼小,又历时不甚久,然
其所居之处为新禅宗之发祥地,复值此新学说宣传极盛之时,
以退之之幼年颖悟,断不能于此新禅宗学说浓厚之环境气氛
中无所接受感发,然则退之道统之说表面上虽由孟子卒章之
言所启发,实际上乃因禅宗教外别传之说所造成,禅学于退之
之影响亦大矣哉!宋儒仅执退之后来与大颠之关系,以为破
获赃据,欲夺取其道统者,似于退之一生经历与其学说之原委
犹未达一间也。

他又说:

> ……新禅宗特提出直指人心见性成佛之旨,一扫僧徒烦
琐章句之学,摧陷廓清,发聋振聩,固吾国佛教史上一大事也。
退之生值其时,又居其地,睹儒家之积弊,效禅侣之先河,直指
华夏之特性,扫除贾、孔之繁文,原道一篇中心旨意实在于
此……①

这样透过现象分析韩愈思想的实质,指出了在时代大环境下韩愈
与佛教的复杂关系及其受到禅宗影响的必然性。

从韩愈这样的思想背景再来看他的诗创作,则接受禅宗影响

---

① 《论韩愈》,《金明馆丛稿初编》第 286、287 页,上海古籍出版社,1980 年。

同样是十分明显的。在中国诗歌史的发展历程中,他和杜甫一起开创了宋人"以文为诗"、以诗明理的先河。他的诗解散格律,掺入散文句式,显然借鉴了佛教偈颂的写法。特别是他晚年的抒情诗作,品尝人情物理,抒写萧散心境,如临终前所作《南溪始泛三首》的第二首:

> 南溪亦清驶,而无楫与舟。山农惊见之,随我观不休。不惟儿童辈,或有杖白头。馈我笼中瓜,劝我此淹留。我云以病归,此已颇自由。幸有用余俸,置居在西畴。困仓米谷满,未有旦夕忧。上去无得得,下来亦悠悠。但恐烦里闾,时有缓急投。愿为同社人,鸡豚燕春秋。[1]

这里表现的随遇而安、无为无事的境界,已经和王维、白居易富于禅趣的诗相一致。又如《游城南十六首》中的《晚春》:

> 草树知春不久归,百般红紫斗芳菲。杨花榆荚无才思,惟解漫天作雪飞。

《赠同游》:

> 唤起窗全曙,催归日未西。无心花里鸟,更与尽情啼。[2]

这里表现的无我一如、清安愉悦的境界也是通于庄、禅的。

　　以上是举出历来被当作儒家典范的人物作例子,说明禅在他们诗歌创作中体现的深刻影响。而且应当指出,特别是他们创作中的新的境界、新的艺术成分,多得自禅宗的思想和方法的启发或指引。

　　第二,佛教提供一种与中土士大夫传统上学优则仕、求举觅官全然不同的人生理想和精神境界,而禅宗更进一步,倡导一种独具

---

① 《韩昌黎集》卷七。
② 《韩昌黎集》卷九。

特色的独立自主、任性自如、任运随缘的生活理念和方式。在唐代,这种生活方式和人生理念特别得到困于等级名分的庶族知识阶层的欢迎。许多诗人以之为安身立命的根据,在政治上破除对于权威和传统的迷信,在人生态度上积极发挥主动进取精神,更有许多人把它当作人生失意的慰藉之道。唐代许多诗人在不同的处境下、怀着不同的目的热衷于习禅、逃禅,从而大幅度地开拓了他们的精神境界,改变了他们的生活和心态。这些都必然在诗歌创作中得到明显体现,从而开创出诗歌思想内容与艺术表达的新生面。

佛教以具有丰富、高深的理论积累著称,但作为宗教,正如前面引述许理和所说的,它绝不单纯是一种"理论",一种对人生的解释,而要求人们按照教义的指引去规范生活实践。这就是所谓"方外"生活方式。许理和又曾进一步指出:

> 在吸收了一整套异质文化因素之后,"归隐"成了在中古社会初期的士大夫中间最为普遍的理想,这并不是没有原因的。《老子》、《庄子》之脱俗的特点和古代巫术的宗教背景相脱离,并转而成为士大夫的语言,这构成了"归隐"的哲学基础;"清净"、"守一"和小国寡民的"纯朴"则为它提供了道德依据;文学研究和艺术追求如诗歌、绘画、音乐及书法也都成了"归隐"的分内之事。我们已经看到,自公元四世纪初开始,这个情结已和理想的寺院生活联系在一起,且所有这些因素最终都在寺院里找到了自己的归宿:隐士般的生活现在以集体的方式实践,并获得了一种新的宗教意义和更为深刻的意识形态论证,虽则其中掺杂了许多世俗理想的成分在内。①

佛教这种"方外"生活理念和实践与中土传统上以血缘关系为纽

---

① 《佛教征服中国》第 349 页。

带、以家族为本位和在此基础上形成的专制等级制度及其伦理全然不同,它逐步被中土知识阶层所认识和接受,造成了极其巨大而深远的影响。但佛教否定世俗伦理,许多观念与作为专制制度思想基础的"儒术"相悖离,弃俗出家又和构成社会基础的家族制度与世俗伦理相悖离,在相当程度上限制了它的发展。而禅宗则把执行严格戒律的宗教转变成注重内心觉悟的宗教,把受众人供养的僧宝转变成任运随缘的普通人,这无论是在观念上,还是在实践上,都大为消泯了与普通人的界限,因而能够和知识阶层更加亲近。这也促使居士佛教和居士思想更为发展。知识阶层中有更多的人可以"外为君子儒,内修菩萨行","外顺世间法,内脱区中缘",从而按照新的禅观,形成一种新的生活方式和人生追求;这样的人生观念和生活实践表现在诗歌里,则益然别有意趣,另有一番境界。

本书里讨论的王维、白居易的许多诗篇正以表现这种意趣和境界而凸显新意。如书中所介绍,王维对南宗禅理解甚深,更是习禅的真挚的实践家。他中年后即亦官亦隐,与世浮沉,参禅习佛也更为专注。这方面的体验也成为他中晚年诗歌的主要内容。他的诗被赞扬为"字字入禅","读之身世两忘,万念俱寂"①。宋人黄庭坚对诗与禅均有深刻了解和亲切体验,有诗说:

> 丹青王右辖,诗句妙九州。物外常独往,人间无所求。袖手南山雨,辋川桑柘秋。胸中有佳处,泾渭看同流。②

这就指出王维诗句之妙,是因为胸中有"佳处"。而这"佳处"正与习禅的生动体验有直接关系。白居易则倾心洪州禅,是唐代诗人在创作里落实"平常心是道",把禅"生活化"的典型。他晚年寓居洛阳龙门,与嵩山如满等人为空门友,如满也是马祖道一高足。南

①胡应麟《诗薮内编》卷六《近体下·绝句》第115页。
②《摩诘画》,《山谷外集诗注》卷一三。

宗禅的"无念"、"无相"之说本来与老、庄有密切关联,洪州禅的宗
义更和《庄子》道"无所不在","物物者与物无际"①的思想相通;马
祖所提倡的无造作、无是非、无取舍、无断常、无凡无圣的人生态
度,也与《庄子》等是非、齐物我的观念相一致,这些都被白居易浑
融地接受。白居易在《病中诗十五首序》里说:"余早栖心释梵,浪
迹《老》、《庄》,因疾观身,果有所得。"②他把《老》、《庄》与"释梵"等
同看待,显然是从解决人生"疾患"的角度来对待二者的。他在写
给友人元稹叙说心迹的长篇书信中说:

　　……古人云:"穷则独善其身,达则兼济天下。"仆虽不肖,
常师此语。大丈夫所守者道,所待者时。时之来也,为云龙,
为风鹏,勃然突然,陈力以出;时之不来也,为雾豹,为冥鸿,寂
兮寥兮,奉身而退。进退出处,何往而不自得哉?故仆志在兼
济,行在独善。奉而始终之则为道,言而发明之则为诗。③

这里所谓"道",通于《老》、《庄》和禅。禅对于他不只是观念,也是
一种人生形态。他认真地加以践履,从而也成为他创作的主要内
容。他自己划分为"讽谕诗"之外的多数作品抒写闲适之情、乐天
之趣、高蹈之志、超逸之思,都洋溢着禅意,体现为禅境。这样,在
他的观念和创作里,佛、道一致,禅、教一致,真谛与世法一致,把委
顺随缘、乐天安命、优游自在的生活等同于悟禅修道的实践。这种
谦退、闲适的人生态度,固然是受到打击后的慰安之道,是在复杂
政治环境中求得容身的手段,但如此自保、自适,力图韬晦,却也不
是完全消极的。

　　从本书中《文人的好禅与习禅》一章可以看到唐人习禅生活的
普及程度。实际上北宋时期的情形也大体相似。直到南宋,禅宗

---

①王先谦《庄子集解》卷二《应帝王》。
②《白居易集笺校》卷三五,第 4 册第 2386 页。
③《白居易集笺校》卷四五,第 5 册第 2794 页。

逐渐衰落,理学势力上升,形势才有所改变。

由于追求解脱成佛的佛教演变成觉悟自心的禅宗,使体悟禅机落实到人生日用、穿衣吃饭、扬眉瞬目之中,从而摆脱了经教和戒律的束缚,精神上得到某种程度的解放,生活方式也有所改变。禅僧走出寺院、僧房,文人们也乐意走入禅院、禅堂。这更给诗、禅交流提供了条件。禅从而更接近生活,表现人生的诗也更富禅思和禅趣。如前面所说,在中国注重政治、注重现实的诗歌传统中缺少抒写个人情志和内心隐微的内容,在禅的熏陶下,这一方面的创作显著地增加了。

第三,禅要求默契、体悟,在思维方式上突出主观能动作用,在认识方式上采取观照外境的方法,这些体现在诗歌创作中,就不强调“为时”、“为事”而作,不强调反映现实矛盾和人生实际,而要求“反照”自心,创造心境一如的境界,从而更注重发露主观世界的隐微,形成一种与中土传统截然不同的抒写心灵世界的艺术方法。

诗、禅相通,早自慧远已有所认识。他为《念佛三昧诗集》作序说:

> 夫称三昧者何?专思寂想之谓也。思专,则志一不分;寂想,则气虚神朗……鉴明则内照交映而万像生焉,非耳目之所至而闻见行焉。于是睹夫渊凝虚镜之体,则悟灵相湛一,清明自然……①

慧远这里强调通过“内照”以形成非闻见所及的“万像”,归结到抒写虚寂的内在心灵世界。他所说的还是传统佛法中的禅观,重在“专注一境”所得的虚寂境界。而禅宗不同,乃是以清净自性为意识的归宿。《坛经》上说:

> 此法门中,一切无碍,外于一切境界上念不起为坐,见本

---

① 《念佛三昧诗集序》,《广弘明集》卷三〇上,《大正藏》第 52 卷第 351 页中。

性不乱为禅。①

南宗禅师大珠慧海说：

> 喻如明鉴，中虽无像，能见一切像。何以故？为明镜无心
> 故。学人若心无所染，妄心不生，我、所心灭，自然清净。②

黄檗希运则说：

> 甚么心教汝向境上见？设汝见得，只是个照境底心。如
> 人以镜照面，纵然见得眉目分明，原来只是影像，何关汝事！③

因为自性清净，就与外界有染无关。"见性"乃是"反照"心源的思
维过程，即内心中显现的所有外界事相都不过是体认内心清净的
媒介。依据这种禅观，诗中所反照的当然只是清静、空寂的主观心
灵境界。刘禹锡论僧诗曾说：

> ……能离欲则方寸地虚，虚而万景入，入必有所泄，乃形
> 乎词。词妙而深者，必依于声律。故自近古而降，释子以诗闻
> 于世者相踵焉。因定而得境，故倏然以清；由慧而遣词，故粹
> 然以丽……④

苏轼也说过：

> 欲令诗语妙，无厌空且静。静故了群动，空故纳万境。⑤
> 我心空无物，斯文何足关。君看古井水，万象自往还。⑥

---

① 郭朋《坛经校释》第 37 页。
② 《顿悟入道要门论》，《续藏经》第 111 册第 841 页上、下，新文丰出版公司
　印本。
③ 《黄檗山断际禅师传法心要》，《大正藏》第 48 卷第 383 页中。
④ 《秋日过鸿举法师寺院便送归江陵并引》，《刘禹锡文集》卷二九，下册第
　394 页。
⑤ 《送参寥师》，王文诰辑注《苏轼诗集》卷一七。
⑥ 《书王定国所藏王晋卿画着色山》，《苏轼诗集》卷三一。

这种禅境体现在创作中,王维山水诗是典型例子。他的《辋川集》、《皇甫岳云溪杂题五首》、《渭川田家》、《山居秋暝》等著名篇章,生动地描摹山水田园风光,表现的却是他内心的恬静与安适,超离外物一切烦扰的宁静与和平。他所追求与表现的,主要不在模山范水、穷形尽象地逼真,而是"离象得神,披情著性"①的发露。这正如他画雪中芭蕉,是"神情寄寓于物"②的。欧阳修曾说"造意者难为工"③,后人评论唐人善于"取境"、"造境",这正是王维诗歌创作的独特的成就,也是他的成功之处。

中唐以后,马祖道一的洪州禅主张"平常心是道",把禅落实到人生日用之中,诗境和禅境从而更有可能融而为一。德山宣鉴法嗣岩头全奯说:

> 若欲得播扬大教去,一个一个从自己胸襟间流将出来,与他盖天盖地去摩。④

这就明确提出,从人的胸襟中自然流出的就是禅,就是道;体现为文学创作,则更强调主观心性的直截、自如地发露。正是在这样的观念的影响下,宋代以后,强调"心性"流露已成为评论诗文的常谈。本书中讨论洪州禅,较细致地讨论了这个问题,并举出了许多例子。

一般说来,宋人没有唐人那种踔厉风发的激情,但在抒写内心世界的内容与方式上却有独特之处。如赵翼评苏轼诗说:

> 以文为诗,自昌黎始,至东坡益大放厥词,别开生面,成一代之大观。今试平心读之,大概才思横溢,触处生春,胸中书卷繁富,又足以供其左旋右抽,无不如志。其尤不可及者,天

①陆时雍《诗镜总论》,《历代诗话续编》下册第1412页。
②惠洪《冷斋夜话》卷四,《笔记小说大观》本。
③尤袤《全唐诗话》卷二,《历代诗话》上册第106页。
④《祖堂集》卷七,《基本典籍丛刊》本,禅文化研究所,1994年。

生健笔一枝,爽如哀梨,快如并剪,有必达之隐,无难显之情:此所以继李、杜后为一大家也。[1]

沈德潜则说:

> 苏子瞻胸有洪炉,金、银、铅、锡,皆归熔铸。其笔之超旷,等于天马脱羁,飞仙游戏,穷极变幻,而适如意中所欲出,韩文公后,又开辟一境界也。[2]

苏诗的抒情豪迈不拘又优游从容,平顺自然又深邃迥永,风格上和李白的逸兴遄飞、杜甫的沉郁顿挫显然大不相同。他的诗正可以说是从肺腑自然流出的。黄庭坚开创的江西诗派以语言、句律刻意求工著称,但他本人那些杰出的抒情之作"描写了作者对于友谊、亲情的珍视和别离之感、浮沉宦海以及迁谪异地之情。他的感受是非常真实的,为普通人所具有的而且是为大家所接受的"[3]。陆游的诗则"主要有两方面:一方面是悲愤激昂,要为国家报仇雪耻,恢复丧失的疆土,解放沦陷的人民;一方面是闲适细腻,咀嚼出日常生活的深永的滋味,熨帖出当前景物的曲折的情状"[4]。宋诗形成这种艺术表现上的特点,接受禅宗影响是个重要因素。

以至后来李贽倡"童心","公安三袁"倡"性灵"、王士禛倡"神韵"、王国维倡"境界",都注重主观心性的表现,与上述观念正有一脉相承的关系。

总之,接受了禅宗的思维方式,诗歌创作在观念上和实践中更加注重主观心性的抒发,形成反照内心的抒情方式,从而开拓出诗歌史上的一种新境界。

第四,"不立文字,教外别传"的禅创造出大批语录和偈颂等禅

---

[1]《瓯北诗话》第56页,霍松林等校点本,人民文学出版社,1963年。
[2]《说诗粹语》卷下,《清诗话》下册第544页,中华书局,1963年。
[3]程千帆、吴新雷《两宋文学史》第211页,上海古籍出版社,1991年。
[4]钱钟书《宋诗选注》第190页。

文献,它们从一定意义说也是独具特色的禅文学作品。禅宿上堂示法、请益商量等场合的机锋俊语广泛流传在士大夫间,成为他们写作的借鉴,更给他们以艺术上的启示。唐宋文人大都广交禅师,出入丛林,熟悉禅门语句公案。入宋以后,语录大量结集起来,灯史等禅宗文献也大量编撰,在文人间广泛流行,成为他们的案头书,影响到他们的创作,从而大为丰富了诗歌的语言技巧、表现方法和艺术风格。

　　首先是文体。语录和偈颂是两种典型的"禅文学"文体,它们都具有独特的表现形式和鲜明的艺术特色。禅宗语录和中国先秦诸子语录虽然在形式上有共同点,也有一定的继承关系,但在表现方法上却有着根本区别和不同特点:禅宗语录不是采用师弟子问答以明教诲的方式,而是彼此平等地提问勘辨、对答商量的方式;作为真实的说法纪录,则尽可能保持了口语的口吻、情境、意趣,并体现出一种舒卷无方、杀活自如、大胆泼辣、趋奇走险的特异风格。梁启超论语录对于文学的影响,更追溯到佛典翻译,他说:

　　　　自禅宗语录兴,宋儒效焉,实为中国文学界一大革命。然此殆可谓为翻译文学之直接产物也。盖释尊只是说法,并无著书,其说法又皆用"苏漫多"。弟子后学汲其流,即皆以喻俗之辩才为尚。入我国后,翻译经典,虽力谢雕饰,然犹未敢径废雅言。禅宗之教,既以大刀阔斧,抉破尘藩,即其现于文字者,亦以极大胆的态度,调臂游行,故纯粹的"语体文"完全成立。然其动机实导自翻译。①

这是从整个中国佛教发展的角度,联系佛典翻译来论定禅语录在文学史上的重要地位和深远影响的。这种影响的直接后果是不但后来僧人多有语录,理学家也记录讲学内容而成为语录。钱大

_____

①《佛学研究十八篇》,《翻译文学与佛典》第29页,台湾中华书局,1976年。

昕说：

> 佛书初入中国,曰经、曰律、曰论,无所谓语录也。达磨西
> 来,自称教外别传,直指心印,数传以后,其徒日众,而语录兴
> 焉。支离鄙俚之言奉为鸿宝,而佛所说之经典亦束之高阁矣。
> 甚者呵佛骂祖,略无忌惮,而时之言佛者反尊尚之,以为胜于
> 经律论。甚矣,人之好怪也! 释子之语录始于唐,儒家之语录
> 始于宋。儒其行而释其言,非所以垂教也。君子之"出辞气,
> 必远鄙倍",语录兴而儒家有鄙倍之词矣;"有德者必有言",语
> 录行而有德不必有言者也。①

这是从批判的角度加以评论的,但却可以看出语录作为文体的深
远影响。偈颂也是同样:禅宗的偈颂在形式上当然与佛经里的偈
颂有继承关系,但又更多地采用了中土各种诗歌体裁和表现方法;
而禅的内容又决定了它们独具的艺术特色。这在本书里已有较详
细的说明。在禅宗所创造的大量这种具有新鲜内容和风格的"诗"
的影响下,中唐以后,许多诗人都写过偈颂体的诗。宋人以文字为
诗,以道理为诗,形成宋诗的特色,显然也与借鉴偈颂的写法有
关系。

　　扩展一步看,语录和偈颂多用口语,所造成的后果更是影响后
来文学发展的大事。胡适曾经说,如德山宣鉴、临济义玄的"语录,
都是很好的白话文学"②。他又说:

> 这些大和尚的人格、思想,在当时都是了不得的。他有胆
> 量把他的革命思想——守旧的人认为危险的思想说出来,做
> 出来,为当时许多人所佩服。他的徒弟们把他所做的记下来。
> 如果用古文记,就记不到那样的亲切,那样的不是说话时的神

---

① 《十驾斋养新录》卷一八《语录》第 382 页,陈文和、孙显军校点,江苏古籍出
　版社,2000 年。
② 《中国禅学的发展》,《胡适学术文集·中国佛学史》第 89 页。

气。所以不知不觉便替白话文学、白话散文开了一个新天地。尤其是湖南"德山"和尚和河北"灵济"（应为"临济"）和尚的语录，可以说都是用最通俗的话写成的。[1]

同样，禅宗的许多禅偈则是很好的白话诗。它们本身已构成白话文学史上的重要篇章。而所谓"元和以后……学浅切于白居易，学淫靡于元稹，俱名为元和体"[2]，元、白都是习禅的，他们的浅俗诗风与接受禅宗的观念和表达方式有密切关系。继而到晚唐，通俗诗风流行，则是这一现象的延续。也是在禅宗影响下，创作出寒山诗等一大批白话诗，"寒山体"后来成为流传广泛的诗体。白话文体本来和民众有密切关系，而民众往往是推动文艺创新的重要力量，从这样的角度看，在中国文学创作从主要使用经典语言向更多使用民众口语的转变中，禅宗的语录和偈颂起了重要作用。而这一转变伴随着文学样式从古典诗文向戏曲、小说的转变，禅宗的语言又起着间接的推动作用。

如果把语录和偈颂当作"白话文学"来看，其突出的特点首先表现在使用语言方面。禅宗文字所使用的语言不仅具有一般口语浅俗、生动的特点，更由于禅的"说而不说，不说而说"的观念，又出于"绕路说禅"的需要，它们往往使用独特的修辞方式，体现出特殊的风格特征。朱自清指出："我们知道禅家是'离言说'的，他们要将嘴挂在墙上。但是禅家却最能够活用语言。正像道家以及后来的清谈家一样，他们都否定语言，可是都能识得语言的弹性，把握着、运用着，达成他们的活泼无碍的说教。"朱自清更特别赞赏禅宗的"机锋"，说"这需要活泼无碍的运用想象，活泼无碍的运用语

---

①《传记文学》，《胡适精品集》第15卷第206页，光明日报出版社，1999年。
②李肇《唐国史补》卷下。

言"①。顾随论禅则强调其创造与象征的性格,实则也是其艺术表现上的主要特色:

> 禅者何? 创造是。禅者何? 象征是。何以谓之创造? 试看作家伟人,纵然千言万语,比及紧要关头,无一个不是戛然而止,一任学人自己疑去悟去,死去活来……大师爱说:"见过于师,方堪传授;见与师齐,减师半德。"初学发心更需具有"丈夫自有冲天志,不向如来行处行"底意态。无非要做一个上下古今不可无一,不可有二底人物。遮不可无一,不可有二,岂不是又要学人创造去,不许有丝毫因袭摹仿去? 此则创造之说。何以谓之象征? 祖师开口无一字一句不是包八荒而铄四天,决不是字句所能限。所以者何? 象征也。是故棒不可作棒会,骂不可作骂会,一喝亦且不可作一喝会。遗貌取神,正复大类屈子《离骚》之美人香草,若其言近而旨远,语短而心长,且又过之……须知象征亦复即是创造。彼诗人者尚道第一个以花比美人底是天才,第二个怎么说底即是钝汉。何得大事而不如然? 是故说法虽曰薪火流布,心灯递传,而于下语,佛佛不同,祖祖各异。则亦以其为是创造故,非模拟故,非剿袭故。于此或说象征统于创造,亦无不可。②

这里所谓"象征"是广义的概念,指禅解忌讳直说,需要不从正面说,不做肯定的解答,而是用形象的、曲折的、暗示的手段来表现。

特别是在晚唐五代"五家"分灯以后,各个派别都在启发学人的言句、手段上用功夫,"不立文字"的禅转而十分讲究语言表达而形成所谓"文字禅"。禅门中上堂示法,请益商量,斗机锋,说公案,更需要特别重视语言,并发挥出一套独特的语言表达技巧。宋人

---

①《禅家的语言》,《朱自清古典文学论文集》上册第 141、145 页,上海古籍出版社,1980 年。
②《揣籥录》八《兔子与鲤鱼》,《说禅》第 47—48 页,上海古籍出版社,1998 年。

受到理学影响,诗歌创作重理致,以道理为诗,以学问为诗,相应地也重视语言技术,结果形成"以文字为诗"的风气。这正与禅门重文字的风气相合。诗人有意、无意地汲取禅的语言表现技巧,丰富了诗歌语言艺术,乃是形成为宋诗特色重要因素。

　　涉及具体艺术表现技巧,如禅门讲究"绕路说禅",提倡"活法"、"活句",要求"句中有眼",等等,本来都是谈禅的手段,又都与诗歌创作的艺术技巧相通。本书中《"活句"与"活法"》一章对于宋人在这方面如何借鉴禅宗有所介绍。实际上中晚唐诗坛以孟郊、贾岛等人为代表的"苦吟"诗风,致力于推敲文字,追求"一字之工",显然也与禅宗文字讲求言句有关系。例如自晚唐时期流传起来的"一字师"故事,就是这方面的典型表现。这类故事年代最早的是关于王贞白和贯休的:

　　　　王贞白,唐末大播诗名,尝作《御沟》诗云:"一派御沟水,绿槐相荫青。此波涵帝泽,无处濯尘缨。鸟道来虽险,龙池到自平。朝宗心本切,愿向急流倾。"示贯休。休曰:"剩一字。"贞白扬袂而去。休曰:"此公思敏。"书一"中"字于掌。逡巡,贞白回曰:"此中涵帝泽。"休以掌"中"示之,不异所改。[1]

又有关于齐己和郑谷的著名逸事:

　　　　齐己有《早梅》诗,中云:"昨夜数枝开。"郑谷为点定曰:"数枝非早,不如一枝佳耳。"人以谷为齐己一字师。[2]

这类故事出自小说家言,可靠性是令人怀疑的,但它们反映的诗坛风气则是真实的。值得注意的是,早期的这类故事大多与禅僧有关。另有一则也是关系齐己和郑谷的:

----

[1]《诗话总龟·前集》卷一一录《青琐后集》第127页。
[2]《五代诗话》卷八录《十国春秋》第329页,戴鸿森校点,人民文学出版社,1989年。

　　僧齐己往袁州，谒郑谷，献诗曰："高名喧省闼，雅颂出吾唐。叠嶂供秋望，飞云到夕阳。自封修药院，别下着僧床。几许中朝事，久离鸳鹭行。"谷览之曰："请改一字，方得相见。"经数日，再见云已改得，作"别扫着僧床"。谷大嘉赏，结为诗友。①

实际上齐己写诗确实在推敲字句上下过很大功夫。他有诗说："千篇著述诚难得，一字知音不易求。"②"千篇未听常徒口，一字须防作者心。"③本来参禅、斗机锋就十分重视语词运用，往往以一字转换明禅解；通于写诗，则要讲究"一字"的推敲。

　　南宋牟巘论僧人恩上人诗，曾称赞他"用字新，用字活，所谓诗中有句，句中有眼"。这就是所谓"诗眼"之说。"绕路说禅"则思路要活络，不粘不滞，不即不离，否则就是"钝根"，就是"葛藤"，就是在"鬼窟里做活计"；具体表达上则多用暗示、联想、比喻、象征、双关、答非所问等手法。诗歌创作借鉴这类做法，那些最有表现力的关键词语就成为所谓"诗眼"。"诗眼"之说被黄庭坚以及后来的"江西诗派"大加发挥，用来表达他们重视词语锻炼的创作主张。黄庭坚诗云：

　　　　拾遗句中有眼，彭泽意在无弦。顾我今六十老，付公以二百年。④

他特别称赞杜甫"句中有眼"，同时又表扬陶渊明"意在无弦"的浑融无迹。但其后学却更重视前一方面，这也反映了宋代诗坛的一般风气。形成这种风气与禅宗影响有直接关系。释惠洪论诗也说：

---

①《诗话总龟》卷一一录潘若冲《郡阁雅谈》。
②《谢人寄新诗集》，《全唐诗》卷八四四第9538页。
③《送吴先辈赴京》，《全唐诗》卷八四五第9561页。
④《赠高子勉》，《豫章黄先生文集》卷一二。

　　　　造语之工，至于荆公、东坡、山谷，尽古今之变。荆公曰：
"江月转空为白昼，岭云分暝与黄昏。"又曰："一水护田将绿
绕，两山排闼送青来。"东坡《海棠》诗曰："只恐夜深花睡去，高
烧银烛照红妆。"又曰："我携此石归，袖中有东海。"山谷曰：
"此皆谓之句中眼，学者不知此妙，语韵终不胜。"①

这里特别表扬王安石、苏轼、黄庭坚的"造语之工"，并指出关键也
是在"句中眼"。宋代诗僧同样讲究"诗眼"，正和诗坛的追求一致，
同样体现了禅门风气。

　　这样，禅极大地丰富了诗歌的艺术表现，特别是语言技巧，在
唐诗向宋诗的转变过程中起了某种决定性的作用。

　　最后还应当突出强调一点，就是前面引述顾随所说的"禅是创
造"之说。禅的作风，禅的语言都不拘格套，任性自如，不受成规戒
律的束缚；特别是中唐时期"慢教"一派那种蔑视传统、呵佛骂祖、
毁经灭教的作风，更是狂放大胆，震动士林，其所表现的否定的、叛
逆的精神在历史上是空前的。否定性的反叛正可以转化为大胆的
独创，对权威与传统的怀疑和否定更能够极大地解放人的精神。
黄檗希运批评说："今学道人不向自心中悟，乃于心外著相取境，皆
与道背。"②就是说，真正的"道"在自己心里，依靠自己来领悟。从
实际情况看，一般士大夫是不可能彻底、真正地实践禅宗中这种叛
逆精神的。实际禅宗自身后来也向"教下"的传统回归。但禅的大
胆泼辣、自由开放的精神所造成的影响却是广泛而久远的。根据
禅的"创造"观念，写诗自然也重独创。吴可《学诗诗》说：

　　　　学诗浑似学参禅，头上安头不足传。跳出少陵窠臼外，丈
夫志气本冲天。③

---

①《冷斋夜话》卷五。
②《黄檗山断际禅师传法心要》，《大正藏》第 48 卷第 380 页上。
③魏庆之《诗人玉屑》卷一第 8 页，中华书局，1958 年。

"头上安头"出黄檗希运语:"语默动静,一切声色,尽是佛事。何处觅佛? 不可更头上安头,嘴上加嘴。"①"丈夫"句出安察禅师《十玄谈》:"万法泯时全体现,三乘分别强安名。丈夫皆有冲天志,莫向如来行处行。"②南宗禅反对拘守经教,要人作顶天立地的"大丈夫儿"。这里谈诗,从语言到内容都要求充分体现禅的创造精神,即重自心的独特解会,不因循,敢创新,破弃陈规,突破传统,就是对于"诗圣"杜甫也不可模仿,落其窠臼。陆游也说:

> 文章之妙,在有自得处,而诗其尤者也。③

他叙述自己的创作历程,也说到"中年始少悟,渐若窥宏大"④,经过摆脱依傍唐人和江西派的过程,走出独立自主的道路,也与禅的创造精神有关系。姜夔则说:

> 文以文而工,不以文而妙。然舍文无妙圣处,要自悟。⑤

后来的王虚若也说到同样的意思:

> 文章自得方为贵,衣钵相传岂是真。已觉祖师低一着,纷纷法嗣复何人。⑥

正因为从一定方面、在一定意义上发扬了禅的创造精神,唐诗以后,才有宋诗以至元、明、清诗各自的特征与成就,虽然其总体成就不能与唐诗相比拟。

　　关于中国佛教的性质,曾有所谓"非宗教非哲学"、"亦宗教亦

---

① 《黄檗断际禅师宛陵录》,《大正藏》第 48 卷第 385 页下。
② 《景德传灯录》卷二九,《大正藏》第 51 卷第 455 页中。
③ 《颐庵居士集序》,刘应时《颐庵居士集》卷首。
④ 《示子遹》,《剑南诗稿》卷七八。
⑤ 《白石诗说》第 32 页,人民文学出版社,1962 年。
⑥ 《山谷于诗每与东坡相抗门人亲党遂谓过之而今之作者亦以为然余尝戏作四绝》之四,《潭南遗老集》卷四五。

哲学"等种种说法，都意在表明这种宗教有不同于世界上一般宗教的特质。这种特质十分集中地体现在其丰富的文化内涵方面。禅宗本身具有丰富的文化内容，并对诸文化领域造成巨大、深远的影响。它是中国思想史上的重大创造，在艺术领域也取得了卓越的成就。这也是它生命力之所在。它受到众多卓越诗人的倾倒和受容是有缘由的。

　　第五，关联到拙著的论题，笔者对文学史研究还有一点浅见。前面已经提到，对于直到如今的文学史研究的成绩应当充分肯定，但现状也不可估计过高。存在问题和缺陷，不能简单地归咎于研究者的眼界和学力，也不是任事者努力不够，主要是时代环境使然。如今一般文学史，其基本框架仍局限在作家、作品的介绍、解说、评论方面。大都是从《诗》、《骚》讲起，汉赋、乐府等等，按部就班地一直讲到明清小说、戏曲。如果对比自十九世纪末中、外学者所写文学史的早期内容就会发现，新的开拓实在有限。当然观点在变化，资料在补充，内容也在不断出新，可是总体规模并没有大的变化。而认真地揭示历史真实，应当开拓的领域实在很多。比如文学与哲学、与一般思想史的关系，韦政通就指出："中国文化里，哲学与文学相互重叠的部分很密很深，因此第一流的哲学家，在文学史上，往往也具有崇高的地位。"①这其间不仅有思想上的关联，艺术上、语言上的相互影响也很值得探讨。至于拙著所讨论的宗教方面，更是一个极其重要的课题。笔者作为学界后进，说到这些，并不表示自己如何高明。多年的研习，个人反而深知自己知见浅陋，所做工作只要聊补遗缺就满足了。真正的学术上的大手笔还有待来者。浅见郁积心头，愿意贡献高明，求得指正而已。

　　这也是笔者结束本书增订的心情与期待。

---

①《中国哲学史上四种不同的人格》，《中国思想传统的创造转化——韦政通自选集》第 99 页。

附录一

表一　禅宗承嗣表

（本表仅列出禅宗主要人物和与支坛关系密切者）

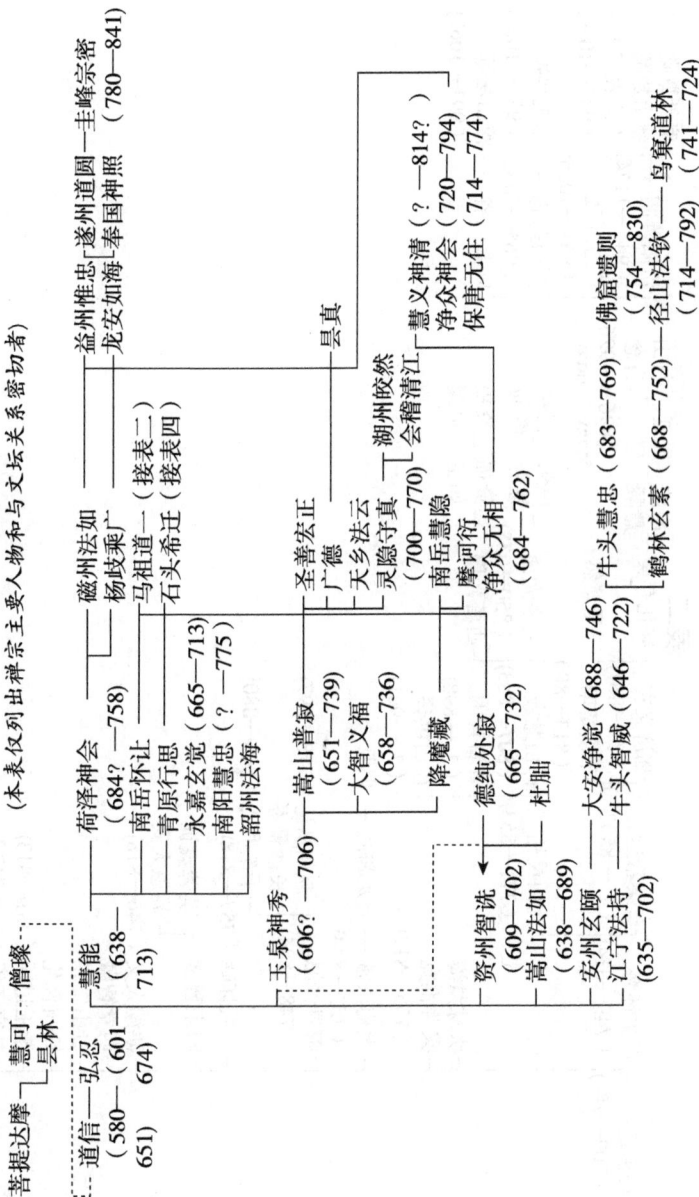

菩提达摩

慧可 --- 僧璨

道信（580—651）

弘忍（601—674）

慧能（638—713）

王泉神秀（606?—706）

荷泽神会（684?—758）

南岳怀让

青原行思

永嘉玄觉（665—713）

南阳慧忠（?—775）

韶州法海

磁州法如

杨歧乘广

马祖道一（接表二）

石头希迁（接表四）

益州惟忠　遂州道圆　圭峰宗密（780—841）

龙安如海　奉国神照

嵩山普寂（651—739）

大乡义福（658—736）

降魔藏

德纯处寂（665—732）

杜朏

圣善宏正

广德

天乡法云

灵隐守真（700—770）

南岳慧隐

摩河衍

净众无相（684—762）

湖州皎然

会稽清江

慧义神清（?—814?）

净众神会（720—794）

保唐无住（714—774）

具真

资州智诜（609—702）

嵩山法如（638—689）

安州玄颐

江宁法持（635—702）

大安净觉（688—746）

牛头智威（646—722）

牛头慧忠（683—769）

鹤林玄素（668—752）

佛窟遗则（754—830）

径山法钦（714—792）

鸟窠道林（741—724）

表二

马祖道一（709—788）
- 百丈怀海（749—814）
  - 黄檗希运（?—850?）
    - 临济义玄（?—867）
      - 兴化存奖
        - 南院慧颙
          - 风穴延沼（896—973）
            - 首山省念（926—993）
              - 汾阳善昭（947—1124）
                - 琅琊慧觉
                - 慈明楚圆（986—1039）（接表三）
                - 广慧元琏（951—1036）
                - 石门蕴聪（965—1032）
                - 达观昙颖（985—1060）
                - 浮山法远（991—1067）
      - 三圣慧然
      - 千顷楚南（813—880）
  - 沩山灵祐（771—853）
    - 仰山慧寂（807—883）
      - 南塔光涌（850—938）
        - 芭蕉慧清
          - 芭蕉继彻
      - 西塔光穆
        - 资福如宝
          - 资福贞邃
    - 香严智闲（?—898）
    - 径山洪諲（?—901）
- 大珠慧海
- 兴善惟宽（755—817）
  - 俱胝
- 大梅法常（752—834）
- 南泉普愿（748—834）
  - 天龙和尚
- 赵州从谂（778—897）
- 长沙景岑
- 子湖利踪（800—880）
- 章敬怀晖（757—818）
- 归宗智常
- 芙蓉灵训
- 高愚大安
- 鹅湖大义（746—818）
- 西堂智藏（731—813）
- 盘山宝积
- 镇州普化
- 紫玉道通（?—842）
- 盐官齐安（740?—808?）
- 庞蕴

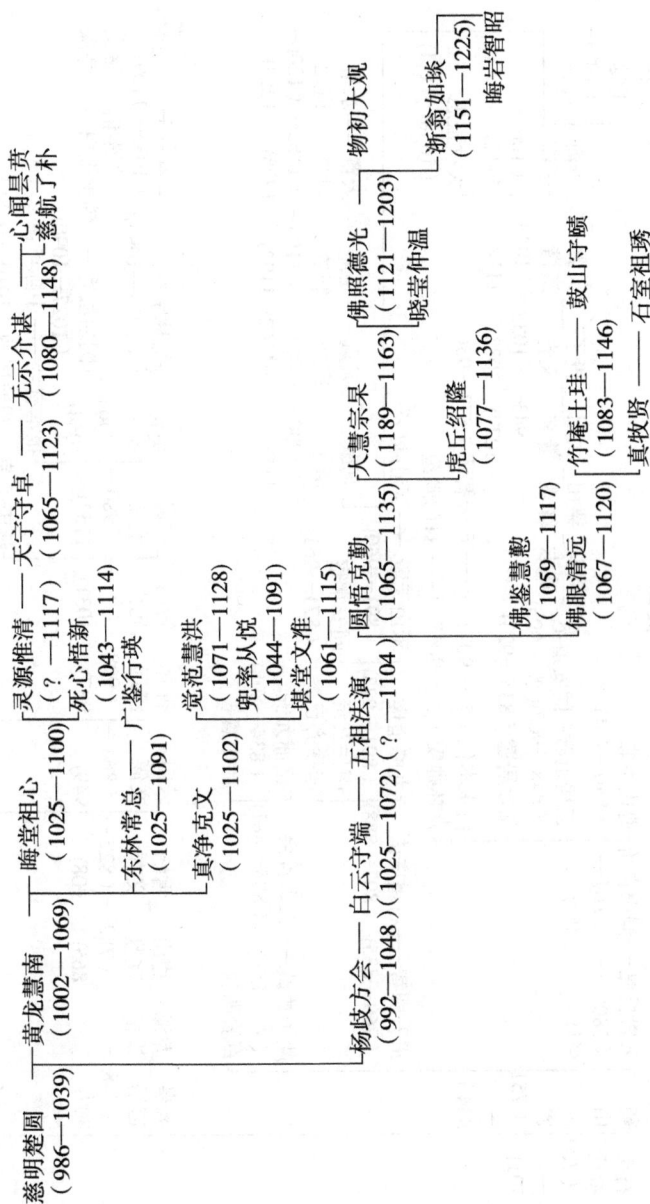

表三

```
慈明楚圆
(986—1039)
├─ 黄龙慧南
│  (1002—1069)
│   ├─ 晦堂祖心 ── 灵源惟清 ─┬─ 死心悟新
│   │  (1025—1100)  (?—1117) │   (1043—1114)
│   │                        └─ 天宁守卓 ── 无示介谌 ─┬─ 心闻昙贲
│   │                           (1065—1123)  (1080—1148) └─ 慈航了朴
│   ├─ 东林常总 ── 广鉴行瑛
│   │  (1025—1091)
│   └─ 真净克文 ─┬─ 觉范慧洪
│      (1025—1102) │   (1071—1128)
│                  ├─ 兜率从悦
│                  │   (1044—1091)
│                  └─ 堪堂文准
│                      (1061—1115)
└─ 杨岐方会 ── 白云守端 ── 五祖法演 ─┬─ 圆悟克勤 ─┬─ 大慧宗杲 ─┬─ 佛照德光 ─┬─ 物初大观 ─ 浙翁如琰
   (992—1048)  (1025—1072) (?—1104)  │  (1065—1135) │  (1089—1163) │  (1121—1203) │           (1151—1225)
                                     │              │              │           └─ 晦岩智昭
                                     │              │              └─ 晦堂仲温
                                     │              └─ 虎丘绍隆
                                     │                 (1077—1136)
                                     ├─ 佛鉴慧懃
                                     │  (1059—1117)
                                     └─ 佛眼清远 ─┬─ 竹庵士珪 ── 鼓山守硉
                                        (1067—1120) │  (1083—1146)
                                                    └─ 真牧贤 ── 石室祖琇
```

表四

石头希迁 (700—791) ——药山惟俨 (751—834) ——云岩昙晟 (780?—841) ——洞山良价 (807—869) ——曹山本寂 (840—901)
├─云居道膺 (835?—902)
├─同安道丕 (848—902)(?—905) ——同安观志——梁山缘观——大阳警玄 (943—1027) ——投子义青 (1032—1083) ——芙蓉道楷 (1043—1118) ——丹霞子淳 (1064—1117) ——大洪报恩 (1058—1111)
│ └─宏智正觉 (1071—1157)
├─龙牙居遁 (835—923)
├─白水本仁 (?—902?)
├─青林师虔 (?—904?) ——重云智晖 (873—956) ——石门献蕴
│
├─九峰道虔 (891—923) ——禾山无殷 (891—960) ——禾山契云
│ ├─南岳玄泰
│ └─南岳齐己
└─同安常察 (871—961) ——真歇清了 (1090—1151) ——天童宗珏 (1091—1162) ——足庵智鉴 (1105—1192) ——天童如净 (1163—1228) ——永平道元 (1200—1253)

道吾圆智 (769—835) ——石霜庆诸 (807—888) ——洛浦元安 (834—898) ——韶山寰普
船子德诚 (?—860) ——夹山善会 (805—881) ——百岩明哲

天皇道悟 (748—807) ——龙潭崇信——德山宣鉴 (782—865) ——雪峰义存 (822—908) ——云门文偃 (864—949) ——香林澄远 (908—987) ——智门光祚 (?—1031) ——雪窦重显 (980—1152) ——天衣义怀 (993—1064) ——慧林宗本 (1020—1099) ——法云善本 (1035—1109) ——净慈楚明
├─长芦崇信——慈受怀深
├─圆通法秀 (1027—1090) ——佛国惟白
└─延庆子荣
双泉师宽——五祖师戒——圆通居讷 (1010—1090) ——大觉怀琏 (1009—1090) ——径山惟琳
├─金山宝觉
报本有兰——中际可遵
勒潭怀澄

德山缘密 — 文殊应真 — 洞山晓聪 — 佛日契嵩 — 云居晓舜 — 天童淡交
　　　　　　　　　　　（? —1030）（1007—1072）（? —1065）　蒋山法泉

双泉仁郁 — 德山慧远 — 开先善暹 — 佛印了元
　　　　　　　　　　　　　　　　（1032—1098）
　　　　　　　　　　　　　　　　天童元楚

天台德韶 — 永明延寿
（891—972）（904—976）
永明道潜

玄沙师备 — 罗汉桂琛 — 法眼文益 — 净修文僜 — 静
（835—908）（867—928）（885—958）　　　　　　筠
翠岩令参
长庆慧棱
（854—932）
镜清道怤
（868?—937?）

南岳惟劲
保福从展
（867—928）
鼓山神晏
（853—939）

丹霞天然 — 翠微无学 — 投子大同
（738—824）　　　　　（819—914）
大颠宝通
三平义忠

附录三　禅籍简目

第一部分　语录、偈颂与公案集

（一）语录

《古尊宿语录》四十八卷　（宋）赜藏主等编　《缩藏》（《大日本校订缩刷大藏经》）本、《续藏》（《大日本续藏经》）本、上海古籍出版社据《径山藏》影印本。

本书初刊于宋绍兴年间，称《古尊宿语要》，收南泉普愿以下语录二十家，后续有增加，至刊入《永乐南藏》增至三十六家。

《续开古尊宿语要》六卷　（宋）鼓山师明编　《缩藏》本。

本书续《古尊宿语要》，增八十家语录，正续合百家。

《御选语录》十九卷（清）爱新觉罗·胤禛（雍正）敕编　《续藏》本。

《六祖坛经》

本书版本甚多，集入日本影印《六祖坛经诸本集成》者达十一种。

主要的有四种：敦煌本，称《南宗顿教最上大乘摩诃般若波罗蜜经六祖慧能大师于韶州大梵寺施法坛经一卷》，下记"兼受无相戒弘法弟子法海集记"，故又称"法海本"；

惠昕本，称《六祖坛经》，发现于日本京都堀川兴圣寺，故又称"兴圣寺本"；

高丽本，称《六祖大师法宝坛经》，元德异校订，有延祐三年（1316）高丽版。

宗宝本，题《六祖大师法宝坛经》，此为通行本，但各种传本文字不尽相同。今人郭朋、杨曾文有校点本，中华书局版；又周绍良以敦煌博物馆藏册子本为底本校订编著《敦煌写本坛经原本》，文物出版社版。

《神会录》

  敦煌本,主要包括《南阳和尚顿教解脱禅门直了性坛语》、《菩提达摩南宗定是非论》、《南阳和尚问答杂征义·刘澄集》等。最完整的校写本为胡适《神会和尚遗集附胡先生晚年的研究》,台北胡适纪念馆,一九八二年版。

《马祖语录》一卷 《续藏》本;入矢义高编《馬祖の語録》,禅文化研究所本。

《百丈怀海禅师语录》一卷 《续藏》本。

《顿悟入道要门论》二卷 慧海撰 《续藏》本;平野宗泽编《頓悟要門》,筑摩书房《禪の語録》本。

《南泉语要》一卷 《续藏》本。

《明州大梅山常禅师语录》一卷 日本《金泽文库》藏写本。

《庞居士语录》三卷 《续藏》本;入矢义高编《龐居士語録》,筑摩书房《禪の語録》本。

《善慧大士语录》四卷 (唐)楼颖编 《续藏》本。

《黄檗山断际禅师传法心要》 (唐)裴休集 《大正藏》本、《续藏》本。

《镇州临济慧照禅师语录》一卷 《大正藏》本、《续藏》本。

《潭州沩山灵祐禅师语录》一卷 (明)圆信、郭凝之编 《大正藏》本、《续藏》本。

《袁州仰山慧寂禅师语录》一卷 (明)圆信、郭凝之编 《大正藏》本、《续藏》本。

《瑞州洞山悟本禅师语录》一卷 (明)圆信、郭凝之编 《大正藏》本、《续藏》本。

《抚州曹山元证禅师语录》 (明)圆信、郭凝之编 《大正藏》本、《续藏》本。

《雪峰真觉禅师语录》二卷 (明)林弘衍编 《续藏》本。

《韶州云门匡真禅师广录》三卷　《大正藏》本、《续藏》本。

《金陵清凉院文益禅师语录》一卷　（明）圆信、郭凝之编　《大正藏》本、《续藏》本。

《玄沙大师语录》三卷　（明）林弘衍编　《续藏》本。

《雪窦明觉禅师语录》六卷　《大正藏》本。

《汾阳无德禅师语录》三卷　（宋）楚圆集　《大正藏》本、《续藏》本。

《黄龙慧南禅师语录》一卷《续补》一卷　东睃辑　《大正藏》本、《续藏》本。

《黄龙晦堂心和尚语录》一卷　《续藏》本。

《袁州杨岐会和尚语录》一卷　（宋）仁勇、宋端编　《大正藏》本、《续藏》本。

《圆悟佛果禅师语录》二十卷　《大正藏》本。

《大慧禅师语录》三十卷　《大正藏》本。

《天童宏智禅师广录》九卷　《大正藏》本、《续藏》本。

（二）偈颂

《禅门诸祖师偈颂》四卷　（宋）子昇、如祐集、道永增补　《续藏》本。

《江湖风月集》二卷　（宋）松坡宗憩编　日本刻本。

《景德传灯录》三十卷　《大正藏》本、禅文化研究所据福州东禅寺宋本影印本。

　　此亦为祖师偈颂集，包括《心王铭》、《信心铭》、《心铭》、石头希迁《参同契》等。

《南阳和尚定是非五更转》　敦煌本。胡适校写本见胡适纪念馆刊《神会和尚遗集》。

《永嘉证道歌》　《大正藏》本。

　　本篇应形成于中唐以后。

《寒山、拾得诗》　《全唐诗》本；钱学烈《寒山诗校注》，天津古籍出版社本。

《泉州千佛新著诸祖师颂》　（五代）后招庆文僜编　《大正藏》本。

《雪窦颂古》一卷　雪窦重显撰　《四部丛刊》续编本。

《东坡禅喜集》九卷　（明）徐长孺编。

《佛果圆悟禅师碧岩录》十卷　《大正藏》本、《续藏》本。

《从容录》六卷　（宋）万松行秀撰　《大正藏》本、《续藏》本。

《虚堂集》六卷　（元）林泉从伦撰　《续藏》本。

《空谷集》六卷　（元）林泉从伦撰　《续藏》本。

《禅宗颂古联珠通集》四十卷　（元）鲁庵普会集　《续藏》本。

(三)公案集

《正法眼藏》三卷　（宋）大慧宗杲编　《续藏》本。

《宗门统要》十卷　（宋）宗永编　日本京都东福寺藏宋刻本。

《拈八方珠玉集》三卷　（宋）祖庆集　《续藏》本。

《禅门拈颂集》三十卷　（高丽）慧谌、真训等编　朝鲜传本。

《禅林类聚》二十卷　（元）万寿善俊等编　《续藏》本。

《宗门统要续集》二十二卷　（元）古林茂清编　《缩藏》本。

《圣人千案》一卷　（明）金圣叹撰。

《禅宗拈古汇集》四十五卷　（清）净符编　《续藏》本。

《宗鉴法林》七十三卷　（清）性音编　《续藏》本。

《禅宗杂毒海》八卷　（清）性音编　《续藏》本。

第二部分　灯史、灯录

(四)灯史

《传法宝记并序》一卷　（唐）杜胐编　《大正藏》本、柳田圣山校注
　《禅の語録》本，筑摩书房版。

《楞伽师资记并序》一卷　（唐）净觉撰　《大正藏》本、柳田圣山校

注《禪の語録》本，筑摩书房版。

《历代法宝记》一卷　《大正藏》本、柳田圣山校注《禪の語録》本，筑
　　摩书房版。

《宝林传》十卷（佚，存七卷）　（唐）智矩撰　《宋藏遗珍》本。

《传法正宗记》九卷　（宋）契嵩撰　《大正藏》本。

《禅林僧宝传》三十卷　（宋）慧洪撰　《续藏》本。

《大光明藏》三卷　（宋）橘州少昙编　《续藏》本。

《僧宝正续传》七卷　（宋）石室祖琇撰　《续藏》本。

《指月录》三十二卷　（明）瞿汝稷编　《续藏》本。

《禅宗正脉》二十卷　（明）如卺编　《续藏》本。

《五灯严统》及《目录》二十七卷　（明）通容、行元编　《续藏》本。

《续指月录》二十卷　（清）聂先编

《宗统编年》　（清）纪荫编　《续藏》本

（五）灯录

《祖堂集》二十卷　（五代）静、筠二禅德编　日本京都中文出版社
　　影印《丽版大藏经》藏外补版本、吴福祥并顾之川、张华点校本。

《景德传灯录》三十卷　（宋）道原编　《大正藏》本、《四部丛刊》三
　　编本。

《天圣广录》三十卷《目录》一卷　（宋）李遵勖编　《续藏》本。

《建中靖国续灯录》三十卷《目录》三卷　（宋）佛国惟白编　《续
　　藏》本。

《宗门联灯会要》三十卷　（宋）晦翁悟明编　《续藏》本。

《嘉泰普灯录》三十卷《目录》三卷　（宋）雷庵正受编　《续藏》本。

《五灯会元》二十卷《目录》二卷　《续藏》本；苏渊雷校点本，中华书
　　局版。

《续传灯集》三十六卷《目录》三卷　（元）圆极居顶编　《大正藏》本。

《增集续传灯录》六卷　（明）径山文琇编　《续藏》本。

《居士分灯录》二卷　（明）朱时恩编　《续藏》本。

《继灯录》六卷《目录》一卷　（明）永觉元贤编　《续藏》本。

《五灯全书》一百二十卷　（清）超永编　《续藏》本。

《续灯正统》四十二卷《目录》一卷　（清）别庵性统编　《续藏》本。

第三部分　宗门一般论著

（六）论书

《少室六门》一卷　《大正藏》本、《续藏》本。

　　早期禅宗论集，有日本镰仓末期据宋版复刻的五山版本。六门
　　依次为《心经颂》、《破相论》、《二种入》、《安心法门》、《悟性论》、
　　《血脉论》。

《校刊少室逸书及解说》　（日本）铃木贞太郎编　安宅佛教文库一
　　九三六年版。

　　此书是国家图书馆所藏敦煌文献中禅宗文献六种的结集。先于
　　一九三五年出版《敦煌出土少室逸书》一卷，包括《二入四行论》、
　　《修心要论》、《证心论》、《和尚顿教解脱禅门直了性坛语》、《观行
　　法无上名士集》、《慧达和上顿悟大乘秘密心契禅门法》，编者加
　　以解说并附有关论文四篇而成此书。

《姜园丛书》四册　（朝鲜）金九经编　一九三四年沈阳编者自
　　刊本。

　　本书编校敦煌本禅籍三种和朝鲜传本禅籍一种及稀见书一种，
　　其中禅宗论书为《安心寺本达摩大师观心论》、《大乘开心显性顿
　　悟真宗论》；另录《历代法宝记》和《楞伽师资论》。

《禅宗史研究（北宗残简）》　（日本）宇井伯寿撰　岩波书店一九三
　　九年版。

　　本书辑录敦煌文献中有关北宗的材料十三种（全文或部分）。

《禅思想史研究第二》 （日本）铃木大拙著　岩波书店一九五一年版

本书辑录敦煌文献中有关早期禅宗的材料七种并加解说。

《禅思想史研究第三》 （日本）铃木大拙著　岩波书店一九六八年版。

本书辑录敦煌文献中有关早期禅宗的材料七种。

在宇井与铃木书中，禅宗早期论书大体已搜集齐备。另在敦煌
文献集《鸣沙余韵》、《敦煌杂录》、《敦煌劫余录》等书中亦辑有禅
宗资料。

《禅宗永嘉集》一卷　（唐）永嘉玄觉撰　《大正藏》本。

《北山录》十卷　（唐）神清撰　《大正藏》本。

《禅源诸诠集都序》二卷　（唐）宗密撰　《大正藏》本、《续藏》本。

《禅门师资承袭图》 （唐）宗密撰　《续藏》本。

《宗门十规论》 （五代）清凉文益撰　《续藏》本。

《宗镜录》一百卷　（宋）永明延寿撰　《大正藏》本、《国学基本丛书》本。

《万善同归集》三卷　（宋）永明延寿撰　《大正藏》本。

《祖庭事苑》八卷　（宋）陆庵善卿撰　《续藏》本。

《人天眼目》六卷　（宋）晦岩智昭编　《大正藏》本、《续藏》本。

《无门关》一卷　《大正藏》本、《续藏》本。

《禅苑清规》十卷　（宋）宗赜编　《续藏》本。

禅宗第一部《清规》是百丈怀海制定的《百丈清规》，已佚，仅见
《景德录》卷六《禅门规式》和《大宋僧史略》卷上"别立禅居"条引
用。此《禅苑清规》即根据《百丈清规》制定，并为此后各种清规
所依据。至元代有元顺帝敕修、东阳德辉编集《敕修百丈清规》
八卷，为后代丛林所遵行，《大正藏》本。

《护法论》一卷　（宋）张商英撰　《大正藏》本。

《禅苑蒙求》三卷　（金）错庵志明撰　《续藏》本。

《缁门警训》四卷　（元）永中、（明）如卺编　《大正藏》本。

《禅关策进》一卷　（明）云栖株宏编　《大正藏》本、《续藏》本。

《禅海十珍》一卷　（清）为霖道霈编　《续藏》本。

《五家宗旨纂要》三卷　（清）三山灯来撰　《续藏》本。

《禅宗指掌》一卷　（清）行海编　《续藏》本。

（七）别集

《镡津文集》二十卷　（宋）契嵩撰　《大正藏》本、《四部丛刊》三编本。

《石门文字禅》三十卷　（宋）慧洪撰　《四部丛刊》本。

《云栖法汇》三十四卷　（明）云栖株宏撰。

《紫柏老人集》三十卷　（明）达观真可撰　《续藏》本。

《憨山大师梦游全集》五十五卷　（明）憨山德清撰　《续藏》本。

（八）杂著

《林间录》二卷　（宋）慧洪撰　《续藏》本。

《湘山野录》三卷　（宋）文莹撰　《津逮秘书》本、《学津讨原》本、郑
世刚、杨立扬点校本,中华书局版。

《大慧武库》一卷　（宋）道谦撰　《续藏》本。

《云卧纪谈》二卷　（宋）晓莹撰　《续藏》本。

《罗湖野录》二卷　（宋）晓莹撰　《续藏》本。

《枯崖漫录》三卷　（宋）枯崖圆悟撰　《续藏》本。

《丛林公论》一卷　（宋）者庵慧彬撰　《续藏》本。

《人天宝鉴》二卷　（宋）四明昙秀撰　《续藏》本。

《山庵杂录》二卷　（明）恕中无愠编　《续藏》本。

第四部分　与禅宗有关的佛典

（九）经与经注

《金刚般若波罗蜜经》　（后秦）鸠摩罗什译　《大正藏》本、上海古
籍出版社影印永乐内府本《金刚经集注》。

《佛说维摩诘经》三卷　（后秦）鸠摩罗什译　《大正藏》本。上海古
　　籍出版社影印三家注本《注维摩诘所说经》。

《大般涅槃经》三十六卷　（北凉）昙无谶译　《大正藏》本。

《楞伽阿跋多罗宝经》四卷　（刘宋）求那跋陀罗译　《大正藏》本。

《佛说观世音三昧经》一卷　敦煌本（余八十、日六十二、S. 4378），
　　见《敦煌劫余录》卷十三。
　　此为六朝伪经。

《金刚三昧经》一卷　《大正藏》本。
　　早期禅宗所依据伪经。

《禅门经》一卷　敦煌本（露九十五、鸟三十三、S. 5532、P. 4646），见
　　《敦煌劫余录》卷十三、《敦煌杂录》卷下。
　　唐前期禅宗伪经。

《佛说法句经》一卷　《大正藏》本、敦煌本（腾二十三、岁八十、为四
　　十五、四十六、露十七、二十一、二十四、S. 33），见《敦煌劫余录》
　　卷十三、十四。
　　唐前期禅宗伪经。

《佛说法王经》（残）　敦煌本（日三十、咸二十六、淡三十六、
　　S. 2692），《大正藏》本。
　　唐初伪经。

《注般若波罗蜜多心经》一卷　（唐）净觉撰　敦煌本（S. 4556），有
　　向达钞本（见《现代佛学》一九六一年四期）。

《般若心经三注》　（唐）南阳慧忠、（宋）芙蓉道楷、慈受怀深注
　　《续藏》本。

《圆觉经大疏钞》十三卷　（唐）宗密撰　《续藏》本。
　　一般认为《圆觉经》是唐代伪经。

（十）论

《大乘起信论》一卷　马鸣造、（陈）真谛译　《大正藏》本。

目前学术界多认为中土人撰述。

《肇论》一卷　（东晋）僧肇撰　《肇论中吴集解》本。

(十一)佛教史书

《隆兴佛法编年通论》三十卷　（宋）石室祖琇编　《续藏》本。

《佛祖通载》二十二卷　（元）梅屋念常编　《大正藏》本、《续藏》本。

《高僧传》十四卷　（梁）慧皎撰　《大正藏》本、中华书局校点本。

《续高僧传》三十卷　（唐）道宣撰　《大正藏》本。

《宋高僧传》三十卷　（宋）赞宁撰　《大正藏》本、中华书局校点本。

《明高僧传》八卷　（明）如惺撰　《大正藏》本。

《居士传》五十六卷　（清）彭际清撰。

《新续高僧传四集》　昧庵喻谦编　天津北洋印书局一九二三年
　版。上海古籍出版社影印《高僧传合集》,梁、唐宋三传和梁宝唱
　《比丘尼传》据《碛砂藏》本;《明高僧传》据《径山藏》本;《续补高
　僧传》据《续藏本》;《新续高僧传四集》据北洋印书局本;《续比丘
　尼传》据镇江竹林寺刊本。

1997 年版后记

　　学然后知不足。笔者对佛教与文学关系问题感兴趣，算起来已近三十年了，集中较多时间与精力来探讨这方面的问题，也已用了十多年的时光。文章写了一些，书也出了几本(《唐代文学与佛教》，陕西人民出版社，一九八五年版；《佛教与中国文学》，上海人民出版社，一九八八年版，台湾东华书局，一九八九年版；《中国佛教文化序说》，南开大学出版社，一九九〇年版)。但接触的材料越多，对问题的探讨越是比较地深入一些，感到疑点也越多，解决问题越是没有把握。现在自己甚至感到比当年初接触到这个课题时更为困惑以至无知。最近读到季羡林先生关于比较文学研究的意见，他恳切地告诫"有志于比较文学研究者，要把比较文学看得难一点，越看得难，越有好处"(《人民日报》，一九九〇年九月八日；摘要《文学遗产》一九九〇年四期，第一三七——一三八页)。如果笔者敢自负这些年治学态度有所长进，主要一点就是能对季先生这样的意见有所领会了。

　　所以，笔者写作本书，心情上较写前几部拙作时更没有信心。那么为什么还斗胆献拙呢？主要是因为深切觉悟到所探讨的问题是很重要的，而学术界对这些问题的关注还很不够，有许多基础性的工作还很少有人去做。笔者研习所得虽自知十分粗浅，但如在某些问题上或有一得之见，在另一些问题上或可提供些题目与研究线索，还有些看法和材料或聊可拾遗补阙，能在这些方面有点用处,也就达到心愿了。

　　探讨中国历史上佛教与文学的关系,无论对于佛教史研究,还是对于文学史研究,都是十分重要的。研究一种宗教对一个国家、民族的作用与影响,了解教义的传播、教团的活动、教理的发展等等宗教自身的状况自然是很重要的。但宗教传布、发展的最深厚的基础、最深远的影响却在民众生活之中,在一个国家、民族的思想、文化、伦理以至一般的心态、习俗里。因此研究佛教史,探讨佛教与文学如何相互作用与影响,就是不可或缺的大题目。从另一方面看,文学在一定的社会环境中发展,宗教是它赖以产生和发展的这种环境的重要部分,由于它们二者作为意识形态又有相接近之处,因此在发展中关联也特别密切。现在人们已经越来越清楚了,不考虑佛教或道教对中国文学的影响,中国文学史上的许多重要问题根本无法解决。近年来,在佛教史与文学史研究两个领域,都有更多的人关注二者相互关联的各种问题,并发表了一系列研究成果,这是可喜的现象。在对这一领域进一步的深入探讨中,可望给佛教史与文学史研究都带来巨大的进展。

　　笔者目前所做的工作仅限于佛教与文学关系诸问题的一个侧面——佛教对文学的影响方面(同样重要的还有文学对佛教的影响、二者间以及二者与其它文化、艺术领域的交流等问题);在这一个方面又仅注重其一个部分,即佛教对文人及其创作的影响(同样还有对民间文学的影响)。笔者觉得现在再来讨论佛教是否对中国文学发展产生了重大影响是太空洞了;目前学术界对有关具体问题的某些议论亦多流于浮泛。造成这些问题的原因,主要还是因为对历史现状没有清晰确切的把握,对具体问题的探讨仍欠深入。因此笔者拟集中到佛教影响于文学的几个具体课题做些工作。本书所讨论的禅宗对于中国诗的影响问题即是这些课题之一(本书没有专门论及禅思想对文学思想和文学批评的影响,拟在探讨佛教思想与文学理论、文学批评关系的另一个题目下讨论)。

本书在写法上,与拙著《佛教与中国文学》一样,仍重在"描述"。《佛教与中国文学》出版后,学术界对于那种"描述"的办法批评不一。虽曾谬蒙不少前辈与时贤的嘉许,但也有人指出批判地分析不足。本书仍坚持原来的作法。除了因为笔者仍认为历史研究的基础在于尽可能全面真实地"描述"历史的本来面貌之外,还由于目前多数对佛教与文学关系的研究尚欠具体与深入,特别是许多基础材料未经梳理,一些历史背景以至具体作家的状况若明若暗。因而对历史事实作出比较细致、准确的描述就是很重要的工作。当然,这只是研究与写作的一个角度,还可以有别的、更有效的研究方法。基于这样的想法,本书的基本内容是对中国禅宗的发展、禅文学的发展、禅宗对文学的影响三个方面进行"描述"。

这里还想对如何有分析地、批判地对待历史谈点看法。笔者认为有两点是应注意的。一是,如果真正作到了对历史事实的"描述"真实、客观,那就不会是客观主义的。因为把握历史真实首先就要分析,从材料真实性的考辨到认识历史现象的意义、价值、影响等都是要通过分析才能做出的;而从现代人的立场对历史真实的"描述"本身就包含着批判。再一点是批判不能简单化。一种常见的简单化的方法是把历史现象看作是积极面与消极面即正面价值与负面价值的结合。而对佛教的影响,则往往简单地指出其唯心、迷信等等消极方面。实际上,对于一个具体作家、具体文学现象而言,是难以机械地划分出积极与消极两个部分的。而且就认识一个作家的价值来说,积极面固然很重要,消极面也不可忽视,因为往往是二者密不可分的融合构成了这个作家的特色。譬如苏轼受自庄子与禅的"人生如梦"观念,对形成他的创作中的那种放旷、洒脱但又时时流露悲观的精神境界是起了重要作用的,这就难以简单地用积极与消极来给以判定。正确的办法只能是恢复历史事实的本来面貌,并给予它在历史上的科学的地位。

以上是笔者写作本书时的一些想法。是否正确,在实际中做到怎样的程度，很没有把握，等待读者的批评指正。

这些年笔者得以潜心读书，研究些问题，得感谢师友、家人的支持与帮助。笔者个人的力量是十分微薄的。在这里特别要感谢日本京都大学人文科学研究所小南一郎教授、吉川忠夫教授，经他们的安排，笔者于一九八九年被聘请为该研究所外国人研究员，得以利用该研究所东方学文献中心的丰富藏书，广泛地与日本和其他国家的学者交流；研究所还提供了优越的研究条件，这些都给本书搜集资料与写作以很大帮助。我还得感谢我的家庭——内人和两个女儿，她们全力给我支持，几乎没有家务事让我分神；没有这个条件，研究工作也不会顺利进展。其他师友的关怀、指教，恕不一一列举。

又笔者的研究工作得到国家教委博士点科研基金的资助。中华书局傅璇琮、许逸民二位先生帮助安排出版并多有指教，亦应表示谢意。

孙昌武

一九九一年一月二十七日

补记：本书稿完成于一九九〇年，到今天得以面世，已经过了五年多。在这五年间，我国的禅宗研究以及一般的佛学研究相当活跃，并取得了不少成果。这是可喜的发展趋势。拙作不可能借鉴、引用这些成果，是很遗憾的。但五年来笔者的一点认识仍无改变：即对于像有关禅宗学术这样的基础薄弱的研究领域，基本资料的工作、基本史料的工作是十分必要的，或者说是进行研究的先行条件。在这个意义上，或许拙作还有点用处——这也许是敝帚自珍的一孔之见。

还有一个想法，联带有点希望：最近有关禅宗（和佛教的）的书出了不少，不容讳言是良莠不齐的。但很少看到评论、讨论的文字。有相当多的人写书、写文章，当然也会有相当数量的读者。这么些人关心这个领域，如果能进行正常的"争鸣"、友好的评论和批评，对于研究者和读者会有很大的好处。笔者希望从拙作开始，并以感激的心情期待着大家的指正。

负责本书的具体编辑工作的是顾青先生。不知道是否有其他国家的出版社编辑像中国的编辑那样为提高书稿质量做那么多琐细、繁杂、学术性很强的工作；而就个人所接触，中华书局的编辑作风在学术界更是有口皆碑的——只是书出得太慢了点——，所以最后应对顾青先生等书局的各位表示感谢——这不是客套的点缀话。

孙昌武

一九九五年十月十五日